BASTEI
LÜBBE

Von Isolde Martyn sind außerdem folgende Taschenbücher lieferbar:

18 233 – Krieg der Herzen
18 276 – In jener Nacht voll Zärtlichkeit

Über das Buch:

»Mit unglaublicher Leichtigkeit verknüpft Isolde Martyn historische Personen und Ereignisse mit ihrer Romanhandlung. Dieser wunderbare Roman verlangt höchste Anerkennung – und ihre Bücher muss man einfach lieben ...« Harriet Klausner, *The Best Reviews*

»Diese besondere Fähigkeit, Geschichte mit menschlichen Charakteren zu erfüllen, ist eine hohe Kunst im Bereich der historischen Romane. Genau wie Sharon Kay Penman und Anya Seton beleuchtet Isolde Martyn die Geschichte durch ihre leidenschaftlichen, bemerkenswerten Figuren und deren unvergessliche Liebesgeschichten.« Kathe Robin, *Romantics Times*

Über die Autorin:

Isolde Martyn wurde in Warwickshire, England, geboren. Sie studierte Geschichte, arbeitete u. a. als Archivarin und als Herausgeberin bei *Reader's Digest*. Inzwischen widmet sie ihre ganze Zeit dem Schreiben historischer Liebesromane, die von Lesern und Kritikern begeistert aufgenommen werden. Der Roman *Krieg der Herzen* wurde in Australien als »Romantic Novel of the Year 1999« ausgezeichnet. Außerdem gewann er im Jahre 2000 den »Rita Award«, der von der Vereinigung Romance Writers of America jährlich verliehen wird. Isolde Martyn lebt in Sydney, Australien. Weitere Informationen finden Sie auf der Homepage der Autorin unter www.hutch.com.au/~martyn/index.html.

ISOLDE MARTYN

Im Zauberland der Liebe

ROMAN

Ins Deutsche übertragen von
Ulrike Moreno

BASTEI LÜBBE

BASTEI LÜBBE TASCHENBUCH
Band 18 649

1. Auflage: März 2003

Vollständige Taschenbuchausgabe

Bastei Lübbe Taschenbücher ist ein Imprint der
Verlagsgruppe Lübbe

Deutsche Erstveröffentlichung
Titel der amerikanischen Originalausgabe:
MOONLIGHT AND SHADOW

Titelillustration: E. Gignilliat/Agentur Thomas Schlück GmbH
Einbandgestaltung: Beate Stefer
Satz: Fanslau, Communication/EDV, Düsseldorf
Druck und Verarbeitung: AIT Trondheim, Norwegen
Printed in Norway
ISBN 3-404-18649-4

Für meine Eltern, Joyce und Fredy,
in Dankbarkeit nicht nur für ihre Liebe, sondern auch dafür, dass sie stets meine Freude an der Geschichte gefördert haben.

Liste der im Roman vorkommenden Personen

NB: nur die mit einem Sternchen versehenen Personen sind fiktional

Haushalt des Herzogs von Gloucester in Middleham, Yorkshire

Heloise Ballaster *	älteste Tochter des Kaufmanns Sir Dudley Ballaster und Hofdame der Herzogin von Gloucester
Lady Margery Huddleston	Halbschwester der Herzogin Anne von Gloucester und uneheliche Tochter Warwicks des Königmachers
Sir Richard Huddleston	Ritter, Schwager der Herzogin von Gloucester und Ehemann Lady argery Huddlestons
Will *	Hofnarr des Herzogs und der Herzogin von Gloucester
Richard Plantagenet, Herzog von Glucester	jüngster Bruder des zum Hause York gehörigen Königs Eduard IV, später Vormund seiner Neffen und zukünftiger König Richard III

Anne, Herzogin von Gloucester	Ehefrau des Herzogs Richard von Gloucester und Tochter Warwicks des Königmachers
Edward	Sohn Gloucesters
Dr. John Dokett	Kaplan des Herzogs von Gloucester
Francis, Lord Lovell	Kammerherr des Herzogs von Gloucester
Sir Piers Harrington* Sir Richard Ratcliff*	Gefolgsmänner des Herzogs von Gloucester

Haushalt des Herzogs von Buckingham in Brecknock, Wales

Sir Miles Rushden* (Y Clysgod)	Sohn und Erbe Lord Phillip Rushdens und Freund des Herzogs von Buckingham
Harry Stafford, Herzog von Buckingham	Schwager der Königin und Cousin des Herzogs Richard von Gloucester, Nachkomme König Eduards III
Sir William Knyvett	amtierender Vogt in Brecknock Castle und Freund des Herzogs von Buckingham
Sir Richard de la Bere	Gefolgsmann des Herzogs von Buckingham
Sir Nicholas Latimer	Kämmerer des Herzogs von Buckingham
Sir Thomas Limerick	Verwalter des Herzogs von Buckingham
Pershall Ralph Bannastre	Diener des Herzogs von Buckingham

Catherine (Cat) Woodville, Herzogin von Buckingham	Gattin Harry Staffords und Schwester der Königin, Elizabeth Woodville
Edward (Ned), Lord Stafford	Sohn und Erbe des Herzogs von Buckingham
Bess	Neds Kindermädchen
Brian *	Bogenschütze auf Brecknock Castle
Emrys *	Waliser Harfenspieler
Rhys ap Thomas	Waliser Lehnsherr
Lady Myfannwy *	Hofdame der Herzogin von Buckingham und Mündel von Rhys ap Thomas
Thomas Nandik	Cambridger Gelehrter und Astrologe, früher in Lord Hastings Diensten
Traveller *	Sir Miles Rushdens geliebtes Pferd
Dafydd *	einmalig guter Mäusefänger

Auf Bramley

Phillip, Lord Rushden*	Sir Miles Rushdens Vater
Dobbe*	Miles Rushdens Diener
Sir Dudley Ballaster*	Händler, der durch Eduard IV für seine Unterstützung des Hauses York in den Ritterstand erhoben wurde
Dioynisia*, Clio* Lucretia*	Sir Dudleys jüngere Töchter und Schwestern Heloise Ballasters
Matillis*	zweite Frau Sir Dudley Ballasters

Sir Hubert*	Gefolgsmann Sir Dudley Ballasters
Martin*	Stallbursche Sir Dudley Ballasters
Cloud*	Heloise Ballasters graubraune Stute

Das Gefolge des Prinzen von Wales in Stony Stratford

Eduard, Prinz von Wales (King Eduard V)	ältester Sohn König Eduards IV und der Königin Elizabeth Woodville
Anthony Woodville, Lord Rivers	ältester Bruder der Königin und Onkel Eduards V, verantwortlich für den Haushalt des Prinzen in Ludlow
Sir Richard Grey	Bruder Eduards V und jüngerer Sohn der Königin Elizabeth Woodville aus ihrer ersten Ehe
John Alcock, Bischof von Worcester	Leiter des prinzlichen Haushalts und Anhänger der Woodvilles
Robert Stillington, Bath and Wells	ehemaliger Lordkanzler von England, derzeitig in Bischof Worcesters Gefangenschaft in Alcock

Andere

Hoel*	ein Mann aus Monmouth (und bei angemessener Bezahlung Führer)

Die Familie Vaughan	eine englische Familie mit Sitz in Tretwr und Abneigung gegen jegliche Autorität, insbesondere die Buckinghams
Lewis Glyn Cothi	Waliser Barde
William, Lord Hastings	Vorsteher des königlichen Hofstaates der Könige Eduard IV und Eduard V
Cecily, Herzogin von York	Mutter des Herzogs Richard von Gloucester; Residenz in Baynards Castle, London
John Morton, Bischof von Ely	königliches Ratsmitglied, früherer Anhänger des Hauses Lancaster
John, Lord Howard	Anhänger Richards III (später Herzog von Norfolk)
Lady Rushden	Mutter Sir Miles Ballasters
Thomas, Lord Stanley	königliches Ratsmitglied, dritter Ehemann Margaret Beauforts und Henry Tudors Stiefvater
Margaret Beaufort, Gräfin von Richmond	Mutter von Henry Tudor, einem Thronanwärter; Ehefrau Lord Stanleys

Erwähnte, aber nicht erscheinende Personen:

Elizabeth Woodville	Englische Königin während der Amtszeit Eduards IV und Mutter des jungen Eduards V und Prinz Richards. Sie hatte

	auch Töchter mit König Eduard IV und zwei Söhne aus einer früheren Ehe: den Marquis von Dorset und Sir Richard Grey
Thomas Grey, Marquis von Dorset	ältester Sohn der Königin aus ihrer ersten Ehe
Henry Tudor	ein Exilierter in der Bretagne, Sohn Margaret Beauforts und Nachkomme eines unehelichen Enkels König Eduards III
Dr. Argentine	Leibarzt Eduards V
Dr. Lewis	Leibarzt der Gräfin von Richmond
George, Herzog von Clarence	verstorbener Bruder König Eduards IV und Richards von Gloucester; wurde hingerichtet von Eduard IV
Sir Humphrey Stafford	Waliser Gefolgsmann Richards III aus dem Grenzland zwischen Wales und England
Tylwyth teg (?)*	Feen und Freunde Heloise Ballasters

Prolog

Weihnachtszeit, Januar 1483
Middleham, Yorkshire

Dicht gedrängt wie eine Reihe Löffel kuschelten sich die Hofdamen der Herzogin von Gloucester in dem großen Bett aneinander, um sich vor dem eisigen Wind zu schützen, der vom Wensleydaler Moor herüberwehte. Einem Albtraum hätte es eigentlich unmöglich sein müssen, sich zwischen ihnen einzuschleichen, doch Heloise Ballaster erwachte, als sie aus dem Bett fiel, krachend den Kerzenhalter mit sich riss und ihren Ellbogen an den hölzernen Stufen anstieß, die zum Bett hinaufführten.

Der Aufschrei ihrer nächsten Nachbarin weckte die anderen, und vier Gesichter mit langen Zöpfen, die baumelten wie eine Reihe Glockenseile, spähten von dem hohen Bett zu ihr herab.

»Verzeiht«, wisperte Heloise zerknirscht und erschauerte, als sie schnell wieder in das Bett zurückstieg.

»War *er* es wieder?«, fragte eins der Mädchen.

Der Traum von einem Ritter, der in voller Rüstung, mit herabgelassenem Visier und einer todbringenden Lanze in der Hand auf sie zujagte?

»Ja. Und ich stürze immer. Warum stürze ich immer?«

»Vielleicht ist es ja gar nicht seine Lanze, womit er auf dich zielt, Heloise«, kicherte die Erfahrenste unter ihnen.

»Vielleicht ist da ja noch etwas anderes, was du uns verschweigst.«

Allerdings.

Was Heloise ihnen nicht gesagt hatte, war, dass ihre Albträume sich stets verwirklichten.

1

Tragt uns keinen Speck auf,
denn das ist nur vergängliches Fett,
aber tragt uns gutes Bier auf
und gebt uns auch genug davon.
Und tragt uns gutes Bier auf!
Tragt uns gutes Bier auf,
tragt uns gutes Bier auf,
um unserer Gesegneten Jungfrau willen
tragt uns gutes Bier auf.

Weihnachtszeit, Yorkshire 1483

Krüge knallten lärmend auf die langen Tische, und der große Wohnsaal der Burg des Herzogs von Gloucester in Middleham erschallte vom Gelächter der Anhänger des Hauses York, als der *Cockatrice*, ein buntes, vierbeiniges Ungeheuer mit dem Kopf eines Hahns und dem Schwanz eines Krokodils, zwischen den Feiernden umhertollte. Eigentlich hätte die legendäre Kreatur das Hinterteil eines Schweines haben müssen, doch niemand machte sich die Mühe, darauf hinzuweisen. Es stolperte und fluchte zweistimmig, als jemand seinen schuppigen Schwanz ergriff.

»Autsch!«, schnaubte Heloise Ballaster, die den Kopf des Fabelwesens spielte. Doch rasch fand sie ihr Gleichgewicht wieder und reckte den sperrigen Schnabel, um zu sehen, was für ein betrunkener Flegel ihr Fortkommen behinderte. Das Fest war plötzlich zu ausgelassen geworden, und einige der dreisteren Jugendlichen versuchten herauszufinden, wem die Beine des *Cockatrice* gehörten.

»Ich kümmere mich um diesen Schelm«, rief der Schwanz des Ungetüms, und Will, der Hofnarr des Herzogs, löste seine Arme von Heloises Taille, stieß dem Vorwitzigen aus dem hinteren Ende des Kostüms zwei Finger in die Nase und bespritzte ihn mit dem Inhalt einer Lederflasche. Die Zuschauer brüllten vor Lachen, als der Herr überrascht und gedemütigt zurücktaumelte und schäumendes Bier von seinem Gesicht tropfte.

»Wir müssen damit aufhören, Will!«, murmelte Heloise und fuhr zurück, als ein Zuschauer in den Schnabel hineinzuspähen versuchte. Gott sei Dank trug sie darunter eine schwarze Maske. Ja, es wurde höchste Zeit für ihren Abgang. Dieser Streich wurde langsam zu gefährlich. Um Himmels willen! Falls jemand entdeckte, dass eine der Hofdamen der Herzogin in Wams und Strumpfhose herumspazierte – die Arme und das Gesicht eines Mannes an ihrer Taille (selbst wenn der Hofnarr sich gar nicht für Frauen interessierte) – würde man ihre Tugendhaftigkeit anzweifeln. Außerdem war es nicht nur Angst vor Schande, was an ihren Nerven zerrte, sondern auch die böse Vorahnung, dass etwas Schlimmes im Begriff war zu geschehen.

»Sollen wir zum Schlafgemach zurückkehren, Herrin? *Herrin*?«

Heloise antwortete nicht und schwankte unter dem plötzlichen Schwindel, der ihren Visionen stets voranging. Nicht jetzt, lieber Gott, bloß nicht jetzt! Doch so sehr sie sich auch dagegen wehrte, es kam – das Bild des Sohns des Herzogs, der sich nach Atem ringend auf dem Boden wand.

»Herrin?« Wills Arme schüttelten sie in die Wirklichkeit

des verräucherten Burgsaales zurück. Er drehte sie in Richtung Podium, denn das große Schlafgemach, in dem sie ihre Übergewänder zurückgelassen hatten, befand sich hinter dem erhöhten Tisch – der Tisch, an dem der Erbe des Herzogs, ein kichernder Zehnjähriger, gerade nach der goldenen Platte mit den Waffeln und gebrannten Mandeln griff. Mandeln, die ein lachendes Kind ersticken konnten!

»Jesus!« Angst vor Entdeckung und Sorge, das ganze Schloss könnte sie für eine Hexe halten, kämpften mit ihrem Pflichtbewusstsein. Aber wie konnte sie das Leben von Herzog Richard Gloucesters einzigem Kind riskieren?

»Nein«, rief Heloise. »Nein!«

Der *Cockatrice* schlenkerte zum Podium, bäumte sich auf, um die Platte mit den Mandeln zu ergreifen, und stolperte unglücklich. Silberteller verrutschten, und Süßigkeiten flogen durch die Gegend wie von Zauberhand. Kelche verspritzten ihren Inhalt über das kostbare Tuch. Der mittlere Tisch wackelte und stürzte krachend die Stufen hinunter, und der Herzog und seine Gäste sprangen auf.

Die Musik und das Gelächter brachen ab. Heloise, die hinter ihrer Maske leichenblass geworden war, warf einen gequälten Blick auf den mit farbigen Scherben kostbaren Glases übersäten Boden und blickte bekümmert zum überraschten Gesicht des Herzogs auf. Aber dem Jungen war nichts geschehen. Er war etwas verunsichert und überrascht, aber unversehrt.

Eine von Sekunde zu Sekunde bedrohlicher werdende Stille umgab den grotesken *Cockatrice*. Rückwärts gehend stieß Heloise gegen Will und wünschte, der Boden möge sich vor ihr auftun und sie verschlingen. Einen Moment kam es den Zuschauern so vor, als versuchten Hinterbeine und Vorderbeine des Ungeheuers sich in verschiedene Richtungen zu wenden, doch dann schüttelte es sich, schien zu einer gewissen Übereinstimmung zurückzufinden und sauste aus der nächsten Tür.

»Das war sehr beeindruckend«, bemerkte eine weibliche Stimme belustigt. »Wir dürfen nicht vergessen, dieses Schauspiel nächstes Jahr zu wiederholen.« Lady Margery Huddleston, die Schöpferin des Kostüms, war ihnen in das große Schlafgemach gefolgt. Rasch ergriff sie den bemalten Hahnenkopf, in dem Heloise beinahe erstickte, und nahm ihn ihr vorsichtig ab. Hinter der Tür waren bereits erhobene Stimmen zu vernehmen.

Heloise blickte sie hilflos an und wünschte verzweifelt, die Zeit zurückdrehen zu können. Wie sollte sie das nur erklären? »Es tut mir Leid, Madame. Es tut mir schrecklich Leid.« Margery war der letzte Mensch, den sie verärgern wollte; die uneheliche Halbschwester der Herzogin war ihr immer eine gute Freundin gewesen.

»Sie werden es verstehen wollen.« Margery neigte den Kopf zur großen Halle. »*Ich* werde es verstehen wollen. Großer Gott, wo...« Sie blickte sich rasch im Zimmer um und entdeckte Heloises abgelegtes Übergewand. »Schnell!« Hastig zog sie es Heloise über den Kopf und versuchte gerade, das Hemd und die geborgte Strumpfhose zu verbergen, als die Tür sich öffnete.

»Aye, Mistress Ballaster!«, rief der Hofnarr, während er mit schweißbedeckter Glatze und scharlachrotem Gesicht aus dem Bauch des Ungeheuers kroch. »Würdet Ihr mir bitte erklären, was zum Teufel das hier gerade sollte? Ach du meine Güte – da ist ja auch schon der allmächtige Richter!«

Trotz seiner einunddreißig Jahre war Herzog Richard von Gloucester kein großer Mann, doch seine Autorität als Bruder des Königs verlieh ihm zusätzliches Format, und er sah streng genug aus, um einen Mann – oder eine Frau – zu hängen. Seine braunen Augen betrachteten die abgelegte Haut aus gelbem Baumwollfaden, glitten über den schuppigen, schlaffen Schwanz des Ungetüms und richteten sich dann fragend auf den Hahnenkopf mit dem scharlachroten Schnabel, den seine Schwägerin noch in den Armen hielt. Margery zuckte nur mit den Schultern, und der Herzog starrte an ihr vorbei auf die zerzauste und nur unvollständig bekleidete Hofdame seiner Gemahlin.

»Schließt die Tür!«, befahl er grimmig.

Heloises Gesicht brannte vor Scham, als sein schockierter Blick auf das ungegürtete Gewand mit seinem schief sitzenden Kragen fiel und zu den gelben Beinen des Hahnes weiterglitt, die sich gelockert hatten und sich nun um ihre Knöchel bauschten. Wortlos nahm sie ihre Maske ab. Wenigstens war ihr vermaledeites Haar nicht zu sehen unter ihrer Haube und dem Netz, das sie darunter trug. Sie waren alle so nett und anständig zu ihr, und so vergalt sie es ihnen. Die Wärme und der Respekt, die sie in den wenigen Monaten in Middleham zu gewinnen versucht hatte, verfielen zu Asche. Obwohl Gloucesters Stimme jetzt beherrschter klang, war sie wie eine Peitsche für Heloises angeschlagene Moral.

»Da Ihr das Gehirn dieser Kreatur zu sein scheint, Fräulein, wärt Ihr vielleicht so freundlich, mir zu sagen, warum Ihr unseren Tisch umgeworfen habt?«

Andere waren dem Herzog in den Raum gefolgt, unter anderem auch der Kammerherr und der Kaplan Seiner Gnaden, und sie konnte eine trunkene Menge draußen hören, die sich mit der Aufregung von Aaskrähen versammelte, die mit Beute rechneten.

»Ich befürchtete, Euer Sohn würde ersticken, Mylord.« Und das war die reine Wahrheit. »Aber ich hatte mich geirrt.

Ich bitte um Verzeihung, Euer Gnaden.« Bitte schickt mich nicht nach Hause, Euer Gnaden, flehten ihn ihre Augen an. Nicht zu den Schlägen und dem Zorn.

»Wie konntet Ihr so etwas wahrnehmen?« Dr. Dokett, der Kaplan der Burg, trat vor, und seine weiten schwarzen Ärmel schienen zu flattern vor Böswilligkeit. »Ihr wart am anderen Ende des Saals. Wie hättet Ihr da etwas sehen können?«

»Ich ...« Heloise fand keine Worte. Wie könnte sie diesen Edelmännern von ihren Vorahnungen erzählen, ohne Abscheu und Furcht vor ihr in ihnen zu wecken? Selbst der so vernünftige Herzog Richard würde sie fortschicken. Menschen wollten so etwas nicht hören. Es verängstigte sie. Gott, es verängstigte sie selbst!

Dann ertönten plötzlich Schreie, und die Eichentüren wurden aufgerissen. Die am Eingang versammelte Menge teilte sich, als Herzogin Anne von Gloucester sich tränenüberströmt an ihnen vorbeidrängte und sich kraftlos gegen den Türrahmen sinken ließ.

»Was ist?«, fragte Gloucester, und jähe Furcht klang nun in seiner Stimme mit.

»Unser Sohn«, wisperte die Herzogin und presste die Finger an die Lippen. »Er erstickte fast an einer gebrannten Mandel, aber Richard Huddleston kam Gott sei Dank auf die Idee, ihn auf den Kopf zu stellen, und jetzt geht es ihm wieder gut. Oh, mein liebster Herr.« Mit einem Seufzer der Erleichterung floh sie quer durchs Zimmer in die tröstliche Umarmung ihres Mannes. Obwohl Gloucester mit den Fingerknöcheln liebevoll über die Wange seiner Gemahlin strich, starrte er über ihren Kopf hinweg auf Heloise. »Wann? Jetzt eben?«, fragte er die Herzogin.

»Es war vermutlich nur die Aufregung. Törichtes Kind.«

Anne von Gloucester hob den Kopf und wischte lächelnd ihre Tränen ab. Doch dann spürte sie die Spannung um sich herum und erkannte, dass Heloise und Lady Margery darin gefangen waren. »Lasst uns nicht das Fest verderben«, erklärte sie auf einen bittenden Blick ihrer Halbschwester hin ruhig. »Ich bitte Euch, meine Herren, lasst uns zu den Festlichkeiten zurückkehren.«

Der Herzog zögerte, sein Stirnrunzeln verriet Verwirrung. Die Herzogin zog ihn fort, aber er blickte sich noch immer nach Heloise um, als die sich um das Podium drängende Gesellschaft ehrfürchtig zur Seite wich, um ihren Herrn und ihre Herrin vorbeizulassen.

»*Cockatrice*!«, höhnte Dr. Dokett, der hinter den anderen zurückgeblieben war und Lady Margery und ihre Komplizen mit aufgebrachten Blicken maß. Wütend stieß er seinen Fuß in den Bauch des Gerippes. »Ein Werk des Teufels! Und dieser böse Geist hat bereits von Eurer Seele Besitz ergriffen! Auf solch schamlose Weise herumzutollen – und das als Hofdame! Man sollte Euch entlassen!« Er schleuderte Heloise die Worte über die Schulter zu wie Salz zum Schutz vor einem Dämon. Und vielleicht, dachte Heloise, von seinem Hass erschüttert, bin ich das ja auch.

Es dauerte eine Weile, bis die neueste Hofdame der Herzogin den verdrießlichen Hofnarr und die nachdenkliche Lady Margery Huddleston in dem großen Schlafgemach allein gelassen hatte. Nachdem sie ihr Gewand gegürtet und Netz und Haube wieder über ihrem Haar befestigt hatte, stahl Heloise sich aus dem Seiteneingang des Gemachs und huschte die Treppe zu dem von Fackeln erhellten Burghof hinunter. Frostige, raucherfüllte Luft hüllte sie ein, aber sie brauchte jetzt Ungestörtheit, und die Schatten der Nacht würden sie wenigstens vor allen anderen verbergen.

Steigt wieder in den Sattel, hatte Margery ihr geraten, tretet ihnen entgegen! Aber Heloises Tapferkeit war auf dem Nullpunkt angelangt. Die böse Vorahnung war noch da – die Gewissheit, dass der Kaplan dafür sorgen würde, dass man sie verschmähte und entließ. Ihre Freude am Leben in Middleham war ihr vergangen. Ihr Schicksal war es, heimgeschickt zu werden, als Versagerin und als Ausgestoßene, zu endlosen Vorwürfen von ihrem Vater. Für eine kurze Weile, dort drinnen im großen Burgsaal, im Inneren des *Cockatrice*, war sie von einer solchen Zuversicht erfüllt gewesen. Aber jetzt ...

Mit der Schulter an die kalte Steinmauer gelehnt, bemühte sie sich, zu verstehen. Hatten die Feen ihr diese Vorahnung gesandt? Aber warum, wenn jemand anderer dazu ausersehen gewesen war, den Jungen zu retten? Oder schlimmer noch – war sie das Instrument des Teufels? Hatte ihr Verhalten bewirkt, dass das Kind beinahe erstickt wäre? Doch einmal vorgewarnt, was hätte sie anderes tun können? Aber zu was für einem Preis, o Herr im Himmel; zu was für einem Preis! Warum war sie nicht wie ein ganz normaler Mensch geboren? Selbst die mühsame Arbeit einer Küchenmagd war noch besser als dieses Elend; eine gewöhnliche Magd wäre zu erschöpft zum Träumen, wenn sie abends auf ihr Lager fiel. Warum habt ihr mir das angetan? schrie ihr gepeinigtes Gehirn. Aber weder Gott, der Teufel noch die Feen antworteten.

In ihrer Verzweiflung hatte sie die Kälte gar nicht beachtet, und vermutlich war sie schon viel länger hier draußen gewesen, als es ihr bewusst war, als die Stimme eines jungen

Mannes in der Nähe sie plötzlich wieder zur Besinnung kommen ließ.

»Demoiselle, ich habe Euch gesucht.« Der Dampf seiner unerwarteten Worte hing in der eisig kalten Luft. Im Mondschein erkannte sie das Gesicht eines der Knappen, Piers Harringtons. »Warum sind Sie nicht bei den Festlichkeiten, Mistress Ballaster?« Eine warme Hand schloss sich um ihr Handgelenk. »Aber wie auch immer, es ist ein Glück für mich, Euch hier zu treffen.« Er mochte das Desaster mit dem *Cockatrice* vielleicht nicht gesehen haben, aber ein Auftrag wäre das Letzte, was Heloise jetzt gebrauchen konnte.

»Ich bitte um Verzeihung, Master Harrington, aber ich kann nicht bleiben.« Sie fröstelte, und das nicht nur der Kälte, sondern auch ihrer Schuldgefühle wegen, weil sie wusste, wie unziemlich es wäre, wenn man sie bemerken würde – ein weiterer Pfeil im Köcher der Beschwerden des Kaplans, vor allem, da Piers Harrington der Neffe dieses Priesters war.

»Was? Bekomme ich keine Belohnung dafür, dass ich Euch gefunden habe, schöne Heloise?« Seine Aussprache war undeutlich und schleppend, aber seinen Geist hatte das Trinken noch nicht schwerfälliger gemacht. Innerhalb von Sekunden hatten seine Arme sie umschlungen und sie an die Wand gepresst.

»Ein anderes Mal, Sir.« Heloise versuchte, einen freundlichen Ton zu bewahren und duckte sich, doch zwei starke Hände schoben sie zurück. Sein Körper fesselte sie; harte Steinquader pressten sich an ihren Rücken. Das war keine Liebe, wie sie von den Barden besungen wurde. Von einem nach Wein stinkenden Halbstarken betatscht zu werden? Alle mädchenhaften Fantasien von geheimen Treffen mit einem zärtlichen Geliebten vergingen ihr. War dies die Wirklichkeit? Nicht auszudenken, dass sie Harrington einmal sogar einmal als möglichen Ehemann in Betracht gezogen hatte!

»Lasst das, Master Harrington«, zischte sie, schlug nach seinen dreisten Händen und senkte ihr Gesicht, um seinem faulen Atem zu entkommen.

»Verdammt!« Er schnappte nach dem Draht- und Stoffgewebe ihrer Schmetterlingshaube und riss ihr den Kopfschmuck und das mit Silberfäden durchwirkte Netz darunter ab. Heloise bekam einen Wutanfall; mit Fäusten, Ellbogen und Füßen schlug und stieß und trat sie ihn.

»Es ist nichts Schändliches, einen Mann zu küssen«, lachte er und wollte sich von neuem auf sie stürzen, doch wie durch ein Wunder erklangen plötzlich Schritte, und eine unsichtbare Hand hob den jungen Burschen in die Luft und stieß ihn beiseite – doch leider nicht, bevor Harrington ihr aufgelöstes Haar gesehen hatte. Der helle Schein des vollen Monds verriet sie. Ein derber Fluch zerriss die Luft, dann war er fort.

»Trinkt das.«

Margery drückte einen Becher Glühwein in Heloises kalte Hände und zog den pelzbesetzten Umhang noch ein wenig fester um ihre Schulter. »Es war doch nur ein Streich, das mit dem *Cockatrice*! Ihre Gnaden wird Euch deshalb doch nicht fortschicken. Und der junge Herr hat meinem Mann geschworen, Ihr trügt keine Schuld daran. Er lachte gerade über die Späße eines Pagen, als er sich an der Mandel verschluckte.«

»Aber der Kaplan, Mylady. Er hält mich jetzt schon für einen verfluchten Wechselbalg. O Gott, ich hätte es für mich behalten sollen!«

»Und Eurem Gewissen nicht gehorchen?«

»Ich glaube, das gehört Euch, Madame«, ertönte eine unbekannte Stimme an der Tür. Männerarme entfalteten sich, und lange Finger reichten Heloise ihren beschädigten Kopfschmuck und ihr zerrissenes Haarnetz. Verlegen nahm Heloise beides, nicht sicher, wie lange Sir Richard Huddleston schon in der Tür lehnte. Sie war ihm noch nie persönlich begegnet, da er soeben erst aus Cumbria zurückgekommen war.

»Ich muss Euch danken, Sir, dass Ihr mich vor Master Harrington gerettet habt«, sagte sie leise. *Und das geliebte Kind des Herzogs.*

»Es war mir ein Vergnügen, Demoiselle.« Sir Richard klopfte sich die Hände ab, als habe er sie an Harrington beschmutzt. Sein träger Blick verweilte einen Moment lang liebevoll auf seiner Frau, bevor er ihn wieder auf ihre Begleiterin richtete. Falls er Überraschung oder Abscheu verspürte angesichts ihres unordentlichen, aufgelösten Hexenhaars, ließen seine grünen Augen nichts davon erkennen. »Es ist ein Bote von Eurem Vater gekommen, Fräulein Cockatrice.«

»Schlechte Nachrichten, Sir?« Alarmiert glitt sie vom Bett.

»Das kann ich nicht sagen, Demoiselle. Seine Gnaden werden morgen mit Euch sprechen.« Er betrat das Schlafgemach und warf Hut und Handschuhe aufs Bett. »Eure Handhabung des *Cockatrice* war sehr geschickt, Fräulein Ballaster, und die Eier ...« Seine Frau lächelte, und die Luft zwischen den beiden schien zu knistern »... waren ein wahres Meisterwerk.«

»Gut gelegt?« Mit einem koketten Blick auf ihren Mann strich Margery über ihre Röcke.

»Oh, sehr.«

Heloise hatte unerhörte Gerüchte über dieses Paar gehört: Es hieß, der König habe Margery, die eine uneheliche Tochter Warwicks des Königmachers war, verführt und als Spionin nach Frankreich geschickt. Konnte es stimmen, dass Richard Huddleston Hochverrat begangen hatte, indem er sich Warwicks Aufstand angeschlossen hatte, um ihre Liebe zu gewinnen? Als Heloise sie jetzt zusammen sah, konnte sie sich das gut vorstellen.

»Ich habe Heloise heute Morgen von dem Esel erzählt«, bemerkte Margery leise. »Der dem König von Frankreich Pfefferkuchen auf den Schoß geworfen hat.«

»Der Esel von Angers! Oh, das war sicher ich«, antwortete Sir Richard und erhob seinen rätselhaften Blick zu seiner Dame, um sich zu vergewissern, dass sie ihn verstanden hatte.

O ja, das war Liebe. Das war es, was Heloise sich vom Leben wünschte. Es stimmte sie glücklich, die Liebe dieser beiden Menschen zu sehen, aber auch ein bisschen traurig, weil sie sich nicht vorstellen konnte, dass Piers Harrington sie je auf diese Weise ansehen würde. Die Erkenntnis brachte ein Gefühl mit sich, verschont worden zu sein.

»Heloise hat Angst, die Leute ihr schönes Haar sehen zu lassen«, erzählte Margery Sir Richard.

»Ich verstehe nicht, warum«, erwiderte ihr Gatte. Vielleicht wollte er sie mit seinem beiläufigen Ton beruhigen, aber Heloise fühlte sich trotzdem noch immer etwas unbehaglich unter dem intelligenten Blick des Mannes.

»Die anderen Kinder sagten früher immer, ich hätte Hexenhaar«, wisperte sie.

»Und von mir behaupteten die Leute früher, ich sei eine Dirne.« Ein Anflug von Schmerz lag in Margery Huddlestons Stimme. »Ihr dürft Euch nicht schämen. Euer Haar ist ein Geschenk Gottes, nicht des Teufels. Was zählt ist, was Ihr glaubt. Und nun seid wieder heiter, denn es fehlt Euch nicht an Freunden.«

Heloises Kindheitsängste, die Feen könnten die wahre Heloise Ballaster aus ihrer Wiege gestohlen haben, begannen langsam wieder nachzulassen. Ja, in dieser kultivierten Gesellschaft erschien es ihr geradezu absurd, so etwas zu glauben, doch in ihrer Kindheit war sie ständig damit aufgezogen worden. Und ihr Vater hatte sie verhöhnt und gesagt, nur ein Blinder würde sie zur Frau nehmen. Aber ob er sie nun für einen Wechselbalg hielt oder nicht, sie würde es ihm zeigen. Beinahe trotzig hob sie ihr Kinn und lächelte.

»Und an Eurer Stelle würde ich nach Höherem streben als Harrington«, fügte Margery hinzu, als verfügte auch sie über die Gabe, Gedanken zu lesen. »Ehe ist nicht immer eine Antwort.«

»Sondern meist nur der Beginn der Frage.« Sir Richard nahm seine Frau an der Hand und zog sie auf die Beine. »Leih Fräulein Ballaster eins deiner Haarnetze, meine Liebe, und lass uns sie dann sicher zu ihren Gemächern geleiten.«

»Angenehme Träume«, wünschten sie ihr freundlich. Träume? Sie waren der Kern ihres Problems. Sie war jung, verflucht und hatte Angst zu träumen.

Gemästet von dem guten Weihnachtsessen, heiser vom Weihnachtsliedersingen und krank vom Zechen, war der Haushalt am nächsten Morgen verschlafen und gedämpft, als Heloise dem Dienst habenden Pagen durch den großen Burgsaal zu den Privatgemächern des Herzogs von Gloucester folgte.

Das nach Süden liegende Schlafgemach war erhellt vom winterlichen Sonnenschein und warm vom Feuer im Kamin. Die Huddlestons, nach Monaten der Trennung durch ihre jeweiligen Pflichten wieder vereint, waren natürlich zusammen erschienen, schmückten den Fensterplatz mit ihren prächtigen Gewändern und plauderten angeregt, während ihr kleines Kind, das sie aus dem Kinderzimmer geholt hatten, zu ihren Füßen spielte.

Herzog Richard von Gloucester ruhte auf einer gepolsterten Bank ein wenig näher am Kamin, einen Hund zu seinen Füßen und seinen Sohn am Boden vor sich, wo er an seinen Stulpenstiefeln lehnte. Ein Bestiarium lag aufgeschlagen auf den Knien des Jungen.

»Aber hier steht, Mylord, dass der Augapfel einer Hyäne einem die Zukunft prophezeien kann, wenn man ihn unter seine Zunge legt. Bedeutet das ...« Der Herzog brachte ihn mit einer Handbewegung zum Schweigen, als Heloise im Eingang knickste.

»Ah, Heloise.« Herzogin Anne, eine jüngere, etwas beleibtere Ausgabe Margery Huddlestons, blickte von ihren Karten auf. Dann ließ sie ihre Mutter, die Gräfin, mitten im Spiel sitzen und ging durch den Raum zu ihrem Mann hinüber.

Ihre fehlgeleitete Hofdame knickste wieder und wartete mit dem Gefühl, als wäre sie bereits auf dem Weg zum Galgen. Aber wenigstens war der Kaplan nicht da.

»Weibliche Intuition ist schon etwas Seltsames«, bemerkte der Herzog, während er mit dem Ring an seinem kleinen Finger spielte. »Und auch etwas ziemlich Kostpieliges, scheint mir. Ihr habt meinen Tisch beschädigt, Fräulein Balaster, von unseren besten Trinkbechern und Kannen ganz zu schweigen.«

»Es geschah nicht aus böser Absicht, das schwöre ich, Euer Gnaden.« Verzweifelt richtete sie den Blick auf die Herzogin. »Bitte, ich flehe Euch an, entlasst mich nicht, Madame. Es wird nicht wieder vorkommen.«

»Das ist nicht der Grund, aus dem wir Euch gerufen haben, Heloise«, erwiderte Gloucester freundlich. »Tatsächlich sind wir sogar sicher, dass Ihr mehr als redlich gehandelt habt gestern Abend und danken Euch für Eure Sorge um unseren Sohn. Nein, es geht um das hier, Heloise.« Er nahm ein Pergament von den Kissen neben ihm und reichte es ihr. »Der Brief Eures Vaters ändert einiges. Setzt Euch und lest ihn bitte.«

Da ihr nichts anderes übrig blieb, ließ sie sich gehorsam auf einen der gepolsterten Stühle sinken und entfaltete das Pergament. Es enthielt, was sie befürchtet hatte: Mit zwölf dürftigen, seinem Notar diktierten Zeilen rief Sir Dudley Ballaster sie zurück nach Hause. Da ihre zarte Stiefmutter ein Kind erwartete und bisher noch kein Mann um Heloise angehalten hatte, sollte sie heimkehren und Burgfrau werden. Heimkehren wie *nach Hause*? O nein, nicht nach Hause nach Northamptonshire, wo sie aufgewachsen war, sondern zu einer Burg namens Bramley in Somerset, die ihm (wie er sie selbstgefällig informierte) von einem Freund vermacht worden war. Dorthin sollte Heloise reisen.

»Mir scheint, wir müssen Euch gehen lassen, Heloise. Der Stallbursche Eures Vaters, Martin, hat Anweisung, Euch heimzubringen.« Herzog Richard erhob sich und zog Heloise sanft auf die Füße. Auch der Junge stand auf und hielt sich so majestätisch gerade wie sein Vater.

Heloise gab sich keine Mühe, ihre Enttäuschung zu verbergen. Befreit von der Tyrannei ihres Vaters, hatte Gloucesters Haushalt ihrem Leben Ordnung und Schönheit gegeben. Aber nichts war für immer. Wenn sie blieb, würden Gerüchte über ihre Vorahnungen und ihre Andersartigkeit durchsickern, und die Dienstboten würden sich bekreuzigen, wenn sie an ihr vorbeigingen. Die anderen Hofdamen hatten bisher über ihr Hexenhaar geschwiegen, doch nun würden sie beginnen, sie mit Misstrauen zu betrachten; dafür würde der Kaplan schon sorgen.

Die Herzogin legte zärtlich eine Hand auf Herzog Gloucesters Arm. »Wir …« sie sah ihren Mann an, »fragten uns, ob es Euch recht wäre, wenn Eure jüngere Schwester zu uns käme, falls Ihr sie daheim entbehren könnt. Aber natürlich braucht Ihr das nicht gleich zu entscheiden.« Es war ein wirklich großzügiges Angebot.

»Ich danke Euer Gnaden.« Dionysia war schön, normal. Sie würde aufsteigen wie ein Komet in der Welt von Middleham. »Mit Erlaubnis meines Vaters würde ich sie gern so bald wie möglich herschicken.« Das zumindest würde ihres Vaters Wut besänftigen.

»Braves Mädchen.« Gloucester nickte anerkennend. »Wir haben beschlossen, dass Ihr schon morgen mit Sir Richard und Lady Huddleston die Reise antretet, da auch sie in Richtung Süden reisen. Es ist ratsamer, aufzubrechen, solange die Straßen hart gefroren sind.«

»Ihr wart ungemein gewissenhaft in Euren Pflichten, Heloise. Wir haben Euch sehr lieb gewonnen.«

»Und ich war sehr, sehr glücklich hier, Madame«, rief Heloise, als das Bild des Herzogs und der Herzogin mit einem Mal vor ihren Augen zu verschwimmen begann.

»Ich weiß, wohin Ihr zurückkehrt.« Herzogin Anne legte Heloise beruhigend die Hände auf die Schultern. »Glaubt mir, ich weiß sehr gut, wie schwierig Väter sein können.« Sie wandte sich Margery zu, um sie in ihre Bemerkung mit einzuschließen, bevor sie hinzufügte: »Und ich glaube, Ihr werdet uns hier fehlen, Heloise, vor allem einem ganz gewissen jungen Herrn, nicht wahr?«

»Nein, das glaube ich nicht, Euer Gnaden. Nicht nach gestern Abend.«

Margerys Taftkleid raschelte, als sie zu ihrer Halbschwester hinüberkam und sich bei ihr unterhakte. »Heloise hat Angst, ihr ungewöhnliches Haar würde jeden Freier abschrecken.«

Gloucester runzelte die Stirn. »Ja, das habe ich schon gehört.« Er warf einen misstrauischen Blick auf Heloises blaue Samthaube und das sorgfältig darunter festgesteckte Haarnetz. »Euer Haar ist silbern, nicht?« Seine goldbraunen Augen blickten warm und freundlich. »Es ist sicher nicht so selten, wie Ihr glaubt.«

»Was ist damit? Darf ich es sehen?«, fragte der Sohn des Herzogs neugierig.

»Nichts ist damit«, mischte sich streng die Großmutter des Jungen von ihrem Platz am Spieltisch ein. »Aber Fräulein Heloise möchte so sein wie alle anderen. Und das wirst du auch wollen, wenn du erst in ihr Alter kommst.« Dann wandte sich die Gräfin, die fünfzig Jahre alt und recht beleibt war, Heloise zu. »Ihr werdet feststellen, meine liebe junge Dame, dass andere Sorgen solch müßige Überlegungen verdrängen werden, wenn Ihr älter werdet. Ein gebrochener Fingernagel oder eine Haarsträhne, die sich nicht lockt, werden belanglos, wenn Ihr ein Haus zu führen und Kinder an Euren Schürzenzipfeln hängen habt. Ihr werdet sehen.«

Ich habe es schon gesehen, dachte Heloise rebellisch und verkniff sich eine Antwort, verärgert, dass die ältere Dame sie für eitel und frivol zu halten schien. Ich habe bereits Tag und Nacht für meinen Vater geschuftet, ohne auch nur ein Lächeln oder ein Wort des Danks von ihm, um meine Bürde zu erleichtern.

»Mylady«, protestierte sie, »ich versichere Euch, dass ich weiß, was harte ...« Sie unterbrach sich, aber nicht, weil die Gräfin sich wieder ihren Karten zugewandt hatte, sondern weil es schon wieder geschah – Realität und Wirklichkeit vermischten sich plötzlich.

Ihr war, als platzten ihre Lungen. Sie sah, wie Herzogin Annes Haut erblasste. Blut befleckte wie Speichel ihre Lippen; die ruhigen Augen Myladys weiteten sich vor Qual und Kummer, bis sie tief in ihren Höhlen zu verschwinden schienen, und die Welt verfinsterte sich.

»Heloise! Heloise!« Margery Huddlestons Finger umklammerten ihr Handgelenk und rissen sie beinahe schmerzhaft wieder in die Gegenwart zurück.

»Ich muss gehen«, wisperte Heloise, die die anderen nicht anzusehen wagte, damit die Vision nicht noch einmal wiederkehrte. Middleham verlassen? Ja, aber was dann?

2

Februar 1483,
Brecknock, Wales

Harry Stafford, Herzog von Buckingham, erhob sich aus seinem geschnitzten Sessel und entließ mit einer ungeduldigen Handbewegung seine Ratsversammlung. Sein Kammerherr, Sir Nicholas Latimer, sammelte geräuschvoll seine Notizen ein und ging, aber nicht ohne durch eine auffallend knappe Verbeugung seine Missbilligung zum Ausdruck zu bringen. Die anderen Ratsmitglieder folgten ihm auf Zehenspitzen wie Ehemänner, die von einem Zechgelage zurückkehrten. Alle bis auf Sir Miles Rushden, der die Tür hinter ihnen schloss und sich mit zweifelndem Gesichtsausdruck zum Herzog umdrehte.

»Ich pfeife darauf, ob Ihr an meiner Entscheidung etwas auszusetzen habt, Miles. Diesmal werdet Ihr mich nicht umstimmen«, rief der Herzog, stieß die Fensterläden auf und klopfte mit einem ringgeschmückten Daumen auf die Fensterbank. Unterhalb der Burg erschauerte die Stadt Brecknock unter winterlichen Böen. Dahinter erhoben sich die Hügel aus dem Tal wie eine lange grüne Welle, und sich überstürzende dunkle Brecher aus Land schienen in die nebelverhangenen Berge hinaufzuschlagen. Rau und kalt blies der Januarwind vom steilen Kamm des Pen-y-Fan in den Raum und brachte die auf dem Tisch liegenden Papiere durcheinander.

Miles legte einen glatt polierten Stein auf die Depeschen und nahm seinen pelzbesetzten Mantel vorn über der Brust zusammen.

»Es wäre eine Kleinigkeit für Euch, Ralph die freie Verwalterstelle in Yalding zu überlassen, Euer Gnaden«, gab er zu bedenken und beugte sich über den Tisch, um sich eine Hand voll süße Kastanien aus der Zinnschale zu nehmen. In weiser Voraussicht blieb er an seinem Platz neben dem Kamin und ritzte die Kastanien eine nach der anderen mit der Spitze seines Dolches ein, bevor er sie in die Glut legte.

»Nein«, murmelte der Herzog mit einem missmutigen Blick auf die fernen, nebelverhangenen Berggipfel. Dann blickte er über seine Schulter und runzelte die Stirn. »Herrgott! Ralph könnte Yalding niemals dazu bringen, Pacht zu zahlen.«

»Aber er verdient doch eine Chance, sich zu beweisen?« Nicht dass Miles besonders viel Respekt vor diesem speziellen Diener Harrys hätte, aber Ralphs Frau, Eleanor, hatte sich als tüchtig und zuverlässig erwiesen.

»Sie haben schon die Lacon-Farm in Wem. Lasst es damit genug sein, Miles. Ich will nichts mehr davon hören.« Ärgerlich hieb er mit der Faust gegen die Wand. »Herrgott noch mal, ich habe genug davon, hier oben eingepfercht zu sein. Ich muss raus. Ich will jagen. Morgen! Arrangiert das!«

Gehorsam neigte Miles den Kopf. Auch er spürte den Bewegungsmangel nach einer Woche, in der es nicht aufgehört hatte zu regnen, aber in ihm rief er nicht die tiefe Niedergeschlagenheit hervor, die Harry Stafford so oft plagte.

»Ich schätze, es wird Zeit für einen weiteren Aufstand, Euer Gnaden«, bemerkte er trocken. »Soll ich auch das gleich arrangieren? Obwohl natürlich die Möglichkeit bestünde, dass Ihr am Galgen enden würdet.« Wie der eifersüchtige Bruder des Königs, Clarence, vor fünf Jahren.

Die schlechte Laune des Herzogs fiel von ihm ab wie ein zu loser Mantel, er zog das Fenster zu und wandte sich um. »Hurensohn!«, rief er wohlwollend. »Gebt mir etwas Wein, bitte.«

Sein Freund kam seiner Bitte grinsend nach. Miles wusste, wann man die Dinge besser ruhen ließ. Die Südwaliser nannten ihn *Y Cysgod*, des Herzogs Schatten, aber seine wahre Stärke lag darin, dem Herzog immer einen Schritt voraus zu sein. Er war sich des Skorpions in Harry Staffords Natur nur allzu gut bewusst; es war lebenswichtig, dem Mann nie den Rücken zuzukehren.

»Ach übrigens, Miles«, sagte der Herzog, »Ihr habt mir noch nicht gesagt, was Euer Vater zu Eurer Verlobung mit Lady Myfannwy geschrieben hat?«

Miles runzelte die Stirn, als er Stafford einen Becher Muskateller reichte. Er war bereit, Rhys ap Thomas' Mündel zu heiraten, als Bestandteil Harrys politischer Bündnissuche in Wales gewissermaßen, doch mit siebenundzwanzig, fand er, war es weder Sache seines Vater, wen er heiratete, noch sah er dieser zweiten Ehe mit besonders viel Begeisterung entgegen. Seine junge Frau, Sioned, und ihr Kind lagen schließlich erst seit zwei Jahren unter der Erde. Außerdem zeigte ihm der Spiegel, wie die Welt ihn sah, und ein von Pockennarben entstelltes Gesicht würde keiner jungen Braut gefallen.

»Mein Vater hat mir seinen Segen gegeben und dankt Euer Gnaden, dass Ihr so um mein Wohl besorgt seid. Die andere Nachricht ist, dass mein jüngerer Bruder jetzt einen Sohn hat. Gott sei Dank! Vielleicht werden meine Eltern nun aufhören, mir sämtliche Jungfern aus der Nachbarschaft vorführen zu wollen, wann immer ich nach Hause komme.« Eine der Kastanien schoss durch den Kamin wie eine Kanonenkugel, und Miles bückte sich und hob sie auf.

»Ich werde Rhys den Vorschlag machen, Myfannwy im April hierher zu bringen.« Harry jonglierte eine heiße Kastanie von einer Handfläche auf die andere. »Ein richtiger kleiner Leckerbissen, dieses Mädchen.«

Und sie würde ihm beträchtliche Ländereien einbringen, musste Miles zugeben. Als Erbe einer Familie, die für das Haus Lancaster und gegen das siegreiche Haus York gekämpft hatte, musste er sein Vermögen vergrößern, und ein Bündnis mit Rhys wäre daher sehr vorteilhaft. Nachdenklich schälte er eine Kastanie; also gut, im April würde er mit Myfannwy ein Verlöbnis eingehen.

»Was hat *das* denn hier zu suchen?«

Mit Daumen und Zeigefinger, als hielte er eine Ratte am Schwanz, zog Harry ein besticktes Kissen aus dem Sessel und schwenkte es mit angewidertem Gesicht herum. Die Woodviller Herzmuscheln, das Wappen der verhassten Familie seiner Frau, waren in leuchtenden Farben auf das Kissen gestickt. Seit König Eduard IV sich so heftig in Elizabeth Woodville verliebt hatte, dass er sie geheiratet hatte, waren die Woodvilles in sämtliche Ecken und Ritzen der Macht geschlüpft. Indem sie hier einen Erben, dort eine reiche Erbin heirateten, hatten sie ihre Fangarme über das gesamte Königreich ausgestreckt. Selbst Wales, wo Harry von Rechts wegen die uneingeschränkte Herrschaft hätte haben sollen, war nicht frei von ihren Einflüssen. Nicht einmal das Bett des Herzogs war es, obwohl Catherine Woodville, die jüngste Schwester der Königin, es ebenso sehr zu meiden schien wie Harry selbst.

Die Entfernung abschätzend, ließ Harry das Kissen auf den Boden fallen und versetzte ihm einen Tritt in Richtung Fenster. Es prallte jedoch an die Wand und fiel mit einem leisen Plumpsen auf die Eichentruhe. Der Herzog zuckte mit den Schultern.

»Also, was meint Ihr – womit sollen wir heute den Tag vergeuden? Sollen wir einen Vogt nach Tretower hinunterschicken, um die Vaughans zu verärgern? Oder ich könnte meiner Frau auch sagen, ich wollte noch einen Sohn von ihr.«

Freundschaft war schön und gut – Miles strich sich müde durch das rabenschwarze Haar, mit dem er problemlos als Waliser hätte durchgehen können – doch manchmal fühlte er sich Jahrhunderte älter als Harry, anstatt zwei Jahre jünger. Mit erhobener Braue blickte er hoffnungsvoll auf die Depeschen, doch der Herzog schüttelte den Kopf.

»Da ist diese dunkeläugige Schönheit, die Pershall drüben in Llantrynach für Euch gefunden hat, Mylord.« Er holte das Kissen und platzierte es wieder vor den herzoglichen Fuß. »Ihr erinnert Euch? Sie lebt in der Straße hinter St. Brynach's.« Er blickte auf und erkannte, dass Harrys Interesse erwacht war. »Soll ich sie von Pershall holen lassen?« Zumindest war das Mädchen bereitwillig.

»Ja, warum nicht?«, murmelte Seine Gnaden. »Und ich kann nur hoffen, dass sie unterhaltsam ist.« Er strich mit dem Daumen über die Stafford-Schleife, Harrys Wappen, auf dem Becher. »Die Pusteblume eines Löwenzahns besitzt mehr Geist als dieses letzte Frauenzimmer, das Ihr mir hergeschickt habt.«

»Und Euer Gnaden haben hoffentlich auch nicht vergessen, dass ich am Montag abreise?«

»Meine Gnaden haben es nicht vergessen, nein. Aber

könnt Ihr das nicht verschieben? Es wird schrecklich langweilig sein ohne Euch.«

Miles fluchte; der Tag des Aufbruchs war von größter Wichtigkeit. Es konnte eine ganze Woche dauern, Somerset zu erreichen, so morastig, wie die Straßen im Moment waren. »Aber Mylord, ich dachte, wir wären uns einig, uns in Thornbury zu treffen.« Ja, er müsste es eigentlich schaffen, seinem Vater zu helfen, Bramley zurückzugewinnen, dann Bristol zu umgehen und schnellstens nach Thornbury weiterzureiten.

»Ja, natürlich ... nun gut, dann werdet Ihr wohl reisen müssen.« Die Zustimmung war nur halbherzig; das darauf folgende Schweigen wohlerwogen. Harrys Selbstvertrauen schwankte wieder. »Ich wünschte, ich könnte Thornbury abreißen und es komplett neu aufbauen. Die Pest soll den König holen! Wenn er mir doch nur den Rest meines Bohun-Erbes übertragen würde, hätte ich die Mittel dazu.«

Ja, die Landgüter, die in den Besitz der Krone gefallen waren. Sie hatten dieses Thema schon so oft erörtert, dass Miles im Stillen stöhnte, als er sich auf die Tischkante hockte und sich wie gewöhnlich geduldig darauf vorbereitete, dem Herzog zuzuhören. Wenn Harry sich nur nicht mit der Königin zerstritten hätte, hätten sie möglicherweise beide mit hohen Ämtern rechnen können und wären nun bei Hofe, anstatt in dieser gottverlassenen Entschuldigung für eine Burg Kastanien zu schälen. Vielleicht würde sich mit Gottes Hilfe eines Tages ja doch noch eine Möglichkeit ergeben, aber in der Zwischenzeit würde er es genießen, sich eine kurze Ruhepause von Brecknock und seinem gelangweilten Herrn zu gönnen.

Aber jetzt – denn Harrys düstere Stimmungen mussten ertragen werden, weil sonst der gesamte Haushalt darunter zu leiden hatte – legte er geduldig das Kinn auf seine beringte Hand und wartete. Die Macht, die das Vertrauen des Herzogs ihm verlieh, verschaffte ihm eine gewisse Genugtuung. Aber er hatte weder die Absicht, Harrys Vertrauen zu missbrauchen, noch würde er sich dahingehend manipulieren lassen, es auszunützen. Nur wenige im Haushalt konnten die Verbitterung verstehen, die wie ein vergifteter Quell von Zeit zu Zeit im Herzog aufstieg – sein Hass auf die Königin, Elizabeth Woodville. Wie eine schwärende offene Wunde hatten die Unstimmigkeiten mit Westminster begonnen, als Harry im Alter von zehn Jahren öffentlich seine kindliche Empörung darüber geäußert hatte, dass man ihn nicht nur zwang, *irgendein* Mädchen zu heiraten, sondern zudem auch noch die acht Jahre alte Schwester der Königin. Die Königin und ihre Brüder hatten ihm das nie verziehen.

»Ich habe mehr königliches Blut in meinem kleinen Finger, als diese verdammten Woodvilles in ihrem gesamten Stammbaum auftreiben können«, knurrte Seine Gnaden. »Aber ich wette, dass sie allesamt Weihnachten in Westminster verbringen werden.«

Miles schenkte dem Herzog Wein nach. »Nein, Euer Gnaden. Lord Rivers verbringt die Feiertage beim Prinz von Wales in Ludlow.«

Harry machte ein verdrießliches Gesicht bei der Erinnerung. Den zwölfjährigen Thronerben in Ludlow einzuquartieren, mit Lord Rivers, dem ältesten Bruder der Königin, als Tutor, besaß nicht nur den Zweck, die Waliser in Schach zu halten, sondern gleichzeitig auch Seine Gnaden von Buckingham. Denn König Eduard, der das Haus Lancaster abgesetzt und die Dynastie des Hauses York begründet hatte, befürchtete, dass seine Feinde, sollten sie je wieder genügend Macht gewinnen, versuchen würden, Harry für ihre Sache zu gewinnen. Harry war der letzte legitime Erbe des Hauses Lancaster, was auch der Grund war, warum Miles ihn schützte. Miles' gesamte Zukunft lag im Wert von Harrys Geburtsrecht, und falls es eines Tages zu einer Teilung des Hauses York kommen sollte, gedachte Miles das auszunutzen.

»Ach, Herrgott, Miles, vielleicht solltet Ihr einfach weggehen und Euch Gloucesters Gefolge in Middleham anschließen. Es würde Euch bestimmt mehr Glück bringen, als hier in diesem verfluchten Brecknock zu verrotten.«

»Was, und die Tradition brechen? Die Rushdens haben immer den Staffords gedient.« Eines Tages, schwor sich Miles, würde er das einstige Rushdensche Vermögen wiederherstellen. Eines Tages würde das Rad des Schicksals sich wieder drehen, und er würde Harry helfen, das Woodville-York-Bündnis zu stürzen. »Tröstet Euch, Mylord, es wird nicht immer so sein. Die Königin stirbt vielleicht noch vor dem Neuen Jahr – im Kindbett.« Er sagte es sehr gedämpft, um zu vermeiden, dass die verräterischen Worte von vorübergehenden Dienstboten aufgeschnappt und wie eine Seuche im Haus verbreitet wurden.

»Pah, und ich kann auf den Mond reisen«, murmelte der Herzog von Buckingham und beförderte das mit dem Woodviller Wappen bestickte Kissen mit einem Fußtritt aus dem Fenster.

Es schien ein kleineres Scharmützel im Gange zu sein, beobachtete Miles, als er zwei Wochen später Traveller, sein Pferd, auf einer Anhöhe zügelte und fasziniert auf das Schauspiel herabstarrte, das sich ihm im Schnee dort unten an der Straße bot.

»Das ist Bramley, das Dorf, nicht wahr?«, murmelte Dobbe, sein Diener, unbeeindruckt. Vor etwa einer Viertelmeile hatten sie eine Burg von eher bescheidenen Ausmaßen passiert. Da sie mit einem geschmacklosen Überfluss roter und blauer Wimpel geschmückt gewesen war, wussten sie, dass sie ihr Ziel erreicht hatten, einen Landsitz, den Sir Dudley Ballaster sich widerrechtlich angeeignet hatte.

Der Februarwind war beißend kalt, und Miles drängte sein Pferd in den Schutz eines Heckenwegs zu ihrer Linken. Sein Diener und zwei Bewaffnete, die er als Eskorte mitgebracht hatte, folgten.

»Glaubt ihr, jemand hat vergessen, ihnen zu sagen, dass wir seit elf Jahren Frieden in England haben?«, murmelte er und sprang aus dem Sattel in den Schnee, schlug seine pelzgefütterte Kapuze zurück und rieb sich mit Fingern, die in dicken Lederhandschuhen steckten, nachdenklich das unrasierte Kinn. Er hatte sich auf ein Bad und eine Rasur gefreut, aber nicht auf ein Scharmützel. Es war lästig, von seinem Vater nach Bramley geschickt zu werden, wo er doch eigentlich geplant hatte, den Rest seines Urlaubs auf dem Familiensitz etwas weiter südlich in Dorset zu verbringen.

Einer seiner Begleiter lachte. »Nun, das ist Somerset, nicht wahr, Sir? Ich bin Hereforder, wie Ihr wisst, Mylord.«

Das war also Bramley, das einstige kleine Königreich seines Großonkels. Das Dorf sah recht wohlhabend aus; seine Kirche hatte einen Turm, das schneebedeckte Dach war in gutem Zustand, und die Gärten der strohgedeckten Wohnhäuser, die die Straße säumten, waren eingezäunt und bepflanzt. Die Sommergirlanden der Bierschenke waren verwelkt und erfroren, aber ihre Türen und Fenster, die breit und von Kerzen erhellt waren im nachmittäglichen

Dunkel, winkten einladend wie eine freundliche Hure, denn es war eine anstrengende, kalte Reise gewesen.

»Genau wie Wales. Wir hätten uns die Reise sparen können.« Dobbe wischte sich mit dem Ärmel seine tropfende Nase ab. Kampfgeräusche wurden durch die kalte stille Luft herübergetragen, und die Dörfler, die in sicherer Entfernung standen und zusahen, steuerten noch rüdere Schreie zu dem Lärm des Kampfgetümmels bei. »Reitet Ihr hinunter, Sir? Um ihnen zu zeigen, wie man's macht?«

Sein Herr runzelte die Stirn, weil er das Getümmel langsam zu durchschauen begann. Großer Gott, es war sein würdiger Vater dort unten, der einen kleinen Mann mit einer Frisur wie ein Strohdach anbrüllte – oder war es der riesige Kerl in Rüstung, den er anschrie? »Ich fasse es nicht«, murmelte Miles anerkennend.

Natürlich kam es in einigen Teilen Englands immer noch zu Zwistigkeiten. Einige waren lokale Streitigkeiten, die während der gesetzlosen Jahre König Heinrich VI begonnen hatten; andere waren Dispute über den Besitz von Ländereien, die durch die Kriege zwischen den großen Familien York und Lancaster noch verschärft worden waren, als Ländereien wegen Verrats konfisziert und von den Siegern unter den Loyalisten verteilt worden waren.

Miles wusste genau, worum es bei der Auseinandersetzung ging, aber er hatte gehofft, sein Vater habe diesen Streit inzwischen beigelegt. Er hatte den Knochen, um den sie sich wie Hunde balgten, schon gesehen: Bramley Castle – ein quadratischer normannischer Turm, ein renovierter Burgsaal mit scharlachroten Fensterläden und zwei Kaminen, eine Burgmauer, ein Wassergraben mit einer Mühle in der Nähe, einige verstreut liegende Häuschen und ein Dutzend angrenzende Felder, auf denen noch die Vogelscheuchen des vergangenen Sommers standen. Die gemütliche kleine Festung war mit Lösegeld gekauft worden, das sein Großonkel blutig verdient hatte während der Französischen Kriege um 1440. Er hatte es seinem zweiten Cousin vererbt, der als Trunkenbold und ohne Nachkommenschaft gestorben war und Bramley nicht seinem rechtmäßigen Erben, Lord Phillip Rushden, Miles Erzeuger, hinterlassen hatte, sondern einem Freund, Sir Dudley Ballaster. Vermutlich war es Ballaster, der diesen grässlichen Haarschnitt trug und Miles' Vater nun seinerseits beschimpfte.

Vielleicht war es an der Zeit, sich bemerkbar zu machen. Mit einem schiefen Lächeln über das ungehobelte Benehmen seines Vaters klopfte Miles Traveller beruhigend den Hals und zog sich wieder in den Sattel.

»Sieht so aus, als wär's vorbei für heute, Sir.«

Innerhalb weniger Minuten war es das tatsächlich. Ein Dutzend müder Kämpfer machte sich lärmend auf den Weg zur Schänke, doch der kleine Mann schwang sich auf sein Pferd und donnerte, mit mehreren Handlangern und zwei Hunden im Gefolge, an Miles' Gruppe vorbei, ohne den Kapuzen tragenden, sich vor dem Wind duckenden Reisenden auch nur einen zweiten Blick zu gönnen.

»Freundlich sind die, was?«, murmelte Dobbe.

Die Truppe seines Vaters kümmerte sich um mehrere blutige Nasen, die beeindruckende rote Flecken in dem zertrampelten Schnee hinterließen – aber ohne genauere Prüfung war es schwer zu sagen, ob das der einzige Schaden war, den sie davongetragen hatten.

Miles drehte sich zu seinen Bewaffneten um. »Wenn Dobbe und ich außer Sicht sind, geht in die Schänke. Tut so, als wärt ihr ganz normale Reisende, und seht, was ihr in Erfahrung bringen könnt.« Mit den Knien trieb er sein

Pferd an, den Hügel hinabzugaloppieren, und Travellers Hufe versetzten die Ängstlicheren der Dorfbewohner noch mehr in Panik.

»Aber doch keine Mistgabeln, Mylord!«, rief er verächtlich aus, als er Traveller zügelte. »Wie unglaublich primitiv.«

»Was zum ...« Sein Vater fuhr herum, mit hochrotem Gesicht und erhobenen Fäusten, und die schwarzen Schlangen auf seiner Brust gerieten arg ins Schwanken. »Bei der Heiligen Jungfrau! Miles!«, schnaufte er in freudiger Überraschung, als sein Sohn absaß. »Ich hatte dich vor morgen nicht erwartet.«

»Es sieht so aus, als hätte ich besser meine volle Rüstung mitbringen sollen, Mylord. Eigentlich hatte ich gedacht, Bramley befände sich inzwischen schon wieder in Euren Händen.«

»Ha, wir hätten sie fast gehabt, junger Habicht.« Die Umarmung des älteren Mannes war noch immer kräftig, aber er schien gebeugter als bei ihrer Trennung im letzten Sommer. Das dunkle, einst glänzende Haar war reichlich mit Silberfäden durchzogen, und obwohl die Kraft in der adlerartigen Nase und dem entschlossenen Mund noch da war, hatte der ältere Mann durch zu viel Schlemmerei ein Doppelkinn entwickelt. Beunruhigender jedoch war das schwere Atmen, was auf keinen guten Gesundheitszustand schließen ließ.

»Hast du Ballaster gesehen?« Lord Rushden rümpfte die Nase und blickte angewidert die Straße hinauf. »Er ist direkt an dir vorbeigeritten. Wie ein eingebildeter kleiner Hahn! Glücksritter!« Er spuckte aus, und in dem leisen, knurrigen Ton, in dem er das Haus York zu kritisieren pflegte, fügte er hinzu: »Er wurde reich belohnt dafür, dass er den alten

König Ned während Warwicks Rebellion mit Waffen und einem Darlehen unterstützte. Herrgott, Ballasters Vater war nur ein einfacher Armbrusthändler in Bristol.«

»Und? Spielt Ballaster den Ladenbesitzer?«

Sein Vater nieste. »Aye, wenn er nicht gerade den Edelmann spielt. Bei meiner Seele, Junge, du hättest sehen sollen, wie dieser großspurige Halunke die Brust herausstreckte wie eine Taube und verkündete, er habe schon mit dem König und Lord Hastings diniert. Es sollte ein Gesetz geben, dass Kreaturen, die keine Erziehung genossen haben, der Erwerb von Land verboten ist. Als Nächstes werden wir noch Pflüger unsere Grafschaft im Parlament vertreten sehen.« Wieder rümpfte er die Nase und rieb sich mit dem Zeigefinger seinen Schnurrbart. »Denk an meine Worte, es wird verdammt schwer sein, Bramley von diesem Hundesohn zurückzukriegen. Er würde jahrelange Prozesse führen, wenn wir es zuließen. Du solltest ein Wort mit Herzog Harry reden, Miles. Versuch herauszufinden, ob der Herzog irgendetwas tun kann, um die Angelegenheit zu unseren Gunsten zu entscheiden.«

»Ich hoffe, dass die Burg es wert ist«, murmelte Miles, der an die zu erwartenden Anwaltsrechnungen dachte. Das befestigte Landgut seiner Familie war sehr viel mehr nach seinem Geschmack, und er wünschte, er wäre jetzt dort, anstatt auf einem Eisfeld in diesem verfluchten Bramley. Sein Vater besaß bereits zwei Burgen, und beide benötigten Reparaturen. Wozu wollte er dann auch noch diese hier? Miles blickte sich nach den Bewaffneten um, die sein Vater aus Dorset mitgebracht hatte. Die meisten von ihnen stampften mit den Füßen und bliesen auf ihre Finger, um ihr Blut in Fluss zu halten. Miles war es auch nicht gerade warm, und sein Vater nieste wieder und legte eine Hand an seinen Hals, als habe er dort Schmerzen. »Wohin können wir uns ehrenhaft zurückziehen, Mylord?«

»Zurückziehen? Hüte deine Zunge, Junge. Ich habe gestern eins der abgelegeneren Herrenhäuser besetzt. Dort haben wir auf jeden Fall schon ein Quartier. Und ich schätze, dass du hungrig bist.« Lord Rushden pfiff seinem Knappen, sein Pferd zu bringen. »Ich glaube, ich bekomme Schüttelfrost, mein Junge. Meine Kehle ist rau wie die Feile eines Zimmermanns.«

»Und wann ist der nächste Kampf?«, fragte Miles mit einem nachsichtigen Lächeln. »Beim ersten Hahnenschrei?«

»Morgen früh um zehn, aber das ist eine Kleinigkeit. Dieser Narr hat mich zu einem Duell herausgefordert. Gott weiß, ob er glaubt, damit könnte er die Angelegenheit regeln. Ich schätze, dieser Hurensohn kann nicht mal ein Schlachtross von einem Packpferd unterscheiden.«

»Duell?« Miles zog die dunklen Augenbrauen hoch, und seine Belustigung verflog. Sein Vater mochte sich die Ritterschaft in der Schlacht von St. Albans verdient haben, aber das war vor zweiundzwanzig Jahren gewesen. »Ihr werdet doch nicht selbst gegen diesen Kerl antreten?«

»Aber nein«, beruhigte ihn sein Vater und schlang einen Arm um seine Schultern. »Jetzt, wo du hier bist, wirst natürlich du es tun.«

3

Es war eine Sache, eine Burg für die Familie zu erwerben, aber eine gänzlich andere, vom Adel akzeptiert zu werden. Und wenn dein Großvater Armbrusthändler gewesen war und dein Vater seine gegenwärtige Macht durch großspuriges Auftreten in London erreichte, sich die jüngste Tochter eines Barons gekauft hatte, das Königshaus mit großzügigen Mitteln unterstützte und unverschämt erfolgreich war in dieser Welt, konnte man auf jeden Fall nur ignoriert werden. Was die Sache für Heloise und ihre jüngeren Schwestern noch schwieriger machte, nachdem sie mit ihrer schüchternen Stiefmutter, Matillis, in Bramley eingezogen waren, war die Kunde, das Lord Phillip Rushden das Recht ihres Vaters auf die Burg anfocht. Er war bereits mit einer bewaffneten Truppe aus Dorset gekommen, hatte das nahe liegende Gut von Monkton Bramley eingenommen und versuchte nun Pacht von den Dörflern ihres Vaters zu erzwingen. Heloises Vater, Sir Dudley, hatte Rache geschworen, jeden fähigen Mann genommen, den er auftreiben konnte, und war ins Dorf Bramley hinabgeritten, um solcher Dreistigkeit Einhalt zu gebieten.

Für Sir Dudleys Töchter war es nichts Neues, dass ihr Vater wutentbrannt davonstürmte, als wäre er von einer Bremse gestochen worden, und Matillis, die kaum älter war als Heloise, war viel zu wirklichkeitsfremd, um besorgt zu sein, und so versammelten sie sich im Solarium, dem wärmsten Raum der Burg, und beschäftigten sich ganz bewusst mit Dionysias Abreise nach Middleham.

Heloise, die sich zunehmend unbehaglicher fühlte durch die Hitze des riesigen Feuers, blickte verzweifelt auf die von Feuchtigkeit tropfenden dicken Glasscheiben. Der Raum war erfüllt von einem erstickenden Geruch nach Rauch, Bienenwachs und dem Lavendelparfüm, mit dem ihre Stiefmutter sich heute Morgen zu großzügig betupft hatte. Heloises Tag hatte schlecht begonnen: Ihr Vater, der von ihr erwartete, allwissender zu sein als Gott, hatte sie nicht nur gescholten für den roten Stoff in der Wäsche, der seine Unterwäsche rosa gefärbt hatte, sondern auch für das Loch in seiner Stiefelsohle und das aufgeschürfte Knie ihrer jüngsten Schwester. Ein Wunder, dass er ihr nicht auch noch die Schuld gab für die Rushdens!

Seufzend rückte sie das Kamingitter zurecht und kniete pflichtbewusst wieder nieder, um Dionysias Saum umzustecken. Aber ihre Unzufriedenheit war ansteckend. Ihre alte Kinderfrau, die am Fenster Wäsche stopfte, brummte etwas über ihre schlechten Augen, und obwohl Matillis sich bemühte, den Frieden zwischen Heloises jüngsten Schwestern zu bewahren, wurden diese quengelig und zankten sich um Stofffetzen, um ihre Puppen zu bekleiden.

»Bist du bald fertig, Heloise?«, fragte Dionysia mit der typischen Ungeduld der Siebzehnjährigen und zog ein Stück des smaragdfarbenen Satins über ihren perfekten Busen, um zu sehen, wie ihr goldblondes Haar auf dem Grün aussah.

»Wie soll ich fertig werden, wenn du so herumzappelst?«, schalt Heloise, während sie versuchte, den Saum glatt in eine kurze Schleppe übergehen zu lassen, um mit dem Annähen der reich bestickten Bordüre beginnen zu können.

»Pah, ein paar Falten sieht man nicht, wenn die Bordüre dran ist. Können wir das nicht tiefer legen?« Dionysia zupfte missmutig an dem breiten Band aus honigfarbener Seide, mit dem das Mieder eingefasst war.

»Nein, Didie, das können wir nicht. Ich habe den ganzen gestrigen Abend zum Einfassen gebraucht.« Heloise richtete sich müde auf und entfernte die losen Fäden, die an ihrem feinen Wollrock klebten. »Ich habe noch nie einen Stoff verarbeitet, der derart glitschig war.«

Hinter ihr legte die Kinderfrau die gestopften Wollstrümpfe beiseite. »Diese Rushdens«, erklärte sie in einem Ton, der Tratsch verhieß, worauf alle Schwestern sich ihr zuwandten. »Wenn ich ›glitschig‹ höre, muss ich an sie denken. An die Rushdensche Geschichte mit den Schlangen, meine ich.« Matillis, die solche Äußerungen nicht gewöhnt war, sah beunruhigt aus, aber die Kinderfrau fuhr fort: »Es heißt, vor über zweihundert Jahren, in den Tagen König Eduard Longshanks, hätte Lady Dyota Rushden ihrem Mann Hörner aufgesetzt und mit dem Teufel einen Pakt geschlossen.«

»Was bedeutet ›Hörner aufsetzen‹?«, fragte Lucretia, die mit zehn Jahren die Jüngste war, und wurde augenblicklich aus dem Raum geschickt, um einen nicht existenten Nähbeutel zu suchen.

»Was für einen Pakt?«, wisperte Dionysia, kaum dass die Tür geschlossen war.

»Der Teufel hat ihr in Gestalt einer Schlange beigelegen.«

»Besser als Schlange denn als Bulle«, murmelte Heloise und fragte sich, wie Schlangen sich wohl paarten. »Aber wäre es für den Teufel nicht vernünftiger gewesen, es in menschlicher Gestalt zu tun?«

»Vielleicht liebt er die Abwechslung. Ich persönlich würde einen Schwan vorziehen«, kicherte Dionysia und blickte sich um, als hätte sich Luzifer aus der Hölle herausgewagt, um sich ihren Namen zu notieren.

»Erzähl doch bitte weiter, Nurse«, drängte die dreizehnjährige Clio, die noch immer grinste über ihren kleinen Sieg über die jüngere Schwester.

»Und seit jener Zeit ...« die alte Frau senkte bedeutungsvoll die Stimme »gab es in jeder Generation einen Rushden mit der Seele einer Schlange.«

»Hör auf damit, Nurse«, protestierte Heloise. Das Gerede über die Rushdens weckte Unruhe in ihr und eine Art Vorahnung – nicht unbedingt, dass etwas Verhängnisvolles geschehen würde, aber doch, dass das Glück sich gewendet hatte und eine Veränderung eingetreten war.

»Es ist kein Klatsch, mein Liebling. Die hässlichen schwarzen Schlangen auf dem Wappen der Rushdens sind der Beweis, dass es die Wahrheit ist.« Die alte Frau kannte sich bestens aus mit den Wappen und der Genealogie der Bessergestellten.

»Hm, diese Geschichte ist überhaupt nicht originell.« Heloise nahm Lucretias Puppe von dem kleinen Tisch und zupfte an ihrem Schleier. »Die Plantagenets behaupteten schon sehr viel früher, vom Teufel abzustammen. Vielleicht sollten auch wir eine Legende erfinden, um uns Ansehen zu verschaffen.«

»Kennen wir ein paar kräftige Schwäne?« Dionysia hakte sich bei Heloise unter und strahlte Matillis an. »Oder teuflische Schlangen? Einen bösen Geist, um zu Heloises Elfenhaar zu passen?«

»Ich glaube, du verwechselst Jupiter und den Teufel.« Matillis bekreuzigte sich sicherheitshalber. »Und Schluss jetzt mit dem Gerede über die Rushdens.«

»Ich hoffe nur, dass es Sir Dudley gelingt, sie aus der Grafschaft fortzujagen.« Die Kinderfrau nahm einen weiteren Strumpf aus ihrem Korb. »Von den Rushdens heißt es, sie seien mörderische Diebe, mit denen man besser keine Händel haben sollte, und der Erbe soll hässlich wie die Sünde sein und ein kaltherziger Schurke obendrein. Und Euer Vater ist so jähzornig und aufbrausend, dass es einen ziemlich mutigen Mann erfordert, seinen Zorn zu wecken.«

»Oder Frau«, murmelte Heloise.

Die Kinderfrau legte ihre Stopfarbeit wieder beiseite. »Mein armes Kind«, gluckste sie bedauernd. »Es war nicht gerecht von ihm heute Morgen, seinen Ärger an dir auszulassen. Aber mach dir keine Sorgen – irgendwo da draußen gibt es einen guten Mann für dich. Denk an meine Worte.«

»Wirklich, Nurse?« Heloise verbarg ihre Gefühle ausnahmsweise einmal nicht. »Muss mein Glück davon abhängen, einen Ehemann zu finden? Ich hasse es, dass in dieser verdrehten Welt Väter und Ehemänner die gesamte Macht besitzen. Sie behandeln uns wie Vieh, dem es bestimmt ist, auf dem Markt verkauft zu werden.« Sie hätte noch mehr gesagt, doch Fanfaren und ein Chor bellender Hunde kündigten Sir Dudleys Rückkehr an.

»Nun, da bin ich wieder«, rief er, als er wenige Minuten später von zwei nassen, nach Teichwasser stinkenden Hunden gefolgt das Solarium betrat.

»Ja, das können wir sehen, Sir«, murmelte Dionysia, während sie ihr neues Kleid raffte und es außer Reichweite der Hunde brachte. Heloise trat schützend vor sie und scheuchte die Tiere zum Kamin, vor dem sie sich zufrieden niederließen. Ihr Vater hätte wenigstens befehlen können, sie mit Wasser abzuspritzen, doch offenbar hatte er dringendere

Angelegenheiten im Kopf, denn er trug einen vertrauten, selbstgefälligen Gesichtsausdruck zur Schau, der gewöhnlich nichts Gutes ahnen ließ. Sich seine Hände vor dem Feuer reibend, strahlte er sie an wie ein General, der im Begriff war, einen Sieg zu verkünden.

»Ihr wärt stolz auf mich gewesen, Mädel. Der Vogt hatte Recht. Wir stießen auf Rushden, als er gerade Pacht von meinen Dörflern zu erpressen versuchte, und als ich ihn aufforderte, zu verschwinden, besaß er die Frechheit, mich als einen Schuft und eine Schande für die Grafschaft zu bezeichnen. Es war so nahe an der Schänke, dass das halbe Dorf es hörte. Ich konnte nichts anderes tun, als ihm den Handschuh hinzuwerfen.« Seine Augen ruhten auf seiner neuen Frau. Matillis strahlte vor Bewunderung – jedenfalls nach außen hin.

»Ihr habt ihn zu einem Duell herausgefordert!« Heloise starrte ihren Vater entgeistert an. Sein Körperbau konnte kaum als muskulös bezeichnet werden. Schlaff wäre ein treffenderes Wort. Wie hatte ihre schöne Mutter nur einem solchen Mann gegeben werden können?

»In der Tat, das habe ich.« Sir Dudleys Grinsen war so schadenfroh wie das des Teufels, wenn er eine arme Seele für sich gewonnen hatte. »Dieser Mann ist ein Verräter des Königs. Kratzt den Kerl, und ich wette, ihr findet einen Sympathisanten der Lancasters. Der Kerl blickte mich finster an, als ich sagte, ich besäße König Eduards Gunst und hätte auch schon mit Lord Hastings gespeist. Bloß weil ich in einem Palast zum Ritter geschlagen wurde, bilden Hurensöhne wie Rushden sich ein, sie könnten mich verhöhnen. Nun, morgen Mittag wird dieser Narr schon merken, dass ich kein Mann bin, der Beleidigungen auf die leichte Schulter nimmt.«

»Lord Rushden hat den Handschuh doch sicherlich nicht aufgehoben?«, rief Heloise.

»Na klar hat er ihn aufgehoben. Er wurde puterrot, als er merkte, dass alle zusahen, und erklärte sich bereit, mich morgen am Rand des Walds von Oakham, etwa eine Meile von hier, auf einem Feld zu treffen. Potters Field, heißt es. Ihr braucht mich gar nicht so anzugaffen. Eins kann ich euch sagen, Rushdens Schwert ist in seiner Scheide längst verrostet. Der Kerl ist mindestens sechzig. Vom Alter gebeugt und dumm wie Bohnenstroh.«

Es hätte nichts genützt, ihrem Vater zu sagen, dies sei absolut idiotisch. Einen Baron aus einem uralten Adelsgeschlecht zu demütigen! Oh, es würde nicht nur den Streit um Bramley noch verschärfen, sondern zudem auch noch alle einheimischen Adligen auf Rushdens Seite ziehen. Die Ballasters würden gemieden werden wie Aussätzige. Oh, warum musste er sich so aufplustern? Einen Feind zu einem persönlichen Duell zu fordern gehörte in die Scheinwelt von Sir Lancelot.

»Dann solltet Ihr Euch nach dem Abendessen noch etwas im Schwertkampf üben«, schlug Dionysia beiläufig vor, und ihr verstohlener Blick zu Heloise schien darauf hinzudeuten, dass ihr Vater sicher vor dem nächsten Tag noch eine Ausrede erfinden würde. Aber die Sache war alles andere als bedeutungslos; es ging nicht nur um alten Adel gegen neues Geld, sondern auch um Politik.

»Pah, du glaubst doch nicht, dass ich gegen Lord Phillip kämpfen werde. Sir Hubert wird natürlich an meiner Stelle gegen ihn antreten.«

»Und Sir Hubert? Wird er damit einverstanden sein?«, fragte Heloise. Der Gefolgsmann ihres Vaters – ein schwerfälliger, gutmütiger alter Zechbruder mit einem Körperbau wie ein Koloss und dem Gehirn eines Moskitos! Natürlich würde er es tun!

»Na sicher, und geh ja nicht hin und versuch ihn dazu zu bringen, Nein zu sagen, Mädchen! Es wird höchste Zeit, dass er sich endlich mal revanchiert für all das Bier und das Essen in den vielen Jahren, seit er bei mir ist.«

Es war verabscheuungswürdig von ihm, seinen Streit auf den armen Sir Hubert abzuladen. Hier ging es nicht um kleine Jungen, die mit hölzernen Schwertern spielten. »Bitte, Sir«, protestierte Heloise und riskierte sogar, ausgeschimpft zu werden. »Ich habe ein schlechtes Gefühl dabei, und es ist töricht …« Sie verstummte, als sie den Humor im Gesicht ihres Vaters schwinden sah.

»Ich bin also ein Narr, sagst du?« Er hob den Stoff auf, an dem sie genäht hatte, und schleuderte ihn ihr zu. »Bleib bei deinen Näharbeiten, Mädchen, und benimm dich!« Verteidigend hob sie die Hände und fuhr zusammen, als sie sich an einer Nadel stach, die in dem Stoff steckte. »Du Wechselbalg«, höhnte er. »Kein Wunder, dass Ihre Gnaden von Gloucester keinen Freier für dich finden konnte. Pass lieber auf, dass die Heilige Kirche nichts von deinem Geschwätz zu Ohren kriegt und dich hernach noch einsperrt.«

Oder Schlimmeres.

»Ständig tust du deine Meinung kund«, fuhr er fort, »steckst deine Nase in Männerangelegenheiten und schwafelst dummes Zeug. Wenigstens *sie* –« er packte Dionysia am Handgelenk und zog sie zu sich herüber, »ist so vernünftig, ihren Mund zu halten und sich zu bemühen, Männern zu gefallen.« Dann ließ sein Ärger nach, und er begann ruhiger zu atmen. Seiner neuen Frau warf er einen beschwichtigenden Blick zu, doch für seine älteste Tochter gab es keine

Freundlichkeit. »Geh und red mit deinen Feen, Heloise. Frag sie, ob sie dich zurückhaben wollen.«

»Besoffen wie ein eingelegter Hering«, murmelte Martin, Sir Dudleys Stallknecht, am nächsten Morgen bei Tagesanbruch, als er düster mit seinem Herrn und Heloise auf Sir Huberts massige Gestalt herabstarrte, die laut schnarchend im Stroh des Kuhstalls lag. »Sir Hubert könnte heute Morgen nicht einmal eine Fliege zwischen seinen Daumen zerquetschen, geschweige denn ein Pferd besteigen. Was soll ich tun, Herr? Ich schwöre Euch, ich habe Federn verbrannt und ihn geohrfeigt, aber wir werden ihn nie rechtzeitig nüchtern kriegen.« Wie um seinen Worten Nachdruck zu verleihen, öffnete der Hahn, der auf den Balken über ihnen hockte, seinen Schnabel und begann zu krähen.

Statt einer Antwort hob Heloises Vater einen Eimer Wasser auf und goss seinen eisigen Inhalt auf den Kopf des Ritters, doch Sir Hubert rollte sich bloß grunzend auf die Seite wie ein zufriedener Hund.

»Zum Teufel mit dir!«, fauchte ihr Vater. »Das ist deine Schuld, Mädchen! Du hättest dafür sorgen müssen, dass der alte Säufer nüchtern bleibt.« Aufgebracht stürmte er in den Hof hinaus. »Bring mir das Frühstück in mein Schlafgemach und teile dem Haushalt mit, dass ich an Masern erkrankt bin.«

»Aber die Ehre unserer Familie ...« Entsetzt raffte Heloise mit einer Hand ihre Röcke und hastete ihrem Vater nach.

Er blieb stehen, um sie mit einem finsteren Blick zu messen. »Was, wenn ich wirklich die Masern habe und so hohes Fieber, dass ich im Delirium bin?«

»Das wäre akzeptabel, Sir.« Sie fröstelte und wünschte,

sie könnten die Auseinandersetzung im Inneren der Burg beenden.

»Amen. Dann habe ich eben wirklich die Masern.«

»Oh, Sir.« Pflichtbewusst nahm Martin seine Kappe ab, als er seinen Herrn ansprach und ihn noch weiter aufhielt. »Vergebt mir die Bemerkung, aber die Leute werden sagen, Sie sind ein Feigling, wenn Sie heute nicht zu dem Duell erscheinen.«

»Dann wird Bramley seine Ohren vor dem Klatsch verschließen. Du wirst den Haushalt informieren, dass ich eine ansteckende Krankheit habe, Tochter. Und nun kümmere dich um mein Frühstück.«

»Aber wenn Ihr tüchtig esst, Sir, werden sie denken . . .«

»Hör auf zu jammern, du nutzloses Geschöpf, und sorg lieber dafür, dass das Fleisch zum Abendessen nicht zu gar ist und der Senf zu flüssig.«

»Ich kenne meine Pflichten, Sir«, fauchte sie und verlangsamte ihren Schritt, damit er ihr nicht eins hinter die Ohren geben konnte.

»Der Vater Eurer Mutter würde sich im Grab umdrehen vor Scham über so ein Benehmen«, murmelte Martin kopfschüttelnd hinter Sir Dudleys Rücken. »Das geziemt sich nicht für einen Adligen.«

»Ich weiß.« Heloise ging Martin in die warme Küche voran und dachte beunruhigt über die Konsequenzen nach, während sie dem Gesinde in der Küche Anweisungen für das Frühstück des Burgherrn erteilte. Der Stallknecht hatte Recht; sobald die ersten Gerüchte durchsickerten, würden ihre Schwestern keine Ehemänner mehr finden, die arme Matillis würde gemieden werden, und sie würden niemals Akzeptanz beim Adel Somersets finden. Sie rieb ihre Hände über dem Feuer und fragte sich, was sie unternehmen könnte, um die Angelegenheit zu regeln. Falls Lord Rushden tatsächlich nicht mehr der Jüngste war, würde sie ihr bestes Kleid darauf verwetten, dass er wohl kaum ein Duell im kalten, düsteren Morgengrauen suchen würde. Außerdem war sie ziemlich sicher, dass es da draußen jeden Augenblick wieder zu schneien beginnen würde.

»Probiert die Linsen, Herrin«, bat die Chefköchin. »Der Herr hat sie dem armen Thomas gestern Morgen ins Gesicht geschmissen.«

Heloise nahm einen langen Schöpflöffel und tauchte ihn in den Topf, der über dem Feuer hing. »Und wenn ich Vaters Rüstung anlegen und an seiner Stelle hingehen würde?«, flüsterte sie Martin zu, bevor sie den Löffel geistesabwesend an ihre Lippen führte. Konnte sie das tun? Wagte sie es?

»Nein, Herrin«, protestierte er und schlug sich bestürzt mit einer Hand an seinen kahlen Kopf, aber die unerhörte Idee reizte Heloise, als sie ein paar Scheiben frisch gebackenes Weißbrot neben die Suppenschale auf dem Holzbrett legte.

»Aber es könnte funktionieren, Martin.«

Der Knecht eilte ihr nach, als sie das Tablett in den großen Burgsaal trug, und hielt sie am Fuß der Treppe auf, die zu den Gemächern ihres Vaters führte.

»Du liebe Güte, Herrin, ein Edelfräulein kann so was nicht tun!«

»Warum nicht? Ich habe die Größe meines Vaters, und wenn ich das Visier geschlossen lasse, braucht niemand was zu merken. Ich werde eine Entschuldigung schreiben und sie bei mir haben, so dass du sie Lord Rushden auf der anderen Seite des Feldes übergeben kannst. Und damit ist die Sache ausgestanden. Davon abgesehen«, sie warf einen

Blick auf die oberen Räume, »dass Vater mich natürlich dafür schlagen wird, aber ...«

Der Knecht sah aus, als könnte er jeden Augenblick einen Schlaganfall erleiden. »Und wenn man Euch entdeckt!« stotterte er so aufgeregt, dass das hölzerne Geländer, auf das er sich stützte, zitterte. »Denkt an den Skandal, Mylady. Es wäre schlimmer noch als Feigheit. Eure Ehre ...«

»Da mein Vater sagt, ich würde sowieso nie einen Bewerber finden, beunruhigt mich das nicht. Aber du hast Recht, wir müssen dafür sorgen, dass es ein Geheimnis bleibt. Worum es geht, ist, dass meine Schwestern eines Tages anständige Ehemänner finden und dem Jähzorn meines Vaters ein für alle Mal entkommen.«

»Aber was, wenn Ihr kämpfen müsst, Herrin?«

Sie spürte, dass die Feen lauschten, verborgen in den hohen Deckenbalken des Burgsaals, und spürte keine Ablehnung von ihnen. »So weit wird es nicht kommen.« Außerdem hatte sie auf Middleham mit den anderen Hofdamen oft beim Zweikampftraining zugesehen, und vor Jahren hatte Sir Hubert ihr erlaubt, ein Schwert zu halten, und ihr ein paar Tricks gezeigt. Ihr Instinkt sagte ihr, dass sie das Richtige tat. Selbst der vernünftige Martin schwankte. »Wirst du mir helfen, Martin? Mir die Rüstung meines Vaters herauslegen, Sir Huberts Schlachtross satteln und mich als mein Knappe begleiten? Oh, bitte, Martin ... und sag um Himmels willen nichts zu meinem Vater. Wirst du mir helfen, Martin?«

»Aye, Herrin, ich tu's, dumm wie ich bin.«

»Es schadet einer Edelfrau nicht, zu wissen, was ihr Gemahl im Kampf trägt«, hatte Sir Hubert einmal zu den kichernden Ballaster-Mädchen gesagt, als sie seinen mit einem Federbusch geschmückten Helm aufgesetzt hatten. Aber heute war es nicht nur der Helm. Innerlich zitterte Heloise wie eine Jungfrau, die im Begriff war, einem Drachen geopfert zu werden; nach außen hin gab sie sich ruhig und gelassen, als Martin ein Stück Stahl nach dem anderen über dem gefütterten Wams und der Strumpfhose befestigte. Natürlich passten die Teile nicht alle zusammen, aber mit einem der Chasubles des Dieners über ihrer Brust und ihren Hüften wäre es nur einem wahren Fachmann aufgefallen.

Bis auf ihre Fersen steckte jeder Zentimeter ihres Körpers in Metall, vom glänzenden Bärlatsch ihres Fußes bis zu der polierten Halsberge um ihren Nacken. Sie fühlte sich ungemein geschützt, bis sie sich zu bewegen versuchte und merkte, wie steif ihre Glieder waren, wie langsam und wie schwer, als wäre ihr Körper weit entfernt und benötigte eine Brieftaube, um ihre Fingerspitzen mit der Nachricht zu erreichen, ihre Hände, die in Panzerhandschuhen steckten, um den Griff von Sir Huberts Schwert zu schließen.

»Wenn es hier um ein Turnier ginge, könnte der Sieger Eure Rüstung und Euer Pferd verlangen«, murmelte Martin besorgt, nachdem er ihr den Gürtel des alten Ritters umgeschnallt hatte. Sie hatten schuldbewusst zusätzliche Löcher in das Leder gestanzt, damit der Gürtel nicht über den Bauchreifen rutschte, der Heloises Taille umgab. »Bleibt ganz ruhig stehen.« Seine junge Herrin schwankte gefährlich auf dem kleinen umgedrehten Fass, und er hielt es, damit sie von dort aus in den Sattel steigen konnte.

»Es wird kein Turnier geben«, murmelte Heloise.

»Überlegt es Euch bloß nicht anders nach all der Arbeit, Mylady.« Er hob ihr Bein über das glänzende Leder und reichte ihr dann den Helm. »Aye«, er sah, wie sie das Gesicht verzog, »mit gespreizten Beinen zu reiten, wird ungewohnt für Euch sein, aber ich werde die Leitzügel fest in der Hand halten, und Chivalry ist ein braves Tier.«

Sie stülpte den Helm über die eng anliegende Haube, unter der ihr Haar verborgen war. Augenblicklich reduzierte sich die winterliche Welt auf gedämpfte Geräusche; ihr Sehfeld auf zwei schmale, horizontale Schlitze. Die Luft vor ihrem Gesicht war feucht von ihrem Atem, aber stickig, und so schob sie das Visier rasch wieder hoch, denn der eisige Wind an ihren Wangen war ihr lieber. So fühlte es sich also an, in eine Schlacht zu reiten. Gott stehe ihr bei, es war so ähnlich wie drei große Säcke Korn zu schleppen. Nun, eine solche Tortur mochte zwar besser sein, als auf den blutgetränkten Schlachtfeldern von Wakefield oder Towton von einem tödlichen Pfeil durchbohrt zu werden, aber es war doch die reinste Quälerei.

Bis sie den schmalen Pfad, der durch den Wald führte, verließen, war der bewölkte Himmel rosa angehaucht und versprach Schneeregen, um Heloises Sicht noch weiter zu beeinträchtigen. Und sie kamen zu spät. Da sie mit den Straßen nicht vertraut waren, hatten sie die Abzweigung nach Oakwood übersehen und wieder umkehren müssen. Potters Field erwies sich als ein Stück gerodetes Ackerland am Rande des Gemeindelands. Zweifellos hatte Lord Rushden es seiner Flachheit wegen ausgewählt. Ein Graben entwässerte es an der einen Seite, eine Hecke begrenzte es an der anderen, und eine kleine Herde blökender Schafe blickte missmutig zu den Reitern hinüber, die sich im Schutz einer Eiche und eines Haselnussbaums versammelt hatten. Neben dem Weg, kurz bevor er im Wald verschwand, stand eine heruntergekommene Hütte, und an der kleinen Futterkrippe, die schief an ihrer Wand lehnte, war ein Esel angebunden. Ein stämmiger kleiner, mit einer Houppelande bekleideter Mann kam heraus und rieb sich mit den Händen über seine Arme, um sich warm zu halten. Als er Heloise erblickte, winkte er der Rushdenschen Gesellschaft, und sie ritten unverzüglich auf das offene Gelände.

Als sie durch die Schlitze ihres Helms ihren Gegner ausmachte, ließ Heloises Courage nach. Lord Rushden saß hoch aufgerichtet im Sattel, sein beeindruckendes Visier bereits herabgelassen. Obwohl sie wusste, dass der Helm einen griesgrämigen und ziemlich alten Mann verbarg, sah ihr Gegner ganz unnatürlich groß, Furcht einflößend und rebellisch aus. Die schwarzen Kreise auf seinem silbernen Obergewand schienen sie quer über die Wiese zu verspotten wie verborgene Augen, und als Heloise näher ritt, erkannte sie die Unregelmäßigkeiten der Kreise – sie waren aufgerollte Schlangen. Zwei von Rushdens Gefolgsmännern lachten über die Bemühungen seines Stallknechts, die ungeschorenen Schafe durch das Gatter an der einen Seite der Wiese zu scheuchen. Der dicke kleine Mann bei der Hütte griff nach seinen Steigbügeln, aber ihr Feind beachtete ihn nicht; sein Blick blieb unbewegt auf Heloise ruhen.

»Überbring ihm die Entschuldigung, Martin.«

Grimmig lief der Knecht über das Gras, das sie von den Männern Rushdens trennte. Heloise grüßte hochmütig, als Lord Rushden den Kopf hob, nachdem er das Pergament gelesen hatte, und schnappte dann entsetzt nach Luft. Ihr Albtraum! Der schwarze Ritter! Von allen Narren im Christentum! Gott schütze sie! Sie hatte sich zu ihrem eigenen Tod eingeladen!

Beklommen beobachtete sie Martin, der zu ihr zurückgelaufen kam, als sei er kein Wesen mehr von dieser Welt. Lord Rushdens Antwort stand ihr bereits klar vor Augen.

Die Augen des Knechts waren weit vor Schreck, seine Furcht gewaltig. »Er sagt, es sei zu spät für eine Entschuldigung. Bei meiner Seele, Herrin, Ihr werdet ihm jetzt sagen müssen, wer Ihr seid.«

Sie schüttelte den Kopf. Es hatte so kommen sollen. Zumindest würde es keine Klagen, keine Schläge mehr geben, falls sie starb. »Ich spreche dich von jeder Schuld frei, Martin.«

Da es kein richtiges Turnierfeld war, gab es kein Holzgeländer in der Mitte, um die Pferde getrennt zu halten. Heloise nahm die hölzerne Lanze und schluckte nervös, als sie ihr Schlachtross wendete und zum Rand des Feldes ritt. Sie hatte eine letzte Chance, zu überleben. Falls Lord Rushden sie aus dem Sattel stieß, konnte sie so tun, als wäre sie bewusstlos, und möglicherweise wäre die Angelegenheit damit beendet. Sie befeuchtete ihre Lippen und gab ihrem Gegner mit einer Geste zu verstehen, sie sei bereit. Ihr Feind grüßte sie spöttisch und senkte seine Lanze. Der Rushden-Stallknecht hob ein Taschentuch, und als er den Arm wieder sinken ließ, preschte Heloise vor, ein Gebet an die heilige Katharina auf den Lippen. Instinktiv wich sie aus, als die unheilvolle Lanze auf sie zukam. Ihre eigene Waffe traf ins Leere und verpasste Rushden, und blitzschnell zog sie ihre Füße aus den Steigbügeln und ließ sich, als wäre sie getroffen, vom Pferd ins hohe Gras kippen, so wie ihr Cousin sie gelehrt hatte, zu fallen. Für einen Moment lang stockte ihr der Atem, als sie reglos auf dem Boden liegen blieb. Ihr Albtraum hatte ihr nicht verraten, was als Nächstes kam.

Ihr Kopf dröhnte noch, als das Donnern des Hufschlags wiederkam. Lord Rushden saß ab und kam mit klirrender Rüstung und entschlossenen Schritten auf sie zu. Verstohlen blickte sie durch die Augenschlitze ihres Helmes zu ihm auf. Er zielte nicht mit seinem Schwert auf ihre Kehle! Hol ihn die Pest! Er wartete darauf, dass sie sich erhob und weiterkämpfte.

Innerlich stöhnend, da sie bereits arge Prellungen davongetragen hatte, zog sie sich auf die Knie, richtete sich unbeholfen auf und zog widerstrebend Sir Huberts Schwert. Rushden versuchte einen Angriff. Dass Heloise ihn parierte, war ein Wunder. Es geschah zweimal, und dann begann er sie zu umkreisen, so dass sie gezwungen war, sich zu drehen und zu wenden, um ihn nicht aus den Augen zu verlieren. Er versuchte, sie einzuschätzen, ihre Schnelligkeit, Beweglichkeit und Geschicklichkeit zu prüfen und stellte sie mit jedem Schlag auf eine noch härtere Probe. Heloise fluchte im Stillen und versuchte einen Ausfall, aber ihr fehlte die Kraft, das Schwert genügend anzuheben, um es auf ihn herabkommen zu lassen. Er war größer als sie und wich ihr mühelos aus, nicht mit den schwerfälligen Bewegungen eines alten Mannes, sondern mit der Energie eines noch jungen. Wenn es doch nur endlich vorbei wäre, betete sie, als er sie zum Narren zu halten begann und hier und da Scheinangriffe auf sie ausführte. Und es begann zu schneien, was ihre Sicht noch zusätzlich beeinträchtigte. Sie fühlte sich wie ein unglückseliger Käfer, bedroht von einer flinken Ameise. Jeder Schlag ihres Gegners, wenn seine Klinge hart auf ihre traf, erschütterte ihren ganzen Körper.

»Wo habt Ihr den Gebrauch eines Schwerts gelernt, Alter? Auf dem Markt?«, höhnte ihr Gegner. Die infamen Schlangen auf seiner Brust verschwammen, und alles drehte sich in ihrem Kopf beim Klang seiner tiefen Stimme. Möge die heilige Katharina sie beschützen! Das war nicht die zittrige Stimme irgendeines alten Mannes, sondern die starke, spöttische eines erheblich jüngeren. Während sie blinzelte, um Tränen der Wut und Empörung zu verdrängen, warf sie ihr hölzernes Schild weg, ergriff das Schwert mit beiden Händen und schwang mit aller Kraft die Klinge, was der Fremde jedoch mühelos parierte. Seine Schläge wurden leichter, spielerischer, als er sie zurücktrieb.

Sein spöttisches Lachen, als sie beinahe rückwärts über einen Maulwurfshügel stolperte, ließ Heloise ihr Schweigen brechen. Mit einem schrillen Wutschrei stürzte sie sich auf ihn. Seine Wachsamkeit ließ für Sekunden nach, und ihre Klinge traf seinen Helm. Sie hätte seine Überraschung vielleicht noch weiter ausgenutzt, aber Schweiß von ihren Augenbrauen blendete sie, und Müdigkeit und Kälte vernebelten ihren Verstand. Sie konnte nicht mehr. Sie ließ sich auf die Knie fallen, und die Welt verschwand.

Miles riss seinen Helm ab und schleuderte ihn beiseite, als er sich in das hohe Gras kniete. Vorsichtig hob er Ballasters Helm an, um sogleich erstaunt zurückzufahren. Er hatte gegen einen Knaben gekämpft! Die Haube aus feinem Leinen rahmte ein junges Gesicht, und nicht einmal der Anflug eines ersten Bartflaums war auf diesen durchfrorenen zarten Wangen zu erkennen. Zweifelsfrei ein ausgesprochen hübscher Junge, der besser in einen Knabenchor gepasst hätte als in den Sattel eines Schlachtrosses. Dieser feige Ballaster! Schickte einen jungen Bengel an seiner Stelle in den Kampf. Hätte er es doch nur früher gemerkt, denn es stellte seine Ehre sehr in Zweifel. Falls es sich herumsprach …

»Bleibt zurück – alle!«, brüllte er, als seine Leute und der fette Barbier, der ihn als Arzt begleitet hatte, angerannt kamen. Er musste die Identität seines Gegners schützen, um zu vermeiden, dass er sich zum Gespött der Leute machte.

»Sir!« Es war der Quacksalber, der sich näher wagte, weil er Geschäfte witterte.

»Bleibt zurück, hab ich gesagt! Du da – hilf mir!«

Schneeflocken glitzerten auf den Wimpern seines Gegners, als Miles und der Knappe der Ballasters den Knaben in die dunkle fensterlose Hütte trugen. Herrgott noch mal, die Rüstung des Jungen wog vermutlich mehr als er selbst! Sie legten ihre Bürde auf einem alten Strohsack ab. Miles trat stirnrunzelnd zurück, als der Knappe sich bückte und besorgt den Puls an der Kehle seines jungen Herrn befühlte. Beruhigt ergriff der Mann die Hände des Jungen und begann sie warmzureiben.

»Er wird es überleben«, versicherte ihm Miles verächtlich und streifte seine Panzerhandschuhe ab. »Wer ist der Junge? Ballasters Sohn, vermute ich.« Der Knappe antwortete nicht, aber der Junge schon – mit einem Stöhnen. »Warte draußen, Bursche!«, knurrte Miles, stieß mit dem Fuß die Tür auf und blieb dort stehen, bis der Knappe widerstrebend an ihm vorbei hinausgegangen war. »So, du bist wohl ziemlich wackelig auf den Beinen, Junge, was?«, spottete Miles, während er den Riegel vorlegte. Es belustigte ihn, im Schatten der Tür zu bleiben und dem Knaben so noch sehr viel eindrucksvoller zu erscheinen. »Du hast Glück gehabt, dass ich dich nicht mit meinem Schwert durchbohrt habe.«

»Wer seid Ihr?«, wisperte der Junge und bemühte sich nach Kräften, im Dunkeln etwas zu erkennen.

»Sir Miles Rushden.« Miles schlenderte zu der alten Feuerstelle hinüber und kehrte dem Jungen mit einem bedrohlichen Rasseln seines Harnischs den Rücken zu. Er wusste, wie man Gefangene einschüchterte. »Deine Familie hält mein Erbe besetzt.«

Fast hörte er seinen Gefangenen schlucken. »Ihr ... Ihr werdet Lösegeld für mich verlangen?«

Arrogant fuhr Miles herum und sah, dass der Junge sich nun auf einen Ellbogen stützte und mit hängenden Schultern unglücklich auf den Boden starrte. »O nein, mein Junge.« Miles' Stimme war leise vor Verachtung. Sein Gegner hatte offenbar keine Ahnung von den Regeln. »Das wäre mir zu lästig. Vielleicht sollte ich dich meinen Männern übergeben – für eine gehörige Tracht Prügel.«

Der Kopf des Gefangenen fuhr trotzig hoch. »Dann sei Ihr kein wahrer Ritter.«

Unerklärlicherweise schmerzte die Bemerkung Miles und trieb ihm das Blut in seine Wangen. Er hatte mit der Furcht des Knaben gespielt, um ihm eine Lektion zu erteilen, aber dem jungen Ballaster fehlte es offensichtlich nicht an Mut, selbst wenn sein Vater ein Feigling war. »Warum bist du an Stelle deines Vaters hergekommen?«

»Er war krank, und so beschloss er, Sir Hubert an seiner Stelle herzuschicken. Sir Hubert war ein Söldner. Er kämpfte in Nancy gegen die Franzosen.«

»Die Belagerung von Nancy war eine Niederlage«, entgegnete Miles schneidend. »Und was war heute Morgen mit dem legendären Hubert? War er in der Nacht plötzlich verschwunden?«

»Er war auch krank«, gab der Junge zu und starrte auf den Fußschutz seiner Rüstung.

»Ha! Oder betrunken.«

Der Kopf unter der eng anliegenden Haube fuhr erbost herum. »Und wo ist Euer Feigling von einem Vater?«

Statt einer Antwort schlug Miles einen seiner Handschuhe gegen den anderen. »Werd nur nicht frech!«, fauchte er und beobachtete befriedigt, wie der Junge zusammenzuckte. Dann schlenderte er zur Tür und blieb dort stehen. »Ich sollte dir eine Tracht Prügel geben.« Er befingerte seinen Gürtel und machte eine wirkungsvolle Pause, als er die entsetzte Miene seines jungen Gegners sah. »Aber ich möchte mein Frühstück, und es würde viel zu lange dauern, dich bis auf deinen nackten Hintern auszuziehen.« Für die Dauer einiger Herzschläge wartete er ab, dann entriegelte er die Tür und ließ sie so hart gegen die Wand schlagen, dass die ganze Hütte erbebte. Mit einer kräftigen Hand packte er Ballasters Knappen am Kragen, als wäre er ein abgelegtes Kleidungsstück, und schleifte ihn hinein. »Nimm deinen jungen Herrn und verschwinde!«, knurrte er und ließ den Mann so abrupt los, dass er auf den Jungen zutaumelte und beinahe stürzte.

»Es ist nicht seine Schuld.« Der Junge streckte beruhigend die Hand nach dem verängstigten Mann aus, und beide wandten Miles ihre Gesichter zu, furchtsam und unsicher, ob sie zu gehen versuchen sollten.

»Worauf wartet ihr?« Boshaft zu sein, war recht amüsant gewesen, aber nun war er es müde, den Tyrannen zu spielen. Der Diener streifte dem Jungen die Handschuhe über, bevor er seinem Herrn auf die Beine half, und dann zögerte er, aus Angst, die grimmige Silhouette zu passieren, die den Eingang halb blockierte.

Der Junge – Miles konnte sehen, wie schmalschultrig er war – legte unsicher eine Hand auf den Ärmel seines Knappen. »Reich mir meinen Helm, Martin.« Die helle junge Stimme klang beherrscht, doch die Hände des Knappen zitterten, als er gehorchte.

Der Junge nahm den Helm und strich mit seinen behandschuhten Fingerspitzen den Federbusch glatt, als beruhigte ihn diese simple Handlung. Seine Augen glänzten, als er stolz sein Kinn vorschob. »Sollten wir uns je wieder begegnen, Rushden, könnt Ihr Euch darauf verlassen, dass ich es sein werde, der sich amüsiert.« Damit neigte er den Kopf, aber mitnichten aus Bescheidenheit, sondern um seinen Helm wieder aufzusetzen.

»Oh, ich zittere bereits«, entgegnete Miles belustigt und streckte einen Arm aus, um den Jungen aufzuhalten. »Sag deinem griesgrämigen Vater, wenn er seine Bessergestellten nachäffen und den Ritter spielen will, solle er besser die Regeln lernen. Ich kämpfe nicht mit Kindern, aber solltest du mich noch einmal ärgern, Junge, wirst du meinen Gürtel zu spüren bekommen, wie ich dir vorhin schon sagte.«

»Ich zittere bereits.« Seine eigenen Worte wurden ihm mit einem derartigen Sarkasmus ins Gesicht geschleudert, dass Miles sich sehr beherrschen musste, um nicht zu lachen und dem Knaben noch mehr Dampf zu machen. Jetzt wo der Racker sich verschont glaubte, bewies er die Frechheit eines Schoßhündchens, das einen Wolfshund ankläffte.

An die Tür gelehnt, die Arme vor der Brust verschränkt, beobachtete Miles mit dem gelassenen Wohlwollen eines Siegers, wie der Verlierer sich schwerfällig in seinen Sattel helfen ließ. Das Visier fuhr zu ihm herum, als ob die Augen dahinter sich das Gesicht des Feindes einprägen wollten. Miles bewegte die Finger in einem insolenten Gruß, und der Knabe stieß ärgerlich dem Pferd die Sporen in die Flanken und galoppierte weg.

Ein unterwürfiges Hüsteln wurde an seinem Ellbogen laut; der Quacksalber war gekommen, um seine Bezahlung zu verlangen. »Ihr wurdet nicht gebraucht, und es hat Euch auch niemand hergebeten«, knurrte Miles.

»Ein sehr ungewöhnlicher Zweikampf«, beharrte der Mann, penetrant wie ein unangenehmer Geruch, als Traveller auf Miles' Pfiff herangetrabt kam. »Das wird eine Menge Tratsch auslösen in der Schänke.«

»Kommt zur Sache, Doktor«, verlangte Miles gereizt.

»Na gut, Sir Miles. Jeder halbwegs vernünftige Mensch konnte sehen, dass es nicht Sir Dudley Ballaster war, gegen den Ihr kämpftet.«

»Nein«, murmelte Miles abweisend, da er es kaum erwarten konnte, die Rüstung abzulegen und sich an einem Feuer aufzuwärmen. »Es war sein Sohn. Der Junge war unfähig. Na und?«

Die Augen des Mannes glitzerten in freudiger Erwartung eines Bestechungsgeldes. »Aber Sir Dudley Ballaster hat gar keinen Sohn«, erklärte er.

4

Bekleidet wie ein Dienstbote, mit verkratzten Stiefeln, einem braunen, breitkrempigen Hut und einem schäbigen Umhang über einem abgetragenen Wams, war es nicht schwer für Miles, am nächsten Morgen den Torwächter auf Bramley Castle zu beschwatzen, ihn hereinzulassen. Das Glück war bereits auf seiner Seite in diesem törichten Unternehmen, denn auf der Straße war er einem von Sir Dudley angeführten Trupp begegnet, und vielleicht würden die Bediensteten in Abwesenheit des Burgherrn nicht mehr ganz so wachsam sein. Obwohl es natürlich trotz allem noch der reinste Wahnsinn war, ein derartiges Risiko einzugehen. Seinem Vater gegenüber hatte er die Ausrede benutzt, er wolle die schwachen Punkte in der Verteidigung des Feindes auskundschaften, in Wahrheit jedoch war es reine Neugierde – und seine eigenen Schuldgefühle. Er bezweifelte, dass er gegen ein Mädchen gekämpft hatte, aber sollte er es doch getan und die Angelegenheit mit seinem großspurigen Gehabe danach noch zusätzlich verschlimmert haben, hatte er seinen eigenen Ehrenkodex gebrochen und musste sich entschuldigen, um sein Gewissen zu beruhigen.

Er blieb im Schatten des kleinen Torvorwerkes stehen und blickte sich prüfend um. Der große Burgsaal mit seinem seitlichen schneebedeckten Turm war mindestens zweihundert Jahre alt, aber hohe Fenster und Schornsteintürmchen waren in die Südwand eingebaut worden. Neben dem alten Solarium befand sich ein neueres zweistöckiges Gebäude – Schlafgemächer, den Federbetten nach zu urteilen, die zum Lüften aus den Fenstern hingen. Die Kriege in Frankreich waren also lukrativ gewesen. Ein Hurra auf Großonkel Rushden, den alten Plünderer! Nun, vielleicht lohnte es sich, ein paar Anwälte zu bezahlen, um Bramley in der Familie zu behalten.

Das Gezanke kleiner Mädchen erreichte ihn aus einem der oberen Stockwerke, und er konnte Stimmen in der Vorratskammer hören. Er hatte sich bereits eine Ausrede zurechtgelegt, falls ihn jemand fragen sollte, was er hier zu suchen hatte. Er würde behaupten, sein Herr brenne vor Liebe – was natürlich pure Ironie war – aber es musste hier doch zumindest eine Tochter geben, die halbwegs hübsch war und verdiente, verführt zu werden. Falls das nicht klappte, würde er den Einfaltspinsel spielen und murmeln, er müsse zu der falschen Burg gekommen sein. Aber nur ein junger Hahn, der aus einer Hecke herausspaziert war – einer Hecke, auf der seltsam rosa getönte Männerunterwäsche zum Trocknen hing – hatte es bisher gewagt, ihn missbilligend anzukrähen.

Obwohl die Luft kalt genug war, um die Nasen rot zu färben, war der Himmel blau wie das Gewand der Heiligen Muttergottes, und die Sonne schmolz bereits den Frost im Gras und verbreitete angenehme Wärme auf Miles' Rücken. Ein vernügtes Liedchen pfeifend, denn das Abenteuer begann ihm langsam Spaß zu machen, ging Miles zur Westseite des Gebäudes weiter. Ein Gemüse- und Obstgarten, mit borstig kahlen Winterästen, lag hinter den Stallungen.

Er hatte gehofft, einen Anlass zur Kritik zu finden, aber die gute Haushaltsführung auf der Burg war mehr als offensichtlich. Ballasters Bedienstete waren scheinbar sehr gewissenhaft; kein Pferdedung beschmutzte den Hof, das Feuerholz war ordentlich aufgestapelt, und obwohl die Luft nach Rauch aus den Kaminen roch, war weder der Gestank von Misthaufen noch von Kuhställen, die ausgemistet hätten werden müssen, wahrzunehmen, und er hätte nicht einmal den Taubenkot bemerkt, wenn ihn nicht ein Klacks davon getroffen hätte, als eins der Tiere in der Nähe landete.

»Hoppla!« Ein Dienstmädchen, das einen Eimer aus einem Fenster leerte, erwischte ihn um ein Haar. Miles zog seinen Hut vor ihr, und sie lächelte kokett und stellte demonstrativ ihr großzügiges Dekolleté zur Schau, als sie das Fenster schloss. An der Tür zu den Stallungen hielt er inne und fragte sich, ob er ungefähr abschätzen könnte, wie viele Pferde sich darin befanden, als ein untersetzter Stallknecht vortrat, sich die Hände an einem Lappen abwischte und ihn zur Rede stellte.

»'tschuldigung, ich hab 'ne Nachricht für Miss'ress Ballis'er.« Er hoffte, dass der Somerset-Akzent nicht zu übertrieben war und machte unterwürfig einen Diener, um seinen Auftritt glaubwürdiger zu machen.

»Drück dich gefälligst klarer aus«, bellte sein Gegenüber. »Für welche?«

Miles stellte sich dumm. »Keine Ahnung, Freund. Wie viele sind's denn überhaupt?«

»Nun, eine ist dort.« Der Mann zeigte mit dem Daumen in Richtung Garten und wartete. »Na los doch, geh schon. Sie wird dich schon nicht beißen.«

Angesichts solch muskulöser Überwachung blieb Miles nichts anderes übrig, als das Gatter zu öffnen und hindurchzugehen. Hinter einem mit Weinrosen bewachsenen

Bogengang streute eine blonde junge Dame mit einem Korb am Arm Brotkrumen für die Vögel auf den Weg.

»Ja?« Zuerst machte sie sich nicht einmal die Mühe, sich nach ihm umzusehen.

»Guten Tag, Fräulein.« Sie war bezaubernd hübsch, aber er wagte nicht, sie anzustarren. Mit gesenktem Blick zog er seinen Hut vor ihr und tippte sich zu einem linkischen Gruß mit zwei Fingern an die Stirn. Er hatte sein Haar zerrauft, um seinen sorgfältigen Schnitt zu verbergen.

»Nun, Bursche?« Scharfe Augen, die er noch nie zuvor gesehen hatte, taxierten ihn von seinen verstaubten Stiefelspitzen bis zu seinem pockennarbigen Gesicht. Ihrem Aussehen nach konnte sie höchstens sechzehn sein, aber sie sah so erfahren aus wie Eva.

Den Blick gesenkt, wühlte er in den Brusttaschen seines Wamses. »Ich hab 'ne Nachricht von meinem Herrn, Sir Miles Rushden, für Euren Bruder. Was Freundschaftliches.«

»Ach du ...« Sie unterdrückte den Ausruf, straffte sich und strich ihre Röcke glatt. »Na so was«, murmelte sie, den Blick gesenkt, wie um sich Zeit zum Nachdenken zu lassen. »Ich habe gehört, Sir Miles dient Seiner Gnaden, dem Herzog von Buckingham. Ist das wahr?«

»Aye, M-mistress.« Gar kein so schlechtes Stammeln, beglückwünschte er sich im Stillen.

Sie legte die Finger zusammen. »Und du wirst mit Sir Miles zum Haushalt des Herzogs zurückkehren, Bursche?«

»J-ja, Mistress, in drei Tagen.«

Der Kirschenmund zog sich gedankenvoll zusammen. »Du bist nicht zufällig Miles Rushden in Verkleidung?«

Teufel, sie war wirklich scharfsinnig. »Mei-mein Herr hat t-tatsächlich was davon gesagt, heute herzukommen.«

»So, so«, murmelte sie, raffte heiter ihre Röcke und wandte sich in Richtung Saal.

Miles hob eine Hand, um ihre Aufmerksamkeit wiederzugewinnen. »Wo soll ich hingehen, hübsches Fräulein?«

»Oh, diesen Pfad hinunter. Mein Bruder ... und meine Schwester ... sind im Garten. Sie sind gewissermaßen unzertrennlich.« Ohne sich zu weiteren Erklärungen herabzulassen, eilte sie davon, ein unbeschwertes Liedchen summend. Der Quacksalber hatte sich also geirrt, es gab tatsächlich einen Sohn. Oder einen unehelichen vielleicht.

Der ausgetretene Weg führte zu einem verwitterten alten Tor, das unverschlossen war und halb geöffnet. Nachdem er seinen Hut wieder aufgesetzt hatte, trat Miles ein und stand plötzlich zwischen den kahlen Ästen schneebedeckter Birnbäume. Ein aufgescheuchter Specht flog mit einem heiseren Schrei an ihm vorbei, als er dem grasbewachsenen Pfad in südlicher Richtung den Hang hinunter folgte.

Gott schütze ihn! Miles erstarrte, als sich am anderen Ende des Obstgartens eine vermummte Gestalt erhob, wie ein Geist aus einem mondbeschienenen Grab, und dann, als er sich von seinem Schreck erholt hatte, schalt er sich. Es war eine Frau, die sehr langsam und gewissenhaft den Schnee von Säcken entfernte, die um etwa ein halbes Dutzend Bienenkörbe lagen. Miles blickte sich nach dem jungen Ballaster um, doch bis auf die unheimliche Bienenzüchterin war er ganz allein. Nicht ohne Bedenken ging er weiter und schlich leise wie ein Jäger auf die Bienenstöcke zu.

Die Frau sprach flüsternd zu den Bienen, ihr langer ungebleichter Baumwollrock fegte über die dünne Schneedecke. Ein Schleier voller Löcher und Risse hing von einem breitrandigen Strohhut, und obwohl die Gaze sie fast bis zu den Schenkeln einhüllte, vermochte er nicht die wohl geformten

Kurven ihrer Brüste zu verbergen. Die Schwester des Jungen?

Heloise hörte ihn nicht. Aber sie hörte die Veränderung im Summen und wusste instinktiv, dass der unerwartete Besucher Rushden war. Obwohl sein Spott von gestern sie nach wie vor erboste, hatte sie sein Bild mit ins Bett genommen wie ein Medaillon und sich unerhörterweise eine Welt der Fantasie erschaffen, in der ihr Vater keine Herrschaft mehr besaß und in der Rushden, der nicht länger finster und böse war, sie vor sich auf den Sattel hob wie ein Geliebter. Wenn ihre Fantasie doch nur nicht bloß ein Schatten wäre. Das Leben ist nicht wie in Romance of the Rose, ermahnte sie sich; es ist wie roten Stoff in der Wäsche zu vergessen und zur Strafe ohne Abendbrot ins Bett geschickt zu werden. Und dieser Brigant war nicht besser; auch er hatte ihr Prügel angedroht.

Was, in Gottes Namen, wollte dieser Mann denn noch? War er gekommen, um ihr eine weitere Strafpredigt zu halten? Und warum trug er solch schäbige alte Reitkleider? Er hielt sich misstrauisch zurück, in sicherer Entfernung ihrer Bienenkörbe, beobachtete sie aber mit der Wachsamkeit einer Katze, die sich an einen Singvogel heranpirschte. Heloise empfand Schadenfreude über seine Unsicherheit. Dies war ein besserer Kampfplatz für ihr Naturell, denn falls er ihr hier zu nahe kam oder im Zorn die Stimme erhob, würden tausend bewaffnete Verteidiger in goldener und nussbrauner Livree herbeieilen, um sie zu beschützen. Eine unbändige Erregung packte sie.

»Mylady . . .« Miles hob vorsichtig den Arm, um sie zu grüßen, aber die Frau legte gebieterisch einen Finger an ihre Lippen und fuhr mit ihrer Arbeit fort, als wäre er gar nicht mehr da. Da er seine Stimme nicht zu erheben wagte, trat er vorsichtig einen Schritt näher, merkte, wie er sich vor Groll versteifte, und wartete. Sie ignorierte ihn einfach, nicht?

Das Summen wurde lauter. Mehrere Bienen kamen trotz der Kälte auf ihn zugeflogen. Spürten Insekten, wenn man Angst vor ihnen hatte? Wer war der Schutzpatron der Bienen? Der heilige Ambrosius? Miles schluckte nervös, als eine Biene sich auf der groben Wolle seines Wamses niederließ. Eine zweite landete auf seinem Handschuh, aber er stand jetzt hinter dem Mädchen.

Ihre Bewegungen waren langsam und beherrscht. Mit unendlicher Geduld schob sie einen der Bienenkörbe etwas zurück auf seinem Ständer. Die gestörten Insekten flogen wütend auf, ohne Rücksicht auf die kalte Winterluft. Ein paar setzten sich auf ihren Strohhut, und eine krabbelte unter die Gaze. Mit einem warmen Atemhauch blies sie sie unbekümmert fort, blickte hinter ihrem Schleier auf zu Miles und wartete. Worauf? Dass er eine falsche Bewegung machte? Plötzlich dämmerte es ihm.

Er hatte tatsächlich mit einem Mädchen gekämpft! Im ersten Augenblick empfand er Scham und wollte eine Entschuldigung stammeln wie ein beschämter Knabe, aber dann spürte er, wie sich sein Haar bewegte, als eine Biene über seine Wange kroch. Seine Haut zog sich zusammen. Der Gazeschleier war nicht dicht genug, um die Schadenfreude in ihren Augen und die stumme Herausforderung darin, in Panik zu geraten, zu verbergen.

»Angst?« Miles hörte kaum das leise Wispern. *Sollten wir uns je wieder begegnen, Rushden, könnt Ihr Euch darauf verlassen, dass ich es sein werde, der sich amüsiert.*

»Nein!« Nur seine Lippen formten das Wort, aber unter seinem Umhang spannten sich seine Muskeln an. Allmächtiger, er war so unbekümmert in ihre Falle getappt, als suchte und begrüßte er Bestrafung. Würde sie so weit gehen, die Bienen auf ihn zu hetzen? Obwohl er am liebsten Hals über Kopf davongelaufen wäre, zwang er sich, ihren gelassenen Blicken standzuhalten und seine Ängste zu bekämpfen. Aber die schrecklichsten Vorstellungen gingen ihm schon durch den Kopf: er sah sich in Panik geraten, schreien, um Atem ringen, sein Gesicht und seinen Hals zerstochen von ... Nein, schrie er in Gedanken, nein!

Die Zauberin ging langsam zum nächsten Bienenstock weiter und nahm ihr Weidenkörbchen mit. Miles trat vorsichtig einen Schritt zurück, dann noch einen und noch einen, bis er hinter dem kegelförmigen Dorf und seinem rachsüchtigen Wärter war. Er atmete wieder normal, aber die Bienen hatten ihn noch nicht verlassen. Die Imkerin, gesichtslos hinter ihrem Schleier, beobachtete ihn, während sie den Schnee von dem letzten Korb entfernte. Er spürte, dass sie im Stillen lachte, und bedachte sie mit einem finsteren Blick. *Jetzt sind wir quitt, Mylady, doch beim nächsten Mal werdet Ihr die Unterlegene sein ...*

Autsch! Als hätte sie ihn geschlagen, geriet die letzte Biene in Panik und stach ihn in die Wange. Fluchend kehrte Miles der Frau den Rücken zu, lehnte sich an einen der glatten Birnbaumstämme und atmete tief durch. Nachdem er seine Handschuhe ausgezogen hatte, kniff er sich an der Stelle, wo die Biene ihn gestochen hatte, mit zwei Fingern in die Wange und versuchte, den Stachel zu entfernen.

»War es nötig, dass eine meiner Bienen für dich sterben musste, Bursche?«

Bursche! Miles fuhr pikiert herum. Noch immer vollkommen verhüllt durch ihren Schleier, stand sie nun ganz in seiner Nähe. Eine kleine Abordnung besorgter Insekten patrouillierte über den Deckel ihres Korbs, aber ihre einzige Sorge galt dem sterbenden Insekt auf ihrer Handfläche.

»Nein«, antwortete er rau und beobachtete, wie sie den kleinen Krieger auf einen verschneiten Ast legte.

Leichtsinnig geworden hinter ihrer Gazerüstung, schaute Heloise triumphierend zu ihrem Gegner auf. Er war verwirrt, verärgert und verwundbar, und sie wollte noch viel mehr. Es war kein lästiges Jüngelchen, was hier vor ihr stand, sondern ein Mann, erfreulich gut gebaut, mit mitternachtschwarzem Haar und Augen wie Quecksilber. Die sündige Fantasie der vergangenen Nacht kehrte zurück: dieser Ritter, wie er aus dem Sattel in das weiche Gras fiel, genau wie sie gestern, wie sie sich über ihn beugte, ihr Haar in silbernen Wellen über ihre Schultern fallend, ihre Finger, die über sein markantes Kinn strichen und das zerzauste dunkle Haar zurückstrichen. Er sah sie an und ...

Die Rushdensche Schlange sah sie an! Und mit einer Faszination, die eine Welle glutvoller Erregung in ihr auslöste. Ihr Geist, der im Augenblick offen war wie eine unverschlossene Tür, spürte das brennende Verlangen, das ihn durchzuckte. Großer Gott! Von Panik erfasst wie eine erschrockene Taube, floh sie zwischen die Bäume.

»Wartet!«, rief er und hastete ihr nach.

Nein, das war Wahnsinn, aber ... Sie griff nach einem Mispelzweig, um sich zu beruhigen, straffte dann ihre schmalen Schultern und ging weiter.

»Ich nehme an, Ihr habt unsere Befestigungsanlagen inzwischen ausgekundschaftet, Sir Miles?«, rief sie ihm von weitem tapfer zu.

»Ich kam, um die Wahrheit herauszufinden.« Er überholte sie an einem Apfelbaum.

»Ihr habt ein Schwert, Sir Miles. Ich bin sicher, dass Ihr

die Wahrheit damit herausprügeln könntet, falls es Euren Zwecken diente.«

Ihr höhnischer Ton ließ ihn zusammenzucken. »Eine Philosophin und eine Bienenzüchterin.« Er applaudierte. »Ihr seid wirklich erstaunlich. Wart Ihr das gestern, Fräulein . . . ?«

»Heloise«, sagte sie wenig hilfsbereit und trat zur Seite, um einen Ast als Anstandsdame zwischen sie zu bringen. »Gestern? Oh, Ihr meint den bedauernswerten Jungen, dem Ihr damit gedroht habt, ihn auszuziehen und ihn Euren Männern zu einer ordentlichen Tracht Prügel zu überlassen? Soll ich meine Diener rufen, damit sie mit Euch das Gleiche tun?«

Weiße Zähne schimmerten. »Habe ich das versprochen? Dann bitte ich um Verzeihung, Heloise.« Die Art, wie er ihren Namen hauchte, fügte ihrer Selbstbeherrschung großen Schaden zu. »Ihr besitzt die Courage eines Mannes, Heloise!« Er ergriff den Ast, als wollte er ihn beiseite schieben.

»Was, nicht die einer Frau?« Verärgert wandte sie sich ab und trat hinter den nächsten Baum.

Er folgte ihr wie ein Jäger, und als Heloise sich umwandte, blieb er auf dem schneebedeckten Gefälle vor ihr stehen. Männlich, stark . . . nur eine Handbreit weit von ihr entfernt. Und das Leben hatte nicht nur in seinem Gesicht, sondern auch in seiner Seele Narben hinterlassen. Sie konnte den alten Zorn noch in ihm schwelen fühlen.

»Schmerzt Euer Gesicht noch, Sir?«

»Nein.« Mehr brachte Miles nicht über seine Lippen. Die Welt schien für einen Moment lang still zu stehen, und er konnte nicht mehr atmen. Er wusste, ihr klarer Blick glitt prüfend über seine Züge, als versuchte sie, die Hautschicht abzuziehen, die ihn entstellte. Er versteifte sich vor Unbehagen, und dann …

Dann schlug sie ihren Schleier zurück. Dunkle Wimpern hoben sich scheu, hübsche, kummervolle braune Augen blickten auf zu ihm und richteten sich auf seine anschwellende Wange. Es lag kein unerwünschtes Mitgefühl in diesem Blick, kein Interesse für die Narben, die er wie ein Brandmal trug. Langsam ließ er den angehaltenen Atem aus, der wie Nebel zwischen ihnen in der kalten Luft aufstieg. Irgendwie fielen ihre Handschuhe auf den Boden, und sein Hut gesellte sich zu ihnen.

»Bewegt Euch nicht, Sir.« Die Hand des Mädchens berührte behutsam seine Wange, ihr wohlriechender Atem streifte sein Kinn, als ihre kühlen Finger seine glühende Haut betasteten.

Nicht bewegen? Miles war vollkommen verzaubert und kaum noch in der Lage, seinen Blick von diesen weichen Lippen zu nehmen, die seinen so nahe waren … War er verhext, durch Zauberei hierher gelockt worden? Der junge Ritter, die rachsüchtige Bienenzüchterin und nun diese junge Frau mit dem Lächeln eines Engels – waren sie alle Facetten eines einzigen Juwels? Glasperlen, die Mondsteine zu sein vorgaben, funkelten und glitzerten in dem silbernen Netz, unter dem ihr Haar verborgen war. Warum trug sie es nicht offen, um ihre Jungfernschaft zu zeigen? *Wem gehörte sie*?

Die Fragen mussten in seinem Blick zu erkennen sein, denn ihre Augen weiteten sich überrascht. Sie senkte den Kopf, so dass der Strohhut ihr Gesicht verbarg. Aus Schüchternheit, nahm Miles an, doch dann hob sie ihr Gesicht, und er war erleichtert, sich geirrt zu haben.

»Diesen Wettkampf habt Ihr gewonnen, und das mit

Recht.« Miles ergriff ihre Hand und hob sie galant an seine Lippen. »Aber glaubt nicht, es wäre vorbei, Mylady«, warnte er, während er widerstrebend ihre Finger freigab. »Es gibt subtilere Wege, eine Festung zu erobern.«

Ihre fast unmerkliche Atempause befriedigte ihn. »Aber riskiert man nicht in jedem Feldzug, gefangen genommen zu werden, Sir?«

»Das ist wahr, Mylady«, gab er schmunzelnd zu. »Aber derartige Gefahren machen den Sieg höchstens noch unendlich viel begehrenswerter.«

Ihre Antwort schlug wie eine Kanonenkugel in das höfliche Geplänkel. »Für Euch vielleicht, aber nicht für den armen Kerl, der sich vor zwei Tagen in diesem Streit das Handgelenk gebrochen hat. Nein, und auch nicht für den Gefolgsmann Eures Vaters, der jetzt auf einem Auge blind ist. Herrgott noch mal, Sir, von mir aus könnt Ihr Bramley haben ... die ganze Burg und all ihre ...«

»... rosa Unterwäsche?«, fügte er spitzbübisch hinzu.

Sie war verletzt; er hätte eine Ohrfeige verdient, doch sie überraschte ihn mit einem schwachen, selbstabwertenden Lächeln. Bedauerlicherweise zerstörten erhobene Stimmen vom Burghof den noch sehr zerbrechlichen Waffenstillstand zwischen ihnen.

»Ihr habt großen Mut bewiesen, hierher zu kommen, Sir Miles.«

»Ein Fuchs im Ballasterschen Hühnerstall? Ja, es wird Zeit zu gehen, denke ich.«

Aye, das musste er, es war Wahnsinn, sich noch tiefer zu verstricken. Er würde nicht den Jason für ihre Medea spielen. Gott wusste, dass die Laune dieser Zauberin so wechselhaft war wie das Wetter.

Er hielt Schritt mit ihr, als sie den Hang hinaufeilte, aber dann schwankte sie und presste eine Hand an ihre Rippen wie im Schmerz. Die schönen Augen wurden glasig, und ihr Körper spannte sich an wie eine Lautensaite. Eine weitere Facette, dachte Miles, den die Vorstellung erregte, sie so unter sich zu haben. Doch dies hier war kein Trick; sie umklammerte seinen Ärmel, und ein wilder Blick erschien in ihren braunen Augen.

»Geht zurück! Nach Hause, ja. Sagt Eurem Vater, er wird daheim gebraucht!« Und damit begann sie auf die Bäume zuzueilen.

»Kommt zurück!«, schrie Miles. Was hatte sie gemeint? Warum …

Er war dicht hinter ihr, als Mistress Ballaster sich dummerweise umblickte. Ihr langer Rock verfing sich unter ihrem spitzen Schuh. Miles versuchte noch, sie aufzufangen, aber sein Stiefelabsatz glitt auf dem vereisten Boden aus, und er fiel der Länge nach auf Heloise. In mädchenhafter Verlegenheit drehte sie sich schnell und versuchte, sich aus dem Gewirr zu befreien, aber eine von Miles' Sporen hatte sich im Saum ihres Unterrocks verfangen.

Dann brach Chaos aus. Ein halbes Dutzend Männer mit Knüppeln stürmte durch das Tor.

Die geschickten Finger des Mädchens befreiten ihn, aber eine Barriere aus Stiefeln machte eine Flucht unmöglich. Hässliche Blicke untersuchten seine Kleidung nach Anzeichen von Unordnung; Verdrießlichkeit umgab ihn, schäumende Wut, die jeden Augenblick in Gewalttätigkeit umzuschlagen drohte. Im Bewusstsein, was für ein Bild sie abgeben mussten, und sich im Stillen einen Narren schimpfend, richtete er sich so würdevoll wie möglich aus seiner unmöglichen Haltung auf. Obwohl er versucht war, seinen Dolch gegen ihre Knüppel zu ziehen, hätte er genauso gut einen Gänseblümchenstängel nach den Rüpeln schwingen können. Er war jedoch waghalsig genug, um dem Mädchen galant die Hand zu reichen, und sprach ein stummes Gebet zu welchem Heiligen auch immer, der gut darin war, aufgeregte Jungfrauen zu beruhigen. Die Bitte musste gewirkt haben, oder Heloise Ballaster besaß mehr Vernunft als andere ledige Frauen.

»Nein, ich komme schon allein zurecht, Sir.« Ihre Stimme klang ruhig und gelassen, als sie sich anmutig erhob. »Was wolltet Ihr mich sonst noch fragen, Sir, bevor ich ausglitt?« Es war sehr liebenswürdig von ihr, ihm jeglichen Vorwurf zu ersparen.

»Aye«, murmelte der Stiernackigste der Bande lüstern. »Was wolltste noch von ihr?« Knurrend umzingelten ihn die Ballasterschen Bediensteten wie eine königliche Leibgarde und schirmten ihn von ihrer Prinzessin ab. Ihre Fäuste waren nervös, bereit, ihn zu blutigem Brei zu schlagen.

»Nein!«, befahl sie mit ruhiger Souveränität. »Steckt eure Knüppel weg – ihr alle! Könnt ihr nicht sehen, dass er bloß ein Bote ist?« Miles, der es gewöhnt war, respektiert zu werden, war vollkommen verdattert über ihren Spott. Wollte sie ihm damit eine weitere Lektion erteilen? Ihre braunen Augen schienen ihn auszulachen, als sie sich die Hände abwischte und wartete. »Nun, Bursche?«

Als er endlich wieder Worte fand, klang seine eigene Stimme fremd in seinen Ohren. »Mein Herr sagt ...« Einer der Bediensteten murmelte etwas hinter dem Mädchen, und ein Ausdruck des Schmerzes huschte über ihre madonnenhaften Züge. Würde sie später bestraft werden für das hier? Miles schluckte und wählte seine Antwort mit sogar noch mehr Bedacht. »Mein Herr sagt, er würde seine rechtmäßige Erbschaft von Eurem Vater schon noch bekommen, und er sei sich durchaus im Klaren darüber, wer der Tapferste der Ballasters ist. Sagt ihm das ... bitte«, fügte er rasch hinzu, als er sich an seine Rolle als Dienstbote erinnerte.

»Ich werde es ihm sagen.« Ihre Stimme klang ungnädig, aber ihre Augen blickten dankbar, und dann klatschte sie in die Hände wie eine wahre Burgherrin. »Zwei von euch begleiten diesen Mann von *unserem* Land, der Rest geht wieder an die Arbeit. Ich danke euch allen, dass ihr euch um mich gesorgt habt.«

»Ach, Herrin, könnten wir ihn nicht einfach ordentlich verdreschen und in den Brunnen schmeißen?«

Heloise musterte den Gefangenen prüfend, und für einen Moment erschien ein mutwilliger Blick in ihren Augen. Aber dann stieß sie einen leisen Seufzer aus und schüttelte den Kopf. »Nein. Aber wäre er sein Herr«, sie hielt inne, um ihren Worten Nachdruck zu verleihen, »wäre das natürlich etwas völlig anderes.« Und damit drehte das impertinente Mädchen sich auf dem Absatz um und ging.

Miles starrte ihr nach, wie vor den Kopf geschlagen vor Verwirrung, die Lippen schmal vor unterdrücktem Zorn. Eben war sie noch besorgt um ihn, und im nächsten Augenblick verspottete sie ihn schon wieder. Und was hatte ihr seltsames Gestammel, sein Vater solle heimkehren, zu bedeuten?

»Na komm schon, du!« Eine grobe Hand stieß Miles an, und umringt von einem ganzen Trupp boshaft kichernder Bediensteter wurde er aus dem Obstgarten gescheucht. Im Marschschritt trieben sie ihn hinter Mistress Ballaster über den Burghof, und er wusste nicht, ob er froh sein sollte, dass sie noch in der Nähe war, oder beschämt, weil sie zusah, wie er schmählich von seines Vaters Besitz vertrieben wurde. Als das blonde Mädchen und zwei Kinder sich kichernd zu ihr gesellten, wurde seine Schmach beinahe unerträglich.

»Euer Taubenschlag müsste gereinigt werden!«, rief er ihr als Abschiedsgruß zu, und zum Dank erhielt er einen Stiefeltritt, der ihn quer über die Zugbrücke beförderte.

Nachdem er seinen Torwächter gemaßregelt und seinen Töchtern vor dem Abendessen im Solarium eine Predigt über schickliches Verhalten Fremden gegenüber gehalten hatte, wiederholte Sir Dudley – der über seine wundersame Genesung noch immer völlig unbekümmert schien – vom Burgsaalpodium aus noch einmal seine Warnung vor dem gesamten Haushalt, wobei er auffallend oft bei Worten wie »Diebstahl« oder »Tugend« verweilte.

Heloise weigerte sich, im Saal zu essen, lauschte aber hinter der Solariumtür den Worten ihres Vaters und empfand es als ungemein beschämend, dass er es so offensichtlich darauf anlegte, Sir Miles' guten Namen zu beschmutzen. Wenn er so weitermachte, würde bald die gesamte Grafschaft über Rushdens Eskapade klatschen. Warum tat ihr Vater das, obwohl er doch wusste, dass es ihnen den Zorn ihrer Feinde einbringen würde? Miles Rushden würde schrecklich wütend sein, und sie konnte ihn hier jetzt wirklich nicht gebrauchen. Seine bloße Gegenwart schien sie zu verspotten und weckte einen Hunger in ihr nach den Früchten dieses Lebens – nach einer Zukunft, die man ihr ihres verhassten Haares wegen verweigerte. Ihre Träume auf Middleham waren eine Warnung gewesen. Miles Rushden war gefährlich, insbesondere für sie.

»Lasst mich den Brief des Burgvogts lesen, Sir!« Miles warf Dobbe die Zügel zu und folgte seinem Vater in das Haus, das sie in Monkton Bramley requiriert hatten. Er war soeben von seiner Konfrontation mit dem verhexten Mädchen zurückgekehrt und hatte festgestellt, dass sein Vater im Begriff war, nach Dorset abzureisen. Seine Mutter war verletzt.

»Er liegt dort auf der Bank«, murmelte Lord Rushden und schnallte eine Lederflasche an seinem Gürtel fest. »Mit Gottes Hilfe werde ich bald bei ihr sein, wenn ich sofort aufbreche.«

»Allmächtiger!« Miles blickte ungläubig zu seinem Vater auf. »Sie hat sich eine Rippe gebrochen.«

»Aye. Ich habe immer gesagt, dass dieses Pferd sie eines Tages abwerfen würde.« Liebevoll drückte er die Schulter seines Sohnes. »Du liebe Güte, Miles, du bist ja leichenblass geworden!«

»Wo ist der Mann, der diese Botschaft brachte?«

»Irgendwo in den Stallungen. Beruhige dich, mein Junge. Deine Mutter wird wieder genesen.«

Diese launenhafte Heloise Ballaster hatte Recht behalten. Zum zweiten Mal nun schon! Zuerst hatte sie vorhergesagt, bei ihrer nächsten Begegnung würde sie gewinnen, und nun das – sein Vater würde daheim dringend gebraucht. Nein, das war kompletter Unsinn. Wie hätte sie das wissen können?

Miles fand den Boten im Stroh dösend. »Hast du auf der Reise hierher irgendjemandem gesagt, wozu du herkamst?«, fragte er, ihn wachschüttelnd.

»N-nein, Sir. Ich kam direkt hierher.«

»Und niemand hat dich aufgehalten unterwegs?« Verängstigt schüttelte der Mann den Kopf, und Miles ließ seinen Kragen los.

»Das ändert die Dinge natürlich, dass ich nach Upton Stafford zurückkehren muss«, sagte sein Vater hinter ihm. »Schade, dass wir keine Kanone hier haben, sonst hätten wir die Burg beschießen und Ballaster zur Aufgabe zwingen können. Du brauchst nicht nach Dorset mitzukommen, Miles, da du ja bald zum Herzog zurückkehren musst – aber du könntest in der Zwischenzeit diesem aufgeblasenen Hahn die Schwanzfedern ein wenig stutzen.«

»Natürlich.« Miles versuchte, seine Gedanken zu ordnen. »Vor Dienstag brauche ich nicht nach Thornbury aufzubrechen, aber morgen, ja, morgen werde ich Ballaster dermaßen die Hölle heiß machen, dass er bereuen wird, Bramley je gesehen zu haben.«

»Das ist die richtige Einstellung, mein Junge. Reite nach Norton Magna und treib die Pacht dort ein, und dann schick mir den Rest der Männer mit dem Geld.«

»Wie viel haben sie eingetrieben? Wartet, bis ich diesen Hurensohn in die Finger kriege! Ich kastriere ihn! Und obendrein nagele ich dem Kerl auch noch die Füße an den Boden, während ich es tue!« Wütend marschierte Sir Dudley vor dem Kamin im großen Burgsaal hin und her.

Sir Hubert, ausnahmsweise einmal nüchtern, empfing einen warnenden Blick von Heloise, die mit einer Stickarbeit beim Feuer saß, und räusperte sich: »Ich weiß, dass Ihr des Königs Gunst genießt, Dudley, aber seid trotzdem vorsichtig. Der alte Rushden brüstet sich in letzter Zeit sehr mit dem Ansehen, das sein Sohn bei Buckingham genießt.«

»Bah! Das ist unerheblich«, murmelte Ballaster, achtete aber darauf, von keinem der Dienstboten gehört zu werden. Er nahm einen Weinbecher, den Dionysia ihm reichte, und leerte ihn gereizt.

»Ah, aber man riskiert keinen Zusammenstoß mit irgendeinem großen Herrn in diesem Leben, es sei denn, es bliebe einem wirklich überhaupt nichts anderes übrig. Man muss sich nach der Decke strecken, Dudley. Was den jungen Rushden angeht, so wird er seine Prügel schon noch kriegen, wage ich zu behaupten.«

»Heloise würde das aber sicher nicht gefallen, Sir«, warf Dionysia mit einem Blick auf ihre Schwester ein.

»Lass es gut sein, Didie!« Heloise bewegte sich unter Schmerzen. Die wahre Identität ihres Besuchers war aus ihr herausgeprügelt worden, und sie bereute nun ihren Verrat. Sie würde nie vergessen, dass Miles Rushden ihren Bienen getrotzt hatte, um mit ihr zu sprechen.

»Ha, erzähl mir bloß nicht, du hättest Mitleid mit diesem pockennarbigen Halunken«, höhnte ihr Vater. »Hast ihm wohl angeboten, sein Gesicht mit Fenchelsaft zu heilen, was? Pah, Frauen! Hat er dir in Potters Field nicht gedroht, dir die Hose auszuziehen und dich mit seinem Gürtel zu verdreschen?«

Heloise wandte den Blick ab und schickte ein stummes Dankgebet zum Himmel, dass die Bienen Miles Rushden gestochen hatten – und dass sie bitte, bitte auch ihren Vater stechen sollten.

»Hör auf, dir Sorgen zu machen, du Gans.« Liebevoll schlang Dionysia ihrer Schwester die Arme um den Nacken. »Diese Schlange Rushden wird schon sehr bald zu seinem Herzog zurückkehren. In drei Tagen reitet er nach Wales. Das hat er mir selbst gesagt. Wie du weißt, bin ich sehr geschickt darin, nichts ahnenden Männern nützliche Informationen zu entlocken«, fügte sie selbstbewusst hinzu.

»Na, das ist aber eine Überlegung wert.« Sir Dudleys Augen glitzerten von jähem boshaftem Interesse. »Das wäre am Freitag, am Valentinstag!«

Der Raum verschwamm, die Stimmen verblassten, als Heloise die ganze Qual und Wut eines gefesselten Geschöpfes spürte. Sie sah ihren Feind mit dem Gesicht nach unten und Blut an seiner Schläfe zwischen den Furchen einer steinigen Straße liegen. »Gütiger Himmel«, wisperte sie, nach Atem ringend. Ihr Vater war dazu ausersehen, Miles Rushden umzubringen!

Ungeachtet der Kälte oder ihrer seidenen Pantoffeln, die nutzlos auf dem Steinfußboden liegen blieben, stürzte sie aus der Tür und eilte über den Hof, um ihre Wange an die kalte Rinde einer Birke zu lehnen. Ihr Atem war wie Dampf, ihre Tränen wie kleine Mondsteine. Über ihr erstreckte sich ein dunkler Himmel, an dem nur vereinzelt einige Sterne glitzerten.

»Bringt ihn weg!«, flüsterte sie den Feen zu. »Bitte! Ihr müsst es tun! Bitte!«

5

Es war ein Hinterhalt – ein in Brusthöhe des Pferdes über den Pfad gespanntes Seil. Dobbe, den es zuerst erwischte, stürzte in einem gefährlichen Durcheinander herumwirbelnder Hufe. Miles sah es zu spät, um sein Tier noch zu zügeln. Er konnte Traveller nur noch im Sprung über den Straßengraben setzen lassen, um weiteren Schaden zu vermeiden. Ein Ast streifte seine Schläfe, und sein Pferd scheute, als ein Dutzend maskierter Männer brüllend aus dem Unterholz brachen und ihn aus dem Sattel rissen. Es war nicht leicht, sich von dieser Meute zu befreien, aber es gelang ihm, Verwirrung zu stiften mit seinem Dolch und einen der Angreifer in die Hölle zu befördern. Doch musste es mindestens ein halbes Dutzend sein, das sich immer noch wie tollwütige Hunde auf ihn stürzte, während die anderen keine Zeit verloren, seine Begleiter anzugreifen. Schwerter und Spieße zwangen ihn in den Graben zurück. Fauliges Wasser umschwappte seine Zehen, seine Absätze versanken im Schlamm, und Schlingpflanzen verhedderten sich in seinen Sporen. Bevor er sein Schwert ziehen konnte, fiel ein Netz aus dickem Tau über seine Schultern. Desorientiert und geblendet, stieß er einen gellenden Wutschrei aus und schlug wild um sich, als sie ihn zur Straße schleiften. Eine Faust bohrte sich in seinen Magen, und er taumelte und krümmte sich vor Schmerz.

»Vorsicht mit seinen empfindlichsten Körperteilen!«, brüllte jemand.

»Aye, und verletzt nicht sein Gesicht«, warnte ein anderer.

»So wie der aussieht, hat ihn der Teufel schon vor uns in den Krallen gehabt.« Eine brutale Hand packte ihn am Haar und riss seinen Kopf zurück. »Es sind mehr Löcher in diesem Gesicht als in einem Ameisenhaufen.«

Ein harter Schlag traf ihn am Kinn, und die Welt verschwand um ihn.

Als Miles wieder zu sich kam, klatschte sein Kopf wie ein loser Steigbügel gegen die schweißbedeckte Flanke eines Pferdes, und in seinem Mund steckte ein Lappen. Als sie ihm die muffige Kapuze abnahmen, die sein Gesicht bedeckte, erblickte er die Fenster von Bramley, in denen sich glitzernd die untergehende Sonne spiegelte. Die Kamine mit ihren Rauchsäulen hätten die Schwefelsäure spuckenden Höhlen Satans sein können, und Sir Dudley, der im Eingang stand und teuflisch lachte, der Fürst der Finsternis persönlich.

In den Stallungen wurde Miles vom Pferd gehoben, und man nahm ihm den Knebel ab, doch bevor er fragen konnte, was mit seinen Männern war, schleuderte ihm jemand einen Eimer Wasser ins Gesicht, und er wurde in einen kleinen, weiß getünchten Raum gesperrt.

Bäche eisigen Wassers rannen unter sein Hemd, als Miles brüllend und fluchend gegen die Tür hämmerte, bis er so heiser war, dass er nicht mehr schreien konnte. Kraftlos sackte er dann gegen die Wand und sank zu Boden. Ein Erschauern ging durch seinen wunden Körper, und er kreuzte seine zitternden Arme vor der Brust, um sich zu wärmen. Eine Kerze, die auf einem schmalen Tischchen in der Nähe flackerte, veranlasste ihn, sich wieder aufzurappeln und seine vor Kälte steifen Finger über ihre magere Flamme zu halten. Ein Wasserkrug mit sauberen Tüchern stand auf dem Tisch, und auf einer schmalen Bank daneben lagen trockene Kleider. Er ignorierte beides. Schlamm klebte an seiner zerrissenen Strumpfhose, und sein Wams war triefend nass und schmutzig, aber selbst wenn er vor Kälte sterben würde – er dachte nicht im Traum daran, zu kooperieren.

Und da schob jemand den Riegel vor der Tür zurück. Miles fuhr herum, seine Hand glitt instinktiv zu dem Dolch, den sie ihm abgenommen hatten. Eine wirre Mähne langen grauen Haars umgab die Glatze seines Besuchers, fiel in ungepflegten Strängen auf massive Schultern und umrahmte ein gerötetes Gesicht, das auf ein Übermaß an Wein und gutem Essen schließen ließ – es war der Riese, den er schon im Dorf gesehen hatte. Fleischige Lippen verzogen sich zu einem freundschaftlichen Grinsen. »Ich bin Sir Hubert Amory.« Von der Belagerung von Nancy! Miles blieb unbeeindruckt. »Ha!«, rief der Koloss, zog seine Hände hinter dem Rücken hervor und schwenkte einen Weinkrug und zwei Becher. »Ich dachte, Ihr wärt sicher durstig, junger Mann.« Schwankend ging er zu der Bank hinüber, stellte den Krug auf den Tisch, schob die Kleider beiseite und machte es sich bequem wie für ein Zechgelage in einer Schänke. »Ihr seid also noch nicht bereit?«, fragte er, während er großzügig die Becher voll schenkte.

»Bereit? Wozu? Und wo, verdammt noch mal, sind meine Männer?«

Bevor Miles ihn am Kragen packen konnte, zog der alte Mann mit einer für einen Trunkenbold erstaunlichen Flinkheit seinen Dolch. »Die Kleider sind nicht Euer Stil? Es wäre sehr bedauerlich, wenn Ihr Euch eine Erkältung holen würdet. Der König ist im letzten Winter fast daran gestorben.« Miles beobachtete müde, wie die Dolchspitze geschickt unter einen bereits sauberen Daumennagel glitt. »Es ist so,

Sir Miles: Ihr könnt Euch entweder selbst waschen und saubere Gewänder anziehen, oder wir tun es auf schnellere Art und Weise – indem wir noch ein paar Eimer Wasser über Euch ausleeren, bis Ihr vor Kälte bibbert und um Gnade fleht. Oder erwarten Euer Lordschaft Dienstboten, um Euch zu helfen? Auch das ließe sich regeln. Sie sind ein bisschen grob, aber sie würden Eure Mutter schneller splitterfasernackt ausziehen, als ein Hund sein Bein heben kann.«

»Macht, dass Ihr hinauskommt!«

»Nein, mein Junge. Ich bleibe hier sitzen, bis Ihr entschieden habt, wie Ihr es gerne hättet.«

Wütend begann Miles sein durchnässtes Wams zu öffnen. »Ich weiß nicht, was Euer Herr ...«

»Freund, Junge. Sir Dudley ist ein Freund, und ich schulde ihm den Gefallen, Euch ihm ohne weitere Zwischenfälle hübsch zurechtgemacht und sauber vorzuführen. Fast hätte ich auf Potters Field mit Euch gekämpft, doch leider war ich an dem Tag zu betrunken. Ihr findet spanische Seife in der Schale dort, mein Junge, und es ist auch eine Flasche süß duftendes Eau de Cologne dabei, mit dem Ihr Euch beträufeln könnt, falls Ihr das wünscht. Wo war ich? Ach ja, die arme kleine Heloise. Ich hätte mich bestimmt nicht so betrunken, wenn ich geahnt hätte, was geschehen würde. Ich tue das hier für sie. Sie nimmt die Familienehre wirklich ziemlich ernst. Aber es sind nicht die Kleider, die einen Mann ausmachen – oder eine Frau. Es sind Werte, Junge. Werte!«

»Wenn das so ist«, murmelte Miles, seine durchnässte Strumpfhose aufbindend, bevor er den Rest seiner Kleider ablegte, »dann frage ich mich, warum Ihr Euch mit Leuten wie den Ballasters abgebt.«

»Wir sind schon sehr lange zusammen. Er hat meine Schulden bezahlt und mir wieder ein Dach über dem Kopf gegeben. Bis dahin lag ich jede Nacht betrunken im Straßengraben …

»Erspart mir die Einzelheiten!«

»Wann hattet Ihr die Pocken, Junge?«, fragte der ältere Mann so beiläufig, als sei dies ein ganz normales Thema zwischen ihnen.

»Vor zwei Jahren«, murmelte Miles mürrisch, während er sich abtrocknete. Sein entstelltes Gesicht war kein Thema, über das er mit irgendjemand sprechen wollte, und mit diesem alten Trunkenbold schon gar nicht. Er hatte sich mit seinem Aussehen abgefunden; was andere von ihm dachten, war ihre Sache. Fluchend zog er das feine Leinenhemd und die holländischen Unterhosen an, bevor er sich hinsetzte und mit finsterer Miene das Anlegen der wollenen Strumpfhose in Angriff nahm. Ein Bein war scharlachrot, das andere blau, eine Mode, die er verabscheute.

»Das ist es, was ich meinte, Junge.« Sir Hubert schwenkte den Dolch, um seinen Worten Nachdruck zu verleihen. »Ihr seid derselbe Mann unter der Haut, ob sie jetzt vernarbt ist oder nicht. Ihr wart einmal ein hübscher Bursche, nicht?«

»Herrgott noch mal, geht doch …« Miles erstickte seinen gotteslästerlichen Fluch in einem Schluck verblüffend guten Weins, bevor er seine Arme in das knielange Obergewand steckte.

Der alte Mann lachte, verfiel in Schweigen und beobachtete ihn wie ein Gefängniswärter, als er die Bändchen vorne an der Gippe schloss und aufstand, um den Rest zu binden. Das viel zu auffallende gelbe Wams, das Ballaster ihm gegeben hatte, war Miles zu kurz und auch zu eng, aber der Samt war von guter Qualität. Die Volants, Knöpfe und Satineinsätze waren übertrieben. Die Ärmel hätten etwas länger sein können, aber er fühlte sich immerhin schon ein wenig zivilisierter, als er die Manschetten hinabzog und die Seidenbändchen des bestickten Stehkragens verknotete. Da er noch immer fror, war er froh über die warme Cotte. Ihre geschlitzten Ärmel waren mit Eichhörnchenfell besetzt und reichten ihm fast bis an die Knie.

»Zufrieden?«

»Oh, fantastisch. Ihr könntet für einen Diener am Hof von Il Magnifico persönlich durchgehen oder selbst für einen Lord von Eltham. Setzt den Hut auf.«

Miles griff nach der rubinroten Samtkappe. Eine Brosche beschwerte die Sendelbinde, die seitlich bis zum Kinn hinunterhing.

Sein Zuschauer erhob sich und öffnete die Tür. »Sieht so aus, als wären die Heinzelmännchen hier gewesen.« Er hob Miles' Reitstiefel auf. In dem sauberen Leder spiegelte sich der Kerzenschein; die Sporen waren entfernt worden.

Ihr Besitzer zog sie an und fühlte sich augenblicklich besser; jetzt hatte er vielleicht eine Chance zu entkommen. »Was soll diese Albernheit?« Er deutete auf die Fülle seidener Singvögel, die seine Brust zierten. »Bin ich aus diesem Verlies geholt worden, um Ballasters Töchtern etwas vorzusingen?«

»Da bringt Ihr mich auf eine Idee«, lachte der alte Mann und kratzte sich seinen Nacken. In der anderen Hand hielt er noch immer seinen Dolch. »Er ist bereit, Jungs!«, rief er seinen Leuten zu, die draußen warteten. Ein Horn erklang im Hof.

Bereit für was?

Miles fragte sich, ob es die Hölle oder das Paradies sein mochte, was ihn erwartete, als die Türen des großen Burgsaals vor ihm aufgerissen wurden. Bratschen und Schalmeien spielten ungehört in einer Ecke; die dunkelroten Bodenkacheln glänzten mit einer Patina, die auf eine erst kürzliche Reinigung schließen ließ, und der angenehme Duft brennender Kiefernzapfen vermischte sich mit dem köstlichen Aroma gebratenen Spanferkels, der aus der Küche hereinwehte und Miles' Appetit weckte. Ein hölzerner Kerzenleuchter über seinem Kopf, groß wie ein Wagenrad, warf den Schein unzähliger flackernder Kerzen in den großen Raum und ließ ihn auf den hohen, mit Stabwerk unterteilten Fenstern tanzen. Den Kaminsims schmückten die vermaledeiten (und zweifellos unter großen Kosten neu erworbenen) Ballaster-Wappen – drei fleißig aussehende Bienen – und beschämten alle anderen Wappen, die mit ordentlich gekreuzten Schwertern entlang der weiß getünchten Wände lehnten. Sie hätten mit ausgefahrenen Stacheln dargestellt sein müssen, diese Bienen, dachte Miles verdrossen.

Auf drei Seiten der Halle standen festlich geschmückte, weiß gedeckte Tische. Die Diener, die noch Holzplatten und Tranchiermesser auf den Seitentischen arrangierten, warfen verstohlene Blicke auf den Gefangenen ihres Herrn, der allmählich zu verstehen begann, wie eine Weihnachtsgans sich fühlte, wenn sie die Hitze des Ofens spürte. Aus einer Tür über der hölzernen Balustrade, die sich für einen Moment lang öffnete, drang weibliches Gelächter und feuchter Wasserdampf, der angenehm nach Rosen und Lavendel roch. Miles, prächtig angetan mit Kleidern, die er nicht selbst ausgesucht hatte, begann zu schwitzen.

»Willkommen, Rushden.« Aufs Prunkvollste gekleidet, schlenderte Sir Dudley aus einem Gemach am Turmende des Saals herbei: Allein mit den juwelenbesetzten Knöpfen an dem senffarbenen Obergewand des alten Gecken hätte man zwei Schlachtrösser erwerben können. Und wenn Ballaster so reich war, wozu brauchte er dann Bramley, außer um damit zu prahlen, dass er eine Burg besaß? Er hätte sich eine in dem derzeit sehr modernen Backstein bauen können, wie der Kämmerer des Königs, Lord Hastings, auf Kirby Muxloe. »Es ist uns eine Ehre, einen Mann zu bewirten, der so hoch in der Gunst des noblen Herzogs von Buckingham steht.« Sarkasmus würzte Dudleys höfliche Begrüßung.

Bewirten? Und was erwartete man im Gegenzug dafür von ihm? Obwohl sein Magen vor Hunger knurrte, ignorierte Miles die ausgestreckte Hand, nahm aber den Kelch mit Wein, den ihm ein Diener brachte. Sein Gastgeber hob seinen eigenen Kelch und stieß lächelnd mit ihm an. Miles erwiderte das Lächeln, leerte auf einen Zug den Kelch und schleuderte ihn auf ein an der Wand lehnendes Ballaster-Wappen. Er hinterließ ein feines Rinnsal von Bordeaux auf dem Schild, fiel scheppernd auf den Boden und verschwand zwischen den Tischbeinen.

»Exzellent gezielt! Wir werden bald essen«, rief Sir Dudley. Das Grinsen unter seinem geschnäbelten Hut blieb erstaunlich jovial angesichts der schlechten Manieren seines Gastes. »Aber das Wichtigste zuerst. Hier entlang, Sir Miles.«

Miles blieb nichts anderes übrig, als Sir Dudley in einen Raum zu folgen, der eine Art Kontor zu sein schien. Mehrere zusammengerollte Pergamente standen in einer Ecke, als wären sie hastig vom Tisch entfernt worden, um Platz für den Kontrakt zu machen, der auf dem Friestuch festgesteckt war.

»Ihr werdet das hier bitte unterschreiben, Sir Miles.« Es war keine Bitte, sondern ein Befehl. »Ihr erhaltet dadurch Bramley als Mitgift meiner Tochter.«

O Gott, seine Bedenken erwiesen sich als richtig! Sie

wollten ihn nicht kastrieren; sie wollten ihn verheiraten. Allmächtiger Gott im Himmel, er konnte sich von diesem Emporkömmling nicht seine Zukunft zerstören und die Allianz mit Rhys ap Thomas ruinieren lassen! Fassungslos, dass er – die rechte Hand des Herzogs von Buckingham – sich in einer solchen Situation befand, straffte Miles die Schultern und starrte hochmütig auf den um einiges kleineren Sir Dudley herab. »Ihr scherzt wohl, Mann.«

Sir Hubert und verschiedene andere Gefolgsmänner Ballasters waren ihnen in den Raum gefolgt. Miles starrte sie an, als wären sie Kreaturen aus einem Albtraum. War es möglich, dass er sich bei einem Sturz von seinem Pferd den Schädel angeschlagen hatte? Gott stehe ihm bei, er musste so schnell wie möglich weg von hier. Er hatte bereits Pläne für sein Leben. »Ich werde nicht in Eure verfluchte Familie einheiraten«, bekräftigte er noch einmal laut. »Ihr alle hier seid Zeugen!«

»Hat da eine Maus gequiekt?«, bemerkte lachend ein Dienstbote im Hintergrund des Raums.

Da Sir Dudley neben ihm nicht viel größer als ein Zwerghahn war, nutzte Miles seine überlegene Größe, um ihn einzuschüchtern. »Tu dein Schlechtestes, kleiner Mann«, höhnte er, fuhr herum und sprach zu allen anderen. »Es ist gegen die Gesetze Englands, einen Mann oder eine Frau zu zwingen, gegen ihren Willen zu heiraten. *Primus* bin ich bereits verlobt«, – das war übertrieben, aber wen kümmerte das schon –, »*secundus* kann jede erzwungene Heirat von einem kirchlichen Gericht annulliert werden, *tertius* ist kein Aufgebot an drei aufeinander folgenden Sonntagen oder kirchlichen Feiertagen verkündet worden, *quartus* muss eine willige Braut vorhanden sein und ...«

»Erstens«, unterbrach ihn Ballaster, »rede ich lieber Englisch, wenn ich etwas Geschäftliches bespreche. Erstens hättet ihr, wenn Ihr hier gewesen wärt, das Aufgebot an drei aufeinander folgenden Tagen gehört, auch wenn es keine Sonntage waren, aber es geschah vor mehr als genug Zeugen; zweitens wird die Braut jeden Augenblick hier sein; drittens ist jede Ehe, die vollzogen wird, gültig, und diese wird es sein, und viertens ...«

O Gott, war es Vollmond, oder war sein Geist verwirrt? Würde er irgendwann wohlbehalten und unbeschadet in irgendeinem Gasthofbett erwachen? Sie konnten das doch bestimmt nicht bindend machen?

»Eine Frau heiraten, die Ihr gezeugt habt?« Miles verzog verächtlich das Gesicht. »Ich will eine Braut, bei der ich sicher sein kann, dass sie mir Söhne und nicht Töchter gebären wird.« Mit einer blitzschnellen Bewegung packte er Sir Dudley, drehte ihm den Arm auf den Rücken und zog den juwelenbesetzten Dolch des Mannes. Die scharfe Kante presste sich gefährlich gegen die vom Alter schlaffe Haut. »Lasst meine Männer frei und bringt sie her!«, brüllte er den alten Riesen an.

»Was für ausgezeichnete Manieren.« Sein Gastgeber lächelte, wagte aber nicht, sich zu bewegen. »Sir Hubert, lieber Freund, befehlt doch bitte unseren Männern, den Begleitern Seiner Lordschaft hier die Kehle durchzuschneiden und ihre Leichen in einem Karren zur Straße zu befördern.«

Sir Hubert zögerte, als er die Tür erreichte. »Schade. Sie scheinen anständige Burschen und obendrein auch sehr loyal zu sein.« Es war kein Bluff. Ein halbes Dutzend Männer stand zwischen Miles und der Tür. Flucht war sinnlos. Mit einem Fluch schleuderte Miles seinen Gefangenen gegen die menschliche Barrikade und stürzte sich hinterher, aber sein Dolch wurde ihm aus der Hand geschlagen. Starke Arme stießen ihn wieder vor Sir Dudley, und ein Gänsefederkiel wurde ihm in die Hand gedrückt.

»Soll ich Euch sagen, wo Ihr Euch das hinstecken könnt?«, brüllte Miles, riss sich los und warf die Feder auf das Pergament.

»Junger Mann, ich biete Euch das an, was Euer Herr Vater schon so lange von mir fordert. Es wird die Fehde zwischen uns beenden.«

»Nein«, fauchte Miles und merkte, dass es ihm durch die Hitze und den Wein allmählich schwer fiel, klar zu denken. Augen beobachteten ihn von allen Seiten drohend.

»Oh, es wird langsam langweilig«, murmelte sein Gastgeber. »Lasst es ihn morgen früh unterzeichnen. Der Barsch wird verkochen, und die Saucen werden kalt, wenn wir noch länger warten. Bringt ihn in die Kapelle.«

Kapelle! Miles schnappte sich einen Kerzenhalter und hielt die Flamme an den Vertrag.

Ballasters Männer packten ihn an den Händen und an den Füßen. Sie mussten ihre ganze Kraft aufwenden, um ihn auf die Seite zu drehen wie eine Matratze und seine zappelnden Glieder durch die Tür zu bringen, bevor sie ihn hinaustragen konnten – mit ausgestreckten Armen und Beinen wie einen Verräter, der im Begriff war, auf die Folterbank gespannt und gevierteilt zu werden. Im Hof stellten sie ihn wieder auf die Beine, vor den Priester, der den Eingang der Kapelle zierte. Sie mussten ihn aufrecht halten, so schwindlig war ihm jetzt.

»Wo ist die Braut?«, brüllte Sir Dudley. »Das Mädchen wird mit trockenem Brot feiern, wenn sie noch länger auf sich warten lässt.«

Lauter Trommelklang zerriss die Nachtluft; die Musiker

tanzten über den von Pechfackeln erhellten Hof, gefolgt von der mit Blumenkränzen geschmückten schönen Tochter. Für einen Moment lang war der Mann in Miles nicht unerfreut. War dies seine Braut? Das Mädchen blieb mit einem übertriebenen Knicks vor ihm stehen, ihr blondes Haar umrahmte sie wie eine goldene Wolke. Nein! Diese Stute würde in einem kostspieligen Stall gehalten und mit Scheuklappen und streng an der Kandare bewegt werden müssen. Das Mädchen schenkte ihm ein strahlendes Lächeln und trat beiseite.

Eine wütende, aufsässige Heloise Ballaster stand hinter ihr, flankiert von zwei kleinen Mädchen mit seidenen Blumen in den Händen. Sie hielt sich kerzengerade, und in ihrem Gesicht, das blass und zart wie eine Lilie war, waren ihre Augen groß, dunkel und wild wie die eines Geschöpfs der Nacht. Sie wollten ihn mit einer Zauberin verheiraten.

»Nein!«, rief Miles und fuhr herum zu einer Wand aus Stahl, während sein Kopf schwirrte wie einer ihrer Bienenstöcke. »Herr erbarme dich meiner, nein!«

»Komm her, Heloise!«, brüllte Ballaster und zog sie vor.

Das Mädchen wirkte angespannt, und Spuren von Tränen waren noch in ihrem Gesicht zu sehen. Für einen Augenblick trübte Mitgefühl Miles' Urteilsvermögen, und sein Blick verweilte auf Lippen, die er noch nicht gekostet hatte, und glitt zu ihrem anmutigen Nacken und dem Ansatz ihrer Brüste, wo ein perlenbesticktes Mieder ihn dazu verlockte, sie in Gedanken auszuziehen.

Sie verzauberte ihn wieder. Warum trug sie ihr Haar nicht offen wie ihre Schwester, wie eine Braut, um ihre Jungfräulichkeit zu demonstrieren? Warum war es unter einem juwelenbesetzten Netz und einer Girlande aus Blattgoldblüten um ihre Stirn versteckt?

Miles rang mit sich, um nicht den Verstand zu verlieren. »Ich bin ... ich spiele nicht den Hahnrei, Ballaster. Ihr könnt mir nicht die Verantwortung für den Fehltritt Eurer Tochter zuschieben.«

Die Worte verletzten sie. Das Mädchen hob den Kopf, die Augen groß vor Scham, und entsetzt wich sie zurück in eine Wand aus Dienstboten.

Ballaster packte sie am Handgelenk und stieß sie auf Miles zu. »Ihr könnt mir vorwerfen, was Ihr wollt, junger Mann, aber nicht das. Ihr seid derjenige, der hier etwas wieder gutzumachen hat. Ihr glaubt, Euch würde diese Ehe aufgezwungen? Es ist Eure verdammte Pflicht und Schuldigkeit, die von Euch verletzte Ehre meiner Tochter wiederherzustellen. Ihr habt ihr in Potters Field ihre Jungfräulichkeit geraubt und dann vor drei Tagen die Dreistigkeit besessen, hierher zu kommen und ihr in meinem eigenen Obstgarten Gewalt anzutun.«

»Nein!«, donnerte Miles, aber er sah sich einer schier endlosen Reihe anklagender Gesichter gegenüber. »Aufgrund welcher Beweise?«

Er war in der Hütte nur einen Augenblick allein mit ihr gewesen, und zum Glück hatte sie an jenem Tag eine eiserne Rüstung getragen. Und im Garten? Er runzelte die Stirn und legte seine rechte Hand an seine pochende Schläfe, als er mühsam den Kopf wandte, um den Blick der braunen Augen zu erwidern, die ihn jetzt fixierten, und sich an den weichen Körper erinnerte, der auf ihn gefallen war, an das Summen der Bienen und ... War es möglich ...

»Es gibt Zeugen, Sir Miles.«

»Aye«, bestätigte ein Chor aus etwa einem halben Dutzend Stimmen. »Und es waren Grasflecken und Blut auf ihren Röcken.«

»Nein, nein.« Miles rieb sich mit der Hand über die Stirn. »D-das ist pure ... Erfindung. M-Mistress, habt Ihr nichts dazu zu sagen?« Das Mädchen blickte unglücklich auf seinen Vater, aber das Gesicht, das sie Miles zuwandte, war wie das einer Madonna, blass, mitfühlend und still, nur ihre Augen schienen ihn anzuflehen, zu bedrängen. Aber wozu?

Er zwang sich, seinen Blick von ihr zu lösen, um mit den Umstehenden zu reden. »Wie viel bezahlt er euch für solche Lügen?« Schwankend fuhr er herum zu dem, der ihn gefangen hielt. »Werdet Ihr diese armen Kreaturen hinauswerfen, wenn sie nicht nach Eurer Pfeife tanzen? Gibt es niemanden hier, der nicht käuflich ist?« Seine Stimme wurde vor Verzweiflung lauter, als er sich zur Kapellentür umwandte. »Kaplan, bei Eurer unsterblichen Seele, ich flehe Euch an, bringt mir die Bibel, und ich bin bereit, zu schwören, dass ich ihr nie Gewalt angetan habe. Mylady! Sagt es ihnen doch um Gottes willen!«

Heloise zitterte, ihre nackten Schultern überzogen sich mit einer Gänsehaut in der eiskalten Luft. Sie war so matt und benommen, als wären die Finger ihres Vaters, die wie Eisen ihren Arm umklammerten, das Einzige, was sie noch aufrecht hielt. Ihr waren Prügel angedroht worden, und trotz Dionysias Versuchen, ihr Essen zuzuschmuggeln, hatte sie drei ganze Tage lang nichts anderes als einen Krug verwässertes Bier und ein wenig Brot erhalten. Der Becher Wein, den sie törichterweise angenommen hatte, bevor sie die Treppe hinuntergekommen war, hatte ihren Verstand benebelt. Aber es war ihre Zukunft, über die entschieden wurde. Trotzig entzog sie ihrem Vater ihren Arm.

Wäre es wirklich so falsch? Würde dieser Fremde einen schlimmeren Herrn abgeben als ihr raffinierter Vater, der ihn einholte wie einen Fisch am Haken und ihn Zentimeter um Zentimeter an Land zog? Oh, er war edel und stattlich, ihr Bräutigam, dessen geborgte Pracht im Schein der Fackeln glitzerte. Besser lebendig als tot auf der Straße, aber sie sah das getrocknete Blut an dem Kratzer an seiner Schläfe und spürte den Atemhauch des Schicksals. Sie kannte den unbändigen Zorn in Miles Rushden und wusste, dass er überkochen und sie verbrühen würde.

»Mylady, sagt es ihnen!«

Die sanften Schatten verbargen die Narben in Rushdens Gesicht und gaben Heloise vorübergehend eine Vorstellung davon, wie gut er früher ausgesehen haben musste – die hohen Wangenknochen und die edlen, kantigen Gesichtszüge zeugten von einer ruhmreichen normannischen Abstammung – zu gut für sie, trotz des edlen Blutes ihrer Mutter. Nein, dies war nicht die Art von Heirat, die sie sich gewünscht hatte – eine unglückliche Ehe, die unter Androhung von Gewalt geschlossen wurde.

»Ich ... ich kann Sir Miles nicht gegen seinen Willen heiraten, Vater.«

»Mylady.« Die Stimme ihres Bräutigams war rau vor Dankbarkeit, sein Zorn vorübergehend besänftigt.

Ihr Vater lachte nur. »Da seht ihr, dass er meine Tochter spielt wie eine Laute.«

Heloise schloss die Augen; ihre Seele schrie vor Abscheu und Verachtung. Sie wollte fort von diesem Tyrannen, der sie gezeugt hatte, und jede Fluchtmöglichkeit, die sich ihr bot, ergreifen. Aber nicht so! Nicht, indem sie die Zukunft dieses jungen Mannes zerstörte. Das wäre eine Torheit! Sich an einen Feind zu binden, einen Mann, der sie für ihre bürgerliche Herkunft bereits verachtete und die Macht des Herzogs von Buckingham nutzen würde, um die Ehe augenblicklich annullieren zu lassen? Nein! Denn in was für eine Lage würde sie das bringen? Weder Jungfrau noch Ehefrau, ihre Ehre fragwürdig, ihr Name ein Skandal. Oh, sie hätte diesen Fremden im Obstgarten nicht gehen lassen dürfen, sie hätte ihn zu ihrem Vater bringen und in geziemender Weise und in Anwesenheit von Zeugen mit ihm sprechen müssen!

Sie schlug die Augen auf, als sanfte, aber starke Finger sich um ihre schlossen. »Mylady, Ihr müsst jetzt vor dem Kaplan schwören, dass ich Eure Unschuld nie befleckt habe!« Miles Rushden zog sie so nahe an sich, dass er mühelos ihre Lippen hätte küssen können. »Schwört es!« Als spürte er sie in seinem Griff erbeben, fuhr er etwas sanfter fort: »Herrgott, Mistress, die Bienen hätten mich umgebracht, wenn ich auch nur einen Finger nach Euch ausgestreckt hätte.« Sie standen beinahe Brust an Brust. Ein gefährlicher Zauber hüllte sie einen Moment lang ein, und Heloise, die noch nie geliebt hatte und in erotischer Beziehung noch gänzlich unerfahren war, erfuhr ein unerwartetes und vollkommen aberwitziges Erwachen ihrer Sinne.

»Wie könnt Ihr das tun?«, warf sie ihrem Vater vor und versuchte, sich von dieser kurzen geistigen Versklavung zu befreien. Aber der Mann hielt sie unerbittlich fest, und sie spürte den versengenden Druck seiner Fingerspitzen und die geistige Kraft hinter den Augen, die ihren Blick gefangen hielten. Sie konnte gar nicht anders, als wieder zu ihm aufzuschauen. Nervös befeuchtete sie ihre Lippen und sammelte den Mut, den sie jetzt brauchte. Setzt Euch zur Wehr, hatte Margery Huddleston ihr geraten.

»Beruhigt Euch, Sir Miles. Ich will Euch gar nicht haben!«

»Danke.« Zufrieden ließ er auf der Stelle ihre Hand los.

»Heloise!« Ihr Vater packte sie. Wie viele Jahre der Tyrannei lagen in diesem einen Atemzug? Gezwungen durch ihre Hände, gebeugt vom Schicksal, versuchte Heloise, sich von beidem zu befreien und davonzulaufen, aber ihr Vater drohte ihr mit Enterbung, und Dudley Ballasters Drohungen waren Pfeile, die nie ihr Ziel verfehlten.

Miles wusste, dass er verloren hatte. Er sah die Verzweiflung in ihren Augen. Der kleine Ritter, so tapfer er neulich auch gewesen war, hatte Angst vor seinem Vater.

»I-Ich verlange, dass sie untersucht wird.« Er verschränkte hochmütig die Arme, aber in Wahrheit war er sich noch nie so hilflos vorgekommen. »Es wird beweisen, dass sie noch Jungfrau ist.« Es war seine letzte Karte, ein letztes vernünftiges Argument, das er vorbringen konnte.

Das Mädchen schnappte nach Luft, doch ihr Vater lächelte nur boshaft. »Wie Ihr wünscht, Sir Miles. Untersucht sie selbst.«

»Nein!«, rief das Mädchen und wurde vor Wut und Empörung noch ein wenig blasser. »Ich werde nicht erlauben ...«

»Sei still, Mädchen, kannst du nicht sehen, dass unser Gast sich Sorgen macht, wir könnten die Tür hinter euch beiden schließen und ihn erneut beschuldigen? Nun, mein Junge, unser Essen wird kalt, aber wenn es sein muss ...«

Heloise Ballaster riss sich mit einer schnellen Bewegung los. »Kaplan, ich flehe Euch an ...« Sie warf sich auf den Stufen vor dem Priester auf die Knie und hob bittend ihre Hände.

»Mein Sohn«, fragte der Kaplan Miles, »wart Ihr in der Holzfällerhütte allein mit dieser jungen Frau?«

»Ja, aber ... nur für einen Moment.«

»Pah, es war viel mehr als das«, sagte jemand.

»Und wart Ihr oder wart Ihr nicht allein mit Mistress Heloise im Garten, Sir?«

»Er lag mit ihr im Schnee«, warf eine weitere unerwünschte Stimme ein.

»Ja, aber wieder …«

»Wieder, in der Tat. Mein Sohn, ich kann Euch nur aufrichtig empfehlen, Euch wie ein Ehrenmann zu verhalten gegenüber dieser jungen Frau, die Ihr verführt habt, insbesondere, da ihr Vater mit der Heirat einverstanden ist und Euch das umstrittene Landgut als Mitgift angeboten hat. Lasst uns also mit der Zeremonie beginnen.«

»Was habt Ihr Eurem Vater erzählt? Ich hätte Euch unter den Bienenkörben vergewaltigt?«, fauchte Rushden. »Was war dazu nötig? Ein kleiner Schnitt nur und ein paar Tropfen Blut auf Eurem Unterrock?«

Heloise versuchte, aufzustehen, aber ihr Vater packte sie an der Schulter. »Bleib, wo du bist, Tochter!«

»Knie nieder, mein Sohn.« Miles verschränkte seine Arme und blieb trotzig stehen. »Knie nieder, Junge!« Ein gezielter Stiefeltritt traf ihn in den Kniekehlen, und er fand sich auf Händen und Knien wieder und krümmte sich vor Schmerz. Eine behandschuhte Hand packte ihn an den Haaren und zog ihn auf die Knie.

»Braver Junge«, wisperte Sir Dudley, und ein Dolch presste sich gegen die Haut unter seinem Kinn.

Der Kaplan las rasch die Fragen vor, aber Miles blieb still.

»Es gibt noch andere Weg, Euch dazu zu bringen, das Richtige zu sagen«, wisperte sein wild entschlossener Schwiegervater. »Wir könnten Eurem Pferd die Fußsehnen durchtrennen und dafür sorgen, dass Eure Männer noch vor morgen früh im Himmel sind. Hat der Teufel Eure Zunge, Junge? Sprecht die Worte nach!«

Man zwang ihn, es zu sagen. Ein brüllendes Gelächter

erschütterte den Raum, und Sir Dudley ließ ihn los. Der Kaplan verlangte rasch die Antworten der Braut.

»Stimmt zu, Mylady«, drohte Miles dem zitternden Mädchen neben ihm, »und Ihr werdet glauben, Ihr wärt mit Luzifer persönlich verheiratet.«

»Haltet Ihr mich für eine Närrin?«, stieß sie schwer atmend hervor.

Der Priester, der allmählich ärgerlich wurde, wiederholte die Worte für die Braut ein drittes Mal. Die Menge hielt den Atem an.

Heloise starrte stur geradeaus, aber jemand gab ihr einen Stoß, und als sie nach vorne fiel, die Lippen zum Protest geöffnet, sagte eine Stimme schnell: »Ego te vole habere …« Begeisterter Applaus ertönte. Dionysia legte einen Finger an ihre Lippen, als sie sich vorbeugte, um das Kleid ihrer Schwester glatt zu streichen. »Du wirst mir später dafür danken«, wisperte sie.

Ihr unwilliger Bräutigam versuchte wütend, aufzustehen, aber ihr Vater legte eine feste Hand auf seine Schulter.

»Wiederholt das«, forderte der Kaplan Heloise auf und blickte warnend ihre Schwester an. Falls Didie das Versprechen wiederholte, bedeutete das dann, dass Rushden mit ihr verheiratet sein würde? Heloise hob jäh den Kopf.

»Heloise«, warnte ihr Vater mit einer unverkennbaren Drohung in der Stimme.

»Heloise, bitte«, wisperte Dionysia.

Ihr schwirrte der Kopf. Es durfte nicht der geringste Zweifel entstehen, welche Schwester diesen Mann geheiratet hatte. Keine gesetzlichen Verwicklungen. Dionysias Zukunft musste geschützt werden. Mit ihrer Schönheit konnte ihre Schwester einen reichen, machtvollen Aristokraten aus dem Hause York heiraten.

Heloises Stimme war klar und fest, als sie schließlich gehorchte: »Ja, ich nehme dich, Miles, zu meinem Ehemann und besiegele hiermit mein Versprechen ...«

Der Mann an ihrer Seite fluchte. »Das werdet Ihr bereuen. Ich schwöre Euch bei meiner Seele, dass Ihr das bereuen werdet!« Unsanft wurde seine Hand gepackt und gezwungen, einen schmalen goldenen Reif an ihren Ringfinger zu stecken.

»Die Ehe wird annulliert werden, keine Sorge«, fauchte sie zurück. »Mir macht das hier genauso wenig Spaß wie Euch.«

Dann wurden sie in die Kapelle geschoben, zu einer der schnellsten Messen, die Miles je gehört hatte. Dieser Haushalt war nicht nur korrupt, er war auch gottlos.

»Bringt das Hochzeitsbier!«, rief Sir Hubert aus, als sie zum Burgsaal hinübergezogen wurden. Irgendein optimistischer Narr legte Miles eine grüne Girlande um den Hals. Er riss sie ab.

Heloise, die auf Middleham einmal an einer Hochzeit teilgenommen hatte, bei der der Bräutigam die Braut durch eine Girlande geküsst hatte, fühlte sich um jegliches irdische Glück betrogen. Ein Hochzeitskelch wurde ihrem neuen Herrn gebracht. Der Wein musste ihm in seiner niedergedrückten Stimmung sehr willkommen sein, wenn auch nicht der Anlass dazu. Rushden hob den Kelch und prostete ihr spöttisch zu.

»Auf deine ewige Verdammnis, Liebste!«, sagte er und schleuderte ihr den Inhalt des Kelchs ins Gesicht.

6

»Eines Tages wirst du es mir danken.«

Heloise schrak vor der Stimme ihres Vaters zurück und stellte fest, dass ihr Platz umringt war von den Frauen des Haushalts, die sich um sie scharten wie aufgeregte Schmetterlinge, um sie quer durch den Saal zum besten Schlafgemach der Burg zu führen. Es war eine Erleichterung, der Gesellschaft des schweigsamen Mannes zu entkommen, der während des Banketts neben ihr gesessen hatte, aber eine Qual, zu wissen, dass sie ihn bald die Treppe hinaufschleifen und ihn zwingen würden, das Bett mit ihr zu teilen. Und so blieb sie sitzen und starrte leeren Blickes auf die Leckerbissen auf dem Hochzeitsteller, die weder sie noch Rushden auch nur angerührt hatten. Ihr Körper war klebrig, wo der Rotwein, den er ihr ins Gesicht geschüttet hatte, beschämende kleine Rinnsale auf ihrem Kleid hinterlassen hatte und wie Blut zwischen ihren Brüsten hindurchgelaufen war. Die Musiker begannen das erotische Hochzeitsnachtlied mit seinem sinnlichen Getrommel.

»Heloise, komm«, drängte Dionysia und beugte sich über ihre Schulter.

»Oh, warum hast du das getan, Didie?«

»Weil es der einzige Fluchtweg ist und ich dich zu sehr liebe, um dich hierzulassen.« Laut rief Dionysia: »Komm, es ist alles bereit für dich!«

»Fahrt zur Hölle, Liebste, dort sehen wir uns wieder«,

brach Rushden sein Schweigen, die Augen unter den dunklen Wimpern wild vor Zorn, sein Lächeln eisig, als er sich erhob.

Nicht sicher, ob er vorhatte, sie still und heimlich zu ermorden, oder sich andere Qualen ausgedacht hatte, um seine Rachegelüste zu befriedigen, hob Heloise das Kinn. »Ich brauche Euch in der Hölle nicht.«

»Ach, bringt sie beide hinauf«, rief ihr Vater aus. »Ich habe genug von seinen schlechten Manieren.« Bedauernd betrachtete er das unberührte Essen. »Stellt die Platte in ihr Zimmer. Vielleicht werdet Ihr ja doch noch Appetit entwickeln, lieber Schwiegersohn, wenn Ihr den Mann gespielt habt.«

Rushdens Faust verfehlte das Kinn ihres Vaters nur um ein Haar, und die Spitze seines Stiefels riss die Tischplatte von ihren Beinen und warf die riesigen Fleischplatten, die Weinkrüge und die Kelche um. Die Hunde stürzten sich auf das wüste Durcheinander auf dem Boden, und die Gäste im Saal erhoben sich betroffen.

Den Tränen nahe, drehte Heloise sich auf dem Absatz um, raffte ihre Röcke und hastete die Treppe hinauf. Sie griff nach der schweren Holzstange hinter der Tür zum Korridor und versuchte, den Riegel vorzulegen, bevor die anderen sie erreichten, doch ihre kleinen Schwestern duckten sich lachend darunter durch.

»Ach, es nützt ja doch nichts«, rief Heloise verzweifelt, als sie den nicht enden wollenden Strom von Menschen sah, der Rushden auf sie zutrieb wie ein hilfloses Stück Holz. »Nein, bitte nicht!«, rief sie, als Dionysia sie rückwärts in das Schlafgemach ihres Vaters stieß. Sein prachtvolles Bett mit den grünen Samtvorhängen und David und Bethseba, die sich ausgelassen auf dem kostspieligen Überwurf vergnügten, war jetzt eine Qual. Seide und mit weichen Daunen gefüllte Kissen ließen sie vor Angst erzittern.

»Zähm ihn. Leg ihn an die Kette«, säuselte Dionysia.

»Nimm ihm seine Hörner ab und streichle seinen Schwanz«, kicherte jemand anderes, als die Frauen ihr Opfer umringten, an ihrem Gürtel zogen, sich bückten, um ihre Strumpfbänder zu lösen und ihre Strümpfe hinabzurollen. Es war so ähnlich, dachte Heloise, als würde man von Aasgeiern angegriffen.

»Wo ist er denn, sein Schwanz?«

Jemand brachte ihre jüngste Schwester zum Schweigen.

Die männliche Prozession anführend, trat der Kaplan ein, um das Bett mit Weihwasser zu bespritzen, und ihr frisch gebackener Ehemann wurde durch die Tür getragen wie eine Truhe und neben den Stufen, die zum Bett hinaufführten, abgesetzt. Draußen auf der hölzernen Balustrade blieb Matillis händeringend stehen, und die Spielmänner fiedelten wie wild.

Sir Dudley zeigte mit dem Finger auf den Bräutigam. »Vergesst nicht, dass Ihr dieses Zimmer nicht eher verlassen werdet, bis die Ehe vollzogen ist.«

Rushden lachte. »Wenn ich Eure Tochter bereits verführt habe, wie Ihr behauptet, dann ist das –« er deutete mit einer Hand aufs Bett »wohl ziemlich überflüssig.«

»Oh, ich bewundere Eure flinke Zunge, Junge, aber ich möchte die Sache hier zu Ende bringen.«

»Habt Ihr Euch denn noch nicht genug eingemischt, Vater?«, rief Heloise aus dem Kreis der Frauen und schlug ärgerlich deren Hände weg.

Ihr Vater ignorierte sie und blieb wie ein Schiedsrichter am Fuß des Bettes stehen, während Rushdens Eskorte an den Kleidern Miles' zerrte, als wären sie feindliche Soldaten, die einem sterbenden Heerführer seine Rüstung raubten. Heloises Angreiferinnen nahmen ihre Arbeit wieder auf, als handelte es sich hier um einen Wettbewerb.

»Sorgt dafür, dass sie splitterfasernackt sind«, feuerte Sir Dudley sie an und rieb sich schadenfroh die Hände. »Und dann lasst uns sehen, ob ein Rushden-Hengst eine Ballaster-Stute besteigen kann. Ins Bett mit ihnen.«

Miles wurde gezwungen, sich ins Bett zu legen, zunächst einmal allein; das Mädchen war noch nicht so weit. Inmitten des Gewühls aus Röcken und Ärmeln, die sie von allen Seiten attackierten, konnte er für einen Moment lang eine schlanke Taille sehen, die anmutig in schwanenweiße Hüften überging, die dazu verleiteten, sie zu berühren, und darunter sah er einen hellen Schimmer wohl geformter Waden und schlanker Fersen. Die Bettvorhänge wurden zugezogen, als sie ihr den Kopfschmuck abnahmen, und Miles sah den Raum nur noch verschwommen. Das Bett schimmerte, wie ein Altar zwischen zwei Kerzen, und er wartete auf die Priesterin. Blond wie ihre Schwester, dachte er zuerst und bedauerte, dass er es nicht wagen durfte, mit den Fingern über diese seidige Haut zu streichen. Dann blinzelte er und riss ungläubig die Augen auf, als sie das Mädchen rückwärts auf das Bett zuschoben. Ihr Haar war grau. Eine Hexe! Man hatte ihn verhext und mit einer alten Frau verheiratet. Abergläubische Furcht ließ sein Herz noch schneller schlagen.

»Nein! Ich werde keiner Hexe beiliegen!«, brüllte er, während er sich bekreuzigte und versuchte, aus dem Bett zu kommen. »Jesus Christus, Ballaster, war das die einzige Möglichkeit, einen Mann für sie zu finden? Ich schlafe nicht mit einer Hexe.«

Jemand rang bestürzt nach Luft, und ein furchtbares, beängstigendes Schweigen folgte, als hätte ein Zauber sie alle zu Statuen erstarren lassen. Entsetzt über sich selbst, wünschte Miles, die Worte zurücknehmen zu können, doch sie hingen in der Luft wie der ekelhafte Gestank von Erbrochenem. Der Kopf mit dem silbergrauen Haar wandte sich langsam um. Ungläubig und erleichtert sah Miles, dass das von dem ergrauten Haar umrahmte Gesicht noch immer zart und faltenlos war, doch der Blick gequälten Zorns in ihren Augen traf ihn wie ein Peitschenhieb. Er wich zurück gegen die Kissen und dachte an die gewisperten Gerüchte seiner Kindheit, dass Jacquetta Woodville König Edward verzaubert hatte, ihn in den Wald gelockt und ihn gezwungen hatte, ihre älteste Tochter zu heiraten, obwohl er von Rechts wegen eine ausländische Prinzessin hätte ehelichen sollen. Und nun passierte ihm das Gleiche.

Sie hatte den Körper einer Sirene, aber ihr Haar … Die Hexe hatte sich wieder umgedreht und starrte in unverhohlenem Entsetzen ihren Vater an, ohne zu bemerken, dass der silberne Vorhang ihres Haars sich geteilt hatte und eine wohl geformte feste Brust erkennen ließ. Dies war in der Tat Magie, subtil, verlockend; Miles' faszinierter Blick nahm ihre Schönheit in sich auf wie ein Verdurstender, erlaubte sich für einen flüchtigen, lustvollen Moment diesen Luxus. Ihre sanften Kurven waren ungemein verführerisch; die Spitzen ihres unnatürlichen Haars, das ihre intimsten weiblichen Stellen verbarg, schienen seinem Blick zu winken. Er spürte seine Sinne darauf reagieren und rang um Beherrschung seiner Instinkte, da er wusste, dass Ballaster, der ihn beobachtete wie ein selbstgefälliger Zauberer, überzeugt war, er sei verhext genug, um noch vor dem Morgengrauen zwischen ihre Schenkel zu kriechen.

Heloise sah, wie die Furcht und Verachtung in Rushdens Blick lustvollem Interesse wichen, und schnappte entsetzt nach Luft, als ihr bewusst wurde, dass alle Männer im Raum sie lüstern anstarrten. Sie konnte nur ihre zitternden Arme um ihren Körper legen und den Kopf senken, damit ihr verhasstes Haar wenigstens ihre Gesichter vor ihr verbarg. Ihr Zorn verging, sie fröstelte in der zunehmenden Kälte und erschauerte angesichts des brennenden Verlangens, das sie in Rushdens Augen sah. Bis jetzt hatte sie nicht geglaubt, dass er ihr wirklich und wahrhaftig beiliegen würde.

Unter Aufbietung seiner ganzen Willenskraft zwang Miles sich, wegzusehen, und spürte die uralte Furcht, die die Männer im Raum ergriff. Fleischliches Begehren und Aberglauben prägten die Atmosphäre. Herrgott im Himmel, was für Dämonen hatte er freigesetzt? Wie lange hatte das Mädchen ihr Feenhaar vor den Männern verborgen? Dieses Meer misstrauischer Gesichter musste zur Ruhe gebracht werden. Er wollte Heloise Ballaster nicht ihretwegen auf dem Scheiterhaufen enden sehen.

Es war nicht leicht, seiner Stimme einen Anflug von Humor zu geben. »Na schön, Ballaster, dann sagen wir eben, sie ist ein hübscher Wechselbalg statt einer Hexe. Hat Eure Frau in einem Kreis aus Giftpilzen geschlafen in der Nacht, als Eure Tochter gezeugt wurde?«

Herrgott noch mal, er machte es nur noch schlimmer! Nun bezeichnete er ihre Mutter als Hure, die sich mit einem Kobold vergnügt und Ballaster Hörner aufgesetzt hatte.

»Schlagt die Decke zurück. Tochter, leg dich jetzt ins Bett.« Ballasters Wangen brannten, seine Stimme war knapp. Einer der alten Besen schnalzte anerkennend mit der Zunge, als die Decke von Miles zurückgeschlagen wurde und die obszönen Gesten und zweideutigen Bemerkungen die Normalität wieder herstellten. Der Magier lächelte jedoch nicht. Miles spürte Sir Dudleys verächtlichen Blick auf seinen unverkennbaren Prellungen. Aber keine Pockennarben entstellten seinen Körper. »Da hast du ja noch Glück gehabt, mein schöner Ritter«, hatte seine vorherige Geliebte ihn zwischen Küssen geneckt. Nur sein Gesicht hatte Spuren der schrecklichen Krankheit davongetragen.

»Der Körper meiner Tochter ist makellos, wie Ihr selbst bereits bemerkt habt, Rushden.« Miles schluckte angesichts dieses berechtigten Vorwurfs. »Ich gebe zu, dass ihr Haar recht ungewöhnlich ist, aber Heloise hätte es nicht ertragen, an der Messe teilzunehmen, wenn sie schwarze Magie praktizieren würde. Und was die Ehre ihrer Mutter angeht, so verleumdet sie nur ruhig weiter, und ich werde mich durch die Mitgift meiner Tochter dafür revanchieren. Und jetzt legt Ihr Euren nackten Schenkel an den meiner Tochter! Und zwar auf der Stelle!«

Fluchend rutschte Miles ein Stück zur Seite und berührte mit Fußknöchel und Wade seine Hexe. Er fühlte, wie ein Erschauern sie durchzuckte, als hätte er sie verbrannt.

»Ihr alle seid Zeugen, dass sich ihr nacktes Fleisch berührt hat. Das ist das Verfahren bei königlichen Hochzeiten«, klärte Ballaster den gaffenden Haushalt auf, bevor er das Bettzeug zurückschlug und die jungen Leute zudeckte. Alle applaudierten und ignorierten die ruckartige Bewegung unter den Decken, als die Hauptakteure sich rasch wieder voneinander entfernten.

»Lasst uns in Ruhe! Geht!« Heloise griff nach dem Laken und zog es bis unter das Kinn. »Geht!«

Der Kaplan trat vor und gab ihnen eilends seinen Segen, vergaß aber nicht, noch ein kurzes Gebet für Heloises Fruchtbarkeit hinzuzufügen, was sie ungemein verärgerte.

»Das ist also erledigt. Bringt die Kleider des Bräutigams weg«, befahl Sir Dudley und bedeutete Dionysia mit einer

Kopfbewegung, die abgelegten Gewänder ihrer Schwester mitzunehmen. »Und nun vergesst nicht, Junge, dass Ihr dieses Schlafgemach nicht eher verlassen werdet, bis Ihr Eure eheliche Pflicht erfüllt habt, und du, Tochter, wirst dich wie eine gehorsame Ehefrau benehmen. Betrachte diesen Mann von heute an als deinen Gatten, tu, was deine Pflicht ist, und sei ihm zu Gefallen. Also los, junger Mann, zeugt Euren Erben. Ich möchte einen Enkel.«

Rushden warf sich mit geballten Fäusten vor, aber ihr Vater trat zurück und lachte nur. »Ihr werdet langsam zu berechenbar, junger Mann«, höhnte er. Er wartete, bis alle den Raum verlassen hatten, bis auf Sir Hubert, der verweilte, um Heloise eine Kusshand zuzuwerfen und sich galant vor Rushden zu verbeugen. Dann schob ihr Vater auch ihn hinaus und schloss geräuschvoll die Tür von außen ab.

Heloises Wangen brannten. Musste sie sich wie eine Sklavin dem Mann unterwerfen, der gedroht hatte, sie zu verprügeln, weil sie es gewagt hatte, eine Rüstung anzulegen, und der sie vor allen anderen als Hure und ihre Mutter als eine Metze bezeichnet hatte? Niemals! Sie hatte sich trotz allem noch ein wenig Mut bewahrt – obwohl ihr Körper beinahe unkontrollierbar zitterte – aber sie fürchtete nun diesen Fremden, dem man die Herrschaft über sie gegeben hatte.

Rushden hüllte sich in Schweigen und versuchte, die Decke zurückzuschlagen, aber sie war aus steifen Metallfäden und schwerem Brokat gewoben. Fluchend schlüpfte er aus dem Bett. Heloise stieß einen überraschten Schrei aus, als er das ungebleichte Laken von ihr wegzog und sich darin einhüllte wie in einen Bischofsmantel. Dann ging er zu dem kleinen Tisch hinüber.

»Seid Ihr hungrig?« Diese vollkommen ungefährliche, banale Frage brachte ihr zu Bewusstsein, dass sie die ganze

Zeit den Atem angehalten hatte. Ihr Körper verlor etwas von seiner Steifheit.

»Ja«, wisperte sie, sich an die Worte klammernd, die vielleicht vorübergehend ihre Rettung waren, und fragte sich, ob sie es schaffen würde, aus dem Bett zu schlüpfen und sich mit dem anderen Laken zu bedecken.

»Bleibt da. Ich bringe Euch die Platte.« Eine vernünftige Lösung, aber alles andere als beruhigend. Heloise fühlte sich angebunden wie ein Köder und fragte sich, ob dieser Rushdensche Mastiff nicht jeden Augenblick seine Fänge in sie schlagen würde.

Er stellte die Platte zwischen sie und hockte sich mit untergeschlagenen Beinen auf das Bett, wobei er penibel darauf achtete, mit dem Laken seine Schenkel zu bedecken. Den Rest des Lakens ließ er sinken. Heloise riskierte einen Blick auf seine muskulösen Arme, die zu umfassen ihre beiden Hände nicht gereicht hätten, und seinen breiten Rücken, der das geborgte Wams an den Nähten gestrafft hatte. Starke, elegante Hände brachen ein Stück Brot ab und legten eine Scheibe Käse darauf. Hungrig führte er das Brot zu seinen Lippen und biss mit ebenmäßigen weißen Zähnen die harte Kruste ab, bevor er den Blick erhob, um Heloise prüfend zu betrachten, und sich mit dem Handrücken über die Lippen fuhr.

Das Laken fest an ihre Brust gepresst, griff Heloise nach einem süßen Törtchen. Seine Glasur war klebrig, aber es duftete ganz köstlich, ausgehungert, wie sie war, und sie widerstand der Versuchung, es gierig hinunterzuschlingen. Sie aßen schweigend. Die Nahrung ließ sie sich ein wenig besser fühlen, und sie warf einen verstohlenen Blick auf das Profil ihres frisch gebackenen Ehemannes. Ihr Instinkt verriet ihr, dass der von ihrem Vater erzeugte Hass ein wenig nachgelassen hatte. Das sanfte Licht der Kerzen verbarg die Narben auf seiner Wange und zeigte ihr ein ausdrucksvolles, kraftvolles Gesicht, das Camelot oder Aix geschmückt haben könnte, doch sein hartes Kinn und seine Adlernase entnervten sie, und den eigensinnigen Zug um seinen Mund kannte sie bereits. Und sie hatte seine Pläne durchkreuzt.

Ja, die Heilige Kirche hatte sie verbunden und machte sie in alle Ewigkeit zu seinem Eigentum, sofern er keine legalen Möglichkeiten fand, die unsichtbaren Ketten von ihrer beider Handgelenke zu entfernen. Aber das war morgen. Es waren die dunklen Stunden, die jetzt vor ihnen lagen, die Heloise beunruhigten. Sie war diesem Fremden übergeben worden wie das Essen, das zwischen ihnen lag – um es zu genießen oder abzulehnen, ganz wie es ihm gefiel. Ein Fremder, wenn auch kein Greis mit runzeliger Haut und faulem Atem, aber immerhin ein Mann, der sehr viel mehr über Frauen wusste als sie über Männer.

Nachdenklich leckte sie sich die Finger. Wenigstens ihr Hunger war jetzt nicht mehr ganz so groß. Ein leiser Seufzer der Befriedigung entrang sich ihr, und ihr Gefährte hielt im Essen inne und sah sie an, zum ersten Mal seit ihrer Trauung, ohne unfreundlich zu wirken oder streng.

»Die Ehe kann annulliert werden.« Seine Worte waren beruhigend, aber dann streckte er die Hand aus und berührte neugierig ihr Haar.

»Ich ... ich bin keine Hexe«, sagte sie, und ihre Stimme klang so rau, dass sie sich sogar für sie selbst ein wenig fremd anhörte.

»Nein? Wie schade.« Ein Lächeln erhellte langsam sein Gesicht, seine grauen Augen neckten ihre gequälten Sinne. Er ließ ihr Haar los, doch ein endlos langer Augenblick schien zu vergehen, bevor er den Blick wieder auf die Platte richtete und ein Stück Gebäck auswählte. Heloises Herz begann wie wild zu pochen.

»Ich hatte Euch in Potters Field viel jünger eingeschätzt.« Das war so gut wie eine Entschuldigung, vermutete sie.

»Ich bin fast zwanzig.«

Ein Stirnrunzeln milderte ein wenig sein Erstaunen. »Ich dachte, die blonde Jungfer wäre die Älteste.«

Jungfer? Das hielt sie für äußerst fragwürdig, bewahrte es jedoch für sich.

»Und noch unverheiratet?«, fuhr er fort. »Warum? Wegen Eures Haars?« Er beobachtete, wie sie ihre Fingerspitzen in die seidigen silbernen Strähnen an ihrer Wange schob.

»Ich hatte nicht den Wunsch, zu heiraten. Weder Euch noch irgendjemand anderen.« Das gefiel ihm offensichtlich nicht. Heirateten Hexen? Zumindest bedeckten verheiratete Frauen ihr Haar. Sie verspürte plötzlich die Notwendigkeit, den Wunsch, ihn zu beruhigen, dass sie ihr Haar verborgen halten würde, um ihn nicht zu beschämen, doch die Worte erstarben auf ihren Lippen. Es würde keine Zukunft mit ihm geben. Sie sah das Laken hinter ihm herschleifen, als er aufstand und zu dem Weinkrug auf dem Tisch hinüberging. Ja, er würde sie verlassen.

Er füllte die für sie bereit gestellten Kelche, fragte nicht, ob sie etwas wollte, sondern traf die Entscheidung wie ein richtiger Ehemann für sie. »Das wird Euch gut tun«, sagte er, als er ihr das Weinglas reichte.

»Ja«, seufzte Heloise und führte es an ihre Lippen. Sie beobachtete ihn über den Rand des Kelches, als er seinen hob.

»Wir haben ein Dilemma, Ihr und ich«, sagte er schließlich und leerte viel zu schnell den Kelch. Sie war jedoch sehr im Irrtum, falls sie glaubte, der Wein benebelte seinen Geist. Lebhafte Gedanken flackerten hinter seinem wachen

Blick, und seine Bewegungen waren ruhig und zielstrebig, als er mit dem Daumen über den glatten Rand des Kelches strich.

»Was schlagt Ihr vor, Sir? Dass ich Euch in einen Spatz verwandle, damit Ihr aus dem Fenster fliegen könnt?«

Rushdens Augen lächelten ironisch. »Geistreich, aber nicht sehr praktisch – falls Ihr keine Hexe seid, meine ich.« Schallendes Gelächter aus dem Burgsaal schien sie zu verspotten. »Wir sind beide willens, diese Ehe annullieren zu lassen. Ist das möglich?«

Benebelte der Wein allmählich ihre Sinne? »Ja, natürlich, Sir, falls Ihr es bei Seiner Heiligkeit dem Papst sofort beantragt, und ich könnte mir vorstellen, dass Euer Freund und Gönner, der Herzog von Buckingham …« Und sie musste dem Herzog von Gloucester schreiben.

Er hob eine Hand, um sie zu unterbrechen. »Das meinte ich nicht, Mylady. Glaubt mir, ich werde alles tun, was in meiner Macht steht. Was ich meinte, war …« Er sah sich im Zimmer um, als ob die verloren gegangenen Worte unter einen Schrank gerollt wären. »Was ich wissen muss, ist, ob Ihr noch Jungfrau seid?«

Ihre Wangen brannten. »Was ist, wenn ich Nein sage?« Ein spontaner Seitenhieb als Rache für seine Beleidigungen von vorhin! Die unbedachte Antwort machte seinen guten Willen wieder zunichte. Sein Blick glitt kalt und prüfend über sie, und sie spürte, wie sie unwillkürlich schneller atmete.

»Dann werden wir in gegenseitigem Hass zusammen alt werden.«

»Aber ich könnte ja auch lügen.«

»Ja, Ihr könntet so oder so lügen.« Dann fügte er hinzu: »Mylady, ich habe einige sehr hässliche Dinge in Eurer Gegenwart gesagt. Ihr seid intelligent genug, um zu verstehen warum. Könnten wir wenigstens für eine kleine Weile aufrichtig zueinander sein?«

Natürlich könnte er es auch selbst herausfinden, überlegte Miles. Er brauchte eigentlich nur ihre Hände über ihrem Kopf festzuhalten und sich persönlich Gewissheit zu verschaffen. Was – und in Gefahr geraten, sie zu vergewaltigen? Nein, Berührungen mussten unter allen Umständen vermieden werden, und er wollte ihr nicht wehtun. Als hätte sie seine Gedanken gelesen, schob das Mädchen eine Hand unter das Laken und zog einen Dolch hervor, den sie vorher entweder selbst unter der Matratze versteckt hatte oder von einem Dienstboten dort hatte verstecken lassen.

»Wenn Ihr mich anrührt, mache ich Euch zu einem Eunuchen«, fauchte sie und zerstörte die Wirkung, indem sie erstaunt hinzusetzte: »Warum lacht Ihr?«

Nachdem er das Laken noch ein wenig fester um sich gezogen hatte, ging er zu dem Guckloch in der Wand und lehnte sich in die winzige Laibung, durch die er auf seine ausgelassen feiernden Feinde hinabsehen konnte. »Noch nicht betrunken genug, befürchte ich.« Über die Schulter blickte er sich wieder nach ihr um, und lächelte über die Waffe in ihrer schlanken Hand. Wenigstens hielt sie sie richtig. »Was, wenn Ihr auf meiner Seite des Betts gelegen hättet?«

Heloises Unterlippe zitterte, doch sie umklammerte den Dolch noch fester. »Ich … ich hätte einen anderen Weg gefunden, daran zu kommen. Ich hätte mich auf Euch gerollt und ihn ergriffen.«

Miles krümmte sich vor Lachen über ihre Naivität. »Ihr seid noch Jungfrau«, versicherte er ihr lachend, froh, dass niemand sie befleckt hatte, und beobachtete, wie sie empört die Lippen öffnete. »Nicht wahr, Mylady?«

Heloise nickte mürrisch und fragte sich, woraus er es geschlossen haben konnte.

»Nun, da bin ich aber erleichtert. Wir werden also doch eine Annullierung erreichen. Ihr hättet es Euch ersparen können, mich raten zu lassen.« Er trat seine lächerliche Schleppe mit dem Fuß beiseite und versuchte, ihr einen Vortrag zu halten, als hätte er eine Armee vor sich. »Und nun hört mir mal gut zu, Mylady. In Zukunft müssen wir dafür sorgen, dass wir uns weder begegnen noch in irgendeiner anderen Weise kompromittieren, bis eine Annullierung dieser Ehe erreicht ist.«

»Und was ist mit der Gegenwart?«, warf sie ein und zog spöttisch eine Augenbraue hoch. Das Laken straffer um sich ziehend, betonte sie ungewollt ihre Brüste, als sie nach einem weiteren Törtchen griff. »Mein Vater sagt, Ihr würdet nicht eher Eure ...«

»Kleider zurückerhalten, bis ich Euch beigelegen habe.« Er setzte ein charmantes Lächeln auf, das schon viele Herzen geraubt hatte. »Ja, und wie löse ich dieses Dilemma?«

»Indem ich Euch entmanne?«, scherzte Heloise und schwenkte ihren Dolch wie einen Fächer.

»Euch Gewalt anzutun, ist ein weitaus angenehmerer Gedanke.« Ein ungemein verführerischer sogar, wenn das Mädchen die Tochter eines walisischen Barons gewesen wäre, statt Ballasters Brut. »Glaubt Ihr, Ihr könntet das Ding wieder unter die Matratze legen? Ich weiß, wie gern Ihr eine Waffe in der Hand habt, aber sie nimmt mir meine Manneskraft, Mylady.«

»Gut.« Heloise grinste Rushden an, als wäre er ein Freund, aber es war höchst unschicklich, so zu reden – insbesondere mit einem Mann. Oder durfte man das mit einem Ehemann? War es das, wie eine Ehe sein könnte? Wenn ja, gefiel ihr der Gedanke. Der Wein musste ihren Verstand benebelt haben, beschloss sie, denn sie wusste, dass Miles Rushden, falls sie ihn verführte, sie wahrscheinlich vor dem Morgen noch erwürgen würde. »Ich glaube, der Wein ist mir zu Kopf gestiegen«, gab sie zu und spießte ein Stückchen Käse mit der Spitze ihres Dolches auf. »Ich habe seit drei Tagen nichts gegessen. Ich ... ich war in meinem Zimmer eingeschlossen.«

»Das tut mir Leid.« Rushden strich mit der Hand über den schmalen Fenstersims, inspizierte das Schloss der Tür, versuchte die Dicke ihrer Holzpaneele abzuschätzen und richtete den Blick zur Zimmerdecke. »Es muss doch einen Weg nach draußen geben.«

»Versucht es mit der Truhe.«

Er klappte den Deckel auf. »Umsonst gehofft. Da sind nur Laken und Decken drin. Einige von ihnen von Euch gewaschen, ihrer rosa Tönung nach zu urteilen!«

Heloise ignorierte die Spitze. »Wir könnten sie zusammenknoten, ein Seil daraus herstellen und es an die Truhe binden. Das hier halte ich nicht für zuverlässig genug.« Sie rüttelte an dem nächsten Bettpfosten. »Wir mussten sie wegen Holzwürmern kürzlich ersetzen lassen, und ich bezweifle, dass die Fugen halten würden. Wie ich meinen Vater kenne, hat er bestimmt ein halbes Dutzend Wachen aufgestellt. Könntet Ihr nicht eine Art Rock herstellen und als Frau durchgehen?« Der Blick, den sie dafür erhielt, war alles andere als erfreulich.

»Bei meiner Seele, Frau, seid Ihr verrückt?« Miles hatte ihre Unerfahrenheit vergessen. Die ernsten mandelförmigen Augen blickten fragend, und er presste die Lippen zusammen und wandte sich ab. Seine behelfsmäßige Toga verrutschte, und er zog sie fluchend hoch und band sie um seine Taille, so dass er nun weniger wie eine jüngere Ausgabe von Elias aussah und mehr wie ein Leibeigener, der an einem sommerlichen Sackhüpfen teilnahm. Die Falten drohten ihn zum Stolpern zu bringen. »Oh, zum Teufel mit dem Ding!«, rief er und ließ sich mürrisch wie der Bruder des verlorenen Sohnes auf das Bett fallen. Und dann drohte das Bett ihn abzuwerfen.

»Was in …?«

Seine vorübergehende Abgelenktheit ausnutzend, war Heloise unter das Bettlaken geschlüpft und versuchte, seine Enden an den Ecken zu befreien, um endlich aus dem Bett herauszukönnen. Ihre Bemühungen waren jedoch vergeblich, vor allem, solange er die andere Hälfte mit seinem Gewicht festhielt. Sie zappelte, um sich unter der schweren Bettdecke umzudrehen, und tauchte zerzaust und mit hochroten Wangen wieder auf.

»Falls es nicht zu viel verlangt ist, Sir, könntet Ihr bitte das Laken lockern, damit ich ein bisschen mehr Bewegungsfreiheit habe?« Er hatte ein unwiderstehliches Grinsen, entdeckte sie.

»Selbstverständlich. Versucht es jetzt noch mal.«

Mit einem finsteren Blick zog sie das Laken hoch, nach wie vor bemüht, sich wenigstens einigermaßen sittsam zu bedecken. Streng gab sie ihm mit einer Handbewegung zu verstehen, er solle sich umdrehen.

»Haltet Ihr es für möglich, dass ich Nadel und Faden in dieser Truhe finde?«, fragte Miles, als sie ihr Manöver beendet hatte. »Ihr könntet mir etwas nähen.« Jetzt, wo das Rascheln aufgehört hatte, blickte er über die Schulter, um zu sehen, wie sie seinen Vorschlag aufgenommen hatte. Er brauchte ihre Bereitschaft und Bestätigung, dass sie in solchen Fertigkeiten unterrichtet worden war.

»Was wollt Ihr? Eine Houppelande mit pelzbesetzten Ärmeln?«

»Eine Tunika?« Er sagte es mit seinem gewinnendsten Lächeln, das ihm schon einige exquisite Abenteuer in Heuschobern eingebracht hatte.

»Ihr scherzt. Und Ihr werdet hier auch keine Nadeln finden.« Es war ihr gelungen, aufzustehen, aber sie hatte das Laken so fest um sich geschlungen, dass es sie in ihrer Bewegungsfreiheit stark behinderte, und der Dolch war noch nicht weggesteckt. Es erforderte nur einen raschen Schritt und einen scharfen, schmerzhaften Ruck an ihrem Handgelenk, um ihn ihr abzunehmen.

»Nun können wir ihn vielleicht für einen weniger blutrünstigen Zweck verwenden.« Er warf den Dolch aufs Bett, riss das Laken von seiner Taille und breitete es wie ein Tuch auf dem Boden aus. »Stellt Euch darauf!«

Seine Braut rieb sich ihr Handgelenk und hätte ihn vielleicht böse angesehen, wenn seine Nacktheit sie nicht daran gehindert hätte; ihr Gesicht und ihre hübschen Schultern röteten sich vor Verlegenheit.

Er versuchte, sich nicht vorzustellen, was der Rest ihrer Haut tat, als er sie an den Oberarmen packte und zu dem Laken hinüberzog. »Bleibt hier stehen! Der Stoff muss straff sein. Herrgott, Ihr seid jetzt verheiratet, Mylady.« Dann, mit einem Fluch, griff er nach ihrem Kissen, streifte den Bezug ab und schlitzte die Hälfte der Säume auf. »Schließt die Augen, wenn es sein muss, aber streckt die Arme über Euren Kopf.« Sie heulte auf, als er ihre Hand von dem Laken wegzog und ihr den aufgeschlitzten Kissenbezug über den Kopf streifte. Es war ein ungemein verlockender Gedanke, ihren nackten Körper zu betrachten, als das Laken auf ihre Knöchel fiel. Heloise Ballaster stieß einen leisen Schrei aus und öffnete die Augen. Mit zitternden Händen zog sie den Kissenbezug über ihre Schenkel. Miles respektierte ihr Schamgefühl und drehte sich um, um die silberne Kordel abzutrennen, die die kostbaren Bettvorhänge ihres Vaters zusammenhielt. Einen Moment befingerte er das schwere Material und wandte sich dann wieder zu ihr um. »Hier!« Er ließ die aufgerollte Kordel in ihre erstaunten Finger fallen.

Sie blickte zu ihm auf und fühlte sich nicht weniger nackt als vorher unter seinem abschätzenden Blick; der Stoff des Kissenbezugs straffte sich über ihren Brüsten und spannte über ihren Schenkeln. »Danke«, sagte sie rau. Dieser Mann war jetzt ihr Herr; ein Mann, der sie begehrte und verachtete. Sie hielt den Atem an, weil sie wusste, dass sein Schicksal mit ihrem eigenen verflochten war wie die zwei Schlangen auf seinem Banner.

»Eine perfekte Delila«, spottete Miles und bereute dann seine Grausamkeit. Nein, diese Frau war keine sinnliche, erfahrene Hure. Für einen Moment ließ er die Erinnerung an seine erste Hochzeitsnacht aus einer Nische seines Gedächtnisses wiederauferstehen: seine Braut, die unschuldige Sioned, die lächelnd die Kerzen gelöscht hatte, in Erwartung, nun zu schlafen. »O Gott«, wisperte er und presste die Fäuste in seine Augenhöhlen. Aber diese Jungfrau war nicht Sioned. Die hier war die Tochter des fetten Ballasters, selbst wenn sie ein noch so feingliedriges, gertenschlankes Mädchen war. »Der Teufel hole Euch ... könnt Ihr nicht stehen bleiben, wo ich Euch hingestellt habe!« Es überstieg fast seine Willenskraft, ihre schlanken Fesseln und wohl geformten Beine zu ignorieren, als er das Laken auf dem Boden glatt strich.

»Ihr macht es falsch.« Zu seiner Überraschung kniete sie

sich neben ihn und hielt den Blick gewissenhaft auf ihre Aufgabe gerichtet, während sie die Angelegenheit mit ihm besprach, als wären sie zwei Schneider. Dann zeigte sie ihm, wie er den Wollstoff schräg zum Fadenlauf halten musste, während sie die Dolchklinge hindurchzog. Es war nicht leicht, und der Schnittrand sah aus, als wäre er von riesigen Motten attackiert worden. Der Mann beklagte sich aber nicht, sondern nahm ihr die Klinge ab und brachte einen halbkreisförmigen Schnitt in der Mitte des Rechtecks an. »Ausgezeichnet«, murmelte er und zog die Klinge im rechten Winkel hinab, während sie den Stoff straff hielt. »Jetzt brauchen wir nur noch ein paar Schafe, dann können wir nach Bethlehem gehen.«

Zumindest hatte er Humor. Sie hätte auch mit einem finsteren, cholerischen Rüpel eingesperrt sein können. Heloise schloss die Augen, als er sich erhob. Als sie eine Berührung an ihrer Wange spürte, riss sie sie wieder auf. Er lachte sie an, und er sah aus wie ein Modell für ein Gemälde der Geburt Christi. Die Tunika reichte bis zu seinen Waden und war mit der dicken Bettkordel gegürtet. »Es kitzelt schrecklich. Ich wage mir gar nicht auszudenken, wie ein härenes Büßerhemd sich anfühlen muss. Nein, ich glaube, ich weiß es.«

Miles' Büßerhemd war Heloise Ballaster, die ihn mit ihren großen rehbraunen Augen anstarrte. Für einen Moment vergaß er das unheimliche Haar.

»Ist Lord Rushden noch in Monkton Bramley? Werdet Ihr dorthin gehen?«, fragte sie.

Er erinnerte sich an ihre Warnung an seinen Vater, und sein Gesicht nahm einen angespannten Ausdruck an. Hinter ihrem Rücken kreuzte er die Finger gegen sie. »Mein Vater ist heimgekehrt. Meine Mutter ... brauchte ihn. Ich werde von Seiner Gnaden, dem Herzog von Buckingham, erwartet.« Er musste Überraschung in ihrem Gesicht gelesen haben, denn er setzte noch hinzu: »Oh, Ihr hattet wohl erwartet, ich würde mit einer kleinen Armee im Schlepptau zurückkehren. Nein, ich werde meinen Vater nicht in diese Angelegenheit hineinziehen, obwohl er natürlich davon erfahren wird.«

»Das freut mich«, entgegnete Heloise ernst. »Es ist schon genug Blut vergossen worden. Zwei unserer Männer wurden verletzt, und einer der Euren starb für diese Torheit.«

Sein scharfes Einatmen erschreckte sie. Rushden ging zum Fenster und schlug so heftig mit der Hand gegen die Wand, dass der ganze Raum erbebte. Seine starken Schultern versteiften sich, die Spitzen seines dunklen Haars, das wie polierte Eiche glänzte, berührten seine Wirbelsäule, als er ruckartig den Kopf hob.

»Ich dachte, vielleicht ... Mein Gott! Der arme Dobbe. Möge Gott sich seiner erbarmen. Er diente mir, seit ich ein Kind war«, murmelte er, und seine Finger tasteten nach ihrem Dolch. Es war, wie auf dünnem Eis zu gehen, seinen ständigen Stimmungsschwankungen zuvorzukommen; ein falsches Wort von ihr, und der Hass des Mannes würde seine anerzogene Höflichkeit bezwingen. Und deshalb schwieg sie und wagte kaum zu atmen. Die Minuten schleppten sich dahin, bis er den Kopf hob und zu ihr herumfuhr. »Es muss doch irgendeinen Ausweg geben!«

Sie zuckte zusammen, als er wütend den Vorhang zur Seite riss, der den Abort verbarg.

»Gott bewahre, Sir, Ihr könnt nicht da hinuntergehen!«

»Stimmt, Mylady, es wäre wie einen Dachs in einen Kaninchenbau zu stopfen, und ich möchte auch nicht noch mehr von Eurer Familie in den Schmutz gezogen werden. Vorsicht!« Er legte die Hände um die Eichentruhe und zog sie an das Fenster. Bevor Heloise protestieren konnte, sprang er darauf und stieß seinen Absatz in die Scheibe.

Die Burgherrin in ihr erschrak über die verbogenen Bleistreben. Kalte Luft drang in den Raum und ließ die Kerzen flackern und sie frösteln. »Wäre es nicht einfacher gewesen, es aufzumachen?«

»Nicht wenn Euer Vater die Griffe mit einem Vorhängeschloss versehen hat.« Er beugte sich halb hinaus, um das Dach zu inspizieren. »Ein Wunder! Die Hunde bellen, aber niemand kommt, um nachzusehen. Brr!« Leichtfüßig sprang er wieder auf den Boden. »Jetzt kommt der schwierigere Teil.« Er ergriff ihr abgelegtes Laken, setzte einen Fuß darauf und riss ein paar schmale Streifen davon ab. Dann hob er den dunklen Kopf, und seine Augen glitzerten bedrohlich wie die der Schlangen auf seinem Familienwappen.

»W-was meint Ihr?«

»Das?« Eine Sekunde später hatte er sie rückwärts auf das Bett geworfen. Miles drehte sie um und drückte mit einem Ellbogen ihr Gesicht in das weiche Federkissen, während er einen zappelnden Arm hinter ihren Rücken zog und den Streifen Stoff um ihr Handgelenk knotete. Dann ließ er sie Atem holen, zog das fassungslose Mädchen an den nächsten Bettpfosten und band sie an wie eine Hexe auf dem Scheiterhaufen. »Schreit ruhig, wenn es hilft.«

»Ihr Ausgeburt der Hölle!« Heloise zerrte und zappelte, um sich zu befreien, zog ihre Fesseln damit aber höchstens nur noch fester an. Die Kerze in der Glaslampe, die an Ketten vom Baldachin des Bettes hing, schwankte gefährlich, was Heloise erschrocken innehalten ließ.

»Ich glaube, wir brauchen ein Feuer, um Euren Vater zu beschäftigen, während ich entkomme.« Rushden lachte, als er mit Bettzeug aus der Truhe und den Resten ihres Lakens ein Bündel machte und es auf die Fensterbank legte. »Wenn das hier eine Troubadourballade wäre, würde ich jetzt nach meinem Pferd pfeifen und aus dem Fenster auf seinen Rücken springen. Aber ich glaube, das würde meine Möglichkeiten, Vater zu werden, ruinieren und mir das Rückgrat brechen.« Er kam zu ihr hinüber und nahm den Kerzenständer von dem kleinen Tisch. Die flackernde Flamme kam ihr bedrohlich nahe. »Ich könnte jetzt das Bettzeug unter Euch anzünden, meine kleine Hexe.« Spielerisch warf er den Dolch und fing ihn geschickt am Griff wieder auf. »Euer Vater kann Euch nicht den Hunden vorwerfen, wenn Ihr gefesselt seid, Ihr könnt mir also dankbar sein dafür. Adieu, Mylady. Und lasst Euch nie wieder in meiner Nähe blicken, wenn Euch Euer Leben etwas wert ist.« Aber als er sich der Truhe näherte, wandte er sich noch einmal um, und nun war nicht mehr der geringste Spott in seiner Stimme zu erkennen. »Ich bezweifle, dass ich meinen Hengst befreien kann. Passt auf ihn auf, Mylady, sein Name ist Traveller.«

Sekunden später hatte er das Bündel angezündet und schleuderte es aus dem Fenster – o Gott, offenbar versuchte er, das Feuerholz, das vor der Küche lag, zu treffen! Und dann stieg er auch schon durch das Fenster.

Heloise war heiser vom Schreien, als die Tür endlich geöffnet wurde. Der alte Hubert, voll wie eine Strandhaubitze, stolperte herein, dicht gefolgt von Dionysia. Beschwipst und nutzlos wie vom Wind herabgerissene Äpfel, strömten die aus dem Saal gescheuchten Bediensteten in den Hof der Burg. Heloise – nachdem man sie endlich losgebunden hatte – lief barfüßig hinaus und schrie nach Löscheimern. Die Küche stand bereits in Flammen.

7

Ihr Vater warf den Stock beiseite, stemmte die Arme in die Seite und blieb mit finsterer Miene vor seiner weinenden Tochter stehen.

»Wenn du deine Pflicht erfüllt hättest, würde Rushden dir aus der Hand fressen. Pah, du kostest mich nichts als Geld, Mädchen, und wofür? Dein Ruf ist unrettbar zerstört, die Küche verbrannt zu Asche, wir kochen im Freien wie Heiden, der Mann ist für uns nicht mehr erreichbar, und dieser Teufel von einem Pferd tritt jeden, der in seine Nähe kommt.« Er tat ein paar gereizte Schritte und drehte sich dann wieder um. »Und ich wette, dieser Hurensohn glaubt, er hätte gewonnen. Aber ich werde noch heute dem König und meinem Herrn von Gloucester schreiben.« Energisch schlug er mit der flachen Hand auf seine Faust. »Aye, und du wirst Rushden in der Öffentlichkeit konfrontieren und ihn zwingen, dich als seine Frau anzuerkennen.«

»Und er wird es abstreiten«, wisperte Heloise und wischte mit den Fingerknöcheln ihre Tränen ab. »Ich werde nicht vor einem Mann wie Rushden kriechen. Er hat gesagt, ich dürfe nie wieder in seine Nähe kommen.«

»Damit er die Ehe annullieren lassen kann, du dumme Gans! Ach, hör auf zu flennen. Hör mir zu!« Er packte sie am Kinn. »Wir haben gesehen, wie er die Ware untersucht hat. Er begehrte dich, und das wird er vielleicht wieder tun.« Sie versuchte, sich von ihrem Vater loszureißen, um seine geblähten Nasenlöcher und die geplatzten Adern unter seiner Haut nicht sehen zu müssen. »Was bleibt dir anderes übrig, Mädchen? Wenn die Rushdens dich nicht haben wollen, hast du keinen Wert mehr für mich.« Sie endlich loslassend, stolzierte er zum Fenster. »Ich will ganz offen sein, Heloise – es ist deine eigene Wahl, ob du verhungerst. Gehorchst du mir, reist du mit Bediensteten nach Wales. Weigerst du dich, zu gehorchen, gehst du allein und völlig mittellos.«

»Du würdest mich enterben?« Ihr ganzer Körper schmerzte, als sie sich aufrichtete und ihren Vater bestürzt anstarrte. »Dem Andenken meiner Mutter zuliebe kannst du nicht . . .« So grausam sein? Oh, das konnte er, daran hegte sie nicht den geringsten Zweifel. Was für ein Argument würde ihn gnädiger stimmen? »Herrgott noch mal, Sir, seht Ihr denn nicht, dass Miles Rushden nach erheblich mehr als Bramley giert? Es war nicht mein Aussehen, sondern meine Abstammung, was ihn gestern Nacht abstieß. Wir sind nicht standesgemäß, Sir, könnt Ihr das denn nicht verstehen? Die Rushdens wollen nichts zu tun haben mit Leuten wie uns.«

Wütend hieb er mit der Faust auf das Fensterbrett und fuhr brüsk herum. »Lass mich so etwas nie wieder hören! Daherzureden wie ein Verlierer! Man nimmt sich, was man kriegen kann, Mädchen. Schlag der Welt die Faust in die Zähne, und du wirst sehen, dass du gewinnst. Auch er hat seinen Preis.«

»Geld erkauft weder Respekt noch Liebe«, rief sie trotzig aus und hielt den Atem an. Er hatte ihr weder das eine noch das andere je gegeben, und auch Rushden würde es nicht tun.

»Liebe«, höhnte er. »Liebe ist Seide, Liebe ist Samt, Liebe ist Luxus. Du hast zu viel von deiner Mutter in dir. Dionysia würde die Sache anders sehen. Sie würde Rushden zur Strecke bringen.« Die Hand schon nach der Tür ausstreckend, hielt er noch einmal inne. »Martin wird dich nach Brecknock begleiten. Du darfst eine Zofe, deine Stute und einen Packesel mitnehmen, und der Hengst dieses jungen Schweinehunds kann auf dem Markt verkauft werden, um meine Verluste auszugleichen.«

Rushdens Pferd? Wie hatte er es genannt? Traveller?

»Gebt ihn mir.«

»Kommt nicht in Frage, Mädchen. Das Tier ist ein kleines Vermögen wert. Und nun mach dich ans Packen! Denn ich bin froh, wenn ich dich endlich los bin, du dumme Gans.«

Musste sie vor Rushden kriechen wie eine gemeine Konkubine und ihn anflehen, sie in sein Bett zu nehmen? Niemals! Ein bisschen Mut war ihr geblieben.

Nachdem ihr Vater gegangen war, setzte Heloise sich unglücklich, verschränkte ihre Arme vor der Brust und verfluchte ihren Vater für seine Herzlosigkeit. Doch dann riss sie sich zusammen und kühlte ihre vom Weinen geschwollenen Augen. Ihre Hände waren steif vor Kälte, da man ihr zur Strafe sogar Kohlen für ihren Kamin verweigert hatte.

Es war schwer, gegen die Verzweiflung anzukämpfen, die sie niederdrückte wie Gewichte. Aber sie würde nicht in Hass und Selbstmitleid versinken. Bettler und Aussätzige haben schlimmerere Leben, sagte sie sich, und was war mit den Verdammten, die für die nächsten tausend Jahre in der Hölle schmoren würden? Es musste einen sichereren Weg geben, dem Hass ihres Vaters zu entkommen. Wenn sie nur nach Middleham zurückkehren könnte. Dem Kaplan gegenüberzutreten würde leichter sein, als an Rushdens Gnade appellieren zu müssen.

»Welchen Pfad soll ich nehmen?«, fragte sie die Feen seufzend und öffnete das Fenster, um ihnen Einlass zu verschaffen. Doch nur das Pfeifen eines Rotkehlchens in der nahen Hecke antwortete ihr. Die Schwalben mochten das Land verlassen haben wie sommerliche Verräter, aber das Rotkehlchen ließ die kalten Winter über sich ergehen und blieb zu Weihnachten in England. Sie hatte doch bestimmt nicht weniger Mut als so ein kleiner Vogel?

Zumindest war ihr Zimmer nicht mehr abgeschlossen. Sich so gerade wie möglich haltend, obwohl ihr armer Rücken schmerzte wie verrückt, stieg Heloise die Treppe hinunter. In ihrer Einsamkeit fühlte sie sich zu den Ställen hingezogen, zu jenem anderen bedauernswerten Wesen, das als Sündenbock für ihres Vaters Wut herhalten musste.

»Mistress.« Martin, der einen Schnitt in der Rückhand ihrer Stute untersuchte, blickte auf, wischte sich die Hände an seiner Jacke ab und kam aus der Box, um Heloise zu begrüßen.

»Herrgott, Martin, was ist mit deinem Gesicht passiert?« Aber sie wusste es schon, während sie noch fragte. Lieber Gott, nahm der Schaden denn kein Ende, den Rushden ihr und den ihren zugefügt hatte?

»Ich hab es mit Honig bestrichen, wie Ihr immer sagt, und mit Eis aus dem Wasserfass gekühlt. Wir haben den jungen Rushden durch den Obstgarten gejagt, Mistress. Hatten ihn schon fast, aber dann hat er mit einem Stock auf Eure Bienenstöcke eingeschlagen und sie alle umgekippt. Die Bienen haben sich auf uns gestürzt wie blutrünstige Furien, und so ist er entkommen. Wir werden keinen Honig haben dieses Jahr.«

»Meine armen Bienen.«

»Aye. Sie sind alle tot, entweder von der Kälte oder vom Stechen.« Während er sprach, nahm er einen Striegel und eine Bürste von einem Haken an der Wand. Cloud schüttelte sich, als sie die Gegenstände in seinen Händen sah, und wieherte erschrocken, als das Pferd in der Box im Hintergrund des Stalls mit den Hufen aufgebracht die Wand zu bearbeiten begann. Das ganze Gebäude erzitterte so heftig, dass eins der Pferde vor Schreck mit dem Kopf gegen seinen Futtertrog schlug. Sogar die sonst so sanften Packpferde tänzelten unruhig. Der Rauch gestern Nacht muss sie alle sehr nervös gemacht haben, dachte Heloise, während sie ihre Stute zu beruhigen versuchte.

»Ich hörte, dass es Euch auch nicht sehr viel besser ergangen sein soll, Mistress.« Der Blick des Stallburschen glitt viel sagend zu ihrem Rücken. »Übrigens hat Sir Hubert Rushdens Männer freigelassen, Mistress. Oder zumindest vermute ich es, aber sagt es bloß nicht Eurem Vater. Der alte Kämpe hat die Kellertür entriegelt. Nachdem er noch einiges mehr gebechert hatte, schätze ich. Sie müssen während des Durcheinanders mit dem Feuer entkommen sein. Ein gefährlicher Mann, dieser Rushden. Nichts für eine sanfte Seele wie Ihr, Mistress. Ich möchte mich nicht damit brüsten, Recht gehabt zu haben, aber ich hatte Euch ja gesagt, Ihr solltet nicht nach Potters Field gehen, und nun seht Ihr, was dabei herausgekommen ist.«

»Wo ist Rushdens Pferd, Martin?«

»Das ist er, Mistress.« Wieder polterten Hufe gegen eine Wand. »Er ist wütend und hungrig. Er lässt keinen von uns in seine Nähe.« Genau wie Rushden auf dem Hochzeitsfest. »Der Herr sagt, er soll morgen auf dem Markt verkauft werden. Und das wird uns auch nicht Leid tun.« Er führte Heloise die Reihe der Stallungen hinunter. »Wir haben ihn ganz nach hinten in die letzte Box gestellt, damit der junge Rushden ihn nicht holen kann.«

Heloise war nicht enttäuscht. Wie sein Besitzer war der gestohlene Hengst in der Blüte seiner Jugend und genauso verzogen. Sicher, Traveller sah ein bisschen zottelig aus mit seinem Winterfell, aber sein stahlgraues Fell versprach ebenso schneeweiß zu werden wie das des Schlachtrosses des Herzogs von Gloucester, das White Surrey hieß. Da Traveller ein Zelter war, war er nicht ganz so groß und breit wie des Pferd des Herzogs, doch für Heloise sah er mindestens genauso prachtvoll aus.

Kühne, aber nicht unfreundliche Augen hießen den Stallknecht, auf Distanz zu bleiben, dann wurde die riesige Oberlippe hochgezogen, und die Nüstern blähten sich. Martin zog Heloise in sichere Entfernung, als das Tier sich aufbäumte und seine Hufe krachend auf die hölzerne Barriere zwischen ihnen fallen ließ.

»Es wird ein Narr oder ein tapferer Mann sein, wer dieses Vieh morgen aus dem Stall zu holen versucht.«

»Lass mich allein mit ihm sprechen.«

»Nein, Mistress, Ihr seht doch, wie gefährlich er ist. Ich weiß, dass Ihr mit Tieren umgehen könnt, aber das hier ist ein Teufel in Gestalt eines Pferds.« Als er sah, dass sie unnachgiebig blieb, schickte er die anderen Stallburschen fort, die sich neugierig um sie geschart hatten.

»Traveller?« Heloise trat einen Schritt näher. »Traveller, ich muss mit dir reden.«

Misstrauische, aber intelligente Augen beobachteten sie. Sie griff in den Futtertrog und hielt dem Tier mit ausgestreckter Hand ein wenig Hafer hin. Der Hengst verlagerte sein Gewicht auf die Hinterbeine, bereit, sich aus ihrer Reichweite zu entfernen oder sich aufzubäumen, aber Neugierde drängte ihn zugleich, einen Schritt vorzutreten und seinen Hals so weit vorzustrecken, dass sie ihn fast berühren konnte. Es erforderte eine Weile, ihm zu erklären, was ihr Vater mit ihm vorhatte. Dem Hengst unablässig in die Augen sehend, beschrieb sie ihm mit leiser Stimme, was er auf den Märkten zu erwarten hatte und was ihr selbst vielleicht passieren würde, falls ihre Befürchtungen sich bewahrheiteten.

Er lauschte und beobachtete sie aufmerksam. Einer seiner Gefährten wieherte im nächsten Stall, doch Travellers Aufmerksamkeit wich nicht von Heloise. Als ihr leiser, ruhiger Tonfall ihn besänftigt hatte, senkte er den Kopf und nahm den Hafer. Heloise beugte sich vor und blies sanft in seine Nüstern, und ein warmer Atemhauch kam zurück, und eine sanfte Berührung, weich wie Fustian, streifte ihre Nase. Langsam richtete sie sich auf, legte ihre Hand auf seine mächtige Stirn und strich sanft mit ihren Fingerspitzen vom Ansatz seiner Ohren bis zu seiner Nase. Er war noch immer unsicher und angespannt. Sie sagte ihm, sie verstehe seine Panik, und sie habe sich in der vergangenen Nacht mit seinem Herrn auch so gefühlt.

Leise flüsternd versicherte sie ihm, er sei wunderschön. Mit ihrer freien Hand tastete sie nach dem Riegel, um ihn vorsichtig zurückzuziehen, hielt den Blick unverwandt auf Traveller gerichtet, als sie seine Box betrat, und hoffte, dass er nicht die leise Angst hinter ihrer zuversichtlichen Haltung spürte. Er drehte sich, ohne sie aus den Augen zu lassen, und blieb ruhig vor ihr stehen. Wie Männer liebten auch Hengste nichts mehr als Schmeicheleien, und er lauschte aufmerksam ihren liebevollen Worten, wie edel und wie klug er sei, als sie seine lange Nase streichelte und sich vorsichtig zu einer Seite seines Kopfs bewegte.

»Siehst du, wie leicht es ist, du eitles Tier – zuerst willst du einer Frau nicht zuhören, und dann wirst du langsam doch vernünftiger.« Zärtlich kitzelte sie ein langes Ohr, strich mit den Fingern über sein seidiges Fell und ließ ihre Hand dann entschlossen tiefer gleiten, schob sie unter seine wundervolle Mähne, an seinem Widerrist hinauf und über seinen Rücken. Der große Kopf schwang herum. Warmer Pferdeatem streifte ihr Ohr, und eine samtene Nase schmiegte sich an ihren Nacken.

Während sie ihn streichelte, sang sie die traurigen Worte des Lieds, das Charles von Orléans angeblich in seinem einsamen Exil im Londoner Tower geschrieben hatte. Der klagende Abschiedsgruß galt einer schönen Dame oder vielleicht auch seiner geliebten Heimat Frankreich. Heloise improvisierte für Traveller und erfand oder summte die Sätze, an die sie sich nicht erinnern konnte.

Lebe wohl nun, mein Liebster,
Lebewohl zu sagen ist das Klügste,
lebe wohl, mein Liebster, von Jahr zu Jahr,
lebe wohl, gut, anständig und wahr.
Wie immer es mir ergeht, möge es dir stets wohl ergehen,
ich gehe gegen meinen Willen.

Heloises Wangen waren feucht, und sie wischte sie mit ihren Fingerknöcheln ab. Das Pferd betrachtete sie nachdenklich, als spürte es, dass sein Glück von dieser Frau abhing.

»Ich lasse nicht zu, dass mein Vater dich verkauft«, wisperte sie mit plötzlicher Gewissheit und spürte, dass die Feen ins Dachgebälk geschlichen waren, um ihr zuzuhören. Es war ein ganz besonderer, magischer Moment geworden, und sie musste auf ihr Herz hören. »Nein, ich werde dich mitnehmen. Wir werden zusammen in die weite Welt hinausgehen.« Sie hatte sich in Rushdens Pferd verliebt. Zumindest war es ein Beginn.

»Heloise!« Dionysia eilte auf sie zu. »Wir haben Besuch! Lady Huddleston, die Schwester der Herzogin von Gloucester! Sie war in Somerset auf ihrem Herrensitz in Sutton Gaveston. Und sie hat gesagt, ich könne vielleicht sofort mit ihr nach Middleham weiterreisen, und Vater hat seine Zustimmung gegeben! O Heloise, freu dich für mich.«

»Das tue ich, wirklich.«

»Vielleicht kann sie dir helfen und ein gutes Wort für dich bei Vater einlegen.«

»Geht die Sonne im Westen auf, Didie?« Aber schweigend erhob Heloise ihr Gesicht zu dem Gebälk, in dem die Feen sich versteckten. Vielleicht wurden ihre Gebete ja doch erhört.

»Es wäre damit nicht erledigt«, sagte Margery leise. »Meine liebe Heloise, selbst wenn ich Euch morgen nach Middleham mitnehmen könnte, würde Euer Problem dort draußen vor diesem Tor noch immer auf Euch warten.« Ja, männlich, feindselig und eher fähig, sie zu töten als zu küssen. »Ich bin noch keinem der Rushdens persönlich begegnet. Ich glaube, dem alten Lord wurde seine Unterstützung des Hauses Lancaster verziehen, und er hat sich seitdem aus Schwierigkeiten herausgehalten. Sie sind jedenfalls von sehr edlem Geblüt.«

»Und wollen ihre Reinheit nicht von der Tochter eines Armbrusthändlers ruiniert sehen.« Heloise schlug die Bettdecke zurück. »Danke, dass Ihr mir zugehört habt, Mylady. Ich habe mir den Kopf zerbrochen, um einen Ausweg zu finden, eine Möglichkeit, zu überleben, aber ich sollte Euch jetzt besser schlafen lassen.« Es war schon impertinent genug gewesen, an der Tür ihrer Besucherin zu klopfen, nachdem der Rest des Haushalts längst zu Bett gegangen war. Seit neun Uhr saß sie im Bett ihrer Freundin und erklärte ihr die Situation.

»Lasst Euch ruhig Zeit«, entgegnete Margery und verrückte das Kissen, um ihre langen blonden Zöpfe zu befreien. Der junge Hund, der zu ihren Füßen auf der Decke lag, erwachte aus dem Schlaf und kam zu Heloise, um ihre Hand zu lecken. »Seht mal, Ihr seid kein Feigling, Heloise. Ich finde, Ihr solltet wirklich zu Rushden gehen und von ihm verlangen, Euch zu helfen.« Dann hätte sie genauso gut versuchen können, aus einem Felsen Blut herauszupressen.

»Ich glaube, er denkt, ich hätte ihn verhext.« Heloise kitzelte den Hund hinter den Ohren.

»Und? Habt Ihr?« Margerys Frage verriet keine Bosheit, nur Neugier und Belustigung, aber sie diente Heloise zur Warnung, dass andere mit weniger gutem Willen das Gleiche fragen könnten.

»Nein«, erwiderte sie lachend. »Aber es war komisch, an dem Morgen nach dem Kampf in Potters Field dachte ich, was für eine Genugtuung es doch wäre, mich an ihm zu rächen, und plötzlich stand er im Obstgarten vor mir, als hätte ich ihn herbeigerufen.«

»Hm ... Seid Ihr sicher, dass Ihr ihn nicht dazu bringen könnt, als Ehemann zu parieren?«, murmelte Margery mit dem verschmitzten Lächeln einer Frau, die sich geliebt weiß. »Wisst Ihr, ich bin lange Zeit vor Richard Huddleston davongelaufen, aber er war immer da, wie der Teufel, der hinter meiner armen Seele her war.« Sie schob den erhitzten Backstein, der das Bett wärmte, zu ihrer Freundin.

Es war nicht die zusätzliche Wärme, die Heloise die Röte

in die Wangen trieb. »Lieber wäre ich verdammt, als diese Kanaille um Brosamen von seinem Tisch zu bitten.« Rushden würde sie womöglich zu einem Scheiterhaufen hinausschleppen und ein Feuer unter ihr entzünden. »Oh, Mylady.« Sie befingerte den ihr so verhassten silbernen Zopf. »Ich hatte gehofft, mit Euch zurückkehren zu können und mich der Güte Ihrer Gnaden auszuliefern, aber ich schätze, dass der Kaplan sie inzwischen vermutlich davon überzeugt hat, dass ich eine Missgeburt bin, die Verkehr hat mit Dämonen?«

»Es klingt, als wärt Ihr nahe dran gewesen.« Ein bitteres Lächeln begleitete die Worte.

»Einen Moment.« Margery erhob sich und öffnete zu Heloises Überraschung kurz die Tür des Schlafgemachs, als befürchtete sie, belauscht zu werden. »Man muss vorsichtig sein«, erklärte sie und kam zurück und beugte sich über die Wiege, in der ihr kleiner Sohn schlief. »Und was ich Euch zu sagen habe, wird Euch vielleicht schockieren, und ich möchte nicht, dass Ihr es wiederholt. Um Alys hier brauchen wir uns nicht zu sorgen.« Sie zog die Decke über ihre Zofe, die neben ihr lag und schnarchte, bevor sie den Hund beiseite schob, um ins Bett zurückzuschlüpfen. »Ich glaube, es würde Ihren Gnaden besser gefallen – und dem König auch – wenn Ihr nach Brecknock gehen und Rushden zwingen würdet, Euch als seine Gemahlin anzuerkennen.«

»*Der König!*« Heloise versteifte sich und schob entschieden eine neugierige schwarze Hundenase fort.

»Nicht nur, weil Rushden jetzt Euer rechtmäßiger Ehemann ist, sondern auch, weil es ... nun ja, *interessant* wäre, eine intelligente Edelfrau in Buckinghams Haushalt zu haben.« Sie maß Heloise mit einem abschätzenden Blick.

Der König und Gloucester wären erfreut, wenn sie ... *für*

sie spionieren würde! Heloise sah ihre ältere Freundin plötzlich mit ganz anderen Augen an. »Ihr wart also tatsächlich eine Informatin!«, hauchte sie. Die Gerüchte stimmten offenbar.

»Ich nicht«, versetzte Margery scharf. »Ich wurde von König Eduard nach Frankreich geschickt, um einige wichtige Briefe für ihn zu überbringen, und es war nichts Unmoralisches, ich versuchte nur, einen Krieg zu verhindern.«

Es schien ratsamer, Margery nicht mit weiteren Fragen zu bedrängen. Spionieren? Informieren? Das war eine Pandorabüchse.

»Aber, Madame, wozu könnte ich von Nutzen sein in Brecknock? Es ist so weit entfernt.«

»Versteht Ihr denn nicht, dass es für jeden großen Herrn vernünftig ist, sich auf dem Laufenden zu halten über alles, was im Königreich vorgeht? Ich persönlich weiß sehr wenig über den Herzog von Buckingham. Ich bin ihm bisher nur selten begegnet, aber er beunruhigt mich – so wie er sich von allem fern hält. Ist es, weil er gekränkt ist, oder aus Desinteresse?«

»Ich habe gehört, dass er den größten Teil seiner Zeit in Wales verbringt.«

»Allerdings, und es gibt viele Waliser, die von einem Aufstand gegen England träumen.«

»Und Engländer, die das Haus York noch immer hassen«, murmelte Heloise. Gott verhüte, dass Sir Miles Rushden zu ihnen gehörte!

»Genau, und falls die Feinde des Königs sich je wieder erheben sollten, was Gott verhüten möge, könnte Buckingham sich überreden lassen, den Thron für sich zu beanspruchen. Er ist ein Plantagenet, von legitimem königlichem Blut. Seine Vorfahren haben das Haus Lancaster unterstützt, was ihn mehr als akzeptabel machen würde, und es heißt, er sei noch immer sehr verärgert über seine erzwungene Ehe mit einer Woodville.« Sie legte die Fingerspitzen zusammen und nickte, als gingen ihr die mannigfaltigsten Ideen durch den Kopf. »Ja, es wäre nützlich, zu erfahren, was heutzutage auf Brecknock geredet wird.«

Natürlich war es gar nicht anders zu erwarten, dachte Heloise, dass Margery, die während des Aufstands ihres Vaters Warwick mitten im Brennpunkt der Geschehnisse gewesen war, dazu neigen würde, Ratten in peinlich sauberen Speisekammern zu erschnüffeln; wahrscheinlich vermisste sie die Aufregung. Aber König Eduard war ein starker König, was konnte also schon passieren?

»Das Königreich erscheint mir ziemlich sicher, Madame. Verzeiht, dass ich Euch widerspreche, aber wir haben jetzt seit über zwölf Jahren Frieden, und der König hat zwei gesunde Prinzen, die die Thronfolge antreten könnten, ganz zu schweigen von meinem Herrn von Gloucester und seinem Sohn.«

Margery seufzte. »Die englischen Chroniken sind voller Verrat. Habt Ihr je die Köpfe auf der Londoner Brücke gesehen? Ich kenne mich aus mit Rebellionen, glaubt mir. Und es ist erst fünf Jahre her, seit Clarence hingerichtet wurde, aber dazu will ich nicht mehr sagen.«

»Aber … dann hätte Lord Buckingham ja auch Informanten in Middleham, Mylady?«

»Das bezweifle ich nicht.«

Der Welpe leckte seine Pfoten in der plötzlich eingetretenen Stille.

Sie sprachen über ein anderes England, eins, das Heloise bisher nur von Erzählungen kannte. Eins, das sie erschreckte. Es war, als ob Bramley und die Burgen, in denen sie aufgewachsen war, nur eine kleine Welt wären, kaum höher als das Gras, während andere über ihrem Kopf, die Giganten Englands, die Herzoge und Grafen, andere Spiele trieben. Warum sollten sie ausgerechnet ihre Hilfe suchen? Gloucester musste längst einen Agenten am Tisch seines Cousins Buckingham sitzen haben. Nein, das war nicht ihre Angelegenheit.

»Mylady«, sagte Heloise schließlich. »Ich fühle mich geschmeichelt, dass Ihr mich für vertrauenswürdig genug haltet, um in einer solchen Angelegenheit zu dienen, aber es wäre sehr leicht für einen Gegner, Beweise gegen mich zu erfinden.« Ihren Morgenmantel vor der Brust zusammenraffend, zog sie die Bettvorhänge zur Seite und setzte ihre Füße auf den Boden.

»Nein, wartet«, protestierte Margery mit einem Blick auf ihre Zöpfe. »Ich ... ich weiß, dass Ihr verwundbar seid. Vergesst, was ich Euch vorgeschlagen habe. Aber es muss doch auch noch eine andere Lösung geben. Wenn Ihr Rushdens Pferd als Versöhnungsgeschenk für ihn hättet, dann wäre dieser Mann ein Schuft, wenn er Euch dafür nicht dankbar wäre ... Warum reist Ihr also nicht allein aus diesem Grund nach Wales? Oder warnt Eure Intuition Euch vor Brecknock?«

»Nein.« Der eichene Bettpfosten fühlte sich glatt und kühl wie Seide unter ihren Fingern an, als Heloise nachdenklich darüberstrich. »Es ist ohne Freunde zu sein, was mich beunruhigt. Ein Mann kann mühelos anständige Arbeit finden, aber es ist nicht leicht, eine Dame von Stand zu sein, und diesen Status werde ich nicht mehr lange wahren können. Mein Vater wird mich nie wieder zurücknehmen, nachdem Rushden mich abgewiesen hat.«

»Dann werdet Ihr also nach Wales gehen.«

»Es sieht so aus, als bliebe mir gar keine andere Wahl.«

»Dann lasst mich Euch etwas geben, das Euch vielleicht trösten wird.« Margery ging auf bloßen Füßen zu einem hölzernen Schmuckkasten, der auf dem kleinen Tisch unter dem Fenster stand. »Ein Glücksbringer für die mutige *Cockatrice* und tapfere Ritterin.« Sie zog eine goldene Kette mit einem Schlüssel unter ihrem Nachtgewand hervor und schloss das Kästchen auf. »Hier.« Eine Brosche, die ein Einhorn darstellte und nicht viel größer war als eine Hutnadel, schimmerte auf ihrer Hand. »Nehmt das, Heloise. Tragt das in Wales, falls Ihr jemals Hilfe brauchen solltet.«

War dies nur ein Abschiedsgeschenk, um ihr ein wenig Mut zu machen? Oder war es Gloucesters Agent – der sich schon in Brecknock aufhielt – der ihr in einer Notlage zur Seite stehen würde?

Mit einem schiefen Lächeln nahm Heloise die Brosche. »Ihr meint, jemand würde einen Wagen voller Stroh unter mein Fenster schieben, falls ich springen muss?«, fragte sie.

»Genau. Aber nur, wenn das Dach in Flammen steht und Ihr keine andere Möglichkeit habt – habe ich etwas Falsches gesagt?«

»Nein«, lachte Heloise, aber ihre Fröhlichkeit verging sehr schnell. Kraft strahlte von dem weißen Emailleeinhorn aus und prickelte in ihren Fingern. Die Augen des Fabeltiers funkelten sie an und erinnerten sie an Traveller. »Danke«, sagte sie leise.

»Ich hatte einst eine Brosche der heiligen Katharina, die der König mir gegeben hatte.« Für einen winzigen Moment fiel ein Schatten über das Gesicht ihrer Freundin, dann zwang sie sich, in die Wirklichkeit zurückzukehren. »Ich wünschte, mein Mann wäre hier, um uns zu raten. Ein Stallknecht und eine Zofe sind keine ausreichende Eskorte. Ihr werdet einige gut ausgebildete Bewaffnete benötigen. Ich könnte zwei meiner eigenen Eskorte entbehren, um Euch vor all diesen gesetzlosen Walisern zu beschützen.«

»Zwei! Oh, Margery, wie soll ich Euch Eure Großzügigkeit je wieder gutmachen? Ich habe ein paar Schmuckstücke, die meine Mutter mir hinterlassen hat. Würdet Ihr sie als Sicherheit nehmen?«

»Unsinn. Es könnte zwei Wochen oder länger dauern, bis Ihr Brecknock erreicht habt. Reist nicht über Gloucester, sondern nehmt eine Fähre über den Bristol Channel nach Chepstow und lasst Euch dort beraten, welche die beste Straße ist. Wann will Euer Vater Rushdens Pferd verkaufen lassen?«

»In zwei Tagen.«

»Dann solltet Ihr an diesem Tag abreisen und das Pferd verlangen.«

»Verlangen?«

»Ja, Mylady Rushden, denn immerhin ist es das Eigentum Eures Gatten.«

»Meines Gatten«, wiederholte Heloise, als wären die Worte ein noch zu erlernendes neues Gebet. »Ja.« Es war ein erhebender Gedanke.

»Und jetzt ins Bett mit Euch, *Cockatrice*.« Liebevolle Arme umarmten sie. »Ihr habt Freunde, Heloise, vergesst das nicht.«

»Ich muss Euch noch um einen Gefallen bitten. Bitte, passt in Middleham auf meine Schwester auf. Trotz ihrer Streiche liebe ich sie sehr.«

»Ich glaube, sie kann sehr gut auf sich selbst aufpassen. Und nun schlaft gut. Wales erwartet Euch, Heloise!«

Wohl kaum! Verborgen hinter einem feuchten Nieselregen, begrüßte Wales die Reisenden mit dem Enthusiasmus eines verdrossenen, schlecht bezahlten Dieners, als die Bootsmänner ihre triefenden Ruder aus dem grauen Wasser des Bristol Channels hoben und die Fähre am Kai vertäut wurde. Heloise hatte erwartet, die Überfahrt schon früher zu machen, doch die Passagiere waren gezwungen gewesen, günstigeres Wetter abzuwarten, und nun sah Chepstow ganz so aus, als hätte sich das Warten nicht einmal gelohnt. Eine graue Festung hoch auf den Klippen über dem Fluss starrte düster auf die gischtbespritzten Passagiere herab, die nach und nach das Boot verließen. Saurer Biergeruch von der Schänke am Ende des Kais vermischte sich mit dem Gestank eines wohl schon tagealten Fischs in einem vergessenen Weidenkorb, in dem ein zotteliger alter Kater mit den Krallen wühlte. Wenn der Regen die Ratten aus ihren Löchern lockte, zog die Ankunft der Fähre die unvermeidlichen Kundenfänger an, die von Bier, von Huren und von Würfelspielen schwafelten. Ein einbeiniger Bettler, der zwischen ihnen herumhumpelte, klimperte mit seiner Büchse und verfluchte eine bejammernswert junge Dirne, weil sie seine Kunden ablenkte, während hinter ihnen ein Betrunkener seine Eingeweide auf die Eingangsstufen eines Lagerhauses spuckte. Heloise war vorher schon in Häfen gewesen, aber nie ohne Begleitung einer Anstandsdame oder ihres Vaters. Sicher, es war ein miserabler Tag, aber die englischen Dockarbeiter, die die Lastkörbe mit Lachs und anderen Meerestieren auf Karren luden, pfiffen nicht wie die Männer aus Bristol, sondern schimpften nur und fluchten. Aber dies war eben Wales.

Tüchtig und vernünftig, wie ihre Begleiter waren, erkundigten sie sich nach einem angesehenen Pferdeverleiher und erfuhren, dass sie, um Brecknock zu erreichen, entweder in westlicher Richtung nach Newport reiten und dort einen Führer nach Abergavenny mieten oder aber den Wye hinauf nach Monmouth reiten konnten. Heloise entschloss sich für die letztere, ungefährlichere Option.

Der Weg, der größtenteils von Buchen und Haselnussbäumen gesäumt war, folgte dem Tal in Richtung Norden. In Monmouth angekommen, machten sie sich auf die Suche nach einem Führer und fanden Hoel, einen glatzköpfigen, empfindlichen Einheimischen – »Weder Waliser noch Engländer, sondern ein Monmouther und stolz darauf« – der jede seiner Äußerungen mit ›*Yn affodus*‹ begann, was Heloise aus bitterer Erfahrung als ›*bedauerlicherweise*‹ zu übersetzen lernte, weil es nämlich stets bedeutete, dass sie noch tiefer in die Tasche würde greifen müssen.

Monmouth, das so stolz darauf war, den Helden von Agincourt hervorgebracht zu haben, hatte auch eine Fülle von Souvenirläden hervorgebracht, die Medaillons und grob geschnitzte Kameen von Heinrich V mit seinem mönchischen Haarschnitt verkauften, sowie die verschiedenartigsten Hutabzeichen (die so manchem geheimen Anhänger des besiegten Hauses Lancaster gefallen hätten) und kleine Metallritter zu Pferd, um sie verwöhnten Söhnen mit nach Hause zu nehmen. Heloise kaufte einen dieser Spielzeugritter, um ihn Margery für ihren Sohn zu schicken.

Am Ostersonntag hörte Heloises kleine Gesellschaft die Messe und erholte sich von der anstrengenden Reise. Bei Sonnenaufgang am Tag darauf führte Hoel sie über eine Zugbrücke über den Monnow River, um die Reise dann entlang des Frothy Valleys fortzusetzen. Hier gab es vielleicht weniger Taschendiebe, aber dafür Kühe in Hülle und Fülle. Sie überquerten Weiden voller Dung, um an wohlhabenden

Farmhäusern anzuklopfen, wo sie Käse erwarben im Austausch gegen die Waren, die Hoel ihnen in Monmouth zu kaufen geraten hatte. Das wenige Englisch, das gesprochen wurde, war kaum zu verstehen, aber Heloise lauschte dem singenden Tonfall aufmerksam und hatte gegen Ende des zweiten Tages sogar schon ein paar Worte Walisisch gelernt.

Wann immer er frisches Publikum hatte, quoll Hoel über von Geschichten wie ein Teich mit Fröschen nach einem starken Regen. Es half, ihnen die Zeit zu vertreiben, außer, dass er Martin damit solche Furcht vor walisischen Feen einjagte, den *tylwyth teg*, dass der arme Mann schon zusammenzuckte, wenn er nur einen Schatten sah. Bei Abergavenny wurde auch Heloise von Angst beschlichen. In zwei Tagen würde sie Rushden gegenüberstehen. Vielleicht war er gar nicht so mächtig in Buckinghams Haushalt, wie er behauptet hatte, und vielleicht würde der Herzog ihrer Aussage sogar Glauben schenken. Das kleine Einhorn, das an ihrem Kragen steckte, gab ihr Mut, aber die Brosche erinnerte sie auch daran, dass die Huddlestonschen Bewaffneten ihre Gesellschaft schon sehr bald verlassen würden. Sie würde eine Außenseiterin sein, und ihr Feind hielt sie für eine Hexe.

»Edrych mas!«

Hoel versteifte sich wie eine erschrockene Katze, als bewaffnete Reiter und ein halbes Dutzend Strolche zu Fuß auf der Straße nördlich von Crickhowell vor ihnen aus den Wäldern brachen. Was waren sie? Pferdediebe? Heloise sprach rasch ein paar Stoßgebete an die heilige Katharina und den heiligen Christopherus, als die Huddlestonschen Bewaffneten ihre Schwerter zogen und einen schützenden Kreis um sie formten.

»Könnten wir ihnen nicht entkommen?«, murmelte sie, während sie Traveller die Fersen in die Flanken stieß und ihn wendete. Der River Usk versperrte ihnen die Flucht nach Westen. Die Hügellandschaft rechts von ihnen war mit undurchdringlichem Gestrüpp bewachsen. Damit blieb ihnen nur der Weg, auf dem sie gekommen waren.

»Das bezweifle ich«, murmelte der ältere ihrer beiden Bewaffneten. »Herrgott, Waliser«, fuhr er ihren Führer an, »mach den Mund auf und sag zur Abwechslung mal etwas Nützliches.«

Hoel begann wortreich in Walisisch draufloszureden und unterbrach sich schließlich, indem er auf den Boden spuckte. Seine neuen Zuhörer, die größtenteils bärtig waren und ohne Insignien, die ihre Loyalität verrieten, starrten ihn finster und mit unverhohlener Feindseligkeit an.

»Das war in der Tat sehr nützlich«, bemerkte Heloise trocken. »Was jetzt? Am besten reiten wir zurück nach Crickhowell für ein paar Hafermehlkuchen und eine kräftige Abreibung.«

»Wel!« Einer der Briganten hatte sie verstanden und lachte, stieß seinem Pferd die Knie in die Flanken und hob eine behandschuhte Hand, um die Kapuze seines Reitmantels zurückzuschlagen.

Erstaunlicherweise sah Heloise eine Frau darunter. Von undefinierbarem Alter, denn die Haut der Frau war braun und gefleckt wie die eines Milchmädchens, und das wirre dunkle, wie ein Pferdeschwanz zurückgenommene Haar schimmerte an einigen Stellen silbern. Ein Wams aus Schafsfell schützte ihren Oberkörper vor dem Wind und verbarg halb eine braune Ledertunika, die bis zu ihren Schenkeln reichte. Ein hochgebundener Reitrock ließ ihre Stiefel unbedeckt. Man musste kein Waliser sein, um zu wissen, dass ihre vehemente Rede, als sie sie auf ihrem Pferd umkreiste, ein Verhör war. Ihr Führer antwortete mit einem Achselzucken, und die Frau brachte ihr Pferd vor Heloise zum Stehen.

»Wohin wollt Ihr?«, fragte sie ohne Einleitung in Englisch.

»Wer fragt?«

»Die Herrin von Tretwr.«

»Tree Tower?« Heloise analysierte das Wort. »Davon habe ich noch nie gehört.« Sie blickte sich zu ihrem walisischen Führer um. »Ich dachte, wir befänden uns schon auf den Ländereien des Herzogs von Buckingham.«

Hoel schürzte die Lippen und fand den Baum auf der anderen Straßenseite plötzlich ungeheuer interessant.

»Harry Stafford!« Die Frau spuckte aus und wendete ihr zotteliges Pferd. »Er bildet sich nur ein, er herrschte hier. Ich frage noch mal, Frau. Sagt, was Ihr hier wollt.«

»Es handelt sich um eine private und äußerst delikate Angelegenheit.« Heloises Hochmut war beabsichtigt, und sie ließ Traveller ungeduldig tänzeln.

»Dann hat Euch wohl jemand ein Kind gemacht, eh?«

»Nein.« Verwunderung ließ Heloise furchtlos lächeln. »Sehe ich so aus, als würde ich mich von einem Mann benutzen lassen?«

Ein Anflug von Bewunderung erschien in den schmalen Augen, die sie musterten. »Ja, wenn es Euch Spaß macht.« Als der Blick der Frau prüfend über Rushdens Zelter glitt, presste Heloise die Lippen zusammen, entschlossen, ihren Dolch aus der Scheide, die am Sattel befestigt war, zu ziehen; sie war viel zu weit gereist, um sich jetzt noch einschüchtern zu lassen. »Wohin wollt Ihr denn, Engländerin?«

Es war ein verlockender Gedanke, unhöflich zu sein, doch damit würde sie nicht viel erreichen. »Nach Brecknock Castle.«

»Natürlich, und Euer Pferd auch.« Ein mutwilliger Ausdruck huschte über das Gesicht der Frau; ihre Finger glitten über den gewundenen Griff ihres reich verzierten Dolches. »Ihr werdet Zoll bezahlen müssen, um unser Land zu überqueren.«

»Natürlich, darum geht's schließlich bei dieser kleinen Begegnung.« Mit dem Verdacht, Hoel hätte vielleicht ein Abkommen getroffen, seine Reisenden durch diesen illegalen Zoll zu geleiten, öffnete Heloise den Geldbeutel an ihrem Gürtel und zog zwei Geldstücke heraus. »Diese sollt Ihr haben, aber ich würde Euch nicht raten, noch irgendetwas anderes zu nehmen. Ich habe Freunde, die nicht erfreut sein würden, davon zu hören.« Die Frau hatte den Schmuck bemerkt, den Heloise trug, und runzelte die Stirn.

»Verlasst Euch drauf«, sagte sie und hielt die Hand auf für die Münzen. Dann gab sie ihren Männern in Walisisch einen Befehl und fügte lachend in Englisch hinzu: »Ich wünsche Euch viel Spaß mit *Y Cysgod*. Erzählt ihm und Herzog Harry von unserer Begegnung, falls Ihr es wagt, den Mund in ihrer Gegenwart zu öffnen.« Dann gab sie ihrem Pferd die Sporen, bevor die total verblüffte Heloise etwas erwidern konnte. Sprachen alle Waliser nur in Rätseln?

»Tree Tower?«, echote Heloise, als sie weiterritten und ihr Herz allmählich seinen normalen Rhyhthmus wieder aufnahm. »Nisten die Waliser so hoch in dieser Gegend?«

Hoel ignorierte den Scherz, er war noch immer ziemlich aufgeregt und sprach erst wieder, als sie offenes Gelände erreichten. »*Nawr te, arglwyddes*, das da vorn ist Tretwr. Lady Vaughan ist die Frau des ältesten der drei Vaughan-Brüder.«

Es war unglaublich stilvoll. Heloise hatte einen normannischen Turm erwartet, und es gab auch einen, der älteren Datums war und im Hinterhof saß wie ein vergessener Verwandter, aber es war das Steinhaus davor, das ihr den Atem raubte. Ein Fenster, gekrönt von einer bogenförmigen Zierleiste und flankiert von pfeilförmigen Laibungen, blickte von jedem Flügel herab, und zwischen ihnen lag ein imposantes Torhaus, drei Etagen hoch, dessen riesige Flügeltür geöffnet war und Heloise einen Blick auf einen eleganten, auf vier Seiten geschlossenen Innenhof erlaubte. Die mit mächtigen Kaminen versehene Halle ging nach Süden auf einen von Mauern umgebenen Garten hinaus. Vom Rücken ihres Pferdes aus konnte sie bogenförmige Spaliere sehen.

»*Wfft!* Das mag ja ganz nett aussehen, aber das sind mörderische Löcher dort über der Tür«, murmelte Hoel gereizt. »Lasst uns schnell vorbeireiten, damit sie uns nicht in einer Reihe aufhängen zum Hochklettern für ihre Bohnen. *Yn affodus*, Black Vaughans Geist reitet noch immer, obwohl er seit vierzehn Jahren in seinem Grab liegt. Seine drei wunderbaren tyrannischen Söhne haben dafür gesorgt. Sie erhalten die Legende am Leben. Und die Frauen sind nicht besser. Ihre Mutter, Elen Gethin die Schreckliche – der Teufel halte sie in ihrem Sarg! – erschoss kaltblütig einen Mann bei einem Bogenschützenwettbewerb, *gwelch chi.*«

Falls der Waliser erwartet hatte, Heloise würde weiß werden wie eine Müllerschürze und zittern, wurde er enttäuscht. »Warum?«, fragte sie und biss sich auf die Lippe, weil sie nicht wagte, sich etwas boshaft zu erkundigen, ob Elen nicht vielleicht rein zufällig ins Schwarze getroffen hatte.

Der Führer zog überrascht die Brauen hoch. »Eine kluge

Frage, Engländerin. Um eine Rechnung zu begleichen war es – weil der Mann ihren Bruder umgebracht hatte.« Als spürte er, dass sie noch nicht eingeschüchtert genug war, fügte er ärgerlich hinzu: »Seid Ihr froh, in so eine gesetzlose Wildnis gekommen zu sein?«

»Ich finde es unendlich aufregend«, entgegnete sie trocken, »aber lasst uns trotzdem lieber Euren Rat befolgen und zügig weiterreiten.«

Gott bewahre sie vor weiteren Belästigungen durch andere einheimische Schurken. Wenn Mistress Vaughan ihre eigenen Gesetze machen konnte, war das Waliser Grenzland doch nicht so fest in der Hand der Engländer, wie Heloise erwartet hatte. »Benehmen alle Frauen in Wales sich so?«, fragte sie Hoel, weil sie wissen wollte, ob Frauen sich hier mehr Freiheiten erlauben konnten.

»Gwaethaf modd«, murmelte er zunächst, doch dann erbarmte er sich ihrer: »*Yn affodus*, ja!«

8

Man könnte meinen, Schafe und nicht Engländer regierten Wales, da die dummen Viecher so zahlreich vertreten waren wie Maden auf einem Kadaver – und laut waren sie auch, mit ihren neu geborenen Lämmern. Sie dekorierten jeden Hügel, jede Wiese und blockierten aus schierer Bosheit die Straße, wo immer es auch möglich war. Es war ein wildes, schönes Land – noch ungezähmt, ganz wie Miles Rushden. Dicke Aprilwolken zogen über die Black Mountains dahin, warfen Schatten auf das terrassenförmig angelegte Moorland, überschütteten die Reiter mit einem jähen Sturzbach und entschuldigten sich mit einem Regenbogen. Hoel führte sie in nördlicher Richtung nach Talgarth, einem Dorf mit einer verfallenen Festung, nicht weit von der breiteren Hauptstraße, die zwischen Hereford und Brecknock verlief, und nachdem sie nun keinen Führer mehr benötigten, zahlte Heloise ihn aus.

Am nächsten Tag in Bronllys beauftragte Heloise die Huddlestonschen Männer, einen Stall zu mieten, wo sie Traveller vor Rushden verstecken konnten, für den Fall, dass sie das Pferd brauchen sollte, um zu handeln. Kaum hatte sie für das letzte Stück nach Brecknock den Fuß in Clouds Steigbügel gesetzt, gestand ihre Zofe ihr schluchzend, sie und der jüngste Huddleston-Bewaffnete hätten sich die Ehe versprochen und ob sie bitte mit ihm zu Lady Huddleston zurückkehren könnte? Neiderfüllt gab Heloise dem

Mädchen ihren Segen und ließ sie mit ihrem Liebsten ziehen. *Yn Affodus*! Sie würde schief angesehen werden in Brecknock, wenn sie ohne Zofe kam.

Mit römischer Geradlinigkeit führte die Straße nach Brecknock an einem breiten, flachen Tal vorbei. Fruchtbare Knospen öffneten sich an den Weißdornbüschen, und Sehnsucht beschlich Heloise, als erwachte auch in ihr die belebende Kraft des Frühlings, doch sie wusste, eine öde Zukunft lag vor ihr. Was nützte es ihr, von einem Ritter zu träumen, der sie anbeten würde, oder von Miles Rushden als fürstlichem Geliebten? Der echte Mann würde wütend sein, sich in die Enge getrieben fühlen und ihr rücksichtslos die kalte Schulter zeigen. O Gott, sie würde all ihre Kraft benötigen, um ihm gegenüberzutreten.

Als sie sich Brecknock näherten, erhoben sich andere Berge am südwestlichen Horizont, öde, unfruchtbar und Furcht erregend, und Heloise war froh, dass Brecknock nicht ihrem Schatten lag, sondern auf freundlicherem Farmland an einer Straßenkreuzung, wo der River Usk sich in Richtung Norden schlängelte. Aber Brecknock selbst war nicht einladend. Aaskrähen hockten auf einem Galgen, an dem ein stinkender menschlicher Kadaver hing. Heloise bekreuzigte sich, und mit einem stummen Gebet für das Seelenheil des toten jungen Mannes trieb sie Cloud an und ritt schnell weiter, aus Angst vor einer weiteren ihrer schrecklichen Visionen.

Hier und da sahen sie nun die ersten Häuser, überquerten den Graben, der die Stadt umgab, und passierten das Watton-Tor, empört über den unglaublich hohen Zoll, den man von ihnen forderte. Weder Turmspitzen noch Türme wiesen ihnen den Weg zur Stadtmitte, und so ließen sie ihre Pferde im Schritt hinter einem Benediktinermönch gehen, der, einen gregorianischen Kanon summend, seinen Esel in östlicher Richtung zum Marktplatz führte. Heloise verweilte nirgendwo und ließ auch Martin nicht sein holpriges Walisisch an irgendeinem Händler ausprobieren, denn die Burg war jetzt am Nordende der Stadt schon deutlich zu erkennen, und ein heftiger Regen hatte eingesetzt.

Und es war wirklich keine sehr beeindruckende Burg. Waren sie in der richtigen Stadt? Dies konnte doch wohl nicht der Wohnsitz eines Herzogs sein? Rauchwolken stiegen von innerhalb der Festungsmauern auf, aber keine Wimpel schmückten die Türme. Das war kein gutes Omen, und schweren Herzens beobachtete Heloise, dass die Stadt sich nicht an ihren Beschützer schmiegte, sondern vielmehr den Eindruck machte, als wolle sie seinen wachsamen Augen entkommen.

Der Mönch bog mit entschiedenen Schritten durch das Nordtor ab, und Heloise sah sich mit ihrer ungewissen Zukunft konfrontiert.

»Werdet Ihr das Problem jetzt gleich anpacken, Mistress, oder sollen wir eine Unterkunft für heute Nacht suchen und morgen zurückkehren?«

»Oh, Martin, sprich ein Gebet für mich.« Heloise biss sich auf die Lippe und versuchte, ihren Mut nicht zu verlieren, als sie weiterritt. Was könnten sie ihr schon tun, was ihr Vater noch nicht getan hatte? Zwar war die Zugbrücke der Burg heruntergelassen, aber das war auch das Fallgatter. Es sah ungefähr so einladend aus, wie Rushden sein würde. Er würde ihr mit eisigem Hochmut aus dem Wege gehen, und was sollte sie dann tun?

»Es ist nicht das, was ich erwartet habe.« Sie nahm Martins Hand, ließ sich mit steifen Gliedern aus Clouds Sattel gleiten und starrte unglücklich zu dem Torvorwerk aus rosafarbenem Sandstein auf. Sie hatte eine ähnliche Pracht wie in Middleham erwartet, aber dies schien nur ein armer Verwandter im Vergleich dazu zu sein. Die Maueröffnungen und Schießscharten schienen ein dunkles, kaltes normannisches Inneres anzudeuten. Hinter dem Gitter des Fallgatters war der Burghof leer wie eine von einer Mäuseplage heimgesuchte Speisekammer. Wenig Geld war hier ausgegeben worden, stellte sie mit sinkendem Herzen fest. Falls Buckingham geizig war, würde er wenig Geduld für ihre Sorgen aufbringen.

»Ich glaube, das könnte ein Nebeneingang sein, Mistress, aber das ist einerlei.« Sein Magen gurgelte beinahe so laut wie der Fluss, als Martin an das Pförtnerfenster klopfte. »He, du da drinnen! Schläfst du?« Höflich schob er seine Herrin in den Schutz des Torbogens und schlug noch einmal mit der Reitpeitsche gegen die Fensterläden. Endlich sprangen sie auf, und ein unrasierter, glatzköpfiger Mann steckte seinen Kopf heraus.

»Mylady!«, rief er in tadellosem Englisch, »wir hatten Sie erst in zwei Tagen erwartet. Willkommen!«

Quietschend wurde das Fallgatter hochgezogen, und ein untersetzter Pförtner in einer schwarz-roten Livree trat auf die Zugbrücke hinaus, starrte Heloise mit einem breiten Grinsen an und rief mit einem Pfiff zwei Stallburschen herbei, um das schwer beladene Packpferd und die schlammbespritzte Cloud hereinzuführen. »Ihre Gnaden wird entzückt sein, zu hören, dass Ihr sicher eingetroffen seid.«

Heloise warf Martin einen überraschten Blick zu. Wen erwarteten sie? Anscheinend eine Fremde, da der Torwächter sie nicht kannte.

»Wird sie?«

»Aye, worauf Ihr Euch verlassen könnt«, lachte der Pförtner. »Aber im Moment ist sie nicht hier. Über Ostern war sie bei Lady Darrell, der Mutter des Herzogs, mit den kleinen Demoiselles, aber Lord Stafford ist hier. Und der Herzog wird am Mittwoch zurück sein. Aber steht doch nicht frierend da herum, Mylady. Ich schicke einen Jungen zu Sir William, um ihn von Eurer Ankunft zu unterrichten. Ist Eure Zofe hinter Euch zurückgeblieben, Mylady?« Wenigstens fragte der Mann das Offensichtliche so diskret wie möglich.

»Leider Gottes ja.« Der erwartete Gast bekreuzigte sich bekümmert und überließ es dem Torwächter, seine eigenen Schlüsse daraus zu ziehen. Das tat er und holte schon Atem, um sie nach Details zu fragen, aber ihre kleine abweisende Geste genügte, um ihn wieder verstummen zu lassen.

Nun, dachte Heloise und dankte der heiligen Katharina, als sie ihre behandschuhten Hände über dem Kohlenbecken des Torwächters wärmte, sie war mit einer Lüge in die Burg gekommen, aber zumindest würde sie so eine Chance bekommen, unter vier Augen mit Rushden zu sprechen.

»Diese Glocken klingen wie ganz in der Nähe.« Sie schenkte dem Pförtner ein freundliches Lächeln; neue Freunde konnten nützlich sein, und es war möglich, dass sie die Burg sehr überstürzt verlassen musste.

»Das ist das Kloster des heiligen Johannes des Evangelisten, Mylady.« Das erklärte den Mönch. Zumindest konnte sie den Abt für eine Nacht um Unterschlupf bitten, falls sie auf der Burg nicht bleiben konnte. »Wir haben auch Dominikaner, Mylady, in Llanfaes, über die Brücke über den Usk.« Er zeigte nach Südwesten. Brecknock lag also nicht weit entfernt von der Stelle, wo der Usk und dieser kleinere Strom zusammenflossen. Es konnte nicht schaden, wenn sie so schnell wie möglich lernte, sich zurechtzufinden.

»Sir William wird Euch jetzt empfangen, Mylady.«

Als sie dem Diener über den stillen Hof folgte, erkannte sie, dass Martin Recht hatte: Es gab noch ein größeres Torhaus mit einer weiteren Zugbrücke vor dem Usk. Vielleicht sah die Burg von dort beeindruckender aus. Der junge Bursche führte sie an einem überdachten Brunnen vorbei, aber nicht auf den alten normannischen Turm zu, der hager wie ein hungriger Einsiedler auf einem hohen Erdhügel an einer Seite der Burgmauer hockte, sondern zu einer kleinen Treppe und durch einen überdachten Eingang in einen ungeheizten großen Burgsaal an der Südwand.

Sie fröstelte und sehnte sich nach den hellen, mit kostbaren Gobelins bedeckten Wänden von Middleham, aber der Page geleitete sie in ein Kontor, wo zum Glück ein großes Feuer im Kamin prasselte. Dies musste das Arbeitszimmer des Burgverwalters oder der Empfangsraum sein. Gefaltete Briefe lagen auf dem niedrigeren der beiden Holzregale, und Wachssiegel hingen an dem etwas schmaleren darüber. Bücher und Pergamentrollen stapelten sich in den Regalen hinter einem fröhlichen, wohl genährten Mann um die vierzig, der vor einem massiven, mit Papieren übersäten Schreibtisch saß. Als er sie sah, schloss er das Tintenfässchen, steckte seine Feder in ein hölzernes Gefäß und kam um den Tisch herum, um in einer herzlichen Begrüßung ihre beiden Hände zu ergreifen. Warum werde ich hier so überschwänglich willkommen geheißen?, fragte sie sich. Für einen Augenblick sah sie himmelblaue Augen und eine Mähne grau melierten Haars, bevor sie wohlerzogen ihren Blick senkte und knickste.

»Lady Haute. Was für eine lange Reise Ihr gehabt habt. Wie findet Ihr unsere wilden Berge, verglichen mit Eurem Kent?« Kent! Der Himmel bewahre sie, sie hatte noch nicht einmal eine Pilgerfahrt nach Canterbury gemacht, von einem Besuch in Kent erst ganz zu schweigen.

Nachdem sie rasch ihre Erinnerung durchforstet hatte, brachte sie eine unbekümmerte Antwort zustande. »Ich denke, unsere Kirschen sind so gut wie Eure Berge, Sir William.«

Er beugte sich galant über ihre Hand. »Und haben sie die Akeman Road vor Cirencester schon repariert? Man hätte ein Pferd und einen Wagen in einigen dieser Schlaglöcher verlieren können vor Weihnachten.«

Lieber Gott, ja, das war die alte Römerstraße, aber von wo? St. Albans kam ihr flüchtig in den Sinn, aber das war eigentlich schon alles. Wie gefährlich wäre es, zu lügen? »Eigentlich bin ich über Chepstow hergekommen. Ich hatte ... habe ... eine gute Freundin in Somerset, die ich vorher noch besuchen wollte.« Sie lächelte charmant und fragte sich, wer zum Teufel Lady Haute sein mochte. Eine Adlige, also bestimmt keine Hebamme oder Amme, aber war die Dame verheiratet oder verwitwet? Gott sei Dank war die Herzogin mit ihren Kindern zu Besuch bei ihrer Schwiegermutter. Es gab ihr wenigstens ein bisschen Zeit. Und wer war dieser Mann? Was für einen Rang bekleidete er im herzöglichen Haushalt?

»Sir William ...?«

»Knyvett, Madam, aus Buckenham, Norfolk. Ich bin der amtierende Vogt auf Brecknock Castle. Ah, Bess, meine Liebe, bleibt nicht dort stehen. Schließt die Tür und begrüßt Mylady.«

Eine weitere Herausforderung? Aber da war kein Zeichen des Erkennens in dem Gesicht des dünnen jungen Edelfräuleins, das nun durch den Raum kam, um vor ihr zu knicksen.

»Ist es nicht wunderbar, dass Mylady früher gekommen ist, Bess?« Wieder diese merkwürdige Erleichterung.

»Ja, das ist es«, stimmte das Mädchen freundlich zu und strich eine lose Strähne ihres braunen Haars unter ihre Haube. »Wir freuen uns wirklich sehr, dass Ihr gekommen seid, Mylady.«

Warum? Hatten sie einen Drachen, den diese Lady Haute zähmen sollte? War sie der unberechenbaren Herrschaft ihres Vaters entkommen, nur um sich in eine mindestens ebenso gefährliche Lage zu begeben?

»Bess ist... Ah, Limerick.« Ein weißhaariger Mann in einer langen Houppelande, die seine altmodischen spitzen Schuhe überlappte, kam herein, um Heloise zu begrüßen. Auch er lächelte. Das wird ja immer schlimmer, dachte Heloise.

»Lady Haute, darf ich Euch den Verwalter Seiner Gnaden des Herzogs von Buckingham, Sir Thomas Limerick, vorstellen?« Bess suchte seinen Blick. »Oh, und diese junge Dame ist Lord Edwards Kindermädchen.«

Ein *kleiner* Drachen? Heloise atmete tief ein. »Euer Pförtner erwähnte, dass Lord Stafford hier ist«, wagte sie zu äußern und fragte sich, ob sie den richtigen Schlüssel zu dem Tor gefunden hatte. Die Bemerkung konnte als höfliche Konversation und weiter nichts ausgelegt werden. Sie bemerkte, dass ihre Gastgeber einen raschen Blick wechselten.

»Bringt uns etwas Glühwein, Bess«, rief Sir William. »Und nun zu Euch, Lady Haute. Bess sagt, es sei ein Mäusenest aus dem für Euch vorgesehenen Zimmer entfernt worden, doch zur Sicherheit hatten wir einen Mäusefänger in den letzten beiden Tagen dort. Werft ihn hinaus, falls Ihr etwas gegen den Burschen habt.« Ein menschlicher oder tierischer Mäusefänger, fragte sie sich und begann sich für Sir Williams joviale Leutseligkeit zu erwärmen.

Bei Waffeln und heißem Glühwein, der sie bis in ihre eisigen Zehen wärmte, begann Heloise sich ein Bild von ihrer Situation zu machen. Ihre Gastgeber lobten den ältesten Sohn des Herzogs von Buckingham in den höchsten Tönen, aber ihren immer übertriebener werdenden Kommentaren entnahm Heloise, dass dieser Lord Edward in Wahrheit so etwas wie ein kleiner Teufel war. Mit anderen Worten, man erwartete von Lady Haute, dass sie einen Engel aus ihm machte. Kein Wunder, dass die Herzogin und die anderen Kinder Zuflucht bei ihrer Großmutter gesucht hatten. Und wo waren der Vater des Kindes und der Rest des Haushalts?

Der Verwalter klärte sie darüber auf. »Seine Gnaden von Buckingham ist in Thornbury mit anderen Herren seiner Entourage, aber wir erwarten ihn nächste Woche zurück.« Thornbury! Das lag in Somerset, in der Nähe des Bristol Channels. Großer Gott, Rushden war also die ganze Zeit nur ein paar Tagesritte von Bramley entfernt gewesen! Dionysia hatte ihn falsch verstanden. Ihr Opfer war gar nicht auf dem Weg nach Wales gewesen, und unglaublicherweise war sie vor ihm eingetroffen. Nun, jetzt musste sie das Beste aus ihrem Vorteil machen. Heiliger Judas, der Heilige für aussichtslose Fälle, hatte offenbar eine großzügige Hand im Spiel gehabt. *Zwei* Drachen! Wenn sie ihr Bestes tat, konnte sie vielleicht einige Verbündete gewinnen, bevor sie Rushden gegenübertrat.

Burgen waren eine Quelle der Information, wenn man sie aufzudecken wusste, und Bess, begierig, der ihr vorgesetzten Dame zu gefallen, war eine wahre Vorratskammer der Nachrichten und Neuigkeiten. Als sie den Saal durchquerten und die Treppe hinaufstiegen, die zu den Kinderzimmern und Schlafgemächern führte, erfuhr Heloise, dass die Herzogin unter Migräne litt, von ihren Kindern schnell erschöpft war und zweimal im Monat Briefe mit ihrer königlichen Schwester wechselte, und dass es die Königin gewesen war, die Lady Haute empfohlen hatte. Der Herzog und die Herzogin leisteten einander kaum noch Gesellschaft, jetzt, wo sie vier Kinder gezeugt hatten. Seine Gnaden ginge sehr viel auf die Jagd mit seinen Freunden. Freunde? O ja. Unglücklicherweise zeigte Bess übertriebenes Interesse an einem der Ritter Seiner Gnaden, doch es war nicht Rushden, und Heloise hielt es für klüger, ihr keinen weiteren Klatsch darüber zu entlocken, da sie annahm, dass keine respektable verheiratete Adlige Interesse an einem ungebundenen Edelmann zeigen sollte, wenn sie ihren eigenen Stand nicht kannte. War Lady Haute eine verheiratete Frau oder eine Witwe? Und falls sie eine Witwe war, war ihre Trauerzeit schon abgelaufen oder nicht?

Mit größter Vorsicht bahnte sie sich den Weg durch die Konversation beim Abendessen, mit Anekdoten von ihren jüngsten Reisen lenkte sie Sir William geschickt von einer Debatte über Gasthöfe an der Straße von London nach Canterbury ab und entschuldigte sich schließlich, unaufrichtig, aber unversehrt. Sie wollte diese Leute nicht belügen. Sie würden sich betrogen fühlen, sobald Rushden ihre Lüge aufdeckte, doch vielleicht gab es eine Möglichkeit, das zu verhindern. Falls der kleine Drachen sie mochte und sie eine Schatzkammer an gutem Willen hortete vor Rushdens Rückkehr, wären sogar Wunder möglich.

Der junge Waliser Mäusefänger, der aus einem der an das Kinderzimmer angrenzenden Gemächer kam, war schlank, kastriert und hatte weiße Strümpfe. Der Rest von ihm war rabenschwarz, bis auf eine kleine weiße Blesse zwischen seinen Ohren und an seiner Nase. Zumindest er begrüßte sie freundlich, aber wo war das andere kleine Biest, das man ihr anvertraut hatte?

Bess deutete auf die andere Tür und legte einen Finger an die Lippen.

»Ich dachte, Ihr hättet genug Anstrengung gehabt für einen Tag, Mylady. Ich hätte es nicht eilig an Eurer Stelle, den jungen Herrn kennen zu lernen. Das Boudoir ist dort hinter dem Arazzo, falls Sie es brauchen, und ich habe sauberes Wasser zum Waschen in Euer Schlafgemach gestellt. Falls Ihr etwas zum Waschen oder Bügeln habt, lasse ich es gleich morgen früh zu einer Waschfrau bringen.«

Heloise dankte Bess für ihre Fürsorglichkeit und begann pflichtbewusst ihr neues Reich zu inspizieren. In einer Spielzeugtruhe fand sie eine hölzerne Burg, eine winzige Kanone, bunt bemalte Brettspiele und einen Kasten mit Zinnsoldaten. In einer weiteren Truhe entdeckte sie ein kleines Schwert mit Gürtel, einen winzigen Bogen, ein Schild und einen protzigen kleinen Silberhelm.

»Sehr sauber, Bess«, lobte sie freundlich, während sie mit den Fingern über die lederne Mähne eines Schaukelpferdes strich. Traveller! Morgen würde sie Martin nach Bronllys senden, um sich zu vergewissern, dass das Pferd gut versorgt war, und um Margerys Männer heimzuschicken.

»Ihr solltet das Zimmer mal an regnerischen Tagen sehen. Kein Zentimeter Boden zu erkennen und alles kreuz und quer im Raum verstreut. Und das ist nur das Spielzimmer meines kleinen Herrn. Meine jungen Damen haben ihre eigenen Gemächer in der Nähe des Schlafgemaches Ihrer Gnaden, aber wenn sie alle zusammen hier spielen, was häufig vorkommt, ist es das totale Durcheinander. Und hier ist Benet, Lord Staffords Diener. Verbeug dich, Benet.« Ein schwerfälliger, mondgesichtiger Mann kam aus dem angrenzenden Zimmer, verbeugte sich verlegen und ging auf Bess' zustimmendes Nicken wieder. »Ihr braucht keine Angst zu haben wegen seiner Schlitzaugen, Mylady. Er mag nicht mehr Verstand haben als ein Schleifstein, aber er ist beherzt und unerschrocken.«

Als sie später Waffeln und anderes Gebäck am Feuer aßen, war es schwer, nicht die Fragen zu beantworten, mit denen das neugierige junge Mädchen sie bestürmte. Heloise wich ihnen aus, so gut sie konnte, indem sie ihre eigenen stellte, und war froh zu hören, dass Bess auf einem Rollbett neben dem Jungen schlief. Gott sei Dank! Es verhieß eine seltene Ungestörtheit und einen Weg, die schläfrigen Vertraulichkeiten zu vermeiden, die sich aus dem Teilen eines Betts ergaben. Benet schlief auch im Schlafgemach des Kindes. Er möge zwar einfältig sein, versicherte ihr Bess, aber er sei treu wie ein Hund und würde bereitwillig das Wasser für das Bad des Kindes holen und alle anderen untergeordneten Aufgaben erledigen.

Heloises kleines Zimmer enthielt ein einzelnes schmales Bett. An der gegenüberliegenden Wand hing ein sauberes Tuch von einem hölzernen Reck über einer Kommode. Darauf fand sie einen Zinnkrug, eine Wasserkanne, eine Schale mit Bimssteinpuder und Kräuter, die den Atem frisch machten. Sie hängte ihr Kleid an einen Haken an der Wand, sprach ihre Gebete und schlüpfte dankbar zwischen die Laken, legte ihre Fußsohlen gegen den mit Stoff umwickelten erhitzten Backstein und wagte dem Glück, das sie bisher gehabt hatte, kaum zu trauen. Vielleicht war es ihr Schicksal, nach Brecknock zu kommen, um sich um den Sohn des Herzogs zu kümmern. Sie hoffte, dass dies der Grund war, warum Miles Rushden in ihr Leben katapultiert worden war. Wenn sie ihr Bestes tat, würde es ihr vielleicht gelingen, ein paar Verbündete zu gewinnen, bevor sie seinen Zorn riskieren musste.

O Gott! Sie stieß einen Schrei aus, als ein Tier auf ihr Bett sprang, sah dann aber, dass es keine Ratte war. Ein zufriedenes Schnurren veranlasste sie, ihre Hand unter der Decke hervorzuziehen und das kurze weiche Fell hinter seinen spitzen Ohren zu liebkosen.

»Du solltest unter dem Bett sein, um ... Mäuse zu fangen ... nicht hier oben bei mir«, informierte sie den Kater und spürte, wie sein Fell sich sträubte. »Das ist nicht klug, Herr Kater. Du und mein Haar, ihr passt nicht zueinander. Die Leute werden tratschen.« Wie die meisten Männer, selbst entmannte, ignorierte er ihren Einwand und verkroch sich unter der Decke. Na ja, dachte Heloise, lieber schlafe ich mit ihm als mit Miles Rushden. »Da du Waliser bist, werde ich dich morgen früh Dafydd taufen, und falls es hier noch ein paar Mäuse geben sollte, werden sie deine Taufpaten.«

An Miles Rushden zu denken, raubte ihr den Schlaf, aber am frühen Morgen hatte sie ihre Waffen poliert und schussbereit; aus ihrem Umgang mit diesem Kind würde sie einen Erfolg machen, und dann hatte sie die nötige Artillerie, um gegen ihren Mann zu kämpfen. Bei Tagesanbruch musste sie in einen tiefen Schlaf gefallen sein, denn Bess kam herein und schüttelte sie wach. Als sie die abergläubische Furcht über ihre ungewöhnliche Haarfarbe in den Augen des Mädchens sah, beruhigte Heloise sie rasch und ließ sich von ihr versprechen, Stillschweigen darüber zu bewahren. Gott sei Dank war Dafydd bisher noch nicht aus seinem gemütlichen Versteck gekommen.

Heloise schloss hinter Bess die Tür, lehnte sich dagegen und betete um die Kraft, den Tag zu überstehen. Aber die ersten Sonnenstrahlen drangen bereits fröhlich durch die Fensterläden. Die Welt wartete auf sie. Auf bloßen Füßen ging sie hinüber, lehnte sich über die kalte Laibung und öffnete die Fenster auf eine Aussicht, die ihr den Atem raubte. Ferne Berge erhoben sich hinter den dichten Wäldern. Der höchste Gipfel schimmerte gelb wie Stechginster, und ein Ring aus hellen Wattewolken umgab ihn wie ein Siegerkranz.

Feuchte Wärme milderte die Luft. Ihr Herz schlug höher. Sie konnte die Fruchtbarkeit der Erde riechen, die jungen Maissämlinge sich förmlich unter den dunkelroten Furchen entfalten und die in Bäumen und Höhlen verborgenen Tiere sich regen spüren nach ihrem langen Winterschlaf; ihr ganzes Sein strebte ihnen zu und freute sich mit ihnen. Das unbeholfene Blöken neugeborener Lämmer kam von den Feldern bei dem Kloster, und sie konnte das ungeduldige Läuten von Wagenglocken und die Händler unten in der Stadt lautstark ihre Waren anpreisen hören. Ihr kaufmännisches Blut geriet in Wallung, als sie all das hörte, und drängte sie, ein Teil davon zu sein.

Der blonde Knabe, der hereingeführt wurde, war so schön, dass Heloise einen Moment lang fast nicht glauben konnte, dass der gesamte Haushalt ihn für ein Ungeheuer zu halten schien. Er war wie ein kleiner Edelmann gekleidet, aber die geschlitzten, mit weißem Eichhörnchenfell gefütterten bodenlangen Ärmel waren unzweckmäßig für ein Kind, und mit dem Preis für den senffarbenen Brokat seines Wamses, das zweifellos vor Flecken und Schmutz geschützt werden musste, hätten ein Bauer und seine Familie sich ein Jahr ernähren können. Er nahm seinen weichen, turbanähnlichen Hut ab, verbeugte sich anmutig wie ein Höfling und verdarb die Wirkung dann, indem er trotzig seine Arme vor der Brust verschränkte und in einer perfekten Nachahmung Sir William Knyvetts mit gespreizten Beinen dastand. Die leicht geschwungenen Augenbrauen verliehen seinem Gesicht eine koboldhafte Intelligenz, und vielleicht war es auch das, was die Bediensteten den Knaben fürchten ließ. Heloise wusste nur zu gut, wie diese Art Misstrauen schmerzte.

»Danke, Sir Thomas.« Sie öffnete die Tür für den Verwalter. Er verstand den Hinweis und schritt, nach einem warnenden Blick auf den Sohn seines Herrn, majestätisch aus dem Raum.

»So, Lord Stafford, mir ist durchaus bewusst, dass Ihr keine Dame braucht, um Eure Zeit zu organisieren«, erklärte Heloise. »Aber ich muss mir meinen Lebensunterhalt verdienen. Ihr seht ziemlich langweilig aus. Seid Ihr es?«

Die blauen Augen hörten augenblicklich auf, sie zu taxieren, und sein Blick kehrte zu den Falten ihres braunen Reisekleids zurück.

»Meine Mutter ist hübscher als Ihr.«

»Natürlich, sie ist ja eine Herzogin. Herzoginnen müssen hübscher sein als alle anderen – bis auf Königinnen und Prinzessinnen. Tragt Ihr immer Eier in Eurem Hut?«

Das kleine Gesicht verzog sich verächtlich über diese törichte Bemerkung.

»Da!« Heloise zeigte darauf. »Wo ist mein Spiegel? Lasst es mich Euch zeigen.« Es war nicht schwer, das kleine, gesprenkelte Ei, das ihre kleinste Schwester ihr als Andenken mitgegeben hatte, unbemerkt im Aufschlag seines Huts unterzubringen. Zum Glück war er hochgeklappt und mit einer Brosche befestigt. »Hier.« Sie rieb den silbernen Spiegel an ihrem Rock und hielt ihn vor den Knaben. »Ein Schwalbenei. Es muss aus einem Nest gefallen sein. Wie schade, dass Ihr es nicht wusstet, sonst hättet ihr den Jungvogel an Eurer Brust ausbrüten können.« Kleine Finger griffen nach dem Ei und betasteten es misstrauisch, aber der Knabe sagte nichts. Er ließ es nur in seinen Ärmel gleiten, und Heloise fragte sich, was für andere Schätze noch unter dem Pelz herumkrabbeln mochten. Einer seiner Ärmel schien jedenfalls ein Eigenleben zu besitzen. Dafydd hatte die Bewegungen auch bemerkt und kam herüber, um die Angelegenheit zu prüfen.

»Was hast du da drin versteckt?«, fragte Heloise. Sie setzte den verstimmten Kater vor die Tür und wandte sich wieder zu dem Jungen um. »Ich mag Frösche. Oder ist es eine Maus?« Besser jetzt als später in ihrem Schuh oder in ihrem Bett.

Ein Ausdruck der Verärgerung erschien um den frühreifen kleinen Mund. Etwas Unverständliches vor sich hinmurmelnd, steckte er eine Hand in den Schlitz und zog eine junge Kröte hervor. Heloise streckte ihre flache Hand aus, und er legte sie feierlich darauf, worauf sie sie sanft mit der Fingerspitze streichelte und darauf wartete, dass sie zu fliehen versuchte. Es erforderte Strategie und Zusammenarbeit für sie beide, sie wieder einzufangen, und auf Händen und Knien aufeinander zuzukriechen und sich Anweisungen zuzurufen, würde die angespannte Atmosphäre zwischen ihnen lockern. Aber ein Klopfen an der Tür verdarb das Abenteuer. Es war Bess, die ein Glas mit einer trüben gelblichen Flüssigkeit hereinbrachte.

»Eure Medizin, Lord Edward. Trinkt sie wie ein braver Junge.«

»Sie ist eklig. Ich hasse sie!«

»Was ist darin, Bess?« Heloise roch daran und probierte sie. »Igitt, Lungenkraut!«

»Bravo, Mylady. Mach dir nichts draus, Schätzchen«, erklärte das Mädchen, während der Junge ruckartig den Kopf wegriss, als sie ihm übers Haar streichen wollte, »bald wird das Geißblatt wieder blühen, und dann kannst du stattdessen davon Tee trinken.« Sie nahm Heloise den Becher ab und hielt ihn dem Kind hin. Der Junge ignorierte ihn; jeder hätte sehen können, dass er sich in einen Wutanfall hineinsteigerte. Sekunden später war er feuerrot und rang nach Atem. Bess drückte Heloise den Becher wieder in die Hand, kniete sich vor den Jungen und packte ihn an den schmalen Schultern. Ihn zu schütteln half nichts, und ihm die Wangen zu tätscheln war genauso sinnlos.

Heloise stellte den Becher ganz bewusst so ungeschickt hin, dass sein Inhalt überschwappte. »Oh, jetzt habe ich es verschüttet!« Der Wutanfall hörte augenblicklich auf, aber der Kleine hatte noch immer Mühe mit dem Atmen.

»Das passiert jedes Mal, wenn er nicht seinen Willen bekommt, Mylady«, erklärte Bess später, nachdem sie ihn zu seinem Hauslehrer gebracht hatte. »Und jedes Mal überanstrengt er sich. Er kann sich anständig benehmen, wenn er will, aber die meiste Zeit ist er ein hinterhältiges kleines Ungeheuer.«

»Um Aufmerksamkeit zu gewinnen?«

»Um seinen Willen durchzusetzen, Mylady. Er kommt auf seinen Vater, schätze ich – es gibt eine Menge Leute, die das sagen, wenn sie etwas zuviel getrunken haben.«

»Was wurde aus der letzten Gouvernante?«

»Oh, sie erwartete nach einem Monat schon ein Kind, oder zumindest war das ihr Vorwand, Brecknock zu verlassen. Ich hoffe, Ihr werdet länger bleiben, Mylady.«

Nicht, wenn mein so genannter Ehemann Wind von meiner Anwesenheit bekommt, dachte Heloise seufzend, doch falls sie sich auf Brecknock unentbehrlich machen konnte, bevor Buckingham und seine Entourage zurückkehrten, würde ihre Unehrlichkeit ihr vielleicht verziehen werden. Ja, Lord Stafford war ein kleiner Teufel. Das irreführende Engelshaar würde sich vielleicht zu Braun verdunkeln, wenn er erwachsen wurde, aber das mürrische Kinn ließ darauf schließen, dass er ein unangenehmer Herr werden würde, falls niemand ihm jetzt Grenzen setzte. Zumindest besaß sie die nötige Autorität, eine Veränderung in Lord Staffords Mahlzeiten und Medikamenten vorzunehmen. Den Rest des Tages lenkte sie ihn ab, wann immer er Atemnot bekam. Bei Einbruch der Dunkelheit war sie erschöpft, aber das war der kleine Junge auch. Sehr zu Bess' Erstaunen ging er bereitwillig ins Bett. Wenn ich das doch nur auch bei Rushden schaffen könnte, dachte Heloise – und errötete. Nein, ihn ins Bett zu kriegen war eigentlich nicht das, woran sie dachte.

Ihr anfänglicher Erfolg bei dem Kind wiederholte sich leider nicht am nächsten Tag im Saal. Der Kernpunkt des Problems streckte ihr einfach die Zunge heraus und quengelte und weigerte sich, zu essen während des Nachtmahls auf dem Podium. Gegen Ende der Mahlzeit konnte Heloise sehen, warum die Begeisterung, mit der man sie willkommen geheißen hatte, langsam verhaltener wurde. Sir William und die anderen hatten gehofft, sie würde auf dauerhafte Weise den Charakter dieses Kindes ändern. »Wenn Ihr Euch anständig benehmt«, flüsterte sie ihm hinter vorgehaltener Hand zu, »verspreche ich Euch ein Abenteuer.«

Der kleine Tyrann leckte nachdenklich seinen Löffel. »Was für ein Abenteuer?«

»Eine Überraschung.« Die schmalen Ellbogen glitten langsam vom Tisch, der krumme Rücken straffte sich, und seine Zehen hörten auf, Erdbeben unter der großen Tafel zu verursachen.

Aber was für eine Überraschung? Ihr blieben nur wenige Tage bis Mittwoch, wenn der Herzog und seine Trabanten erwartet wurden, und sie musste Sir Williams Vertrauen in sie wieder aufbauen. Sie begann, indem sie mit dem Jungen in die herzögliche Küche ging, nachdem sein Lehrer ihm freigegeben hatte. Der Jungen machte große Augen, als sie ihn aufforderte, Kaninchennetze, Mörtel und Puddingformen zu untersuchen, den Spieß zu drehen, das Fett von dem großen Kessel abzuschöpfen und an den verschiedenen Gewürzgläsern und dem Korb mit den getrockneten Schirmpilzen für das morgendliche Feueranzünden zu riechen. Die Dienstboten in der Küche, die solch noble Besucher nicht gewöhnt waren, stammelten beim Beantworten seiner Fragen. Es lehrte das Kind, für sein Schicksal dankbar zu sein, denn einige der Tätigkeiten waren wirklich widerlich; ein junger Bursche, der bis zur Taille nackt war, reinigte fettige Kessel und Töpfe mit dampfend heißem Wasser und Salz; ein anderer mühte sich recht ungeschickt mit dem Abschuppen eines großen Barschs; und der Koch, erbost über das Eindringen in sein Reich, setzte sich groß in Szene mit dem Zerhacken eines Schweinegerippes, das in Salz gelegt werden sollte, um den kleinen Edelmann zu ängstigen.

Ned kicherte, als Heloise seine langen Ärmel in einem losen Knoten hinter seinem Rücken zusammenband, aber als sie ihm und sich selbst Tücher umband und ihre Ärmel aufkrempelte, starrte er sie mit großen Augen an. He, Lord Stafford, wollen wir Pfannkuchen backen? Bald hatte sie das kleine Königreich der Küche unter ihrer Herrschaft, und alle holten Schüsseln und Rührbesen und überhäuften ihren kleinen Lord mit guten Ratschlägen. Sie machten so viele Pfannkuchen, dass das gesamte Küchenpersonal sich daran gütlich tat. Heloise und Ned aßen ihre im Garten. Dann befeuchteten sie eine Schubkarre mit Erde und bauten eine Burg, die mit Beaumaris mithalten konnte. Sie fiel jedoch leider rasch wieder zusammen. Nach dem Abendessen stellten sie Bogen her und schossen auf die Fässer. Am Morgen darauf versuchten sie, aus Klebstoff, Pergament und Holzstäben einen Drachen anzufertigen, mit kleinen Pelzschwänzen, die anzeigen sollten, aus welcher Richtung der Wind blies. Leider hatten sie nicht genügend Flachsfasern, um ein ordentliches Seil zu flechten; ihr Vater hätte sich ihres jämmerlichen Resultats geschämt, aber es unterhielt das Kind. Früh am Sonntagmorgen schlichen sie zu den Ställen und sahen bei der Geburt eines Fohlens zu. Am Montagnachmittag machten sie eine Kerze in Form des Kirchturmes von Salisbury und drückten Holzschnitte darauf.

»Ein Krämerhandel!«, bemerkte Sir Thomas Limerick missbilligend, als er hereingerufen wurde, um das Werk des Kindes zu bewundern, aber er lächelte und tätschelte Heloises Hand.

»Es ist doch nichts Schlechtes, zu verstehen, wie andere leben müssen und worum die Welt sich dreht.«

»Um Habgier, Lady Haute, um Habgier. Die Reichen tun, was ihnen beliebt, die anderen arbeiten.«

»Aber Ihr werdet zugeben, dass das Kind umgänglicher geworden ist.«

»Einstweilen ja, meine Liebe, aber das wird sich ändern, wenn Seine Gnaden zurückkehrt.«

Verzweiflung bestärkte sie in ihrer Entschlossenheit.

»Sir William«, fragte sie am Dienstag Morgen nach der Messe und zog den Ritter an das Feuer, das jetzt den Burgsaal von einem zentralen Kamin aus wärmte. »Ich weiß, dass es Euch wie eine sonderbare Idee erscheinen wird, aber ich glaube, ein Teil von Lord Neds Problem ist Langeweile. Er braucht Abenteuer außerhalb dieser Mauern. Ich möchte Euch um Erlaubnis bitten, ihn heute Morgen nach Brecknock mitnehmen zu dürfen.« Der Gesichtsausdruck ihres Gastgebers blieb unergründlich, und sie fügte ernst hinzu: »Ich erachte es für wichtig, dass er versteht, wie im täglichen Leben Geschäfte gemacht werden. Eines Tages wird er, so Gott will, der Herr dieser Ländereien sein, und er muss wissen, wie man einen fairen Preis erzielt. Oh, ich weiß, er wird Berater haben, die diese Dinge für ihn erledigen, aber ...«

»Ich halte es für einen exzellenten Vorschlag«, unterbrach er sie.

»Wirklich, Sir?«, fragte sie und klatschte vor Begeisterung in die Hände.

»Brr, Mylady«, rief er lachend und umschloss ihre beiden Hände mit seiner großen Faust. »Lasst uns das in Ruhe besprechen. Mein Herr von Buckingham hat viele Feinde in Wales. Zweihundert Jahre sind vergangen, seit wir diese Täler erobert haben, aber die verfluchten Waliser nehmen es uns noch immer übel.« Aber die Bewohner von Brecknock würden doch einem Kind nichts antun? Die Stadt erschien Heloise nicht gefährlicher als eine englische Marktstadt.

»Dann sollten wir vielleicht verkleidet hingehen.«

»Wie einfache Leute?« Als er sah, dass sie es ernst meinte, vertiefte sich sein Stirnrunzeln. »Na ja, das könnte funktionieren ...« Er ging zum Fenster und blickte, die Hände in die Hüften gestützt, hinaus, während Heloise wartete. »Tut es«, sagte er schließlich. »Meinem Herrn, dem Herzog, wird es nicht gefallen, aber es wird Euch und dem kleinen Lord ja hoffentlich nichts geschehen. Ich gebe Euch zwei wackere Bogenschützen mit.«

»Nur wenn sie uns in diskreter Entfernung folgen.«

»Hm, eine gut aussehende Fremde wie Ihr wird Aufmerksamkeit erregen. Der Junge ist bisher wenig gesehen worden. So lange er den Mund hält …« Er zupfte an seinem Ohr, und jähe Zweifel malten sich auf seinen Zügen ab.

»O bitte, Sir William! Ich werde gut auf ihn aufpassen. Bitte lasst es mich tun, bevor Seine Gnaden wieder da ist.« Obwohl er ihr nur widerstrebend die Erlaubnis gab, drückte er ihr mit unverhoffter Großzügigkeit einen kleinen Beutel voller Geldstücke in die Hand.

Das erschrockene Kind bekam einen Wutanfall bei dem Vorschlag, zu Fuß in die Stadt zu gehen oder sich unter gewöhnliche Menschen zu begeben. Während die beiden Männer, die ihnen als Eskorte mitgegeben wurden, brummelten und mit den Füßen stampften wie zwei ungeduldige Pferde, brauchte Heloise fast eine Stunde, nicht nur, um den kleinen Lord zu überreden, einfache Kleider anzuziehen, sondern auch, um ihn dazu zu bringen, mit ihr die sichere Burg zu verlassen. Ned jammerte und quengelte auf der Treppe und zog sie an der Hand zurück, bis sie beinahe nachgegeben hätte. Dann, als sie den Burghof überquerten, hüpfte und sprang er boshaft, zerrte an ihrer Hand und warf sich mit seinem ganzen Gewicht auf ihren Arm.

»Ich bin kein Glockenseil! Der Sinn der Sache ist doch, unsere Verkleidung zu genießen.« Heloise zog ihn aus der Sicht der anderen in das Pförtnerhäuschen. »Sie werden merken, dass Ihr ein Edelmann seid, wenn Ihr Euch so aufführt.« Mürrische Augen betrachteten sie unter zusammengezogenen Brauen. Er hatte das Talent entwickelt, seine Augen unter den Oberlidern halb verschwinden zu lassen, und es gab ihm das Aussehen eines kleinen Wasserspeier-Dämons.

»Und wenn der Wind sich dreht, werde ich mein Leben lang so aussehen«, sang er gehässig.

»Was natürlich überhaupt nicht stimmt.« Heloise war für Ehrlichkeit, verriet ihre Prinzipien aber dann, indem sie sagte: »Ich werde Euch an einen Schmied verkaufen, wenn Ihr Euch nicht benehmt, und dann werdet Ihr den Rest Eures Lebens in einer drückend heißen Schmiede verbringen und auf Pferdehufen herumhämmern. Oder vielleicht gebe ich Euch bei einem Bettler in die Lehre. Mit Euren Engelslocken würdet Ihr sicherlich noch ein paar mehr Haferkörner bekommen.«

»Mein Vater lässt Euch aufhängen, wenn Ihr mich verkauft«, murmelte er.

»Pah, Euch würde ja sowieso niemand kaufen. Außerdem würde ich Euch vermissen.«

Er blickte zu ihr auf. »Wirklich?«

»Ja.« Wie einen kalten Wind. »Und jetzt seid Ihr einfach Ned, und ich bin Eure Mama. Aber dazu müssen wir uns duzen, wie ganz normale Leute, hörst du? Also, was meint du, Ned?« Er schmollte wie ein Wasserspeier. »Wenn wir unerwünschte Aufmerksamkeit erregen, könnten die Waliser uns entführen, dich in Ketten legen, um ein Lösegeld zu verlangen, und uns nichts als Lauch zu essen geben.«

Mit raschen Schritten führte sie ihn über die Stadtbrücke wie eine Hausfrau auf dem Weg zum Markt, und sie überholten einen Bauern und einen Waldarbeiter, der ein großes Bündel Feuerholz auf seinen Schultern trug. Es war beruhigend, zu wissen, dass die beiden Bogenschützen ihnen in einiger Entfernung folgten, aber Heloises Instinkt sagte ihr, dass das Kind nicht in Gefahr war, und es war schlicht und einfach wunderbar, den Mauern der Festung für eine Weile entronnen zu sein.

Sie hatte ihre Kleider mit Bedacht gewählt – ein schlichtes braunes Obergewand, das sie sich von einem der Dienstmädchen ausgeliehen hatte, und ein wadenlanger Umhang gegen die Kälte. Ihr Haar war unter einer schlichten Haube verborgen, und sie hatte einen Schleier darübergelegt und ihn wie einen Schal um ihren Hals gebunden. Die Börse mit Sir Williams Geld hing vorn an ihrem Gürtel, nicht an ihrer Hüfte, wo sie leicht hätte abgerissen oder abgeschnitten werden können. Lord Staffords Kleidung war eine schlichte Tunika, aber darunter trug er ein gefüttertes Wams, um sich warm zu halten.

Brecknock erwies sich bei näherer Bekanntschaft als quittenförmig. Ihm fehlte die unverwechselbare Hauptstraße, die viele seiner englischen Gegenstücke auszeichnete; stattdessen hatte es zwei kleinere Straßen, die zwischen den beiden Toren, Castle Gate und Watton Gate, verliefen. Heloise folgte dem Wagenverkehr die Sheep Street hinunter und fand den Markt, der ein bisschen abgelegen lag und von der Bothall und einer Kapelle beherrscht wurde. Dann geschah es; sie sah Flammen aus den Strohdächern und den geschwärzten Steinen schlagen.

»Komm!« Das Kind zog an ihrer Hand. »Was ist los? Du siehst ganz krank aus.«

Die Giebeldächer und Mauern nahmen wieder ihr normales Aussehen an; das Quieken eines Schweins, das nur wenige Meter weiter gebrandmarkt wurde, war unangenehm real. »Ich hatte das Gefühl ... möchtest du eine Kerze anzünden?«

»Puh, nicht schon wieder in die Messe.«

»Nein, aber eine Kerze anzuzünden wäre das Richtige, Ned. Dies wird eines Tages deine Stadt sein. Sieh mal, St. Mary's, das ist es doch? – hat keinen Turm. Vielleicht könntest du oder dein Vater den Leuten einen spenden. Lass uns hineingehen und sehen, wo du ihn bauen würdest. Du darfst mir deine Meinung dazu sagen.«

Ned sprach ein obligatorisches Gebet und inspizierte dann die Decke, während Heloise in einer der Bänke kniete. Sie sagte nichts zu der heiligen Katharina, weil sie das Gefühl hatte, die Heilige hätte ihre Gebete bereits zur Genüge gehört, doch sie bat den Schutzpatron von Brecknock, ein Feuerwehrbataillon bereit zu halten für den Tag, an dem ihre Vision wahr werden würde, und zündete eine Kerze für St. Miles von Padua an, damit er das Herz seines Namensvetters für sie erweichen würde. Der Nachteil war, dass der Heilige dafür bekannt war, Menschen zu helfen, etwas Verlorenes zu finden. »Bitte lass Rushden noch nicht zurückkehren«, betete sie.

Draußen vor der Kirche lehrte sie den kleinen Lord, die wahren Bedürftigen von den raffinierten Bettlern zu unterscheiden und bestand darauf, dass er einen Penny in die Bettelschale eines Mannes ohne Beine warf. Ned wollte die mit Lumpen bedeckten Beinstümpfe des armen Teufels untersuchen, um sicherzugehen, dass er kein Betrüger war, und Heloise musste ihn rasch zu einem Marktstand ziehen, der gebrannte Mandeln, süße Lakritzstangen und winzige Marzipanäpfel verkaufte. Sie versprach ihm nicht nur ein Zuckerschweinchen für den Heimweg, falls er sich benahm, sondern kaufte es, um ihre Aufrichtigkeit zu beweisen, und steckte es in das Retikül an ihrem Arm.

In der nächsten Stunde lehrte die neue Gouvernante den Sohn des Herzogs, um ein Tütchen Süßigkeiten für Sir William zu handeln und dann auch noch um ein Haarband für Bess. Der Marktplatz war ihr Klassenzimmer, und die Standbesitzer ihre Ladentische und Bauklötzchen. Die Wangen des Knaben wurden rot vom Südwind, aber seine Augen leuchteten von seinen Erlebnissen. Natürlich griff er mit einer Hand nach ihren Röcken und hielt sich eisern fest, als sie den Tanzbär sahen – ein so großes Tier, dass sogar Heloise gern jemanden gehabt hätte, um sich festzuhalten. Doch tapfer hielt sie dem fremdartigen Wesen ein Haferplätzchen hin und gewann sich damit Neds Bewunderung für ihren Mut. Sogar ihre Bogenschützen begannen den Ausflug zu genießen, insbesondere, als sie ihnen erlaubte, auf der Westseite des Marktes, wo die besseren Schänken und die wohlhabenderen Händler waren, einen Krug Bier zu trinken. Es gab hier viel zu sehen: Ein Feuerschlucker erschreckte die Kinder mit seinem flammenden Atem, und ein mit einem Schleier und einer spitzen Damenhaube herausgeputzter Hund sprang auf Befehl seines Herrn durch einen Reifen. Der Mann hatte auch einen Welpen, aber das Tier fürchtete sich vor der Menge und weigerte sich, aufzutreten. Beschämt über seinen Ungehorsam, schlug sein Besitzer es und verwirrte das arme Ding noch mehr.

»Hör auf damit!«, rief Heloise und nahm dem erstaunten Mann die Peitsche aus der Hand. »Es tut sein Bestes, es dir recht zu machen, du grausamer Flegel! Kannst du das nicht sehen?« Dann merkte sie, dass sie Aufmerksamkeit erregte. »Ach, was soll's, ich kaufe ihn dir ab.« Sie legte den Rest ihres Geldes in die gierige, schmutzbedeckte Hand. »Binde ihm Bess' Haarband um den Hals, Schätzchen«, forderte sie Lord Stafford auf.

Der Mund Seiner Gnaden von Buckingham stand offen, aber zum Glück tat der Kleine, was von ihm verlangt wurde, bevor der Hund entkommen konnte. Heloise legte ihn über ihre Schulter und scheuchte Ned in Windeseile aus der Menge. An einer Bank vor der Schänke hielt sie an, begrüßte die Bogenschützen, als wären sie alte Bekannte, und ließ den zappelnden kleinen Hund herab.

»Ihr seid mir was, Mylady«, murmelte der ältere Mann und bückte sich, um den Welpen seine Hand lecken zu lassen. Dann fütterte er ihn mit einem Stückchen seiner Fleischpastete.

»Darf ich das Hündchen haben?«, bettelte Ned und zerrte an Heloises Arm wie an einem Glockenseil.

»Aber du hast doch schon ein Zuckerschweinchen.«

»Oh, bitte, bitte!«

»Ich halte das für keine gute Idee, Ned«, antwortete sie ernst und setzte sich auf die Bank, um ihn auf ihren Schoß zu ziehen. Der Welpe begann sich über ihre Zehen herzumachen. »Ich glaube nämlich, sein Fell könnte Atemnot bei dir auslösen.«

Der Junge drehte sich um, setzte sich rittlings auf ihre Oberschenkel und schlang seine klebrigen Händchen um ihren Hals. »Bitte, Mylady. Ihr könnt das Zuckerschweinchen haben, aber bitte, bitte gebt mir doch den kleinen Hund.« Der Welpe spitzte die Ohren und schnappte nach Neds Fersen, aber der Junge lachte und ließ keinerlei Missfallen erkennen.

»Ich werde darüber nachdenken«, versprach Heloise feierlich. »Falls du in den nächsten zwei Tagen keinen Husten oder Schnupfen hast, bin ich bereit, es mir zu überlegen.«

Einer der Bogenschützen pfiff durch die Zähne und blickte mit ungläubigem Gesichtsausdruck zum Himmel auf. »Wollen wir wetten, Brian?«, fragte er seinen Kameraden leise, als der Junge von Heloises Schoß herunterglitt.

Da Heloise versprochen hatte, Ned lange vor dem Abendessen auf die Burg zurückzubringen, machten sie sich auf den Heimweg und schlenderten langsam die Hauptstraße hinauf, die östlich des Markts zur Burg hinaufführte. Heloise trug Ned. Brian, der ältere Bogenschütze, hatte ihr angeboten, das Kind zu nehmen, aber sie bestand darauf, dass die beiden Männer Abstand hielten. Ein Fehler, weil das Kind von Minute zu Minute schwerer wurde und der kleine Hund jaulte und ebenfalls getragen werden wollte.

Und da begannen Bürger vor ihr plötzlich zu fluchen und sich in die Hauseingänge zu drängen. Ein halbes Dutzend Reiter in wattierten Wämsern und kurzen Umhängen peitschten ihre Pferde die Straße hinunter, und Schlamm spritzte in alle Richtungen auf, als sie vorbeigaloppierten. Heloise fluchte ganz unverblümt, und einer der hintersten Reiter lachte laut.

»Hurensöhne!«, brüllte ihnen eine lispelnde Stimme nach, worauf ein antwortendes *»Saeson, y diawled«* aus der Menge ertönte und einige der Leute verächtlich auf die Pflastersteine spuckten. Die walisischen Zischlaute und die allgemeine Unruhe machten Heloise besorgt. Sie konnte den Ärger der Leute nachempfinden. Vielleicht waren die Reiter einheimische Rüpel wie die Vaughans, die in die Stadt gekommen waren, um sich zu betrinken und Streit zu suchen. Sie begann sich zu beeilen, und die Bogenschützen verringerten die Entfernung zwischen ihnen.

Die Reiter drehten eine schnelle Runde um die Stadt und mussten andere Reiter getroffen haben, die aus entgegengesetzter Richtung kamen, denn plötzlich war es ein ganzes Dutzend, das über die Sheep Street jagte. Heloise, die Ned noch immer in den Armen hielt, drückte sich an eine Wand, um es vorbeizulassen, aber der vorderste Mann schrie ihren beiden Bogenschützen etwas zu, brachte sein Pferd schlitternd vor ihr zum Stehen und versperrte ihr den Weg. Die anderen gesellten sich zu ihm und formten einen Halbkreis aus Leder und schweißbedeckten Pferden um sie. Ned erwachte und begann zu schreien vor Angst, als er sich von den schnaufenden Nüstern der erschöpften Pferde umringt sah. Bloß kein Problem jetzt, betete Heloise, um die Sicherheit des Kindes besorgt, nicht so, nicht mit halb Brecknock als Zuschauer und Neds Hund, der wie verrückt zu ihren Füßen jaulte. Aber die Männer, die sie umringten, sahen genauso verlegen und unbehaglich aus wie sie.

Sie wurde von den Bogenschützen abgeschnitten. Aber sie hätten es mit diesen bewaffneten Briganten ohnehin nicht aufnehmen können. Dann merkte sie, dass die Bewaffneten ein Abzeichen an ihren Wämsern trugen, einen losen gelben Knoten über ihrer Brust. Das Abzeichen, das die Bediensteten der Burg auf ihren schwarz-roten Tuniken trugen.

»Weg!«, schrie Ned. »Bringt die Pferde weg!«

Ein mit einer schwarzen Lederhose und einem kurzen Wams bekleideter Offizier, der zum Schutz gegen den Regen die Kapuze seines Umhangs über den Kopf gezogen hatte, drängte herrisch sein Pferd durch den Kreis der anderen. Heloise sah gerade noch die Amtskette über seinen Schultern, bevor seine behandschuhte Hand die graue Kapuze zurückschlug. Hochmütige Augen unter dunklen Brauen starrten einen Moment lang auf das Kind herab, dann wurden die Lippen des Mannes schmal vor Ärger. Großer Gott im Himmel, Miles Rushden! Heloises Herz sank; es war sinnlos, wie ein ängstlicher kleiner Vogel darauf zu warten, dass der Schatten dieses Habichts vorbeiflog. Aber während sie sich noch für den Moment der Wahrheit wappnete, warf Rushdens Ross den Kopf zurück, bleckte seine großen gelben Zähne, und Ned begann zu schreien wie ein Verrückter.

»Zurück!«, verlangte das Mädchen. »Könnt Ihr nicht sehen, dass Ihr ihn erschreckt?«

Sie hatten Harrys Jungen gefunden, Gott sei Dank, aber wo war die pflichtvergessene neue Gouvernante? Hatte sie den Erben des Herzogs leichtsinnigerweise in die Obhut eines Dienstmädchens gegeben, während sie tratschte oder ein bisschen hübschen Firlefanz einkaufte? Miles war nicht gefasst gewesen auf die Entdeckung, dass dieser schmuddelige, erschöpfte kleine Junge an der Brust des Mädchens Lord Edward Stafford war. Er kannte die andere Stimme, aber …

Miles löste den Blick von dem Knaben, erhob ihn zu dem unbedeckten Hals des Mädchens und war hingerissen von der aufgewühlten Schönheit und unerwarteten, bezaubernden Vertrautheit im Gesicht des Mädchens. Er legte einen Daumen und Zeigefinger an Augen, die zu viele Meilen gesehen hatten, und sah dann noch einmal hin. Es war *seine* Frau, die dort mit schlammbespritzten Röcken stand, den kleinen Lord Stafford auf den Armen und mit einem an ihrem Gürtel festgebundenen Mischlingshündchen.

Heloise hörte kaum, wie die Leute zu tuscheln begannen, als sie ihren Mann erkannten. Die Erde schien sich unter ihren Füßen zu bewegen, und nicht nur, weil die großen Hufe seines Pferds unruhig tänzelten. Von seinem Blick gefesselt, betete sie, atemlos und mit aller Kraft, die ihr noch blieb, dass er sie nicht erkennen möge, doch das Gesicht des Mannes hatte sich bereits verdüstert. Der Hengst protestierte, als er abrupt die Zügel fester anzog. Fassungslosigkeit, Abneigung und Ärger zeigten sich auf seinem Gesicht, und dann, als er sich an die wartenden, sie beobachtenden Soldaten erinnerte, setzte er eine beherrschte Miene auf und war wieder ihr Anführer.

»Sir.« Brian, der Bogenschütze, hatte sich mit der Schulter einen Weg gebahnt und stand nun an seinem Steigbügel wie ein Bittsteller. »Beruhigt Euch, Sir, es ist alles in Ordnung.«

Gar nichts ist in Ordnung, dachte Miles verstimmt, doch seine Männer warteten auf seine Befehle. »Nehmt den Hund!«, befahl er mit einer Kopfbewegung zu Heloise.

Heloise beobachtete, wie der Bogenschütze das Seil von ihrer Taille löste. Brian zwinkerte ihr verstohlen zu, um sie zu beruhigen, aber ihre ganze Aufmerksamkeit konzentrierte sich auf Rushdens Ärger. Sie dankte Gott, dass sie Publikum hatten; er konnte sie doch vor all den Leuten nicht beschimpfen – oder?

»Lady Haute?« Spöttisch zog er eine Braue hoch, und ein Lächeln, das nicht tiefer ging als die Bartstoppeln auf seinen Wangen, sagte ihr, dass sie nie weniger wie eine Adlige ausgesehen hatte.

»Der Schlamm ist von den Hufen Eurer Pferde, Sir Miles«, gab sie zurück und begriff erst dann die Ungeheuerlichkeit dessen, was sie da gerade gesagt hatte. Mit einigen wenigen Worten der Verteidigung hatte sie seinen Spott in Anerkennung verwandelt und ihn vor den Staffordschen Soldaten und der Stadtbevölkerung zum Komplizen ihres falschen Spiels gemacht. Er schnappte nach Luft und kniff die Lippen zusammen, und nur sie konnte erraten, wie sehr er mit sich kämpfte, um seine Wut zu bändigen.

Gott stehe ihr bei, so hatte sie sich ihre Begegnung mit

Miles Rushden wirklich nicht vorgestellt. Sie hatte gedacht, sie bekäme Gelegenheit, unter vier Augen mit ihm zu reden, eine Chance, ihm ihre Lage zu erklären und sein Verständnis zu wecken, bevor sie wagen durfte, ihn um Hilfe, Rat oder was immer er auch zu geben bereit sein mochte, zu bitten. Doch jetzt konnte sie ihn nur betroffen anstarren.

Das große Pferd, das er ritt, tänzelte nervös, offenbar begierig, heimzukehren, und musste wieder gewendet werden, aber es gab seinem Reiter eine Chance, seinem Ärger Luft zu machen, und einer der kräftigeren Soldaten brach das Schweigen und hüstelte amüsiert, als er seinen Anführer unterlegen sah. Eine Frau in der Menge kicherte, und ein Stein traf das Pferd an den Hinterbeinen.

Miles' Gesichtsausdruck wurde noch angespannter, und seine Soldaten fuhren mit drohenden Blicken auf die Stadtleute herum. Die nächststehenden Zuschauer wichen zurück.

Hexe! Der Teufel hole ihn, aber er hatte keinen blassen Schimmer, wie er sich verhalten sollte. Wie konnte sie es wagen, dazustehen, schön trotz ihres schäbigen, schlecht sitzenden Kleids, mit Harrys Sohn in ihren Armen? Diese hinterhältige, habgierige Füchsin! Ihn bis nach Brecknock zu verfolgen! Was wollte sie, Geld, damit sie ihren Mund hielt? Ihr Vater hatte doch sicher schon mehr Gold als Midas? Was dann? Eine öffentliche Anerkennung, dass sie jetzt seine Gattin war? Aber warum der falsche Name? Es war doch bestimmt die Königin gewesen, die Lady Haute empfohlen hatte? Welches Spiel trieb sie? Er starrte sie ratlos an, und als ihm bewusst wurde, dass sie ein Schauspiel boten, grüßte er rasch den schmuddeligen Erben des Herzogs von Buckingham.

»Ich wünsche Euch einen guten Tag, Mylord. Seine Gnaden Euer Vater ist zurückgekehrt und wünscht Euch zu sehen. Kommt!« Er bedeutete Ned mit einer Handbewegung, vor ihm aufzusitzen, aber das verflixte Kind wich zurück und duckte sich ängstlich vor den ungeduldigen Pferdehufen.

»Ich nehme ihn.« Sir William Knyvett, mit hochrotem Gesicht und überhaupt nicht zum Reiten angezogen, trieb sein Pferd in den Kreis. »Es ist nichts passiert, Rushden«, verkündete er, aber es war mehr als offensichtlich, dass er damit nur sich selbst beruhigen wollte. Nichts passiert! Der Erbe des Herzogs von Buckingham gewandet wie der Bastard eines Kesselflickers? Und seine Ehefrau für eine Nacht hier in Brecknock, um ihre Rechte einzufordern? Nichts passiert?

Sir Williams Ankunft holte Mistress Ballaster aus ihrer Benommenheit, und ihre Gerissenheit kehrte zurück.

»Nein, natürlich nicht. Ihr könnt ganz beruhigt sein, was das betrifft, Sir Miles«, sagte sie mit einem so honigsüßen Lächeln, dass ein Mann daran ersticken konnte. Gott verzeihe ihr! Dann verneigte diese scheinheilige Dirne sich so anmutig vor ihm, als wären sie in Westminster oder in Eltham. Dann schaute sie wieder zu ihm auf, doch statt herausfordernd oder gar flehentlich bittend blickten die Augen des Mädchens völlig arglos. Hol sie der Teufel, was für eine Schauspielerin! Kein Wunder, dass sie bereits Sir William dazu gebracht hatte, sie einzustellen. Miles war so sprachlos, dass sie es war, die dem Bogenschützen zunickte, ihr mit dem Jungen zu helfen.

»Kommt, Mylord.« Der Mann nahm ihr das Kind, das sich nicht wehrte, ab und hob es auf Knyvetts Sattel, wo der Kleine sich zufrieden an Sir William lehnte und Miles mit bösen Blicken maß.

»Darf ich es Euch überlassen, Lady Haute zurückzubringen, Rushden? *Rushden*!«

»Es wird mir ein Vergnügen sein, Sir William«, antwortete Miles gefühlvoll und wandte sich mit einem viel sagenden Blick zu seiner Gattin um.

9

Heloise hatte ebenso wenig vor, mit Rushden zurückzureiten, wie einen Besenstiel zu besteigen. Sie ignorierte seinen Arm, als er ihn ihr reichte. »Danke, Sir Miles, aber ich möchte Euren Sattel nicht beschmutzen. Es ist nicht weit, ich würde lieber zu Fuß zur Burg zurückkehren.«

»Oh, das glaube ich Euch gern, dass Ihr das wollt.« Er schwenkte die behandschuhte Hand drohend. »Aber Ihr werdet mit mir zurückreiten, Mylady.« Seine gefährlich leise Stimme ließ ihr keinen Ausweg. Er hob seinen bestiefelten Fuß, um ihr Aufstieghilfe zu geben. Im Stillen fluchend, dass sie noch immer ein Schauspiel boten, setzte Heloise widerstrebend ihren linken Fuß auf seinen und nahm die angebotene Hand. Seine Hände, fest und entschieden um ihre Taille, setzten sie vor ihn in den Sattel, und dann stieß er seinem Pferd die Knie in die Flanken. Die Leute zogen sich zurück, schweigend und nach außen hin respektvoll, um sie vorbeizulassen. Seine Männer folgten. Ein junger Bursche in der Menge brüllte irgendetwas, ein anderer johlte höhnisch, und wieder hörte Heloise Zischlaute, die sie nicht verstand.

Sie biss sich auf die Lippe und saß so steif, wie sie nur konnte, um zu vermeiden, dass irgendwelche Körperteile von ihr Rushden berührten, aber die Zügel und Arme, die sie umschlangen, kamen ihr beunruhigend nahe. Die Erinnerung an jene beschämende Nacht auf Bramley kam ihr nur allzu lebhaft wieder in den Sinn. Sie hatte sich ein förmlicheres Wiedersehen mit ihm vorgestellt und nicht diese erzwungene Intimität mit seinen Ellbogen an ihren Brüsten und seinem Atem an ihrer Wange.

»Und Lady Haute?«, murmelte Rushden höhnisch, aber so leise, dass nur Heloise es hören konnte. »Was habt Ihr mit ihr angestellt? Sie eigenhändig irgendwo im Schnee begraben?«

»Nein, sie – Herrgott, passt auf!«

Seine eigene Dummheit verfluchend, lenkte Miles sein Pferd an einem Schankhauspfahl vorbei. Einer der Soldaten hinter ihnen lachte über seine Unaufmerksamkeit. Nein, dies war nicht der richtige Moment, die Angelegenheit zu regeln, aber später würde es ein Vergnügen sein! Bewusst schürte er seinen Ärger noch ein wenig mehr und dachte an die letzte Demütigung jener erzwungenen Hochzeitsnacht – auf bloßen Füßen über die schneebedeckten Felder zu fliehen, an der Tür eines Priesters in Oakton anzuklopfen und sich bibbernd vor Kälte Kleider von dem Pfarrer leihen zu müssen, um zum Hause seines Vaters zurückkehren zu können. Es war allein Gottes Gnade zu verdanken, dass er nicht erfroren war.

»Habt keine Furcht«, sagte die Frau im Sattel vor ihm, als verstünde sie die widersprüchlichen Gefühle, die ihn quälten. »Sie wissen nicht, dass ich ich bin.«

Diese obskure weibliche Erklärung besänftigte ihn ganz und gar nicht. »Nein, bei Gott, aber ich weiß es! Glaubt mir, wenn ich mit Euch fertig bin, Mistress«, stieß er zwischen zusammengebissenen Zähnen hervor, »werdet Ihr wünschen, Ihr wärt nie geboren.«

»Ich nehme an, Ihr wollt Euer Pferd zurückhaben.«

Er war zu aufgebracht, um richtig zuzuhören. »Hols die

Pest, Mistress! Ich will Euch ein für alle Mal aus meinen Augen und aus meinem Leben haben!«

»Aber …«

»Ich werde mich schon noch mit Euch befassen, Madame!« Er trieb das Pferd die Straße zur Burg hinauf, um ihr klar zu machen, was er meinte.

Das dümmliche, zuckersüße Grinsen, mit dem der Pförtner ›Lady Haute‹ begrüßte, als sie über die Zugbrücke galoppierten, genügte, um einem Mann den Magen umzudrehen. Fluchend zügelte Miles sein Pferd neben Knyvett in dem belebten Burghof und stellte angewidert fest, dass auch der Stallbursche, der herbeigelaufen kam, um ihm die Zügel abzunehmen, Mistress Ballaster anlächelte, als hätte sie ihm eine Livree zuteil werden lassen. Hatte die Schlampe denn jeden Mann hier auf der Burg verhext? Als er absaß, trat merklich Stille auf dem Burghof ein. Herrgott noch mal! Gerade als er dachte, er habe genügend Meilen zwischen sich und Heloise Ballaster gelegt, gaffte Harrys halbes Gefolge sie jetzt auf dem Burghof an.

»Habt Ihr Euch eine Amme besorgt, Sir?«, scherzte jemand.

Miles gab dem Mann ein unzweideutiges Zeichen mit zwei Fingern und wandte sich ab, um sich um seine Mitreiterin zu kümmern. Seine schlammbespritzte Ehefrau hatte noch keinen Versuch gemacht, vom Pferd zu steigen. Tatsächlich schien sie sogar sehr verwundert über all die Karren und Packpferde, die um sie herum abgeladen wurden, und die Röte auf ihren Wangen und ihrer Kehle verriet, dass sie sich schämte. Ihm blieb nichts anderes übrig, als seine Hände um ihre Taille zu legen und Gleichgültigkeit vorzutäuschen, als er sie aus dem Sattel hob. Seine Hände hielten sie jedoch länger, als nötig gewesen wäre. Für einen Moment lang schwankte sie bedrohlich wie ein sich verlangsamender Kreisel, bevor sie sich fasste und sich ihm rasch entzog, um Knyvett den schlafenden Knaben abzunehmen.

»Ihr bringt Rushden zu Bett, Mylady?«, johlte irgendwo ein Scherzbold.

Miles lachte, aber in Wahrheit hätte er sein Hexenweib erwürgen können. Sie war nicht nur eine Schande für ihren Stand, so wie sie gekleidet war, sondern das herzförmige Gesicht und das Blag an ihrer Brust verliehen ihr eine madonnenhafte Reinheit, die dieses scheinheilige Stück beim besten Willen nicht verdiente. Es hätte Sioned sein müssen, die dort stand, mit ihrem kleinen Jungen in den Armen.

»Habt Ihr ihr Angst gemacht, Rushden?« Knyvett strich mit dem Daumen über eine getrocknete Träne im schmutzigen Gesicht dieser elenden Kreatur und kniff sie in die Wange wie ein seniler Alter. »Wenn Ihr etwas auszusetzen habt, dann wendet Euch an mich. Ich habe ihr die Erlaubnis gegeben.«

Miles streifte seine langen Handschuhe ab. »Das überlasse ich Eurem Gewissen, Knyvett.«

»Es ist nichts passiert, Rushden.«

»Nicht aus Mangel an Gelegenheit, scheint mir.« Absichtlich vertrat er Mistress Ballaster den Weg, hauptsächlich, weil er schwierig sein wollte und es ihm wie eine gute vorübergehende Maßnahme erschien, seinen Ärger unter Kontrolle zu halten.

»Wo ist mein Hündchen?«, fragte der Junge übellaunig, als er den Kopf von der Brust des Mädchens hob, und der hoch gewachsene Bogenschütze erschien wie ein gehorsamer Schäferhund, um die provisorische Leine des Hundes in die klebrige kleine Faust zu legen.

»Ich bitte die Herren um Verzeihung«, warf Heloise außer Atem ein, »ich … ich muss Lord Stafford baden lassen.« Bevor sein Vater ihn so sah! Außerdem wollte sie der gaffenden Menge um sie herum entkommen. Nicht nur, weil Rushden entschlossen schien, ihr Vorhaltungen zu machen, sondern auch, weil Brecknock ihr plötzlich sehr fremd erschien mit all diesen unbekannten Menschen hier. Und sie war todmüde. Ned schien mit jedem Schritt schwerer zu werden, als sie um die Fässer und die Truhen herumging und Zuflucht suchte, wo die Habichte, die diese fremde Welt regierten, sich nicht auf sie stürzen konnten.

»Lady Haute!«

Eine neue Stimme sprach sie an, bevor sie auch nur ein paar Schritte getan hatte. Das Klirren von Sporen wurde lauter. Sie verhielt den Schritt und wandte sich um.

Eine Fülle von Sommersprossen, unter denen die milchweiße Haut darunter beinahe nicht mehr zu erkennen war, bedeckte das gut aussehende Gesicht des jungen Mannes, der ihr gefolgt war. Sein Haar, das die Farbe von Muskatblüten besaß, war glatt zurückgekämmt aus einer hohen Stirn und im Nacken mit einem Lederband befestigt. Schneeweiße Seide spähte aus geschlitzten Samtärmeln heraus, und kostbare Stickereien, die goldene Knoten darstellten, bedeckten vorne auf der Brust sein Wams. Blaue Augen glitzerten von einem quecksilbrigen Schalk, der den Mann schwer zu durchschauen machte.

»Das kann doch unmöglich mein Sohn sein?« Dieser Herzog besaß nicht die ruhige Autorität Richards von Gloucester, aber sein Ton verriet die anmaßende Freiheit hohen Standes. Wahrscheinlich erwartete er, dass sie sich geschmeichelt fühlte von seinem Interesse, aber Heloise war des kalten Winds, des nicht endenden Regens, der Männer und der Väter im Besonderen langsam überdrüssig. Obwohl Miles Rushden ihr ein wenig Angst machte, flößten seine Ranghöheren ihr keine Ehrfurcht ein. Das Leben in Mylord Gloucesters Haushalt hatte sie von solchen Hemmungen kuriert.

»Ist das mein Sohn?«, wiederholte er.

»Ich nehme an, dass er es ist«, erwiderte Heloise eine Spur gereizt und errötete, als ihr bewusst wurde, dass sie gerade die Vaterschaft des Herzogs von Buckingham und die Tugend der Schwester der Königin in Frage gestellt hatte. »Ich meine, wenn Ihr Mylord Buckingham seid, dann ...«

Der Herzog verzog keine Miene; er hatte offenbar gelernt, seine Emotionen nicht zu zeigen. Er blickte sich über die Schulter um, weil er wusste, dass sie beobachtet wurden: »Die Dame fragt, ob ich Buckingham bin?« Sein Blick wählte erstaunlicherweise ihren Ehemann aus, aber der Rest des Staffordschen Gefolges, der in seinen Beschäftigungen innegehalten hatte, war eingeladen, ihre Schmach mitanzusehen.

Rushden entfernte sich von seinen Männern, sein Auftreten so entschlossen wie das eines Jägers. Mit sinkendem Herzen erkannte Heloise, dass die wahre Konfrontation, die demütigende Demaskierung, von der sie gehofft hatte, dass sie unter anderen Umständen stattfinden würde, ihr unmittelbar bevorstand.

Miles verhielt den Schritt und wartete noch etwas damit, seine unerwünschte Frau als berechnendes, gewinnsüchtiges Flittchen zu bezeichnen. Was in aller Welt nur mochte Harry von ihr halten? Unglaublich, aber trotz des getrockneten Schlamms an ihrem Rocksaum und den Honigflecken auf ihrem Mieder betrachtete der sonst so pingelige Herzog von

Buckingham Mistress Ballaster mit der Gerissenheit eines Pferdehändlers, der ein gutes Geschäft vor Augen hat.

Eine ganz und gar unvernünftige Eifersucht erfasste Miles; Heloise Ballaster gehörte ihm, er konnte mit ihr verfahren, wie es ihm beliebte, und Harry sollte sich weder einmischen noch Interesse an ihr zeigen, bis er entschieden hatte, wie er sie loswerden konnte, ohne die Burg als Publikum zu haben.

»Bin ich der Herzog, Miles?«

»Ja, Euer Gnaden, Ihr seid der Sohn Eurer Frau Mutter.«

Harry wandte den Kopf bei der plötzlichen Förmlichkeit in der Stimme seines Freundes. »Wie beruhigend.« Mit einem kühlen Lächeln, das dem Mädchen weitere Gespräche verhieß, wandte sich der Herzog auf dem Absatz um und schlenderte davon.

Heloise ließ leise ihren Atem aus, und da der Burghof noch immer voller Leute war, überwand sie sich dazu, ihrem mächtigen Feind offen ins Gesicht zu sehen. Sie war müde und ernüchtert, und ihr Mut begann sie zu verlassen, als ihr die Wahrheit zu Bewusstsein kam. Miles Rushden hatte nicht geprahlt auf Bramley; er war tatsächlich ein guter Freund und Handlanger des Herzogs von Buckingham. Ned kam ihr zu Hilfe. Er schlang die Arme um sie, um ihre Aufmerksamkeit zu erregen, und ein Ausdruck des Schmerzes, ja sogar der Abneigung, huschte für einen winzigen Moment über Rushdens Gesicht.

»Ihr werdet später für Eure Handlungen zur Rechenschaft gezogen werden, Madame«, informierte er sie kalt und schickte sie mit einer Handbewegung weg. Nun, auch Frauen konnten solchen Hochmut zeigen, und mit einem knappen Nicken hob sie das Kind ein wenig höher und begann sich hoch erhobenen Kopfes zu entfernen. Leider wählte der Hund, dessen Leine noch immer an Neds Handgelenk befestigt war, ausgerechnet diesen Augenblick, um ein dampfendes Häufchen auf die Pflastersteine zu setzen. Rushden, dem Himmel sei Dank, hatte bereits die Stufen zum Burgsaal erreicht und sah es nicht.

Aber die Soldaten in der Nähe brachen in schallendes Gelächter aus. In jedem anderen Moment hätte Heloise belustigt mit den Schultern gezuckt; aber nun hastete sie auf das nächste Schlupfloch zu. Peinlicherweise stellte es sich als Eingang zur Wachstube der Garnison heraus, und zwei Soldaten, die tratschend auf dem Gang standen, gafften sie verwundert an und begannen dann anzüglich zu grinsen, aber der alte Brian war ihr taktvoll aus dem Hof gefolgt. Lachend nahm er ihr den Knaben wieder ab und begleitete sie zu ihren Gemächern, als wäre sie diejenige, die ein Kindermädchen brauchte.

Bess, Gott segne sie, hatte ein Feuer in den Kinderzimmern angezündet, und ein kleiner Kessel Wasser dampfte über den glühenden Kohlen. Die Tür zu Heloises Schlafzimmer war freundlicherweise geöffnet worden, so dass es auch dort gemütlich warm war. Wie wundervoll, Ned Bess' tüchtigen Händen übergeben zu können! Müde und froh, endlich allein zu sein, kroch Heloise ins Bett und weinte leise in ihr Kissen. Sie musste vorübergehend eingeschlafen sein, denn sie träumte von einem großen Mann, der angelte und lachte, während graue Wolken über ihm sich zu einem kochenden Miasma zusammenzogen, bevor eine winzige Hand ihre Schulter berührte.

»Mistress Bess hat einen Krug heißes Wasser für Euch ans Bett gestellt. Ich hatte schon mein Bad.« Der Knabe schloss die Tür.

Langsam raffte sie sich auf und nahm ihr Haarnetz ab, stellte den Krug auf den Boden und ärgerte sich, dass sie das Wasser hatte abkühlen lassen.

»Warum ist Euer Haar silbern?«, fragte Ned, der im unpassendsten Moment zurückkam.

Triefend vor Seifenlauge, strich Heloise ihr langes Haar zurück und betrachtete das inzwischen saubere Kind ihr gegenüber. Es war schwer, ein intelligentes Gespräch zu führen, wenn man mit dem Kopf nach unten vor einer Schüssel hockte. Ned wiederholte seine Frage, falls sie Wasser in den Ohren hatte.

Heloise seufzte, wrang ihr Haar aus und wickelte sich ein Flanelltuch um den Kopf.

»Ja, Ned, es ist silbern und anders als Euer Haar und das von Bess. Habt Ihr schon bemerkt, dass die Leute Angst haben vor dem, was anders ist?«

»Wie vor meinem Vater, weil er ein Herzog ist? Oder Benet, weil er schielt?«

»Genau. Und weil mein Haar diese Farbe annahm, als ich noch ein junges Mädchen war, befürchten die Leute, ich könnte zum Volk der Kobolde gehören.«

»Ich hätte gern eine *dewines* oder eine der *tylwyth teg* als Gouvernante.« Er legte die Stirn in Falten und lächelte beinahe flehentlich.

»Nein.« Heloise schüttelte den Kopf. Sie konnte ihm nichts von ihren unerwünschten, beängstigenden Visionen erzählen.

»Oooh, meint Ihr, Ihr könntet ein Wechselbalg sein und es gar nicht wissen? Ich wünschte, ich wäre einer, dann könnte ich nachts Unfug anstellen, die Milch sauer machen und Leute erschrecken.« Er berührte ihr feuchtes Haar. »Es fühlt sich genauso an wie meins.«

Sie küsste ihre Fingerspitzen und berührte mit ihnen seine kleine Nase. »Kann das unser Geheimnis bleiben, Schätzchen? Ich möchte nicht, dass die Leute es erfahren, und wenn, dann nur die, die ich gern habe.«

»Und mich habt Ihr gern? Ich habe keine Angst vor Eurem Haar.«

»Das freut mich, und ich glaube ja, ich habe Euch gern, mein kleiner Lord.«

Schmale Ärmchen schlangen sich um ihren Hals und strichen ihr feuchtes Haar hinter ihre Ohren. »Danke, dass Ihr mit mir in die Stadt gegangen seid. Wird man Euch nun dafür schlagen?«

»Nein«, entgegnete sie fest. »Was meint Ihr, mein kleiner Lord, wollen wir heute im Kinderzimmer zu Abend essen?«

Seine müde Gouvernante hatte ihn schon halbwegs überredet, sein gebuttertes Lauchgemüse aufzuessen, während sie ihm die Geschichte der *Loathly Lady* und *Sir Gawaine* erzählte, als Bess anklopfte, um sie zu informieren, dass Seine Gnaden der Herzog sie beide vor dem Abendessen zu sehen wünschte. Um zusammengestaucht zu werden, zweifelsohne. Heloise kam sich vor wie ein hilfloses Kaninchen und fragte sich, wer sich nun als ihr größter Feind erweisen mochte, der fuchshaarige Herzog oder sein herzloser Schatten.

Das Obergewand aus lavendelfarbenem Damast war elegant, aber nicht zu auffallend, hoffte Heloise, als sie die dazu passende Haube über ihre unter dem Netz versteckten Zöpfe zog und das Drahtgeflecht befestigte, das ihren Schleier hielt. Nach einem Blick in ihren silbernen Spiegel dachte sie, dass das tief ausgeschnittene Kleid mit der dezenten

Seideneinlage über ihren Brüsten bestimmt nicht von Koketterie zeugte oder Ambitionen, die über ihren Stand hinausgingen. Nachdem sie den Herzog verärgert hatte, wollte sie auf keinen Fall auch noch die Herzogin beleidigen. Wenn sie den heutigen Abend nur überlebte. Mit einem tiefen Atemzug straffte sie ihre Schultern und machte sich auf den Weg zum Burgsaal.

Eine erstaunliche Veränderung hatte stattgefunden. Jetzt, wo der Herzog mit seinem Gefolge zurückgekehrt war, war der große Burgsaal fast ebenso prunkvoll ausgestattet wie der in Middleham. Unzählige Kerzen und Öllampen spendeten Licht, dicke Scheite brannten im zentralen Kamin, Gobelins und Bildteppiche hingen an den Wänden, und ein elegant gefaltetes weißes Tuch bedeckte die Tafel auf dem Podium. Ein goldener Salzstreuer in Form einer Seejungfrau stand vor den silbernen Platten, die vor den herzöglichen Plätzen angerichtet waren. Die langen Tische für Personen niedrigeren Standes waren bereits mit Tüchern bedeckt, auf denen, wie es in Haushalten großer Herren üblich war, in gewissen Abständen Brotlaibe lagen, ein jeder ausreichend für vier Personen. Der köstliche Duft gebratenen Fleischs vermischte sich mit dem würzigen Aroma des Kiefernholzes im Kamin.

Der Haushofmeister teilte Rittern und Bewaffneten ihre Plätze zu, aber nirgendwo war eine Edelfrau zu sehen.

»Lady Haute?« Der Kämmerer des Herzogs, Sir Nicholas Latimer, stellte sich vor. »Von nun an werdet Ihr hier sitzen.« Er deutete mit seinem Amtsstab auf einen Platz nicht weit entfernt vom Podium. »Aber Seine Gnaden wünscht Euch zuerst im großen Schlafgemach zu sprechen.«

Neugierige Gesichter beobachteten, wie sie durch die Halle geführt wurde und dann die Stufen hinter dem

Podium hinauf. Sie hatte gehofft, nicht als das schmuddelige Kindermädchen vom Nachmittag wiedererkannt zu werden, aber einer der Knappen kicherte und sagte: »Wuff!«, und ein Ritter zwinkerte ihr zu und knurrte wie ein Hund.

Eigentlich hätten sich ihr die Nackenhaare sträuben müssen. Seine Gnaden von Buckingham, seine Füße in den Lederpantoffeln achtlos auf einem kleinen Tisch, hatte bereits eine weinende Bess gemaßregelt und war eingestellt wie eine Armbrust, auch in die Selbstachtung seines nächsten Opfers Bolzen zu verschießen. Die jüngere Frau stand mit hängenden Schultern vor ihm wie eine Büßerin, mit Tränen in den Augen und die Hände ehrfurchtsvoll gefaltet. Auch Sir William war da, stand ein bisschen abseits vor dem Fenster und kehrte dem Herzog eingeschnappt den Rücken zu. Hatte Seine Gnaden auch ihn gescholten, oder war es die Hitze des Feuers, die die Wangen des alten Manns gerötet hatte?

»Lady Haute.« Das klang spöttisch. Beringte Finger wiesen Bess an, beiseite zu treten und der neuen Gefangenen Platz zu machen. Wenn dies Middleham gewesen wäre, hätte Seine Gnaden von Gloucester höflich Heloises Hand genommen; dieser Herzog hier blieb jedoch sitzen. Sie machte einen Knicks; es war einer ihrer besten und vollkommen verschwendet, da er ihn nicht beachtete.

»Ihr seid jünger, als wir erwartet hatten.«

»Ich habe genug graue Haare, falls Ihr nichts dagegen habt, Euer Gnaden.«

Buckingham verzog keine Miene angesichts ihrer Impertinenz, erhob sich aber gereizt, verschränkte die Hände auf dem Rücken und schlenderte zum Kamin hinüber. Er hat etwas von einem Spieler, dachte Heloise, und fragte sich, wie lange er sie wohl in unterwürfiger Beklommenheit zittern lassen wollte, bevor er ihr den Todesstoß versetzte. »Ich glaube allerdings, dass ich eine zufrieden stellende Verständigung mit Eurem Sohn erreicht habe, Mylord«, bemerkte sie so unbekümmert wie nur möglich.

»Eine zufrieden stellende Verständigung«, echote er bissig und fuhr zu ihr herum, um sie anzusehen. Heloise wartete auf die Standpauke, und sie kam zu einem hervorragend gewählten Zeitpunkt. »Meinen Sohn mitzunehmen, wo die Gefahr von Infektion besteht!« Er ließ es in ihr Bewusstsein dringen und fuhr in kühlem Tonfall fort: »Gutes Geld für Firlefanz und einen verlausten Köter zu verschwenden, obwohl es auf unserer Burg bereits von Welpen nur so wimmelt!«

»Das mag wahr sein, Euer Gnaden«, konterte sie, »aber Lord Stafford ist nicht ein einziges Mal in Atemnot geraten auf dem Markt, und Bess hat den kleinen Hund gründlich gebadet und all seine Flöhe ausgekämmt. Hat Ned noch nicht mit Euch gesprochen? Er konnte es kaum erwarten, Euch von dem Schwertschlucker zu erzählen.«

Ein rascher Seitenblick erreichte sie; Sir William sog die Wangen ein und gab ein plötzliches künstlerisches Interesse an den vergoldeten Deckenbalken zu erkennen.

»Schwertschlucker!« Buckingham verschränkte die Arme vor der Brust, vermutlich mit der Absicht, Heloise einzuschüchtern. »Kann es sein, dass Ihr mir zu sagen versucht, was ich zu tun habe?«

»Ja, Euer Gnaden.« Nachdem Heloise sich zu einem weiteren Knicks durchgerungen hatte, erhob sie kühn den Blick zu ihm und stellte fest, dass er sie gar nicht ansah.

»Was sagt Ihr dazu, Miles? Soll ich die Dame in unserem besten Verlies anketten, mit einem Dutzend Ratten zur Gesellschaft?«

Ihr Mann betrat den Raum und streifte ihre Röcke, als er an ihr vorbeiging. Der schlichte Schnitt seines schmucklosen grauen Wamses ließ Buckinghams unruhige Brokat- und Glitzerknöpfe als reichlich übertrieben erscheinen. »O ja, so viele, wie sie will«, antwortete Rushden trocken und hockte sich so auf den Rand des Tischs, dass einer seiner eleganten Zaddelärmel beinahe seine Knie berührte.

»Ratten haben auch Gefühle, Euer Gnaden«, entgegnete Heloise leichtsinnig und erhob sich ungebeten. »Müsst Ihr sie deshalb auch bestrafen?«

Aber die Belustigung des Herzogs war nur kurzlebig. »Herrgott noch mal, Mylady, erwartet Ihr im Ernst von mir, meinen Sohn Eurer aufrührerischen Obhut anzuvertrauen? Ihr würdet ihn noch dazu bringen, sich zu wünschen, er wäre ein dummer Pflüger.«

Heloise schüttelte den Kopf. »Ich hatte tatsächlich schon überlegt, ob Pflügen ihn für eine halbe Stunde oder so beschäftigen würde, aber Ihr habt Recht, ich glaube nicht, dass das eine gute Idee wäre.«

»Pflügen«, echote Seine Gnaden doppelsinnig und wechselte einen Blick mit Rushden. Die Wangen einziehend, wandte er sich wieder dem Feuer zu und ließ Heloise im Ungewissen, ob er einlenkte, sie verurteilte oder sie nur auslachte. Und es brachte sie auch beinahe Nase an Nase mit ihrem rätselhaften Ehemann.

Warum hatte er sie nicht denunziert? Weil er Angst hatte, Traveller zu verlieren? Oder befürchtete er, sie könnte dem Herzog von ihrer Eheschließung erzählen? Sie blickte ihn mit hochgezogener Augenbraue an, wie ihm zu verstehen zu geben, *wenn du mir eine Schlinge um den Hals legen willst, dann beeil dich lieber*, doch Miles Rushden sah sie gar nicht an wie ein Straßenräuber, der es kaum erwarten konnte, sie zu überfallen. Verwirrung spiegelte sich in seinen kühlen grauen Augen wider, als bemühte er sich, aus ihr schlau zu werden und Beweise zu finden, dass sie eine Schlampe war. Er hatte sie noch nicht als Edelfrau gekleidet gesehen – aber dann erinnerte sie sich an ihr Hochzeitskleid und spürte, wie das Blut ihr in die Wangen stieg. Sein Kinn hob sich triumphierend, als hätte er Blut gerochen, und sie trat abrupt zurück, weil sie nicht nur seine träge Feindseligkeit spürte. Ihre Augen verfluchten ihn, aber das Moschusparfüm, das er trug, weckte ihre Sinne, als er den Blick langsam von ihren Füßen höher gleiten ließ, wie eine Hand, die einen sinnlichen Pfad ertastete und sie berührte, ohne sie tatsächlich zu berühren. Sie wartete schon, als er ihre Lippen erreichte, und ihr Körper regte sich auf unverzeihliche Art und Weise bei dem Spielchen, das er mit ihr trieb, um sie zu kränken.

Der Herzog wandte sich wieder um und strich sich mit den Fingern über sein glatt rasiertes Kinn. »Für dieses Mal sei Euch verziehen, Mylady. Anscheinend hatten Sir William und das Kindermädchen meine Anordnungen nicht klar genug zum Ausdruck gebracht.«

Bess ließ den Kopf hängen, und Heloise streckte die Hände aus und zog sie an sich, aber Buckingham blieb unbeeindruckt von dieser Zurschaustellung weiblicher Eintracht. »Miles, um Himmels willen, findet einen Weg, diesen törichten Geschöpfen klar zu machen, dass zu unser aller Sicherheit gewisse Vorschriften beachtet werden müssen. Lasst uns eins klarstellen, Mylady. Ihr seid nicht befugt, meinen Sohn ohne meine Genehmigung aus der Burg zu entfernen. Ohne meine oder Lord Rushdens.« Mit seiner beringten Hand klopfte er Miles auf die Schulter. »Begreift Ihr das, Madame? Ihr habt meinen Sohn in beträchtliche

Gefahr gebracht, als Ihr ihn nach Brecknock mitgenommen habt. Ist das nicht so, Knyvett?«

Der ältere Mann hüstelte und nickte. »Aye, es war nicht klug von mir, es zu erlauben. Diese vermaledeiten Waliser!«

Hing das nicht davon ab, wie die Waliser behandelt wurden?

»Ich versichere Euer Gnaden, dass die englischen und walisischen Händler entzückt schienen, mit uns Geschäfte zu machen und ...« Heloise stockte, als der zynische Blick des Herzogs ihr sagte, was kein Spiegel konnte – dass jede einigermaßen gut aussehende junge Frau Aufmerksamkeit gewinnen konnte.

»Wie lange seid Ihr schon auf Brecknock, Lady Haute?« Rushden war der Nächste, der ihrem Selbstvertrauen den Kampf ansagte.

Sie schob das Kinn vor. »Eine Woche.«

Er entfaltete seine vor der Brust verschränkten Arme und trat neben den Herzog. »Dann seid Ihr über walisische Angelegenheiten natürlich im Bilde, Mylady. Verzeiht, dass wir versucht haben, Euch zu korrigieren.«

Ihre Wangen glühten in dem darauf folgenden unbehaglichen Schweigen, aber dann knurrte Bess' Magen vor Hunger, und der Herzog schickte sie mit einer müden Geste hinaus. »Nehmt Eure Plätze im Burgsaal ein, meine Damen. Ich finde Euch unterhaltsam, Lady Haute, aber lernt, Rat anzunehmen.«

Rushden folgte Heloise mit gleichgültigem Gesicht aufs Podium hinaus, aber seine Worte zielten darauf ab, sie in Verlegenheit bringen. »Wie viele Kinder hattet Ihr, Mylady? Sechs, nicht wahr?«

Heloise schluckte und hätte ihn beinahe geohrfeigt.

Sechs! Kannte er Lady Haute? Aber wenn die echte Lady Haute mit sechzehn geheiratet und dann jedes Jahr ein Kind bekommen hatte ... Sie warf ihm einen raschen Blick zu, als sie das Ende des Podiums erreichten, und sah, dass er sie offenbar nur neckte.

»Genug, um zu wissen, dass Lord Stafford Liebe und Verständnis braucht, wenn sein Benehmen unannehmbar ist«, entgegnete sie und strebte hoch erhobenen Kopfes weiter. »Aber ich bin sicher, dass zumindest Ihr Euch Mühe gebt, ihm mit gutem Beispiel voranzugehen«, fügte sie verachtungsvoll hinzu. »Kommt, Bess!«

Das Abendessen – zumal sie Aal hasste – war die reinste Qual für sie. Aus Furcht vor ihrem zurückgekehrten Herrn scherzten die Bediensteten, die Heloise im Lauf der Tage kennen gelernt hatte, nicht mehr beim Servieren. Bess war sichtlich beeindruckt von der Courage ihrer Vorgesetzten, die es gewagt hatte, den Herren der Burg Kontra zu geben. Die jüngere Frau bemühte sich redlich, Heloise aufzuheitern und erzählte ihr allerlei Anekdötchen über die Gesichter, die ihnen an den anderen Tischen gegenübersaßen. Heloise tat, als unterhielte sie sich, aber ein paar verstohlene Blicke zum Podium verrieten ihr, dass ihr anmaßendes Verhalten von den Männern, die dort saßen, diskutiert wurde. Unter ihren kritischen Blicken aß sie sehr wenig und sprach sogar noch weniger.

Immerhin hatte ihr Mann bisher noch nicht ihr Geheimnis gelüftet; dessen war sie sich ganz sicher. Dreimal ertappte sie ihn dabei, wie er sie beobachtete, und sie hielt den Atem an und wandte rasch den Blick ab. Es ärgerte sie, darauf angewiesen zu sein, dass er ihre wahre Identität verborgen hielt, aber sie musste noch mehr Zeit gewinnen. Es war nicht nur ihre eigene Sicherheit, die sie zu verlieren fürchtete; Ned würde sich betrogen fühlen, wenn sie die Burg verließ, und sie wollte, dass der Herzog die neue Fröhlichkeit und gute Laune seines Sohnes sah.

Nachdem Buckingham sich vom Podium erhoben hatte, leerte sich der große Saal allmählich. Aber statt sich dem Herzog anzuschließen, kam Rushden zu der Tafel, an der die Frauen saßen.

»Leistet mir Gesellschaft, meine Damen«, forderte er sie lächelnd auf und schlenderte durch den Saal davon, als erwartete er, dass sie ihm folgten.

»Dieser Mann ist ein Problem mit einem großen ›P‹«, murmelte Heloise und blieb mit ihrem Rock an der Kante der Bank hängen, auf der sie saß. »Ist er eigentlich noch etwas anderes als ein ritterlicher Page für den Herzog?«

Nachdem sie sich vergewissert hatte, dass niemand ihnen zuhörte, kicherte Bess über Heloises Mangel an Respekt, wurde aber rasch wieder ernst und bemühte sich, den eingeklemmten Stoff zu lösen. »Bitte kreuzt nicht die Schwerter mit ihm, Mylady, und wir sollten auch besser nicht verweilen. Er ist die rechte Hand des Herzogs. *Y Cysgod* nennen ihn die Waliser.«

»E Shisgod? Und was bedeutet das?«

»Der Schatten, Mylady – und diesen Schatten muss man fürchten.«

In der zunehmenden Abenddämmerung den Burghof zu überqueren war eine riskante Angelegenheit. Die Stallburschen hatten den Hof noch nicht vom Pferdedung gereinigt, und Heloise und Bess mussten ihren Weg mit sehr viel Vorsicht wählen, denn die großen Fenster des Saals hinter ihnen waren zwar erleuchtet, boten aber wenig Licht. Rushden wartete, die Arme vor der Brust verschränkt, seine Haltung unduldsam und herrisch. Neben ihm stand ein Diener mit einer flackernden Pechfackel, die er auf Armeslänge hielt, damit keine Funken auf ihre Kleider fielen.

»Du liebe Güte, Sir Miles, müssen wir erst einen Rundgang durch die Verliese machen, um unsere dummen Köpfe zur Vernunft zu bringen?« Der Dampf, der von Heloises Atem aufstieg, strafte ihre beiläufige Bemerkung Lügen.

»Ein Tauchstuhl wäre passender. Hierher bitte, meine Damen.« Er deutete auf einen leeren zweirädrigen Karren und runzelte die Stirn, als ein Kater, der rabenschwarz war bis auf zwei weiße Flecken an Stirn und Brust, miauend zwischen den hölzernen Geländern aufsprang. »Was seht Ihr, Madame?«

Es war nicht leicht, in dem flackernden Licht überhaupt etwas zu sehen. Heloise hob den schnurrenden Dafydd auf und legte ihn an ihre Schulter, als sie die Deichsel untersuchte. »Was suchen wir, Sir?«

»Absichtlich zugefügten Schaden.«

Heloise bückte sich und strich instinktiv über die nächste Holzspeiche. Sie hörte, wie er nach Luft schnappte, als ihre Finger die angesägte Stelle berührten, aber aus Angst, es könne seinen Verdacht der Hexerei bestärken, untersuchte sie ganz bewusst auch alle anderen Speichen, bevor sie zu der schadhaften Strebe zurückkehrte. »Hier.«

»Aye, das sind die Waliser, Madame. Gott weiß, wie weit der Wagen gekommen wäre, bevor er umgekippt wäre. Und das ist noch nicht alles.« Er entließ den Fackelträger und führte sie in das Erdgeschoss des Turms, wo offenbar Pferdegeschirre und Gurtzeug aufbewahrt wurden. Zwei Diener, die an einem Kohlenbecken würfelten, sprangen auf, um ihn zu grüßen, und steckten rasch die Würfel ein. Rushden ignorierte sie, und dankbar schlichen sie sich fort.

»Seht Euch das an.« Der Freund des Herzogs nahm eine Hand voll Ledergurte, die zur Reparatur bereit lagen, und trug sie in das Licht der Öllaterne.

»Alle zerschnitten«, wisperte Bess. »Bei Gott, Sir, ich hatte keine Ahnung.«

»Es sind erst acht Jahre vergangen seit dem letzten Aufstand. Ihr könnt also mit eigenen Augen sehen, wie sie uns lieben, Bess. Versteht Ihr jetzt, warum Lord Stafford nicht dem geringsten Risiko ausgesetzt werden darf?«

Eine gemeinsame Sorge. Heloise nickte ernst und erwiderte ruhig seinen strengen Blick. Zweifellos hatte er eine leichtfertige Antwort erwartet, denn sein Gesichtsausdruck hellte sich für einen Moment lang auf, und mit einem Gefühl des Verlusts erinnerte sich Heloise an ihre Begegnung in dem Obstgarten. Wenn ihr Vater sich nur nicht eingemischt hätte, hätten sie vielleicht Freunde werden können statt Feinde. Dionysia hatte Miles Rushden als pockennarbig abgetan; etwas, was Heloise kaum aufgefallen war. Du meine Güte, in dem schwachen Licht jetzt waren seine Narben kaum noch zu sehen. Viel augenfälliger war für sie die Entschlossenheit in seinem markanten Kinn.

Rushdens Finger glitten viel sagend über die Gurte, und er erhob die Stimme, damit auch die Männer in der Nähe ihn hören konnten. »Sollte es jemand aus der Burg sein, wären die Konsequenzen . . .« Es war etwas entschieden Attraktives an Männern, die Macht besaßen, vielleicht, weil es nicht ganz ungefährlich war, Intelligenz und Autorität eines solchen Mannes herauszufordern. »Lady Haute, hört Ihr mir zu?« Rushdens hochnäsiger Blick war einem besorgten Stirnrunzeln gewichen, als fürchtete er, sie würde irgendeine finstere Prophezeiung machen, wie sie es in Bramley getan hatte.

»Ja, natürlich, Sir. Aber warum sollte jemand sich die

Mühe machen, ein solches Unheil anzurichten?«, fragte sie, als er die Ledergurte wieder auf den Stapel warf. »Es ist ja nicht so, als würden die Waliser je wieder ihre Unabhängigkeit zurückgewinnen, oder zumindest wüsste ich nicht, wie sie das anstellen sollten.«

»Die Prophezeiung Myrddins. Merlin in unserer Sprache.«

»Merlin? König Arthus' Merlin?«

»Genau, Mylady. Die Waliser glauben, das Gras in Britannien sei grüner und wüchse geschwinder. Einige Waliser sehen Tudor als einen zweiten Arthus, der sie in ein goldenes Zeitalter führen wird.«

»Tudor? Ihr meint *Henry* Tudor?« Heloise konnte ihr Erstaunen nicht verbergen. Der Nachkomme des Bastardzweigs des Hauses Lancaster! Das war doch sicher unvorstellbar. »Aber Tudor ist doch noch ein Kind.«

»Nicht mehr. Er ist nur ein oder zwei Jahre jünger als Seine Gnaden unser Herzog.« Rushden schwieg, um seine Worte einsinken zu lassen, dann fügte er hinzu: »Und Ned, meine Damen, ist aus dem Hause Plantagenet. Nach den Verwandten des Königs besitzt er einen Anspruch auf den Thron und muss geschützt werden.«

»Nun, heute ist nichts passiert, Sir«, murmelte Bess. »Lady Haute hatte zwei der Bogenschützen mitgenommen. Verzeiht mir, Sir, aber ich muss Euch sagen, seit Lady Haute gekommen ist, ist Lord Stafford so verträglich wie ein Hund mit einer Schale Knochen zum Abnagen.«

»Solange die Knochen nicht vergiftet sind, Bess«, antwortete Rushden streng und hielt die Tür auf, um zu gehen.

Heloise blieb ein wenig hinter Bess zurück. »Ich verspreche Euch, Sir Miles, dass ich Lord Stafford hüten werde, als ... als wäre er mein eigener Sohn.«

Der flackernde Schein der Wandlaterne verlieh seinem Gesicht für einen Moment lang eine Empfindsamkeit, als hätten ihre Worte ihn geschmerzt, doch dann trat wieder der vertraute spöttische Blick in seine grauen Augen. »Vielleicht geht es mich nichts an, aber solltet Ihr nicht zu Hause in Kent sein und Eurem Herrn Söhne gebären, Madame? Oder habt Ihr ihm schon einen Erben und einen zweiten Sohn geschenkt?«

»Ich bin mit dem Einverständnis meines Mannes hier, Sir Miles. Aber wenn ich ehrlich sein soll«, fuhr sie seufzend fort und schloss Bess in das Gespräch mit ein, »wünschte ich, ich könnte in diesem Augenblick mit meinem Gatten sprechen und ihm sagen, wie es mir ergeht.«

»Wir können nicht immer haben, was wir wollen.« Seine doppelsinnige Bemerkung hätte unbemerkt passieren können, doch als Bess sich mitfühlend nach ihr umsah, gab Miles Rushden der Versuchung nach, Heloise einen anzüglichen Blick zuteil werden zu lassen, der von einem geteilten Bett und einem berechtigten Anblick ihrer Nacktheit sprach.

Wie konnte er es wagen! Sie war keine Kokotte! Warum war er nicht bereit, mit ihr zu sprechen und sich alles erklären zu lassen? Oder hatte er vor, sie weiterhin im Ungewissen zu lassen und sie zu quälen wie einen eingesperrten wilden Vogel? Sie musste gezittert haben vor Zorn und Scham, denn Bess schlang einen Arm um sie. »Beruhigt Euch, Mylady.«

»Es ist schon gut, Bess.« Mit wild pochendem Herzen lehnte sie sich an einen der Balken und sah nun, dass sie Rushden beunruhigt hatte. Befürchtete er eine weitere ihrer Vorahnungen? In seinen weiten langen Ärmeln kreuzte der Mann seine Finger gegen sie, aber sein Blick ruhte auf ihrem Bauch, als hätte er Angst, sie könnte nach Brecknock gekommen sein, um ihm einen Bastard unterzuschieben. Er glaubte doch wohl hoffentlich nicht, dass sie sich nach ihrer unglückseligen Hochzeitsnacht einen Liebhaber genommen hatte? Es wurde wirklich höchste Zeit, dass sie sich mit ihm aussprach.

»Danke, dass Ihr Euch die Zeit genommen habt, uns die Notwendigkeit, wachsam zu sein, zu erklären, Sir. Lasst uns gehen, Bess.«

Miles verweilte noch ein wenig und tadelte die Würfelspieler, aber als er auf den Hof hinaustrat, war Mistress Ballaster noch immer da. »Bitte geht schon mal voraus, Bess«, sagte sie gerade, »und sorgt dafür, dass Ned nicht den armen alten Benet quält.« Bedauerlicherweise befolgte Bess den Befehl der Gouvernante unverzüglich.

Miles runzelte die Stirn. Was mochte Mistress Ballaster denn jetzt schon wieder im Sinn haben? Ein Versprechen in irgendeiner abgelegenen Ecke? Tränen oder Verführung? Oder dass er sich zumindest vor ihr auf die Knie warf?

Stattdessen rief er: »Danke für Eure Gesellschaft heute Abend, Lady Haute. Und eine gute Nacht.« Von einem geradezu verzweifelten Bedürfnis nach einem Dutzend Fackeln und Hunderten von Zuschauern beherrscht, wahrte er einen gesunden Abstand zwischen ihnen, schenkte seiner Zauberin ein kurzes Nicken und wandte sich zu den Stufen, die zum Burgsaal führten.

Sie eilte ihm nach. »Sir! Ich habe noch etwas mit Euch zu besprechen.« Ja, er wusste, was das war.

Am Fuß der Treppe, wo mit etwas mehr Verkehr zu rechnen war, wandte er sich halb um und warnte sie mit einem finsteren Stirnrunzeln, hinter ihm herzulaufen. »Ich versichere Euch, dass es zwischen uns nichts mehr zu besprechen gibt, Madame.« Ihre Wangen röteten sich angesichts der Kränkung, doch sie gab sie nicht nach.

»Wir müssen miteinander reden. Ihr müsst verstehen ... *Bitte*. Ich möchte Euch etwas erklären.«

»Genug, Madame!«

Heloise eilte ihm nach und überholte ihn am Kopf der Treppe. »Sir, Ihr könnt wenigstens ...«

Ihr Ehemann drehte sich nicht eher um, bis sie den Saal erreicht hatten, wo sie beobachtet werden könnten; erst dort verhielt er seinen Schritt. Heloise ließ den Rock sinken, den sie mit beiden Händen gerafft hatte, und atmete tief durch, um sich zu beruhigen, während sie den Stoff glatt strich.

»Werdet Ihr mich nun endlich anhören?«, fragte sie ihn und lächelte, als handelte es sich nur um ein freundliches Geplänkel.

Sein Mund verzog sich zu einem schwachen Lächeln, aber seine Augen blieben hart wie Feuerstein. »Betrachtet die Wandbehänge, Madame.«

»Oh.« Als sie erkannte, was er meinte, schaute sie zu Diana auf, die Actaeon in einen Hirsch verwandelt hatte. *Eine sehr vernünftige Göttin*!

»Und nun werdet Ihr mir wohl sagen, wie viel Geld Ihr von mir zu erpressen vorhabt.«

»Seid Ihr so viel wert?« Sie starrte demonstrativ auf die Biene in den Vergissmeinnicht und erhob dann den Blick zu der Eiche, in der eine Nachtigall hockte, das Symbol heiterer, bestrebter Weiblichkeit. »Ich würde gern als Lord Staffords Gouvernante bleiben.«

»Ihr, eine Nachtigall! Blickt weiter auf den Wandbehang! Herrgott noch mal, das ist es also. Ihr wollt Euch bei allen einschmeicheln und mich dann als einen herzlosen Schweinehund darstellen!«

»Das ist eine Ungeheuerlichkeit!« Sie wandte sich von ihm ab, als wolle sie entrüstet gehen, überlegte es sich dann aber anders, kehrte zu ihm zurück und legte graziös die Finger an die Lippen, während sie durch zusammengebissene Zähne sprach und den geduckten Actaeon dabei ansah. »Ich kann es den Walisern nicht verdenken, dass sie Euch Schaden zufügen, wo sie können.«

Das brachte ihn in Rage. Zum Glück war ihm jedoch bewusst, dass sie beobachtet wurden. »Ich erinnere Euch daran, Madame, dass Ihr, falls Ihr unsere Regeln nicht befolgen könnt, besser *umgehend* von hier verschwindet!« Er sah, wie sie ihre rechte Hand zur Faust ballte, aber sie war klug genug, kein öffentliches Aufsehen zu erregen. Langsam entkrampften ihre Finger sich wieder. »Das ist vernünftig«, fügte er in besänftigendem Ton hinzu und behandelte sie, wie er vielleicht Traveller behandeln würde. »Beherrscht Euer Temperament.«

Hätte sie ihn jetzt angesehen, wäre vielleicht auch ihm ein Geweih gesprossen. »Erspart mir Eure Gönnerhaftigkeit, Ihr Ausgeburt des Teufels, denn sonst erzähle ich jetzt gleich der ganzen Welt, dass Ihr mein Gatte seid.«

»Wollt Ihr das wirklich tun?«, höhnte er, mit einer Handbewegung, als erklärte er ihr die Bedeutung des Eichhörnchens in dem Haselnussstrauch hinter Actaeon. »Ich dachte, Ihr wolltet frei von mir sein? Seht Euch die Quasten an!«

Sie bückte sich, um die Dekoration am unteren Ende des Wandbehanges zu betrachten. »Natürlich will ich das«, erklärte sie mit Nachdruck, als sie sich wieder aufrichtete. »Diana war vernünftig!«, murmelte sie. »Vielleicht sollte ich Euch Hörner aufsetzen.«

Er befingerte eine wollene Distel. »Liebste, teuerste Heloise«, begann er mit einer Stimme, süß wie vergifteter Honig, »falls Ihr hier seid, um dafür zu sorgen, dass die Heilige Kirche uns nie trennt, werde ich Euch das Leben so zur Hölle machen, dass Ihr wünschen werdet, von sämtlichen Plagen Ägyptens heimgesucht zu werden – gleichzeitig! Und nun verschwindet. Wir stehen hier schon lange genug.«

Heloise biss sich auf die Lippe und schaffte es, ihren Ärger zu beherrschen, weil sie überzeugt war, immer noch die Oberhand zu haben. Denn wenn nicht, hätte er sie doch sicher längst entlarvt. Er wollte seine Freiheit, und sie war sicher, dass er auch sein Pferd zurückhaben wollte. »Und Traveller? Ich habe mich für Euch um ihn gekümmert und ihn davor bewahrt, verkauft zu werden. Hört mich an, und ich bin bereit, ihn Euch zurückzugeben.«

Er schützte Gleichgültigkeit vor, doch sie fragte sich, ob er seinen Stallknecht nicht schon losgeschickt hatte, um sämtliche Stallungen in Brecknock zu durchsuchen.

Miles sagte ihr nicht, dass er nur vor jedem Stall von Brecknock bis Hereford zu pfeifen brauchte, um sein geliebtes Pferd wiederzufinden. »Ich habe ihn bereits ersetzt, Mylady, und Ihr könnt sicher sein, dass ich auch Euch ersetzen werde.«

10

»Seine Gnaden wünscht Euch zu sehen, Sir.« Heloise ließ den angehaltenen Atem aus, als ein junger Ritter sie unterbrach. Mit einem höflichen Nicken, als hätte er nur aus Pflichtgefühl mit ihr gesprochen, schritt Rushden zum großen Schlafgemach hinüber und ließ sie mit dem jungen Mann allein, dessen überschwängliches Lächeln unter strohfarbenem Haar sie an Neds kleinen Hund erinnerte. Ein möglicher Verbündeter?

»Sir Richard de la Bere«, stellte er sich mit einer Verbeugung vor und blickte dann mit einem amüsierten Grinsen auf den Wandbehang. »Der arme alte Actaeon.«

Heloise betrachtete das Bild mit schräggelegtem Kopf. »Nein, es ist die unglückliche Göttin, die einem Leid tun kann.«

»Warum?« Er winkte einen Diener herbei und bestellte ein Glas Birnenmost für sie.

»Warum, Sir Richard? Weil Diana nun keusch bleiben muss. Sie hat sich ins eigene Fleisch geschnitten, denn Herr Actaeon war ein gut aussehender Liebhaber, und sie hat ihn verschmäht.«

Er lachte. »Also das ist eine erfrischende Philosophie, Lady Haute.« Galant bot er ihr seinen Arm und führte sie zum Feuer. »Auf Ihr Wohl, Mylady! Wie war Eure Reise hierher?«

Sie erzählte ihm gerade von Hoels Eigenheiten, als der

Herzog in Begleitung Rushdens in den Saal hinunterkam. Beide strebten mit entschlossenen Schritten auf den Burghof zu, wie zwei Hunde, die einen nächtlichen Streifzug planten. Sie war versucht, noch ein wenig länger bei de la Bere zu verweilen, aber irgendwie hatten sie über das Thema Jagd zu sprechen begonnen – seine große Leidenschaft ganz offensichtlich – und die Dienstboten löschten bereits ostentativ die Kerzen, und so schützte Heloise Müdigkeit vor. Ihr neuer Freund, der ihr gerade schilderte, wie er einen Hirsch durch Stockley Wood verfolgt hatte, schien enttäuscht, dass sie das triumphale Ende der Geschichte nicht hören wollte, ließ sie aber gehen.

Verglichen mit Middleham waren Brecknocks Treppen und Gänge nur dürftig beleuchtet, so dass Heloise sehr vorsichtig sein musste, als sie die steinerne Wendeltreppe in den ersten Stock hinaufstieg, und misstrauisch den finsteren Gang vor ihr betrachtete. In der Nacht zuvor war ihr eine Ratte über den Weg gelaufen. Sie erinnerte sich an ihren Vorsatz, in Zukunft immer einen Stock bei sich zu tragen, als eine behandschuhte Hand sich über ihren Mund legte und ein starker Arm sie unerbittlich in ein kleines verborgenes Gemach hinter einem der Wandbehänge zog.

»Halt still, verdammt!«, fauchte ihr rechtmäßiger Besitzer, als sie ihm hart den Ellbogen in die Seite stieß. Ihre Panik wich gesundem Zorn, aber ihr Herz galoppierte noch immer wie ein von einer Bremse gestochenes Pferd, und ihre Röcke hatten sich so mit einem Stuhl verheddert, dass sie aufhören musste, Rushden zu treten und sich stattdessen an seinen langen Ärmeln festhalten musste. Er ließ sie fluchend los. Sie hörte das Kratzen eines Feuersteins, und endlich war ihre Umgebung ein weniger besser zu erkennen, als Rushden eine Kerze in einer Nische in der Wand anzündete. Sie befanden sich in einem kleinen Raum, der an die Kapelle angrenzte; Heloise konnte gerade noch den mit Tüchern verhüllten Altar sehen, bevor Rushden diese Tür verschloss und den Schlüssel in den ledernen Geldbeutel an seinem Gürtel steckte. Dann legte er den Riegel vor die Tür, durch die er sie hereingezogen hatte, und betrachtete sie mit dem zufriedenen Ausdruck eines Drachens, der in seine Höhle zurückgekehrt ist, um sich an seiner Beute zu ergötzen.

»Als ich sagte, wir müssten miteinander reden«, murmelte Heloise, ihr Mieder richtend, »hatte ich nicht erwartet, dass es derart mühsam sein würde.« Mit ihrem Kopfschmuck, der wie ein abgerissener Schornstein aussah, und dem aufgelösten Haar, das ihr über das rechte Ohr fiel, hätte es wenig Sinn gehabt, sich den Anschein von Strenge oder Ernst zu geben. »Erwartet Ihr, dass ich vor Euch niederknie und mich des Pferdediebstahls und der Erpressung schuldig bekenne?« Sie deutete auf den Betstuhl, das einzige andere Möbelstück im Raum außer dem umgestürzten Stuhl und einem Kruzifix an einer Wand.

»Na, das wäre aber ein Wunder«, antwortete Rushden und lehnte sich mit dem Rücken an die Tür, um seinen Hut zurechtzurücken, damit die Perlenstickerei am Rand wieder nach vorne kam. »Ihr habt nur ein paar Momente Zeit, um Euch zu äußern, bevor meine Geduld erschöpft ist. Ich rate Euch, die Zeit nicht zu verschwenden.«

»Ist dieses Tête-à-tête nicht unklug, Sir?« Sie richtete den Stuhl, hob das Gebetbuch auf und strich bedauernd über seine zerknitterten Seiten, bevor sie die Schließen daran wieder schloss. »Es erfordert nur ein paar Momente, ein Kind zu empfangen. Ich hätte gedacht, Ihr würdet einen Haufen Zuschauer versammeln, um unsere Konversation zu bezeugen und dafür zu sorgen, dass der Anstand gewahrt bleibt.«

Das brachte ihn ziemlich aus der Fassung. »Ich warte, Mistress Ballaster.«

»Also gut«, sie legte das Buch wieder auf sein schräges Pult zurück, erstaunt, wie schnell ihre Müdigkeit vergangen war. »Ich werde mich bemühen, mich kurz zu fassen.« Sie legte ihre Fingerspitzen zusammen und betrachtete sie. »Ich bin aus Bramley verbannt worden und habe jetzt weder Einkommen noch Aussichten außerhalb dieser Mauern, dank Euch und meinem Vater.« Auf und ab gehend wie eine Löwin in der Menagerie des Königs, fügte sie hinzu: »Und ich wäre der letzte Mensch auf Erden, der Dionysia ihre Chance verderben würde, einen ihrer würdigen Ehemann zu finden, und deshalb ...«

»Kommt zum Punkt«, unterbrach er sie gereizt.

»Der Punkt ist, dass mein Vater mich gegen meinen Willen herschickte, und bevor ich wusste, wie mir geschah, war ich Neds Gouvernante, mit Schlüsseln, Windeln und allem anderen Drum und Dran.«

»Einfach so?«

»Mehr oder weniger.« Sie setzte sich auf den Stuhl. »Sir William Knyvett hätte mich am liebsten geküsst, so froh war er, mich hier zu sehen.«

»Das kann ich mir vorstellen.« Ein Priester hätte ihr inzwischen vielleicht die Absolution erteilt, aber bei Rushden war es ziemlich unwahrscheinlich, dass er sie mit einem Segen und ein paar Ave Marias fortschicken würde. »Ihr habt mir immer noch nicht gesagt, wie Ihr Lady Haute losgeworden seid.«

»Nun, das war ein wunderbarer Zufall. Die arme Dame schrieb, sie pflegte ein an Masern erkranktes Kind in ...

hm ... ja, in Ashford, Kent, und der gute Sir Thomas Limerick gab mir ihren Brief... ohne ihn geöffnet zu haben.« Vorsichtig blickte sie auf. Er sah überraschend milde aus, aber das war ein sonniger Moment, der nicht sehr lange anhalten würde. »Ihr werdet verstehen, Sir, dass es die Dinge unendlich kompliziert hätte, wenn ich in jenem Augenblick erklärt hätte, wer ich in Wahrheit bin.«

»Für mich?«, entgegnete er spöttisch. »Wie selbstlos von Euch, meine Gefühle zu berücksichtigen.«

»Ja«, stimmte sie bereitwillig zu. »Ich sehe ein, dass es Euch in eine ...«

»Ich glaube mich zu erinnern, dass ich Euch klar und deutlich zu verstehen gegeben hatte, ich wollte Euch nie wieder sehen, bevor wir uns unter solch ... widrigen Umständen getrennt hatten.«

»Und nun sind wir beide hier.« Ihr Lächeln war nur oberflächlich.

Auch er lächelte, und wenn auch nur aus purer Höflichkeit. »Und nun sind wir beide hier.« Er erhob sich von dem Betstuhl, und sein Ausdruck wechselte so abrupt, dass Heloise erschrocken von ihrem Stuhl aufsprang und mit wild klopfendem Herz zurücktrat.

»Und was sollen wir nun also unternehmen?«, fragte er und begann sich ihr mit drachenähnlicher Entschlossenheit zu nähern.

Sie zuckte hilflos mit den Schultern, als sie das Verlangen in seinen Augen sah, das sie zu versengen drohte. »Nichts, Sir?«

»Nichts!« Das ließ ihn innehalten. Sein Blick verriet Ärger über ihre Nonchalance, doch zu ihrer Erleichterung entfernte er sich von ihr und legte die Hände auf das Pult des Betstuhls. Im ersten Moment dachte sie, die Unterredung sei beendet, aber dann merkte sie, dass er sich innerlich nur vorbereitete, als verliehe es ihm Trost und brächte ihn wieder zur Vernunft, das solide Holz des Pultes zu berühren.

»Ich glaube mich zu erinnern, Euch erklärt zu haben«, er fuhr wieder zu ihr herum wie ein Anwalt, der seinen Fall vor einer Jury darlegt, »dass es für uns von größter Wichtigkeit ist, keine Nacht unter demselben Dach zu verbringen, bevor wir eine Annullierung erreicht haben.« Er deutete mit einer übertriebenen Geste auf die mit Sternen übersäte Zimmerdecke. »Ist das richtig?«

Heloise nickte entschuldigend und widmete der Decke nur einen oberflächlichen Blick. »Aber dieses ist ein ziemlich großes Dach«, bemerkte sie und bezog sich auf das Dach der ganzen Burg. Rushden schnappte ärgerlich nach Luft, aber sie fuhr hastig fort: »Sir, ich weiß, dass Ihr heute Abend nur mit mir gesprochen habt, weil Seine Gnaden es Euch befohlen hat.« Die Wahrheit war, dass er gar keine andere Wahl hatte; wenn er ›Lady Haute‹ mied wie ein pestverseuchtes Dorf, würde das eine Menge Klatsch verursachen. Aber sie zog es vor, diese Beobachtung für sich zu behalten, und fuhr stattdessen ruhig fort: »Seht Ihr, es wäre also durchaus möglich, uns ohne große Mühe beinahe vollkommen aus dem Weg zu gehen.«

Seine grauen Augen betrachteten sie spöttisch. »Seid Ihr wirklich so einfältig? Wenn Ihr hier bleiben würdet, Mistress, hätte ich Zugang zu Euch.«

Was er meinte, trieb ihr das Blut in die Wangen, und als wolle er ihr seine Worte noch deutlicher zu Bewusstsein bringen, ließ ihr Ehemann seinen Blick kalt von ihren kleinen spitzen Schuhen zu ihren Brüsten hinaufgleiten, wo sie unziemlich lange verweilten, und dann zu ihren Lippen, die sich unwillkürlich öffneten angesichts einer solch dreisten

Musterung. Etwas, das wie ein langsamer Strudel unter ihren Rippen zu beginnen schien, durchströmte ihren Körper bis hinab zu ihren Schenkeln. Dieser Mann wusste nur zu gut, was unter ihren Kleidern lag. Sie wandte sich von seiner insolenten Studie ab, bevor sie in Versuchung geriet, ihn anzustarren und es ihm mit gleicher Münze heimzuzahlen.

Zugang zu ihr, ja. Der Gedanke reizte Miles. Diese silberhaarige Verführerin war nur eine Armeslänge weit entfernt und blickte ihn mit den flehentlichen Blicken eines Waisenkindes an; ihr Körper lud auf verführerische Weise dazu ein, berührt zu werden. Es wäre so einfach, so befriedigend, den seidenen Einsatz aus ihrem Mieder zu entfernen und diese festen Brüste zu entblößen. Er spürte, wie Erregung ihn erfasste, und wandte sich von ihr ab, um den Rand des Betstuhls zu umklammern, als strahlte er etwas Heiliges aus, das ihm Beistand leisten konnte gegen ihre Hexerei. Er musste sie loswerden. Ihre Gegenwart verwirrte ihn und verursachte Risse in der Wand, die er um seine Gefühle errichtet hatte. Wenn er es zuließ, würden ihre Lügen, ihre Maskerade wie zu Eis erstarrendes Wasser in den Fugen der Freundschaft zwischen ihm und Harry sein und sie langsam auseinanderdrängen.

Heloise erriet, dass er im Stillen Vergeltung forderte für die Erschütterung seiner ordentlichen, peniblen Welt, und bedauerte es. Brecknock könnte ihr ein sicherer Hafen sein für eine kleine Weile, wenn der Wachhund des Hafenmeisters sie nur bleiben lassen würde. Was würde geschehen, wenn sie diesen kleinen und doch so großen Schritt, der sie voneinander trennte, täte, um sich an diesen arroganten Rücken anzulehnen? Und angenommen, sie striche mit den Fingerspitzen sanft über seine Hände, seinen samtenen

Ärmel und hinauf zu seiner Schulter, um ihre Finger in den weichen schwarzen Wellen zu vergraben und Rushdens Gesicht zu sich herabzuziehen? Würde er sie küssen oder sie verfluchen? Nein, sie durfte nichts riskieren. Diesen sündigen Pfad zwischen Händen und Lippen zu beschreiten wäre äußerst töricht, und Heloise war klug genug, um nichts zu stehlen, was nie ihr gehören konnte.

Der Mann wandte ihr sein Gesicht zu und wartete. Es war unumgänglich, sein gesträubtes Fell zu glätten und ihm ein provisorisches Halsband anzulegen, bis sie selbst eine Lösung für ihre Probleme finden konnte. Während sie mit den Fingerspitzen über ihre Hand strich, die zur Faust geballt an ihren Brüsten lag, versuchte sie, sich eine beschwichtigende Antwort für ihn auszudenken. Es fiel ihr nicht leicht, aber sich versöhnlich zu geben, war auf jeden Fall klüger, als die Beherrschung zu verlieren.

»Wenn es sein muss, unterziehe ich mich einer Untersuchung, wenn die Annullierung eintrifft.«

Seine Antwort erstaunte sie: »Ach ja? Wir wären beide Narren, wenn wir uns darauf verlassen würden.«

»Hurensohn!« Das undamenhafte Wort war heraus, bevor sie sich bremsen konnte, und es erforderte ihre ganze Willenskraft, das Bedürfnis zu bezwingen, die Rushdensche Adlernase zu verbiegen.

Miles, der die Versuchung, es zu tun, in ihren geballten Fäusten sah, trat rasch zurück und brachte einen sicheren Abstand zwischen sich und sie. »Solch gute Manieren, Mistress Ballaster.« Hochmütig verzog er seinen Mund. Die niedrige Herkunft dieses Mädchens zeigte sich. »Ich bin nur vernünftig, und das würdet Ihr schon merken, wenn Ihr Euch die Mühe machen würdet, zuzuhören. Es gibt noch andere Wege, eine Jungfernschaft zu verlieren. Man muss dazu nicht einem Mann beiliegen. Reiten zum Beispiel kann den Beweis für die Jungfräulichkeit zerreißen.«

Heloises Trotz ließ nach. Er hatte Recht, selbst wenn das mangelnde Feingefühl des Mannes sie schockierte.

»Also lasst mich Euch eins klarstellen, Ihr Beißzange. Ich befehle Euch, Brecknock bis Donnerstag zu verlassen, oder ich werde dafür sorgen, dass Ihr gewaltsam zu Eurem Vater zurückgebracht werdet, das schwöre ich Euch. Von mir aus könnt Ihr gefesselt und geknebelt auf einem Karren heimgefahren werden – Hauptsache, Ihr seid weg.« Er erwähnte nicht, dass Myfannwy erwartet wurde.

Heloise lehnte sich müde an die Wand. Sie wollte nicht in das von ihrem Vater regierte kleine Königreich zurückkehren; sie würde mit allen Waffen kämpfen müssen, die ihr zur Verfügung standen, um ihr Schicksal in die eigene Hand zu nehmen, und im Augenblick sah sie keine andere Möglichkeit für sich als Brecknock. »Ich finde, Ihr tut Euch ziemlich schwer damit, Sir.« Er sah aus, als würde er explodieren über diese Untertreibung, aber sie fuhr unbeeindruckt fort: »Ich möchte meine Stellung hier behalten.« Sie fühlte sich besser nach dieser Bekanntmachung, straffte sich und verkündete den Rest: »Tatsächlich gedenke ich genau das zu tun, Sir. Der Sohn des Herzogs braucht ein bisschen Zuneigung in seinem Leben. Ich habe Bettlerkinder gesehen, die mehr Liebe bekamen, deshalb . . .«

Gelächter auf dem Gang draußen ließ sie innehalten, und Miles hob warnend eine Hand. Das trunkene Kichern einer jungen Frau und die leise, gewinnende Stimme eines Mannes waren vorübergehend zu hören und verklangen dann wieder auf dem Gang. Als wieder Stille zwischen ihnen herrschte, raffte Heloise entschieden ihre Röcke. »Da es nicht klug wäre, mit Euch gesehen oder gar entdeckt zu werden, *Sir*, vor allem nicht allein, habt Ihr sicher nichts dagegen, wenn wir diese reizende Audienz beenden?« Hoch erhobenen Kopfes schritt sie zur Tür und blieb dort majestätisch stehen und wartete, dass er sie aufschloss.

Widerstrebend löste Miles den schweren Riegel und fragte sich, warum er ihr mehr Zeit gab. »Wir sprechen noch einmal darüber. Glaubt bloß nicht, Ihr hättet damit schon gewonnen, Madame.«

Heloise ruinierte ihren triumphalen Abgang, indem sie sich wie eine pflichtbewusste Ehefrau erkundigte: »Oh, habt Ihr schon an Seine Heiligkeit geschrieben?«

»Nein, aber vielleicht schaffe ich es in einem Jahr«, rief er voller Verachtung, während er noch immer an dem Türriegel herumhantierte. »An Papst Sixtus, Bischof Stillington *und* meinen Herrn von Canterbury zu schreiben, meine ich. Habe ich jemanden ausgelassen? Den König? Den Osmanischen Kaiser? Ja, das wäre eine Idee, und dabei hat dieser arme Heide jede Nacht eine andere Ehefrau, während ich schon Schwierigkeiten mit der einen habe, die mir aufgezwungen wurde. Gute Nacht, Madame! Verzeiht mir, wenn ich Euch in einiger Entfernung folge, aber ich möchte sichergehen, dass Ihr wohlbehalten zu Euren Gemächern zurückfindet und Euch niemand unterwegs Gewalt antut.«

»Wie rücksichtsvoll«, murmelte Heloise dankbar, selbst wenn mehr Eigeninteresse als Galanterie der Beweggrund war für seine noble Geste. Sie wartete, während er den Schlüssel der Kapelle aus seinem Beutel fischte und die Kerze aus der Nische in der Wand nahm.

In vorsichtiger Entfernung folgte Miles ihr. Sie schlug zweimal den falschen Weg ein, und er musste sie zurückpfeifen und ihr mit der Kerze Zeichen geben, so dass er, als sie endlich ihre Tür erreichte, gereizt und aufgebracht war und nahe daran, sie zu verdächtigen, sie hätte ihn aus purer Rachsucht auf eine Tour durch den gesamten Wohnbereich der Burg geführt.

Er plünderte einen Weinkrug und trank ein Glas Muskateller, wütend über sich selbst, dass er sich in das Komplott dieses verflixten Mädchens hatte hineinziehen lassen. Sogar Motten besaßen mehr Vernunft; wenigstens untersuchten sie eine Flamme, bevor sie hineinflogen. Und er war der einzige Mensch im ganzen Haushalt, der behauptet hatte, Lady Haute zu kennen. Falls die richtige Witwe auf der Burg erschien, würde Harry wissen wollen, warum Miles ihn hintergangen hatte. Und Lord Rhys ap Thomas kam am Donnerstag. Verdammt noch mal! Verflucht sei sie! Und alles andere auch!

Sein Bett war schon besetzt, als er sich endlich hinlegte. Dick de la Bere rutschte bereitwillig zur Seite und fragte ihn, wessen Röcke er gehoben habe.

Wie ein Hund mit einem Knochen, der vergraben werden musste, versuchte Rushden, Heloise so diskret wie möglich loszuwerden. Am nächsten Morgen, als sie die Kapelle nach dem Gottesdienst verließ, überreichte ihr der Pförtner, den es mit großem Stolz erfüllte, sich persönlich zu bemühen, einen Brief. Sie steckte ihn rasch unter ihren Gürtel, scheuchte Ned ins Kinderzimmer zurück und schloss den Brief in ihrem Schmuckkästchen ein.

Dem Himmel sei Dank, dass sie das getan hatte. Als sie endlich ein paar Minuten für sich allein hatte, entdeckte sie, dass der Brief von Lady Hautes Ehemann war und er seine Gattin darin aufforderte, unverzüglich heimzukehren. Das orangefarbene Siegel auf dem Pergament war anders als das vorherige und ziemlich undeutlich. Ja, es *war* ein Brief von einem Ehemann. Von *ihrem*! »Schwachkopf!«, murmelte sie und schleuderte den Brief ins nächste Feuer. Sie dachte nicht daran, zu gehen, bloß weil Rushden seine Spielzeugpeitsche knallen ließ. Gott strafe ihn! Wie lange würde dieses Spiel noch dauern?

Und was noch schlimmer war: Sie hatte den Befehl erhalten, Ned zum Frühstück zu seinem Vater zu bringen. Um etwas über den Schwertschlucker zu hören? Das Interesse des Herzogs an seinem Sohn war das einzige Licht an einem dunklen Horizont, denn sie vermutete, dass ihr lieber Freund Rushden ebenfalls anwesend sein würde und ihr rachsüchtige Blicke über die üppig gedeckte Tafel zuwerfen würde.

Der Herzog frühstückte jedoch an dem kleinen Tisch in seinem Schlafgemach, und Heloise, die ihm seinen Sohn gebracht hatte, wurde geheißen, an der Tür zu warten – nahe genug, um Ned hinauszubringen, falls er ungehorsam war, und weit genug, um ignoriert werden zu können und nichts zu hören. Sie kam sich wie ein Wächter vor, als die Diener mit Platten an ihr vorbeikamen, und es war auch ziemlich peinlich; Ned schlang seine Beine um die Stuhlbeine, blies auf sein Essen, um es abzukühlen, und plapperte drauflos. Mehrmals blickte der Herzog zu ihr hinüber, und ihr Mann, der mit ihnen aß und sich scheinbar unbehaglich fühlte in Gegenwart des Kinds, blickte gelegentlich über seine Schulter, sagte aber nichts.

Als Heloise der Betrachtung der scharlachroten und goldenen Schabracken des Bettes, der kostbaren Teppiche, der Statuen auf den Sockeln und der Sammlung goldener, juwelenbesetzter Trinkbecher herzlich überdrüssig war, bemerkte sie, dass der Herzog von Buckingham großartig zu seinem Bett passte. Er trug ein scharlachrotes Wams mit Einlagen aus gelber Seide, das von goldenen Kordeln über der Brust zusammengehalten wurde. Doch trotz seiner prachtvollen Gewänder kam er an die Eleganz seines Begleiters nicht einmal entfernt heran.

Rushdens schwarzes Wams, dessen geschlitzte Ärmel mit grauem Taft gefüttert waren, raschelte, wann immer er seinen Becher an seine Lippen hob. Heloises Blick wurde unanständigerweise angelockt von seinen breiten Schultern, von dem gefältelten weißen Kragen seines Hemds, das halb unter seinem glänzenden Haar verborgen war, das schwarz war wie die Nacht. Du brauchst einen Barbier, sagte sie im Stillen zu seinem stolzen Profil und erblasste, als er plötzlich eine Haarsträhne ergriff und sie stirnrunzelnd betrachtete. Das ist entschieden gegen die Lehren der Heiligen Kirche, schalt sich Heloise – oder war es nur Zufall? Konnte sie ihn dazu bringen, am rechten Knie ein Kitzeln zu verspüren? Eine der beringten Hände Rushdens glitt an der wollenen Strumpfhose seines linken Beins hinab. Hmm. Dann versuchte sie vergeblich, ihn zum Niesen zu bewegen, bevor sie schließlich so vernünftig war, das Spielchen abzubrechen. Es war falsch, sich über Magie lustig zu machen; das Feenreich könnte sie für ein solch leichtfertiges Tun bestrafen.

Nachdem Seine Gnaden von Buckingham sein in Wein eingeweichtes Brot gegessen hatte, tauchte er seine Finger in das ihm angebotene Rosenwasser und schob seinen Stuhl zurück. Aber es war Rushden, der Heloise ansprach. »Wie ich hörte, habt Ihr schlechte Nachrichten von zu Hause erhalten, Lady Haute.« Er wischte sich die Hände an einer Serviette ab und warf sie wieder über die Schulter seines Pagen.

»Ach, nichts Wichtiges, Sir Miles«, antwortete sie leichthin. »Aber dennoch vielen Dank für Eure Nachfrage.«

Rushdens Kinn verhärtete sich.

»Euer Gemahl vermisst Euch nicht?« Buckingham ließ sich von seinem Diener, Pershall, in seinen kurzen Übermantel helfen.

Was mochte der Herzog sonst noch durch den Empfehlungsbrief der Königin erfahren haben?, fragte sie sich in jäher Panik. »Überhaupt nicht, Euer Gnaden, er macht sich nur manchmal Sorgen um Angelegenheiten, die mühelos zu regeln sind.« Sie bedachte ihren wahren Ehemann mit einem raschen Lächeln und richtete den Blick dann wieder auf den Herzog. »Ich kann mich nicht beklagen, Mylord. Er lässt mich tun, was mir beliebt, solange ich ihn bei seinen Beschäftigungen nicht störe.«

»Er ist schon älter, nicht?«

»Um einiges älter als ich, Euer Gnaden, und …« Sie schürzte die Lippen, als sie zu Rushden hinübersah, »und sein Verstand ist nicht mehr, was er einmal war.« Eine Spitze, die eindeutig gesessen hatte, denn Miles Rushden hob sein Fleischmesser auf und befingerte es liebevoll.

Der Herzog wandte sich von dem Handspiegel ab, den ihm sein Page vorhielt. »Mein Sohn erzählte mir, seine Atemnot sei fast vollständig verschwunden.«

»Ich habe ein paar neue Kräuter ausprobiert«, antwortete Heloise vorsichtig.

»Gut.« Seine Gnaden gab kein Urteil über ihre erfolgreiche Behandlung seines Sohnes ab. Entschieden kein Mann, dem leicht ein Lob zu entlocken war. Als er die mutwilligen Blicke sah, mit denen der Kleine seine langen Ärmel maß, tastete er sie nach vorstehenden Gegenständen ab, fand aber nichts und strich dem Jungen über seine blonden Locken. »Ab mit dir!« Auf diese Weise vor die Tür gesetzt, lief Ned zu Heloise zurück, verbeugte sich noch einmal rasch vor seinem Vater und vor Rushden und zog sie an der Hand hinaus.

Es war Rushdens Ärmel, der die Würmer empfangen hatte. Schweigend überreichte er sie Heloise später und schlenderte davon, bevor sie sich entschuldigen konnte.

Mistelzweige! Genau das ist es, dachte Miles, als ihm ein unvereinbares Gewirr aus Grün an einem gesunden Ast auffiel, der noch kahl vom Winter war, als er später mit seinen Bewaffneten nach Llangorse hinausritt, um in einer durch die Vaughans ausgelösten Streitfrage zu ermitteln. Mistress Ballaster streckte ihre Ranken nach ihm aus wie Mistelzweige und sah so lilienhaft weiß und wunderhübsch aus, dass jeder Mann auf der Burg sie mit den Augen entkleidete. Herrgott noch mal, mit diesen Tretower Flegeln war leichter umzugehen als mit diesem verfluchten Mädchen! Er versuchte, sich auf die Straße zu konzentrieren und wünschte, er bekäme Traveller zurück. Vielleicht hätte er vor jeder Scheune und jedem Stall, an denen sie vorbeikamen, pfeifen sollen. Wo konnte sie den Hengst versteckt haben? Vielleicht sollte er den kahlköpfigen Knappen fragen, der mit ihr in Potters Field gewesen war.

Zum Teufel mit Heloise Ballaster! Wenn er nur vergessen könnte, was unter diesen vielen Röcken lag, dem Hauch von Schleier und dem Streifen Pelz, die heute Morgen ihren Ausschnitt gesäumt hatten. Da war er nun hier am Ortseingang von Llangorse und hätte an die vor ihm liegenden Aufgaben denken sollen, aber die Verlockungen der vergangenen Nacht ließen ihm noch immer keine Ruhe und waren ihm eine beständige Erinnerung daran, dass er nicht nur ein familiäres Verhältnis zu dieser Frau besaß, sondern dass sie darüber hinaus sogar sein war. Das heißt, falls er es wollte –

und das war gar nicht ausgeschlossen. Der Gedanke war verlockend und zugleich schrecklich lästig. Gerade als er sich sagte, es sei dringend nötig, ehrlich zu Harry zu sein und das Mädel zu ihrem unverschämten Vater zurückzuschicken, bedrängte ihn ein anderer Teil von ihm, sich mit ihr zu vergnügen. Du besitzt die Ware, sagte seine sündige Seite, da könntest du sie wenigstens prüfen, bevor du sie zurückschickst.

Und genau an diesem Punkt wurden er und seine Männer von den Vaughans angegriffen.

Ich hätte mich auf meine Arbeit konzentrieren sollen, dachte Miles, als sie später angeschlagen und siegreich nach Broullys galoppierten. Aber er hatte einen prall gefüllten Beutel voller Pachtgebühren in seiner Satteltasche, und als Thomas Vaughn ihn wegen der trächtigen Stute geneckt hatte, die er sich kürzlich zugelegt haben sollte, hatte er den Mistkerl außer Hörweite seiner Männer mit der Spitze seines Schwerts gegen einen Baum gezwungen.

Vaughan hatte wenig Ermutigung gebraucht, um ihm den Rest zu erzählen. Eine englische Edelfrau sei auf Traveller nach Wales geritten, hieß es, und in den Tälern ginge das Gerücht um, sie trüge Rushdens Kind unter dem Herzen.

Vielleicht sollte ich Traveller Rushden als Friedensangebot zurückgeben, überlegte Heloise und lehnte sich mit geschlossenen Augen an das Kopfteil ihres Betts. Dafydd rieb ein Ohr an ihrem Ellbogen, weil er gestreichelt werden wollte. Ja, und wenn sie schon einmal dabei war, konnte sie Neds Hund auch gleich auf einem Scheiterhaufen verbrennen lassen, unter Trompetenstößen und gefolgt von allgemeinem Jubel. Traurig drehte sie die Überreste ihrer besten

Lederschuhe in den Händen. Das boshafte Geschöpf hatte auch die Lederriemen von einer ihrer Holzpantinen abgerissen, auf der anderen Spuren seiner Zähne hinterlassen, ein Strumpfband zerrissen, das Ende eines gaufrierten Ledergürtels zerkaut und eine Ecke ihres Federbetts zerfetzt, bevor er eins auf die Nase bekommen hatte. Mit einem tiefen Atemzug stürmte Heloise wie ein Turnierchampion ins Kinderzimmer, nur um festzustellen, dass ihr Schützling halb aus dem schmalen Fenster hing und der Klang von Hörnern den Burghof erfüllte.

»Es ist meine Frau Mutter!«, rief Ned und zerriss sich fast das Wams, als er sich zappelnd durch die Längspfosten des Fensters zurückzwängte. »Sie hat bestimmt Geschenke mitgebracht!«

Der gesamte herzögliche Haushalt ergoss sich auf den Hof wie Milch aus dem umgekippten Eimer einer Melkerin, um dann, ihrem Rang entsprechend, von dem schimpfenden Kämmerer Sir Nicholas Latimer in ordentliche Reihen eingeteilt zu werden wie Rechenperlen. Heloise, die einen höheren Rang einnahm als die Falkner, aber einen niedrigeren als der Schatzmeister, verließ ihren Platz, um Ned zu tadeln, der, frisch gebadet und in seinen schönsten Kleidern, die Treppe hinauf- und hinunterhüpfte wie ein gut angezogener Floh.

Im Schatten der Pracht des Herzogs und seines jungen Sohnes fühlte Heloise sich sicherer, aber nicht weniger besorgt. Was, wenn die Herzogin der wahren Lady Haute in Westminster oder Windsor begegnet war? Ein kleiner Trost, falls sie entlarvt wurde, war, dachte Heloise, dass Miles Rushden ein paar unbequeme Fragen würde beantworten müssen im Hinblick darauf, warum er so getan hatte, als kenne er sie. Wo steckte Rushden? Sie war neugierig, in welche Reihe er sich eingegliedert hatte, denn außer als Freund und Vertrauter des Herzogs schien er kein offizielles Amt in diesem Haushalt zu bekleiden. Sie blickte sich um, aber der Mann war nirgendwo zu sehen. Vielleicht suchte er sein Pferd oder schikanierte ein paar arme Dörfler wegen Pachtgebühren, die sie nicht aufbringen konnten.

Catherine Woodville, die jüngste Schwester der bezaubernd schönen Königin von England, war sechsundzwanzig Jahre alt und eher enttäuschend, als sie mit ihren kleinen Töchtern aus der Kutsche stieg. Ihr Stirnhaar war nach dem Schönheitsideal der Zeit rasiert, so dass es unmöglich war, zu sehen, ob sie das gleiche blonde Haar besaß wie ihre Schwester, das angeblich König Eduards Herz gestohlen hatte. Ihrem rotbraunen Reisegewand nach zu urteilen, besaß die Herzogin entweder wenig Sinn für Mode, oder der Herzog knauserte mit ihrem Kleidergeld. Oder vielleicht hatte sie es auch einfach aufgegeben, mit ihrer schönen Schwester zu konkurrieren – Heloise kannte das Gefühl.

Nicht nur mit Lastkörben beladene Packpferde wurden in den Hof geführt, sondern auch Karren auf Karren fuhren herein. Eine erstaunliche Sammlung langhaariger älterer oder junger Männer, die mit steifen Gliedern aus den mit Planen zugedeckten Wagen ausstiegen, trug Lauten, Drehleiern und alle möglichen anderen Instrumente bei sich. Ältere Männer oder junge Kastraten! Die Herzogin ist eine vorsichtige Frau, dachte Heloise, als sie bemerkte, dass Herzog Harry die Männer verärgert ansah. Sie gruppierten sich und begannen zu spielen, als Ihre Gnaden bis zu ihren Knöcheln ihre Röcke raffte und penibel auch der kleinsten Pfütze auf dem Hof auswich.

Mylord von Buckingham stand da, die Hände in die Hüften gestemmt und Ned an seiner Seite. Statt seine Frau mit Zuneigung zu begrüßen, rief Seine Gnaden ärgerlich: »Herrgott noch mal, Ihr habt doch nicht etwa noch ein Schaukelpferd gekauft!«, als ein bunt bemaltes Spielzeugpferd (diesmal mit einer goldenen Mähne) von einem der Karren gehoben wurde und Ned von einem Diener mit einer respektvollen Verbeugung überreicht wurde.

Das Kind, das die Manieren seines Vaters nachahmte, schob schmollend seine Unterlippe vor. »Wo sind meine Stelzen? Ihr habt mir STELZEN versprochen!«

Mit einem angespannten Lächeln trat Heloise hinter das Kind und zog seinen Hut über seine Augen. »Verbeugt Euch und küsst die Hand Eurer Mutter! JETZT!«

Ned schob seinen Hut zurück und verdrehte unwillig die Augen, doch dann gehorchte er und überreichte seiner Mutter höflich eine Kohlezeichnung – mit der Burg, der Sonne, einer Blume und einem sehr grimmig aussehenden Fallgatter. Die Herzogin nahm das Bild, wie sie vielleicht ein Blumensträußchen von einem Dörflerkind genommen hätte, ging mit der Bemerkung weiter, sie hoffe, Lady Haute habe Brecknock nicht zu kalt gefunden, und zog sich schnurstracks mit einer Migräne in ihr Schlafgemach zurück.

Da ihr daran lag, die Herzogin von ihrer Kompetenz zu überzeugen, hatte Heloise sich ihre Lügen schon zurechtgelegt, doch weder ihr noch Ned wurde eine Audienz gewährt. Für den Moment war sie also verschont, aber noch längst nicht freigesprochen.

»Ich bin nicht beeindruckt«, murmelte sie zu Bess, die alles andere als überrascht die Schultern hochzog.

Die Herzogin ließ sie schließlich nach dem Abendessen

holen. Als Heloise Ned über die Teppiche und Felle folgte, um vor einer Hintergrundmusik aus Schalmeien und Flöten ihren Höflichkeitsbesuch zu machen, kam sie sich vor wie ein Schmetterling, dem die Flügel ausgerissen wurden; die edlen Damen des Schlafgemachs waren eifrig damit beschäftigt, den Wert ihrer Kleidung abzuschätzen.

Mit Sir Williams Referenzen noch frisch in ihren Ohren, war Herzogin Catherine sehr freundlich zu Heloise. Während sie obligatorischerweise kurz Neds Krankengeschichte besprachen, zettelte der kleine Spitzbube mit seinen Geschwistern einen Streit an und musste von Bess hinausgebracht werden. Die Herzogin gab Heloise nicht die Schuld an seiner Unmanierlichkeit. Vielleicht benahm er sich immer so, um die Aufmerksamkeit seiner Mutter zu gewinnen. Erst als ein älterer walisischer Harfner herbeigerufen wurde, um zu spielen, konnte Heloise zurücktreten, froh, dass das Verhör beendet war.

Nein, nicht ganz. Es wurde nun Zeit, sich mit Neds kleinen Schwestern bekannt zu machen, seinen kleinen Bruder zu bewundern, die vernichtenden Blicke seines Kindermädchens zu ertragen und den Kindermädchen der anderen freundlich zuzunicken. Als sie sich endlich zum Rand des Schlafgemachs zurückziehen konnte, noch immer wohlbehalten und intakt, hatte sie zumindest erfahren, dass Lady Hautes Vorname Eleanor war. Die Heiligen mussten heute einen großzügigen Tag haben. Weder Herzogin Catherine noch irgendeine ihrer Hofdamen behauptete, Lady Eleanor je zuvor begegnet zu sein.

»Seid Ihr musikalisch, Lady Haute?«, rief die Herzogin ihr zu, mit weit mehr Enthusiasmus, als sie bei dem Gespräch über die Gesundheit ihres Kinds hatte erkennen lassen.

»Ja, Euer Gnaden.«

Ned, dem erlaubt worden war, wieder hereinzukommen, versuchte, auf ihren Schoß zu klettern und bat sie, ihr Lied vom Grashüpfer zu singen. Musik war eindeutig ein Mittel, ihre Herrin zu erfreuen und eine einflussreiche Verbündete zu gewinnen, und so setzte Heloise sich bescheiden auf den Hocker vor den cremefarbenen Lederschuhen der Herzogin und sang ein Liebeslied.

O schlaft, mein Herr,
mein irdischer Schatz,
süß singt die Nachtigall,
denn in Eurer Liebe
liegt meine Freude
und meine Freude ist Euer Werk.

Ich werde wachen
die ganze lange Nacht,
schlaft süß jetzt, lieber Freund,
auf dass Ihr mich
am Morgen küssen könnt,
und unsere Liebe nie ein Ende kennt.

Draußen vor der Tür stand Miles, gewaschen, umgezogen und bereit, die Herzogin zu begrüßen, aber es widerstrebte ihm, diese wundervolle Stimme, die dort sang, zu unterbrechen. Herzogin ›Cat‹ hatte schon wieder eine neue Stimme gefunden und eine neue Hand, in die sie Münzen legen konnte. Harry würde so erfreut darüber sein wie über eine Distel in der Satteldecke. Aber diese Stimme gehörte einer Frau, keinem Kastraten. Miles runzelte die Stirn und lehnte sich an die Mauer neben der Tür. Die Musik, die unter der Tür hindurchdrang, schlich sich in sein abgestumpftes Herz, und die süße, kristallklare Stimme fand Eingang in seine Seele.

Oh könnt ich doch
die tiefen Wunden heilen,
ah, süßer Herr Jesu, wäre das doch so,
barmherziger Gott,
ich werde dich immer lieben,
in Liebe mein Leben – im Tod mein Leid.

Ich bewahrte meine Liebe
vor der langen Nacht,
aber im Morgengrauen
nahm der Tod mir meinen Freund.
Einsam bin ich
im Sonnenschein,
oh süßer Herr Jesu, ich bitte um Verzeihung.

»Miles?« De la Bere rüttelte an seiner Schulter. »Die Musik geht dir wohl nahe, Mann?«

Das verwässerte Grinsen war nicht gerade eine seiner besten Leistungen. »Es ist nichts, Dick. Nur ein bisschen Traurigkeit. Es wird vorübergehen.«

»Denk an die Zukunft mit Myfannwy. Du wirst schon bald wieder ein Kind haben.«

»Ja.« Die müden Finger, die über sein Kinn rieben, berührten wieder den Schaden, den sie einst zur Buße selbst verursacht hatten.

»Dann lass uns hineingehen. Das Lied ist vorbei.«

Aber nichts war vorbei, denn die vertraute Gestalt einer schlanken jungen Frau saß auf dem Hocker zu Füßen der Herzogin, nicht stolz mit ihren Röcken um sich ausgebreitet, sondern in kompletter Selbstvergessenheit, die weißen Hände auf dem Schoß gefaltet und die Knie zusammen wie ein verträumtes Kind, das für die Welt um sich herum verloren ist. Als begeisterter Applaus erklang, verfolgte Miles, wie die braunen Augen Mistress Ballasters ihre Umgebung langsam wieder wahrnahmen. Dann sah sie ihn und erhob sich in jäher Scham. Er hatte sie bei diesem Teil ihrer Scharade gestört.

»Sir Miles, wir sehen Euch nicht oft hier.« Das Lied hatte Herzogin Cat beseelt wie immer. »Hat die Musik Euch hergelockt?«

»Ja, die Musik.« Er verbot sich, der Versuchung nachzugeben, Heloise anzusehen, unterdrückte den Schmerz, den das Lied in ihm geweckt hatte, und die Sehnsucht und das tief empfundene Verlustgefühl. Nahmen Mistress Ballasters Fähigkeiten denn kein Ende? Sie würde sogar noch schwerer loszuwerden sein, wenn Cat ihre Fürsprecherin würde, und sie hatte auch schon andere Herzen gewonnen. Angewidert verzog Miles das Gesicht über die unverhohlene Bewunderung im Gesicht eines alten walisischen Harfners. Nein, sie musste fort von hier! In ein paar Tagen hatte sie seine stabile Welt erschüttert. Er wagte nicht, ihr noch mehr Zeit zu lassen.

»Waren es die Feigen beim Abendessen, Sir Miles?«, erkundigte sich der Mühlstein um seinen Hals wenig später honigsüß. Die anderen im Raum beachteten sie nicht, sie waren abgelenkt von einem neuen Psalterium, das die Herzogin in Hereford gekauft hatte.

»Pardon, *Lady Haute*?« Eine Eisenstange hätte freundlicher ausgesehen.

»Nun ja, Ihr seht ein bisschen grün aus im Gesicht.« Heloise studierte ihre Zehen.

»Ich muss mit Euch reden, Madame«, murmelte er und hob die Hand, als unterdrückte er ein Hüsteln. Sie musste sich sehr zusammennehmen, um nicht zu lachen. Als Nächstes würde er nur noch über verschlüsselte, mit Zwiebelsaft geschriebene Briefe mit ihr kommunizieren, die er ihr heimlich zusteckte.

Das gleichzeitige Erklingen einer Handorgel und eines Dudelsacks erlaubten ihm, sich für ihre Stichelei zu revanchieren. »Wisst Ihr, wie ich es schaffe, meinen Verstand zu bewahren, Madame?« Er starrte geradeaus und versuchte den Eindruck zu erwecken, als sprächen sie nicht zusammen, aber wenigstens klang er jetzt nicht mehr so schlecht gelaunt. »Indem ich mir Möglichkeiten ausdenke, Euren Untergang herbeizuführen. Euch zu erdrosseln steht ganz oben auf meiner Liste.«

»Nun, Ihr werdet es im Angesicht der Öffentlichkeit tun müssen, Sir«, entgegnete sie zuckersüß, »da wir ja nicht allein sein dürfen.«

»Diese Regel, meine liebe Lady Haute, dient nur dazu, eine Vergewaltigung zu verhindern, aber keinen Mord.«

»Ah, aber theoretisch könntet Ihr das eine tun und dann das andere – oder sogar ...« Sein ärgerliches Stirnrzunzeln veranlasste sie, beschämt zu schweigen.

»Könnt Ihr eigentlich nie still sein, Mistress Ballaster?«, bemerkte Miles voller Verachtung und dachte, dass es der Himmel auf Erden sein würde, sie übers Knie zu legen. »Ich kann Euch versichern, dass es mir durchaus genügen würde, Euch langsam zu ermorden.«

Er warf einen raschen Blick zur Seite, doch Mylady schwieg nachdenklich. »Apropos«, verkündete er vergnügt. »Ich vergaß, Euch zu sagen, dass es vorbei ist mit dem Handeln. Ich habe Traveller gefunden.«

Es war nur eine kleine Rache, aber den Herzog und die Herzogin zu zwingen, Ned und Sir Thomas Limericks Enkel vor dem Abendessen im Solarium einem kleinen Intermezzo in Lateinisch zuzusehen, verschaffte Heloise unendliche Genugtuung. Sie hatte darauf bestanden, dass alle Eltern der Aufführung beiwohnten. Während Neds Lehrer und Bess das Chaos hinter dem Podium, wo die aufgeregten kleinen Schauspieler hockten, regelten, führte sie das unlustige Publikum herein.

»Ihr sprecht Latein, Lady Haute?«, begrüßte Rushden, der wie immer an der Seite seines Herzogs war, sie kurz darauf, als sie mit Sir William an der Tür stand.

»*Eheu*! Schlechter als Französisch, aber besser als Griechisch. Geht nicht, Sir. Bitte bleibt und schaut den Kindern zu.« Es war freundlich gemeint.

»Nein, diese Dinge gehen mir auf die Nerven.«

»Ihr werdet eines Tages vielleicht auch ein Vater sein.«

Sie hatte erwartet, dass er mit einer scherzhaften Bemerkung darauf antworten würde, doch sein unnachgiebiges Kopfschütteln hatte etwas merkwürdig Gequältes an sich. »Sie beginnen. Entschuldigt mich.«

Sir William, der den Austausch gehört hatte, warnte sie danach. »Ich glaube, Ihr solltet etwas wissen, Lady Haute«, murmelte er und zupfte an seinem langen Ohrläppchen. »Rushden hat seine Frau und seinen einzigen Sohn durch die Pest verloren. Der Junge wäre heute in Neds Alter, wenn er noch leben würde.«

Deshalb mied er Ned also. »Herr, verzeih mir.« Sie bekreuzigte sich. »War er bei ihnen, als ...?«

»Ah, das ist der wunde Punkt, Mylady. Er war selbst an den Pocken erkrankt, als ihm die Nachricht überbracht wurde. Er hatte sich auf der Rückreise von hier angesteckt und lag in Newport eine Woche lang im Bett. Die Kunde machte ihn halb wahnsinnig vor Kummer.«

Also hat Rushden doch ein Herz unter seiner Rüstung, dachte Heloise mitfühlend und traurig, als sie sich an der schlafenden Bess und dem schnarchenden Benet vorbeistahl, um nach Ned zu sehen, der tief und fest schlief, mit dem Daumen im Mund und einem Stoffesel unter dem Arm.

Als sie einen Kuss auf Neds Wange hauchte, dachte sie an jenes andere Kind, dessen Tod in einem gleichgültigen Gasthof in Newport verkündet worden war. Wie grausam für seinen armen Vater – sie stellte sich Rushden in einer schlichten Kammer liegend vor, mit scharlachrotem Gesicht, übersät von Pocken wie von bösartigen Schweißtropfen. Hatte ein Diener ihm einen Brief gebracht oder ihm die Kunde mündlich überbracht? Aus einem Impuls heraus öffnete sie ihre Reisetruhe und nahm den Ring heraus, den ihr Vater Rushden für ihre Trauung abgenommen hatte.

Großer Gott! In ihrem Kopf begann es sich zu drehen. Nein, schrie sie, auf die Knie sinkend, und presste die Hände an die Augen, aber die Vision kam: ein jüngerer Rushden, mit Tränen in den Augen und auf seinem armen verkrusteten Gesicht, der in Rage wieder und wieder den Brief zerriss und ihn ins Feuer schleuderte. *Verschont mich! Nicht noch mehr*!, protestierte sie, als sie schwankend ins Kinderzimmer zurückkehrte, aber eine unsichtbare Macht zwang ihr Bewusstsein, zuzusehen, wie Rushden auf die Knie sank und mit einem bestialischen Aufheulen seine Fingernägel über die schwärenden Wunden an seinen Wangen zog.

Das Feuer im Kamin war schon beinahe erloschen, als

Heloise endlich die Hände vom Gesicht nahm und ihren Blick zu dem Kruzifix an der Wand erhob. Schwankend richtete sie sich auf, wischte ihre Tränen ab und versuchte, sich mit dem Schüren des Feuers abzulenken. Ihre Hände zitterten, als sie die Kräuter für Neds Frühstückstee vorbereitete. Das Beste wäre, Brecknock zu verlassen, den Lügen ein Ende zu bereiten – in Frieden zu scheiden von Miles Rushden!

»Mylady.« Heloise ließ den Topf beinahe ins Feuer fallen.

Der alte Harfner, Emrys, stand im Eingang und schien die Tatsache zu genießen, dass sein plötzliches Erscheinen sie erschreckt hatte. »Eure Stimme, *arglwyddes*, ist ein Geschenk des Himmels«, erklärte er, während er unaufgefordert eintrat und nicht einmal um Verzeihung bat, als er sie nur mit ihrem Morgenrock bekleidet und ihrem für das Bett geflochtenen Haar antraf. Bevor sie ihn daran hindern konnte, setzte der Mann seine Harfe ab und ging neugierig zu Neds Zimmer weiter. Heloise folgte ihm besorgt, aber er warf nur einen Blick auf das Kind und die anderen beiden Schlafenden, und auf seinem zerfurchten Gesicht erschien ein sanftes, etwas zwiespältiges Lächeln.

Einen Finger an seine Lippen haltend, zog er sie in den Vorraum zurück, schloss die Verbindungstür und hockte sich auf den dreibeinigen Stuhl neben dem Herd. Dann, ohne sie zuvor um Erlaubnis gebeten zu haben, begann er ihr in einer schönen, sanften Stimme von seiner geliebten walisischen Musik zu erzählen, von der Brühe aus dem Kessel der Göttin Ceridwen, aus der Taliesins Gabe stammte, und von den Träumen seines Volkes. Heloise war so fasziniert von den Legenden, dass eine Stunde schneller verstrich, als Wolken über das Gesicht des Mondes zogen, bevor der alte Musiker seine Harfe aufnahm und für sie spielte.

Emrys Singstimme war rissig vom Alter wie eine gesprungene Glasur, aber sie musste einst stark und ein Vergnügen für Mann und Frau gewesen sein. Er begann sie zu unterrichten, sprach langsam in seiner eigenen Sprache, sang die Sätze dann und bat sie, sie zu wiederholen. Es war anfangs fast unmöglich, sich das Walisisch einzuprägen, aber er brachte sie dazu, jeden Vers zu wiederholen, und dann sang er mit ihr, und Heloise sang die untere und obere Gegenstimme zu seiner Melodie.

»*Arianlais*, das war wirklich großartig«, sagte er schließlich, und sie sah im flackernden Schein des Kerzenstummels, dass seine Augen feucht geworden waren. »Es ist eine Schande, dass kein walisisches Blut in Euren Adern fließt und Ihr kein Junge seid, denn sonst könnte ich einen Barden aus Euch machen. Der große Taliesin persönlich hätte für eine Stimme wie die Eure gern geschrieben.« Er erhob sich. »Es ist schon spät, aber könnt Ihr nicht morgen Abend in die Stadt kommen? Dort werdet Ihr solche Musik hören.«

»In die Stadt, Master Emrys! Ich glaube nicht, dass man mir das erlauben würde.«

Seine dichten grauen Augenbrauen zogen sich zusammen. »Es gibt noch andere Wege, diese Burg zu verlassen. Sagt, dass Ihr kommen werdet, *arglwyddes*. Wir erwarten morgen einen Besucher in der Stadt, der den Mantel des wundersamen Barden Dafydd ap Gwilym trägt und einen Kranz aus Eichenblättern über seiner Stirn. Lewis Glyn Cothi, Mylady!«

Offensichtlich erwartete er von ihr, dass sie beeindruckt war. »Aber kommt der große Lewis nicht auf die Burg?«, entgegnete sie taktvoll. »Ich bin sicher, dass Ihre Gnaden entzückt sein würde, ihn zu hören.«

»O nein, Lewis spielt nicht mehr für die Engländer, seit die Männer von Chester ihn verprügelt haben. Das hat er nie verziehen. Aber vielleicht wird er kommen, wenn Lady Myfannwy heiratet, denn es wird von ihm erwartet, dass er bei solchen Festen spielt.«

»Myfannwy?«

»Aye, Rhys ap Thomas' Mündel.« Ein weiterer Name, der sie mit Ehrfurcht hätte erfüllen sollen. »Unser edler Rhys kommt, um über ihre Mitgift zu verhandeln. Aber morgen Abend, *bach*. Ihr könnt diese großspurigen englischen Tyrannen und das Kind doch sicherlich für ein paar Stunden allein lassen? Das Kindermädchen kann auf den Jungen aufpassen. Warum nicht zur Abwechslung mal ein bisschen Abenteuer? Ach, kommt doch einfach, *arianwallt*, und singt, was ich Euch heute Abend beigebracht habe.«

»Was war das?«, fragte sie ein wenig misstrauisch. »Ein Klagelied?«

»Natürlich – um ein Land, das unter dem Absatz der *saeson* zertreten wird.«

»*Saeson?*«

»Das ist unser Wort für Engländer.«

»Engländer! Natürlich! Das ist es, was die Leute murmelten, als die Soldaten kamen, um mich aus der Stadt zu holen.«

»Ihr werdet innerhalb kürzester Zeit Walisisch lernen.« Er kniff ihr lächelnd in die Wange. »Kommt und hört Euch unsere großartige Musik an. Niemand wird es wagen, Euch zu belästigen, das verspreche ich. Ich werde nicht von Eurer Seite weichen und Euch nicht mit schwitzenden jungen Burschen allein lassen, obwohl sie eine feine Frau aus Euch machen würden.« Und was sollte das schon wieder heißen?

»Ich kann es mir nicht leisten, Seine Gnaden zu verärgern.« Aber es war ein verlockender Gedanke, die Burg wieder einmal zu verlassen.

»Das werdet Ihr auch nicht. Wir schätzen Gaben wie die Euren hier in Wales, *arglwyddes*.« Sein weiser alter Blick verweilte auf den silbernen Zöpfen auf ihren Schultern. »Fragt die *tylwyth teg* und lasst mir Eure Antwort überbringen.«

Heloise starrte ihn in freudigem Entzücken an und spürte, dass er versuchte, ihre Gedanken zu erforschen.

»Lauft nicht weg, *arglwyddes*, denn sonst werdet Ihr das Ziel Eurer geheimsten Wünsche niemals finden.«

»Sir.« Miles fuhr herum und sah, dass es Neds Kindermädchen war, das früh aufgestanden war und vor ihm knickste. Bess richtete sich mit ernster Miene auf und warf ihre nussbraunen Zöpfe zurück. »Es ist sonst nicht meine Art, zu plaudern, Sir, aber ich finde, Ihr solltet wissen, dass Master Emrys gestern Abend hier war und für Lady Haute gespielt hat. Ich hörte, wie er sie einlud, in die Stadt zu kommen.«

»Ach ja? Und was hat sie geantwortet?«

»Weder Ja noch Nein. Einer der Vaughans wird heute am Osttor aufgehängt, nicht wahr?«

»Aye, für Schafdiebstahl«, antwortete er ernst. »Emrys bringt den Vaughans wenig Sympathie entgegen, doch falls er Lady Haute erneut belästigt, gebt mir umgehend Bescheid, Bess. Und es wäre in Eurem Interesse«, er tippte an den Geldbeutel an seinem Gürtel, »ein schärferes Auge auf Mylady zu haben – ihr selbst zuliebe natürlich nur. Informiert mich über alles, was Euch ungewöhnlich vorkommt.«

Ja, ein leises Wort zu den Wächtern und dem Pförtner wäre ratsam. Es wurde langsam Zeit, dass er still und heimlich diesen Dorn aus seinem Fleisch entfernte. Wenn Lady Eleanor Haute die Burg verließ, würde es für immer sein. Er würde persönlich die Zugbrücke für sie herablassen und ihr sogar einen Abschiedskuss geben vor lauter Freude, dass sie endlich ging.

»Was zum …« Er sah auf den Boden. Ein schwarz-weißer Mäusejäger rieb sich an seinen Stulpenstiefeln. Miles' Nackenhaare sträubten sich, als das Tier schnurrte und den Rücken krümmte.

»Oh, das ist Lady Hautes Kater. Er muss mir hinuntergefolgt sein. Komm, Dafydd.«

Miles fuhr sich mit einem Finger unter seinen Kragen, als schnürte er ihm die Luft ab. Konnte Heloise wissen, dass sie über sie gesprochen hatten? Der Kater spitzte aufmerksam die Ohren, schien ihm. Miles trat abrupt zurück, und der Kater folgte ihm mit seinem ernsten Blick. Alle Katzen sahen so aus, aber als Bess das Biest endlich weggebracht hatte, fischte Miles das kleine Kruzifix aus den Rüschen seines Hemds und murmelte ein Vaterunser.

Heloise rüttelte an ihrer Schlafzimmertür. Sie wurde zum Gottesdienst erwartet. Hatte Benet gedacht, sie sei bereits gegangen, und den Schlüssel umgedreht? Der Herzog und die Herzogin würden verärgert sein, wenn sie sich nicht um Ned kümmerte. War es ein Trick von Rushden, um sie in Misskredit zu bringen? Würde man sie beschuldigen, Angst zu haben, das Haus Gottes zu betreten? Mit raschelnden Röcken schritt sie verärgert auf und ab und nahm dann rasch das Drahtgestell für ihren Schleier von den Ohren. Nachdem sie einen Teil der Gaze vorsichtig entfernt hatte, damit sie nicht beschädigt wurde, drückte sie den Draht zusammen und schob ihn in das Schloss. Es dauerte eine Ewigkeit, aber nach mehreren Versuchen sprang das Schloss dann endlich auf, und sie war frei.

Der gesamte herzögliche Haushalt, bis auf die Wächter auf den Türmen, war bereits in Sir Nicholas' Kapelle, als sie auf Zehenspitzen eintrat, mit hochrotem Gesicht und einem alles andere als perfekten Schleier. Wann immer die Versammlung sich erhob oder niederkniete, bahnte sie sich einen Weg durch die Gläubigen zu Ned. Ihre Gedanken waren ganz woanders als bei Gott.

»Wo wart Ihr?«, flüsterte Ned in einem Ton, der einen ganzen Friedhof wecken könnte.

»Psst!«

Rushden blickte sich um und sah für einen Moment lang so bestürzt aus wie ein auf frischer Tat ertappter Dieb.

Der Kaplan kündigte an, er werde nun zum dritten Mal das Aufgebot für Sir Miles Rushden und Lady Myfannwy bestellen. »Und falls es einen Grund gibt, warum dieser Mann und diese Frau nicht in heiliger Ehe verbunden werden sollten, trage er jetzt seine Argumente vor.«

Ach du liebe Güte! Während Heloise verblüfft nach Luft schnappte, schrie die Frau neben Rushden auf, und eine große Kröte ließ die vorderste Reihe der Würdenträger auseinander springen. Das Latein des Kaplans wurde schneller, als die Dienstboten ein lautes Gezeter anstimmten, und der arme Kleriker wirkte unendlich erleichtert, die ganze Bande segnen und entlassen zu können, einschließlich der Kröte.

»Habe ich je behauptet, das Leben auf Brecknock sei langweilig?«, murmelte der Herzog. »Lady Haute, bringt Lord Stafford hinaus und lasst ihm von Benet eine Tracht Prügel geben.«

»Nein! Nein! Ich war das nicht!«, jammerte Ned.

»Natürlich war er es nicht«, rief Heloise, die einen Asthmaanfall Neds befürchtete, »und ich möchte wissen, wer mich eingeschlossen hat.« Ihr Blick verweilte kurz auf Miles' Gesicht, als sie sich herausfordernd umsah, aber alle bis auf ihren Ehemann hatten Ned auch in diesem Punkt bereits für schuldig befunden.

Seine unerwartete Hilfe kam ihr dennoch sehr verdächtig vor. »Ich glaube, wir sollten dem Wort eines zukünftigen Herzogs trauen, Mylord.«

Seine Gnaden zog die Brauen hoch, als überraschte es ihn, dass sein Freund das Kind plötzlich verteidigte. »Wenn es nicht Lord Stafford war ...« Mit einem strengen Blick sah der Herzog prüfend die anderen Kinder an, einschließlich seiner Töchter. »Ich erwarte, dass der Schuldige ein Geständnis ablegt und sich bei dem Kaplan entschuldigt, und sollte sich sonst noch jemand über das Haus Gottes lustig machen, wird er streng bestraft werden.« Falls er erwartete, dass seine Herzogin diese Entscheidung unterstützte, wurde er enttäuscht. »Kommt, Madame!«

Nach einem zustimmenden Blick der Herzogin bückte Heloise sich und brachte Ned dazu, die Röcke seiner Mutter loszulassen. Zärtlich strich sie mit einem Finger über sein gerötetes Gesicht und kitzelte ihn unter dem Arm, bevor sie sich aufrichtete und erklärte: »Heute Morgen werden wir lernen, uns schwierigen Tieren zu nähern. Sir Miles! Vielleicht könntet Ihr so freundlich sein, Lord Stafford ein paar Minuten Eurer Zeit zu widmen.«

Rushden, als er sich daran gehindert sah, im Gefolge des Herzogs zu verschwinden, hätte nicht überraschter aussehen können, wenn sie sich in ein Krokodil verwandelt hätte. Seine Antwort war knapp: »Redet mit dem Hofmarschall, Madame.«

»Ach, geht doch mit, Sir Miles«, sagte Herzogin Catherine gereizt und schritt, ihren wartenden Gemahl ignorierend, eilig auf die nächste Treppe zu.

Neds Hand in ihrer, nickte Heloise Bess zu und wartete darauf, dass Rushden sie begleitete. Myfannwy heiraten! Was für ein heimlich tuerischer, verlogener Hurensohn! Und er sah sündig aus wie ein Satyr nach einer Orgie – oder schätzte sie zumindest, da sie wenig Ahnung hatte von derlei Dingen.

»Ich wünsche, dass Ihr uns zu Traveller führt, Sir«, verlangte sie.

»So, tut Ihr das?« Rushden kniff verärgert die Lippen zusammen.

»Oder wir können natürlich auch Kröten jagen gehen, falls Euch das lieber ist.« Die Schlange *heiratete*!

»O ja, bitte!«, rief Ned.

Traveller wieherte zur Begrüßung und schien unentschlossen, wen er zuerst mit seiner großen Nase anstubsen sollte. Aus sentimentalen Gründen vielleicht wählte er seinen Herrn zuerst, hielt den Blick aber zugleich wachsam auf den Beutel an Mistress Ballasters Taille gerichtet. So ein perfides Biest!

»So, und nun …« Miles' dämonische Lady wandte sich mit einem kühlen Lächeln zu ihm um, »könntet Ihr Ned vielleicht dazu ermuntern, ihn zu füttern.« Mit erfahrener Hand nahm sie Hafer aus einem Sack und reichte ihn dem Pferd. Oh, sie war also beleidigt, was? Aber wieso? »Es würde helfen, ihn hochzuheben, *Sir.*« Das Wort klang frostig.

Miles atmete tief ein. »Nein.« Am liebsten hätte er die Flucht ergriffen.

Es war das Kind, das die Situation entschied, indem es

sich von Bess' Hand losriss und die langen Ärmel des Ritters um sein Handgelenk schlang. »Sir«, sagte Ned mit unerwarteter Bescheidenheit, »ich würde es *wirklich* gern versuchen.«

Zum ersten Mal seit dem Tod seines Sohnes fühlte Miles wieder kleine Hände auf seinen Schultern. Es hätte Phillip sein sollen, den er in seinen Armen hielt. Warum hatte Phillip sterben müssen? Tränen schnürten ihm die Kehle zu. Er schwang den Jungen abrupt zur Wand, damit Mistress Ballaster seinen Schmerz nicht sah. Aber der Knabe hatte ihn schon gesehen. Ned lehnte sich zurück, um Miles genauer anzusehen. »Sir, habt Ihr die Kröte in der Kapelle ausgesetzt?« Die winterliche Kälte zwischen ihnen taute schnell.

Miles zwang sich, den kleinen Jungen anzusehen. »Ja«, wisperte er und schlang seine Arme noch ein wenig fester um Ned.

»Warum?«

»Weil ... weil Brecknock schrecklich langweilig sein kann. Aber verpetzt mich jetzt nicht an Lady Haute ... und kommt mit, um Traveller guten Tag zu sagen. Er wird Euch nichts zuleide tun. Vertraut mir.« Ein kleiner Arm schlang sich um seinen Nacken, als er einen Schritt näher an die Box des Hengstes trat. »Seht Ihr, Bess und Lady Haute fürchten sich nicht vor Traveller, Ned. Lady Haute fürchtet sich vor gar nichts.«

»Nicht einmal vor Kröten, menschlichen!«, murmelte seine Gattin mit Gefühl.

»Wollt Ihr Euch von einer Frau beschämen lassen?«, wisperte Miles. »Kommt schon, Ned.«

Musste sie dastehen wie seine Gouvernante, während er versuchte, Harrys Kind ein bisschen Mut zu machen? Musste sie die Pferdeknechte und Stallburschen so fröhlich anlächeln?

Nun musste er sich gefallen lassen, dass die Kerle sich ihren Reim darauf machten und sich obendrein erlaubten, den Frauen zuzuzwinkern. Gott sei Dank überwand das Kind sich irgendwann dazu, einen winzigen Moment lang über Travellers Brust zu streichen. Wenigstens benahm das Pferd sich anständig, als verstünde es die Angst des kleinen Menschen. Vielleicht würde die Hexe ihn jetzt endlich gehen lassen – oder hatte sie vor, ihm eine Szene zu machen, die die Gerüchteküche noch für lange Zeit beschäftigten würde?

»Ich möchte, dass du Lord Stafford den graubraunen alten Wallach füttern lässt oder eins der ruhigeren Packpferde, Martin«, befahl sie ihrem Reitknecht. »Begleitet ihn, Bess.«

Mistress Ballaster wollte also ein Wörtchen über seine andere Hochzeit mit ihm reden? Nun, wenn sie sich danebenbenahm, würde er der Unterhaltung eben ein schnelles Ende bereiten. Und sie erwürgen, während niemand sie beobachtete.

Heloise, die überrascht war, dass Rushden sich nicht weigerte, mit ihr langsam den anderen nachzuschlendern, konnte es kaum erwarten, den Streit zwischen ihnen zu beginnen. »Wie in Gottes Namen könnt Ihr heiraten?«, fragte sie mit zusammengebissenen Zähnen.

»Ah, das ist also der Grund, warum Ihr keine Eile habt, den anderen zu folgen.« Mit der Stiefelspitze stieß er einen Besen um. »Wie habt Ihr es geschafft, aus Eurem Zimmer herauszukommen?«

Also hatte er sie eingeschlossen. Heloise war versucht, ihm den Besenstiel über den Kopf zu schlagen; stattdessen biss sie sich auf die Lippen und bedachte seine knielangen Ärmel mit einem ärgerlichen Blick. »Was habt Ihr sonst noch für Verwandte da drinnen? Küchenschaben? Läuse?«

Seine grauen Augen verengten sich, aber sein Ton blieb freundlich. »Nicht mehr als sonst.« Er schnalzte mit der Zunge, als sie an der Box seines Ersatzpferdes vorbeikamen. »Von Kindern kann man so viel lernen.« Dann blickte er ihr ruhig in die Augen. »Ich hätte Ned bestimmt nicht die Verantwortung dafür tragen lassen.«

»Und wenn Seine Gnaden nicht auf Euch gehört hätte?«

»Ich kann sehr überzeugend sein, Mylady. Es ist eins meiner größten Talente.« Sie waren inzwischen nahe genug an Ned und Martin. Nahe genug und dennoch weit genug entfernt, um ungestört reden zu können. »Vielleicht sollte ich Euch erklären, dass diese Ehe mit Rhys ap Thomas' Mündel Bestandteil eines Netzwerks von Verbündeten ist, um die Macht des Herzogs in Wales zu erhöhen.« Wie ungemein herablassend von ihm, ihr die Sache zu erklären.

»Oh, ich verstehe.« Heloise widerstand der Versuchung, ihre Arme über der Brust zu falten und ihn wütend anzufunkeln.

»Tut Ihr das? Ich hoffe es. Diese Verbindung ist von größter Bedeutung für Seine Gnaden. Er wird Einmischungen nicht begrüßen.« Eine unverhohlene Drohung lag in seinen Worten.

Mit einem leichten Schulterzucken gab sie ihm zu verstehen, dass es ihr gleichgültig war. »Von mir aus könnt Ihr ruhig hingehen und Erben mit Lady Myfannwy zeugen – irgendwann.« Das ließ ihn misstrauisch aufschauen. Noch immer in dem Versuch, ihn zu beschwichtigen, fügte sie hinzu: »Aber ich verstehe trotzdem nicht, wieso Eure Heirat für den Herzog nützlich sein könnte.«

»Durch die Heirat mit dieser reichen Erbin gewinne ich weitere Ländereien in Wales dazu, und da ich Gefolgsmann des Herzogs bin, habe ich einen Eid geschworen, ihn als meinen Oberherrn anzuerkennen.«

»Er will Wales?«

»Nein, er braucht Wales.« Miles sah sich nach einer Möglichkeit um, es ihr noch weiter zu verdeutlichen, und nachdem er sich vergewissert hatte, dass die anderen beschäftigt waren, öffnete er einen Sack mit Sägemehl, als wolle er seinen Zustand prüfen. »Hier ist England, seht!« Er bückte sich und zog eine Linie. »König Eduard und die Woodvilles besitzen sehr viel Macht im Süden. Der Vorsteher des königlichen Hofstaates, Lord Hastings, hält Mittelengland, und der Bruder des Königs, Gloucester, dominiert den Norden.«

Mistress Ballaster beugte sich über seine Schulter und hielt ihren Schleier zurück. »Und der Herzog von Buckingham möchte Wales selbst regieren?« Das Parfüm, das sie trug, schlang sich wie eine höchst angenehme Leine um seinen Nacken.

»Nein«, antwortete Miles vorsichtig, »im Namen des Königs selbstverständlich.« *Eines Tages, so Gott will, werden die Reihen der Yorkisten auseinander fallen.* Er machte den Fehler, aufzuschauen, um sich zu vergewissern, dass sie die Lektion verstanden hatte. Ihre feuchten Lippen waren nur einen Atemzug von seinen eigenen entfernt, und für einen Moment lag kein Trotz in ihren Augen, sondern eine ernste Nachdenklichkeit, als wäre sie die Mutter Gottes, die über das Gebet eines reumütigen Sünders nachdachte. Die Blasphemie erschütterte ihn, zusammen mit der absurden Feststellung, dass ihm bisher nie aufgefallen war, dass die Wimpern um ihre hübschen Augen nicht silbern waren, sondern dunkelbraun. Er richtete sich auf, starrte auf sie herab und wurde sich zum ersten Mal bewusst, wie zart sie war und wie zerbrechlich.

Er wagte nicht, ihr seine Hand zu reichen, um ihr aufzuhelfen, aber an Worten fehlte es ihm nicht. »Mylady, die Feindschaft zwischen Euch und mir ist nichts Persönliches. Glaubt mir, ich verspüre keineswegs den Wunsch, Euch mittellos zu sehen, aber ich stehe hoch in der Gunst des Herzogs und möchte meine Zukunft nicht gefährden.«

»Und ich die meine auch nicht«, erwiderte sie eigensinnig und erhob sich.

»Wenn Euch also Eure Sicherheit am Herzen liegt, dann gebt Ruhe und verratet nicht, was auf Bramley passiert ist. Ich werde Myfannwy auf jeden Fall heiraten.«

»Und ... und falls dieser Rhys Euch bittet, ein Datum für Eure Hochzeit festzusetzen, was bleibt dann noch für mich – eine kostenlose Rückreise nach England auf Eurem Pferd?«

»Nein«, sagte er, und seine Antwort überraschte ihn selbst nicht weniger als sie. »Ich kann Euch nicht zu meiner Gattin machen, aber ich könnte Euch ohne weiteres zu meiner Mätresse machen.«

11

Wie der Griff der Mistgabel ihm so heftig in den Bauch gestoßen werden konnte, ehe er es verhindern konnte, war Miles ein Rätsel. Er war zu beschäftigt mit seinem Schmerz, während ›Lady Haute‹ um Hilfe schrie und ausrief, er müsse etwas Vergiftetes gegessen haben. Als sei dies nicht schon schlimm genug, steckte einer der Stallknechte ihm als Gegenmittel eine Hand voll Kohlepulver in den Mund. Er erstickte fast daran, bevor er den Kerl wegstoßen konnte. Bis er etwas Bier gefunden hatte, um seinen Mund zu spülen, war seine Frau mit dem Kind geflohen, und Trompetenstöße kündigten die Ankunft seiner walisischen Verlobten und ihres Vormunds an.

»Wo zum Teufel habt Ihr gesteckt?«, flüsterte Harry, als Miles endlich seine Verbeugung im Solarium des Herzogs machte. Rhys ap Thomas, begleitet von einer verschwenderischen Fülle nasser Banner mit schwarzen Raben und einem übertriebenen Gefolge bis auf die Haut durchnässter Anhänger, wärmte bereits seine Hände vor dem Feuer. Gut gelaunt, größer und sauberer rasiert als die meisten seiner Anhänger, ergriff der Besucher Miles' Hand und zog seine zukünftige Braut heran, die Demoiselle Myfannwy.

»Y Cysgod?« Ihr Atem war süß und rein, und ihre Augen, die dunkel waren wie Schlehen, musterten ihn prüfend. Ihr bezauberndes Lächeln ließ makellose weiße Zähne sichtbar werden. Gott sei Dank, dachte Miles erleichtert und sagte etwas Schmeichelhaftes in Walisisch, während sein Blick

unwillkürlich zu der Öffnung im Umhang des Mädchens glitt, die einen Blick auf ein verführerisches Dekolleté erlaubte, gerahmt von beruhigenden braunen Zöpfen. Es war nicht nur das Bündnis, das verlockend war.

Es wäre eine Untertreibung, zu behaupten, die Waliser, die sichtlich froh waren, an einem zivilisierten Ort zu sein, wo es Bier umsonst gab, ergötzten sich an dem Bankett. Selbst Miles, der zwischen seiner zukünftigen Ehefrau und ihrem Vormund saß, tat sich an den aufgetragenen Leckereien gütlich. Rhys Ankunft hatte zumindest vorübergehend die Gefahr von Vergeltungsakten wegen der Erhängung eines Vaughan heute Morgen gedämpft, und die Konversation bei Tisch war ausgesprochen aufschlussreich. Rhys scheute keine Mühe, darauf hinzuweisen, dass nicht nur Myfannwys Hüften, sondern auch ihre Mitgift ausgesprochen üppig waren, und dass ihr Ehemann der Besitzer ansehnlicher Herden werden würde. Da walisische Wolle die Türme englischer Kirchen finanzierte, schlug Rhys launig vor, Miles solle die Heilige Kirche in ähnlicher Form beglücken und sich einen Nachlass im Fegefeuer verdienen.

Beim Einbruch der Abenddämmerung sangen die Waliser Lieder, die niemand verstehen konnte, der nicht westlich von Llangurig geboren war. Die Herzogin, die nicht hinter ihnen zurückstehen wollte, holte ihre musikalische Munition heraus, einschließlich Lady Haute – hol sie der Teufel, Miles konnte noch immer den Geschmack der Kohle spüren – die inständig gebeten wurde, ihnen allen etwas vorzusingen, und danach umringt wurde von einem kleinen Hofstaat feuchtäugiger, ungepflegter Söhne von Cymru.

»Iesu Grist!«, rief jemand. *»A fynno iechyd, bid lawen«*, und sie stimmten ein ausgelassenes Lied an, das zu unanständig war, um es zu übersetzen.

Als die Gespräche über Politik und Hofklatsch allmählich abgedroschen wurden, versuchte Myfannwy unklugerweise, etwas über die Vergangenheit ihres zukünftigen Ehemannes zu erfahren. Miles blieb höflich, aber einsilbig und war froh, als sie die Tafel für eine kurze Zeit verließ. Langsam ließ er seinen Blick durch den Saal gleiten und entdeckte seine moosgrüne Hexe in der Nähe des Podiums, wo sie in eine angeregte Unterhaltung mit Emrys, dem Harfner, und einem anderen Waliser vertieft war, der eine Drehleier auf dem Schoß hatte. Ein halbes Dutzend anderer junger Männer, Neds Privatlehrer mit eingeschlossen, hatten sich um sie geschart wie Hühner um einen Futtertrog. Der Schulmeister starrte unverwandt auf den hauchdünnen Voile und grünen Samt von Heloises Mieder, während Rhys ap Thomas' Sekretär sich hinter sie gesetzt hatte und unverfroren auf die verführerische Mulde zwischen ihren Brüsten starrte. Ihre fragwürdige Anstandsdame in diesem Haufen von Verehrern war Bess, die traurig die Mundwinkel hinabzog, als sie de la Bere mit seinem Hut Heloises glühende Wangen fächeln sah.

Der Teufel hole ›Lady Haute‹! Diese sabbernden Idioten hielten sie wahrscheinlich für eine bereits entkorkte Flasche, die es wert war, einen Schluck daraus zu nehmen. Nun, wenn das so war, musste er dafür sorgen, dass niemand das Siegel brach, denn sonst würde er niemals eine Annullierung ihrer Ehe erreichen. Außerdem, falls jemand das Recht hatte, sie in die Geheimnisse der körperlichen Liebe einzuführen, dann war er das. Miles' Missfallen verstärkte sich, als Bess sich feige aus dem Kreis zurückzog und Heloise diesen lüsternen Schakalen überließ. Angespannt wie ein Straßenräuber kurz vor einem Angriff aus dem Hinterhalt, beobachtete er, wie Heloise den Saal verließ, und entschuldigte sich und verließ die Tafel, nachdem er Myfannwy versprochen hatte, zurückzukehren.

Sein lästiges Opfer vermied den Gang, der an der Kapelle vorbeiführte, so dass er gezwungen war, einen Umweg zu machen und sie am Eingang der hölzernen Galerie abzufangen, die zu den Kinderzimmern führte. Zumindest gelang es ihm, sie so zu erschrecken, dass sie sich bekreuzigte.

»Ich dachte, Ihr seid ein Gespenst«, bemerkte sie, ohne stehen zu bleiben, und verhielt erst ihren Schritt, als er auf ihre bestickte Schleppe trat, um sie aufzuhalten.

»Ihr werdet wünschen, ich wäre eins, wenn dieses kleine Gespräch beendet ist.«

Ihre Arme wie die Schwingen einer Fledermaus über der Brust verschränkend, zum Schutz gegen die kühle Brise, die sie frösteln ließ, richtete Heloise ihre Worte an die Wand: »Oh, wir sind wohl wieder einmal schlecht gelaunt? Ich hoffe nur, Ihr hinterlasst keine Stiefelspuren auf meinem Kleid.«

»Schlecht gelaunt? Ja, das und noch viel mehr.« Ihr Hals und ihre Schultern schimmerten weiß im fahlen Mondlicht und luden dazu ein, berührt zu werden wie ein Schatz, den er nicht anzufassen wagte.

»Ach du meine Güte, so schrecklich langweilig war Lady Myfannwy?«, lästerte Heloise. »Worüber wollte sie denn reden – Schafe?«

»Schafe!« Miles nahm seinen Fuß von ihrer Schleppe. »Herrgott noch mal, warum sollte Myfannwy über Schafe reden? Wir sprachen über unsere Hochzeit – ah, jetzt verstehe ich Eure Strategie, Ihr Füchsin. Ihr glaubt wohl, mich von der Geschichte mit der Kohle und den wunden Rippen ablenken zu können!«

»Euch ablenken, Sir?« Von Rushdens Stiefel auf ihrer Schleppe befreit, fuhr Heloise zu ihm herum. »Nein!

Spuckt Euren Ärger aus wie ein Wasserspeier, und dann können wir vielleicht ins Bett gehen.«

»Allein, oder erwartet Ihr einen Freund?«, entgegnete er heftig. Tat sie das absichtlich, oder war es sein eigener Fehler, dass das Wort ›Bett‹ von ihren Lippen sinnliche Bilder ihrer bräutlichen Nacktheit auf Bramley heraufbeschwor? Er hatte nur im Scherz gesagt, sie könne seine Mätresse werden, aber der Gedanke erregte ihn.

»Habt Ihr Angst, es könnte mir an Gesellschaft mangeln? Stellt Euch vor, Sir, wenn Ihr und ich nicht besorgt wären wegen der Annullierung, könnte ich *Euch* hereinbitten.«

Zur Hölle mit der Hexe!

»Heloise ...« Miles unterdrückte den Impuls, sie an den Schultern zu packen und zu schütteln. »So wie Ihr Euch heute Abend benommen habt, wundert es mich, dass die Männer nicht schon Schlange stehen vor Eurer Tür.«

»Würdet Ihr mir das erklären, Sir.« Eisiger Hochmut klang in ihren Worten mit, und jetzt, wo kein Lachen mehr die Atmosphäre zwischen ihnen auflockerte, hatte er das unerklärliche Gefühl, etwas sehr Wertvolles verloren zu haben.

»Worauf Ihr Euch verlassen könnt, Madame.« Er verschränkte die Hände hinter seinem Rücken und entfernte sich ein paar Schritte, nach Worten suchend, mit denen er seiner Besorgnis Ausdruck verleihen und zugleich ein bisschen Rache nehmen konnte. »Es ist wahr, dass eine verheiratete Frau sich nicht ganz so viel Zurückhaltung auferlegen muss wie ein unverheiratetes junges Mädchen, aber mit Eurem Versuch, ein wenig weltgewandter aufzutreten, habt Ihr eher das Gegenteil erreicht.« Er hielt inne, überzeugt, die Angelegenheit geschickt artikuliert zu haben.

Ihre freimütige Antwort war ein Schock. »Ihr meint, ich brauche mehr Erfahrung?«

»Herrgott, Madame, so schweigt doch endlich mal!« Nervös legte er eine Hand an seine Stirn, verstört von ihrer Fähigkeit, seine Pläne immer wieder zu durchkreuzen. »Ihr mögt zu unschuldig sein, um zu erkennen, dass praktisch jeder Mann im Saal sich fragte, ob Ihr heute Nacht zu haben wärt. Versteht Ihr, was ich meine? Ich kann mich wohl kaum noch deutlicher ausdrücken.«

»Ich denke, Ihr irrt Euch, Sir, denn ich sehe keine Schlange vor meiner Tür.« Ihre Ärmel flatterten, als sie auf die leeren Mauern deutete, die sie umgaben. »Nur Euch, Mylord.«

Spielte sie mit ihm? Er wünschte, es wäre etwas heller auf dem Gang, damit er ihren Gesichtsausdruck erkennen könnte. Er biss die Zähne zusammen und begann noch einmal.

»Ich versuche nur, Euch eine freundschaftliche Warnung zukommen zu lassen. Ihr beschreitet einen gefährlichen Weg mit Eurem Benehmen und riskiert damit ... Verführung oder Schlimmeres.« Er entfernte sich ein paar Schritte und wandte sich dann um, die Hände auf den Hüften und die Beine weit gespreizt. »Ich sage es Euch noch einmal, Mistress: Wenn wir wollen, dass diese verabscheuungswürdige Ehe annulliert wird, müsst Ihr unberührt bleiben.«

Er war sich ihres Schweigens bewusst, konnte aber in der Dunkelheit nicht erkennen, ob es Groll war, was sie daran hinderte, zu sprechen.

»Wie ungerecht«, antwortete sie schließlich seufzend. »Ihr könnt herumhuren, so viel es Euch beliebt, und ich muss so uneinnehmbar bleiben wie der Pen-y-Fan.«

»Ihr beurteilt mich falsch, Madame. Ich hure nicht«, knurrte er und merkte, wie sein Geduldsfaden zerriss. Er schritt vor ihr auf und ab, bevor er die Beherrschung ganz verlieren konnte und ... und sie erwürgte. Warum musste sie ihn so provozieren? Er hatte ihr nicht einmal den Kopf zurechtgesetzt wegen heute Morgen und versuchte schließlich nur, sie auf die Gefahren aufmerksam zu machen und ... »Und der Pen-y-Fan ist nicht uneinnehmbar«, murmelte er pedantisch, um dann anzüglich hinzuzusetzen: »*Ich* kenne den Weg.«

Mit exzellentem Gefühl für den richtigen Zeitpunkt ließ sie nach dieser prahlerischen Bemerkung eine unangenehme kleine Pause einfließen, bevor sie mit trügerischer Liebenswürdigkeit bemerkte: »Ja, ich habe gehört, Ihr hättet die meisten der hiesigen Berge schon erklommen. Es ist eine bekannte Tatsache, dass der Herzog sich in Llechfaen und Llanfaes Huren hält. Ich nehme an, Ihr auch. Selbst Bess ist der Meinung, Ihr wärt gefährlich, aber eine Überlegung wert. Wie habt Ihr übrigens Myfannwy gefallen?« Das veranlasste ihn zu einem derben Fluch. »Ihr braucht nicht so zu fluchen, Sir. Ich habe lediglich bemerkt ...«

»Schweigt, Madame!« Warum musste sie ihm jedes Mal, wenn er versuchte, sie auf ihre Fehler aufmerksam zu machen, einen Spiegel vorhalten, um ihm seine eigenen Fehler zu zeigen? »Lasst mich ganz offen sein, Madame. Solange Ihr mit mir verheiratet seid, werdet Ihr Tändeleien unterlassen.« Zumindest bewahrte sie endlich ein nachgiebiges, respektvolles Schweigen, als Miles fortfuhr. »Ich sage es zu Eurem eigenen Besten. Wenn die Heilige Kirche uns von unserem Schwur befreit, müsst Ihr, Mylady, einen Ruf besitzen, der so makellos ist wie frisch gefallener Schnee, wenn Ihr einen edlen Gatten für Euch finden wollt. Die Leute lassen sich nicht gern zum Narren halten, und glaubt mir, sie würden es Euch sehr übel nehmen, eine unverheiratete Frau zu sein und Euch zu benehmen wie eine ...« *Dirne* hätte er beinahe gesagt, doch das wäre eine zu harte

Bezeichnung für ihr lebhaftes Wesen und ein zu anstößiges Wort, um es vor einer Dame zu erwähnen.

»Wie eine Mätresse?«, warf Heloise hilfreich ein und erhielt ein Knurren statt einer Antwort. Hatte sie ihn endlich doch sprachlos gemacht? »Wieso habt Ihr mir eigentlich vor heute Morgen nie etwas davon gesagt, dass Ihr heiraten wollt?«, fragte sie in leicht gereiztem Ton.

»Euer Vater wusste es«, entgegnete Miles in beiläufigem Ton. Jetzt, wo er es endlich geschafft hatte, sie zu verärgern, kehrte seine Belustigung zurück. »Eifersüchtig?«

»Oh, entsetzlich. Ich werde Eure Braut warnen, dass Ihr Eure Gelübde vielleicht nicht halten werdet.« Sie senkte ihre Stimme. »Was gedenkt Ihr dagegen zu tun, *Cysgod* – mich für die Dauer Eurer Trauung zu knebeln?«

Sie hatte Mut. Es war nicht abzustreiten, dass er sie als Freund sogar vermissen würde, wenn er es endlich geschafft hatte, sie aus seinem Leben zu entfernen.

»Bei allen Heiligen, Madame, ich dachte, wir wären uns einig, dass unsere Ehe annulliert werden soll?« Warum sah sie ihn nicht an? »Ich habe dafür gesorgt, dass ein weiterer Brief an Euch gesandt wird, der Euch das Fortgehen ermöglichen wird – und fortgehen werdet Ihr! Muss ich noch deutlicher werden? Ich will Euch endlich von hier fort haben, bevor ich Euch Euren verdammten Hals breche.«

»Ist Myfannwy das, was Ihr wollt?«

Ihre Katze, die aus der Dunkelheit erschienen war und sich an seinen Stiefeln rieb, verhinderte eine ehrlichere Antwort. »Jesus, Madame«, er atmete tief durch. »Hier geht es nicht nur um mein Vergnügen.« Er schlug mit der Faust gegen die nächste Wand und drehte sich um. Dafydd fauchte. »Der Herzog will diese Allianz, und ich will ihre Ländereien, versteht Ihr? Ich werde Euch mit einem Haus entschädigen ... in Hereford ... London ... von mir aus bei den Pyramiden in Ägypten, wenn mir danach ist, aber sagt ein Wort gegen meine Verlobung, und ...« Er blickte bedeutungsvoll an ihr vorbei in den Burghof unter ihnen. »Vergesst nicht, dass ich heute Morgen einen Mann gehängt habe.«

Heloise schluckte und wich gegen die hölzerne Balustrade zurück. »Ich habe keine Angst vor Euch.«

»Das solltet Ihr aber, Schätzchen.«

»Weder Ihr noch Euer Herzog könnt Euch gegen die Kirche stellen«, protestierte sie. »Unsere Ehe ...«

Er umfasste ihr Kinn. »Oh, und ob wir das können.«

»Wie?«, rief sie aus und riss sich los. »Nur der Papst kann eine Annullierung gewähren.«

»Eine Annullierung ja. Aber ein Bischof könnte Anzeige wegen Ketzerei erstatten.«

Ihr Ton war eisig. »Was wollt Ihr damit sagen, Sir?«

»Nur, dass ich diesen Kater nicht behalten würde, wenn ich an Eurer Stelle wäre.«

Seine unerwünschte Frau zuckte zusammen, als ob er sie geschlagen hätte. Nachdem sie das Tier rasch aufgehoben hatte, wandte sie sich ab, drückte den Kater an ihr Herz und streichelte seine Ohren, während sie verzweifelt auf den Burghof starrte. Aber selbst die Katze spielte den Verräter und sprang auf die hölzernen Dielen zwischen ihnen.

»Werdet Ihr mich jetzt in eine Ratte verwandeln?«, höhnte Miles, um seine Selbstverachtung zu verbergen.

»Warum sollte ich? Ihr seid schon eine!«

»Grundgütiger Himmel! Müsst Ihr alles auf Gefühle reduzieren? Diese Verbindung ist ...«

»Ich ... ich halte es für vernünftiger, diese Unterhaltung zu beenden.« Sie wandte sich ab und hielt sich so aufrecht wie eine Madonnenstatue auf einem Grab. »Außerdem würde es unwiderruflich meinen guten Ruf zerstören, mit Euch gesehen zu werden, Sir Miles, wie Ihr Euch so gewissenhaft und taktvoll bemüht habt, mir zu erklären ...«

»Wir sehen uns in der Hölle!«, rief er aufgebracht und drehte sich auf dem Absatz um, um zum Bankett zurückzukehren.

Am folgenden Abend, bevor die Feuer für die Nacht bedeckt und sämtliche Eingänge der Burg verschlossen wurden, stahl Miles sich in schlichter Kleidung und in einem schwarzen Umhang, der ihn von Kopf bis Fuß verdeckte, im Schutz der Dunkelheit hinaus. Nachdem er den ganzen Tag mit dem Herzog und seinen Gästen auf der Jagd gewesen war, war ihm eine Nachricht von Bess überbracht worden. Lady Haute, schrieb sie, habe in Begleitung des Harfners Emrys durch eine Seitenpforte die Burg verlassen. Verdammtes Frauenzimmer!

In der Aprildämmerung konnte Miles sich mühelos nach den Gerüchen orientieren: der Honddu, durch den die Abwässer der Burg zum Usk abflossen, das Parfüm der Veilchen, die am Ufer wuchsen, die süßlichen Gerüche der Krämerläden am Nordtor, dann andere Odeurs, die aus der Stadt aufstiegen: der Rauch von Kohle und Feuerholz, die unangenehmeren Gerüche kochenden Fleischs, frischen Dungs, der zwischen den unebenen Pflastersteinen klebte, verfaulender Abfälle, die zwischen Karrenrädern zerquetscht wurden, und am Water Gate den sauberen Geruch frisch gehobelten Holzes aus der Tischlerei ganz in der Nähe.

Aber in der Luft hing auch der erdige Geruch von Regen, und tatsächlich begann es zu schütten, bevor Miles die Morgannok Street am anderen Ende der Stadt erreichte. Der

Regenguss dämpfte das Geräusch seiner Schritte auf dem Kopfsteinpflaster und erlaubte ihm, die Distanz zwischen ihm und Mistress Ballaster und ihrem Begleiter zu verringern. Der alte Harfner legte seine Hand auf Heloises Arm und zog sie in den Hof einer Bierschänke, aber bis Miles den mit Pfützen übersäten Hinterhof der Schänke überquert hatte, waren sie verschwunden.

Verdammt, fluchte er, als er durch das Zauntor in eine schmale Gasse trat, er hätte dieses aufmüpfige Frauenzimmer ihren selbst gewählten Gefahren überlassen, wenn er nicht verhindern müsste, dass irgendein Flegel diesem naiven Ding unter die Röcke griff.

Als er einen Dachvorsprung fand, suchte er für einen Moment lang Schutz darunter. Über den Regen hörte er den Fluss in der Nähe plätschern, aber wo, Herrgott noch mal, waren die verdammten Musikanten? Was jetzt? Vielleicht war die heilige Cäcilie ihm gnädig, denn der Regen hörte auf, und eine ergreifende Melodie aus Emrys Harfe lockte ihn an der Sandsteinmauer entlang, die die Gasse begrenzte. Am dritten Tor probierte er den Riegel.

»*Pwy sy na*?«, fragte eine Frauenstimme.

»*Rhyddid i Gymru*«, murmelte er. »*Cerddoriaeth uned ni.*«

Mit seiner Antwort offenbar zufrieden, führte die Frau ihn durch einen Gang, der dunkel wie das Fegefeuer war und nach Urin und schalem Bier stank, und dann über steinerne Treppen in einen heißen Keller, der von nichts als einem lodernden Feuer erhellt war. Es war eine Art Schmiede. Der Rauch brannte in seinen Augen, bevor er etwa ein Dutzend Leute erkennen konnte, die auf Säcken oder Kisten saßen. Alles Waliser, schätzte er. Ein Mann hielt ein Tamburin in seinen Händen, ein anderer eine Bratsche. Mit seinem geröteten Gesicht im Schein der Flammen, seinen buschigen Augenbrauen und dem langen Haar, das über seine nackten Oberarme fiel, erinnerte Emrys an einen walisischen Gott, der als Govannon der Waffenmacher bekannt war. Der schlanke Schatten neben ihm, vernünftigerweise unter einer Kapuze verborgen, musste Heloise sein. Bis auf einen Mann und eine Frau, die sich zu seiner Linken flüsternd unterhielten, lauschten alle dem Sänger, einem hünenhaften Mann um die Vierzig mit schwitzendem Gesicht, langer schwarzer Mähne und dichtem Bart und einem Bauch, der über seinen Gürtel hing. Er hatte einen Bierkrug in der Hand.

Miles schlüpfte in die dunkelste Ecke, zögerte aber nicht, die Lederflasche abzufangen, als sie herumgereicht wurde. Der Inhalt zerriss ihm fast die Kehle.

Trotz seines derben Äußeren besaß der Sänger eine wundervolle Stimme. Sein riesiger Brustkorb, der seiner Stimme einen vollen, warmen Klang verlieh, brachte einen so leidenschaftlichen Aufruf nach Vergeltung an den Engländern hervor, dass Miles, dessen Walisisch gut genug war, um das Meiste zu verstehen, spürte, wie sein Blut in seinen Adern zu gefrieren drohte.

Ich werde zuschlagen mit dem Schwert von Cyffin,
mit meinen bloßen Händen werde ich
einen Schlag austeilen
gegen jene lügnerische Stadt dort drüben.
Von Rhos bei Sonnenaufgang werde ich erreichen
das dunkle Chester bei Anbruch der Nacht.
Oh, lasst mich töten, wenn mein Tag anbricht,
zweitausend mit dem Schwert Dafydds.

Als der letzte Vers unter Applaus und Gelächter endete, war der einzige Engländer in ihrer Mitte starr vor Schreck und voller Ungeduld, zu gehen. Ein Aufstand? Jesus Christus!

»Pah, Lewis«, spottete jemand in Walisisch. »Warum mit einer englischen Hure prahlen, wenn es mehr als genug hübsche Titten zu befummeln gibt in Wales!« Miles errötete, froh, dass Heloise die derben Worte nicht verstehen konnte, und beschämt über sein eigenes Misstrauen; natürlich gab es auch Verrat, aber in diesem Lied ging es nur um private Zwistigkeiten.

Der Bratschenspieler drängte Emrys in den Feuerschein. Beim Kreuz des Herrn, der Alte war begabt! Die ersten herzzerreißenden Akkorde ließen das frivole Gelächter verstummen. Die Berge und Wälder von Wales stiegen vor seinem inneren Auge auf. Er konnte in dem Lied den Regen auf die Blätter prasseln hören. Wie ein mythischer Held schlenderte er neben dem Sänger die Hänge hinab und trat neben die rauschenden Flüsse.

Nicht wie der finstere Fluch,
der die große Flut verursacht
und die winterliche Kälte bringt.

Nicht wie die scheltenden Worte,
die morastige Sturzbäche aus Strömen machen
und dem Fluss ein Brüllen entlocken.

Oh, warum ist dieser Tag so kalt und zornig?
Sprecht sanft und bittet den Himmel,
nicht mehr zu zürnen,
und keinen Schleier mehr über den Mond zu werfen.

Seine Harfe niederlegend, räusperte sich Emrys und brach den Bann, der die Männer an ihre Erinnerungen fesselte. »Ich habe eine Überraschung für Euch«, kündigte er an. »Ich habe eine junge Frau aus der Burg mit hergebracht.«

»Eine Überraschung! Emrys, du alter Schwachkopf«, murmelte jemand. »Willst du uns an den Galgen bringen?«

»Nein, habt keine Angst, bin ich ein Narr, ein Esel? Ich sage Euch, sie versteht kein Wort von unserer Sprache, aber sie singt wie ein Engel. Ihr müsst sie hören.«

»Nehmt Eure Kapuze ab. Lasst Euer Haar sehen«, sagte er in Englisch und stand auf, um seinen Gast am Handgelenk zu nehmen. Wenigstens sträubte sie sich. *»Seid ganz Ihr selbst, bach«*, sagte Emrys und schlug mit der Autorität eines alten Barden ihre Kapuze zurück. »Es ist unwichtig, ob Ihr Ehefrau oder Jungfrau seid, ob Junge oder Mädchen. Alle sind gleichberechtigt unter meinen Leuten, *wel di*.«

Wie verzaubert, nahm Heloise ihr Haarnetz ab und löste vor aller Augen ihre schweren Zöpfe. Silbernes Haar fiel über ihr schlichtes rotbraunes Gewand, glitzernd wie Metall im Feuerschein. War ihr nicht klar, in was für eine Gefahr sie sich damit brachte? Des Nachts waren Männer bezaubert, aber bei hellem Tageslicht erinnerten und sahen sie die Dinge anders.

»Singt, *arianlais*, wie ich es Euch gelehrt habe.«

Ihre Stimme, zunächst ein wenig rau, erwärmte sich zu einer wundervollen Klarheit. Die Worte, die sie sang, waren machtvoll und ergreifend, ein Aufruf zu den Waffen gegen ihre eigenen Landsleute.

Powys, gwlad ffraethlwys ffrwythlawn.
Pêr heilgyrn pefr defyrn dwn
A oedd berllan gyfannedd

Cynllad doethwas âglas gledd.
Bellach y mae, wae wedd-dawd
Adlaw beirdd, awdl heb urddas.

Verstand sie die Worte dieses Lieds? Sie sang es so ergreifend, dass Miles' Kehle eng wurde vor Traurigkeit, weil er die Worte in seiner eigenen Sprache kannte – den Hass und die Hoffnung:

Powys, großzügiges, schönes, fruchtbares Land
voll einladend heller Schänken
und reichlich zu essen und zu trinken.

Ah, einst war es ein wundersamer Garten
bis ein aufgeweckter Junge erschlagen wurde
von kaltem grauem Stahl.

Nun ist es ein Land der Witwen,
ein Revier für Habichte,
in dem es keine Singvögel mehr gibt.

»Mehr!« Die sich begeistert auf die Schenkel klatschenden Musiker waren sehr freigebig in ihrem Lob. Selbst Heloise, deren Wangen rot wie Mohnblumen waren, verstand. Sie schüttelte den Kopf und erhob sich vom Stuhl des Sängers, ließ sich aber von ihnen einen Becher in die Hand drücken und war durstig und freudig erregt genug, um ihn auf einmal auszutrinken.

»*Un arall? Iechyd da*!« Lachend schenkten sie ihr nach, und der Barde namens Lewis kehrte in den Kreis zurück und stimmte ein ausgelassenes Trinklied an. Andere fielen ein – der Mann mit der hölzernen Flöte und der junge Tamburinspieler – aber ihre Blicke, wie die aller anderen, glitten immer wieder zu der Engländerin zurück. Ihr nervöses Nippen verriet ihre Naivität, obwohl sie völlig unbefangen schien und lächelte, als sie sie in Walisisch neckten. Zwei der Männer wurden anzüglich in ihren Bemerkungen, und Emrys tadelte sie, obwohl seine Stimme ruhig blieb, um keine Panik bei seinem Gast zu wecken, und setzte sich beschützend neben sie.

Herrgott, wie lange würde es noch dauern, bis der Alte sie zurückbrachte? Wie viel würden sie ihr noch zu trinken geben? Sie flüsterte mit Emrys, der eine der Frauen herbeiwinkte; offensichtlich benötigte sie die Latrine. Endlich! Miles erhob sich von dem Strohsack an der Wand und machte sich unauffällig auf den Weg zur Tür.

Er hörte die Stimmen der Frauen im Hof. Mit etwas Glück konnte er Heloise jetzt vielleicht wegbringen, aber zwei der Waliser waren herausgekommen, um sich an der Mauer zu erleichtern. Die Regenwolken hatten sich verzogen, und ein heller Mond, schimmernd wie ein heidnischer Krummsäbel, stand am klaren Nachthimmel.

Als Miles hinausschlich, um seine Frau aufzuhalten, packten ihn starke Arme und zerrten ihn, obwohl er sich heftig wehrte, in den Keller zurück. Grobe Hände warfen ihn auf den Bauch und zogen seinen rechten Arm auf seinen Rücken. Jemand nahm ein brennendes Holzscheit aus dem Feuer und hielt es ihm vor das Gesicht. Miles zog es vor, den Rauch einzuatmen, statt nach Luft zu schnappen und erkannt zu werden.

»Wir haben einen Spion entdeckt, scheint es.« Jemand schlug seine Kapuze zurück und griff mit der Hand in sein Haar, um ihn zu zwingen, sein Gesicht zu zeigen.

»Mistress!« Miles ahmte den unterwürfigen Tonfall eines Dieners nach, als er die Frauen zurückkommen hörte.

In der kalten Luft des Ganges musste Heloise wieder einen klaren Kopf gewonnen haben, denn sie drängte sich zwischen die Männer, die ihn umringten.

»Mistress«, jammerte er, so kläglich, wie er konnte, und verdrehte die Augen, um Heloises Gesicht zu sehen. Verwirrt betrachtete sie sein fettiges, glatt aus der Stirn zurückgekämmtes Haar. War es hell genug? War sie nüchtern genug, um ihn in seiner Verkleidung zu erkennen? Nun, falls ihr hellseherischer Geist empfänglich war für Botschaften, sollte sie diese hier jetzt besser empfangen, denn sonst war er ein toter Mann.

Heloise schwankte, legte eine Hand an ihren Mund und kicherte. »Ihr glaubt ... O nein, das ist mein Diener«, prustete sie, nahm das brennende Scheit und warf es zurück ins Feuer. »Du Halunke!« Sie schwenkte einen Finger vor seiner Nase. »Ich hatte dir gesagt, du solltest dich nicht sehen lassen.« Ihr trunkenes Kichern ließ nicht nach.

»Wozu lungert er da draußen in der Dunkelheit herum?«, fragte der Mann, der ihn festhielt, mit einem weiteren harten Ruck an seinem Arm.

»Lasst mich los, Herr«, heulte Miles, die Nase dicht am Boden. »Lasst nicht zu, dass sie mir was tun, Herrin.«

»Ich dachte, ich könnte mich darauf verlassen, dass du keine Fremden in unsere Mitte bringst, Emrys«, brüllte Lewis, der nun ganz und gar nicht mehr nachsichtig war. »Und dazu noch einen *sais*.«

»Ich habe ihn noch nie zuvor gesehen.« Misstrauen klang jetzt in der Stimme des alten Mannes mit.

»Nein, nein, natürlich nicht«, antwortete Heloise heiter. »Er ist kürzlich erst aus Kent gekommen.« Miles beobachtete wie ein Zyklop, wie Heloise dem Spielmann beruhigend über den Ärmel strich. Offenbar hatte sie die Rivalität zwischen den Barden bemerkt. »Meister Emrys, es tut mir Leid. Ich wollte Euch gegenüber nicht respektlos sein, aber ich glaubte, einen etwas wackereren Begleiter für den Heimweg zu benötigen.«

»Einen *wackereren*! Pah!« Lewis' brüllendes Gelächter beruhigte sie. »Ihr braucht einen richtigen Mann, *benyw*!«, rief er und strich sich in einer anzüglichen Geste über seinen Hosenlatz.

Miles' Arm wurde losgelassen. Er bewegte ihn unter Schmerzen nach vorn, blieb aber mit dem Gesicht nach unten liegen. Die Demütigung ärgerte ihn, aber es war das Sicherste.

»Steh auf, Mann.« Heloise stieß ihn mit dem Fuß an. »Sie tun dir nichts.« Er richtete sich auf Hände und Knie auf und blies schmollend seine Wangen auf, um seinem schmalen Gesicht etwas mehr Breite zu verleihen. Seine Frau setzte sich wieder, strich ihre Röcke glatt und gab ihm zu verstehen, er könne sich zu ihren Füßen niederlassen. Sich das Gesicht reibend, um seine Wangen zu verbergen, hob er seinen Bierkrug auf und ermahnte sich, die Schultern unterwürfig gebeugt zu halten, um seine wahre Größe zu verbergen.

»Zwei Lieder noch, dann muss ich gehen«, rief sie fröhlich aus und erhob ihren Becher, um allen zuzuprosten. »Mein Diener wird mich zurückbegleiten, Emrys. Ihr müsst bleiben und noch etwas singen. Macht Musik bis morgen früh. Hier, Tom.« Sie hielt ihren Becher schräg und ließ die Hälfte seines Inhalts in Miles' Becher laufen.

Mit vorgeschobener Unterlippe bedankte er sich mürrisch und hoffte, dass nicht einer der Waliser ihr etwas beigemischt hatte, um sie entgegenkommender zu stimmen. Im Stillen dankte er Gott, dass die Musiker schon alle ziemlich angetrunken waren. Seine Mühlstein-Lady wippte mit ihrem Fuß zu der Musik, und es war ein Leichtes für ihn in seiner gebückten Stellung, seine Hand für einen Moment bedeutungsvoll um ihren Knöchel zu schließen. Sie lächelte auf ihn herab, klatschte in die Hände und nickte, aber sie erhob sich nicht.

Seine Finger glitten höher an ihrem zarten Knöchel und strichen über die glatte Wölbung ihrer Wade. Es war wunderbar, was für eine Sittsamkeit dies plötzlich bei ihr bewirkte; als das Stück zu Ende war, stand sie auf und erprobte ihr Kinderzimmer-Walisisch, indem sie ihnen ein ›*Nos da*‹ entbot. Dann küsste sie Emrys auf die Wange und verschwand nach ein paar Kusshänden für die anderen auf der Treppe. Mit einem Murmeln und sich an die Schläfe tippend eilte Miles ihr nach, packte sie am Ellbogen und zog sie um die glänzenden Pfützen auf dem Hof herum.

»Ich wusste gar nicht, dass Ihr walisische Gedichte mögt«, kicherte sie, als sie die Straße erreichten.

»Sagt mir das über die törichte englische Jungfrau auf. Das müsstet Ihr eigentlich in- und auswendig können.«

Ärgerlich versuchte Heloise, nach ihm zu treten. Du liebe Güte, sie hatte ihn schließlich nicht dazu aufgefordert, eine Tracht Prügel zu riskieren! »Das ist nicht . . .«

»Herrgott noch mal!« Sie fand sich in einem Hauseingang wieder, mit seiner Hand fest über ihren Mund gepresst. »Ich habe mein Leben riskiert, als ich Euch heute Nacht gefolgt bin, Madame.«

»Warum habt Ihr Euch die Mühe denn überhaupt gemacht?«, zischte Heloise, als er sie endlich wieder losließ. Seine Hand hatte einen erdigen Geschmack auf ihren Lippen hinterlassen.

»Wie undankbar. Ich habe es getan, weil ich Euch, wenn Ihr auf der Straße von einem walisischen Hurensohn vergewaltigt würdet, nie mehr loswerden würde und in meinem ehelichen Nest ein stinkendes Ei ertragen müsste.«

»Nun, das geschähe Euch nur recht. Werdet Ihr mich jetzt zurückbegleiten, oder müssen wir uns hier verstecken wie Ehebrecher, während Ihr mir die ganze Nacht Vorhaltungen macht?«

»Ich dachte, ich wäre ein guter Christ«, knurrte er, als er ihre Hand ergriff und sie weiterzog. »Aber ich glaube, Job in der Heiligen Schrift war besser dran.«

»Was hat das damit zu tun?«

»Er hatte bloß Furunkel. Warum Gott mich mit einer solchen Beißzange wie Euch gestraft hat, ist mir ein Rätsel.«

»Weil Ihr Männer aufhängt, keine Kinder mögt und unschuldige Bienen tötet.« Diese prompte Entgegnung ließ ihn aufschauen. »Und ich ... ich habe Euch gerade das Leben gerettet, Ihr undankbarer Mann!«

»Schweigt, Mylady! Ihr macht genug Krach, um die Wachen von Bulith herzubringen, ganz zu schweigen von der nächsten Straße.«

»Nun, Ihr seid aber wirklich undankbar.«

»Psst!«

»Psssst!«

Miles fluchte. Sie unbemerkt durch die Stadt zu bringen war praktisch unmöglich, schien es, und falls sie zusammen angetroffen wurden, würde er für ewig ehelich an sie gebunden sein. Wenn er sie nur irgendwie wieder nüchtern machen könnte ... Er zog sie in eine Gasse, die zum Fluss hinunterführte, und in einen Eingang in der Stadtmauer.

»Was ist das?« Sie kämpfte, um ihre Hand zu befreien, und stolperte in der Finsternis, als er sie eine Wendeltreppe hinauf in einen Wartturm zog.

»Ein Ort, um den Pen-y-Fan bei Mondschein zu betrachten, bis Ihr wieder nüchtern werdet. Bückt Euch.« Eine starke Hand zwang sie, sich niederzukauern. »Ich möchte sichergehen, dass wir nicht verfolgt werden.« Er hockte sich neben sie, lauschte aufmerksam und richtete sich dann so langsam und vorsichtig wieder auf, als rechnete er mit einem Hagel von Pfeilen, wenn er den Kopf erhob. »Ich hoffe, Eure magischen Kräfte reichen für Alarmglocken«, murmelte er.

Heloise unterdrückte ein Kichern. »Es ist nichts hier, Sir, außer den *tylwyth teg* und uns.«

Er duckte sich wieder. »Feen, die haben mir gerade gefehlt. Wir haben schon genug Probleme aus der Unterwelt – von Brecknock, meine ich. Was ist so lustig?«

»Ihr. Ihr seid so herrlich ernst.«

»Ich denke, Ihr meint nüchtern, was man von Euch leider nicht behaupten kann.« Er spähte wieder über den Rand des Turms hinaus. »Wir haben Glück gehabt, scheint es.« Eine Hand, warm und ein bisschen schmutzig, suchte die ihre. »Ich hätte inzwischen lernen sollen, dass Gefahr und Ihr Hand in Hand gehen und ich immer irgendwie darin verwickelt werde.«

Nachdem sie sich aufgerichtet hatte, strich sie ihre Röcke glatt und beugte sich über das Geländer, um eine verzauberte Landschaft zu betrachten. Unter ihnen floss der Usk, schwarz wie Teer im Schein des Mondes, dessen silberne Strahlen auf den Wellen glitzerten und schimmerten. Fackeln brannten auf der Burg, aber nur halbherzig, als schliefen selbst die Steine. Doch der Wind blies von Pen-y-Fan, und irgendetwas veränderte sich in der Atmosphäre …

Miles, der prüfend in die schmalen Gassen zwischen den Gebäuden spähte, listete in Gedanken verhängnisvolle Möglichkeiten auf. Mord? Stiefel und Fäuste, strategisch gegen Rippen und Unterleib gerichtet, als Vergeltung für

Vaughans Erhängen? Ein blutiges Mittel, um das Bündnis mit ap Thomas zu verhindern? Vergewaltigung der jungfräulichen Maid an seiner Seite? Warum zum Teufel hatte er sie hier heraufgebracht?

»Am besten warten wir noch ein bisschen länger«, riet er und nahm einen Zipfel seines feuchten Umhangs, um den Staub von seinem Gesicht zu wischen. Sie sollten wirklich besser gehen. Was im Obstgarten begonnen hatte, musste ertragen werden, doch es wurde immer qualvoller.

»Es ist nichts passiert.« Ihre Worte waren nur ein leiser Hauch. »Ich wüsste es ... und es ist in Ordnung«, fuhr sie mit etwas festerer Stimme fort. »Im Grunde habe ich nur sehr wenig getrunken.«

Ha, war die Erde rund?

»Es tut mir Leid, Euch in Gefahr gebracht zu haben«, sagte sie leise, als befürchtete sie, den Abgrund des Schweigens zwischen ihnen unüberbrückt zu lassen. »Es war sehr nett von Euch, mir nachzugehen.«

»Nett?« Ihr seid mein Eigentum. »Lady, ich habe mir die größte Mühe gegeben, einen Ruf aufzubauen, der den Walisern einen gewissen Respekt abfordern wird. Weiß der liebe Himmel, wer hinter diesem kleinen Abenteuer von Euch steckt, und es ist noch nicht vorbei. Der Preis dafür ist noch zu zahlen.« Sein grimmiger Ton warnte sie vor den Gefahren, die damit verbunden waren, ihn zu bloßzustellen. Gott sei ihm gnädig, aber er versuchte, sich nicht vorzustellen, wie sie sich anfühlte.

Hinter ihm läuteten die Glocken der Abteikirche einen weiteren Tag eines Heiligen ein.

»England ist voller Mauern«, wisperte sie, während sie mit den Fingerspitzen über den Sandstein glitt. »Burgen, Abteien, Städte, Einsiedlerzellen ...«

Miles verstand, oder glaubte es zumindest, aber er hatte keine Antwort; in seinen Gedanken herrschte Chaos, sein verstohlener Blick verweilte, wo er nicht verweilen sollte. Er hatte sie in so vielen Formen gesehen, wie ein Juwel, das ihm durch eine Laune des Schicksals in die Hand gefallen war, aber jetzt ... Gütiger Himmel, warum musste sie so ätherisch und so wunderschön aussehen und so nahe bei ihm stehen, dass er ihr Parfüm wahrnehmen konnte.

»Aber Musik vermag Mauern zu durchdringen und Königreiche zu erobern«, bemerkte er. »Das war Anstiftung zum Aufruhr, Mylady.«

»Vielleicht, Sir, aber ihre Lieder und ihre Stimmen waren so schön. *Sprecht sanft und bittet den Himmel, nicht mehr zu zürnen und keinen Schleier mehr über den Mond zu werfen*. Ich werde den heutigen Abend nie vergessen.«

In seinem Kopf drehte sich alles, er hatte Einsamkeit gekostet, der Fluss strömte gnadenlos durch den steinernen Bogen, wie Sand durch eine Sanduhr.

»Ich auch nicht«, fügte er spöttisch hinzu und fuhr sich mit dem Ärmel über seine Lippen. »Ich habe noch immer den Geschmack von Asche im Mund.«

»Habt Ihr kein Herz, *Cysgod*?«, schalt sie ihn lachend und wandte sich um, um mit ihren kleinen Fäusten spielerisch nach seiner Brust zu zielen. »Ist denn keine Poesie in Euch heute Nacht?«

»Sogar sehr viel«, erwiderte Miles mit walisischem Akzent, »und sie ist hauptsächlich angelsächsisch, und das Thema ist, Euch auf die Burg zurückzubringen, ohne dass man uns die Kehlen durchschneidet. Was mein Herz betrifft«, er lachte, »so bewahre ich es dort auf, wo die Waliser es nicht stehlen können. Und ich rate Euch, das auch zu tun, *cariad.*« Und dann fügte er in seinem gewohnten Ton hinzu: »Ist Euch kalt?«

»Nein, bitte«, protestierte sie und hielt ihn mit der Hand zurück, als er seinen Umhang abnehmen wollte.

»Zumindest kann ich den kalten Wind von Euch abhalten.« Hände, nicht regiert von seinem Verstand, drehten sie und zogen sie an seine Schulter. Es erforderte seine ganze Willenskraft, seine Hände beschützend auf ihren Schultern liegen zu lassen und zu verhindern, dass sie dorthin abschweiften, wo seine Lippen sie berühren wollten; seine Fantasien waren arglistiger Aufruhr und vollkommene Qual.

Heloise hielt den Atem an. Unwillig, sich aus dem Zauber zu befreien, der sie gefangen hielt, spürte sie die Härte von Rushdens Körper wie einen Pfahl an ihrem Rücken. War dies die Leidenschaft, die die Heiligen sich verweigerten? Dieses merkwürdige Feuer, das unter ihren Röcken glühte? Ihre ketzerischen Gedanken zu gestehen, würde sie vernichten. Nimm ihn dir, konnte sie ihren Vater sagen hören. Entfache seine Leidenschaft für dich. Oh, wenn sie Dionysia wäre, würde sie jetzt die Arme um seinen Nacken schlingen und ihren Bauch an seine Schenkel pressen. Doch für Heloise Ballaster würde es am nächsten Morgen keine Vergebung geben; Rushden würde ihre Leidenschaft als Lüsternheit und ihre Hingabe als Raffinesse bezeichnen, denn um ihr Liebhaber zu werden, musste er ihr Ehemann werden. Ach, ihre unerfahrenen Hände waren gefesselt, aber sie sehnte sich so sehr danach, sich ungebührlich zu benehmen, von ihm geliebt zu werden ...

Was soll ich tun?, rief ihre Seele über den Fluss den Feen zu, die über sie wachten, und Friede kam mit dem Rascheln der Gräser. Schau den Mond an, wisperte ihr Innerstes, ist er nicht eine verschleierte Diana, die zu den Planeten aufschaut und um Actaeon trauert?

»Seid Ihr ein Wechselbalg, Heloise?« Die Stimme des Mannes linderte die Stille, sein warmer Atem streifte ihre Wange. »Ist es das, was Ihr glaubt?« Er wusste, dass er sich auf dünnes Eis begab. Aber ein paar gut gewählte Worte würden ihm vielleicht helfen, sie zu verstehen.

Mit einem glücklichen Lächeln lehnte sie sich zurück und überließ sich dem Moment.

»Ich sehe Dinge, die gewöhnliche Leute –« sie korrigierte sich – »*andere* nicht sehen.« Die Antwort war hier, doch dieser Mann würde sicher nicht erkennen, dass der Zauber schon darin lag, dass er wie ein König mit ihr hier auf diesem Turm stand.

»Und sind tatsächlich Stimmen in den Glocken?« Wie für Jeanne d'Arc?

»Nicht für mich.« Sie erschauderte und verbarg ihre Hände in ihren weiten Ärmeln.

»Ihr zittert ja.« Rushdens Hände glitten tiefer und verschränkten sich unter ihren Brüsten. »Nicht mehr lange jetzt.« Bis ...

»Eine Eule, schaut!«, rief sie entzückt, als die grauen Schwingen lautlos an ihrem Turm vorbeiglitten.

»Lady Bloedeuedd vielleicht«, sagte er leise. Er ließ seine Arme noch ein wenig tiefer sinken, legte seine gespreizten Hände über ihre Hüften und presste sie an sich, um sie den Beweis seiner männlichen Erregung spüren zu lassen. »Geboren aus Blumen und verzaubert in eine Eule, weil sie untreu war.« Seine Stimme war nahe, verführerisch nahe. »Was seht Ihr sonst noch?«

»Ich ... ich sah ein Feuer das Schilf hinter der Kirche verzehren.«

Rushden antwortete nicht sofort. »Höchst wahrscheinlich«, murmelte er. »Fühlt Ihr das Feuer auch, oder seht Ihr es nur?« Das Feuer, ja … sie hätte sich so gern in seinen Armen umgedreht. »Und bei Menschen, Heloise? Im Obstgarten …«

»Ich fühlte Eurer Mutter Schmerzen.« Ihre Atemzüge wurden schneller.

»Und seht Ihr auch uns, Heloise?« So, *y Cysgod* interessierte sich also für ihre Zukunft.

Ihr aufgelöstes Haar verbarg wie ein silberner Schleier ihr Gesicht, als sie mit gesenktem Kopf auf den Boden starrte, als sähe sie Fackeln das Holz unter ihren Füßen entzünden. »Nein, uns nicht. Etwas anderes … Ich kann es nicht beschreiben.« Bestürzt riss sie sich los. »Denn da ist kein Muster, versteht Ihr, es ist mehr wie …« Sie stammelte, aber … »mehr wie ein Blick auf eine Seite der Geschichte von jemand anderem, und dann wird das Buch geschlossen. Und ich habe auch nicht die Schlüssel zu den Verschlüssen dieses Buchs. Und ich suche auch nicht das Schloss. Wie Ihr gestern selbst gesagt habt, Sir, könnte ich dafür … auf dem Scheiterhaufen enden.«

Sanft legte er einen Finger unter ihr Kinn. »Dann sprecht mit niemandem darüber.«

»Ich habe es niemandem erzählt.«

»Mylady … Ihr habt es mir gerade gesagt … und ich bin Euer größter Feind.«

»Aber ich vertraue Euch.« Ihre Augen schimmerten im hellen Mondlicht.

»Nun, dann tut es lieber nicht.« Er senkte den Kopf. »Zweckmäßigkeit ist der Feind der Loyalität, und alle Menschen sind Verräter, wenn es darum geht …«

»Worum?« Die Frage war ein verträumter Seufzer; die

Antwort … ein Schatten, der den Himmel zu verfinstern schien. Ach, sie wünschte es sich mehr als irgendetwas anderes in ihrem ganzen Leben.

»Darum.« Er verschränkte die Finger unter ihrem Haar, hob ihr Gesicht zu sich empor und reizte sie mit seinen Lippen, bis sie ihn am liebsten angefleht hätte, ihr seine Lippen – und sein Herz – zu öffnen. Aber sie wollte, *wagte* nicht zu bitten.

»Heloise!« Er strich mit der Unterlippe über ihre. Sie hätte Luzifer dazu verführen können, in den Himmel zurückzukehren. Miles' Hände legten sich besitzergreifend um ihre schmale Taille unter ihrem Umhang und glitten staunend höher, als er merkte, wie wundervoll sie sich anfühlte, wie feingliedrig sie war, wie lieblich, wie zerbrechlich.

»Nein!« Zarte Hände legten sich plötzlich um seine Handgelenke. Entschieden schoben sie ihn fort und ließen ihn erregt und unerfüllt zurück. »Denkt an Myfannwy …«

»*Myfannwy*! Wenn der Mond aufgegangen ist, kann man nicht die Sterne sehen.«

»Ich will nicht Eure Mätresse sein«, murmelte sie. »Ich will kein kleines Haus in Hereford haben und die Nachbarn flüstern hören: ›Die da ist Sir Rushdens Hure, wenn er ein bisschen Zeit für sie erübrigen kann.‹«

Miles tat, was jeder Mann, der mit seiner Geduld am Ende war, getan hätte, um eine schöne Frau zum Schweigen zu bringen. Er küsste sie richtig. Das war sein Fehler. Heloise Ballaster schmeckte nach Wiese … nach einer Wiese voller Blumen und so … göttlich, dass er sich wie ein Gott vorkam, als er sie küsste. Ihre Taille war unfassbar zart unter seinen Händen, und ihr Haar, das wie schimmerndes Mondlicht, wie himmlisches Feuer war, hüllte sie beide wie ein seidener Schleier ein. Als er den Kuss vertiefte, war es, als umgäbe sie ein Zauber und irgendeine geheimnisvolle Macht berührte mit einem Stab herabhängende Lichttropfen zu beiden Seiten ihres Pfads, um ihn in einer gänzlich anderen Welt willkommen zu heißen. Entzückt erkannte er, dass er sich inspiriert, erneuert fühlte, als würden die Fesseln, die ihn an das alltägliche, eintönige Leben banden, eine nach der anderen durchtrennt.

»Heloise.« So hatte er sich noch nie gefühlt.

Als würde sie das unverhohlene Verlangen in seiner Stimme erkennen, streifte ihr leises Lachen seinen Mund, dann legte sie den Kopf in den Nacken, und ihr weiches Haar liebkoste seine Hände auf ihrem Rücken.

Miles hatte ein Sakrileg begangen, doch auf wessen Geheiß? »Das hätte ich nicht tun sollen«, sagte er und hoffte, dass göttliche Vergebung möglich war.

»Nein«, wisperte sie und strich verführerisch mit einem Finger über seine Lippen. »Das hättet Ihr nicht tun sollen.«

Miles fühlte sich benommen, wie von Sinnen. Er nahm ihr Gesicht zwischen seine Hände und senkte seinen Mund auf ihren. Seine Lippen sagten ihr, dass sie sich ihm beugen sollte, dass sie nur in seiner Eroberung ihre Wahrheit finden würde.

Heloise schlang die Arme um seinen Nacken und schob die Finger in sein Haar. Er war ihr Schicksal, ihr schwarzer, rücksichtsloser, begehrenswerter Ritter. Ein lustvolles Prickeln erwachte zwischen ihren Schenkeln, als er ihren Nacken küsste, ihren Hals, und seine streichelnden Hände von Mal zu Mal noch fordernder und kühner wurden. Aber der Zauber verging ganz plötzlich, und ein tief greifendes Gefühl unmittelbar bevorstehenden Unheils durchflutete ihr Bewusstsein.

»Nein!« Mit wild pochendem Herzen schob sie ihn zurück. »Lasst mich gehen! Ihr *mü*sst!« Irgendetwas stimmte nicht, das spürte sie.

»Hol Euch der Teufel, Heloise!«

Die unnachgiebigen Bande seiner Arme gaben sie frei; Schweiß perlte auf seiner blassen Stirn.

Sie lehnte sich an die Mauer und wehrte sich gegen ihren größten Wunsch, fragte sich, welche Mächte ihn ihr entrissen hatten, und kämpfte um Vernunft.

»Ja, flucht nur, Miles Rushden! Aber wenn ich Euch nehmen lasse, was Ihr gar nicht wollt, werdet Ihr mich morgen ›Hure‹ nennen und ›Hexe‹.«

»Kommt her!« Verlangen nach ihr ließ seine aufgebrachte Stimme ungewöhnlich heiser klingen.

»Ihr habt es aus freiem Willen getan!«, rief sie aus und eilte die Treppe hinab wie eine fliehende Prinzessin. »Das habt Ihr selbst gesagt.«

Er hastete ihr nach und griff nach ihrem Umhang, fand jedoch keinen Halt, und als er sie auf der letzten Stufe an sich zog, begann ein naher Hund wie wild zu bellen. Sie erstarrten, nicht länger in leidenschaftlichem Verlangen miteinander verschmolzen, sondern in angespannter Erwartung. Er hielt den Atem an, seine Finger umklammerten ihre Schultern, sein Herz hämmerte an ihrem Schulterblatt, als sie sich an ihn lehnte. Oh, *das* war also das Böse! Nicht Rushden! Aus der Dunkelheit kamen drei Männer mit Knüppeln auf sie zu.

»Versteckt Euch!« Beschützend stieß Rushden sie zur Seite, aus dem Weg der Angreifer, und zog blitzschnell einen Dolch aus seinem Stiefel.

Fluchend landete Heloise auf unziemlichste Weise auf einem Haufen Abfälle und drehte sich rasch wieder um, um ihren Feinden ins Gesicht zu sehen. Ihr Ehemann hatte seinen Umhang als eine Art Schild um seinen linken Arm gewickelt, aber ohne ein Schwert, um die Angreifer auf Distanz zu halten, wurde er hart bedrängt.

»*Dal y ferch*!« Sie wusste instinktiv, dass das Walisisch ihr galt. Sie musste unter allen Umständen Hilfe herbeiholen. Nachdem sie sich aus ihrer ungünstigen Stellung aufgerappelt hatte, sang Heloise ihre höchste, schrillste Note, während ihre Finger in ihrem Beutel nach ihrer einzigen Waffe suchten.

»Allmächtiger!«, rief Rushden aus und lachte, obwohl er auf der ersten Treppenstufe belagert wurde. »Es müssen die Feigen sein!« Als sie wieder Atem holte, übernahm ein Chor nachbarlicher Hunde, und in den nächsten Häusern flackerten plötzlich Lichter hinter den Fensterläden auf.

»Diawl!« Einer der Briganten griff sie an.

»Na komm schon!«, keuchte sie und schleuderte ihm das Pulver ins Gesicht.

»Putain!« Eine Hand auf seinen Augen, taumelte der Mann zurück. Seine plötzliche Blindheit gab ihr die Chance, mit aller Kraft nach seiner Kniescheibe zu treten. Nachdem sie ihm seinen Knüppel entrissen hatte, hieb sie, so hart sie konnte, in die Kniebeugen des zweiten Mannes und spießte ihn so ordentlich auf Rushdens Klinge wie eine bezahlte Rechnung auf einen Zettelspieß.

»Jesus, Lady, ich könnte Euch gut gebrauchen, wenn wir das nächste Mal Frankreich besetzen!« Miles kämpfte, um die Klinge freizukriegen, als der dritte Mann sich auf ihn warf. Leichtfüßig sprang er beiseite. Der dicke Knüppel prallte krachend auf die Stufen. Miles hieb dem Mann die Faust in den Nacken und beförderte ihn dann mit einem kräftigen Fußtritt in den Zaun. Aber sein Angreifer taumelte zurück. Miles riss sich seinen Umhang ab, warf ihn dem anderen ins Gesicht und stürzte sich auf seinen Feind.

Es könnte Rushden sein, den ich erwische, wenn ich mich einmische, dachte Heloise, als die beiden Männer über den steinigen Boden rollten.

»Trollt euch, ihr verdammte Bande!«, brüllte eine Frau und leerte einen Nachttopf über der Straße aus.

Der Halunke musste das Poltern von Stiefeln auf dem Kopfsteinpflaster gehört haben.

»Awn!«, schrie er und hörte auf zu kämpfen, und Rushden riss ihn auf die Beine und schmiss ihn gegen seinen schwankenden Freund. Die beiden wurden zur Wand zurückgeschleudert. *»Dere 'mlaen!«* Indem er den geblendeten Mann am Gürtel packte, zog der dritte Angreifer ihn schwerfällig in die Dunkelheit.

»Als hätte ich nicht schon genug Probleme«, knurrte Rushden. »Da wird der Teufel los sein heute Abend. Die Wache! Los!«

»Aber …«

Herrgott noch mal, dachte Miles, wollte sie jetzt die Ärztin spielen? »Kommt!« Einen Arm um ihre Taille, zog er sie die Straße hinauf und noch gerade rechtzeitig in eine Gasse, als die Stadtwache am Turm erschien.

Heloise atmete schwer, ihr Herz schrie nach Erbarmen, als sie das Ende der Shepe Street erreichten. »Kommt weiter, Mistress! Wenn die Wache uns erwischt …«

»Ja, ich weiß«, keuchte sie. »Dann werde ich Kinder mit Euch bekommen müssen.« Er fuhr zurück, als stünde ihr Körper in Flammen. »Geht ohne mich weiter«, schnaufte sie und sah für einen Moment sein schockiertes Gesicht, das weiß war wie das eines gut aussehenden Gespenstes. Sie beugte sich vor und umfasste mit den Händen ihre Knie, weil ihre Seiten brannten, als wäre sie vom dreizackigen Speer des Teufels durchbohrt worden.

»Ruhig, Wechselbalg.« Starke Hände umfassten ihre Schultern und hielten sie, bis die schmerzhaften Stiche nachgelassen hatten. »Was war es, was Ihr dem Kerl ins Gesicht geschleudert habt – Elfenstaub?«

»Ganz normales Mehl«, keuchte sie. »Dachtet Ihr, ich würde mich unbewaffnet auf die Straße wagen?«

»Mein tapferes Mädchen.« Sein leises Lachen ermutigte sie. »Ich hatte vergessen, was für eine raffinierte Kämpferin Ihr seid.« Wieder legte er den Arm um ihre Taille und stützte sie, als sie auf eines der Nebentore der Burg zugingen. Sie duckte sich und schlich unter dem Fenster vorbei wie eine Diebin, während er den Wärter ablenkte. Münzen klirrten durch die stille Luft.

»Kann ein Mann nicht seine Mätresse besuchen, ohne dass es gleich die ganze Burg erfährt?«, knurrte Rushden mit vorgetäuschtem Geiz. Noch mehr Münzen wanderten klirrend in die aufgehaltene Hand. Seine Flüche waren noch zu hören, bis er Heloise im Burghof einholte. »Ins Bett mit Euch, Mylady!«

»Ich schwöre es bei meiner Seele, es tut mir Leid, Euch in Gefahr gebracht zu haben«, wisperte sie und strich über seinen Ärmel, bevor sie sich trennten.

»Ihr bringt mich *ständig* in Gefahr, Heloise«, war seine rätselhafte Antwort, bevor er wie ein Nachtfalke in der Finsternis verschwand.

12

Müde, jubelnd, verwirrt und immer noch glühend vor Aufregung erreichte Heloise die erste Stufe und erstarrte, als eine Hand ihren Ellbogen berührte.

»Ralph Bannastre, Mylady, zu Euren Diensten. Seine Gnaden wünscht Euch zu sprechen. Augenblicklich!«

Heloise fuhr herum, um Rushdens Hilfe zu erbitten, aber der Hof war leer.

»Kann ich ihn nicht morgen früh sprechen, Sir?« Nein, das könne sie nicht, knurrte er. Und wenn sie sich beeilte, käme er vielleicht noch mal ins Bett heute Nacht.

Schmutzig, mit einer Kapuze bekleidet und weiß der Himmel was für Flecken auf ihrem rotbraunen Kleid – Spritzer von Unrat und von Abwässern wahrscheinlich – betrat sie das Schlafgemach des Herzogs mit einem Gebet an die heilige Katharina auf ihren Lippen. Der Herzog stand vor dem Feuer, seine Kleidung prächtig, sein Haar wie schimmernd rotes Gold auf dem seidenen Band, das seine Stirn begrenzte.

»Wo wart Ihr, Lady Haute?« Er entließ Ralph ohne ein Wort des Dankes.

»S-singen, Euer Gnaden.«

»Niemand hat Euch gestattet, die Burg zu verlassen.«

»Euer Gnaden …«

»Aber verlassen werdet Ihr sie. Ihr reist gleich morgen ab!«

»Sehr wohl, Euer Gnaden.«

»Was?«, entgegnete er ruhig, während er langsam auf sie zukam. »Ihr versucht nicht einmal, Euch zu verteidigen? Nicht zu handeln?«

»Handeln, Mylord?« Er war zu nahe.

»Ich könnte mich überreden lassen, meinen Entschluss zu ändern. Immerhin habt Ihr Eure Aufgabe, meinem Sohn Manieren beizubringen, gar nicht schlecht erledigt.« Ein beringter Zeigefinger hob ihr Kinn ein wenig an. »Wie meintet Ihr das vorhin, Ihr wart singen?«

»Ein Waliser Barde namens Lewis ist in der Stadt. Ich wollte ihn singen hören, Euer Gnaden, und ...«

»Lewis Glyn Cothi?« Als sie nickte, schob er ihre Kapuze zurück und berührte erstaunt ihr silbernes Haar. »›*Genug* graue Haare.‹ Heilige Jungfrau!«

»Genug, ja, Euer Gnaden, aber ich versichere Euch ...«

»Wie ungewöhnlich.« Ein gerissener Blick erschien in Augen, die jeglichen Gefühls entbehrten. »Ihr habt die Wahl, Lady Haute. Wenn Ihr in Brecknock bleiben wollt ...« Er deutete auf ein breites Bett mit üppigen seidenen Kissen. Heloise blinzelte ihn entrüstet an. Es war zu viel, ungerecht und unerwartet. »Ihr werdet Euch natürlich vorher säubern«, erklärte er.

Heilige Katharina! Sie brauchte Hilfe, um ihren müden Kopf zu klären und diesen Verführer von sich fern zu halten! »Ich ... ich bin eine verheiratete Frau, Mylord.«

»Um so besser, Mylady. Eure Erfahrung wird Euch Ehre machen.«

»Aber ich ... ich kann nicht meinen Mann betrügen.« Und sie konnte sich auch nicht von ihm scheiden lassen, wenn der Herzog sie verführte.

Warme Hände glitten unter ihren Umhang und zogen an

dem rotbraunen Kleid, bis es zu zerreißen drohte. Seine Lippen glitten über ihren Nacken. »Natürlich könnt Ihr es.« Gierige Hände griffen nach ihren Brüsten.

»Ihr seid sehr verführerisch, Lady Haute. Natürlich könnt Ihr, falls es Euch lieber ist, Brecknock morgen auch verlassen, mit Eurer ehelichen Treue noch *in tacto*. Oder ...« Er wickelte eine ihrer silbernen Strähnen um seinen Zeigefinger. »Oder ich schicke Euch zu Bischof Langton.«

Sie erschauderte. Rushden hatte sie gewarnt. Die Heilige Kirche hatte schon immer vor ihrer Tür gelegen wie ein schlafender Hund, der jeden Augenblick erwachen kann. Buckingham brauchte nur aufzuschreien, und Jahrhunderte alte Verdächtigungen des Unbekannten und Unverstandenen würden aufgegriffen und auf sie geschleudert werden wie Steine, um zu verletzen und zu töten. Vielleicht war der beste Weg, mit ihm umzugehen, ihn einfach nicht beim Wort zu nehmen.

»Ich glaube nicht, dass Ihr Freude finden würdet an meiner Gesellschaft in Eurem Bett, Mylord.« Es schien ihn nicht mehr zu kümmern, dass die kleinen Hände, die bestrebt waren, seine Berührungen zu verhindern, immer noch den Schmutz der Straße trugen.

»Erlaubt mir, das selbst zu beurteilen.« Musste er seine Zunge in ihr Ohr stecken? Solch unangebrachte Lüsternheit verursachte ihr Übelkeit.

»Es tut mir Leid, Mylord. Ich kann Euch nicht beiliegen. Sir Miles Rushden kann Euch sagen, warum.« Rushdens Name drehte den Schlüssel, und das Schloss gab nach. Abrupt gab er sie frei.

»Sir Miles? Was in Gottes Namen hat er damit zu tun ... Wollt Ihr mir etwa sagen, Rushden hätte Euch schon gehabt?«

Diese gottverfluchten Männer! Als wäre sie ein Kuchen zum Probieren und Herumgereichtwerden! Sie antwortete nicht. Sollte der Herzog doch seine eigenen Schlussfolgerungen treffen. Rushden würde es ihr nicht verzeihen, aber Gott verdamme sie, wenn sie ihre Jungfräulichkeit an eine Kreatur verlor, die nichts anderes in ihr sah als ein leckeres Häppchen, das seinen Appetit erregte. Der Herzog ergriff ihre Handgelenke und verschränkte sie hinter ihrem Rücken.

»Ihr lügt also, wenn Ihr von Tugend schwafelt. All dieses Gerede über Ehemänner, und dabei habt Ihr Euch bereits einen Liebhaber genommen.«

»Sprecht mit Rushden, Mylord.« Helft mir!, rief sie die *tylwyth teg* und wehrte sich heftig, als er seinen Mund auf ihren presste und ihr die Luft zum Atmen nahm. »Fragt ihn, Mylord!«

»Mir scheint, mir bleibt nichts anderes übrig.« Er ließ sie los und entriegelte die Tür. »Pershall! Rafft Euch auf! Holt Rushden!«

Eine schläfrige Stimme antwortete von der Pritsche hinter der Tür. »Gott bewahre Euer Gnaden! Ist eine Frau denn nicht genug für Euch?«

Miles, der rasch in ein Wams und eine Strumpfhose geschlüpft war und einen Umhang umgelegt hatte, starrte verblüfft auf eine sehr verärgerte Heloise, die zerzaust und mit aufgelöstem Haar im Schlafgemach des Herzogs stand; und dann schien ein unsichtbares Visier der Gleichgültigkeit über sein Gesicht zu fallen.

»Sie sagt, sie wäre Eure Geliebte.«

Hinter Harrys Rücken schwenkte Heloise abwehrend die Hand. Mit einem Gebet an welchen Heiligen auch immer, der für Notlügen Verständnis hatte, schürzte Miles die Lippen und musterte Heloise mit einem Interesse, das darauf abzielte, sie in Wut zu bringen. »Noch nicht, Mylord. Es genügt wohl zu sagen, dass ich mein Interesse deutlich gemacht habe und Mylady nach mir rufen lassen kann, wann immer es ihr beliebt. Ich fürchte, Ihr kommt zu spät, Euer Gnaden.«

»Ich betrachte Euer Verhalten als unpassend angesichts der heiklen Verhandlungen mit Rhys ap Thomas.«

»Unpassend oder ungelegen, Mylord?«

»Beides.« Harry wich seinem prüfenden Blick aus. »Lady Haute hat unerlaubt die Burg verlassen.«

Miles lächelte verhalten. »Sie hatte die Erlaubnis, Mylord.«

Die ärgerliche Röte, die ihm in die Wangen stieg, verschärfte die Verlegenheit des Herzogs. »Ihr wusstet es?«

»Ja, Mylord, ich hatte es ihr bewilligt.«

Das angebliche Objekt seiner Bewunderung hielt bescheiden den Kopf gesenkt, als Harry misstrauisch von seinem Gesicht zu ihrem blickte. Aber es war noch nicht vorbei, und um den Herzog zu besänftigen, trat Miles zu ihr. »Mylady, erzählt Euer Gnaden von Lewis.«

»Ich ... ich halte ihn nicht für gefährlich. Er singt Lieder, die als aufrührerisch betrachtet werden könnten, aber ich glaube, seine Leidenschaft ist eher körperlich und nicht politisch. Die meisten seiner Lieder sind über Frauen.« Sie sagte nichts von Emrys oder dass ihr Walisisch noch sehr dürftig war.

Mit mürrisch vorgeschobener Unterlippe entfaltete der Herzog schließlich seine Arme. »Nun gut, Lady Haute, Ihr könnt Euch vorläufig als verschont betrachten, aber morgen früh wünsche ich einen ausführlichen Bericht zu hören.«

Kein Wort des Dankes, nicht einmal die Andeutung einer Entschuldigung. So entlassen, floh die Lady.

Harry war jedoch leider noch nicht fertig. »Warum habt Ihr mich nicht informiert, Miles?«

»Lady Haute war nicht sicher, ob sie sich in Gefahr begeben wollte.« Harry würde jeden Augenblick die Lügen riechen.

»Aber sie hat es getan, und Ihr habt eine englische Edelfrau in dieses Schlangennest gehen lassen.«

Na schön, vielleicht war es besser, die Karten auf den Tisch zu legen. »Ich ... ich habe sie begleitet, Mylord.«

Harry sah aus wie eine Kanone, deren Zündschnur brannte. »Ich verstehe.« Tat er es?

»Es sollte besser nichts davon aus diesem Gemach nach außen dringen, Mylord. Sollte die Lady wieder eingeladen werden ...«

»Aber Ihr seid in einen Hinterhalt geraten.« Die Prellungen an seinem Kinn waren nicht zu übersehen.

»Ja. Walisische Briganten, aber ich würde einen Jahreslohn darauf verwetten, dass die Vaughans dahinter steckten. Eine Vergeltungsaktion für die Abreibung, die ich ihnen gegeben habe. Und vergesst nicht, dass wir einen ihrer Männer wegen Schafdiebstahl gehängt haben.«

»Das gibt noch mehr Beschwerden vom Grafschaftssheriff morgen«, murrte der Herzog. Aber es war nicht der Ärger mit den Vaughans, sondern sein verletzter Stolz, der Harry etwa so fröhlich aussehen ließ wie einen Aussätzigen mit einem Spiegel. »Ihr hättet es mir sagen können, Miles. Ich habe gerade einen kompletten Narren aus mir gemacht, als ich versuchte, die Frau zu verführen.«

»Ihr habt viele andere, unter denen Ihr wählen könnt, Mylord.«

»Das ist richtig, aber … dieses ungewöhnliche Haar, das ist so faszinierend. Wusstet Ihr es?« Miles nickte. »Glaubt Ihr, sie ist auch woanders silberhaarig?«

Persönlicher Ärger musste vor Herzögen verborgen werden, und insbesondere vor diesem. Da er sich durch Reden womöglich in noch größere Schwierigkeiten bringen würde, lachte Miles nur kalt. »Ich kann dazu nichts sagen, Mylord von Buckingham.«

»Ha!« Ein spekulativer Blick erschien in seinen Augen. Seine Gnaden starrten auf das Bett, als versuchte er, sein Fassungsvermögen abzuschätzen.

»Nein!«, rief Miles, der seinem Gedankengang gefolgt war. »Wenn … *falls* ich beschließen sollte, die Fähigkeiten der Dame zu erproben, gedenke ich sie nicht mit Euch zu teilen.«

»Nein.« Harrys Lächeln verriet Schadenfreude. »Das werdet Ihr ganz sicher nicht. Lasst uns die Angelegenheit nicht länger aufschieben. Morgen werdet Ihr Myfannwy heiraten.«

Herrgott, zwei Ehefrauen! Miles wachte erschrocken auf und dachte an Heloise. Es war ein Fehler gewesen gestern Abend, sie zu küssen und Harry zu belügen. Nun, er würde Myfannwy auf jeden Fall heiraten, selbst wenn er das Gesetz damit brach, und ihr so oft beiliegen, dass sie, bis die Kirchengerichte den Fall zu verhandeln begannen, schon sein Kind unter dem Herzen tragen würde, und damit wäre die Angelegenheit geregelt. Und er würde Myfannwy nicht betrügen; Heloise musste heute noch die Burg verlassen, und das musste er ihr sofort sagen …

Sie war glücklicherweise allein und zupfte an den Wandbehängen im Gang zu den Gemächern der Herzogin. Er ignorierte diese merkwürdige Beschäftigung und das Ziehen in seinen Lenden und versuchte, sich vorzustellen, wie selig er ohne sie sein würde. »Was um Himmels willen habt Ihr Euch dabei gedacht, das Schlafgemach des Herzogs zu betreten?«, schnarrte er, auf Feinheiten verzichtend.

Sie ließ den staubigen Gobelin los und rieb sich ihre Nase wie ein Kaninchen, das seine Schnurrbarthaare putzt, sah ihn aber nicht an und blickte stattdessen den Gang hinauf und hinunter. »Sein Mann Bannastre wartete gestern auf mich, als Ihr Euch so feige in Eurer Bett verzogen habt. Ihr hättet mich warnen können. Habt Ihr Ned gesehen? Er war nicht bei seinem Lehrer.«

»Ich habe Euch aus der Bredouille geholfen.« Mit klirrenden Sporen hielt er Schritt mit ihr.

»Ja, dem Himmel sei Dank, denn sonst wäre ich vielleicht vergewaltigt worden, und dann hätte uns nicht einmal ein Dutzend Heiliger Väter trennen können. Wo ist dieses Kind?« Sie öffnete die Türen zu allen Gemächern auf dem Gang und blieb schließlich verärgert stehen. »Euer Herzog hatte mir schon fast das Kleid zerrissen. Ein paar Minuten mehr, und ich hätte ihm vor lauter Verzweiflung gesagt, wer mein Ehemann ist. Sir, wenn Ihr diese Annullierung wollt, solltet Ihr mich besser schützen.« Sie wandte sich um und ging den Weg zurück, den sie gekommen war. »Frauen haben das Recht, selbst zu entscheiden, wem sie ihren Körper schenken wollen. Jeder Mann, der etwas anderes denkt, ist …«

»Heloise.« Er ergriff ihren Arm. Errötend wandte sie das Gesicht ab, ihre hektische Aktivität nur eine Maske. »Wechselbalg, alle Männer sind in dieser Hinsicht Ketzer.«

»Ich … ich muss Ned suchen.«

»Seid still und seht mich an, Frau! Er begehrt Euch,

Heloise. Und mir scheint, die halbe Burg tut es.« Etwas in seiner Stimme veranlasste sie schließlich, zu gehorchen. Tränen glitzerten in ihren dichten Wimpern. Alles in ihm drängte ihn danach, ihr Elend wegzuküssen. »Harry nimmt sich, was er begehrt, Heloise. Und ich auch. Um unser aller Willen müsst Ihr heute noch die Burg verlassen. Heute Morgen. Ich werde eine Eskorte für Euch zusammenstellen.«

Braune Augen, die in Tränen schwammen, flehten ihn um Gnade an. »Oh, ich weiß, der Sand in meiner Uhr ist durchgelaufen«, wisperte sie traurig. »Die ... die wahre Lady Haute kann jeden Augenblick erscheinen. Ich hatte mir eine Woche gegeben, nicht mehr, um Euer Herz zu gewinnen.«

Sein Herz?

»Buh!« Eine kleine Gestalt mit einer Dämonenmaske sprang hinter einem der Wandbehänge hervor.

»Herrgott noch mal!«, rief Miles und ließ sie los.

»Mylady?« Brian, der Bogenschütze, betrat die Kinderzimmer. Heloises Taschen, die nur noch auf das Packpferd verladen werden mussten, warteten schon auf ihn an der Tür. Er warf einen stirnrunzelnden Blick auf ihre Katze, die faul in einem Fleckchen Sonne lag. »Es ist so weit. Sie sind alle in der Kapelle, der Weg ist also frei.« Er nickte Rushdens zwei Bewaffneten zu, die vor ihrer Tür postiert worden waren.

Heloise blickte von Dafydd vor dem Herd zu dem verschnürten Brief, den sie für Bess zurückgelassen hatte, damit sie ihn Ned vorlas. »Ich war glücklich hier«, murmelte sie, als sie die Tür zuzog. Die Soldaten fielen hinter ihr in Schritt.

»Ihr wart sehr gut für das Kind, Mylady.«

Sie hatte keine andere Wahl, als sich von ihnen die Treppe hinab geleiten zu lassen. Sie stockte, als sie die Musik aus der Kapelle hörte. Rushden war dort und sprach seine Gelübde zu der armen Myfannwy. Nicht an der Kirchentür diesmal, dachte sie wie betäubt. Dafür hatte er gesorgt.

Auf dem Hof tänzelte Cloud nervös, aber Martin stand bei dem Pförtner und zwei Wachen. Sie schienen mit einem hoch gewachsenen Mann zu streiten, der dünn war wie eine Vogelscheuche und seinen dunklen Gewändern nach zu schließen ein Gelehrter war.

»Oh, Mylady«, rief der Pförtner erleichtert, als er sie erblickte, und kam schnaufend zu ihr hinübergelaufen. Die anderen folgten ihm. »Dieser Mann hier sagt, er habe eine dringende Nachricht aus Westminster. Ich wagte nicht, den Gottesdienst zu unterbrechen. Würdet Ihr mit dem Mann reden?«

Fettiges schwarzes Haar fiel unordentlich über die unterwürfig gebeugten Schultern des Boten, aber das bärtige Gesicht war scharf und geprägt von einer undurchsichtigen Intelligenz.

»Thomas Nandik, Madame. Ich komme von Lord Hastings, Madame.« Die Stimme – kultiviert, mit einem Essexer Akzent – klang nachdrücklich.

»Aus Westminster?«, fragte sie ungläubig, als sie seine abgekauten Fingernägel bemerkte, die den aufgerollten Rand seines Hutes befingerten, der derart fadenscheinig war, dass sie die Binsen darin sehen konnte.

»Aye.« Dunkle Augen, vor Müdigkeit gerötet, aber brennend vor Entschlossenheit, fixierten sie, und plötzlich sagte ihr jeder Instinkt in ihr, dies sei von lebenswichtiger Bedeutung. Sie blickte zur Kapelle hinüber und biss sich auf die Lippe.

»Nun gut. Kommt mit!« Seinen Arm ergreifend, lief sie los, als ob ihr Leben davon abhinge.

»Nein, Lady Haute!«, brüllte Brian und rannte ihr nach. »Ich habe ... uff ...« Er stürzte kopfüber auf den Boden, als Martin seinen Fußknöchel ergriff.

»Schnell!« Heloise riss die Tür der Kapelle auf und schob den Fremden hinein. Es blieb keine Zeit für Weihwasser.

»Was in ...« Die verblüfften Ausrufe jener, die am nächsten an der Tür saßen, verstörten den Priester; der Mann verhielt abrupt den Schritt.

»Mein Herr von Buckingham!«, rief Heloise, auf den Altar zustrebend.

Rushden, der Hand in Hand mit der Waliserin dort stand, fuhr verblüfft herum. Sein Gesicht erblasste.

»Himmelherrgott!« Scharlachrot vor Zorn, schob Buckingham sich an seiner Herzogin vorbei, um die Eindringlinge zu konfrontieren.

Der Gelehrte hätte Rushden seine Botschaft überbracht, wenn Heloise ihn nicht am Ellbogen festgehalten hätte. »*Das* ist der Herzog!«

Nervös zog er einen Brief unter seinem Gewand hervor und kniete sich vor Buckingham.

»Der König ... möge er in Frieden ruhen ... Seine Hoheit ist vor drei Tagen verstorben.«

13

»Keine fröhlichen Kometen beim Verscheiden seiner Hoheit. Man sollte meinen, wir hätten irgendwelche Vorboten sehen müssen«, sinnierte Miles, der noch immer Witwer war, und reichte Harry den Kalender, als die engsten Berater des Herzogs sich rasch in Harrys Schlafgemach versammelten. Rhys ap Thomas war bei ihnen (es wäre schwierig gewesen, es ihm zu verweigern), und Myfannwy, unverheiratet und zutiefst bekümmert, wurde von Cat und Lady Haute getröstet. Die Heirat konnte warten.

»Ha! Was kümmert uns ein toter König, wenn wir uns mit dem neuen beschäftigen können?«, entgegnete der Herzog.

»Lord Hastings schreibt, dass die Königin zweitausend Männer schickt, um ihren Sohn in Ludlow abzuholen.« Miles las den Brief noch einmal durch. »Wir sollten die Truppen verstärken.« Es war schwer, ruhig zu bleiben. Endlich würde sich sein Traum von hohen Ämtern vielleicht erfüllen. Hastings erbat Harrys Hilfe gegen die Königin.

»Solltet Ihr nicht sehen, wohin der Wind der Macht weht?«, schlug ap Thomas vor. »Man sagte mir nämlich, Gloucester habe wenig übrig für die Königin und ihre Gefolgsmänner.«

»Genau.« Der Herzog lachte. »Das könnte eine reiche Ernte für uns bedeuten.« Ja, dachte Miles, und wenn die Königin und Gloucester dazu ermutigt werden konnten, einander zu zerstören, würde das Haus Lancaster vielleicht wieder auferstehen und Harry den Thron für sich beanspruchen.

»Hier, Miles.« Nachdem er Sand auf seine schwungvolle Unterschrift gestreut hatte, faltete und versiegelte der Herzog seinen Brief. »Ich schicke eine Bitte um Unterstützung an meinen Cousin Gloucester.« Er informierte die anderen und drückte sein Siegel in das weiche Wachs. »Perhshall wird mit Euch reiten, Miles, für den Fall, dass es Schwierigkeiten geben sollte, und nehmt auch dies hier mit.« Er streifte einen kleineren Ring ab. »Überzeugt Gloucester von meiner Loyalität. Macht ihm klar, dass er in tödlicher Gefahr ist, falls die Woodvilles die Macht im Königreich ergreifen. Sagt ihm, er solle eine Armee mitbringen – wo ist denn meine Landkarte schon wieder? Sagt ihm, ich erwarte ihn ... in Northampton.«

Es war gefährlich, den Hof zu überqueren, mit den Pferden, die aus den Ställen geführt wurden und den Kurieren, die sie bestiegen, und als Miles sein Schwert an seinem Reitgewand befestigte, stieß er fast mit Heloise zusammen. Sie hatte Ned in ihren Armen und beobachtete die Vorbereitungen, aber Miles war sicher, dass sie auf ihn gewartet hatte. Nun, er war sie noch nicht los, aber ...

»Ist es so sicher, dass der König tot ist?«, rief sie aus und begann ihm nachzueilen. »Was genau stand denn in dem Brief?«

»Er ist an einer Lungenentzündung gestorben. Er hatte sie sich beim Angeln zugezogen, glaube ich. Und nun haben wir ein Kind als König!«

»Hurra!« Ned warf die Arme in die Luft.

»Genau«, murmelte Miles gefühlvoll. »Genießt den Aufschub, Madame.« Er nahm die Zügel seines Postpferds von seinem Stallburschen, schwang sich in den Sattel und schob die Füße in die ledernen Sattelschürzen. »Ich reite nach Yorkshire zu meinem Herrn von Gloucester.« Er hätte mehr sagen können, aber sie waren nicht allein auf dem Burghof.

»Sir ...« Heloise hätte ihn so gern gebeten, Dionysia und Lady Margery Grüße zu überbringen, aber es gab wichtigere Dinge, die er zu erledigen hatte. »Gott behüte Euch«, sagte sie mit der zärtlichen Sorge einer Abschied nehmenden Ehefrau.

»Das hoffe ich! Wir stehen möglicherweise am Rande eines Krieges. Gott beschütze Euch, mein kleiner Lord, und Euch auch, Mylady! Tretet beiseite!« Und er trieb sein Postpferd durch das Tor.

Auf Middleham in Wensleydale kniete Miles, mit einem Dreitagebart auf seinem Kinn und die Augen gerötet vor Erschöpfung, vor dem Herzog von Gloucester. Seine Gnaden, der feierliche Trauerkleidung trug und dem die Trauer um seinen geliebten Bruder deutlich ins Gesicht geschrieben stand, las Harrys Brief mit strenger, konzentrierter Miene. Vielleicht kam das Versprechen einer Allianz unerwartet; die beiden Herzöge waren sich immer mit Höflichkeit begegnet, hatten sich aber nie besonders nahe gestanden.

»Mein Herr schlägt vor, dass Ihr so viele Männer mitbringt, wie Ihr in der Eile zusammenbringen könnt, Euer Gnaden, und Euch dann mit ihm in Northampton trefft, um den Prinz von Wales nach London zu begleiten.«

Herzog Richards blasses Gesicht verriet Missfallen. »Heiliger Paul! Ich hoffe doch sehr, mein Cousin von Buckingham meint damit nicht, dass ich mit einer Armee im

Rücken komme, um einen zwölfjährigen Jungen zu begleiten. Das würde doch ein wenig aggressiv erscheinen!«

Miles war zu müde, um zu streiten. »Mylord, Lord Hastings schrieb seiner Gnaden, die Königin habe vor, zweitausend Woodville-Anhänger als Eskorte für den Prinz von Wales zu schicken.«

»Das hat er mir auch geschrieben.« Goldbraune Augen, dichter bewimpert und wärmer als Harrys, betrachteten ihn prüfend.

»Mylord, Seine Gnaden von Buckingham glaubt, dass die Königin beabsichtigt, den Prinzen eilends zu krönen und sich selbst zur Machthaberin in diesem Land zu machen. Er fürchtet um Eure Zukunft und seine eigene, wenn sie die Oberhand gewinnt.« Er hielt den Atem an, als Gloucester mit erhobener Augenbraue seine Gefolgsmänner ansah.

»Das ist sehr rücksichtsvoll von Eurem Herzog, Sir Miles«, Lord Lovell verschränkte seine Arme vor der Brust, »aber woher sollen wir wissen, dass es nicht nur ein Lockmittel ist, um Seine Gnaden von Gloucester in Gefahr zu bringen? Immerhin ist Buckingham der Schwager der Königin.«

Miles wandte sein staubiges Gesicht wieder dem Herzog zu und erhob sich auf sein Zeichen hin. »Ich denke, Ihr kennt den Standpunkt meines Herrn im Hinblick auf die Königin, Euer Gnaden. Er bringt ihr und ihren Angehörigen nicht die geringste Sympathie entgegen. Er ist bereit, Euch als Regent des Königreiches zu unterstützen, welchen Weg auch immer Ihr einschlagt.«

»Harrys Botschaft kommt dank Euch gerade noch rechtzeitig, denn wir hatten vor, morgen in aller Frühe aufzubrechen.« Gloucesters rotbrauner Kopf beugte sich noch einmal nachdenklich über den Brief, bevor er wieder zu Miles aufschaute. »Dennoch, Sir Miles, bin ich der Meinung, dass

Schnelligkeit wichtiger ist als Zeit mit dem Sammeln einer größeren Truppe zu vertrödeln, und ich vertraue darauf, dass wir reiten, um einen König willkommen zu heißen, und nicht, um Krieg zu führen. Aber angesichts dieser unsicheren Zeiten weiß ich die Warnung Eures Herrn zu schätzen. Ich werde sogleich einen frischen Boten zu ihm senden, um es ihm zu sagen. Ihr könnt morgen mit uns nach Süden reiten, Sir Miles, wenn Ihr es wünscht.«

Wie eine Chance, die Ewigkeit in der Hölle zu verbringen! Miles verbeugte sich, um seine Bereitschaft zu bekunden, obwohl er in Wirklichkeit nichts anderes wollte, als sich ein Bett zu suchen und zu schlafen, schlafen, schlafen.

»Sir Miles Rushden?« Eine vornehme Dame hielt ihn auf, als er dem Kammerdiener durch den großen Burgsaal folgte. Vielleicht hielt sie ihn für benebelt, denn er war kaum in der Lage, den Blick ihrer großen blauen Augen zu erwidern, und ihm missfiel das Gefühl, von ihr begutachtet zu werden.

»Ich bin Lady Margery Huddleston, Sir, die Halbschwester der Herzogin. Ihre Gnaden bittet Euch, ihre Neugier zu entschuldigen, aber sie glaubt, sie könne mit Eurer Gemahlin bekannt sein und würde gerne Neuigkeiten von ihr hören.«

Sein müder Verstand war weder in der Lage, seine Worte sorgfältig zu wählen, noch gelang es seinem vernebelten Blick, sich auf die verschwommene weibliche Erscheinung aus blondem Haar und Gazeschleier hinter ihr zu konzentrieren. »Madame, ich bitte Ihre Gnaden um Verzeihung. Ich habe keine Gemahlin. Ich … ich bin mit einer walisischen Erbin verlobt.«

Die Dame runzelte die Stirn, atmete tief ein, um etwas zu

entgegnen, und überlegte es sich dann wieder anders. »Dann muss es sich um einen Irrtum handeln. Gute Nacht, Sir«, sagte sie kalt und zog das jüngere Mädchen mit sich fort.

Aus irgendeinem Grund, den zu ergründen er zu müde war, hatte seine Antwort Lady Huddleston nicht gefallen. Und wenn er ehrlich sein wollte, missfiel sie auch ihm selbst.

Northampton, das nach gegerbtem Leder an einem windstillen Tag roch, verfügte über Schmieden, Pferdehändler, Wagenbauer und Bierschänken von einem Niveau, um selbst dem anspruchsvollsten Reisenden zu genügen. Für einen Dienstagnachmittag und eine solch bescheidene Stadt, dachte Miles, als er in Gloucesters Gefolge durch das Nordtor ritt, war erstaunlich viel Pferdedung von der Straße entfernt worden. Beweise der Ankunft des neuen Königs? Wenn ja, wieso waren dann nur Stadtbewohner da, um sie zu begrüßen?

Ja, schnaufte der Bürgermeister, der sich mit einer kleinen Gruppe eilends auf den Stufen von Queen Eleanor Cross versammelt hatte, um sie in Empfang zu nehmen, der Prinz sei mit Lord Rivers durch Northampton gekommen, und ja, ihr Gefolge habe die gesamte Hauptstraße ausgefüllt, bevor sie nach Stony Stratford, das etwa vierzehn Meilen weit entfernt lag, weitergeritten waren.

Die Woodvilles hatten sich also nicht die Mühe gemacht, auf Gloucester zu warten, wie sie es versprochen hatten. Vierzehn Meilen! Miles stöhnte beim Gedanken daran, aber auch Herzog Richard war müde. Er schickte einen Boten nach Stony Stratford, um seine Ankunft anzukündigen, bemerkte zu Miles, er hoffe, Buckingham habe es sich nicht anders überlegt, und zog sich in den saubersten Gasthof der Stadt zurück.

Und wo bleibt Harry?, fragte sich Miles besorgt, als er vor der Unterkunft seines Herrn von Gloucester durstig einen Krug Bier hinunterstürzte. Harry hatte doch wohl hoffentlich nicht sein Wort gebrochen und war schon mit dem Prinz nach Stony Stratford vorangeritten? Die Ratsherren, die vor Gloucesters Herberge herumscharwenzelten wie Rüden, die auf eine heiße Hündin warteten, waren keine große Hilfe. Es seien so viele Fahnen und Banner in dem Trupp gewesen, antworteten sie Miles entschuldigend.

Seine Mitreisenden, Gloucesters Männer, hatten plötzlich eine ungewohnte Reizbarkeit entwickelt. Es waren drei harte Tagesritte gewesen seit Nottingham, und davor lag schon die lange, gehetzte Reise von York hinunter, und die ganze Zeit hatten sie immer nur die Straße vor ihren brennenden Augen gehabt. Und es war nicht nur Sattelwundheit, was sie reizbar machte; zweitausend der Königin treu ergebene Männer lagerten nur eine gute Stunde weiter südlich, und Buckingham und sein Gefolge waren unerklärlicherweise noch nicht in Northampton erschienen. Herrgott, dachte Miles, noch mehr davon, und bei Einbruch der Nacht saß er vielleicht schon gefesselt in dem Gefängnis bei dem Tor.

Erst nachdem die Stadtglocken geläutet hatten, wurde ein Reiter in Staffordscher Livree gesichtet, und erleichtert führte Miles Ralph Bannastre zu Gloucester. Endlich! Seine Gnaden von Buckingham würde bei Sonnenuntergang in Northampton eintreffen. Falls Gloucester seufzte vor Erleichterung, war es nicht zu hören. O Gott, er vertraut uns noch nicht, dachte Miles.

Als Harry Northampton endlich mit seiner Ankunft

beehrte, hatte Miles Grund, stolz zu sein. Nicht nur wegen der seidenen Knoten und weißen Schwäne auf den Bannern und der Gesellschaft von etwa dreihundert Mann in Scharlachrot und Schwarz. Nein, was ihn mit Stolz erfüllte, war, dass Harry den genialen Einfall gehabt hatte, seinen kleinen Sohn auf diese Reise mitzunehmen. Ned saß glücklich vor ihm im Sattel, und Harry sah wie der Inbegriff eines freundlichen Lehnsherrn aus, der seinen kleinen Sohn mitbrachte, damit er den jungen König kennen lernte – und selbstverständlich nicht mit der verräterischen Absicht kam, das Schwert gegen irgendjemanden zu erheben, nein, überhaupt nicht!

Mit flatternden Ärmeln und mannhaften Umarmungen begrüßten die beiden Herzöge einander. Die Männer, die das Banner mit den weißen Keilern trugen, pfiffen vor Erleichterung. Nur Miles versteifte sich, als er mit einer Mischung aus Freude und Missfallen sah, dass die Gouvernante des Kindes ihn lokalisierte wie eine Nahrung suchende Biene.

Heloise, deren Sattelwundheit unter einem verstaubten Reitkittel verborgen war, überfiel ihren erstaunten, abgespannten Ehemann am Ende des überfüllten Vorzimmers mit einer Mischung aus sprühendem Temperament und Vorsicht. »Ich wünsche Euch einen guten Tag, Sir.« Ihr Knicks war nur knietief; seine zurückhaltende Verbeugung war alles andere als respektvoll. »Der Herzog hat Traveller für Euch mitgebracht, und Myfannwy hat Euch verziehen und lässt Euch grüßen.«

»Großer Gott, Madame«, erwiderte er aufrichtig. »Ich dachte, ich hätte Euch das letzte Mal gesehen.«

»Ich kann sehen, dass Ihr mich vermisst habt.« Ihre trockene Antwort zielte darauf ab, ihn aufzubringen. »Es war

Neds Wunsch. Und Euer Herzog schien es für eine gute Idee zu halten.«

»Ich kann mir nicht vorstellen, warum.« Rushdens Mund blieb fest, aber sein angespannter Blick war schon ein wenig nachsichtiger, als er ihr erlaubte, ihn von den anderen fortzuziehen. »Oder vielleicht doch«, murmelte er, und der Stahl in seinen Augen schmolz, als er sie auf Fingerabdrücke und Knitterspuren untersuchte. »Bitte beruhigt mich, dass Harry zu beschäftigt war«, sein Blick ruhte auf ihren Brüsten, »um Euch zu anderen Aufgaben zu zwingen.« Eine zweischichtige Sorge, zweifellos.

»Oh, Ihr haltet immer noch den Schlüssel«, entgegnete sie und hielt den Atem an, als sie errötete. »Aber ich bin Brecknock nur mit knapper Not entkommen. Nachdem Ihr fort wart, schickte ich Martin nach Hay, damit er mich warnte, sobald die echte Lady Haute erschien, versteht Ihr. Sie kam, und er informierte mich, und deshalb war es ein Glück für mich, dass Ned einen seiner berühmten Wutanfälle hatte.«

»Ich verstehe«, log Rushden und blickte sich um, um sicherzugehen, dass sie noch immer außer Hörweite der anderen waren. »Aber glaubt mir, dies hier ist kein Ort für Euch, Madame.«

»Wieso, was habt Ihr denn vor, Sir?«, fragte sie. »Buckinghams Reichtum zu vergrößern?« Die heimtückischen Schlangen auf seiner Brust funkelten sie böse an.

»Das ist keine Angelegenheit für Frauen.« Er rieb sich müde mit der Hand über die Stirn.

»Auch nicht die der Königin?«, versetzte sie und riskierte es, hinzuzufügen: »Halb England besteht aus Frauen. Warum sollten wir nicht interessiert daran sein, wer uns regiert und ...« Aber das laute Klirren von Geschirren draußen lenkte Rushden ab.

»Um Himmels willen, Wechselbalg, nicht jetzt«, murmelte er, als die Männer mit den weißen Keilern auf der Brust nach ihren Schwertern griffen. Jesus! Sie hätte ihn gern nach Nachrichten von Middleham gefragt, aber das Gemurmel um sie herum hatte seine Tonlage geändert.

»Sir!« Sie bekam Angst, als sie den wachsamen Soldaten in Rushden die Kontrolle übernehmen sah. Seine Lippen wurden schmal, er ließ seinen Blick über die Stafford-Männer gleiten und suchte einen raschen Blickkontakt mit jedem.

»Eurer eigenen Sicherheit zuliebe, Lady Haute«, bemerkte er grimmig, als de la Bere ihr Ned brachte. »Konzentriert Euch auf Eure Aufgabe als Gouvernante und sorgt dafür, dass dem Jungen nichts geschieht. Die Woodvilles haben doppelt so viele Männer, und die Situation ist heikel.« Heloise sah, wie Spannung seinen ganzen Körper erfasste, als ein großer blonder, trotz seines fortgeschrittenen Alters gut aussehender Herr in einem Brokatwams, das eines Kaisers würdig gewesen wäre, den Raum betrat. Er wirkte darin völlig fehl am Platze – ein schimmernder Käfer, umgeben von Ameisen – und schien sogar stolz darauf zu sein.

»Wer in aller Welt ist das?«, wisperte Heloise und stellte sich auf die Zehenspitzen, um ihn besser sehen zu können.

»Lord Rivers! Er muss von Stony Stratford zurückgekommen sein, um Hände zu küssen oder so etwas ... Bringt Ned weg und nehmt Euch sehr in Acht!« Eilends nahm Rushden sie beim Arm und drängte sich mit ihr durch die Menge zu Buckingham hinüber.

Ein Woodville! Der Bruder der Königin und der Herzogin Catherine! Heloise spürte, dass Buckinghams Nackenhaare sich unter seinem breiten Kragen sträubten, als der Neuankömmling mit einem weltmännischen Lächeln die

Arme nach den beiden Herzögen ausstreckte, ähnlich wie ein geschickter Akrobat, der gerade wieder auf den Füßen landete. Sie applaudierten nicht. Ein Smaragd von der Größe eines Rosenblattes schimmerte an der kühlen Hand, die Buckinghams Finger ergriff, und seegrüne Augen erwiderten lächelnd Gloucesters harten Blick. Für einen Moment sah Heloise Verständnislosigkeit über die Züge des letzteren huschen. Fragte er sich, ob Rivers und sein Schwager, Buckingham, sich als Verbündete herausstellen würden, um ihn mit einem Hauptgericht aus Worten und einem Dessert aus Dolchen zu entwaffnen? War das möglich? Aber Buckingham entschärfte jeden Zweifel, indem er Ned herbeirief. Der Junge verbeugte sich vor seinem Onkel mütterlicherseits und machte kein Hehl daraus, dass ihm die Musterung, die er erhielt, missfiel.

Der älteste Woodville ließ sich auf einem Stuhl nieder, der ihm angeboten wurde, und sein Grinsen war zugleich träge und entschuldigend. »Ja, ja, ich weiß, ich hatte versprochen, Euch beide in Northampton zu treffen, meine Herren, aber hier wäre einfach nicht genug Platz für all unser Gefolge gewesen, und so sind wir die Straße hinaufgeritten bis nach Stony Stratford. Der Prinz und mein anderer Neffe, Grey, lassen Euch grüßen und freuen sich schon darauf, Euch morgen zu sehen, *et cetera, et cetera*.« Nachdem das erledigt war, bedachte Rivers Buckingham mit einem schlauen Lächeln. »Ich hoffe, Northampton birgt nicht zu viele Gespenster für Euch, Harry?«

Buckingham verstand zuerst nicht, was er meinte. Heloise auch nicht, bis sie sich an Sir Williams Worte erinnerte, Neds Urgroßvater sei in einer Schlacht bei Northampton getötet worden, als er gegen die Anhänger des Hauses York gekämpft hatte. War Rivers taktlos? Der unerwartete verbale Seitenhieb nach dem höflichen Händedruck erzeugte eine ebenso zweideutige Antwort:

»Kein Gespenst, das mich beunruhigen würde, Rivers. Loyalität seinem König gegenüber ist nichts, dessen man sich schämen muss, wie Ihr sehr wohl wisst.«

Interessant, dachte Heloise. Parieren und angreifen! Sie wusste, dass Lord Rivers das Haus von Lancaster unterstützt hatte, bis seine Schwester die Königin des Hauses York geworden war.

»Sollen wir essen?«, schlug Gloucester diplomatisch vor, und es gab unsichere Blicke und taktvolles Zögern unter dem Gefolge. Wer würde mit diesen großen Herren speisen? Rushden, von Buckingham mit einem Nicken herbeigerufen, warf Heloise einen beruhigenden Blick zu.

»Es ist besser, wenn Ihr Euch da raushaltet«, sagte er und zwickte Ned in die Nase. Es überraschte alle drei. »Vergesst nicht, was ich Euch gesagt habe«, ermahnte er sie.

»Oh, ich führe ein Tagebuch über Eure Äußerungen, Sir Miles. Kommt, Lord Stafford – lasst uns gehen und die erwachsenen Männer ihren Spielchen überlassen.«

Nach dem Abendessen, während er den glattzüngigen Erzählungen Rivers' lauschte, die den weniger gelehrten Buckingham und seinen ruhigeren Cousin in den Schatten stellten, fragte sich Miles, wie sie, ohne zahlenmäßig überlegen zu sein, diesem aalglatten Höfling die Initiative abnehmen konnten? Er las die Antwort in Harrys Gesicht, der offenbar große Mühe hatte, seine Hassgefühle zu verbergen. Gloucester hingegen trauerte noch; er hatte das Kinn auf die Hand gestützt und starrte auf die Bewegungen des Weins in seinem Becher, während er ihn vor und zurück schob und so feuchte Kreise auf das Holz malte. Er hatte dunkle Schatten unter seinen Augen, und sein kastanienbraunes Haar sah dünn und strähnig aus im Kerzenschein.

»Ich hörte neulich einen guten Witz«, sagte Rivers. »Da war ein Mann, der erfuhr, dass seine Frau in einem nahen Fluss ertrunken war. Er machte sich auf die Suche nach ihrer Leiche. ›Warum geht Ihr flussaufwärts?‹, fragten seine Nachbarn. ›Ihr müsst doch wissen, dass die Leiche von der Strömung flussabwärts abgetrieben werden wird?‹ Der Mann antwortete: ›Natürlich weiß ich das, aber als meine Frau noch lebte, hat sie immer das Gegenteil von dem getan, was ich wollte. Deshalb suche ich flussaufwärts. Obwohl sie tot ist, tut sie wahrscheinlich immer noch das Gegenteil dessen, was sie tun sollte.‹«

»Was sind die Arrangements für morgen früh?«, fragte Harry, als das Gelächter verklang, und augenblicklich hielten alle Anwesenden den Atem an und warteten gespannt auf Rivers' Antwort.

»Ich schlage vor, wir drei reiten zusammen nach Stony Stratford. Ich habe ihnen gesagt, sie könnten uns gegen Mittag erwarten – falls Euch das recht ist, meine Herren?«

»Und wie geht es dem Prinz?«

»Der König«, korrigierte Rivers hochmütig, als gäbe er einen offiziellen Erlass bekannt, »hat Zahnschmerzen und ist nicht an so lange Reisen gewöhnt, aber er freut sich darauf, seine Mutter und den Rest seiner Familie wiederzusehen. Ich wünschte, das Wetter wäre besser, mir gefällt nicht, wie der Himmel heute Abend aussieht.«

»Armer kleiner Prinz«, lachte Harry. »Drei Onkel, die ihn überfallen.«

»Es müsste ein Wort dafür geben. Mir sollte doch wirklich etwas dazu einfallen.« Rivers schnippte mit den Fingern. »Ah, ich habe es – eine Triade von Onkeln.« Damit erhob er sich und verbeugte sich vor Gloucester. »Wärt Ihr gekränkt, wenn ich Euch jetzt verlasse? Ich muss einfach ins Bett. Nach dieser langen Reise und den vielen Fragen seiner königlichen Hoheit – die natürlich zu erwarten waren, aber man fühlt sich trotzdem verpflichtet, sie zu beantworten – bin ich wirklich sehr ermüdet.«

Gloucester schob seinen Stuhl zurück, um ihn hinauszubegleiten; Miles' Herzog erhob sich nicht.

»Gute Nacht, Harry«, sagte Rivers betont, bevor er zur Tür hinausging. Buckingham erhob nur gleichgültig sein Glas zum Abschied.

»Wie spät ist es?«, fragte Gloucester, als er in den Raum zurückkam.

»Fast neun«, antwortete Sir Richard Ratcliffe und erhob sich ungebeten, um seinem Herrn Wein nachzuschenken, aber der Herzog legte eine Hand über den Kelch.

»Rivers hat mir ein Geschenk dagelassen. Lasst uns sehen, was es ist.«

Lord Lovell nahm ein in Leder eingepacktes Päckchen aus einer Schachtel. Miles stand mit den anderen auf und blickte seinem Lord über die Schulter. Ein gedrucktes Buch – noch immer eine Rarität – hergestellt von *Caxton under the Red Pale* im Bezirk Westminster Palace. Lovell löste die Schließen und klappte den geprägten Lederdeckel auf. Es war Rivers persönliche Übersetzung von ›Dikten und Äußerungen großer Philosophen.‹

»Wie großzügig«, seufzte Gloucester müde, und Miles konnte sehen, dass es ihm, obwohl er das Buch schätzte, schwer fiel, das Geschenk zu akzeptieren.

»Ein sehr gelehrter Mann, Euer Gnaden«, bemerkte Miles und blickte Harry eindringlich aus schmalen Augen an. Sie brauchten eine Strategie für morgen, und sein Herzog musste ein Bestandteil dessen sein und nicht nur ein passiver Zeuge.

Harry war anzusehen, dass er seinen ganzen Mut zusammennahm. »Es gibt da etwas, was ich gern mit Euch besprechen würde, Cousin, aber vielleicht sollten wir bis morgen damit warten.«

Gloucester blickte in das ersterbende Feuer und legte seine Füße auf den Feuerbock des Herds. »Ich habe noch nicht die Absicht, mich zurückzuziehen. Ich könnte sowieso nicht schlafen.« Taktvoll entließ er all seine Gefolgsmänner, mit Ausnahme von Lord Lovell, und blickte seinen Vetter fragend an. Harry nickte Miles und Knyvett zu, zu bleiben.

Versonnen strich er mit den Fingern über das in Schweinsleder gebundene Buch, als könnte es ihm helfen, die richtigen Worte zu finden. »Cousin, ich bin nicht mit kostspieligen Büchern beladen hergekommen, sondern nur mit ... mit Worten einer anderen Natur – Versprechungen.« Er machte eine wohl überlegte Pause und fügte dann hinzu: »Aber ich muss wissen, was Ihr von mir denkt. Ihr habt vielleicht immer geglaubt, ich sei ein Anhänger der Woodvilles. Das bin ich aber nie gewesen.« Nachdenklich strich er mit dem Finger über die eichene Tischplatte. »Als ich als Junge in Westminster lebte, haben sie sich keine Gelegenheit entgehen lassen, mich zu demütigen.«

»Ihr braucht das nicht durchzumachen.« Gloucester sah Miles an, der seinem Herrn beruhigend eine Hand auf die Schulter gelegt hatte.

»Nein, Cousin, es gibt Dinge, die jetzt gesagt werden müssen.« Harrys blaue Augen baten um Vergebung. »Ihr habt mich seit dem Prozess gegen Euren Bruder Clarence nicht gesehen. Ich möchte, dass Ihr wisst, dass es, obwohl ich gegen ihn aussagen musste, nicht mein Wunsch war, ein solches Urteil zu erteilen. Die Woodvilles wollten ihn tot sehen.«

Gloucesters Lächeln war angespannt, als er zum Tisch zurückkam und den Krug in Harrys Becher leerte. Es dauerte einen Moment, bevor er sprach. »Es war ebenso sehr des Königs Werk wie das der Königin.« Er trank einen Schluck aus dem Becher und beobachtete seinen Verwandten nachdenklich über den Rand.

»Da ist noch mehr. Euer Bruder hat mir nie die Möglichkeit gegeben, ihm zu dienen. Ihr sollt wissen, dass ich bereit bin, unermüdlich für Euch zu arbeiten, wenn Ihr mir die Chance dazu gebt.« Harrys Worte waren gut gewählt, eine Mischung aus Demut und Rechtfertigung, die einen Ausdruck des Mitgefühls auf Gloucesters Lippen zauberten.

»Ja, Ihr hattet etwas Besseres verdient, Harry. Ich glaube nicht, dass mein Bruder Euch korrekt behandelt hat.«

»Ich will meine Rechte, Cousin. Ich habe lange genug gewartet.«

»Ihr würdet vielleicht mehr erreichen, wenn Ihr der Familie Eurer Frau den Friedenskuss anbietet.«

Harry erhob sich und riskierte es endlich, den kleineren Mann zu überragen. »Ihr kennt die Geschichte meiner Heirat. Ich war zehn Jahre alt, als ich meine Stimme gegen sie erhob, und kein Woodville hat mir das jemals vergeben.«

»Nicht einmal Rivers?«

»Nicht einmal er«, rief Harry bitter. »Ihr habt gesehen, wie herablassend er zu mir war.«

Gloucester rieb sich mit der Hand über das Kinn, das von dunklen Bartstoppeln übersät war, und sprach endlich das Thema an, das im Augenblick am dringlichsten für beide war. »Beim heiligen Paul, er ist ein ziemliches Risiko eingegangen, als er zurückritt, um mit uns zu feiern. Er muss sehr zuversichtlich sein. Aber warum *ist* er so zuversichtlich?«

»Er will England mit der Königin regieren«, erwiderte Harry kurz.

»Seid Ihr Euch da wirklich sicher? Er ist brillanter als die anderen. Er hat etwas an sich ...« Miles sah, dass Gloucester der Angelegenheit auf den Grund zu gehen gedachte.

»Ach, kommt, Cousin.« Miles' Herzog wich der Falle aus. »Wir wollen uns doch nichts vormachen. Er ist genauso machtgierig wie die anderen. Er ist doch praktisch schon der Herr von Wales.«

»Und das schmerzt?«, fragte Gloucester in unfreundlichem Ton.

Und da vergaß Harry sämtliche Lektionen und Ratschläge, die Miles und Knyvett ihm eingehämmert hatten, denn er knallte seinen Becher auf den Tisch und fuhr ärgerlich zu Richard von Gloucester herum. »Hört zu, ich weiß nicht, wie viel Überredung Ihr benötigt, aber ich bin der Meinung, wenn Ihr Euch morgen nicht wie ein Soldat verhaltet, werden Ihr und ich wie zwei hilflose Kaninchen in der Falle sitzen. Es sind unruhige Zeiten. Ihr werdet kämpfen müssen, um zu überleben, Cousin. Wenn die Königin den Prinz innerhalb eines Monats krönen lässt, werdet Ihr nicht alt, und Euer Sohn wird's auch nicht.«

Miles sah in den Augen Seiner Gnaden von Gloucester den Schalk aufblitzen, und Harry stieß einen Seufzer aus und merkte endlich, dass der andere Herzog dies alles längst bedacht hatte.

»Ich bin müde«, sagte Richard Plantagenet und rieb sich mit den Handballen über die hohe Stirn. »Ja, natürlich muss ich bald handeln, aber es muss korrekt sein, was ich tue. Ich darf nicht wie der Aggressor erscheinen, denn sonst würde ich die Unterstützung des Königlichen Rats verlieren. Seht nicht so enttäuscht aus, Ihr alle. Ihr müsst verstehen, dass ich, um als Lord Protector bestätigt zu werden und im Amt zu bleiben, auch Männer wie Suffolk und Howard hinter mir brauche. Ihr werdet sehen. Es ist nicht leicht.« Er schritt zum Fenster und blickte durch die Jalousien. »Ich muss einen guten Grund haben, Rivers zu verhaften.«

Miles musste ein zufriedenes Lächeln unterdrücken, als er den Lord Protector in so beiläufigem Tonfall davon reden hörte, den Bruder der Königin zu verhaften. Exzellent! Endlich hatte Harry einen starken Verbündeten gefunden, und auch Miles' eigene Pläne, seinem Herrn in den Sitzungssaal des Rats in Westminster zu folgen, schienen sich nun zu verwirklichen.

Harry grinste. »Ihn verhaften? Was, heute Abend, während er so wenige Männer bei sich hat?« Und dann erbleichte er, wie alle anderen, als sie das Geräusch von Pferdehufen draußen auf dem Hof hörten.

»Allmächtiger«, rief Lovell, und seine rechte Hand glitt zu seinem Schwertgriff. Nur Gloucester, der durch den Spalt in den Fensterläden sah, blieb ruhig.

»Vielleicht habe ich schon meinen Grund«, sagte er grimmig und ging zur Tür, um sie zu öffnen. Einer seiner Männer, Ratcliffe, schob den Vorhang beiseite, und ein müder Reiter folgte ihm herein. »Cousin, das ist Sir Richard Huddleston, mein Bannerträger und der Ehemann der Schwester meiner Frau.« Er bedeutete dem Ritter, auf Formalitäten zu verzichten und Platz zu nehmen. Lovell reichte ihm einen Krug Bier. Der Neuankömmling trank durstig und wischte sich mit dem Handrücken die schmalen Lippen ab.

»Es ist, wie Ihr dachtet, Mylord. Die Männer des jungen

Königs bereiten sich auf einen frühen Aufbruch vor und haben Befehl, im Morgengrauen loszureiten. Es heißt, sie hätten vor, den Jungen unverzüglich in London krönen zu lassen, um zu vermeiden, dass Ihr Lordprotektor werdet.«

»Und wie viele sind es, Richard?«, fragte Gloucester. Das war der springende Punkt.

»Sir Richard Grey hat eine große Truppe aus London mitgebracht. Bedeutend größer als unsere, aber wie viele es sind, konnten wir im Dunkeln nicht erkennen.«

Miles wandte sich begeistert an seinen Herrn. »Jetzt weht ein kalter Wind.«

Gloucester hieb sich mit der Faust in die Hand und fuhr herum zu Ratcliffe. »Dick, lasst das Gebiet um Lord Rivers' Gasthof abriegeln und sorgt dafür, dass es in aller Stille geschieht. Ich möchte nicht, dass er heute Nacht etwas merkt. Niemand darf die Herberge verlassen. Beim geringsten Anzeichen von Bewegung drinnen weckt Ihr mich, egal um welche Zeit. Ist es Euch recht, wenn ich das erledige, Harry?« Buckingham nickte, und Miles verspürte Erleichterung. Wenn etwas schief ging, würden Buckinghams Männer sich vielleicht aus dem Durcheinander herauswinden können, ihre politische Jungfräulichkeit noch intakt. »Dann ist es entschieden.« Erfreut wandte Gloucester sich an Lovell. »Stellt an allen Straßen und Wegen, die aus Northampton führen, Wachen auf. Keiner von Rivers' Männern darf Gelegenheit bekommen, Grey zu warnen.« Er legte dem sitzenden Mann die Hand auf die Schulter. »Richard Huddleston, ins Bett mit Euch!« Dann gab er Harry, Miles und Knyvett seine Hand. »Eine gute Nacht Euch allen. Wir müssen früh aufstehen, um noch vor Tagesanbruch in Stony Stratford zu sein.«

Der Weg zurück zu ihrem Gasthof und der Geruch von Gefahr in der kühlen Nachtluft ließen Miles wieder einen klaren Kopf bekommen nach all dem Wein. Harry kochte vor Erregung; wenn die Straße nicht still gewesen wäre wie ein Grab, hätte er vermutlich laut gejubelt.

»Wir müssen noch immer vorsichtig sein«, versuchte Miles seinen Enthusiasmus ein wenig zu dämpfen.

Knyvett nickte zustimmend. »Ihr wisst, was ich tun würde, Harry. Nehmt morgen Ned mit. Denn sollte in Stony Stratford etwas schief gehen, wärt Ihr geschützt, falls Grey befiehlt, Euch zu verhaften. Lasst Gloucester die Schuld übernehmen.«

»Das ist ein guter Rat. Weckt Lady Haute und warnt sie.«

»Pah, nicht ich!«, entgegnete Knyvett. »Ich habe zu viel von dem Wein getrunken, um auf Zehenspitzen gehen zu können. Wir wollen ja nicht die ganze Stadt aufwecken, oder? Das könnte den alten Rivers alarmieren.«

Und so kam es, dass schließlich Miles die Treppe hinaufschlich wie ein treuloser Ehemann. Benet schnarchte wie ein Schwein zu dem Eingang zu Heloises Zimmer. Ein schlechter Wachhund! Miles beugte sich über ihn, ohne ihn zu wecken, und zog leise den Riegel zurück.

Heloise schlief tief und fest. An ihren Rücken gekuschelt lag der Junge, ihre silbernen und goldenen Haare dicht beisammen auf dem Kissen. Keine Traurigkeit erfasste Miles, als er einsam in der Dunkelheit stand, nur der Gedanke, dass, sollte Heloise eines Tages einen Sohn haben, er dann vielleicht genauso daliegen würde wie jetzt Ned. Und wenn ihre Ehe anders gewesen wäre, wäre dieser Sohn der seine. Sanft strich Miles mit der Fingerspitze über ihre Wange und beobachtete, wie ein schlanker Arm unter dem Bettzeug hervorglitt. Das Zucken ihrer Augenlider verriet ihm, dass sie wach geworden war.

Er bückte sich und legte einen Finger an die Lippen. »Keine Panik. Ich habe eine Botschaft von Seiner Gnaden.« Sie blickte ärgerlich über die Schulter, um zu sehen, ob er Ned geweckt hatte. »Heloise, hört zu. Ihr sollt den Jungen zwei Stunden vor Tagesanbruch aufbruchsbereit haben. Versucht, ihn so still zu halten wie nur möglich. Wir wollen nicht, dass die ganze Stadt seine Wutanfälle hört. Sir William wird Euch abholen.«

»Wenn es sein muss.« Mit einem unterdrückten Fluch richtete sie sich auf einen Ellbogen auf und strich ihr Haar hinter das Ohr. Ihr Gesicht war nahe genug, um es zu küssen. Falls Miles gehofft hatte, eine entblößte Schulter zu sehen, durfte er erleichtert aufatmen: Sie trug ein Unterhemd. Und das war gut so, denn es waren schon genug Entscheidungen getroffen worden für eine Nacht. »Ach, ich bin des Reisens müde! Ned bei Laune zu halten, ist alles andere als ein Spaß.« Es war schwierig, die Decke über Neds kleine Brust zu ziehen, aber sie schaffte es.

»Müde! Aber Madame, in Northampton findet gerade ein Hexensabbat statt. Wenn Ihr interessiert seid, könnten wir ein Feuer teilen. Sie weihen den neuen Kessel ein.«

»Und Ihr habt Euch schon daraus bedient, vermute ich. Wie spät ist es, Sir?«

»Mitternacht.« Die Lady verfluchte ihn.

»Ah, aber ich könnte Euch unterhalten, bis Ihr aufstehen müsst. Das Bett ist warm und ...«

»Unterhal ...« Dann merkte sie, dass er scherzte. »Fort mit Euch! Geht, bevor Ihr Eure Tugend verliert, Sir. Wenn ich Ja gesagt hätte, würdet Ihr ...«

»Eine Meile rennen? Im Dunkeln? Vielleicht wäre es das Opfer meiner Tugend wert. Ihr seht außerordentlich begehrenswert aus.«

»Hinaus!«, befahl sie leise und warf wieder einen Blick auf Ned.

»Was immer auch geschieht morgen, passt auf das Kind auf, Heloise. Bleibt bei ihm.«

»Ihr sprecht in Rätseln, Sir. Was gibt es morgen, was uns gefährden könnte?«

»Ihr hattet also keine Träume, Mylady? Das freut mich.« Er wollte die Bettdecke zurückschlagen und sie im Sternenlicht betrachten – denn vielleicht würde es kein Morgen geben. Nur die Anwesenheit des Kindes ließ ihn Vernunft bewahren. »Falls Rivers uns morgen alle gefangen nimmt, sagt am besten niemanden etwas von unserer Verbindung. Die Woodvilles sind habgierig genug, um mich zu ächten und es zum Vorwand zu nehmen, Bramley für sich selbst zu beanspruchen. Und falls mir irgendetwas zustößt, was durchaus möglich wäre, möchte ich ... Bei meiner Seele, Wechselbalg, ich schwöre Euch, es tut mir schrecklich Leid, was Euer Vater und ich Euch zugemutet haben, und ich habe auch schon an meinen Vater geschrieben und ihn gebeten, Euch Bramley ohne Disput für eine zweite Mitgift zu überlassen. Es wird Euch helfen, auf ehrlichem Wege einen Ehemann zu finden.«

»Ihr habt tatsächlich zu viel Wein getrunken.« Warme Finger berührten seine Stirn. »Danke.«

Seine Finger schlossen sich um ihr schlankes Handgelenk und hielten es zurück. »Ich scherze nicht.« Dann zog er ihre Hand an seine Lippen. »Gott behüte Euch, Mylady.«

14

»Euer Gnaden! Rushden! Sir William!« Pershall rüttelte an dem Bett, das die drei Männer miteinander teilten. »Einer der Gefolgsmänner Seiner Gnaden von Gloucester wartet unten.« Die Erinnerung traf Miles wie ein Eimer kaltes Wasser, und er rappelte sich auf, wusch sich das Gesicht in der Schüssel auf der Waschkommode und eilte hinunter, froh, dass er darauf verzichtet hatte, sich auszuziehen, bevor er gestern Nacht zu Bett gegangen war.

Es war Huddleston, der Überbringer der Nachrichten der Nacht zuvor, der gestiefelt, gespornt und ziemlich ungeduldig unten in der Halle wartete. »Rivers hat versucht, den Gasthof zu verlassen. Seine Gnaden bittet Mylord Buckingham, sich um den Mann zu kümmern. Ich hoffe, das ist kein Problem?«

Also würde es doch noch eine gemeinsame Aktion werden?

Miles begleitete die beiden Herzöge, als sie Rivers aufsuchten. Gefangen in seiner Herberge, schritt der Graf unruhig in seinem Zimmer auf und ab, im Morgenmantel und mit zerzausten Haaren, um den Anschein zu erwecken, er hätte überhaupt nicht vorgehabt, den Gasthof zu verlassen. Die Luft war muffig, bis auf den Geruch nach Moschusparfüm und Schweiß, der von Lord Rivers ausging.

»Meine Herren!«, rief er aus. »Was hat das zu bedeuten? Meine Diener weckten mich gerade in heller Panik und sagten, der Gasthof sei umstellt von euren Leuten und es sei keinem von uns erlaubt, ihn zu verlassen.«

»Ja«, sagte Gloucester nur.

Rivers öffnete wie ein Fisch den Mund und schloss ihn wieder. Ein unbehagliches Schweigen entstand, während Gloucester mit grimmiger Miene darauf wartete, dass der Graf sich selbst verdammte.

»Ihr vertraut mir also nicht. Ich fasse es nicht! Aus Liebe und Bruderschaft bin ich vierzehn verdammte Meilen zurückgeritten, und das ist nun der Dank dafür! Was ist seit gestern Abend geschehen, Gloucester? Haben Buckingham und sein Freund hier Euch die ganze Nacht in den Ohren gelegen, um Euch gegen mich aufzubringen?« Miles' Blut gefror unter Rivers' finsterem Blick, und die einzelne Kerze flackerte unter dem Speichel aus dem Atem des aufgebrachten Mannes. »Wenn ich an Eurer Stelle wäre, würde ich gut meinen Rücken schützen, Herr Lordprotektor!«

Miles ging rasch um den Tisch herum, um Harry zu verteidigen, doch Gloucester hieb mit der Faust auf den Tisch und sagte scharf: »Ihr wart eben noch in voller Reitkleidung, Lord Rivers, und Ihr habt gestern Abend Euren Männern Anweisung gegeben, Northampton zu verlassen, noch bevor wir auf den Beinen sind. Versucht gar nicht erst, es abzustreiten; es gibt genügend Zeugen hier, um Euch als Lügner entlarven.«

Etwas ruhiger geworden, zuckte Rivers mit den Schultern. »Es tut mir Leid, dass es so gekommen ist und dass Ihr meine guten Absichten offensichtlich missverstanden habt. Ich habe Euch immer für einen gerechten Mann gehalten, Dickon.«

»Ihr werdet Eure Gerechtigkeit schon noch bekommen.« Gloucester wandte sich an die Bewaffneten, die sich im Eingang drängten. »Haltet ihn hier fest, bis Ihr weitere Befehle von uns erhaltet!«

»Das würdet Ihr nicht wagen!«, zischte Rivers, und richtete sich, seine makellosen Züge von bitterem Hohn verzerrt, zu seiner überlegenen Größe auf. »Ich habe einen Brief hier, den Euer Bruder mir einen Monat vor seinem Tod geschrieben hat. Lest ihn! Ich habe die Befugnis, den Prinzen mit so vielen Männern, wie ich für richtig halte, nach London zu begleiten.«

Gloucester nahm das Papier, das er ihm reichte, und überflog es an der Kerzenflamme. »Hier steht ›falls nötig‹! Und nötig ist es nicht!« Er reichte das Blatt Harry, der es ungelesen in das Feuer warf. »Kommt, Cousin, wir müssen den König treffen«, sagte er und schlenderte zur Tür.

Harry grinste Miles an und schenkte seinem redegewandten Schwager, der in seiner letzten Pracht und Größe zwischen den abgeschabten groben Tischen stand, ein spöttisches Lächeln. »Adieu, Anthony. Wie Ihr seht, bin ich nicht der Dorftrottel, für den Ihr mich immer gehalten habt.«

Rivers antwortete nicht, weder mit beißendem Hohn noch mit einem riskanten Scherz, sondern starrte nur mit ausdrucksloser Miene Harry an. Dann richtete er den Blick auf Miles, und die Starre in seinem Gesicht ließ etwas nach. »Ist das Euer Werk? Habt Ihr diese Schnecke aus ihrem Haus gelockt?«, höhnte er. »Unser Harry hier«, sagte er und streckte die Hand aus, um dem Herzog einen Klaps zu geben, als wäre er ein Diener, »brauchte nämlich immer schon ein Kindermädchen.«

Der Herzog duckte sich und griff nach seinem Schwert, doch Miles packte ihn am Arm. »Lasst ihn, Euer Gnaden!«

»Da seht Ihr es selbst, Rushden, er hat kein Rückgrat.« Das spöttische Gesicht war so bitter, dass nun endlich doch

Lord Rivers' wahres Alter zu erkennen war. »Wir alle wussten das in Westminster, dass er kein Rückgrat hat.«

Auf seinem Schlachtross, den breiten Kragen seines Umhangs gegen die Kälte aufgestellt, sah Gloucester wie ein Mann aus, der im Begriff war, seinen rechtmäßigen Platz als Lordprotektor einzunehmen. Und das ist gut so, dachte Miles, als sie aufsaßen, um die Stadt noch vor der Morgendämmerung zu verlassen; die schlimmsten Gefahren lagen noch vor ihnen in Stony Stratford.

Als Miles mit einer Fackel die Reihen ihrer Leute abritt, um sich zu vergewissern, dass Ned im Staffordschen Gefolge war, fand er Heloise bei Knyvett. Ihre Wangen waren noch vom Schlaf zerknittert, und sie hielt den Jungen in den Armen, der verschlafen und am Daumen lutschend vor ihr auf dem Sattel saß.

»Ihr habt Eure Sache gut gemacht, Lady Haute.« Dann wendete er Traveller und gab Harry ein Zeichen, und das ganze Gefolge setzte sich in Bewegung Richtung Bridge Street, um den Nene River zu überqueren.

Gut gemacht!, dachte Heloise verärgert, als er weiterritt. Was in Herrgotts Namen hatten diese Männer vor? Sie konnte ihre Furcht beinahe riechen. Wo war Lord Rivers? Warum ritt niemand nahe genug heran, um ihr eine Antwort auf ihre Fragen zu geben? Herrgott noch mal, wozu diese Reise auf einer derart aufgeweichten Straße noch vor Tagesanbruch und bei diesem Nieselregen?

Sie kamen nur schwer voran. Ned wurde quengelig, als es hell wurde, und lenkte Heloise mit seiner Jammerei so ab, dass sie den Damm und die Brücke kaum bemerkte, über die die müde Prozession Stony Stratford erreichte. Es waren die rauchige Luft und der Duft nach frisch gebackenem

Brot, was ihren Magen knurren und sie aufmerksam werden ließ. Das *White Horse*, dachte sie, ihre gebeugten Schultern hebend, ein Gasthof, in dem sie mit ihrer Mutter, als sie noch lebte, manchmal gefrühstückt hatte, wenn sie zum Einkaufen in die Stadt gekommen waren. Aber nun?

»Gott erbarme sich unser!« Mit grimmig zusammengekniffenen Lippen ergriff Sir William die Zügel ihrer Stute und hielt Heloise und den Jungen inmitten der Leibwache des Herzogs.

»Amen«, stimmte sie ihm erstaunt und auch erschrocken zu, denn die ganze Hauptstraße vor ihnen war mit Fußsoldaten gefüllt, von einem Ende der Stadt bis hin zum anderen. Das Gemurmel »Lord Rivers kommt« lief ihnen irrtümlich voraus, und die Woodviller Männer, die in voller Rüstung dastanden und deren muschelförmige Abzeichen das einzig Leuchtende an ihnen waren, blickten verwundert auf, als Gloucesters und Buckinghams Heralde ihre Pferde durch die Menge drängten.

»Was ist los?«, schrie Ned, der spürte, wie Heloises Arme sich noch fester um ihn schlossen, als ihr Pferd mit den anderen vorgeschoben wurde. Sie beruhigte das Kind, aber überall um sie herum war das Entsetzen der einfachen Leute beinahe greifbar in der Luft zu spüren. Sie waren der Panik nahe, die Reiter, die sie schützten. Falls die Woodviller Soldaten sie aus ihren Sätteln rissen ... Ned hätte nicht hier sein dürfen. Es war nicht richtig, ein Kind für politische Zwecke zu benutzen.

Das Gemurmel wurde lauter. Die Stadtbewohner begannen sich eilends zu entfernen, weg von den Soldaten. Gesichter pressten sich an die oberen Fenster in den Kaufmannshäusern – Frauengesichter, starr vor Angst. Besorgt blickte Heloise sich um, um zu sehen, wo der Prinz war. Sie wäre jede Wette eingegangen, dass er im *Swan With Two Necks* abgestiegen war, doch dort war alles still, als sie an dem Gasthof vorbeiritten. Der fehlende Jubel war geradezu beängstigend geworden.

Auf dem Marktplatz, unter den Standarten mit den Lilien und den Leoparden und den feuchten Wimpeln mit den weißen Löwen und den Falken, saß der Prinz bereits auf seinem Pferd. Wen immer sie erwartet hatten, es waren sicher nicht die Herzöge, denn Betroffenheit spiegelte sich auf den Gesichtern der Männer, die um den Zwölfjährigen herumstanden. Ein blonder Mann um die Zwanzig, in dem Heloise Sir Richard Grey vermutete, den Sohn der Königin aus ihrer ersten Ehe, erstarrte, als er Gloucester erkannte, und sein Gesicht wurde gelb und sauer wie verdorbene Milch. Wäre der junge Mann von höherem Rang oder erfahrener gewesen, hätte er seiner Eskorte jetzt vielleicht Befehl gegeben, die beiden Herzöge von ihrem Gefolge zu trennen. Stattdessen zögerte er jedoch, und schließlich war es ein hoch gewachsener, korpulenter Bischof mit einem breitkrempigen Hut, der sein Pferd vorantrieb, um die Neuankömmlinge scheinbar unbekümmert zu begrüßen. Die anderen Begleiter des Prinzen folgten seinem Friedensangebot, doch alle sahen schuldbewusst wie eine Gruppe zum Tode verurteilter Verbrecher aus.

Hinter ihnen entdeckte Heloise einen zweiten Bischof, dessen Zügel von einem Diener gehalten wurden. Ein alter, gebrechlich wirkender Mann, mit gebeugten Schultern von zu viel Studium und einem so verkrampften Gesichtsausdruck, als litte er geistige und körperliche Schmerzen. Für einen Moment begegnete der Blick aus dessen schmalen Augen unter den zusammengezogenen Augenbrauen Heloises, und plötzlich schien der Mann eine Ahnung zu bekommen von der Auseinandersetzung, die im Begriff war, stattzufinden. Ein Gefühl der Hoffnung strömte von ihm zu ihr über die metallbedeckten Schultern zwischen ihnen, als regte sich die Seele dieses Mannes nach einem langen Winterschlaf.

Dann stand plötzlich Rushden neben Heloises Pferd und nahm ihr Ned ab. »Ihr werdet Euch vor Eurem neuen König verbeugen, Mylord. Kommt, Madame!« Sie saß hastig ab und richtete ihren Schleier. Die Menge teilte sich für sie, als er das Kind hindurchtrug.

Blondhaarig und von hoch gewachsener Gestalt, saß das königliche Jüngelchen in seiner Trauerkleidung aus blauem Wams und einem dazu passendem Übergewand auf seinem weißen Pferd, schön wie ein Prinz aus einem Märchen. Heloise versuchte, ihm eine Botschaft des Friedens zu vermitteln, als er die gesenkten Köpfe seiner Onkel verwirrt betrachtete. Seine Gnaden von Gloucester erhob sich aus seiner ehrerbietigen Haltung und entfernte einen Strohhalm, der an seiner schwarzen Strumpfhose klebte. Buckingham, nachdem er einen finsteren Blick auf das schmutzige Kopfsteinpflaster geworfen hatte, ließ sich schließlich auch pflichtschuldig auf die Knie nieder.

»Wo ist mein Onkel Rivers?«, fragte der Junge.

»Das werden wir Euch erklären, Hoheit, wenn Ihr wollt, aber kommt bitte mit uns in den Gasthof. Seht, da ist Lord Stafford, der gekommen ist, um Eure Gnaden zu begrüßen.«

Buckingham reichte seinem Sohn eine Hand, und Gloucester folgte seinem Beispiel. Mit makelloser Höflichkeit ergriff der kleine Junge beide Hände und trat vor, bis er direkt in die kühlen blauen Augen Eduards V aufschaute. Er ließ keine Furcht vor den Pferden erkennen, und Heloise sprach ein stummes Dankgebet, dass er die Lektion so gut gelernt hatte. Sein Vater hob ihn auf, damit er die königliche Hand küssen konnte, die der blonde Junge auf dem Pferd ihm widerstrebend reichte.

»Nun, wo das erledigt ist, könnten wir jetzt bitte frühstücken?« Die Stimme des Fünfjährigen erzeugte ein Lachen unter den Neuankömmlingen, doch die Männer des Prinzen standen starr wie Statuen und erwarteten die Befehle ihres Herrn.

»Wir haben keine Eile, oder?«, wandte Buckingham sich freundlich an den Prinzen, während er seinen Sohn mit einigen Schwierigkeiten auf der Hüfte hielt, da er nur sehr selten den Vater spielte. »Mylord Gloucester und ich haben noch nicht gefrühstückt, und ich könnte mir vorstellen, dass Ihr es auch noch nicht getan habt, Hoheit. Was haltet Ihr davon, wenn wir in die Herberge zurückkehren, die Ihr gerade verlassen habt, und reden, während unser Frühstück zubereitet wird?«

Eduard V blieb nichts anderes übrig, als vom Pferd zu steigen. Und als er es tat, umarmte Gloucester ihn und schien den Tränen nahe. Der Junge ließ seine Umarmung über sich ergehen und kehrte mit seinen beiden Onkeln und seinem kleinen Cousin zu dem Gasthof zurück, den er noch gar nicht so lange zuvor verlassen hatte. Die Menschenmenge, die ihnen folgte, war so groß, dass Heloise beinahe von ihrem Schützling abgeschnitten wurde, doch Rushden und Sir William blieben wachsam rechts und links von ihr.

»Wo ist Lord Rivers?«, fragte sie ihren Mann.

»Unter Arrest«, formte er lautlos mit den Lippen. Jesus! Es hätte auf der Stelle ein blutiger Kampf ausbrechen können, doch klugerweise hatten die Herzöge einen öffentlichen Streit vermieden, der, von Stony Stratford ausgehend, in ganz England Panik hätte verbreiten können.

In der warmen, übel riechenden Luft des Gasthofs konnte Heloise noch immer Todesangst in den Köpfen der Gefolgsleute des Prinzen spüren, aber ein untersetzter Mann wurde vorübergehend von seinem Dilemma abgelenkt, als er sie dort stehen sah, ihre Hände beschützend auf Lord Staffords Schultern. Seine Brauen zogen sich unter seinem schwarzen Hut zusammen, und er drängte sich rasch zu ihr durch.

»Ihr seid nicht meine Tante Haute!«

Sofort trat Rushden zwischen sie und legte eine Hand auf die Schulter dieses Mannes. »Ihr habt Wichtigeres zu bedenken, Haute.« Mit der anderen Hand gab er Heloise hinter seinem Rücken ein Zeichen, zu verschwinden.

Kurz darauf fand er sie in der Herberge bei Sir William Knyvett. »Ach du meine Güte«, bemerkte Miles hinter vorgehaltener Hand. »Euer Gedächtnis scheint Euch ja sehr im Stich zu lassen in Bezug auf Eure Verwandten. Es sind zwei von ihnen hier im Raum.«

»Ihr hättet mich vorwarnen können, aber trotzdem vielen Dank, dass Ihr mir geholfen habt.«

»Ich warne Euch, Madame. Die Hautes sind Cousins der Woodvilles.« Aber er schien viel zu aufgeputscht von der sie umgebenden Atmosphäre der Gefahr und der Erregung, um ihre neuerliche Sorge zu teilen. O Gott, sie waren wie Jagdhunde, die Blut geleckt hatten, diese Staffordschen und Gloucesterschen Gefolgsleute!

Vor dem unpassenden Hintergrund eines Wandgemäldes, das Adam und Eva auf der Flucht vor mit Flammenschwertern bewaffneten Cherubimen darstellte, stand Gloucester und sprach zu seinem königlichen Neffen von seiner Trauer über König Eduards Tod. Der gesamte Raum verfiel in Schweigen, um Gloucesters eloquenter Rede zuzuhören. Die wohl bedachten Phrasen waren hervorragend formuliert, aber es wäre zu entschuldigen gewesen, wenn jemand gedacht hätte, Herzog Richard hätte seine Berufung als Bischof oder Schulmeister verfehlt. Dem predigtartigen Strom von Worten über seine Loyalität zu seinem verstorbenen Bruder wurde in respektvollem Schweigen zugehört, doch dann öffneten sich die Schleusen seines aufgestauten Kummers, und er erhob eine selbstgerechte Anklage gegen die Woodvilles, die den verstorbenen König zur Hurerei und Prasserei ermuntert hätten, während er auf seine Gesundheit hätte achten und das Königreich hätte verwalten müssen.

Der Halbbruder des Prinzen, seine Cousins und Anhänger, die alles zu verlieren hatten, begannen schließlich Gloucesters Rede zu unterbrechen. Aber Grey hatte seine einzige Chance verloren. Als der in die Enge getriebene junge Mann den Mund öffnete, um Gloucesters Vorwürfe zu widerlegen, war es Buckingham, der ihn knapp beschied, zu schweigen. Gloucester, leidenschaftlicher, als Heloise es für möglich gehalten hätte, kam nun zu einem vorhersehbaren Schlusswort: »Nehmt sie fest!« Seine Stimme war heiser, als er mit einem beringten Finger auf die Anführer der Eskorte zeigte.

»Nein!« Grey warf sich vor dem Prinzen auf die Knie und umklammerte seine Stiefelschäfte. »Bruder, rettet mich, um Gottes willen! Haltet sie auf! Das ist Verrat!«

»Warum liegt dieser Mann auf den Knien?« Ned zupfte an Heloises Gürtelquasten.

»Verrat!«, rief Buckingham selbstgerecht und ergriff die Fackel des Zorns aus Gloucesters erschöpften Händen. Schwarzer Taft raschelte, als er wie ein Spieler auf die Straße deutete. »Diese … *Armee* kann keinen anderen Zweck besitzen, als meinem Herrn von Gloucester Schlimmes anzutun!«

»Vielleicht sind diese Herren ja hier, um mir Ehre zu erweisen, Onkel Buckingham?« Aber Sarkasmus und der eisige Woodville-Blick waren nur schwache Waffen in den Händen eines Zwölfjährigen. »Und was den Verrat betrifft«, fügte der Prinz hinzu, während er besorgt auf seinen verzweifelten Halbbruder hinabblickte, »bin ich sicher, dass meine Mutter und Onkel Ri...«

»Die Herrschaft über dieses Land ist keine Frauensache«, unterbrach ihn Buckingham entrüstet. »Euer Vater hat Eurer Mutter keine Befugnis dazu hinterlassen. Eure so genannten Freunde haben Euch etwas vorgemacht, Euer Gnaden. Steht auf!«, befahl er Grey und stieß ihn mit der Stiefelspitze drohend an.

»Neffe«, sagte Gloucester freundlich, sein rechtschaffener Zorn schon wieder verraucht. »Haben sie Euch nicht gesagt, dass ich Regent sein werde, bis Ihr mündig seid?« Der Mund des Jungen zitterte. »Glaubt Ihr, nachdem ich für Euren Vater gekämpft und all diese Jahre den Norden für ihn gehalten habe, würde ich Euch etwas zuleide tun? Ich führe nur den Willen meines Bruders aus, Gott sei seiner Seele gnädig. Werdet Ihr nun die Wünsche Eures Vaters akzeptieren oder nicht?«

Der Blick des Jungen verriet Respekt. »Ja, natürlich akzeptiere ich die Regierung, die mein Vater wünschte, aber...«

»Dann, Lord Grey«, unterbrach Gloucester ihn mit der ruhigen Höflichkeit, die mehr seinem Naturell entsprach als Ärger, »würdet Ihr und Eure Begleiter vielleicht so freundlich sein, Euch bis auf weiteres in unsere Obhut zu begeben, bis die Angelegenheit geklärt ist?« Grey, Haute und den anderen, die hinausgeführt wurden, blieb selbstverständlich keine andere Wahl.

Eduard V verzog den Mund. »Ich bin sicher, dass Ihr Euch geirrt habt, Onkel Richard.«

»Das hoffe ich aufrichtig, Hoheit«, antwortete Gloucester. »Es war Lord Hastings, der Euren Onkel Buckingham und mich vor der Gefahr warnte.« Das ließ die letzten Argumente verstummen, die dem Jungen möglicherweise noch auf der Zunge lagen.

»Und nun komm, Junge, und lasst uns etwas essen«, schaltete sich der im Umgang mit Kindern ungeübte Buckingham ein. »Lady Haute, holt Lord Stafford her. Er hat ein Bild für Euch gezeichnet, Hoheit.«

Der Prinz, der fast so groß war wie sein Onkel Gloucester, bedachte Ned mit einem verächtlichen Blick und sah dann Heloise an, als wäre sie nichts weiter als ein Klumpen Pferdedung an seinem Schuh. »Bringt Ihn weg, Mistress Wieimmer-Ihr-auch-heißen-mögt.«

»Ihr Name ist Lady Haute«, berichtigte der kleine Ned ihn unverzagt.

Der kalte Blick des Jungen richtete sich auf den hölzernen Bogen, der die Decke zierte. »Benehmt Euch, Lord Stafford«, rügte er, »Ihr seid schließlich noch kein Herzog. Kommt, Onkel Gloucester!« Gloucester sah Buckingham an und verzog das Gesicht, aber dann folgten beide Männer ihrem ungeweihten König in den ersten Stock hinauf.

Autsch! Rushden schnitt eine Grimasse, als er Heloises hochgezogene Augenbraue sah. Würden sie einen Herzschlag hören, wenn sie das Ohr an die Brust des neuen Königs legten?

»Ich mag ihn nicht. Er ist ein sehr ungezogener Junge«,

rief Ned und ballte seine kleinen Fäuste. »Und es war mein schönstes Bild!«

»Könige dürfen schlecht gelaunt sein, besonders, wenn sie trauern.« Heloise ging in die Knie, um dem Kleinen ins Gesicht zu sehen, kitzelte ihn unter den Armen und flüsterte ihm zu: »Und ich finde auch, dass deine Manieren sehr viel besser sind.«

Sie setzte sich neben ihn auf die Bank unter dem Fenster und nahm ein Stück Schnur aus ihrem Beutel, die sie um ihre Finger band und wie durch Zauberhand dann wieder löste. Ned war zu klein, um es ihr nachzutun, aber es lenkte ihn zumindest von der Kränkung durch den Prinzen ab.

Die Gefolgsleute der Herzöge hatten derweil nervöse Unterhaltungen begonnen und schienen schon sehr viel besser miteinander auszukommen, nachdem sie einen gemeinsamen Feind entdeckt hatten und alle bisher unversehrt geblieben waren.

»Mistress.« Sir Richard Huddleston beugte sich über sie, setzte sich dann ungefragt neben den Jungen und nahm die Schnur, um dem Kind einen einfacheren Trick zu zeigen. »Und nun geht, Mylord, und zeigt ihn Sir William.« Das Kind hüpfte davon. »Mir scheint, Lady Haute hat nicht nur an Gewicht verloren, sondern ist auch dreißig Jahre jünger geworden, seit ich sie das letzte Mal gesehen habe.«

Heloise lächelte und legte einen Moment lang einen Finger an die Lippen. »Bittet Eure Freunde, mich nicht zu verraten, Sir. Und sagt mir bitte, wie es Eurer Frau Gemahlin geht?«

»Mistress, ein Königreich steht auf dem Spiel, und wir kümmern uns um die Haushaltsführung.« Er bemerkte, dass Heloises Mann misstrauisch in ihre Richtung blickte. »Um es kurz zu machen, Seine Gnaden von Gloucester lässt anfragen, ob Ihr bereit wärt, uns über ungewöhnliche Vorkommnisse zu informieren. Wie neue Bündnisse zum Beispiel. Oder ob irgendjemand«, viel sagend blickte er zu Rushden, Lord Knyvett und den anderen Staffordschen Rittern hinüber, »geheime Verhandlungen mit anderen Herren führt. Im Austausch dazu wird mein Herr Lordprotektor sein Bestes tun, die Heilige Kirche zu überzeugen, dass Eure Ehe annulliert werden muss, und danach werden wir einen neuen Gatten für Euch suchen.« Das Kind kam zurückgelaufen und kletterte auf Heloises Schoß. »Überlegt es Euch, Mylady.«

Rushden kam auf sie zugeschossen wie ein Pfeil, als Huddleston gegangen war. Heloise dachte, dass es sehr erfreulich wäre, wenn Eifersucht sein Beweggrund wäre.

»Was wollte dieser Mann von Euch, Madame?«, fragte er kalt, obwohl er Ned anlächelte und spielerisch an seinem Hut zupfte, um den Jungen zu necken.

»Seine Bekanntschaft mit mir erneuern. Und er brachte mir auch Nachrichten von Dionysia. Sie befindet sich in Middleham.«

»Das habt Ihr mir nie erzählt.« Er blickte sich im Raum um und betrachtete Heloise dann versonnen. »Wie viele mehr von Gloucesters Leuten hier kennt Ihr? Es könnte nützlich für uns sein. Warum schaut Ihr mich so finster an, Madame?«

»Weil ich jetzt weiß, wie es ist, wenn man sich wie ein Federball vorkommt«, murmelte Heloise.

»Boing, boing!«, kreischte Ned und musste zur Ruhe gebracht werden.

Es wurde ein langes Warten. Es gab nur wenig zu frühstücken für sie alle, und während die Herzöge oben den Prinz beschwichtigten, versuchte Heloise, Ned zu unterhalten. Sie erzählte ihm gerade die Geschichte von St. Brendan und dem Wal, als Rushden sich zu ihnen gesellte.

»Wann reiten wir nach London, Sir?«, rief Ned und ergriff die Hand des Ritters, um sich gleich darauf mit seinem gesamten Gewicht daran zu hängen.

»Sobald wir von Lord Hastings Nachricht erhalten, dass die Reise ungefährlich ist.« Der kleine Junge wurde mit beiden Händen hochgehoben, im Kreis herumgeschwenkt und sicherheitshalber auch noch einmal auf den Kopf gestellt.

Heloise wartete, bis Mann und Kind sich wieder beruhigt hatten, und verkniff sich einen Kommentar zu Rushdens neu entdeckter Toleranz des Jungen. »Wir bleiben *hier*?«

»Nein, wir kehren mit dem Prinz nach Northampton zurück. Dort gibt es mehr Betten, und die Reise gibt uns was zu tun. Besser, als den Rest des Tags mit diesem bockigen Welpen da oben hier herumzuhängen.« Er schnitt ein Gesicht und blickte viel sagend zur Decke auf.

»Schämt Euch«, schalt sie, weil sie wusste, dass Ned jedes Wort von ihnen mitbekam. »Seine Hoheit ist noch jung und unsicher.«

»Mylady«, Rushden senkte die Stimme, »er hat Euch angesehen, als wärt Ihr Abschaum.« Ärger färbte seine Stimme, als hätte die Beleidigung ihm selbst gegolten.

»Könige können sich das erlauben, Sir«, mahnte sie, obwohl sie im Stillen doch sehr erfreut war über Miles' Reaktion.

Sein Gesichtsausdruck verriet ihr jedoch, dass sich das schon sehr bald ändern würde.

Sie alle wurden der Straße zwischen Northampton und Stony Stratford langsam herzlich überdrüssig, doch der Wind hatte wenigstens den Regen vertrieben, und die Luft war frühlingshaft und mild und erfüllt vom Summen der Insekten und dem Duft der Wiesenblumen.

Rushden, der die Kolonne abritt, grüßte Heloise gleichgültig, zügelte aber bei seiner Rückkehr sein Pferd neben Sir Williams und Heloises Stute, um Ned aufs Neue scherzhaft an den Hut zu tippen.

Wenn ich doch nur die Hand ausstrecken dürfte, um sein vom Wind zerzaustes Haar zu glätten, dachte Heloise voller Stolz. Auf Traveller, seinem wunderschönen Hengst, und mit dem schimmernden Schlangenbanner an seiner von schwarzem Samt bedeckten Schulter sah ihr Mann wie eine lebendig gewordene Legende aus. Er ist ein zuverlässiger Mann, dachte sie, als sie sich daran erinnerte, wie er sie beschützt hatte, aber sie wusste auch, wie rücksichtslos und egoistisch er sein konnte. Man konnte seine Schultern schwer beladen, und sein Geist würde nicht daran zerbrechen, aber es gab auch finstere Teile seiner Seele, die ihr Herz abschreckten. Ungestillter Ehrgeiz lag auf der Lauer wie ein Wolf – wild und unbezähmbar, sowohl in ihm wie auch in Buckingham. Und sie mochte Buckingham nicht. Du kannst Rushden nicht ändern, sagte ihre Vernunft; die verräterischen Empfindungen ihres Körpers, wann immer er in ihrer Nähe war, mussten unter Kontrolle gebracht werden, aber der Heloise, die den *Cockatrice* gespielt und auf Potters Field gekämpft hatte, mangelte es nicht an Courage.

»Ihr seht fröhlich aus, Sir«, neckte sie ihn und streckte ihre behandschuhte Hand aus, um Traveller zu streicheln.

Der unblutige Sieg des Morgens hatte Rushdens Stimmung sehr gehoben; seine Augen schimmerten wie Quecksilber in seinem braun gebrannten Gesicht. »Das Land der französischen Romanzen«, rief er mit einem mutwilligen Lächeln und zeigte mit der Reitgerte auf die Wälder, die die Felder am westlichen Horizont begrenzten. Heloises verräterischer Körper regte sich bei der Erinnerung an die lustvollen Gefühle, die seine streichelnden Hände in ihr entfacht hatten.

»Hätte Elizabeth Woodville König Eduard nicht aufgelauert, als er in eben diesen Wäldern jagte, wäre es zu dieser Konfrontation heute Morgen vielleicht gar nicht gekommen«, antwortete Heloise.

»Das Problem war, dass er sie heiratete«, murmelte Sir William verhalten. »Habgier und Raffinesse, das sind zwei Eigenschaften, die man bei der Auswahl einer Ehefrau unbedingt vermeiden sollte. Weil man nämlich sonst, bevor man weiß, wie einem geschieht, sein letztes Hemd verlieren wird.«

»Ihr könnt ganz beruhigt sein, Sir William, ich habe meinem Mann bisher noch kein Hemd ausgezogen«, murmelte Heloise und rückte Ned auf ihrem Schoß zurecht, bevor sie einen koketten Blick zur Seite warf.

»Meine liebe Lady Haute«, unterbrach Rushden sie spöttisch. »Vielleicht habt Ihr es ja nur noch nicht versucht.«

Nach ihrer Rückkehr nach Northampton verzichtete Heloise darauf, an einem verspäteten Mittagessen teilzunehmen, und setzte sich lieber auf eine Bank vor dem Gasthof, um einen Riss in Neds zweitbestem Wams zu flicken. Martin blieb in ihrer Nähe, um sie vor aufdringlichen Soldaten zu beschützen. Sie beobachtete, wie ein Tablett über die Straße zu Lord Rivers Unterkunft getragen wurde. Es kam unberührt zurück und wurde gleich wieder auf den Weg geschickt, diesmal zu dem Haus, in dem Lord Grey gefangen gehalten wurde. Das Tablett war leer, als es zurückkam.

Während Heloise dasaß und die Welt an sich vorüberziehen ließ, traf auch der beleibte Bischof Alcock, der Vorsitzende des Königlichen Rats in Ludlow, aus Stony Stratford ein, und in seiner Begleitung befand sich wieder dieser mysteriöse Priester, der gekleidet war wie ein Bischof, aber kein eigenes Gefolge hatte und mit gesenktem Kopf und hängenden Schultern in seinem Sattel hockte. Heloise spürte, wie der Geist des alten Klerikers sich vortastete und kämpfte, um sich zu befreien. Augen unter halb gesenkten Lidern suchten ihren Blick. Helft mir, schienen sie zu sagen, und Heloise sah, dass sie ganz trübe und düster waren vor Verzweiflung.

»Finde den Namen dieses alten Mannes heraus«, beauftragte sie Martin. Er strahlte und nickte triumphierend, als er zurückkehrte.

»Der Mann heißt Robert Stillington und ist Bischof von Bath und Wales. Wie es scheint, befahl der verstorbene König – möge seine Seele in Frieden ruhen –, den Mann in Gewahrsam zu nehmen. Gehört Bramley nicht auch zu seiner Diözese, Mylady?«

»O ja«, murmelte Heloise stirnrunzelnd. »Es gehört dazu.«

In Gloucesters Gasthof verspürte Miles plötzlich den Wunsch zu feiern, jetzt, wo die Gefahr einstweilen gebannt war. Endlich ein Bruch in der Woodville-Yorkschen Mauer nach all den Jahren des Wartens! Die Rushdens würden endlich wieder so mächtig sein, wie sie es unter Heinrich VI gewesen waren.

»Nun Ihr, Sir.«

Miles versuchte, sich zu konzentrieren, als Ned, dessen Anwesenheit von dem jungen Prinz nur grollend geduldet wurde, die Walnusshälften über den Tisch zurückschob. Gehorsam legte Miles sie zu einer Acht und bedeckte sie mit seiner Hand. »Welche jetzt, Mylord?«

»Die da!«

Die kindliche Erregung bewirkte ein königliches Stirnrunzeln. »Könnt Ihr nicht draußen spielen, Cousin?«

Miles brachte Ned zu Heloise und kam zurück, um sich dem gelangweilten Harry zu widmen. Gloucester war mit dem Unterzeichnen seiner Depeschen nach London fertig und wandte sich an den Prinzen: »Es könnte ratsam für Euch sein, Eure neue Unterschrift zu üben, bevor Ihr die Anweisungen unterzeichnet. Eine wackelige Handschrift lässt auf Unentschlossenheit schließen, und das Volk will einen starken König.«

Pergament und Feder wurden vor den Prinz gelegt. Der Junge schrieb *Edwardus*, zögerte und fügte dann *Quintus* hinzu. Seine Handschrift, sah Miles, war unsicher, die Buchstaben so groß und krakelig, dass sie fast nicht zu entziffern waren.

Harry begann nervös zu werden und war es offensichtlich Leid, Gloucester den Schulmeister hervorkehren zu sehen. »Es heißt, man könne den Charakter eines Mannes an seiner Schrift erkennen«, bemerkte er, während er mit vorgetäuschtem Interesse die alles andere als elegante königliche Unterschrift betrachtete.

»Tatsächlich?«, entgegnete der Prinz hochmütig. »Das habe ich noch nie gehört.«

Miles sah, dass Harry sich bemühte, seinen Ärger zu beherrschen. Der Prinz war ein Woodville, vom Scheitel bis zur Sohle. Merkte dieses Gör denn nicht, dass es sich einen unversöhnlichen Feind in seinem Onkel Harry schuf?

»Dann schreibt etwas, Onkel Richard.« Der Prinz tippte die Feder in die Tinte und reichte sie dann weiter.

Gloucester blickte die amüsierten Zuschauer lächelnd an, schwieg einen Moment nachdenklich und schrieb dann in kleinen sauberen Lettern *Loyaulte me lie*. »Mich bindet Loyalität.«

»Ja, ich weiß, was das bedeutet. Ich habe meine Zeit in Ludlow nicht verschwendet.«

»Aber es bedeutet mehr als das, Herr«, entgegnete Gloucester freundlich, tauchte die Feder wieder in die Tinte und schrieb noch *R. Gloucestre* darunter. »Dieses Motto machte ich mir zu eigen, als Euer Vater mich zum Herzog von Gloucester ernannte, und nun gelobe ich *Euch* Treue.« Er verband dieses Motto mit seiner Unterschrift, als wären sie sozusagen gleich bedeutend.

»Nun Ihr, Onkel Buckingham.« Der Prinz schob Harry herausfordernd das Papier zu, als ob er sagen wolle: Übertrumpft Gloucester, falls Ihr das könnt!

Harry schrieb *Souvente me souvene* und darunter *Harre Bokingham*. Die Schrift erstreckte sich über die ganze Seite, machte in Breite wieder wett, was ihr an Höhe fehlte, und stand in krassem Gegensatz zu Gloucesters eleganter italienischer Schriftweise.

»Also muss ich mich ›oft an Euch erinnern‹. Eure Schrift ist sehr klar, Onkel Richard, und sauber wie Eure Person, während Onkel Buckingham sehr viel extravaganter ist in Schrift, Person und Kleidung.« Zustimmung suchend blickte er sich um und ließ dann seinen Blick auf Miles verweilen.

»Sehr richtig, Euer Hoheit«, stimmte ihm dieser zu und grinste Harry an.

»Nun, das war ja nicht so schwer, nicht wahr?«, entgegnete der junge Flegel und schuf sich mit unfehlbarer Sicherheit noch mehr Feinde. Wenn es ihm erlaubt gewesen wäre, hätte Miles den Tisch verlassen. Glücklicherweise hatte Harry inzwischen genug davon, zu Gloucesters onkelhafter Melodie Diskant zu singen.

»Gestattet mir, mich zurückzuziehen, Hoheit«, murmelte er und entschuldigte sich und seine Begleiter.

Nicht mehr zur Untertänigkeit gezwungen, gab Harry sich so überschwänglich, wie er es als Herzog konnte, als er und Miles vor den anderen um die Ecke zu ihrem Gasthof bogen.

»Die Zeit der Woodvilles ist vorbei, endgültig vorbei! Herrgott, Miles, dreimal dachte ich heute schon, wir beide würden in einem Verlies im Londoner Tower enden!«

»Sachte, denn London könnte noch durchaus die Hure für uns spielen!«

»Aber nein, Miles«, widersprach Buckingham grinsend. »Lord Hastings ist doch *so* erfahren im Umgang mit Huren.«

Die beiden grinsten und wechselten einen triumphierenden Händedruck. Solange sie von den Fenstern des Gasthofs aus, in dem Gloucester mit seinem Gefolge abgestiegen war, nicht gesehen werden konnten, hätte Harry wahrscheinlich sogar ein Rad geschlagen, wenn Miles ihn dazu ermutigt hätte.

»Ich kann es fast nicht glauben. Rivers und Grey unter Arrest und der König in unseren Händen! Bei Gott, ich wünschte, ich könnte den Aufschrei der Königin hören, wenn diese Neuigkeiten sie erreichen. Das wird ihr ganz schön gegen den Strich gehen!« Erschrocken bekreuzigte er sich, als ein gespenstisch dürrer Mann sich aus der finsteren Türöffnung erhob.

»Wer seid Ihr?« Miles zog sein Schwert.

»Einen schönen Abend wünsche ich den Herren.« Thomas Nandik, der sich wie ein Blutegel an das Gefolge des Herzogs gehängt hatte, verbeugte sich unterwürfig. Er hätte sich sogar auf die Knie geworfen, wenn es ihm befohlen worden wäre. »Euer Gnaden, habt Ihr Briefe zu schreiben – oder gibt es irgendetwas anderes, womit ich Euer Gnaden dienen kann?«

Buckingham zuckte mit den Schultern. »Ihr könnt mich unterhalten, Nandik. Erzählt uns was, während wir uns entkleiden.«

Miles mochte den Mann nicht, aber die Vogelscheuche stellte sich dann doch als unterhaltsamer Gesellschafter heraus. Noch mehr Wein nach der ohnehin schon großzügigen Zecherei des Abends entlockte ihm skandalöse Erzählungen von Studentenstreichen und den Verfehlungen gelehrter Cambridge-Professoren.

Zu später Stunde war es Sir William, der sich daran erinnerte, dass Walpurgisnacht war, und die Unterhaltung begann sich Satans Werken zuzuwenden. Nandik brüstete sich damit, Astrologie studiert zu haben.

»Könnt Ihr jetzt gleich ein Horoskop für mich erstellen?« Harrys Stimme klang etwas zu eifrig.

»Das halte ich nicht für klug, Euer Gnaden.« Miles blickte Sir William Hilfe suchend an, doch der ältere Mann war schon halb eingeschlafen.

»Das habe ich bereits getan, Euer Gnaden, in einem müßigen Moment. Ihr solltet jedoch bedenken, dass ich kein Experte bin.« In einem müßigen Moment! Herrgott noch mal!

Miles beugte sich unbehaglich vor. »Ihr seid zu bescheiden, Nandik.«

Der Mann ignorierte die Warnung hinter Miles' zuvorkommendem Ton. »Jeder, der Geisteswissenschaften in Cambridge studiert hat, ist dazu in der Lage.«

Der Herzog grinste Miles an. »Was hat mein Horoskop also ergeben, Nandik? Oder wagt Ihr mir das nicht zu sagen?«

Die dunklen Augen des Mannes glitzerten boshaft. »Es versprach große Reichtümer und Titel.«

Lachend stürzte der Herzog noch mehr Apfelwein hinunter. »Titel habe ich bereits, aber hohe Ämter fände ich durchaus erstrebenswert.« Gott sei Dank, dachte Miles, er fängt wieder an, seinen gesunden Menschenverstand zu gebrauchen. Oder doch nicht? Harry war auf jeden Fall schon ziemlich angetrunken.

Nandik nicht. »Euer Gnaden, so etwas irgendeinem x-beliebigen Mann vorauszusagen, könnte als Schmeichelei ausgelegt werden, doch in Eurem Fall ...« Er brauchte den Satz nicht zu beenden.

»In meinem Fall könnte jeder diese Prophezeiung machen.«

Miles ließ den angehaltenen Atem aus, und Harry, sein vertrauter, berechenbarer Harry, lächelte ihn an. Nandik war immer noch der Außenseiter.

Der Herzog wurde nachdenklich, als de la Bere den Mann hinausbegleitete. »Glaubt Ihr, es ist etwas Wahres dran an Prophezeiungen?«, fragte er. »Glaubt Ihr, Satan wäre aus der Hölle gekrochen, um unseren müßigen Unterhaltungen zu lauschen?«

Miles schluckte und spürte, wie sich eine Gänsehaut auf seinen Armen bildete.

»Prophezeiungen?« Er erinnerte sich an das drohende Summen der Bienen und an Heloises Warnung. »Ich kenne eine Frau, deren Voraussagen sich bisher immer als korrekt erwiesen haben.« Heloises Erwähnung vertrieb den bitteren Geschmack, den Nandiks Gegenwart auf seiner Zunge hinterlassen hatte. »Ich werdet dieser katzbuckelnden Kreatur doch hoffentlich keinen Glauben schenken, Mylord. Wenn Ihr ihn bitten würdet, Pferdedung von Euren Schuhen abzulecken, würde er es tun.«

»Und Ihr? Würdet Ihr es auch tun?«

Die Frage schmerzte.

»Nein, Mylord – ich würde dafür sorgen, dass Ihr Eure Schuhe gar nicht erst beschmutzt.«

15

Heloise erwachte am nächsten Tag von Neds Geschrei, der auf bloßen Füßen durch das Zimmer lief und kreischte: »Der erste Mai! Es ist der erste Mai!«

Die Glocke der Allerheiligen-Kirche am Marktplatz schlug erst sechs, doch Heloise konnte schon aufgeregtes Gejohle und Geschrei draußen vernehmen; junge Männer mit Jagdhörnern riefen die Mädchen von Northampton zusammen, um mit ihnen die Birken- und Weißdornzweige aus dem Wald zu holen.

Die Stadt feierte allerdings ein wenig unsicher, da es etwas Ungewohntes für sie war, einen hoch gewachsenen jungen König in ihrer Mitte zu haben. Die Bogenschützen-Wettbewerbe und der Tanz waren eine Erleichterung nach all dem Schwert- und Schildgerassel des vorherigen Tages, obwohl die Northamptoner, als die beschwipsten jungen Männer ihre Versuche aufgaben, mit ihren Maizweigen die Röcke der Frauen zu lüften und Maid Marions Brüste auf ihren Schulterblättern gelandet waren, mit schamroten Gesichtern zum Essen heimgingen.

Heloise, die geheißen worden war, Ned zum Abendessen zu den großen Herren zu bringen, schüttelte vor Gloucesters Herberge Mandelblüten von ihrem Schleier und schaute verwundert zu Rushden und de la Bere auf, die vergnügt zu ihr hinuntergrinsten. Rushden übertrug die Aufgabe, sich um Ned zu kümmern, geschickt auf de la Bere, und in dem Durcheinander der herzöglichen Gefolge, die herauszufinden versuchten, wo sie essen sollten, war es ein Leichtes für ihn, Heloise unauffällig aufzuhalten.

»Nun, Wechselbalg, hat die königliche Laune sich gebessert?«

»Kaum. Sehr zu seinem Missfallen bestanden die Northamptoner Mädchen darauf, ihn mit Gänseblümchen zu bekränzen. Offenbar ist er der Meinung, sämtliche Angehörige meines Geschlechts müssten unbedingt gemieden werden, als hätten wir die Pest. Wart Ihr auch so?«

»Natürlich«, lachte er. »Später habe ich das dann aber wieder wettgemacht. Das wird er auch, bei seinem Stammbaum, also ...« Ein vorüberkommender Reiter lenkte ihn einen Moment lang ab, aber als er dann erleichtert feststellte, dass es nur ein einheimischer Kaufmann war, blickte Rushden mit einem mutwilligen Lächeln auf Heloise herab. »›*Northampton, voller Liebe, unterhalb des Gürtels, aber nicht darüber*‹«, zitierte er. »Also sagt – sind Eure Röcke heute auch gelüftet worden?«

Heloise zwang sich, nicht zu erröten. »Mit einem halben Dutzend Piken tragender Waliser zu meinem Schutz?«

»Ah, es sind die Piken, vor denen Ihr Euch hüten müsst.« Grinsend rieb er sich mit einer Hand das Kinn. Es erinnerte sie an etwas.

»Sir, Prinz Eduard klagt immer noch über Zahnschmerzen.«

»Nun, dann wäre es ja wunderbar, wenn er von seinen Zahnschmerzen dahingerafft würde«, scherzte er. »Denn wenn diese finstere Stirn erst eine Krone trägt, kann ich nur noch beten.«

Sie verbarg ein Lächeln. »Psst, das ist Verrat. So dürft Ihr nicht reden.«

»Seid froh, dass ich Euch vertraue.« Erstaunen erschien für einen flüchtigen Moment in seinen grauen Augen, als hätte er sich selber überrascht, und dann fiel das Fallgitter wohl bemessener Fröhlichkeit wieder herab. Aber die impulsive Bemerkung gab Heloise Hoffnung. Er gewöhnte sich allmählich an sie wie an einen bequemen Schuh. Dass er ihr Dinge anvertraute und bewusst ihre Gesellschaft suchte, kam immer häufiger vor und war ihr sehr willkommen. Außerdem konnte sie sein Vertrauen in gleichem Maß erwidern:

»Sir.« Sie wartete, bis sein scharfer Blick sich auf sie richtete. »Ich ... ich fürchte, was den Prinzen quält, ist mehr als Zahnweh.«

»Heloise!« Diesmal packte er sie am Ellbogen und zog sie mit geradezu ungehöriger Hast in den Schatten einer Gasse neben dem Gasthof. »Das solltet Ihr mir besser näher erklären.«

»Ich meine nicht Gift.« Sie sah, wie seine Züge sich etwas entspannten.

»Ist das wieder eine Eurer Vorahnungen?«

»Nein.« Sie machte eine Handbewegung, als versuchte sie, die Angelegenheit geheim zu halten. »Manchmal kann ich sehen, wenn ein Körper leidet.« Ein mutwilliger Blick erhellte Rushdens Augen. »Ihr kriegt eins hinter die Ohren, wenn Ihr mich so anseht, Sir. Ich dachte, Ihr wärt der Ernstere von uns beiden. Nein, es ist nur so, dass ich eine Art Echo der Krankheit eines Menschen spüre, und manchmal sogar schon, bevor er selbst etwas davon bemerkt. Ich konnte zum Beispiel die Qual dieses Geistlichen in Bischof Alcocks Gefolge spüren.«

»Stillington?«

»Ja, er. Es war, als sehnte sich sein Geist danach, sich von den Fesseln seines Körpers zu befreien.« Rushden schien nicht entsetzt darüber, dass sie solche Dinge spürte. »Ich bin froh, dass Ihr Euch nicht bekreuzigt, Sir«, sagte sie erleichtert, »denn es ist keine Hexerei, sondern eine Gabe, an der ich nichts ändern kann.«

»Glaubt mir, ich lerne, Eure Instinkte nicht zu unterschätzen. Gibt es irgendeinen Kräutertrank, den Ihr dem Prinzen geben könntet, um ihn wieder gesund zu machen?«

»Ich habe mit seinem Arzt gesprochen, Dr. Argentine, der recht vernünftig wirkt. Er riet dem Prinzen, seinen Mund mit Salbeitee auszuspülen, und gab ihm in Rosenwasser aufgelöstes Nelkenpulver, um sein Zahnfleisch damit einzureiben.«

»Dann wird der Atem dieses Bengels erheblich angenehmer sein als sein Naturell.« Rushden schnitt eine Grimasse angesichts ihres vorwurfsvollen Blicks.

»Und der Apotheker hier hat eine Bilsenkrautsalbe angerührt, die Seine Hoheit auf der Außenseite seines Kinns auftragen soll.«

»Pah, ich könnte mir vorstellen, dass Ihr etwas sehr viel Besseres zusammenbrauen könntet.«

»O nein, ich will damit nichts zu tun haben, Sir«, beantwortete sie seinen Vorschlag ernst. »Wenn wir noch immer in Gefahr sind durch die Königin, wie Ihr zu glauben scheint, wäre es für sie ein Leichtes, uns der Zauberei zu beschuldigen, und mit meinem ungewöhnlichen Haar und weil ich eine Frau bin, würde ich als Erste angeklagt und vermutlich zum Sündenbock für alle anderen gemacht werden.«

Rushden runzelte die Stirn, erwiderte aber nichts, sondern blickte nur mit schmalen Augen die Straße hinab, als erwartete er einen Boten.

»Was ist, wenn die Königin London hält und eine Armee gegen uns aussendet, Sir? Ihr habt nur ein paar hundert Männer hier.«

»Keine Sorge! Wir haben den Prinzen. Falls eine Armee zu uns unterwegs sein sollte, werden wir Euch und Ned sofort in Sicherheit bringen. Das Schlimmste werden wir sowieso schon bald erfahren, wenn Lord Hastings seinen Boten schickt.« Aber sie sah die Schweißperlen auf Miles' Stirn und wusste, dass es nicht die Sonne war, die sie verursacht hatte.

Gegen drei Uhr nachmittags war der erwartete Bote eingetroffen. Diesmal war es kein zerfledderter Nekromant, sondern ein fuchsäugiger Rechtsgelehrter, Sir William Catesby, der Lord Hastings Zusicherung überbrachte, ganz London warte schon mit Ungeduld darauf, den Lordprotektor zu begrüßen. Solch gute Neuigkeiten veranlassten Miles zu einem zufriedenen Summen, als er mit de la Bere von Bürgermeister Lyndes Haus am Pferdemarkt zurückging. Sie waren ein Teil der Delegation gewesen, die dem ehrwürdigen Herrn versichert hatte, kein Blut würde die Northamptoner Straßen besudeln.

Nun verlangsamte Miles seinen Schritt und runzelte die Stirn, als er Heloise und Ned vor dem Tor des Franziskanerklosters stehen sah, wo sie ein angeregtes Gespräch mit Gloucesters Schwager führte, während Benet und verschiedene andere Wachen sich in höflicher Entfernung von ihr hielten. Sir Richard Huddleston verabschiedete sich, als er Miles in ihre Richtung kommen sah.

»Wir haben einen Spaziergang zur Burg gemacht.« Heloise, die mit ihrem Schleier kämpfte, an dem die leichte Brise zerrte, bemerkte Rushdens griesgrämigen Blick.

»Ihr seht verärgert aus, Sir. Ich dachte, die Nachrichten wären gut.«

Miles erwiderte nichts. Eine staubige Straße mit einem Publikum aus walisischen Soldaten war nicht der richtige Ort, zu fragen, warum Huddleston solch großes Interesse an ihr zeigte.

Es war de la Bere, der antwortete: »London hat der Königin seine Unterstützung verweigert.« Er bückte sich zu Ned. »Wollt Ihr mit mir kommen und ein Duell mit mir ausfechten, junger Herr?«

»Ja, ja«, rief Ned und zog das hölzerne Schwert aus seinem Gürtel.

»Nehmt die Eskorte mit«, murmelte Miles. »Ich begleite Lady Haute zurück.«

Heloise war entzückt, mit Rushden allein zu sein. »Seid Ihr sicher, dass es dort nicht zum Kampf kommen wird?«, fragte sie.

»Natürlich, Ihr könnt ganz beruhigt sein. Sämtliche Männer der Königin sind verstreut und führerlos irgendwo zwischen hier und London, und der halbe Kronschatz befindet sich auf See mit ihrem Bruder, Sir Eduard Woodville. Diesem dummen Frauenzimmer sind weder Gefolgsmänner in der Nähe geblieben, noch Geldmittel, um eine neue Armee zusammenzustellen, und darum hat sie mit ihren Kindern in Westminster Zuflucht gesucht.«

So dumm kann sie doch gar nicht sein, wenn der königliche Kronschatz schon in Woodville-Händen ist, dachte Heloise. Sir Richard Huddleston hatte ihr gerade erzählt, dass, während die Königin Lord Hastings geschickt durch eine Auseinandersetzung abgelenkt hatte, ihre Verwandten eine Mauer im Sanktuarium eingerissen hatten und so viele Goldbarren hatten mitgehen lassen, wie sie tragen konnten.

Es klang, als ob Lord Hastings nicht einmal einen Ameisenhaufen kontrollieren könnte, von London ganz zu schweigen, und Gloucester wenig Geldmittel zur Verfügung stehen würden, um das Reich als einstweiliger Regent zu führen.

»Die Königin wird doch sicherlich versuchen, die Macht zurückzugewinnen, sobald ihr Sohn gekrönt ist?«

»Damit werden wir uns befassen, wenn es so weit ist.« Rushdens Ton war kühl, und ein hartes Lächeln umspielte seinen Mund.

»Ihr genießt das alles«, protestierte sie nach diesem Blick auf seine düstere Seite.

»O ja. Ich beabsichtige, Harry so mächtig zu machen, dass Ländereien und Ämter für mich abfallen werden, ganz abgesehen von einem dankbaren Händedruck. Ich habe lange darauf gewartet.«

»Ich wünschte, dies alles wäre schon vorbei.«

»Von welchem Familienkrieg reden wir?«, scherzte er und bot ihr lächelnd seinen Arm. »Meint Ihr die Fehde um England oder die um Bramley?«

»Beide«, erwiderte sie und legte ihre behandschuhte Hand auf seinen Arm. Er führte sie um eine Pfütze und wich ebenso geschickt auch dem verbalen Streitpunkt aus, indem er bei dem trockeneren Thema Politik blieb.

»Macht Euch keine Sorgen. Gloucester wird Rivers und Grey als Geiseln festhalten, um sicherzugehen, dass die Königin nicht noch mehr Unfug anstellt. Und Haute natürlich auch. Er schickt sie alle nach Norden.«

»Haute, hm.« Heloise dachte beunruhigt an die Zukunft. »Falls ich nach London komme, wird es dort noch andere Leute geben, die wissen, dass ich nicht Lady Haute bin.«

»Soll ich Euch dann lieber hier behalten?« Rushdens

Daumen glitt streichelnd über ihre Handfläche. »Vielleicht sollte ich ein Heide werden und mir einen ganzen Harem voller Ehefrauen und Konkubinen halten. Die Mittwoch- und Samstagnacht für Euch, die Dienstage und Donnerstage für Myfannwy und …«

»O ja, und die Hölle wird zu Eis gefrieren.« Sie entzog ihm ihre Hand und wartete, bis ein Karren an ihnen vorbeigerumpelt war, bevor sie die Straße überquerten. »Ich bin der Lügen müde, Sir. Ich wünschte, unsere Annullierung käme.«

Miles betrachtete versonnen ihr Profil. »Als Euer Vater Euch die Nachricht überbrachte, er habe mich gefangen genommen, um mich zur Heirat mit Euch zu zwingen, wie habt Ihr Euch da gefühlt?«

»Wie ich mich fühlte? In die Ecke gedrängt, mit einer vier Meter hohen Mauer hinter mir und zwei ungeduldig mit den Hufen scharrenden Stieren vor mir!«

»Und einer dieser Stiere war ich?«

»Ich meinte es nur sinnbildlich«, erläuterte sie mit einem entschuldigenden Blick, um ihn zu beschwichtigen.

»Vielen Dank«, erwiderte Miles trocken.

»Gebt es zu, Ihr wart bedrohlich. Vor allem, als Ihr auf Potters Field gedroht habt, mich über das Knie zu legen.«

»Ach du liebe Güte, habe ich das wirklich gesagt? Und wenn ich *jetzt* mit den Hufen scharren würde?« Er blieb stehen, als sie die andere Straßenseite erreichten, und führte sie dann eine Querstraße hinab.

»Tut Ihr es?« Die Frage wurde ihm nur leichthin zugeworfen wie ein Ball. Miles beschloss, ihn fallen zu lassen, und sah, wie ihre Verspieltheit ins Wanken geriet und sie wieder ernst wurde.

»Versucht, die Frage zu beantworten.« Er bückte sich und

entfernte einen Stängel Labkraut, den Ned unbemerkt an ihren Rock geklebt haben musste.

»Ihr meint, wenn ich Euch damals auf Bramley schon so gut gekannt hätte, wie ich Euch heute kenne?«

»Ihr sagt es.« Er befingerte die klebrigen Blättchen und warf sie schließlich weg.

»Ja, dann würde ich mich bedroht fühlen.«

»Ihr empfindet mich also noch immer als bedrohlich?« Gott hätte die Frau aus dem Gehirn des Mannes machen sollen, statt aus seinen Rippen, dachte er und erbleichte dann bei dem Gedanken. »Ja?«

Sie wandte sich um und blieb an einer Friedhofsmauer stehen. »O ja«, bekräftigte sie mit genügend Nachdruck, um ihn in Wut zu bringen. Sie sah ganz und gar nicht aus wie eine Jungfrau, die sich bedroht fühlte. Einen langen Augenblick betrachtete er sie schweigend, mit dem wachsenden Verdacht, dass ihm die Zügel aus der Hand geglitten waren. »Angenommen, es wäre so, würdet Ihr dann Eure Zustimmung geben?«

Da sie nicht sofort antwortete, war er nicht sicher, ob sie ihn richtig verstanden hatte, aber schließlich holte sie tief Luft und zog ein gelbes Stiefmütterchen aus einer Ritze in der Mauer. »Ich glaube mich zu erinnern, zugestimmt zu haben.«

Träge seine Stiefelspitze beobachtend, die ein Büschel Unkraut untersuchte, fragte er: »Angenommen, die Annullierung unserer Ehe würde uns nicht gewährt?«

Das brachte Madame nun doch ein wenig aus der Fassung. »Aber wie könnten sie sie uns verweigern, wir waren doch schließlich nicht ...« Sie schluckte.

Er lächelte rätselhaft, war im Stillen aber sehr erfreut, dass sie noch nicht die Fähigkeit verloren hatte, zu erröten.

»... intim«, beendete sie den Satz, biss sich auf die Lippe und wandte ihren Blick ab, wie um ihre Gedanken vor ihm zu verbergen – und dann wurden ihre Augen groß wie Wagenräder, und sie fuhr in panischem Erschrecken herum, als suchte sie eine Gasse oder Tür, in der sie verschwinden konnte. »O mein Gott«, wisperte sie. »Da ist mein Vater! Ohh!«

Sie unterdrückte einen Aufschrei, als Rushdens starke Arme sie ergriffen und über die Kirchhofmauer warfen. Dann setzte er mit einem mühelosen Sprung darüber und landete neben ihr, grinsend wie ein spitzbübischer Page, der sich vor dem Burgverwalter versteckt hatte.

»Das war knapp. Seid Ihr verletzt?«, fragte er das Durcheinander aus Gewand und Schleier.

»Nein, nur meine Würde«, keuchte sie, ihr Kopfschmuck schief, ihre Röcke bis zu ihren Waden hochgerutscht. »Oh, Miles!« Sie legte ihre Finger an die Lippen, um ihr Gekicher zu ersticken, als das Gefolge ihres Vaters nur wenige Schritte entfernt von ihnen vorbeitrappelte.

Rushden wirkte so erstaunt, als ob das Tageslicht ihm eine verborgene Wahrheit offenbart hätte. Heloise hatte ihn nicht mit seinem Vornamen ansprechen wollen, sich bisher nicht einmal gestattet, so an ihn zu denken, aber... Sein Lachen erstarb, und er sah sie an, als hätte sie ihm plötzlich einen Dolch ins Herz getrieben.

Miles vergaß, dass Heloise Magie bewirken konnte; er sah nur eine junge Frau, die mit zerzausten Kleidern in dem tiefen Gras lag und mit der Ungezwungenheit einer Müllerstochter lachte. Wusste sie, wie bezaubernd sie war? Er hätte ihr jetzt auf die Beine helfen und die spitz zulaufende Samthaube über ihren schimmernden Zöpfen in Ordnung bringen müssen. Stattdessen jedoch wollte er die Zeit zum

Stillstand bringen. All diese Schönheit, die er vor sich sah, gehörte ihm. Sie war zum Greifen nahe, und er wollte nicht, dass sie jemals einem anderen Mann gehörte. Er streckte die Hand aus, um Heloises schlankes Handgelenk zu berühren, und strich über den Puls unter der zarten Haut, bevor er sie sanft ins Gras zurückdrängte.

Heloise hielt den Atem an, als er sich auf einen Ellbogen stützte, sein Gesicht dicht über ihrem. Dieser hier war ein Miles Rushden, der seine Rüstung abgelegt hatte. Das Verlangen in seinen vor Leidenschaft ganz dunklen Augen erregte sie, und die rechtmäßige Herrschaft, die er über sie besaß, verwandelte Heloises ganzes Sein in flüssiges Feuer. Sein Mund bedeckte ihre Lippen, fragend und dennoch außerstande, eine Verweigerung zu akzeptieren.

Sanft und vertrauensvoll schlang das Mädchen seine Arme um seinen Nacken und schmiegte sich an seinen Körper. Miles spürte, dass er sie jetzt wider jegliche Vernunft begehrte. Er hob die rechte Hand, um ihre feste kleine Brust zu streicheln, und begegnete der Barriere aus weichem Samt darüber. Schonungslos glitt seine Hand unter das Brusttuch ihres Kleides und ihren Kragen, um diese köstliche . . .

»Ähem! Ich sagte *ähem*!«

Die Erde stabilisierte sich wieder. Zwei Füße, in Sandalen und gestopften Strümpfen und halb verdeckt unter dem Saum einer verstaubten Houppelande, warteten darauf, dass er aufhörte, der Liebe nachzujagen.

»Wer zum Teufel seid Ihr?«, knurrte Miles und machte sich nicht einmal die Mühe, seinen Kopf zu wenden.

Der Schatten an der Wand vor ihm bewegte sich nervös. »Oh, niemand Besonderes, nur der Geistliche dieser Gemeinde. Ich habe etwas gegen Leute, die zwischen den Gräbern Unzucht treiben.«

Mit einem unterdrückten Fluch rollte Miles sich von Heloise und blickte ärgerlich zu dem Mann auf, der ihm sein Vergnügen verdorben und ihn wieder zur Besinnung gebracht hatte.

»Wir treiben hier keine Unzucht. Wir sind verheiratet«, erklärte er gedehnt.

»Das halte ich für ziemlich unwahrscheinlich, junger Mann! Ihr solltet Euch schämen. Wir wollen Eure verderbten höfischen Gewohnheiten hier nicht. Northampton ist eine anständige Stadt.« Die Hände vor der Brust verschränkend, schnalzte er missbilligend mit der Zunge. »Den Namen der heiligen Katharina zu beschmutzen! Und noch dazu bei hellem Tageslicht! Macht, dass Ihr fortkommt!«

Mit hochrotem Gesicht, aber insgeheim auch sehr belustigt, richtete Miles sich auf und half Heloise, aufzustehen. Glücklicherweise schüttelte sie sich vor Lachen.

»Guter Mann, ich versichere Euch, dass wir verheiratet sind.« Verzweifelt bemüht, nicht vor Verlegenheit zu stottern, unterdrückte Heloise ihre bittersüße Heiterkeit – endlich gab Rushden die Wahrheit zu! Er drückte beruhigend ihre Hand und zog sie hinter sich, damit sie ihr Gesicht verbergen konnte. Sie hatten den armen Kerl genug beleidigt.

»Verheiratet! Aye, das seid Ihr ganz bestimmt«, entgegnete der Priester. »Aber mit anderen. Ich bedaure sie. Und nun verschwindet endlich!«

Er blieb ihnen auf den Fersen, als sie im Zickzack zwischen den Gräbern zum Pfad hinübergingen, verriegelte geräuschvoll das Tor hinter ihnen und lehnte sich darauf, falls sie es sich noch einmal anders überlegten.

Mit Würde umrundeten sie die letzte Ecke, nach der sie

sich jedoch sogleich an die Wand eines Kaufmannshauses lehnten und sich einer Emotion ergaben, die weniger gefährlich war als Lust.

»Höfische Gewohnheiten!«, kicherte Heloise, wischte sich die Tränen aus den Augenwinkeln und tätschelte Miles spielerisch die Brust. »Ich wünschte, ich könnte *y Cysgod* einmal so gründlich meine Meinung sagen. Ist der Priester noch da?« Sie riskierte einen Blick um die Ecke. »Ach du liebe Güte, ja. Wie ein Wachhund steht er da.«

Miles zog sie in den Schutz der Mauer zurück. »Benehmt Euch!«, schalt er liebevoll. »Schämt Euch, Heloise, Euer Kopfputz sieht ja aus, als wäre er vom Blitz getroffen worden. Kommt, lasst mich Euch helfen.«

Furchtsam wie immer, ihr silbernes Haar könnte gesehen werden, blickte seine Frau sich um, bevor sie ihm erlaubte, das Samtband unter ihrem Kinn neu festzustecken, das den spitzen hohen Kopfschmuck hielt. Zu seiner Erheiterung hielt sie still wie ein kleines Mädchen, bis er fertig war. »Der Schleier müsste neu gestärkt werden.« Er gab es auf, die zerdrückte Gaze in Ordnung bringen zu wollen, und entfernte stattdessen eine Distel, die sich in dem dünnen Stoff verfangen hatte. »Ich fürchte, Ihr seht aus, als hättet Ihr Euch im Gras gewälzt, Madame.«

»Ich glaube, ich war nahe dran«, erwiderte sie heiser und blickte mit einem koketten Ausdruck zu ihm auf, um festzustellen, ob ihre Bemerkung einen wunden Punkt getroffen hatte.

»Ich fürchte ja.« Er zupfte vorn und hinten sein Wams zurecht und riskierte ein mutwilliges Lächeln. »Ich bitte um Verzeihung.«

In diesen letzten Wochen hatte sie sich die größte Mühe gegeben, ihn nicht im Mindesten zu ermutigen, damit er nicht das Gefühl bekam, sie wolle ihn verführen. Nun blieb ihr nichts anderes übrig, als diskret zu schweigen, als wäre er der Einzige, der die Kontrolle für einen Moment verloren hatte.

»Wenn sich das herumspricht ...« Würde es Wellen schlagen, die irgendwann auch ihren Vater erreichen würden.

Miles' Lächeln war schuldbewusst, aber auch herrlich unmoralisch. »Ich weiß, dann sind wir erledigt. Kopf hoch! Ich gehe jede Wette ein, dass der Priester nicht darüber reden wird. Wir werden höchstens in der nächsten Woche ein Bestandteil seiner Predigt gegen Weltlichkeit und sündhaftes Begehren sein.«

»Es *war* Begehren, nicht?« Es war mehr eine Feststellung als eine Frage, aber es hätte mehr eine Frage sein müssen, und Heloise, verwirrt von sich und ihm, war sich nicht sicher, was für eine Antwort sie darauf hören wollte.

»Ja, aber rein technisch gesehen nichts Sündhaftes.«

Verlegen erhob sie ihren Blick, um festzustellen, dass der Mann, an den sie durch das Sakrament der Ehe gebunden war, sie nachdenklich betrachtete. Er schien noch immer überraschend guter Laune, aber sie musste jetzt pragmatisch sein. Sie hatte ihren Vater noch in Bramley vermutet, aber er schien inzwischen zu ihrem Northamptonshirer Heim zurückgekehrt zu sein.

»Mein Vater ...«

»... wird eine Abrechnung erwarten. Entweder einen Verkauf, oder die Ware unberührt wieder zurück.« Bewundernd glitt sein Blick zu ihrem Dekolletee, aber sie war fest entschlossen, ernst zu bleiben.

»Zurück? Gott bewahre! Ach, du lieber Himmel, und wenn er hergekommen ist, weil er Euch Böses will?« Unglücklich starrte sie zu dem eichenen Türbalken über ihnen auf. »E-er wird verlangen, dass ich mich untersuchen lasse!«

Miles fluchte. Ihr zarter Körper von den schmierigen Fingern einer Hebamme betastet, während hinter einem Vorhang irgendein lüsterner Kleriker zuhörte, um festzustellen, ob er, Miles Rushden, sie benutzt hatte, und genau das hatte er ja tatsächlich fast getan – wenn Gott nicht eingegriffen hätte.

Furchtsame Augen blickten ihn flehend an; schmale Finger verschränkten sich gequält um ihren bestickten Ledergürtel. »Ich habe mir geschworen, mich nie wieder von ihm schlagen und tyrannisieren zu lassen.« Entwaffnende Tränen glitzerten auf feuchten Wimpern. »Könntet Ihr mir zuliebe mit Buckingham sprechen, ihm die Wahrheit sagen und ihn fragen, ob er mir gestattet, als Neds Gouvernante hier zu bleiben? Bitte.«

»Ihr träumt, Madame.« Miles strich ihr eine lose Haarsträhne hinter das Ohr und fragte sich, wie lange sie sich hier noch aufhalten konnten. Zwei Hausfrauen kamen vorbei, rafften ihre Friesröcke und starrten sie an, als benähmen er und Heloise sich ungehörig. Konnten sie sich denn nirgendwo in Ruhe unterhalten, ohne dass die ganze Welt sie gleich verdammte? »Und ich bezweifle, dass Harry Eurem Vater eine Audienz gewähren würde. Er weiß von unseren Zwistigkeiten über Bramley.«

»Mein Vater wird aber sicherlich mit Gloucester sprechen, und der Herzog hat mir bereits angeboten, einen neuen Ehemann für mich zu suchen«, murmelte sie. »Sir Richard Huddleston hat es mir gerade eben erzählt.«

»Huddleston! Herrgott, Heloise, habt Ihr Euch ihm etwa anvertraut?« Seine Finger bohrten sich in ihre Schultern. »Und warum zum Teufel interessiert es Gloucester?«

»Weil ich in seinem Haushalt gelebt habe.«

Miles ließ sie los und schlug wütend mit der Faust gegen die Wand. »Herrgott noch mal, Frau, warum habt Ihr mir das nicht schon früher erzählt?«

Sie ließ den Kopf hängen. »Es war nicht Eure Sache.« Die Euphorie des Friedhofs war verflogen. *Y Cysgod* hatte sich wieder perfekt unter Kontrolle.

»Alles, was Euch angeht, ist auch meine Sache. Es gibt nur eins«, murmelte er, während er mit entschlossener Miene seinen Hut zurechtrückte. »Ich muss mit Gloucester sprechen, bevor es Euer Vater tut.«

»Was werdet Ihr ihm sagen?« Sie eilte ihm nach und legte beunruhigt eine Hand auf seinen Arm, aber er ließ sich nicht mehr aufhalten.

»Ich weiß es nicht. Ich hoffe auf eine himmlische Eingebung. Kehrt zu Eurem Gasthof zurück und schließt Euch in Eurem Zimmer ein, für den Fall, dass Euer Vater kommt. Schützt Unwohlsein vor oder denkt Euch einen anderen Vorwand aus, bis Ihr wieder von mir hört.«

»Aber ich sollte Euch begleiten, Sir«, sagte sie erschrocken.

»Nein. Das lässt sich besser ohne weibliche Einmischung regeln.«

»Oh, wie könnt Ihr so etwas sagen? Es geht hier schließlich um mein Leben und meine Freiheit!«

»Und um meine!«, murmelte er. »Geht zu Eurer Herberge!«

Heloise stolperte beinahe und schimpfte. Männer waren ein Fluch. Zum Teufel mit ihnen! »Ich hoffe, der Teufel reserviert eine Reihe Grillgabeln speziell für Euch!«

»Ich habe ihre Zinken bereits gespürt, Heloise«, versetzte er grimmig. »Vertraut mir.«

»Sir Miles!« Er war nur noch einen Steinwurf von Gloucesters Unterkunft entfernt, als Ralph Bannastre, der vor Anstrengung schwitzte, ihn keuchend aufhielt. »Sir, Seine Gnaden von Buckingham verlangt nach Euch.«

»Ich kann jetzt nicht.« Miles runzelte die Stirn und blickte besorgt zu der Schlange der Antragsteller vor Gloucesters Herberge hinüber, um zu sehen, ob Sir Dudley unter ihnen war. »Erfindet eine Ausrede, Mann, sagt ihm, Ihr hättet mich nicht finden können.« Er schob den Diener beiseite. »Geht mir aus dem Weg, Ralph!«

»Aber Sir!« Ralph hastete ihm nach. »Er ist furchtbar schlecht gelaunt.«

»Ich auch! Was gibt's denn überhaupt so Wichtiges?«

»Es hat etwas mit dem Gefangenen Haute zu tun, Sir.«

»Ach du liebe Güte!« Das ließ Miles innehalten. Um welchen verdammten Herzog sollte er sich zuerst kümmern? Und nun kam auch noch dieser verfluchte Huddleston, der sich ständig in alles einmischte, entschiedenen Schritts und in Begleitung zweier Wachmänner, die das Wappen des Weißen Keilers trugen, in seine Richtung. Zum Teufel mit ihm! Das hatte ihm gerade noch gefehlt, dass sie ihn jagten wie einen vermissten Stier und auf dem Marktplatz vorführten!

»Verschwindet, Ralph! Ihr konntet mich nicht finden!« Er ging über die Straße zu der Jagdgesellschaft.

»Sir Miles.« Die samtene Stimme von Gloucesters Problemlöser hielt ihn auf.

»Sir Richard«, beantwortete er den knappen Gruß.

»Was für ein viel gesuchter Mann Ihr seid.« Ein mit Silbergarn gesticktes Einhorn glitzerte an Huddlestons Handschuh, als er den Wachen ein Zeichen machte, sich hinter Miles zu halten. »Ihr könnt Euch wahrscheinlich vorstellen, worum es geht.«

»Küsse zwischen Gräbern?«, entgegnete Miles unbekümmert, während er neben Huddleston weiterging. Ein Dutzend Leute blickte sich bereits gaffend nach ihm um. Er dachte nicht daran, sich vorführen zu lassen wie einen Verräter. »Können wir die Wachen wegschicken?«

»Aber nein, sie freuen sich, wenn sie sich nützlich fühlen.« Die Menge teilte sich. »Ich hörte etwas von *Unzucht* auf einem Grab.«

»Moment mal!« Miles packte ihn an der wattierten Schulter, bevor sie den Eingang erreichten. »Ihr wollt mir doch nicht etwa erzählen, es ginge *tatsächlich* um heute Morgen?«

Das Lächeln seines Begleiters war undurchschaubar, als er träge Miles' Hand beiseite schob. »Ich glaube, es geht um lebenslänglich.« Das ließ er erst einmal in Miles' Bewusstsein sinken und bahnte ihnen einen Weg durch den Kordon von Gloucesters Leibwächtern. »Ich wäre auf der Hut an Eurer Stelle. Eurer Dame fehlt es nicht an Freunden.«

Auf der Hut! Miles hätte doppelte Burgmauern und einen zehn Meter breiten Burggraben gebraucht, um sich zu schützen, denn Sir Dudley Ballaster saß auf der Bank rechts von Gloucester, mit einem Bierkrug vor sich und einem breiten Grinsen auf den Lippen.

»Seid froh, dass beide sitzen«, murmelte Huddleston geheimnisvoll, bevor er sich mit einem leisen Lachen umwandte und die Tür verriegelte.

»Rushden.« Gloucester lehnte sich zurück, rieb sich mit beringten Fingern übers Kinn und sah ihn ruhig an.

»Mylord.« Miles nahm seinen Hut ab und fragte sich, ob ein Kniefall als Schuldeingeständnis interpretiert werden würde. Er begann langsam zu schwitzen unter seinem Lederwams.

»Ist das der Mann, Vater?« Sir John Dokett, der Kaplan des Herzogs, führte den Priester von St. Catherine nach vorn.

»Das ist er in der Tat. Seht Ihr, seine Strumpfhose hat Grasflecken!« Sie alle starrten auf Miles' Waden, und Gloucester, der nachdenklich die Wangen einzog, gab ein Zeichen, den Zeugen fortzubringen.

»Ihr wart sehr beschäftigt, Rushden.« Die Finger des Herzogs fanden eine Feder, mit der sie spielen konnten. An seiner Seite legte Ballaster eine Hand an seinen Gürtel und lehnte sich zurück wie ein Mann, dem bereits halb England gehörte. Es war kein angenehmer Anblick; aber das war das selbstgerechte Lächeln auf dem Gesicht des Kaplans auch nicht.

Miles wartete. Er verstand etwas von Verhören, kannte die verdächtige Ruhe und das plötzliche zornige Auffahren.

»Ich höre von allen Seiten Beschwerden über Euch«, erklärte Gloucester. »Sie alle laufen auf das Gleiche hinaus: Ob Ihr mit einer walisischen Erbin *verlobt* seid oder *verheiratet* mit einer englischen. Was sagt Ihr?«

Auf Gloucester fixiert wie ein Seemann auf den Polarstern, schüttelte Miles den Kopf. »Euer Gnaden, bis ich von seiner Heiligkeit in Rom höre, sind mir die Hände gebunden.«

Aus dem Augenwinkel sah er, wie Ballaster eine Hand zur Faust ballte und seine Fingernägel betrachtete. »Aber andere Teile von Euch sind es nicht, Mann.« Sir Dudley war ganz bewusst geschmacklos. »Die alte Geschichte, was, mein Junge?«

»Ich stehe zwischen Szylla und Charybdis, Euer Gnaden. Mein Herr von Buckingham . . .«

»Szylla? Charybdis?«, höhnte Ballaster. »Kommt mir jetzt nicht mit Gelehrsamkeit. Welche von ihnen wollt Ihr?«

»Mein Herr von Buckingham«, wiederholte Miles hartnäckig, »hat sich im vergangenen Jahr darum bemüht, ein Bündnis mit Rhys ap Thomas zu erreichen.« Gut, das kurze Flattern von Gloucesters Augenlidern verriet Interesse, und der Lordprotektor brauchte Harrys guten Willen im Moment. Harry war noch immer in der Überzahl in Northampton; falls er plötzlich umschwenkte und die Woodvilles zu seinen Bedingungen freiließ, würde er Gloucester damit in die Knie zwingen.

»Wir versuchen wohl, den Einsatz zu erhöhen?« Ballaster entging auch wirklich nichts.

Gloucester räusperte sich und legte die Feder weg. »Es ist wichtig, dass wir eine befriedigende Lösung für alle Parteien finden, insbesondere für Mistress Ballaster. Für den Fall, dass die Annullierung gewährt werden sollte, verpflichte ich mich, einen Ehemann für sie zu finden, der ihre *ungewöhnlichen* Eigenschaften zu würdigen wissen wird.« Er *wusste* es. Gloucester wusste von ihren Vorahnungen.

»Darf ich sprechen, Euer Gnaden?«, fragte der Kaplan. »Meiner bescheidenen Meinung nach ist dies wohl kaum eine zivile Streitigkeit. Da diese angebliche Eheschließung innerhalb der Diözese Bath und Wells stattfand, ist es eine Angelegenheit für Bischof Stillington, und es wäre gut, seinen Rat dazu zu hören, aber unglücklicherweise ist seine Lordschaft, Gott behüte ihn, nicht bei Verstand, und deshalb ...«

»Nein, das ist er nicht, und ich denke auch nicht daran, die Einmischung der schleimigen Italiener abzuwarten«, stieß Ballaster hervor.

»... sollten wir vielleicht Bischof Langton aus Lampeter

holen lassen«, beharrte Dokett und fügte rasch hinzu: »Denn da ist ja auch noch das Thema Ketzerei.«

»Ketzerei!« Ballaster schlug mit beiden Fäusten auf den Tisch.

»Oder Schlimmeres«, fügte der Geistliche hinzu. »Ich versuche, es geheim zu halten.«

»Verdammt, Dokett, auf welcher Seite steht Ihr eigentlich?« Gekränkt blickte Ballaster den Herzog an.

Aber der Priester ließ nicht locker. »Lasst mich ausreden, Sir Dudley. Eure Töchter sind beide schreckliche Unruhestifterinnen, und Eure Älteste ...«

»Darf ich etwas sagen, Euer Gnaden«, verlangte Miles, »bevor dies hier ganz ins Absurde ausartet?« Er hatte das Gefühl, dass Gloucester mit gottähnlicher Belustigung zuhörte. »Ja, Herr Priester, Heloise ist anders, aber sie ist auch ungeheuer tugendhaft. Wenn ich ganz ehrlich sein soll, Euer Gnaden – wenn ich nicht mit dem Schwert gezwungen worden wäre, sie zu heiraten, würde ich ...« Ihm fehlten die Worte. »Es ist nur so ...« er stockte, »es gibt keine Feindschaft zwischen uns. Wir möchten nur getrennt werden, das ist alles. Und Heloise ist noch so, wie ich sie kennen gelernt habe, Sir Dudley – unberührt.«

»Ha!«

»Euer Gnaden, diese Affäre ist nur eine Kleinigkeit im Vergleich zu den Problemen, mit denen das Königreich sich konfrontiert sieht. Ich bitte Euch, die Angelegenheit zu vertagen, bis wir Nachrichten aus Rom erhalten.« Warum antwortete Gloucester nicht?

Es war Ballaster, der ihm den Todesstoß versetzte. »Ich bin bereit, meinem Herrn Lordprotektor ein beträchtliches Darlehen zu gewähren, wenn Ihr meine Heloise nehmt.«

Du hinterhältiger Hurensohn! Das war es also! Zwang

einer subtileren Art. Weil die Woodvilles den Kronschatz gestohlen hatten, würde Gloucester Geld benötigen, damit London ihm die Füße leckte wie ein zahmer Hund. Kein Wunder, dass der Herzog schwieg.

Miles beugte sich vor und legte die Hände auf den Rand des Tischs. »Ballaster, Ihr könnt mir Jerusalem und die ganze christliche Welt anbieten, aber ich bin nicht käuflich.« Und seine Bündnistreue auch nicht! »Meine Ahnen sind Barone seit der Zeit Eduard Longshanks, und das Blut der de Burgh und der de Clare fließt in unseren Adern.«

Aber auch Heloises Vater hatte Daumenschrauben mitgebracht: »Ich glaube, Ihr versteht nicht, Rushden. Seid Ihr nicht ein Anhänger des Hauses Lancaster? Das könnte durchaus missverstanden werden.«

Miles hätte ihn am liebsten ins Gesicht geschlagen. »Meine Loyalität gilt Buckingham und *seine* Euch, Euer Gnaden«, rief er Gloucester zu, doch der Kopf des Herzogs blieb gesenkt.

»Und glaubt Ihr etwa, Buckingham würde es Euch danken, Rushden?« Speichel flog von Ballasters Lippen. »Mein Gott, von mir aus kann auch er ein Darlehen haben! Herrgott noch mal, Mann, wollt Ihr Leute nun England oder nicht?«

»Ich ...« Miles trat einen Schritt zurück und blickte sich Hilfe suchend nach dem Kaplan um.

»Und noch etwas.« Ballaster erhob sich und kam auf ihn zu. »Wollt Ihr wirklich, dass ein anderer Mann Heloise besitzt? Denn sie gefällt Euch doch, nicht wahr?«

»Ich ... ich bin mit Myfannwy verlobt.« Erinnerungen an die auf Bramley erlittene Demütigung begannen ihn wieder zu durchfluten.

»Aber ist es wirklich das, was Ihr wollt?« Verhasste, rot geäderte Augen durchbohrten ihn mit ihrem Blick.

»Ich ... ich werde Myfannwy heiraten und ...« Miles trat zurück. Verflucht, er wollte Heloise wirklich nicht verlieren, aber er ertrug diesen Tyrannen von ihrem Vater nicht. »Ich bin nicht käuflich!«, schrie er, stieß Huddleston beiseite und riss die Tür auf – um sich Auge in Auge mit Rhys ap Thomas wiederzufinden.

»Verdammter Lügner!«, brüllte der Waliser. Eine mächtige Faust flog auf Miles zu. Er duckte sich, hörte einen Aufprall, das Knacken von Knochen und ein Ekel erregendes Echo. Allmächtiger!

Sich umwendend, sah er in Herzog Richards Ausdruck das gleiche Entsetzen, das er selbst empfand. Denn zwischen ihnen, mit blutüberströmtem Gesicht und langsam am Türrahmen zu Boden gleitend, befand sich Dudley Ballaster.

16

Würde Rushden sie als seine rechtmäßige Gemahlin anerkennen? Heloise ging unruhig auf und ab. Es war eine solch wundersame Alchimie am Werk gewesen heute Morgen – Begehren, ja, aber da war auch Zuneigung gewesen. Sie wünschte sich diese Ehe mehr, als sie sich je irgendetwas anderes in ihrem Leben gewünscht hatte. Oh, sie verwünschte diesen Priester für seine Einmischung! *Bitte helft mir*, flehte sie die Feen an, *bitte*!

Das Klirren einer Rüstung und ein grobes Poltern an der Tür ließ sie zusammenfahren. »Mistress Ballaster? Öffnet! Dies ist ein Befehl des Lordprotektors.«

Sie war nicht gefasst auf das, was sie erwartete: der Leichnam ihres Vaters unter dem feinen, scharlachroten Umhang, auf den er immer so stolz gewesen war. Was nützten ihm nun seine Reichtümer oder sein großspuriges Gehabe? Und der Gasthof war voller Gesichter, die wie Gespenster durch ihr Blickfeld schwebten: Rushden, bleich wie Elfenbein, und der Waliser, kraftlos und mit wächsernem Gesicht. In ihrer Bestürzung brachte sie keinen Ton über die Lippen, als Sir Richard Huddleston brüderlich einen Arm um ihre Schultern legte, sie an ihnen allen vorbei zum Eingang führte und Seine Gnaden von Gloucester um den Tisch des angrenzenden Raumes herumkam und sie auf eine Bank am Feuer zog.

»Ihr werdet mir verzeihen, wenn ich gleich zur Sache

komme«, sagte er. »Heloise?« Seine Stimme war sanft und liebenswürdig. »Ihr müsst mir zuhören, meine Liebe.«

»Euer Gnaden.« Schuldbewusst, weil sie ihrem Vater vor einer Stunde praktisch noch den Tod gewünscht hatte, zwang sie sich, zuzuhören und zu Gloucesters besorgter Miene aufzuschauen.

»Ich habe einen Boten zu Eurer Stiefmutter gesandt und veranlasst, dass Ihr Euch unverzüglich auf die Reise macht. Dann werdet Ihr noch vor Einbruch der Dunkelheit bei Eurer Familie sein.«

»Ihr seid sehr freundlich, Euer Gnaden«, seufzte sie. »Zumindest muss ich meinen Vater nicht den ganzen weiten Weg nach Bramley bringen.«

»Nein, das nicht«, gab er ihr seufzend Recht und wandte sich dem Feuer zu. »Ich bedaure den Tod Eures Vaters sehr, aus vielen Gründen, Heloise. Er war ein guter Freund des Hauses York, und der Schlag, der ihn getötet hat, war ... unabsichtlich. Wir alle wünschen uns, im Stande der Gnade in unseren Betten bei unseren Familien zu sterben, und es tut mir Leid, dass Eurem Vater das verweigert blieb.« Er hielt inne, spielte mit dem Ring an seinem kleinen Finger und blickte nachdenklich an ihr vorbei. »Ihr müsst Euch nicht um Eure Zukunft sorgen. Mit anderen Worten, ich habe beschlossen, Euch und Eure Schwester als Mündel anzunehmen.« Das waren ja wundersame Neuigkeiten. »Ich sehe, dass Ihr erfreut darüber seid. Das ist schön.« Er schob rechts und links zwei Finger unter seinen breiten, pelzbesetzten Kragen und fuhr etwas forscher fort: »Und nun zu Eurer Ehe, Heloise. Ich habe noch nicht von Euch erfahren, wie Ihr darüber denkt.«

»Euer Gnaden ...«

»Ich würde jedoch zwei Dinge vorschlagen, meine Liebe. Seid Ihr bereit, mich anzuhören?«

»Selbstverständlich«, stammelte sie.

»Gut.« Er straffte seine Schultern. »Erstens, für den Fall, dass Eure Ehe noch nicht vollzogen wurde, würde ich Euch vorschlagen, Ihr erlaubt mir, einen anderen Ehemann für Euch zu suchen, doch bevor Ihr mir Eure Entscheidung mitteilt, nehmt Euch bitte Zeit zum Überlegen. Einen Monat mindestens. Klingt das vernünftig?« Er wartete ihr Nicken ab. »Schön, dass Ihr das denkt, denn leider muss ich Euch über Sir Miles' Entscheidung heute Morgen in Kenntnis setzen, dass er seine Verlobung mit Rhys ap Thomas' Mündel unter gar keinen Umständen zu lösen beabsichtigt.«

»Aber heute Morgen ... O Gott!« Benommen starrte sie ihn an, als ihre Träume sich in Luft auflösten; die Perlenbrosche an seinem schwarzen Hut schimmerte in einer körperlosen Welt. »Wenn mein Vater sich nicht eingemischt hätte ...« Aber diese Worte enthielten keinen Trost, denn ihr Herz war voller Bitterkeit.

»Ach, mein armes kleines Mädchen«, Richard von Gloucester beugte sich zu ihr vor und nahm ihre Hände zwischen seine. »Sagt jetzt nur nicht, Ihr hättet den Kerl inzwischen lieb gewonnen! Beim heiligen Paul, ich kann einen noblen Gefolgsmann des Hauses York für Euch finden, mit einem Stammbaum, der bis zu Wilhelm dem Eroberer zurückreicht, oder einen reichen, gut aussehenden Londoner Kaufmann, falls Euch das lieber sein sollte. Bis dahin jedoch möchte ich, dass Ihr bei Eurer Familie bleibt, bis ich Euch holen lasse. Vielleicht könnt Ihr ja mit meiner Frau Gemahlin zurückkehren, wenn sie nach Süden kommt, mein kleiner *Cockatrice*?« Sanft hob er ihr Kinn an.

»Ja … wenn Ihr es wünscht, Mylord. Ich danke Euch für Eure Fürsorge.« Er lächelte und zog seine Hand zurück. »Aber …« Ihre Stimme zitterte. »Es … es ist nicht leicht, wenn jemand, den man für einen Freund hielt, einen verrät.«

Er holte Atem, um zu antworten, überlegte es sich dann aber anders. »Da ist jemand, der Euch zu sehen wünscht, bevor Ihr aufbrecht.« Heloises Herz schlug schneller, weil sie hoffte, es sei Rushden. Zumindest *das* verdiente sie, doch dann sah sie, dass es Ned war, der hereinkam.

»Mylady.« Dünne Ärmchen umschlangen sie und drückten sie. »Bitte verlasst mich nicht!«

De la Bere stand hinter ihm. »Ich habe ihn hergebracht, damit er sich von Euch verabschieden kann.«

»Sir!«

Miles, der im Hof der Herberge allein auf einer Bank saß, erhob unglücklich den Kopf aus seinen Händen, als jemand an seiner Schulter rüttelte. Als er Ned erblickte, dessen lausbübische Augen rot vom Weinen waren, unterdrückte er eine schroffe Absage. Hinter dem Kind, in einiger Entfernung, hüstelte de la Bere und setzte sich mit dem Rücken zu ihnen auf eine Bank.

»Ich h-habe mich g-gerade von Lady Haute verabschiedet«, stammelte der Kleine und schluckte seine Tränen. »M-mein Herr Vater sagt, ich müsste ohne sie nach Brecknock zurückkehren, und ich dürfte keine Widerworte geben, aber ich war nicht ungezogen.« Die kleine Unterlippe zitterte rebellisch. »A-aber ich bin sicher, dass es meine Schuld sein muss. Sie sah so traurig aus und weinte.« Hilfe suchend blickte er Miles prüfend ins Gesicht.

»Es war nicht Eure Schuld, kleiner Lord«, antwortete

Miles müde und versuchte, sein eigenes Elend zu verbergen. »Lady Hautes Vater ist gerade getötet worden.« Sanft zog er Ned zwischen seine Knie und nahm seine kleinen Hände zwischen seine.

»M-mein Vater sagt, ich würde sie nie wieder sehen.« Der Kleine starrte mit ernster Miene vor sich hin, seine blauen Augen glitzerten von frischen Tränen. »Ich liebe sie, Sir Miles.« Jesus, Miles war, als müsste ihm das Herz brechen. »Könnt Ihr nicht irgendetwas tun, um meinen Vater umzustimmen?«

»Ich?« Mit einem schwieligen Daumen strich er über die Faust des Kindes, und seine Stimme war ganz rau vor Demut.

»Ihr mögt sie doch auch, nicht wahr, Sir Miles?«

»Ja«, schluckte Miles. »Ich mag sie sehr, aber ich ...« Er schloss die Augen und versuchte, die Leere und den Schmerz zu unterdrücken. »Ich kann Euch nicht helfen, Ned. Es tut mir Leid.« Der Kleine entzog ihm brüsk die Hände. Als Miles die Augen wieder öffnete, sah er, dass das Gesicht des Knaben ganz verzerrt vor Ärger und Empörung war.

»Ihr und mein Vater wollt sie, aber *mich* wollt Ihr sie nicht haben lassen.«

O Gott, was mochte Ned alles mit angehört haben? Aber was machte das jetzt noch? Harry wusste sowieso schon alles. Unglücklich ließ er das Kind gehen. Aber Ned blieb noch einmal stehen, wandte sich um und betrachtete etwas in seiner Hand.

»Das hatte ich vergessen«, sagte er böse. »Lady Haute sagte, das sollte ich Euch geben.«

Etwas Metallisches traf Miles' Wangenknochen und fiel in den Schmutz – der mit einem funkelnden Granat besetzte Ring, den Heloise seit ihrer Trauung getragen hatte.

»Kopf hoch, Mann.« Harry, dessen gute Laune wiederhergestellt war, seit er Miles wieder wie einen gut abgerichteten Falken auf seinem Handschuh hatte, beugte sich aus dem Sattel und klopfte ihm auf die Schulter, als sie am nächsten Morgen im Gefolge des Prinzen Northampton verließen. »Ihr habt die richtige Entscheidung getroffen. Ihr wollt doch nicht in Gloucesters Tasche stecken. Eine Schande, dass ap Thomas mit ihm in Konflikt geraten ist, aber das ist nicht weiter tragisch, denn in ein paar Tagen wird er sich schon wieder beruhigen. Außerdem könnte das vielleicht sogar eine noch größere Ausbeute für uns bedeuten.« Oh, Harry war verdammt versöhnlich jetzt, aber er war ein schlechter Trostspender!

Miles befingerte den Granatring unter seinem Handschuh. *Vertraut mir*! Was für ein schlechter Scherz war das gewesen. Wie Heloise ihn verachten musste! Oh, er hätte versuchen sollen, Frieden mit ihr zu schließen, aber Gloucester und Harry – Gott verfluche sie – hatten raffinierterweise dafür gesorgt, dass er damit beschäftigt war, die Fragen des Northamptoner Coroners zu beantworten, während sie Heloise und ihren eingesargten Vater zu ihrer Familie zurückschafften. Und dann war da noch der Kaplan gewesen, der den Botenjungen gespielt und ihm mitgeteilt hatte, dass ihm jeder weitere Kontakt zu Gloucesters neuem Mündel untersagt war. Der verfluchte Lordprotektor war schnell wie der Blitz damit gewesen, die Kontrolle über Ballasters umfangreiche Mittel zu übernehmen. Vormund, pah! Er brannte vermutlich schon darauf, einen lukrativen Anteil für sich abzusahnen, um sich für den Verlust des angebotenen Darlehens zu entschädigen, und Miles hätte seine Seele darauf verwettet, dass Gloucester nicht die Absicht hatte, Ballasters enormen Reichtum in den Hauptbüchern der Rushdens verschwinden zu lassen. Nein, Heloise würde an jemand ›Zuverlässigen‹ verkauft werden, an irgendeinen schwanzwedelnden Anhänger des Hauses York, der Gloucesters Stiefel leckte. Der Himmel möge es verhüten! Er ertrug den Gedanken nicht, sie könne von einem anderen Mann berührt werden.

»Hört auf zu grübeln, Miles«, murmelte Knyvett, der Knie an Knie mit ihm ritt. »Würdet Ihr um einer Frau willen eine viel versprechende Zukunft aufs Spiel setzen? Harry hat Euch verziehen, also macht das Beste daraus.«

Aber Heloises sanfte braune Augen verfolgten ihn während der gesamten Reise. Jede Wiese, an der sie vorbeikamen, weckte in ihm Träume, sich mit ihr im Heu zu wälzen. Das Feld mit Wiesenglockenblumen, das sie durchquerten, beschwor Möglichkeiten köstlicher Tändeleien herauf. Er konnte nur seufzen vor Erleichterung, als die königliche Prozession in St. Albans eintraf.

Das große Kloster dort war vorgewarnt, und das Haus des Abts – befreit von Ungeziefer und blitzblank geschrubbt – stand den nobelsten der Gäste zur Verfügung, während die geringeren sich im angrenzenden Gästehaus drängten oder in der nahen Stadt Quartier bezogen. Richard von Gloucester spielte gut gelaunt den Onkel, und der Prinz war auch zufrieden gestellt worden – in der Öffentlichkeit durch den Jubel der Stadtbevölkerung, und privat durch eine große Schüssel süßer Beeren ganz für ihn allein. Nur Harry und Miles mussten noch beschwichtigt werden.

»Diese Reise wird allmählich zu einer Pilgerfahrt zu den Niederlagen meiner Familie«, knurrte Harry, als er sich vom Gebetstuhl erhob, Pershall seinen Morgenrock zuwarf und die Stufen zum zweitbesten Bett des Abts hinaufstieg.

»Und meinen!«, murmelte Miles, der im Hinblick auf die

Frage, ob Latimer oder er auf der schmalen Pritsche an der Tür schlafen sollte, den längeren Strohhalm gezogen hatte, und rutschte ungehalten in die Mitte des breiten Betts. »Ich hoffe, niemand legt heute Nacht ein Feuer«, stichelte er mit einem spöttischen Blick auf Harrys rotes Haar, das zu vielen kleinen Zöpfchen gebunden war, die mit Leinenstreifen umwickelt waren. »Wenn irgendjemand Euch so sieht, werden sie Euch nicht einmal im Umkreis einer Meile an Westminster heranlassen.«

»Wartet, Euer Gnaden. Eins ist losgegangen.« Wie eine pflichtbewusste Krankenschwester nahm Pershall das feuchte Stückchen Stoff und band es wieder um die aufgerollte Strähne.

Harry murrte noch immer, als er das Kissen aufschüttelte: »Zuerst Northampton, und heute muss der liebe Onkel Gloucester das Bürschlein auch noch über die Schlachtfelder von St. Albans führen! Dieser frühreife Bengel hat mich angegrinst und gefragt, wo genau mein Großvater gefallen ist. Und morgen steht mir Barnet noch bevor, wo die Yorkisten einen Sieg errangen, bei dem ich durch Abwesenheit glänzte.«

»Da Ihr damals erst sechzehn wart, Mylord ...« Miles brach müde ab.

»Darum geht es doch nicht, oder?« Der Herzog zupfte an den mit den Insignien des Abts bestickten Bettvorhängen. »Gloucester führte mit achtzehn schon die Vorhut an. Er wird jeden verdammten Maulwurfshügel auf dem Feld kennen und sich nach Herzenslust über all das dort vergossene Blut und all den Ruhm auslassen können. Bis zum Abendessen wird er einen Glorienschein um seinen Kopf haben, und der Bengel wird ihm aus der Hand fressen wie ein Schoßhündchen.«

»Könnten wir nicht ein bisschen schlafen?«, fragte Latimer aus der Ecke, doch der Herzog beachtete ihn nicht und fuhr grantig fort: »Sie schenken mir keinerlei Beachtung, und das wurmt mich. Wann immer dieser Bengel mich in dieser überlegenen Art und Weise, die er an sich hat, ansieht, kann ich seine Mutter in ihm sehen. Schiebt Knyvett doch etwas zur Seite, Herrgott noch mal!«

Miles schob Sir William, der bereits schnarchte wie ein ganzer Schweinestall, mit dem Ellbogen zur Seite, während Harry sich auf die Finger spuckte und die Kerze löschte.

»Ich glaube, wir sollten besser beten, dass die Königin zu feige ist, das Sanktuarium zu verlassen.« Miles nahm einen Lavendelzweig, der sich unter dem Kissen verfangen hatte, und schleuderte ihn wie einen Speer über Sir William. Er verfehlte Latimer nur knapp. »Gloucester steht in Eurer Schuld, Mylord. Er wird Euch beschützen.«

»O ja, mein wunderbarer Lordprotektor«, höhnte Harry. »Das Problem ist, dass ich es vorziehen würde, wenn er auf mich angewiesen wäre und nicht umgekehrt. Wenn wir erst in London sind, wird er Hastings, Howard und all seine anderen Freunde haben, die sich um ihn scharen werden, um ihm die Stiefel blank zu lecken. Und dann werde ich in etwa so belanglos sein wie ein Floh auf einer Leiche.«

»Ich bin sicher, dass Eure Loyalität Euch dreifach vergolten werden wird, aber wenn Ihr Seine Gnaden ein bisschen Bange macht ... Schlagt ihm doch einfach vor, er solle noch mehr Gefolgsleute aus York herkommen lassen.« Buckingham schnitt ein Gesicht und zog den Vorhang zu, um das Mondlicht fern zu halten, das durch die Ritzen in den Fensterläden fiel. »Apropos«, fügte Miles hinzu, dessen politischer Geist sich langsam wieder regte. »Meine Fr ...«

Nein, es war besser, Heloise nicht zu erwähnen. »Jemand«, begann er noch einmal behutsam, »sagte mir, dieser Bischof Stillington reiste als Gefangener in Bischof Alcocks Gefolge.«

»Ja, das habe ich auch bemerkt. Mein Gott, der arme Kerl sah aus, als wäre er nicht mehr bei Verstand. Das erklärt, warum ich nichts mehr von ihm gehört habe, seit er mit König Eduard aneinander geraten war, als Clarence hingerichtet wurde.«

»Habt Ihr Euch je gefragt, warum König Eduard Stillington bestraft hat?«

»Ja, und natürlich auch, warum er seinen eigenen Bruder exekutieren ließ«, stimmte Harry zu. »Ihr habt Recht, es ist schon merkwürdig – warum sollte Alcock, ein Anhänger der Königin, noch immer Stillington bewachen? Schade, dass der Bischof geistig verwirrt ist. Glaubt Ihr, es würde sich lohnen, Nachforschungen in London anzustellen?«

»Ja, das glaube ich.«

»Wenn Stillington nicht den Verstand verloren hätte, wäre er der Bischof, der sich um Eure Annullierung kümmern würde, nicht?« Um das Ganze noch zu verschlimmern, fuhr Harry fort: »Haltet Ihr es für möglich, dass Mistress Ballaster ihn verzaubert hat?« Miles war versucht, die Plantagenetschen Zöpfchen zu ergreifen und seine geballte Faust unter das Staffordsche Kinn zu schlagen. »Ihr wisst, dass es zusammenpassen würde, nicht? Hexenhaar, Kräutertränke, ein schwarzer Kater – und die junge Bess sagte, sie habe manchmal einen sehr merkwürdigen Blick, als *sähe* sie Dinge. Sie hat uns beide verhext, wenn Ihr mich fragt. Gloucesters Kaplan will sie auf ihr Glaubensbekenntnis untersuchen lassen. Miles? *Miles*?«

Bei Gott, der Duft der Macht war wie ein heilsames Dampfbad! Die Augen gegen die schmerzliche Helligkeit des Morgens beschattend, zügelte Miles sein Pferd auf dem Hügel und spürte, wie sich die Rushdensche Schlange in ihm regte. Vor ihnen lag die selbstsüchtige Stadt London, das unberechenbare Pulverfass des Königreichs. Eine Kalligraphie aus Mauern, Turmspitzen und Türmen vor dem verschwommenen Horizont, höher als alles andere von Menschen Geschaffene im gesamten Königreich. Er blickte seinen Herzog an und sah seine eigenen Emotionen in dessen Gesichtszügen widergespiegelt. In Gedanken reichten sie sich die Hände und beteten, dass die langen Jahre des Wartens endlich zu Ende waren.

»Was in Herrgotts Namen ist das?« Harrys Gesicht, das unter dem schwarzen Biberhut mit der importierten Straußenfeder plötzlich kreidebleich geworden war, erstarrte, als der Klang von Trommeln sie aus dem bewaldeten Tal erreichte.

»Es sieht ganz so aus, als würden wir gleich entweder willkommen geheißen oder angegriffen«, murmelte Miles und verbeugte sich, als Gloucester mit seinem Neffen und seiner Leibwache heranritt. Und obwohl Miles lächelte, drohte ihm das Blut in seinen Adern zu gefrieren; was, wenn es der Königin doch noch gelungen war, Lord Hastings Pläne zu durchkreuzen?

Prinz Eduard richtete den Blick auf Harry; seine kornblumenblauen Augen waren katzenartig schmal unter der blauen Burgunderkappe mit den cremefarbenen Federn. »Glaubt Ihr, es könnte meine Frau Mutter sein, die uns entgegenreitet, um mich zu begrüßen, Onkel Buckingham?«

»Wäre es nicht wundervoll, wenn es so wäre«, erwiderte Harry, aber er umklammerte so fest die Zügel, dass seine

Fingerknöchel weiß hervortraten, als die Staffordschen und Gloucesterschen Heralde den Hügel hinabritten, um festzustellen, was die Trommeln zu bedeuten hatten.

Gott sei Dank! Erleichterung durchflutete Miles, als die scharlachrote und schwarze Amtskappe des Oberbürgermeisters von London aus den Bäumen auftauchte, gefolgt von einer Schlange von Ratsherren in Scharlachrot und örtlichen Honoratioren in violetter Trauerkleidung mit Rosmarinzweigen auf ihren Schultern.

London, die Blume aller Städte! Nein, nicht Blume! Miles roch den Schmutz der Stadt schon, lange bevor sie sie in Aldersgate betraten: nicht nur den Rauch, der aus Tausenden von Schornsteinen aufstieg, sondern auch die stinkenden Abwasserkanäle, die die Stadt umgaben und ihren Schmutz und alle anderen Überbleibsel in die unschuldigen Flüsse leiteten. Hunger machte Miles gereizt, als sie die Zugbrücke in die Stadt überquerten, aber die Menschenmengen waren ein berauschendes Gegenmittel. Die Zinnen waren dicht besetzt von Bürgern, die ihnen so laut zujubelten, dass er kaum die Stadtglocken hören konnte, die sie willkommen hießen und schamlos ihre Ankunft ankündigten. Viele der Grafen, die zur Krönung gekommen waren, warteten auf kostbar geschmückten Zeltern, umgeben von ihren prunkvollen Standarten und Gefolgen. Miles erkannte Suffolk, Lincoln, Kent, die sich alle ehrerbietig verbeugten, als der Prinz vorbeiritt, bevor sie ihre Pferde hinter denen der Herzöge einreihten. Mit ihren glänzenden goldenen Amtsketten und den glitzernden Juwelen an ihren Hüten stellten sie eine Art prunkvollen Schwanz für den königlichen Jungpfau dar.

Behindert durch übertriebene Huldigungen und unbeholfene Reden an jeder Straßenecke, ritt die Prozession

Cheapside hinunter und dann zurück durch Watling zu dem Empfang im Palast des Bischofs. An ihrer Kleidung zu erkennende Mitglieder der Zünfte liefen neben ihnen her und warfen jubelnd ihre Mützen in die Luft. Blumengirlanden hingen zwischen den Giebeln, Flaggen schmückten die Dächer, bunte Tücher hingen aus beinahe allen Fenstern, und junge Mädchen streuten Blumen auf den Weg. Der Prinz wurde mit Rosen bekränzt, mit weißen natürlich, der Farbe des Hauses York, und auf seine Schultern regnete es Blüten. Als er winkte, blähte der Wind seine Ärmel auf, die blau und gold waren wie die Schwingen eines Eisvogels, und die Menge versicherte ihn jubelnd ihrer Treue.

Herrgott noch mal, der Junge wäre ein Heiliger, wenn ihm das nicht den Kopf verdrehen würde. Es gab auch Hurrarufe für Gloucester, aber nur wenige für Buckingham. Harry war noch nicht sehr bekannt – *aber bald wird er es sein*, schwor Miles sich und versuchte, seinen Lehnsherrn so zu sehen, wie ihn die Leute sahen: gut aussehend und Aufsehen erregend mit seinem rotgoldenen Haar, das heute glatt und seidig schimmernd über seinen schwarzen Kragen fiel. Würden die Leute ihm die goldenen Knöpfe übel nehmen, die seine Trauerkleidung Lügen straften, oder das Blumensträußchen, das er auf dem Kirchhof von St. Paul an die herzöglichen Nasenlöcher hielt, als der Gestank aus der Leichenhalle die ohnehin schon üble Luft noch schlimmer machte? Aber lieber das als ein paar schwitzende Brecknocker Ratsherren und ein Haufen zusammengetriebener Waliser.

Er zupfte ein paar Mandelblüten aus Travellers Mähne – Heloise würde es amüsant finden, zu hören, wie ...

Plötzlich verblassten all die Pracht und Herrlichkeit. Es erforderte zwei, um eine Geschichte zu erzählen.

17

»Es ist mir egal, ob ich Wales jemals wieder sehe, aber trinken wir darauf!«, rief Harry und hob seinen Becher, um mit Miles und Knyvett anzustoßen. Drei verdammt lange Wochen waren vergangen, seit sie in London eingetroffen waren, und Miles hatte das Feiern und das Zechen langsam satt. Es war schon kurz vor der Ausgangssperre gewesen heute Nacht, als sie in Harrys Londoner Haus, dem ›Manor of the Red Rose‹ in der Suffolk Lane eingetroffen waren, aber heute hatten sie tatsächlich was zu feiern.

»Justiziar von Nord- und Südwales! Danke, Gloucester! Ich wünschte beinahe, Lord Rivers wäre frei, um mich an seinem Ärger zu ergötzen.« Harry winkte Pershall, ihm die Stiefel auszuziehen. »Frau Fortuna spielt endlich Patin, aber wenn diese königliche Rotznase noch ein einziges Mal versucht, mich wie einen Banausen dastehen zu lassen, werde ich zum Rebellen. ›*Oh, habt Ihr nicht die* Institutionen des Kaisers Justinian *gelesen, Onkel Buckingham*?‹ Ich könnte den Bengel umbringen!«

»Es ist noch zu früh«, versuchte Knyvett ihn zu trösten.

»Pah, wenn Gloucester dieses Kind im nächsten Monat krönen lässt, wird der Junge unverzüglich seine Mutter aus ihrem Asyl holen, und dann wird sie unsere Köpfe fordern, Miles. Und noch etwas – Gloucester wird dann auch nicht länger in der Lage sein, Rivers und Grey als Geiseln festzuhalten. Der königliche Rat spricht bereits von Versöhnung, und dummerweise müssen wir tun, was sie verlangen. Was sagt Ihr dazu, Miles?«

»Vielleicht sind wir noch nicht weit genug gegangen«, antwortete er und ließ ihnen Zeit, dieses Tröpfchen Weisheit zu verdauen.

Buckingham stolzierte zum Fenster, stemmte die Hände in die Hüften und fuhr zu ihnen herum. »Ich will den Rest der Bohuner Erbschaft, die König Eduard mir vorenthalten hat!«, stieß er zwischen zusammengebissenen Zähnen hervor. »Das Teuflische daran ist, dass sie mir nur von einem König verliehen werden kann, einem freundlich gesinnten, und es nicht in der Macht eines Lordprotektors liegt, einer solchen Bitte stattzugeben.« Er blickte Miles an. »Würde Gloucester die Krone tragen, würde er mir die Erbschaft sicherlich mit Freuden geben, doch dieser Woodville-Bengel wird es ganz bestimmt nicht tun.«

»Das ist richtig«, stimmte Miles ihm zu, während er nachdenklich den Granatring an seinem kleinen Finger drehte. »Überlasst die Sache am besten mir, Mylord.«

»Ah, apropos, Ihr werdet sicher sehr erleichtert sein, zu hören, dass Eure einstige Gemahlin in das Haus Ihrer Gnaden meiner Tante gebracht worden ist. Dr. Dokett sagt, dieses hinterhältige Geschöpf verzehrte sich vor Schuldgefühlen über den Tod ihres Vaters und trüge sich mit dem Gedanken, den Schleier zu nehmen. Gloucester ist nicht erfreut darüber, aber wenn es das ist, was die Frau beschlossen hat, dürfte es die Annullierung Eurer Ehe sehr beschleunigen.«

Kein Wunder, dachte Miles, dass er keine Antwort aus Northamptonshire erhalten hatte. Heloise hielt sich bei Gloucesters Mutter auf. Und gar nicht weit entfernt von ihm. Es war nur eine kurze Bootsfahrt bis Paul's Wharf. Sie wollte Nonne werden? Das Problem war, dass das Gerücht durchaus den Tatsachen entsprechen konnte.

Eine längst überfällige Nachricht und eine unverhoffte weiße Rose wurden in Baynards Castle abgeliefert, doch die Unmenge von Gebeten und Bußübungen in Haushalt Ihrer Gnaden von York hatten Heloise so unnachgiebig gemacht wie eine eingesperrte Löwin. Sicher, Gloucesters Mutter, die Herzogin von York, war relativ verständnisvoll gewesen, doch Heloise, die etwa dreißig Jahre jünger war als die anderen Damen im Kreis der Herzogin, glaubte schreien zu müssen, wenn sie eine weitere fromme Lesung aus Walter Hiltons *Skala der Perfektion* oder den Himmlischen Offenbarungen der heiligen Bridget über sich ergehen lassen müsste. Sie hasste die geflüsterten Tischgespräche über spärlichen Portionen, die Nachmittagsschläfchen und die strenge Gebetsordnung im Haushalt. Auf Anregung von Dr. Dokett versuchten sie, ihre Seele zu retten. Ein härenes Hemd im Austausch gegen ein seidenes? Als Selbstkasteiung. *Nein* mit einem großen N! Aber ihre Gelenke schmerzten von den Stunden des Kniens, und es war ein Wunder, dass die Perlen ihres Rosenkranzes sich vom häufigen Gebrauch noch nicht in Nichts aufgelöst hatten. Miles Rushden konnte sich von ihr aus aufhängen. Wie hatte sie ihn in Northampton bloß als unwiderruflichen Ehemann in Betracht ziehen können? Sie musste vollkommen verrückt gewesen sein. Drei Wochen hatte der Schurke gebraucht, um sich ihrer Existenz zu entsinnen. Pah, Myfannwy konnte ihn ruhig haben. Was Heloise betraf, so konnte sie ihn mit Lauch und Narzissen schmücken und sich in einem Schafstall von ihm begatten lassen.

»Mistress Ballaster schickt sie Euch zurück, Sir, und lässt Euch ausrichten, Ihr könntet sie Euch sonst wohin stecken und sie hätte hoffentlich noch Dornen, wenn Ihr es tut.« Der Stein des Anstoßes, die weiße Rose – verwelkt und verdorrt bis auf ihre Dornen – wurde Miles in die Hand gedrückt, und dann floh sein Diener aus dem Saal, um keinen Stiefeltritt in seinen Hintern zu riskieren. Mit einem vernichtenden Blick auf de la Bere, der sich vor Lachen krümmte, entfaltete Miles den Brief und sah, dass die Tinte, mit der er den Brief geschrieben hatte, so stark verwässert war, dass sie fast unleserlich geworden war.

»Es hat doch nicht geregnet in den letzten beiden Tagen, oder?«, fragte er stirnrunzelnd.

»Nein, wieso?«

»Ich reite nach Baynards, Dick!«

»Aber das ist unmöglich!«, entgegnete de la Bere erschrocken und wischte sich mit dem Ärmel über seine Augen. »Ihr müsst Seine Gnaden heute Abend zum Abendessen mit Lord Hastings ins Beaumont's Inn begleiten!«

»Zum Teufel damit – ich habe genug gefeiert!« Heloise brauchte ihn.

»Ich fürchte, Ihr könnt Mistress Ballaster nicht sehen, Sir. Die junge Dame darf keinen männlichen Besuch empfangen.«

»Und warum nicht, bitte?«, fragte er die ältere Hofdame, die ihn wie eine Äbtissin im Audienzsaal der Herzogin empfangen hatte, nachdem sie ihn unverschämt lange hatte warten lassen.

»Das sind die Anweisungen ihres Gemahls, Sir.«

»Ihr Gemahl bin *ich*.« Aber er war gekleidet wie ein Rechtsgelehrter, in erster Linie zu Heloises Amüsement, aber auch, um seine Verkleidung an ihr auszuprobieren, da er sich anhand ihrer Zugang zu Bischof Stillington zu verschaffen gedachte.

Ihr kritischer Blick glitt über ihn. »Nein, das glaube ich nicht, junger Mann. Und nun geht bitte und belästigt uns nicht weiter.«

»Ich bin ihr Mann«, entgegnete Miles und lächelte mit zusammengekniffenen Lippen. »Also lasst sie sofort herbringen!«

Die Witwe stemmte die Hände in die Hüften. »Ich werde weder Seitensprüngen Vorschub leisten, noch bin ich so leicht einzuschüchtern. Ihr Gatte ist ein Ritter im Dienste Seiner Gnaden von Buckingham. Ihr, Sir, seid offenbar nur ein gewöhnlicher Notar – und ein Spitzbube noch dazu. Verlasst jetzt auf der Stelle dieses Haus, oder ich lasse Euch hinauswerfen!«

Miles stellte das Holzkästchen weg, das er unter dem Arm trug, und nahm die Brille von seiner Nase. »Vielleicht würdet Ihr so freundlich sein, zu meiner Frau zu gehen und sie zu fragen, wie ihr Gatte aussieht? Und gebt ihr das hier bitte.« Er nahm den Ring mit dem Türkis ab, den er immer trug. »Ich werde im Garten auf sie warten.« Die Frau rührte sich nicht. »Und nun tut, was ich Euch sage!«, herrschte er sie an und näherte sich ihr mit einer Autorität, die so gar nicht zu seinen Kleidern passte.

Während er zwischen den Rosenspalieren und den sauberen, rautenförmigen Kräuterbeeten wartete, hatte er Zeit, Heloise über seine Brillengläser zu betrachten, als sie auf ihn zukam. Selbst die Waisenkinder, die draußen vor dem Schlosstor bettelten, sahen noch gesünder aus. O Gott, das Mädchen musste irgendeinen absurden Enthaltsamkeitsschwur geleistet haben – sie war wie eine zarte Blüte, die von einem bloßen Atemzug geknickt werden konnte. Wenn sie hier schlecht behandelt wurde …

»Bitte lasst uns allein, Madame!«, gebot er ihrer Anstandsdame kurz.

Dieses lästige Frauenzimmer schüttelte den Kopf. »Auf keinen Fall. Wir kennen ihre unglücklichen Umstände. Es ist jetzt unsere Aufgabe, ihren guten Ruf zu wahren.«

Belustigung und überwältigende Freude, weil Rushden sie nun schließlich doch besuchte, belebten und beseelten Heloise, als sie in die mutwilligen Augen hinter den Brillengläsern blickte und den lächerlich ernsten Hut und das bescheidene Gewand aus grobem Tuch betrachtete, das Rushden trug. Dann nickte sie ernst, als sei er ein Notar ihrer Bekanntschaft, und biss sich auf die Lippen, um nicht laut herauszulachen.

»Wir werden uns auf die Bank dort setzen«, sagte sie zu ihrer älteren Begleiterin. »Ihr könnt uns von hier aus beobachten, wenn Ihr wollt.« Die steinerne Bank, zu der sie ihren Besucher führte, war eingerahmt von Immergrün und Akeleien. Heloise war versucht, zu fragen, warum er so seltsam gekleidet war und einen solch merkwürdigen Kasten unter dem Arm trug, als sie zu der Bank hinübergingen, aber sie hatte zunächst andere und wichtigere Dinge mit ihm zu besprechen. Mit einer Hand anmutig ihre Röcke raffend, setzte sie sich, und da sie sehr gut wusste, dass er einen Kommentar von ihr erhoffte, schwieg sie bockig und wartete mit vorgetäuschtem Desinteresse ab.

»Was habt Ihr bloß um Himmels willen mit Euch angestellt?«, knurrte er, durch den Mangel an Ungestörtheit noch zusätzlich verärgert. »Ihr habt Euch doch wohl hoffentlich nicht von diesen Hennen zu irgendeinem absurden Enthaltsamkeitsgelübde überreden lassen? Wie lange seid Ihr schon hier?«

»Zu lange«, murmelte Heloise und gab sich Mühe, ihre Hände ruhig auf dem Schoß liegen zu lassen. »Und sie haben es auf jeden Fall versucht. Vielleicht solltet Ihr Dr. Dokett sagen, *Ihr* wolltet ins Kloster gehen! Damit wäre das Problem gelöst! Bei den Bettelbrüdern sind noch Plätze frei. ›Vertraut mir‹, habt Ihr gesagt, Ihr verlogener Hund! Aber Eure Kriegslist hat versagt. Ich bin kein bisschen reumütig!«

»Nun, das erleichtert mich ungemein«, antwortete leichthin. Die Metallspitze der ledernen Scheide seines Dolchs scharrte über den Stein, als er es sich neben ihr bequem machte. »Herrgott, was haben diese Narren Euch angetan? Und ich dachte, Ihr wärt glücklich.« Seine grauen Augen blickten freundlich und besorgt. »Zum Teufel noch mal, Heloise, warum habt Ihr mich denn nicht benachrichtigt?« Sie biss sich auf die Lippe, fest entschlossen, nicht vor ihm zu weinen. Sein Brief hatte nur Neuigkeiten, aber kein einziges persönliches Wort enthalten. »Und was soll dieser Unsinn, ich hätte Anweisung gegeben, Ihr dürftet keinen männlichen Besuch empfangen?«

»Dr. Dokett hat Pfarrer Williams und dem Rest des Haushalts gesagt, durch mein sündiges Betragen hätte ich den Tod meines Vaters herbeigeführt, und ich sei ein leichtfertiges Frauenzimmer, dessen Körper Männer in Versuchung führt, und deshalb müsse ich Gott um Vergebung bitten und dürfe mich nicht sehen lassen.«

»Diese schwachsinnigen alten Klugschwätzer!« Stirnrunzelnd blickte er zu ihrer Anstandsdame hinüber. »Seht nur, wie sie uns beobachtet! Man sollte meinen, Ihr wärt Sankt Eduards Krone und ich versuchte, Euch zu stehlen.«

»Ich soll Euch nicht in Versuchung führen«, wiederholte Heloise und unterdrückte tapfer ihre Tränen. Er gehörte jetzt Myfannwy. Oh, aber er sah einfach bezaubernd aus mit seiner Brille.

»Ihr braucht nicht bei mir zu sein, um mich in Versuchung zu führen, Wechselbalg.« Er lächelte und strich mit dem Zeigefinger über die Schnörkel am Rand der Bank. »Was in Northampton geschehen ist, das tut mir Leid, Heloise.«

»Bitte, ich habe versucht, es zu vergessen.« Aus Furcht vor den schmerzlichen Gefühlen, die sie immer noch nicht ganz unter Kontrolle hatte, nahm sie Zuflucht zu etwas, was nichts mit der nächsten Woche und dem nächsten Jahr zu tun hatte. »Was hat diese merkwürdige Verkleidung zu bedeuten, Sir?«

»Ich wollte sie an Euch testen. Würdet Ihr mir den Notar abnehmen?«

Sie ließ ihren Blick verächtlich über seine Kleidung gleiten. »Kann ein Leopard etwas an seinen Flecken ändern?«

»Oh.« Er nahm seinen Hut ab und fuhr sich verärgert mit der Hand durch sein glänzendes schwarzes Haar. »Was dann? Wisst Ihr, Ihr hattet nämlich Recht in Bezug auf Bischof Stillington. Ich muss einen Weg finden, ihn aus dem Haus des Bischofs von Worcester herauszuholen.«

Heloise versuchte, ruhig zu bleiben. »Ihr? Wieso Ihr?«

»Es gehört zu meinen Pflichten. Ich möchte herausfinden, warum man ihn gefangen hält.«

Und weil ein dankbarer Bischof Stillington die Annullierung vielleicht beschleunigen würde, fügte sie bei sich hinzu. »Ich glaube, etwas ... Bodenständigeres würde Euch gut stehen, Sir«, sagte sie und sah ihn mit einem Blick an, der die Barrieren eines geringeren Mannes vielleicht durchbrochen hätte.

»Ihr könntet Recht haben. Ich weiß, dass einige von Bischof Alcocks Dienern zum Trinken in die Strand Tavern gehen. Ich schätze, dass sie, wenn ich mich spendierfreudig gebe und Bereitschaft erkennen lasse, beim Würfelspiel mit ihnen zu verlieren, meine Gesellschaft sicherlich willkommen heißen würden. Wenn ich mein Haar glatt zurückkämme ...« Die Rädchen drehten sich immer noch in eine Richtung, und es war nicht die ihre. »Es könnte ein paar Tage oder mehr erfordern, ihr Vertrauen zu gewinnen, aber ja, Euer Vorschlag hat was für sich.«

»Mein Drachen wird ungeduldig«, warnte sie, um ihn in Harnisch zu bringen, und sah den Schalk in seinen Augen aufblitzen. »Hier habt Ihr Euren Türkis zurück.«

Zerstreut streifte Miles ihn über seinen Finger. »Seht Ihr nur so aus, als wärt Ihr halb verhungert, oder seid Ihr es? Wie wäre es, wenn ...« Dreist nahm er ihre Hand in seine und beobachtete, wie die Hofdame sich den Hals verrenkte. »Ich kann Euch entweder mit Fanfaren am Haupttor abholen, oder wir könnten diese Wachhunde in Aufruhr bringen. Wie wäre es, wenn Ihr morgen feste Schuhe und Euer schlichtestes Gewand anzieht und Euch durchs Wassertor hinausschleicht?«

»Wozu, Sir? Um auf meinem Besen in Bischof Stillingtons Fenster hineinzureiten? Oder soll ich unten mit einer Decke stehen, während Ihr an einem Seil hinaufklettert und Euch krachend durch die Fensterläden werft?«

Miles kniff sie in die Wange. »Schwarzmalerin! Nein, für eine anständige Mahlzeit und ein bisschen leichtfertiges Treiben.« Er beschloss, morgen in anständigerer Kleidung zurückzukommen und mit der Herzogin zu reden. Heloise war keine Sünderin, die zur Buße hungern musste. Dieses Missverständnis musste aufgeklärt werden. »Da kommt der Wachhund schon. Nehmt Eure Hand zurück. Ich komme mit einem Boot. Um welche Zeit?«

»Um fünf.« Sie erhob sich, um zu knicksen. »Dann nimmt die Herzogin ihr Abendessen ein.«

»Und das ist für Euch.« Er legte das Holzkästchen in ihre überraschten Arme.

Heloises Augen funkelten vor Aufregung, als sie am nächsten Tag schuldbewusst am Kopf der breiten Treppe wartete, die vom Schloss zur Themse hinunterführte. Sie kam sich vor wie eine Prinzessin, die auf ihre Rettung vor einem Drachen wartete. Die vielen längs unterteilten Fenster von Baynards schienen ärgerlich auf sie herabzufunkeln, aber die sanften Wellen, die gegen die Mauern des Palastes plätscherten, wisperten von Abenteuern, als das kleine Ruderboot anlegte. Es war ein wundervoller Abend, und ihr war, als umgäbe die warme, laue Luft sie wie ein weicher Mantel.

»Ich bin noch nie in so etwas gefahren«, sagte sie, als Rushden ihr in das kleine Boot half. »Und danke für das Psalmenbuch. Es ist ein wundervolles Geschenk. Ich werde es oft benutzen, das verspreche ich. Ich habe den Haushalt schon halb verrückt gemacht mit meinem Üben.«

Seine Augen glitzerten humorvoll. »Solange Ihr es nur nie mit dem Befehl zurückschickt, es mir über meinen nichtswürdigen Kopf zu schlagen.«

»O nein, dazu ist es viel zu wertvoll.« Heloise schüttelte ernst den Kopf und fragte sich, warum er lachte, als er beschützend seinen Arm hinter sie legte.

»Hat irgendeiner Eurer Wachhunde versucht, Euch aufzuhalten?«, fragte er.

»Nein.« Es war ein Wunder. Nicht einmal der Pförtner am Wassertor hatte Einwände erhoben. Vielleicht hatte ihr strenger Blick ihn veranlasst, zu schweigen. »Ich hätte mich aber auch von niemandem aufhalten lassen.«

»Gut. Und nun vergesst Baynards.« Über dem Geruch der schlammigen südlichen Uferlinie und dem Gestank nach Fisch und Pech nahm sie Rushdens angenehmen Duft nach Moschus wahr und spürte, wie er ihre Sinne weckte. Sie hätte ihn so gern berührt und ihn dankbar auf die Wange geküsst, doch ihre Schüchternheit ließ das nicht zu. Frisch rasiert und gekleidet, wie es sich gehörte für einen Ritter, war er wieder ein Mann, der Respekt einflößte.

Während sie Vintry verließen und an Queenhythe vorbeigerudert wurden, erzählte Rushden ihr von der Ankunft des Prinzen in London. Hinter den Lagerhäusern konnte sie die Banner über den Palais der großen Herren sehen. »Einige dieser Kais gehören Edelleuten. Seht Ihr die goldenen Löwen dort? Das ist Lord Suffolks Schiff.«

»Wird Euer Vater kommen, um der Krönung beizuwohnen?«

»Ja, aber er wird seinen Aufbruch noch etwas verzögern, um meiner Mutter Zeit zu lassen, zu genesen. Habe ich Euch eigentlich schon gesagt, dass Eure Prophezeiung damals auf Bramley sich als wahr erwiesen hat? Meine Mutter stürzte vom Pferd und brach sich eine Rippe. Aber jetzt bitte keine Wahrsagereien mehr, ja?«, sagte er und berührte für einen Moment lang ihre Wange.

»So Gott will.« Worauf wollte Rushden eigentlich hinaus? Umwarb er sie für Samstage in London, wenn er es satt hatte, Lämmer in Wales zu zeugen? Aber sie war so hungrig und so glücklich, dass sie, hätte er ihr eine Lammpastete und einen Becher Bier angeboten, den Boden geküsst hätte, auf dem er ging. »Kann man Crosby Place vom Fluss aus sehen?« Dort war Gloucester untergebracht.

»Du liebe Güte, nein. Das liegt in Bishopsgate, im Bereich der Nordmauer der Stadt.«

»Und der Tower?«

»Nein, der ist östlich der Brücke, weiter flussabwärts. Ein andermal, Heloise.«

Weil es zu gefährlich war, die schmalen Kanäle unter der Londoner Brücke zu passieren, stiegen sie in Dowgate aus. »Wir gehen nach Eastcheape hinunter, aber dort oben an der Suffolk Lane liegt das Manor of the Red Rose, in dem ich untergebracht bin – seht Ihr diesen hohen, rechteckigen Turm dort mit den Zinnen, gegenüber von St. Laurence?«

»Wo ist Euer Herzog heute Abend?«

»Er feiert mit Lord Hastings in der Nähe von Baynards.« Kein Wunder, dass er sich verkleidet hatte! »Ihr seht also, dass auch ich mich heimlich weggeschlichen habe.«

Die Erkenntnis, dass sie Rushden davon abhalten konnte, mit dem Vorsteher des königlichen Hofstaates zu feiern, stimmte Heloise fröhlicher als einen Lehrling in den Ferien. Ihr Blick war überall, als ihr Mann sie durch das Labyrinth von Straßen führte, doch die größte Freude bereitete ihr seine Hand an ihrer Taille, denn es war beinahe so, als machte er ihr den Hof. Und das Essen! Er bestellte eine doppelte Portion gegrillte Rippchen und ein Körbchen dunkelrote Kirschen und fand im Garten der Garland Tavern unter einem großen alten Birnbaum einen Tisch für sie. Abgesehen von den Wespen und einem betrunkenen langhaarigen Burschen, der auf unverschämte Weise nicht nur mit ihr, sondern auch mit Rushden flirtete, war es das reinste Paradies für sie, bis ihr ganz spezieller Adam wollte, dass sie in den sprichwörtlichen Apfel biss.

Er streckte seine langen Beine aus und betrachtete sie versonnen. »Wie kommt es eigentlich, dass Ihr, wenn Ihr Euch hinter einer Maske verbergt, vollkommen unbelehrbar seid, unsere Unterhaltung heute aber hinkt wie ein angeblicher Krüppel? Ist Euch eigentlich klar, dass Ihr mich auf jeden Turm und jedes Türmchen zeigen ließt, als wäre ich ein ganz gewöhnlicher Mietling? Por favor, Mylady.«

Der unerwartete Angriff verblüffte sie. »Maske?« Sie steckte eine der roten Kirschen zwischen ihre Lippen.

»Von mir aus auch Visier.« Er zählte es an den Fingern ab. »Der Ritter, die Bienenzüchterin, die Gouvernante, die Sängerin.« Und der *Cockatrice*, fügte sie im Stillen hinzu. »Vertraut doch auf Euch selbst, Heloise.«

»Was macht es schon, was ich bin, Sir?«, entgegnete sie ärgerlich. »Wichtig ist doch nur das, was die Welt denkt.«

»Nicht für mich. Beängstige ich Euch ohne eine metallene Rüstung zwischen uns?«

»Mir war nicht bewusst, dass ich mich schlecht benahm.«

»Ich wünschte, Ihr tätet es.« Er winkte einem jungen Burschen, ihnen nachzuschenken. »Ein gewöhnlicher Mann geht mit dem Mädchen, dem er den Hof macht, in eine Taverne, um sie zum Trinken zu animieren und sie dadurch zugänglicher zu machen.«

Die träge Art, wie er es sagte und sie dabei beobachtete, ließ einen Schauer sinnlicher Erregung durch ihren Körper gehen.

»Wie *könnte* ich zugänglicher sein?«, erinnerte sie ihn. Er gab ihr das Gefühl, frivol zu sein und sündig, ganz allein durch seinen Blick.

»Ich weiß nicht.« Während er zusah, wie sie den roten Saft von ihren Fingern leckte, fügte er hinzu: »Möchtet Ihr es sein?«

»Vielleicht«, erwiderte sie leichtsinnig. »Ich wünschte, Bramley wäre nie geschehen und wir könnten noch einmal ganz von vorn beginnen. Ich mag Euch.« Versonnen blickte sie auf die Kirschen in ihrem Schoß herab. »Viel zu sehr sogar.«

»Bramley.« Mit einem mutwilligen Lächeln zielte er mit einer Kirsche nach der Mulde zwischen ihren Brüsten. »Es gibt Aspekte von Bramley, die ich nicht verges...« Seine Schultern versteiften sich, als wäre sie Abraham und im Begriff, ihn auf einem Stein zu opfern wie Isaak. Oh, zum Teufel mit was immer auch ihn unterbrochen haben mochte!

Die anderen Gäste mochten es vielleicht für eine Liebkosung halten, als er sich vorbeugte und ihr warnend einen Finger an die Lippen legte. »Geht und wascht Euch die Finger in dem Wasserfass dort drüben.« Er kam ihr nach. »Ich habe bezahlt. Lasst uns gehen.« Eine Hand auf ihrem Rücken, stieß er das Tor auf und führte sie rasch die Straße hinauf auf St. Leonard zu.

»Ich habe einen von Alcocks Männern gesehen«, erklärte er und verlangsamte erst seinen Schritt, als er merkte, dass der Mann das Gasthaus nicht verlassen hatte.

Es war also nicht ihre Schuld. »Habt Ihr was gehört im Gasthof?«

Er musste ihre Frage für aufrichtiges Interesse halten. »Aye, es wird sehr viel geredet. Ich bin schon zweimal dort gewesen. Vorsicht!« Er zog sie hinter sich, um sie vor den schlammigen Rädern eines Eselkarrens zu schützen. »Stillington ist plötzlich erkrankt, er hatte irgendeinen Anfall, heißt es, und das gefällt mir überhaupt nicht. Ich werde heute Abend mit Harry darüber reden.«

»Habt Ihr diese Korbmacher vorhin gehört, die sagten, mein Vormund würde sich zum König machen?«

»Klatsch ist unvermeidlich, bis der Prinz gekrönt ist.« Mehr sagte er nicht dazu. »Macht es Euch etwas aus, noch ein Stück zu gehen? Oder tun Euch schon die Füße weh?«

»Nein, ich gehe gern.« Heloise schob ihren Arm durch seinen, und kameradschaftlich gingen sie die kleine Anhöhe hinauf und aßen ihre Kirschen. Baldrian wuchs üppig an der Steinmauer entlang, und der Duft von Gartennelken drang aus einem nahen Garten. Ratten huschten über ihren Weg, und eins der Schweine von St. Anthony beobachtete sie verdrießlich aus der Gosse, wo es einen toten Vogel entdeckt hatte.

»Wisst Ihr, wir sind noch nicht aus dem Schneider, was die Woodvilles angeht.« Schon etwas ruhiger geworden, blieb er am Grasser Friedhof stehen. »Tagsüber verkaufen sie hier Kräuter«, murmelte er und beschattete seine Augen mit den Händen, als er sich umblickte, um sicherzugehen, dass niemand ihnen gefolgt war.

Heloise, deren hellseherische Instinkte sich nicht regten, bückte sich, um einen vergessenen Rosmarinzweig aufzuheben, und steckte ihn in eine der silbernen Schlaufen, die sein Wams über der Brust zusammenhielten. »Rosmarin belebt die Sinne. Fürchtet Ihr, Eure Freunde aus dem Strand Inn könnten bereits herausgefunden haben, wer Ihr seid?«

»Nein, ich bin nur vorsichtig.« Er betrachtete die Dächer, als wären sie feindliche Zinnen. Über ihren Köpfen kreischte ein Schwarm Krähen. »Es sind noch drei Wochen bis zum Johannistag. Genug Zeit für die Königin, ihre Freunde zu versammeln.«

»Und das bedeutet?«, fragte sie, als sie wieder in Richtung Dowgate zurückgingen.

»Den hellen Wahnsinn, Wechselbalg. Sommersonnenwende, Freudenfeuer in den Straßen, freies Essen und Bier und jede Tür geschmückt mit Johanniskraut und weißen Lilien. Ihr solltet die Thames Street sehen. Sie spannen Seile zwischen den Giebeln und hängen daran eiserne Laternen auf. Die halbe Stadtwache, die Ratsherren und die alten Soldaten, alle in voller Rüstung oder in Scharlachrot – oder weißem Fustian, wenn sie früher Bogenschützen waren – marschieren von Paul's Gate nach Aldgate und durch die Fenchurch Street dann wieder zurück. Die Gilden stellen die Laternen. Ihr werdet staunen, das verspreche ich. Die Prozession ist fast eine Meile lang und ein wirklich großartiger Anblick, denn die Straße ist wie ein Fluss aus Licht, und es sind Mimen und Moriskentänzer in Hülle und Fülle da.«

»Auf die Moriskentänzer könnte ich verzichten«, bemerkte Heloise scharf. »Also werden die Anhänger der Königin in voller Rüstung sein, und niemand wird Verdacht schöpfen, und die ganze Stadt wird der Prozession zusehen.«

»Genau. Es ist der Tag nach der Krönung und die perfekte Gelegenheit, ein oder zwei unerwünschte Herzöge zu beseitigen.«

»Schade, dass es diese Woche kein solches Fest gibt, sonst könntet Ihr und Eure Männer Euch als Feiernde verkleiden und in das Palais des Bischofs von Westminster eindringen. Was Ihr braucht, ist ein *Cockatrice*.«

Bevor sie wusste, wie ihr geschah, fühlte sie sich aufgehoben und durch die Luft geschwenkt. »Das ist ein brillanter Plan, meine kleine weise Eule!«, rief er aus und küsste sie auf den Mund.

Ihr war, als schwebte sie auf Wolken, als sie zu der Treppe am Old Swan, nicht weit von der Londoner Brücke, zurückkehrten. Rushden pfiff ein Boot herbei und bat den Fährmann, sie bis zum Temple zu rudern, damit Heloise noch ein bisschen mehr sah von der Stadt. Sie lehnte sich an seinen Arm und strahlte vor Begeisterung. Die Sonne war bereits am Horizont versunken und warf einen rosigen Schimmer auf die am Himmel dahinziehenden Wolken, und der Fluss war nicht mehr silbern unter ihrem kleinen Boot, sondern wie ein Ballen schimmernd goldenen Stoffes, der sich durch das breite Tal schlängelte.

»Oh«, rief sie seufzend aus. »Ich wünschte, ich könnte diesen Augenblick für immer speichern und ihn herausholen, wenn ich traurig bin.« Aber es fehlte nicht mehr viel zur Ausgangssperre; glitzernde Laternen wurden bereits an der langen Uferlinie von Baynards angezündet, und bald würde das Boot wenden und der Abend enden. »Danke, Sir.« Entgegen ihrer sonstigen Zurückhaltung wagte sie ausnahmsweise einmal, so dreist zu sein, sich vorzubeugen und die pockennarbige Wange zu küssen, die Dionysia so bemängelt hatte.

»Das ist ein armseliges Dankeschön, Mylady. Ich möchte mehr als das.« Sein Kuss machte ihre guten Vorsätze zunichte. Was für Zauber und Geheimnisse braucht eine Frau, um einem Mann zu gefallen?, fragte sie sich und hasste ihre Unerfahrenheit, als sie von ganzem Herzen seinen Kuss erwiderte und erschauerte, als seine rechte Hand von ihrer Taille höher glitt und ihre Brust umfasste. Oh, wenn Lancelot die Brüste seiner Guinivere so raffiniert gestreichelt hatte, war es kein Wunder, dass die Königin ihre Gelübde gebrochen hatte. Aus Liebe waren schon ganze Königreiche verloren worden, und nun verstand Heloise, warum.

»Das ist Ketzerei«, wisperte sie, als sie die Finger unter sein Haar schob und seinen Kopf zu sich hinunterzog, um ihn prüfend anzusehen. Er mochte sie jetzt begehren, aber das war nicht genug.

»Warum?« Die Worte waren ein warmer Hauch an ihrer Wange, als er ihre Lippen wieder in Besitz nahm.

»Baynards!«, kündigte der Fährmann an und ließ das Boot so unsanft gegen die Stufen prallen, dass seine Passagiere auseinander fuhren.

Rushden begleitete sie kühn an den Wachen der Herzogin vorbei. Es gab keine Schelte, keine erhobenen Augenbrauen über ihre glühenden Wangen. Waffeln und Obst waren in ihr Gemach gebracht worden. Wunderbar! Sie verschränkte die Arme vor den Brüsten und warf lachend den Kopf zurück vor lauter Glück, nur um recht unsanft wieder auf den Boden der Tatsachen zurückzukehren. Sie öffnete die Augen. Warum war Rushden so nett zu ihr? Aus Schuldbewusstsein oder... War es nicht der reinste Wahnsinn, ihn zu ermuntern, wenn sie damit doch nur riskierte, dass er ihr das Herz brach? Sie öffnete das Fenster und hielt Ausschau nach dem Boot, das ihn wieder fortbrachte. Ich werde nicht Rushdens Mätresse, versprach sie den Feen und der heiligen Katharina. Er durfte nicht wieder herkommen.

Doch am nächsten Tag erschien Miles anständig gekleidet an Baynards Haupttor und küsste Ihrer Gnaden von York charmant die Hand, bevor er darum bat, mit seiner Dame ausreiten zu dürfen.

»Wohin reiten wir? Habt Ihr mich abgeholt, um die Annullierung unserer Ehe zu unterzeichnen?«, fragte Heloise und versuchte, sich gleichgültig zu geben, als er sie auf ihre Stute hob.

»Bei weitem nichts so Aufregendes. Wir holen nur einen Wagen, verschaffen uns durch Bestechung Zutritt zur königlichen Kleiderkammer, legen unsere Verkleidung an und sorgen für eine Menge Aufsehen. Und an einem Federkissen, meine kleine Eule, steckt bereits eine Schleife mit Eurem Namen.«

An den Eingängen schnüffelnd, sich am Bauch kratzend und das Bein hebend, um hier und da an einer Türschwelle zu pinkeln, tänzelte ein *Cockatrice* am Fluss entlang, begleitet von einem persönlich ausgewählten Gefolge von zwanzig der fantasievollsten Männer Buckinghams, die als Hähne, Vögel und Geier verkleidet waren. In der Mitte der Prozession befand sich ein geschlossener Wagen mit einem Federbett, und auf dem Kutschbock leistete dem verblüfften Fuhrmann ein krähender Vogel Gesellschaft, dessen Lakaien kreischend und lachend wie verrückt gewordene Affen auf dem Wagen herumsprangen und Knallkörper nach den Passanten warfen. Als die lärmende Prozession die Brücke überquerte, hatte der ihr vorauseilende Krach die Gäste im Strand Inn schon auf die Straße hinausgelockt, und eine solche Menschenmenge hatte sich versammelt, dass Miles, der sich vor Lachen schüttelte in seinem Kostüm aus Fustian und Federn, bedauerte, nicht daran gedacht zu haben, einen Hut zum Geldsammeln herumgehen zu lassen; damit hätte er das Geld, das er dem Hüter der königlichen Kleiderkammer zugesteckt hatte, vielleicht wieder hereinbekommen.

Am Eingangstor des Bischofs von Chester legte der *Cockatrice* ein großes Ei und hüpfte fröhlich an einer Reihe Mietshäuser vorbei, um am Hinterteil des verlegenen Torwächters von Bischof Alcocks Residenz zu schnüffeln. Die Männer auf der Straße feuerten das Ungeheuer zu noch größeren Dreistigkeiten an, und die Hausfrauen kreischten vor Lachen. Seine Narrheiten und der Lärm der ihn begleitenden Knallkörper saugten Alcocks restliche Offiziere aus dem Haus wie Gift aus einer Wunde.

»Verschwindet, oder wir rufen die Wachen!«, brüllte einer von Bischof Alcocks Offizieren und versuchte, sich über den Tumult verständlich zu machen, musste aber hilflos zusehen, wie der *Cockatrice* sich am Kopf kratzte und die Stufen hinauftänzelte, dicht gefolgt von seinen maskierten Freunden, die lachend ihre Arme um den Nacken des protestierenden Wächters schlangen. Nur ein sehr aufmerksamer Beobachter in der Menge hätte einen der Greife seinen Ellbogen in den Magen des Wächters stoßen sehen, während er mit seinen großen Schwingen flatterte und den Mann mit einer Hand am Kragen packte und hineinzog.

Die Zuschauer warteten mit angehaltenem Atem auf die Wachen und den darauf folgenden Kampf. Der Wagen, der uninteressant geworden war ohne Knallkörper, rumpelte vergessen in eine Gasse, aber zwei Geier kamen mit Bierfässchen aus Alcocks Tür, um die Menge zu unterhalten, die als Gegenleistung die Hauptstraße in alle Richtungen blockierte.

Drinnen kostete es Miles kostbare Zeit, um den verschlossenen Raum zu finden, in dem Bischof Stillington gefangen gehalten wurde. Er stülpte dem bewusstlosen Kleriker eine Maske über den Kopf, und die Greife, die ihn begleitet hatten, wickelten den Kranken in einen von Bischof Alcocks Bettvorhängen und trugen ihn behutsam wie einen verletzten Kameraden zu dem wartenden Wagen hinaus.

Schneller, als es Pferdekarren in der Stadt erlaubt war, jagte das Gefährt die Fleet Street hinunter und wandte sich dann in südlicher Richtung zur Knightrider Street, um die Wachen zu vermeiden. In East Cheap machte sich ein übereifriger Sergeant an die Verfolgung und zwang den Wagen, anzuhalten, aber drinnen fand er nur eine bedauernswerte junge Frau, die in den Wehen lag und auf dem Weg zum Hause ihrer Mutter und der dort wartenden Hebamme war.

Als die Sonne die ersten Schatten auf die Türme Londons warf, wurde Bischof Stillington schonungsvoll in Baynards Castle abgeliefert, und Heloise, die nun nicht länger in den Wehen lag, zog ein dickes Kissen unter ihrem Gewand hervor. Sie war bereit, neben Stillingtons Bett zu wachen. Rushden hatte Recht; es sah aus, als ob der Bischof langsam vergiftet würde.

Als Miles und seine Kameraden in normaler Kleidung heimkehrten, fanden sie Harry gähnend im großen Saal und seine Gäste immer noch bei Tisch; Bischof Alcock führte eine angeregte Diskussion mit Erzbischof Bourchier und Dr. Dokett über die Abhandlung des Dominikaners Heinrich Kramer über Hexerei.

»Ihr meint also, man könne für Stillington nichts anderes mehr tun als beten?«, rief Buckingham eine Stunde später, nachdem seine geistlichen Besucher reichlich angeheitert heimgegangen waren.

»Mylord, ich würde mein Leben darauf verwetten, dass er vergiftet wurde. Ich habe Ihre Gnaden von York und ihren Arzt gebeten, für ihn zu tun, was sie können. Wir hätten versuchen können, ihn mit Zaunrübe zum Erbrechen zu bringen, aber da er bewusstlos ist, hätte er dabei ersticken können. Und falls es Gift aus einem tödlichen Nachtschattengewächs ist, können wir nicht riskieren, ihm Belladonna oder Alraunwurzel als Gegenmittel zu geben. Glaubt mir, wir tappen vollkommen im Dunkeln. Es könnte alles Mögliche sein – Mohn, Fingerhut, Giftpilze, ja selbst Schierling. Erst wenn er aus der Bewusstlosigkeit erwacht, können wir versuchen, ihm ein Brechmittel zu geben. Es liegt jetzt in Gottes Händen.«

Während der Leibarzt Ihrer Gnaden im Vorzimmer schnarchte und Pater William, der Priester des Schlosses, an einer Seite des Bettes betete, saß Heloise auf der anderen, strich sanft mit den Fingern über die Adern, die sich wie Wurzelstränge über Stillingtons gebrechliche rechte Hand zogen, und versuchte ihn mit purer Willenskraft dazu zu bringen, den Kampf nicht aufzugeben. Fragend berührte sie die dünne Haut an den Fingern, die einst eine Feder gehalten hatten. Die Schwielen, die einen Gelehrten gewöhnlich verrieten, waren beinahe vollkommen verschwunden, und keine Tinte färbte seine Finger. Die ganze Nacht saß sie bei ihm und flehte ihn im Stillen an, zu kämpfen, und nach und nach, als der Himmel perlgrau wurde hinter den hölzernen Fensterläden, spürte sie, wie das Licht in ihm ein wenig stärker wurde. Der schwache Puls war gut zu spüren. In Gedanken flüsterte sie dem alten Mann zu, er sei nicht allein, sie verstünde den Kampf in ihm – die Versuchung, diese Welt und ihre Probleme hinter sich zu lassen.

Pater William zog sich zurück, und Heloise sang leise, mit solch bittersüßer Trauer, dass Tränen über ihre Wangen rannen und ihr Kleid durchnässten. Als die ersten goldenen Sonnenstrahlen durch die Ritzen in den Fensterläden drangen, umfassten sanfte Arme sie und entfernten sie vom Bett. Rushden war mit der Herzogin und dem Arzt im Schlafgemach des Bischofs, als sie zurückkehrte und sah, dass endlich wieder etwas Farbe in dem bleichen Gesicht des alten Mannes war.

»Nun, Euer Gnaden«, sagte ihr Mann gerade, »es ist Sonntag, der erste Juni, und wir haben hier einen Bischof, der ein bisschen eingerostet ist.« Er schenkte Heloise ein

Lächeln, bei dem ihr ganz warm ums Herz wurde. »Mit Eurer Erlaubnis, Mylady, darf ich die Fensterläden öffnen, damit er das Glockengeläut hört?« Auf das Nicken der Herzogin von York öffnete er weit die Fenster. »Hört, Herr Bischof!«, rief er aus, als das warme Licht der Sonne auf Stillingtons müde Züge fiel. »Man hört die hellen Glocken von St. Paul, die etwas näheren sind von St. Laurence in Poultney, und jenes ferne Läuten müsste aus Allhallows sein.«

»Nein.« Obwohl sie noch sehr schwach war, klang unverkennbarer Stolz in der Stimme des alten Bischofs mit. »Nein . . . das ist St. Martin . . . le Grand.«

18

Bischof Stillington war schwach wie ein Kaninchenjunges von dem unbekannten Gift, das ihm verabreicht worden war, aber sein Herzschlag wurde langsam kräftiger. Am Montag kehrte er zu dem etwas derberen Dialekt seiner Kindheit in Yorkshire zurück und brabbelte etwas von Vogeleierstehlen in Nether Acaster, doch während er nach und nach seinen Geist mit Erinnerungen anregte, schärfte sich sein Intellekt. Warum sollte ihn jemand vergiften wollen?

»Wart Ihr die Schäferin, die mich in den Schoß der Erde zurückgesungen hat?«, fragte er Heloise. »Mir war, als wäre ich von Greifen aus meinem Gefängnis fortgetragen worden, aber das muss wohl nur ein Traum gewesen sein.«

»Also, um die Wahrheit zu sagen ...«, begann Heloise und erzählte ihm von den Ereignissen in Stony Stratford und dem *Cockatrice*. Dann, ermutigt durch das Lachen des Bischofs, gestand sie ihm auch die erzwungene Hochzeit innerhalb seiner Diözese und erklärte ihm, der Anführer der Greife sei ihr unfreiwilliger Ehemann. Stillington hörte sich ihre Erzählung an, ohne etwas dazu zu bemerken, aber als Rushden kam, um ihn zu besuchen, betrachtete ihn der alte Mann mit neu erwecktem Misstrauen, als befürchtete er, ihm würden wieder Federn sprießen.

»Nun, Herr Bischof«, sagte Harry gedehnt, als er am nächsten Tag mit Miles ins Zimmer kam. Sie waren allein – Heloise hielt sich so gut wie möglich fern von Buckingham. »Ich wage zu behaupten, dass Ihr Euch jetzt sicherer fühlen könnt hinsichtlich Eurer Zukunft, nachdem die Woodvilles nun erledigt sind.«

Stillington, der an Kissen und Polster gelehnt im Bett saß, die Hände lose auf der Bettdecke, starrte ihn an, als wäre er eine unbedeutende Luftspiegelung über einem sommerlichen Ozean.

»Wer dieses Reich regiert, ist für mich nicht von Bedeutung.« Er bewegte nicht einmal seinen ordentlich frisierten Kopf, sondern sagte es auf wie eine Litanei.

»Verzeihung, Herr Bischof, aber das ist nicht die Antwort, die ich hören will.« Harry suchte Miles' ironischen Blick. »Du liebe Güte, *Cysgod*, ich dachte, Ihr hättet gesagt, er wäre bei Verstand.« Sie sahen, wie sich der wässrige Blick des Bischofs abschätzend auf den letzten rechtmäßigen Erben des Hauses Lancaster richtete. Vielleicht gefiel ihm das prunkvolle Seidenwams mit den aufgestickten silbernen Eicheln und Perlen nicht, denn er wandte den Blick gleich wieder ab, als langweilte ihn Harry.

»Wusstet Ihr, dass unser Bischof einmal Lordgroßkanzler war?«, wisperte der Herzog spöttisch. »Ich hätte nie gedacht, dass er so ein Schwächling werden könnte.«

Stillington kniff die Lippen noch fester zusammen und starrte eigensinnig auf die Decke. »Habe ich Euch unwissentlich gekränkt, Buckingham? Ihr habt meinen Dank dafür, mich vor dem Tod bewahrt zu haben. Ist das nicht genug?«

»Wir haben Euch geholfen, Herr Bischof«, warf Miles ein. »Und nun möchten wir, dass Ihr uns helft.«

Harry beugte sich vor. »Wir haben die Königin mundtot gemacht, aber es besteht natürlich nicht der geringste Zweifel, dass sie Euch töten lassen wird, Herr Bischof, falls sie ihre Macht zurückgewinnt – und diesmal macht sie es richtig. Warum? Was ist es, was Ihr wisst?«

Der alte Mann runzelte die Stirn. »Ich war ein Freund von Clarence. Genügt Euch das? Ihr wart der Vorsitzende der Edelmänner, die über ihn zu Gericht gesessen haben. Ihr habt die Aussagen gehört.«

»Aber sie erwiesen sich als derart ungenügend, dass König Eduard uns befahl, ihn zu verurteilen? Warum, Stillington?« Die Hände des Bischofs bewegten sich nervös in seinen weiten Ärmeln. »Was war das Geheimnis, für das Clarence sterben musste?«

Stillington senkte den grauen Kopf. Weiter, gab Miles Harry mit einer Geste zu verstehen. Es waren seine Fragen, aber es war Harrys Aufgabe, sie zu stellen.

Der Ton des Herzogs wurde sanfter. »Gloucester ist ein anständiger Mann, gerecht und mitfühlend. Ihr habt ihm geholfen, als er noch jünger war. Er braucht jetzt Eure Hilfe mehr denn je. Werdet Ihr ihn unterrichten, wenn ich ihn hierherbringe? Ihm sagen, was er wissen muss?«

Es war eine Finte. Miles hielt den Atem an, als Stillington sich nervös mit der Zunge über aufgesprungene Lippen fuhr wie ein wartendes Reptil. Harry rutschte voller Unbehagen hin und her.

Schließlich bewegte sich der Adamsapfel. »Eine hübsche Rede, Euer Gnaden. Eines Tages werdet Ihr vielleicht berühmt für Eure Zungenfertigkeit. Sagt mir, ist es Altruismus, was da aus Euch spricht, Mylord von Buckingham, oder geht es um das Bohuner Erbe, das Ihr so begehrt? Der Lordprotektor kann Euch keine Schlösser für Eure Freunde geben, wenn er nicht einmal genug hat, um seine eigenen zu belohnen.« Der alte Mann war schlau. Er erriet, dass Harry den Königmacher spielen wollte. Der wässrige Blick der alten Augen kroch über Miles' Gesicht wie eine üble Spinne, doch seine Frage richtete sich an Buckingham. »Oder geht es bloß um Rache?«

»Warum sollte ich es abstreiten?« Harry stürzte zum Fußende des Betts. »Die Woodvilles sind Schmarotzer, Bischof, die durch das Bett zu Reichtum kommen!« Miles warf Harry einen warnenden Blick zu. Vielleicht sollten sie lieber später noch einmal zurückkommen, um die Argumente reifen zu lassen, aber der Herzog ignorierte seine Warnung und trat neben das Bett. »Ich denke an die Zukunft, Stillington, die Zukunft der Woodvilles. Unser neuer König wird eine noch gefügigere Schachfigur sein als sein Vater. Elizabeth Woodville wird England regieren, und sobald ihr Gift sich wieder in Eurem Bauch verklumpt, werde ich der Nächste sein, der den Kopf auf den Richtblock legen wird, und Gloucester, und nach uns unsere Söhne, ganz zu schweigen von Clarence' Jungen.« Es blieb still im Zimmer. »Nun, Herr Bischof?«, fragte Harry schnarrend. »Ich brauche eine Antwort.«

»Ich werde um Erleuchtung beten, Euer Gnaden«, entgegnete der Geistliche verstockt. »Es ist Gottes Sache.«

»Es ist Englands Sache, denke ich«, sagte Miles zu beiden und beendete die Unterhaltung, indem er die Tür öffnete und sich verbeugte.

»Bekomme ich nun ein Lob für meine ›Zungenfertigkeit‹, mein Freund?« Harry legte den Arm um Miles' Schulter, als sie die Treppe hinunterstiegen.

»Ihr verdient das Heilige Römische Reich.« Miles grinste, als sie auf dem Hof standen und auf ihre Pferde warteten. »Ich zweifelte bisher daran, dass es tatsächlich irgendein Geheimnis gab, aber jetzt bin ich verdammt sicher, dass da etwas ist!«

»Ihr hattet Recht. Er war die Mühe wert.«

»Ich bin der Meinung, Ihr solltet Gloucester einweihen, Mylord. Werdet Ihr jetzt gleich zu Crosby Place reiten und Seine Gnaden noch vor der Ratsversammlung unterrichten?«

»Ja, aber wollt Ihr mich denn nicht begleiten?«

»Noch nicht, Mylord. Ich habe vorher noch etwas Dringendes zu erledigen.« Etwas Dringendes namens Heloise, und es war höchste Zeit, etwas zu unternehmen.

Heloise hatte nicht eindösen wollen, und der Traum konnte auch nur ein paar Momente gedauert haben – ein Traum von einem Herrn, ganz in Schwarz gekleidet, der von Soldaten aus einer mächtigen Burg geschleift wurde. Sie warfen ihn zu Boden, und seine Ärmel bewegten sich wie Spinnenbeine, als er stürzte, und dann schlug eine Glocke dreizehn Mal.

Die Glocken von St. Mary Magdalene in der Old Fish Street läuteten zu einer Beerdigung, als Heloise fröstelnd erwachte. Einen Moment lang wusste sie nicht, wo sie war, denn die Unruhe des Gefangenen in ihrem Traum war noch immer in ihr. Die nach Beute suchenden Milane, die von Westen her über Baynards flogen, zogen ihre Blicke an; auch ihre Schreie hatte sie in ihrem Traum gehört.

»Heloise, seid Ihr krank?« Rushden trat unter einem Maulbeerbaum hervor.

Mit einer raschen Verneinung erhob sie sich; sein mutwilliger Gesichtsausdruck gefiel ihr nicht. Wie lange stand er schon dort? Sie schüttelte den Kopf, als sie spürte, wie ihr heiß wurde unter diesen scharfen Männeraugen, die über ihr schwarzes Kleid glitten und über ihre Kopfbedeckung aus silbernem Taft, der ihren Haaransatz zu tarnen half.

Er lächelte auf diese entnervend träge Art, die er manchmal hatte. »Ich dachte, Ihr würdet vielleicht gern mitkommen und Euch Crosby Place ansehen.«

Gloucesters Londoner Bienenstock? Heloise strahlte. »Als Belohnung für die Kissen unter meinem Gürtel, Sir?«

»So ähnlich.« Er reichte ihr die Hand, als hätte sie schon zugestimmt; aber sie hatte nichts dagegen.

»Euch ist doch sicherlich bewusst«, sagte sie, »dass dieser häufige Umgang mit mir schon ans Skandalöse grenzt.«

»Ja«, stimmte er ihr zu und zog sie zu den Stallungen. »Aber ich muss zugeben, dass es einen gewissen Reiz besitzt, die Edlen und Umschmeichelten an der Nase herumzuführen.«

»Ich nehme an, Ihr werdet Euch nicht die Mühe machen, mir das zu erklären.«

»Absolut nicht«, entgegnete er und sein mutwilliges Lächeln zog das Band, das er ohnehin schon um ihr Herz geschlungen hatte, noch ein wenig fester an.

Die Glocken in Crosby Place in Bishopsgate hatten noch nicht zehn geschlagen, und Miles blieb genügend Zeit, um Heloise zu der Musikantengalerie hinaufzuführen, von der sie die königliche Ratsversammlung unten verfolgen konnte. Ein hoher Sessel für den Vorsitzenden dominierte die lange Tafel mit den Bänken rechts und links, die im Saal aufgestellt worden war.

»Oh, das ist wunderbar«, rief Heloise, deren braune Augen vor Staunen und Bewunderung ganz groß geworden waren.

»Ein hübscher Wohnsitz, nicht?« Es ermutigte ihn, dass sie ihn anstrahlte wie ein aufgeregtes Kind und seine Freude an der perfekten Symmetrie des Raumes teilte. Im

Gegensatz zu anderen hohen Herren besaß Gloucester kein eigenes Haus in London, sondern mietete immer Crosby Place.

Das Haus, 1460 mit Geld aus der Wollproduktion gebaut, lag an drei Seiten eines Innenhofes. Es gab einen großen Saal und Privatgemächer, die der Kapelle, der Küche und der Vorratskammer gegenüberlagen. Die Hauptattraktion des Anwesens war für Miles das prachtvolle fünfflügelige Erkerfenster in einem Steinrahmen mit kunstvollem Filigranmuster, das die Südwand des großen Saals beherrschte. Vergnügt beobachtete er, wie die Sonne durch das rautenförmige Glas auf die schwarzen und weißen Purbeckkacheln und die dazu passenden, um den Tisch gescharten Ratsherren fiel. Über dem hohen Erkerfenster schmückte eine metallene Bosse mit einem Emblem und einem Helm die steinernen Rippen, die sich über den Fensterbögen fächerförmig zu einer Sonne vereinigten. Dem Erkerfenster gegenüber lag ein großer Wandkamin. Es gab auch eine zentrale Feuerstelle, in der im Winter Kohlenbecken aufgestellt wurden. Balken erhoben sich in perfekter Anmut, um einander liebevoll unter goldenen Bossen zu begegnen. Auch die Wandbehänge waren eines großen Herren würdig: Ein französischer Gobelin mit Jagdmotiven, dessen Farben wunderbar zur Geltung kamen an dem weiß getünchten Mauerwerk, verlieh der Wand hinter dem Stuhl des Vorsitzenden Leben. Die absolute Vollkommenheit all dessen veranlasste Miles zu der Überlegung, was auf Bramley verändert werden könnte.

»Schade, dass Bramley solch hohe Decken hat«, bemerkte Heloise irritierenderweise. »Dieser Saal ist geräumig und dennoch sehr intim.«

»Er dient einem anderen Zweck und ist auch neuer«, antwortete er, besorgt, dass sie tatsächlich erraten haben könnte, was er dachte. »Es heißt, Crosby hätte hier nie gelebt. Vielleicht hatte er sich ja damit übernommen. Es gehört jetzt einem italienischen Bankier, Antonio Bonvice.«

»Es ist wunderschön.« Heloise strahlte und klatschte im Überschwang ihrer Begeisterung in ihre Hände.

Warum musste sie so bezaubernd sein? Es erforderte Miles' ganze Willenskraft, seinen Blick von ihren geöffneten Lippen abzuwenden. Er hätte nicht vor aller Augen hier mit ihr stehen sollen. Sie erregte zu viel Interesse, und sie erregte ihn. Er fluchte und hätte seine verführerische Madonna in Trauerkleidung am liebsten in ein Schlafgemach geführt, um die schwere schwarze Seide Zentimeter um Zentimeter von ihrem Körper abzuschälen. Stattdessen zwang er sich, die geistlichen und weltlichen Herren anzusehen, die sich dort unten versammelten, froh, dass es genügend Teilnehmer niedereren Adels gab wie ihn, um die Versammlung zu entschärfen.

»Noch mehr Männer Eures Standes, Sir?« Der Teufel hole sie! Sie musste seine Gedanken lesen. Stirnrunzelnd betrachtete er Heloises Profil und ließ dann mit einem verlegenen Grinsen den angehaltenen Atem wieder aus. Könnte die Dame ihm tatsächlich ins Gehirn blicken, hätte sie erröten müssen, doch er sah nur zwei gesunde rosa Flecken auf ihren Wangenknochen.

»Ja, eine Versammlung herrschaftlicher Mittelmäßigkeit hauptsächlich, obwohl ich zugeben muss, dass einige von ihnen nicht nur mit Titeln, sondern auch mit einem Gehirn geboren wurden.«

»Gut, dass sie zu laut reden, um Euch hören zu können«, lachte sie. »Sind auch Woodvilles dabei?« Er schüttelte den Kopf. Mit zweien im Asyl, dreien im Gefängnis, einem auf

See und Dorset, der von Hunden in Moorfields aufgespürt worden war und sich jetzt versteckt hielt, hatte die Königin keine glattzüngigen Verteidiger in der Ratsversammlung. In Gedanken versuchte er rasch, zu kalkulieren, wie viele Ratsmitglieder sie noch unterstützten.

»Zählt Ihr Köpfe für den Herzog?« Heloises ein wenig vorwurfsvoller Ton riss ihn aus seiner Träumerei.

»Mistress, würdet Ihr aufhören ...« Er brach ab. Lord Hastings hatte den Saal betreten, schaute zur Galerie auf und erkannte Miles.

»Großer Gott, wer ist das?« Heloises Heiterkeit verschwand. »Der Mann, der Euch gerade zugenickt hat?«

»Wahrscheinlicher ist, dass er Euch angafft, Madame. Der berühmte Lord Hastings. Man könnte sagen, er war für König Eduard, was ich für Buckingham bin.« Noch ein *Cysgod*.

Heloise starrte mit großen Augen auf den Herrn, der die beiden Herzöge zu einem Bündnis gegen die Königin aufgerufen hatte. »T-trägt er immer solche Ärmel?« Die wadenlangen schwarzen Ärmel des Vorstehers des königlichen Hofstaats waren bis fast zu den Ellbogen in gleich große Streifen aufgeschlitzt und mit goldener Stickerei umrandet.

Miles versuchte, ihrem Stimmungswechsel keine Bedeutung zuzumessen. »Es würde mich nicht wundern, wenn sie italienisch wären. Wenn Ihr noch ein bisschen länger hier stehen bleibt, werdet Ihr ihn um irgendeine vorübergehende Magd herumscharwenzeln sehen. Haltet Euch von ihm fern, Madame, wenn Ihr nicht Gefahr laufen wollt, seinem viel gerühmten Charme zu erliegen.«

Heloise umklammerte Halt suchend das Geländer. Lord Hastings war das gequälte Opfer in ihrem Traum gewesen!

Heilige Maria Mutter Gottes! Musste sie warnen oder verhindern ... Sie beobachtete, wie der Freund des verstorbenen Königs durch den Saal ging und freundlich andere Ratsmitglieder begrüßte, bevor er Buckingham erreichte, der eben hereingekommen war, um seinen Platz zur Rechten des großen Sessels einzunehmen. Die Luft vibrierte von gegenseitiger Eifersucht.

»Kennen sich diese beiden gut?«, fragte Heloise.

»Harry und Hastings? Gut genug. Soviel ich hörte, war Hastings einer der wenigen, der Mitgefühl mit Harry hatte, als er im Haushalt der Königin Page war.«

Und der hochmütige Buckingham mochte zwar Hilfe gewollt haben, aber Mitgefühl war ihm bestimmt verhasst. Ein Mann, der nicht gern teilt, dachte Heloise und wünschte nun, Rushden hätte sie nicht hierher gebracht. Das Wechselspiel unter der Galerie war gefährlich, und der Mann an ihrer Seite ergötzte sich daran, als wäre es ein Schachspiel.

»Und welcher Bischof ist das?«, fragte sie scharf. Ein breiter bischöflicher Hut und ein Doppelkinn begrenzten das scharfsinnige Gesicht, das einen Moment zu ihnen hinaufschaute, bevor der Mann den Kopf wandte, um aufmerksam Hastings und Buckingham zu beobachten.

»Morton, Bischof von Ely. Er gab sein Bündnis mit dem Haus Lancaster '71 auf und wurde einer von König Eduards Beratern.«

Heloise versteifte sich vor Unbehagen. »Er ist mir unsympathisch.« Wie eine Wache unter Beschuss entfernte sie sich aus der Sichtweite des Bischofs und lehnte sich an eine massive Tür zwischen den Wandbehängen. Als ränge sie um Atem, lehnte sie sich zurück und schloss die Augen.

»Was habt Ihr gesehen?« Wider seinen eigenen Willen

begann Miles ihre ungeheuerlichen Fähigkeiten anzuerkennen.

»Nein. Lieber Gott, ich ...« Sie schlug die Augen auf und schluckte unbehaglich, als sie sah, dass er sie beobachtete. »Ich kann ihre Gedanken spüren.«

Miles' Interesse stieg, obwohl seine Nackenhaare sich angesichts solch verwerflicher Praktiken aufrichteten. Sie hatte nicht vorgehabt, ihn ins Vertrauen zu ziehen, aber irgendeine Vorahnung hatte ihre Vorsicht überwunden. »Sagt es mir.« Seine Worte klangen heiser, und er beobachtete, wie ihre glasigen Augen wieder ihren normalen Ausdruck annahmen.

»Es sind Gefühle. Alles sehr verwirrt.« Ihre Hand glitt zu ihrer Kehle, als wolle sie ihr Herz beschützen.

»Soll das etwa heißen, Ihr könnt jemanden wie Morton ansehen und seine Gedanken erraten?«, wisperte Miles grimmig, und seine Finger krümmten sich um ihren Ärmel.

»Nein, nein. Seine Emotionen. Gier, Neid, Furcht.«

»Könnt Ihr das bei allen?«

»Um Euch vorzuwarnen?« Verächtlich verzog sie ihre Lippen, und ihre Antwort war entschieden: »Nicht für alles Gold der Christenheit!« Dann erschien ein furchtsamer Blick in ihren Augen. »Verzeihung. Ich hätte nicht so mit Euch sprechen sollen.«

Entsetzt über ihre jähe Angst vor ihm und über die uralte Furcht tief in seinem eigenen Innersten, umfasste er ihr Kinn und zwang sie, ihn anzusehen. Sein Verstand lehnte sich auf gegen den Aberglauben, der ihn drängte, vor ihr zurückzuweichen. »Und ich? Was fühle ich?«

Dichte Wimpern mit der Patina eines Regenbogens flatterten vor Panik. »Verbrennt mich nicht«, flehte sie, und ein

Hauch von Farbe kehrte wieder in ihre blassen Wangen zurück.

Sie wusste also, wie sehr er ihre Andersartigkeit fürchtete. »Ihr seid es, die mich in Flammen setzt.« Seine Freundlichkeit war nur ein Visier, das seine hastigen Gebete verbarg, und verwirrt von seinen eigenen Emotionen ging er zum Geländer und ließ sie ungetröstet stehen.

»Es ist also wahr.« Die Tür hinter ihr gab nach, und Heloise straffte sich und blickte entsetzt in John Doketts befriedigtes Gesicht.

»Miles«, rief sie in Panik aus, und Rushden drehte sich zu ihr um.

»Dr. Dokett«, sagte er stirnrunzelnd.

»Sir Miles.« Der Priester neigte grüßend seinen Kopf und verschwand nach einem zufriedenen Lächeln für sein Opfer auf der Treppe.

»Heloise?«

Sie zitterte. »Er ... er hat gehört, was ich gesagt habe.«

»Na und?« Rushden machte keine Anstalten, sie zu trösten. »Ihr seid Gloucesters Mündel.«

»Das ist nicht genug. Er ... O Gott, er will mich auf den Scheiterhaufen bringen, ich weiß es!«

»Und dessen habt Ihr mich gerade auch beschuldigt. Seid vernünftig. Ist das der mutige Ritter von Potters Field, hm?« Sie nickte und versuchte, tapfer zu sein. »Seht Ihr, das ist schon besser.«

Unter ihnen wurden scharrend die Bänke an den Tisch gezogen; Gloucester war eingetroffen. Die Wachen kreuzten rasselnd ihre Piken vor den Außentüren. »Zeit zu gehen.« Er legte einen Arm um ihre Schultern und führte sie zur Treppe.

Unten auf dem Gang drehte Heloise sich um. »Was, Ihr

werdet nicht zu Eurem Herzog gehen?«, scherzte sie, in einem Versuch, die Normalität zwischen ihnen wieder herzustellen. Aber seine Augen wurden schmal.

Miles wusste, dass sie nicht beabsichtigt hatte, ihn zu verärgern. Er hatte seine eigenen Mittel, die Entscheidungen hinter den geschlossenen Türen zu beeinflussen; die heutigen Argumente waren gestern Abend mit Harry gründlich eingeübt worden, und die richtigen Worte lagen ihm schon auf den Lippen und warteten nur darauf, gesagt zu werden. Aber sie hatte Recht, der Zutritt zum Sitzungssaal war ihm nicht gestattet – noch nicht, es sei denn, er entschlösse sich, den Sekretär zu spielen.

»Ich … ich würde mich gern erkundigen, ob meine Schwester mit Ihrer Gnaden nach London kommt.«

»Natürlich, das ist eine ausgezeichnete Idee.«

Um sie ein wenig aufzuheitern und seinen eigenen Verstand zu schützen, ließ er Heloise bei Gloucesters Diener und begab sich auf der Suche nach ein bisschen Ungestörtheit in den Garten. Die unheimliche Fähigkeit seiner unfreiwilligen Ehefrau, seine Gedanken zu reflektieren wie ein Spiegel, beunruhigte ihn. Wenn sein Verstand nicht frei von ihr sein konnte, würde sie ihn mit der Zeit dann nicht versklaven und in aller Heimlichkeit in seinen Verstand eindringen, bis er nicht mehr wusste, ob es seine Gedanken oder ihre waren, die ihn lenkten? Was, wenn Dokett sie vor die Kirchengerichte zerrte?

Warme, laue Luft, die nach Geißblatt und Lavendel duftete, beruhigte ihn, als er den Kreuzgang durchquerte, der unter den Gemächern des Herzogs verlief. Er betrat einen Zufluchtsort, der vorübergehend frei von Machtspielen war und – Gott sei Dank – auch von Heloises beunruhigender Gegenwart. Hinter einer Steinmauer, zu hoch für unternehmungslustige Diebe, schimmerte das Schieferdach von St. Helen im Sonnenlicht, und er hörte die süßen Stimmen der Schwarzen Nonnen fromme Lieder singen. Dieser Teil des Gartens war ein irdisches Paradies, geschaffen für Tändeleien und bepflanzt mit Blumen, um die Luft zu parfümieren und die Sinne zu verführen.

Miles schlenderte an einem Vogelbad und einem Blumenbeet mit Maiglöckchen vorbei zum Mittelpunkt des Gartens, einer kleinen Wiese, wie sie augenblicklich sehr in Mode waren, voller weißer Margeriten und gelber Schlüsselblumen, umgeben von einem niedrigen Eichenspalier, das mit weißen Kletterrosen überwuchert war. Holzapfelblüten besprenkelten den Pfad, und in der südlichen Ecke bildeten wilde Weinranken einen Baldachin über einer Bank auf einem gepflegten Rasen. Aber Miles verweilte nicht. Der Kiesweg lockte ihn unter einen Bogen, an Besenginster, Weißdorn und einem noch unbepflanzten Blumenbeet vorbei, wo jemand den Nachttopf einer Dame hatte stehen lassen, bevor er die am weitesten entfernte Ecke erreichte, die hinter einer Lorbeerhecke verborgen war. Dort setzte er sich unter einen Weinrosenbaldachin und zwang sich, nicht mehr über Strategien und Machtansprüche nachzudenken. Ein Marienkäfer in den Staffordschen Farben landete auf seinem Ärmel, und er beobachtete ihn müßig, lauschte dem gregorianischen Gesang der Nonnen und den Melodien einer Amsel, bis ein neues Geräusch von der anderen Seite der Hecke seiner Ungestörtheit ein Ende setzte.

Als Miles nachsah, erblasste er. Es war kein Gärtner, sondern eine Edelfrau, und er hatte plötzlich ein Gefühl, als sei die Zeit zurückgedreht worden. Heloises Schwester kniete, ein schützendes Tuch über ihrem Trauerkleid, auf der Erde und säte Blumen aus. Als sie sich beobachtet fühlte, erhob sie kokett den Blick, doch als sie ihn erkannte, verblasste ihre Freundlichkeit, und sie sprang auf und hob drohend das Pflanzholz, das sie in der Hand hielt.

»Ihr!«, fauchte sie und sprang drohend auf. »Was habt Ihr mit meiner Schwester gemacht? Bei meiner Seele, wenn Ihr ihr etwas zu Leide getan habt, werde ich Euer Gesicht noch mehr verschandeln, Ihr widerwärtiger Mann!« Das blonde Haar des Mädchens glänzte und schimmerte wie reines Gold, aber sie weckte keinerlei Gefühl in ihm.

»Beruhigt Euch! Denise, nicht wahr?«

»Dionysia! Wenn Ihr sie ermordet habt ...«

»Noch nicht«, entgegnete er kalt. »Obwohl ich versucht war, es zu tun. Was macht Ihr hier?«

»Oh, ich versuche nur, mir die Zeit ein wenig zu vertreiben«, erwiderte sie, als sie sich etwas beruhigt hatte. »Ich gehöre zu der Vorhuttruppe unter Lady Percy, die Ihre Gnaden von Gloucester vorausschickte, um diese männliche Domäne mit Damen zu bevölkern. Wir erwarten sie in dieser Woche. Aber warum beantwortet Ihr nicht meine Frage? Wo ist meine Schwester?« Es bereitete ihm Vergnügen, sie einfach stehen zu lassen und zu gehen. Sie ließ ihre Waffe sinken, hastete ihm aber nach. »Ist sie noch in Brecknock? Antwortet, Ihr Scheusal!«

Ohne sie anzusehen, blieb er am nächstbesten Eingang stehen, betete um eine von Harpyien ungestörte Ecke, und strich mit einem behandschuhten Finger nonchalant über den gerippten Steinrahmen der Tür. »Eure Manieren haben sich in Middleham leider nicht gebessert, Dionysia, aber ich werde sehen, ob sie bereit ist, hierher zu kommen, um mit Euch zu sprechen.«

Und ob sie bereit war! Heloise strahlte vor Entzücken, als sie die Treppe hinuntereilte, um ihre Schwester zu begrüßen. Erfreut lehnte sich ihr Vermittler aus dem Fenster, um das Wiedersehen zu verfolgen.

»Ah, Miles.« Verärgert wandte er sich um und stand Harry gegenüber, der ihm ein Papier reichte. »Meine Notizen dessen, was in der Ratsversammlung heute Morgen besprochen wurde. Lasst mich Eure Ansicht dazu bis heute Mittag wissen.« Der Herzog hielt an der Tür noch einmal inne. »Ach, übrigens, Dokett hält es immer noch für möglich, die kleine Ballaster wegen Hexerei vor Gericht zu bringen, bevor die Annullierung eintrifft.« Vorsicht ließ ihn seine Stimme senken. »Ich kann es noch nicht riskieren, Gloucester zu verärgern, aber du solltest zusehen, dass du dich ihrer bald ein für alle Mal entledigst. Ich überlasse es dir, das Nötige zu unternehmen.«

Nachdem er wütend die Notizen eingesteckt hatte, verließ Miles wenige Minuten später das Gemach und schickte einen Pagen mit einer Botschaft zu seinem Stallknecht. Es wurde langsam wirklich höchste Zeit, etwas zu unternehmen.

Dokett kniete in der privaten Kapelle des Herzogs von Gloucester. Für die verstorbenen Verwandten seines Herrn zu beten, gehörte zu seinen Aufgaben. Er war allein. »Kommt Ihr zur Beichte?«, fragte er beflissen, als die Tür sich schloss, ohne seine Augen jedoch zu öffnen.

»Ja, zu Eurer!« Sekunden später hatte Miles den bigotten Priester mit beiden Händen an die Wand gedrückt.

»R-Rushden?« Dokett blickte stirnrunzelnd auf den langen Dolch, dessen Spitze auf seine Kehle zeigte. »Seid Ihr verrückt geworden? Ich bin der Kaplan des Lordprotektors. Wie könnt Ihr es wagen ... uff!«

Zischend entwich die Luft aus seiner Kehle, als er gegen eine andere Wand geschleudert wurde. »Und wenn Ihr der Kaplan von St. Petrus und St. Paulus wärt«, höhnte Miles. »Wenn Ihr es noch einmal wagt, Heloise Ballasters Ehre oder ihren Glauben zu verleumden, werdet Ihr die Sonne nicht mehr aufgehen sehen!«

»Oh, ich verstehe, ja.« Unerschrocken stieß der Priester Miles zurück und zupfte pingelig sein verrutschtes Messgewand zurecht. »Ich kann Satan in Euren Augen sehen. Ich höre ihn in Eurer Stimme. Die heilige Kirche vernichtet Ketzer und Hexen und jene, die sie schützen. Ich habe gehört, was sie Euch vorhin gebeichtet hat.«

»Ihr glaubt, ich scherze.« Miles ging zum Altar und hieb mit der Faust auf das offene Evangelium, wobei er unverwandt den Kleriker ansah. »Habe ich mich nicht klar genug ausgedrückt? Klagt sie an, und ich schwöre Euch im Namen Christi, dass ich Euch töten lassen werde!«

Dokett mochte starr und reglos an den Holzpaneelen lehnen, aber er beobachtete Miles mit der Wildheit eines in die Enge getriebenen Keilers. »Mein Lordprotektor und seine Gnaden von Canterbury werden hiervon erfahren, Rushden. Dieses Land wird nicht mehr gottlos sein, hört Ihr! Gotteslästerer wie Ihr werden nicht ungestraft bleiben. Ich habe keine Angst vor Euch!« Und damit fuhr er herum und lief zur Tür.

Miles schleuderte den Dolch. Der Priester stieß einen Schmerzensschrei aus, als die Klinge zischend landete und sein Haar an der Tür festnagelte. »Glaubt Ihr mir *jetzt*?«

Als er sich an die Tür geheftet sah wie eine Bekanntmachung, wich alles Blut aus Docketts Wangen. Seine Augen, in denen nun keine Spur von Unerschrockenheit mehr zu sehen war, traten fast aus ihren Höhlen. »Ich glaube Euch, ja.« Der Priester hielt den Atem an, als Miles den Dolch aus dem Holz herauszog, und dann stürzte er hinaus, als ob sämtliche Dämonen der Hölle hinter ihm her wären.

Leiser Beifall trübte Miles' Befriedigung. »Ihr habt die Tür beschädigt«, bemerkte Sir Richard Huddleston gedehnt. Er saß auf der flachen Mauer des Säulenganges draußen und hatte die Arme vor der Brust verschränkt.

»Wie lange sitzt Ihr dort schon?«

»Lange genug. Seine Gnaden von Gloucester kann ziemlich blind für die Fehler anderer Leute sein, aber wir alle haben unsere Schwächen.« Der träge Blick schien zu besagen: *und nun sehe ich Eure*. »Ihr habt die Angelegenheit ein bisschen überstürzt. Doketts Tage bei dem Herzog sind gezählt. Er bleibt höchstens noch einen Monat.« Huddleston schlenderte herbei, strich mit einem behandschuhten Finger über das Loch im Holz der Tür und wandte sich um. »Die Loathly Lady ... Sie stellte Sir Gawaine die Frage ›Was begehren Frauen am meisten?‹«

»Ja«, antwortete Miles unsicher. »Ich kenne die Ballade.«

»Nun, da habt Ihr es. Guten Tag, Sir Miles.«

Es wäre schwer zu entscheiden, wer überraschter war, dachte Heloise, als sie im Garten ihrer Schwester gegenübertrat. Während sie Dionysias wohlriechende Umarmung erwiderte, fragte sie sich, woher ihre Schwester ein so kostspieliges Parfüm hatte.

»Du siehst aus wie ein Gespenst, Heloise, aber du musst ja auch verzweifelt gewesen sein, bis Vater – möge seine Seele in Frieden ruhen, obwohl das ziemlich unwahrscheinlich ist – Gloucester vor seinem Tod dieses Darlehen angeboten hatte. Du siehst, ich weiß alles über die Geschehnisse in Northampton. Die Männer des Weißen Keilers sind solche Dummköpfe, du ahnst gar nicht, wie leicht es ist, sie auszuhorchen. Matillis und ich haben gewettet, ob du Rushden verführen würdest oder nicht, aber ich schätze, nun ist alles geregelt zwischen euch, jetzt, wo du den Löwenanteil der Erbschaft hast – nicht, dass ich dir irgendetwas missgönne. Ja, du kannst deinen griesgrämigen Ehemann ruhig haben, Gott sei Dank, sag ich! Ich finde, er hat überhaupt nichts Liebenswürdiges an sich. Ich hörte, Matillis habe ein Mädchen bekommen. Ein Glück für uns, Gott sei Dank!« Ein Wunder, dass ihr nicht die Luft ausging.

»Matillis!«, echote Heloise, deren Gedanken eine völlig andere Richtung einschlugen. *Darlehen? Löwenanteil?* War es das, was die Leute glaubten?

»Erzähl mir von der Beerdigung unseres Vaters. Blieb Sir Hubert nüchtern?« Heloise wäre jede Wette eingegangen, dass ihre Schwester sie unterbrechen würde, doch erstaunlicherweise hörte Dionysia zu.

»Und nun wird unser Vater die Geduld des Teufels auf die Probe stellen«, sagte sie, als ihre Schwester ihre Schilderung beendet hatte. »Aber genug davon, erzähl mir von den Lebenden. Hat Rushden dir schon ein Kind gemacht?«

»Dionysia!« Würde ein strafender Blick genügen?

Ja. Ihre Schwester zuckte mit den Schultern und kniete sich wieder hin. »Dann erzähl mir was anderes«, bat sie, während sie einen Sämling von seinen Kameraden trennte. »Sind die walisischen Männer hässlich? Ist es wahr, dass sie Lauch an ihren Hüten tragen? Wie ist der Herzog? Ich würde ihn so gern kennen lernen. Ich hörte, er hätte einen Garten in Thornbury.«

Wie konnte Heloise vergessen haben, dass Dionysia immer nur in einer Richtung dachte? »Warum liegt dir so viel daran, Seine Gnaden von Buckingham kennen zu lernen?«

»Weil Seine Gnaden möglicherweise ein paar Pflanzen in Brecknock oder Thornbury hat, die Ihrer Gnaden von Gloucester gefallen könnten. Du liebe Güte, was für einen anderen Grund sollte ich haben?« Heloise erkannte den koketten Tonfall in Dionysias Stimme. »Das ist aber ein gut aussehender Mann, der da auf uns zukommt. Ich frage mich, wer das wohl sein mag.«

»Das ist Seine Gnaden von Buckingham«, antwortete Heloise flüsternd.

»Der Himmel sei gepriesen! Stell mich vor!« Aber der Schatten des Herzogs war bereits über sie gefallen, und es war ihre Pflicht, vor ihm zu knicksen.

»Guten Tag, Mylady.« Eine Antwort wäre vergeudete Mühe für Heloise gewesen; sein Interesse war bereits gefangen genommen von dem goldenen Haar, das in weichen Wellen über die üppigen Kurven ihrer Schwester fiel. »Was pflanzt Ihr da, Mademoiselle?«

»Ringelblumen, Sir, und ich sollte besser zusehen, dass ich damit fertig werde.«

Dionysia, die keine Anfängerin in dieser Kunst war, kniete sich wieder hin, bot ihm einen großzügigen Einblick in ihr tiefes Dekolletee und strich mit einem gezierten Lächeln die Wurzeln eines Sämlings glatt. Heloise schaute hilflos zu, als Buckingham flatterte wie eine hilflose Motte, die das Spinnennetz nicht sehen kann.

»Wenn Ihr nicht so offensichtlich jemand von Bedeutung wärt, würde ich Euch um Eure Hilfe bitten.« Ihr Charme überrumpelte ihn und hielt ihn in ihrem Bann gefangen.

»Von Bedeutung? Nein.« Es war kaum zu glauben, aber

der Herzog hockte sich auf die Fersen und grub behutsam einen Sämling ein.

»Ihr habt die richtigen Hände für einen Gärtner.« Ihre Worte trieften vor Bewunderung.

»Habt Ihr all diese Beete hier angelegt?«

»Ich wünschte, ich hätte es, Sir.« Ihre Schwester lächelte und richtete sich etwas gerader auf. »Ich habe Euch hier noch nie gesehen. Ihr sprecht nicht wie jemand aus dem Norden.« Dionysias Nachahmungsversuch des Yorkshirer Dialekts entzückte Buckingham.

»Wenn ich so reden würde wie die Leute, wo ich lebe, Mistress, würde ich Euch ermuntern, Lauch zu pflanzen, *fy mgeneth*.« Selbst der singende walisische Tonfall war perfekt.

»Ha, dann gehört Ihr wohl zu Buckinghams Gefolge?«

Er nahm ihr den Pflanzstock ab, und Dionysia protestierte: »Ihr könntet Eure Strumpfhose beschmutzen, und das würde Eurem Herrn ganz sicher nicht gefallen.« Was für eine Impertinenz! Du liebe Güte, dachte Heloise, während sie die Arme vor der Brust verschränkte, eines Tages würde ihre Schwester mit ihrem Charme den Teufel überreden, sie aus der Hölle zu entlassen!

»Nein, Mistress, das würde es bestimmt nicht.« Die Glocke schlug die volle Stunde, und er erhob sich und klopfte die Erde von seinen Knien ab. »Ich wünschte, ich hätte Zeit, noch ein wenig länger zu verweilen, Mademoiselle. Dieser Garten ist das reinste Paradies.«

»Nur wenn die Sonne scheint wie jetzt.« Dionysia schenkte ihm ein einnehmendes Lächeln, bevor sie kokett die Lider senkte, den Blick auf ihre Hände richtete und ihre Arbeit fortsetzte. Er war entlassen.

Sein verlegener Blick brachte ihm Heloises Gegenwart in

Erinnerung, und er tippte sich grüßend an den Hut, bevor er ging. Sie hörten seine Stiefel auf dem Kies des Weges knirschen, einen Moment lang zögern, und dann waren sie wieder allein. Dionysia blickte auf, zog die Wangen ein und grinste.

»Didie! Das war unverfroren! Wie konntest du?«

»Wir alle haben unsere Ambitionen, Schwester. Falls du denkst, ich würde mich damit zufrieden geben, irgendeinen langweiligen Angeber zu heiraten, der nichts anderes im Kopf hat als die Jagd und von mir erwartet, dass ich ein Kind nach dem anderen werfe ...«

»Du wärst lieber eine Kurtisane? O Gott, Didie, nicht Buckingham, o bitte, nein!«

»Doch, Buckingham, und versuch bloß nicht, mich davon abzuhalten, Heloise, mit deinen lächerlichen Warnungen à la Kassandra!«

Es wäre, wie der Sonne zu befehlen, nicht mehr aufzugehen, dachte Heloise seufzend. Es hatte also keinen Sinn, ihr klar zu machen, dass Frauen für diesen Mann nicht mehr bedeuteten als Essen oder Trinken.

»Und da kommt auch schon dein pockennarbiger Mühlstein, Schwester. Sitzt er dir eigentlich andauernd im Nacken?«

Das Darlehen! Es war zu spät, Dionysia zu fragen, was sie damit gemeint hatte, und nun würde Rushden sie nach Baynards zurückbringen, bis er das nächste Mal den Wunsch verspürte, sie aus dem Regal zu nehmen, um sie anzusehen – oder wegzulegen. Pockennarbiger Mühlstein!, dachte sie ärgerlich und erfreute sich an der Macht in seiner entschlossenen Haltung und seinem herrschaftlichen Gebaren. Wie konnte Dionysia es wagen, derart insolent zu sein? Wahrscheinlich war sie sauer, weil Rushden sich nicht sklavenhaft die Knie beschmutzt hatte wie all die anderen.

»Heloise?« Die grauen Augen ihres Mannes blickten lächelnd in ihre, sein fragender Tonfall war eine freundliche Aufforderung an sie, zu gehen. Sie würde diese Ausflüge vermissen, seine Hand in ihrem Rücken, die Freiheit, die sie in seiner Gesellschaft genoss, und vor allem den Freund, der sie beschützte.

»Ich denke, wir werden uns bald wieder sehen, Schwester«, rief sie, als sie glücklich lächelnd ihre Hand in Rushdens legte. Als sie sich umsah, entdeckte sie, dass Dionysia gegangen war.

Rushden führte sie nicht zum Haus zurück, sondern an der Hecke, die hinter der Wiese lag, vorbei zu einer Bank mit einer Geißblattlaube. Sie fragte sich beunruhigt, was er ihr wohl zu sagen haben mochte. Hatte er mit Stillington über die Annullierung gesprochen?

Miles dachte, dass Heloises ätherische Schönheit ihre Schwester zu einem aufgeputzten Püppchen degradierte. Die schlichte Eleganz ihres schwarzen Taftkleids, die bedeckten Kurven, fest und jung, gefielen ihm weitaus besser als das zur Schau gestellte nackte Fleisch, die opulenten Brüste.

»Dieser Garten ist einer von Londons Schätzen.« Miles machte es sich auf der hölzernen Bank bequem, schlug ein Bein über das andere und musterte seine Frau, als wäre sie eine Konkubine, die man ihm zur Auswahl schickte. Dann klopfte er auf den Platz neben sich, und sie setzte sich und strich glättend über ihren Rock, mit einem Mal sehr scheu und mädchenhaft.

»Ich habe mit Stillington gesprochen.«

Dies ist also die Stunde der Wahrheit, dachte Heloise. Ein

Rotkehlchen und seine etwas zurückhaltendere Gefährtin ließen sich hoffnungsvoll auf der Erde vor ihr nieder.

»Wie stellt Ihr Euch ...« Nein, nicht *vorstellen*. Bei Heloise musste Miles sich doppelt klar ausdrücken. »Wie würdet Ihr Euch Eure Zukunft wünschen, Heloise?«

Ihren Schleier zurückwerfend, antwortete sie unbehaglich: »Wünschen ist eins ...« Sie ließ den Rest des Satzes unausgesprochen, als er sich ihr zuwandte, um sie anzusehen. Sie fürchtete Dokett, wagte aber nicht, das Thema wieder anzuschneiden. Wie hätte ein so selbstbewusster Mann wie Rushden ihre Ängste auch verstehen können.

»Sagt es mir.«

Als verursachte seine Nähe ihr Unbehagen, erhob sie sich abrupt. Miles sah sie in den gesprenkelten Schatten treten und wartete, als sie nach Worten suchte, um ihre Zukunftswünsche zu beschreiben.

»Was soll ich darauf antworten?«, entgegnete sie schließlich. »Nach der Annullierung, falls ich nicht ins Kloster gehe und mich von dieser Welt zurückziehe, wird man mir einen anderen Ehemann suchen. Und ... und er wird nachts die Kerze löschen, damit er mein Haar nicht sieht, und wird es vermeiden, neben mir zu erwachen, um sich morgens nicht meine Träume anhören zu müssen.« Erschaudernd verschränkte sie die Arme vor der Brust und verbarg die Hände in den weiten Taftärmeln ihres Gewands. Was nützte das Gerede? Sie hatte ebenso wenig Mitspracherecht im Hinblick auf ihr eigenes Schicksal wie Rushdens Pferd. »Ich betrachte mich nicht als ein Tier, das auf dem Markt verkauft werden soll, und dennoch ist es so, außer dass die Verhandlungen über eine Eheschließung diskreter sind und nicht in aller Öffentlichkeit stattfinden. Wenn Frauen ...« Sie stockte.

Ihre Antwort bestürzte Miles und riss die Barrieren ein, die er vor zwei Jahren errichtet hatte. Er konnte Heloise nicht gehen lassen. Nein! Nicht zu irgendeinem Schuft, der sie weder beschützen noch vor der Folter retten würde. Ihr silbernes Haar störte ihn nicht mehr. Es gefiel ihm, er mochte ihre Andersartigkeit. Er wollte nicht nur das Kerzenlicht in ihren Augen schimmern sehen, sondern er wollte auch neben ihr erwachen und ihr Haar wie gesponnene Seide auf seinem Kissen und an seiner Wange fühlen.

»Fahrt fort«, bat er sie rau. »Wenn Frauen ...«

Heloise, die seinen gesenkten Kopf und den strengen Zug um seine Lippen sah, war erstaunt, dass er noch immer zuhörte. »Was nützt es, fortzufahren, Sir? Muss ich sanftmütig sein, um eine Frau zu sein? Ich fürchte, Ihr verspottet mich, indem Ihr mich auch nur fragt, was ich zu träumen wage.« Als erwartete sie Widerspruch von ihm, zögerte sie und fuhr dann, ermutigt durch sein Schweigen, spöttisch fort: »Selbst wenn die Königin so angesehen wäre wie mein Herr von Gloucester, würdet Ihr sie ihres Geschlechtes wegen niemals als Regentin anerkennen. Es würde einen gefährlichen Präzedenzfall schaffen, nicht?« Er nickte, und als befürchtete sie, ihre Zeit würde knapp, schüttelte sie den Kopf und zuckte mit den Schultern. »Selbst eine Königin hat kein Mitspracherecht in Bezug auf ihre Zukunft. Das ist alles«, flüsterte sie und setzte sich niedergeschlagen wieder auf die Bank, »was ich dazu sagen kann.«

»Das ist keine Antwort, Wechselbalg. Ich dachte, ich hätte ausnahmsweise mal die richtige Frage gestellt.«

»Fragen ändert nichts.«

»Dann wäre es Zeitverschwendung, mit Euch zu streiten, Heloise.« Er beugte sich vor und stützte die Ellbogen auf die Knie. »Außerdem könnte es Jahrhunderte dauern, die

Denkweise der Welt zu ändern, und wir haben nur eine kurze Lebenszeit.« Wie um seine Gedanken zu unterstreichen, begannen die Glocken die neue Stunde einzuläuten. Er stand auf, und während er den Geißblattstrauch mit den darin summenden Bienen anstarrte, änderte er sein Leben. Diese Frau, mehr als alle anderen Frauen, die er geliebt hatte, brauchte seinen Namen und seinen Schutz gegen eine feindselige Welt. Sie war nicht nach Brecknock gekommen, um ihn zu zwingen, sie anzuerkennen, sondern hatte sich aus Verzweiflung zu ihm geflüchtet. Und sie hatte auch nichts anderes von ihm verlangt als Freundschaft. Vielleicht war das ja wirklich alles, was sie wollte. »Es ist Eure freie Entscheidung, Heloise.«

Miles, der spürte, wie sie den Atem anhielt, als befürchtete sie, jedes weitere Wort von ihm könnte das Geschenk wieder zunichte machen, wartete einen Moment, bis er schließlich nicht mehr anders konnte, als sich fragend zu ihr umzuwenden. Ihre Augen schimmerten noch ein wenig feucht von Tränen, aber sie erhob fragend das Kinn.

»Soll das etwa heißen, ich könnte selbst entscheiden, mit Euch verheiratet zu bleiben – es sei meine eigene freie Wahl?« In ihrer Fassungslosigkeit sah sie so hilflos und so liebenswert aus wie ein neugeborenes Kätzchen.

»Genau das meinte ich.«

Heloise biss sich auf die Lippe. Warum tat er das? Aus Widerborstigkeit? Oder aus Nächstenliebe? Oh, er hielt sich wohl für ungeheuer großmütig, nicht wahr? Eine *freie* Entscheidung? Wenn sie jeden Augenblick befürchten musste, dass der scheinheilige Gloucester sie nicht vor Doketts Anschuldigungen retten würde?

Wenn ich ein silbernes Glöckchen um Euren Hals hänge,

Herr Kater, und Euch losschicke, kommt vielleicht ein anderer Kater an Eurer Stelle zurück.

Rushden zupfte an seiner engen Manschette, während er geduldig wartete. Sein Gesicht gefiel ihr, trotz der Pockennarben. Das schwarze Haar und die grauen Augen, die ihr beinahe den Mut geraubt hatten auf dem Turnierplatz, raubten ihr nun den Atem. Hatte sie eine Wahl? Das Schicksal hatte ihn ihr vorbestimmt. Ihr erster Traum von ihm zur Weihnachtszeit hatte es ihr verraten, aber sie wusste auch, er war kein sanfter Ehemann. Wenn er guter Laune war, tanzte ihr Herz vor Glück, aber es gab auch dunkle Strömungen in ihm, von denen sie nicht wusste, ob sie couragiert genug war, sie zu durchqueren. War es der Reichtum der Ballasters, der ihm Myfannwy nun zu leicht auf seiner Waagschale erscheinen ließ?

Sie würde es ihm nicht leicht machen. »Wenn es Euch recht ist, Sir, würde ich unsere Ehe gern bewahren.«

Sein Kinn hob sich mit dem üblichen Anflug von Arroganz, aber falls er erstaunt oder erfreut war, ließ er davon nichts erkennen. Sie wiederum machte weder einen Knicks, um ihm ihre Reverenz zu erweisen, noch dankte sie ihm, sondern nahm sich ein Beispiel an seiner eisernen Kontrolle.

»Dann wollen wir uns die Hand reichen, um die Entscheidung zu besiegeln.« Er stand auf. Sein Gesichtsausdruck wurde sanfter, und er ging sogar so weit, zu lächeln.

Keine Worte der Liebe also. Mit Fingern, die zitterten, als sie sich berührten, legte Heloise ihre Hand in seine. Er hielt sie und zog sie an seine Lippen, und sie sah die Befriedigung in seinem Blick und auch das wachsende Verlangen. Was hatte sie getan? War es das Richtige?

»Ohhh!« Starke Arme ergriffen sie und schwenkten sie herum. Und in diesem Augenblick, als Miles Rushden lachend zu ihr aufschaute, stahl er ihr ihr Herz. Es *war* das Richtige. Es geschah vielleicht aus den falschen Gründen, aber es hatte so sein sollen. Er hatte sich für sie entschieden! Er hatte wirklich sie gewählt!

Unverhohlene Liebe strahlte aus ihren Augen, als sie lachend auf ihn herabblickte, und all ihre Ängste waren plötzlich weg wie ein vergessener alter Koffer.

»Ihr hättet Schmuck und Gedichte und ein Blumensträußchen auf Eurem Kissen haben sollen.«

»Aber ich habe ein Psalmenbuch.« Sie grub die Finger in die samtenen Falten seines Ärmels. »Oh!« Eine wilde Rose bohrte sich in den dünnen Taft ihres Kleids, und ihr Mann – ja, *ihr* Mann – nutzte den Moment, um sie an seinem Körper herabgleiten und sie den Beweis seiner Erregung spüren zu lassen.

»Hungrig?«, fragte er, lächelnd wie ein erfolgreicher nächtlicher Dieb, und küsste sie mit einer solchen Zärtlichkeit, dass sie vor Freude hätte weinen können.

»Oh, immer«, wisperte sie, öffnete ihm ihre Lippen und umklammerte ihn mit ihren Armen, als hätte sie Angst, er könne sich in Luft auflösen und verschwinden. »Nur die Offiziere in Baynards dürfen frühstücken.«

»Ja ... Ihr fühlt Euch zerbrechlich wie ein Vogel an. Aber das wird sich sehr schnell ändern.« Besitzergreifend glitten seine Hände über ihren flachen Bauch. »Bald werdet Ihr ein Baby unter Eurem Herzen tragen.«

Heloise, von Jungfrau zu Ehefrau katapultiert, verschlug es den Atem. Er lachte über ihr Erröten, als er sich bückte, um ihr Kleid aus dem Rosenbusch zu befreien. Dann erstarrte er – er hörte Stimmen, eine von ihnen war Buckinghams. *Nein*, flehte Heloise im Stillen, nein, nicht *jetzt*.

»Schnell.« Ihr Mann nahm ihre Hand. »Kannst du laufen, Wechselbalg?«

Ja! O ja! Sie liefen den Pfad entlang und versteckten sich hinter einem Weißdorn, wo er sie noch einmal küsste, bevor er sich prüfend umsah. »Hier entlang! Komm!« Wie Diebe schlichen sie geduckt an dem hüfthohen Spalier entlang zu dem Hof vor den Stallungen, wo die Knechte mit Traveller und Cloud warteten, die Seite an Seite standen wie Rösser aus dem Märchen. Rushden hob Heloise in ihren Damensattel und gab den Stallburschen rasch ein Trinkgeld.

Dann führte er Cloud an den Zügeln über die Threadneedle Street, da seine Dame offenbar noch immer viel zu aufgeregt und zu verwirrt war, um ihre Stute selbst zu lenken.

Im geschäftigen Cheapside, lärmend vom Geschrei der Lehrlinge und Händler, war eine Unterhaltung ausgeschlossen. Heloise hatte Clouds Zügel übernommen und ließ die Stute aus einer Pferdetränke in West Cheap trinken, bevor sie sich durch die Menge weiterkämpften. Miles war so überschwänglich wie ein von Gästen und Familie ungestörter Bräutigam, aber in seiner Dame braute sich plötzlich etwas zusammen, das er nicht ergründen konnte.

»Wo reiten wir hin?«, fragte sie unbehaglich, als sie sich in südöstlicher Richtung nach Queenhithe wandten. Fürchtete sie, er könne sie irgendwo anders als in Baynards einkerkern?

»Zum Essen, Mylady. Vielleicht wird Hühnchen in Blätterteig Euch etwas fröhlicher stimmen.«

»Und danach?«, erkundigte sie sich spöttisch.

»Danach dürfte es kein Zurück mehr geben, denke ich.«

19

Heloise fiel vor Schreck fast aus dem Sattel. »I-Ihr meint, Ihr wollt mit mir ins Bett?«

Sie hatte nicht vorgehabt, ihre Gedanken laut zu äußern. Ihr rechtmäßiger Besitzer warf ihr einen verzehrenden Blick zu, der verriet, dass er genau das meinte. Seine Antwort war jedoch irritierend nonchalant: »Nun, das ist der einzige Weg, die Angelegenheit ein für alle Mal zu regeln.«

Heloise hatte Mühe, zu schlucken, ganz zu schweigen davon, etwas zu erwidern. »D-das ist richtig«, stimmte sie verlegen zu, und ihr wurde heiß und kalt bei dem Gedanken, die Pflichten einer Ehefrau nun endlich zu erfüllen. Sie war froh über sein Schweigen, obwohl sie den Verdacht hatte, dass ihr eigenes ihn amüsierte.

Bedienstete des Gasthofs griffen nach ihren Steigbügeln und zankten sich um ihre Kundschaft. Sie war stolz auf Rushden, der klug genug gewesen war, eine Herberge zu wählen, wo die Dienstboten weder höhnisch waren noch faul. Sie wurden schließlich an einem bequemen Tisch untergebracht, der so sauber war, dass selbst die anspruchsvollste Hausfrau sich nicht hätte beklagen können, und der beste Met wurde Heloise serviert, als wäre sie eine Prinzessin. Bald gab es mehr Platten und Teller zwischen ihnen als Worte, und obwohl Miles versuchte, nicht mit den Blicken die Dame zu verschlingen, die seinen wachsenden Appetit vielleicht stillen würde, aß er nur sehr wenig.

»Langsam«, warnte er mit ehemännischer Besorgnis. »Nicht so gierig, Lady Rushden, sie werden Euch den Teller schon nicht wegnehmen.«

»Ich weiß nicht, woher meine nächste Mahlzeit kommen wird«, erwiderte sie ehrlich.

»O doch, das wisst Ihr. Ihr glaubt, ich treibe nur ein Spiel mit Euch?« Beruhigend legte er seine Hand auf ihre und ließ ihr Met nachschenken. »Warum habt Ihr plötzlich solche Angst? Es war Eure eigene Entscheidung, den Kelch anzunehmen, aber seht mich bitte nicht als die Fliege auf dessen Boden.«

»Das ist es nicht.« Dummerweise war Heloise den Tränen nahe, die sie jedoch tapfer unterdrückte. Sie war enttäuscht und zugleich glücklich, sehnte sich nach dem Trost seiner Umarmung und wusste doch, dass er nach wie vor ein nahezu unergründliches Rätsel für sie war. Wie könnte sie ihm sagen, sie wünschte, er würde die Ehe mit ihr vollziehen, weil er sie liebte?

»Dann seid dankbar.« Er lächelte sie an.

»Ich bin mir noch nicht sicher.« Sie errötete bei ihren Worten und erinnerte ihn an ein scheues wildes Tier, das die Flucht ergreifen würde, sobald er es berührte.

»Ob Ihr dankbar sein sollt?« Ihre Aufrichtigkeit störte ihn nicht; tatsächlich war es ihm sogar lieber, dass sie ehrlich war, und es war auch der richtige Moment dazu, denn auch er hatte Wahrheiten, die nur darauf warteten, enthüllt zu werden. »Ich warne Euch, erwartet nicht zu viel von mir.« Sein Ernst verblasste, als er das Erstaunen in ihren Augen sah. »Nein, meine süße Beißzange, das meinte ich nicht«, sagte er lachend, und dann wurde er wieder ernst und sah, wie ihre Augen noch immer funkelten, während sie abwartete. »Es gibt Dinge, die gesagt werden müssen.«

Heloise hielt den Atem an und wurde still wie ein Vogel in einer Hecke, der ein Gewitter nahen spürte. Sie ahnte schon, was er ihr sagen wollte, aber nicht, auf welch verletzende Art und Weise er es ihr beibringen würde: Die Worte klangen überstürzt und einstudiert und vollkommen gefühllos, obwohl der Schmerz da war. »Ihr solltet wissen, dass ich schon einmal verheiratet war. Ich war zwanzig. Meine erste Frau, Sioned, war sechzehn. Es war natürlich eine von unseren Familien arrangierte Ehe, aber wir waren sehr glücklich miteinander. Dann, vor zwei Jahren, ging die Pest in Dorset um. Phillip, mein kleiner Sohn, starb daran. Er ... o Gott, Heloise!« Schmerz erstickte seine Stimme. »Er ... er war erst drei Jahre alt. Und Sioned ... sie starb am Tag darauf.«

Das war es also. Seine Liebe war verbraucht, und in dieser Hinsicht hatte er ihr nichts zu geben. Heloise lehnte sich langsam zurück, als wäre sein Kummer eine Welle, die sie an eine einsame Küste zu spülen drohte, und suchte in der Luft über seinem Kopf nach einer Antwort auf solch ein freudloses Geständnis. »Wollt Ihr damit sagen, sie wäre noch bei Euch? Davon spüre ich nichts.« Dann erkannte sie, was für ein furchtbarer Fehler es war, es ihm zu sagen, und wagte ihn nicht anzusehen, weil sie merkte, dass er seine rechte Hand auf dem Tisch zur Faust ballte, um zu verhindern, dass er sich ganz instinktiv bekreuzigte.

»Gott erbarme sich meiner«, wisperte er mit einem feindseligen Blick. »Erzählt mir nicht, Ihr könntet auch die Toten sehen.«

»Nein, nein«, log Heloise rasch und suchte nach Worten, vor denen er nicht zurückschrecken würde, »aber ich habe ein ... ein Gespür ... für anderer Leute Kummer. Ist sie noch bei Euch?«

Seine Antwort war ein leiser Seufzer. »Nein.« Für einen

Augenblick schlug er die Hände vors Gesicht. »Ich gebe mir die Schuld daran. Wenn ich bei ihr gewesen wäre . . .«

Heloise, die sich an die schreckliche Vision seines Leidens erinnerte, streckte tröstend eine Hand nach seinem Handgelenk aus. Rushdens Haut fühlte sich glatt und warm an unter ihren Fingerspitzen. »Aber ist es nicht sehr anmaßend von Euch, die Verantwortung für etwas zu übernehmen, was allein Gottes Entscheidung war?« Es war ein riskanter Ratschlag; vielleicht würde er sie für diese Kränkung hassen.

»Möglich.« Miles lehnte sich zurück und ließ mit einem tief empfundenen Seufzer seine Hände wieder sinken. Er hatte beinahe Angst, Heloise zu lieben, Angst, dass Gott ihn ein zweites Mal mit einem Fluch belegen könnte. Als hätte sie mit ihrer verdammten Einsicht seine Gedanken gelesen, sagte sie: »Aber was ist mit Lady Myfannwy? Ihr habt ihr Euer Wort gegeben.«

Er zuckte mit den Schultern. »Gebärfreudige Hüften«, entgegnete er, bereute dann aber seine Krassheit. »Ach, seid doch ehrlich, Heloise, wenn Liebe zwischen einem verheirateten Paar entsteht, geschieht es nach der Hochzeit und nur selten vorher. Mit Myfannwy wäre es eine reine Vernunftehe gewesen, ohne Würze. Ihr könnt nicht sagen, dass es unserer Freundschaft daran mangelt.« Freundschaft! Er wollte also nicht einmal versuchen, sie zu lieben. »Da ist noch etwas, was Ihr verstehen solltet.«

»Eure Verpflichtungen dem Herzog gegenüber.«

»Natürlich, meine Verpflichtung – und Freundschaft«, gab er zu, froh, dass sie intelligent genug war, um es zu erkennen. »Meine Familie hat den Staffords in guten und in schlechten Zeiten gedient. Ihr müsst verstehen, dass ich Jahre auf die richtige Konstellation gewartet habe, und ja, ich habe vor, auf Harrys Rücken zu den Sternen zu reisen, Madame, also seid gewarnt.«

Gewarnt, dachte Heloise. Sie war also bloß die Vierte in der Reihe, nach Sioned, seinem Sohn und Buckingham. Oder hatte sogar Traveller Vorrang vor ihr?

»Und wenn Euer Freund stolpert und Euch mitreißt?«

»War es das Risiko trotz allem wert.« Ein unschönes Stirnrunzeln verzerrte sein Lächeln. »Seht Ihr Euch etwa schon als Witwe eines rechtskräftig verurteilten Verräters?«

»Ja, das muss ich bedenken.« Wenn er verletzend aufrichtig sein konnte, konnte sie es auch.

»Heloise«, warnte Miles, mit seiner Geduld langsam am Ende. Die Bank scharrte über die Bodenkacheln, als er aufstand. »Ich bin kein grüner Junge mehr.« Aber er konnte sehen, dass sie aus Angst sprach, dass der Mut, den er immer so bewunderte, sie beinahe ganz verlassen hatte. »Wollt Ihr nun einen Ehemann oder nicht? Es gibt sie in allen Formen und Größen. Dieser hier kommt daher mit diversen Vermerken in seinen Papieren, und Ihr werdet sie jetzt lesen.« Er reichte ihr eine Hand. »Dies ist keine Entscheidung, die wir leichtfertig getroffen haben. Und so sollte es auch nicht sein.« Ihre Hand zitterte, und er umfasste sie noch ein wenig fester. »Glaubt mir, wir sollten dies hier unwiderruflich machen.« Er würde ihr seine Geschicklichkeit als Liebhaber wie ein Geschenk zu Füßen legen. Dies sollte keine unbeholfene Vereinigung von zwei Körpern werden, sondern ein langsamer, aufregender Tanz der Sinne. Seine Zauberin mit einem Zauber bekannt zu machen, der so alt war wie das Paradies, würde Geduld und Zärtlichkeit erfordern.

Heloise fühlte sich wie ein Geschöpf aus dem Wald, das den Jäger Schritt für Schritt in seine Richtung kommen sah. Es unwiderruflich machen. Wenn keine Worte der Liebe gesprochen worden waren? *Unwiderruflich*. Das Wort klang irgendwie unheilvoll. Instinktiv versuchte sie, ihre Finger zu befreien. »Ich bin mir nicht mehr sicher.« Sie hätten es mit Gloucesters Segen tun sollen, nicht hinter seinem Rücken.

Auf der anderen Seite des Tischs starrte Rushden sie betroffen an. »Aber Ihr sagtet, es sei auch Euer Wunsch. Ihr solltet dankbar sein, Madame, Herrgott noch mal! Ihr habt einen Mann, der Euch begehrt. Kommt!« Er umfasste noch fester ihre Hand und zog sie auf die Füße. Der eindringliche Ausdruck seiner grauen Augen war unerbittlich – wartend, räuberisch.

Plötzlich dämmerte es ihr, wie eine mystische Offenbarung, dass Rushden sich zur Treppe wandte – dass er ein Schlafgemach bestellt haben musste! Dass der notwendige Vollzug der Ehe nicht heute Nacht stattfinden sollte, sondern jetzt! Jetzt, bei hellem Tageslicht.

Solcherart überlistet, befand sich Heloise in argen Schwierigkeiten, und ihre Magie war nutzlos. Er hatte seinen Entschluss getroffen. Er begehrte sie. Die Vorstellung, dass er mit ihr intim werden würde, erregte sie, ließ sie zittern vor Bereitschaft und erschauern von den unglaublichen Gefühlen, die sie durchfluteten und ihre Vernunft zwangen, vorübergehend außer Kraft zu treten.

Dies war ein anderer Miles Rushden. Ein Bräutigam. Das Wams vorne geöffnet, das Hemd am Hals gelöst – dies war der Fremde, den sie in Bramley gekannt und gefürchtet hatte: sein schwarzes Haar zerzaust, sein Mund spöttisch und entschlossen, ein Mann von Rang und Macht, der ihr den Atem raubte und sie zum Zittern brachte. Aber diese Ehe musste eine Ehe zwischen Gleichberechtigten werden. Wenn er das jetzt nicht lernte, würde er es wahrscheinlich nie lernen.

»Nein!« Sie starrte auf die Krümel auf dem groben Holz und biss sich, erschrocken über ihre eigene Kühnheit, auf die Lippe. Aber sie war kein Pferd, das man in den Stall führte zum Decken. »Ich kam nach Brecknock, weil ich nirgendwoanders hin konnte, und …«

»Weiter.« Er schien sie zu umkreisen wie ein Habicht.

Heloises Ängste wuchsen. Möge die heilige Katharina sie beschützen und gewährleisten, dass ihr Körper den unwiderlegbaren Beweis erbrachte, dass sie noch eine Jungfrau war! Sie hatte Angst vor Tyrannei – Angst, letztendlich dieses Mannes Eigentum zu werden, wie ihre Mutter und Matillis ihres Vaters Eigentum gewesen waren. »Wenn Ihr glaubt, ich würde mich gehorsam für Euch hinlegen, wenn Ihr mit den Fingern schnippt und pfeift, dann …«

»Oh, aber das werdet Ihr.« Starke Arme umfassten von hinten ihre Ellbogen und hoben sie auf. Ihr Herz flatterte wie eine aufgeregte Motte, als sie seinen Körper hart an ihrem spürte, seinen Atem warm in ihrem Nacken. »Und glaubt mir, ich werde erheblich mehr tun als zu pfeifen, Mylady.«

Seine kleine Hexe zitterte, als Miles sie die Treppe hinauftrug. Das war das Letzte, womit er gerechnet hätte: dass seine besonnene Heloise sich wie eine nervöse Braut benahm. Das Schlafgemach war keine Hilfe, aber wohin hätte er sie denn sonst bringen sollen?

Zumindest war es sauber und geräumig. Abgesehen von einer Spanischen Wand, die eine Ecke des sonnendurchfluteten, weiß getünchten Raums verdeckte, nahm das Bett, das groß genug war, um einem halben Dutzend Reisenden Platz zu bieten, den gesamten Raum ein. Heloise schnappte hörbar nach Luft. Miles schob sie sanft über die Schwelle und stieß die Tür hinter sich zu, um zu vermeiden, dass die

Dienstboten den Klatsch in der ganzen Stadt verbreiteten. Es war nicht das Ideale, musste er sich, belustigt über seine Lage, eingestehen, aber ließe man einer Stute Zeit, vor einem Hindernis zu scheuen, würde sie es sicherlich nicht überspringen.

»Ich dachte, Ihr wolltet bestimmt kein weiteres Hochzeitsfest und öffentliches Entkleiden.« Er nahm seine silberne Kette ab, um sie nicht damit zu verletzen, löste die letzten Perlenknöpfe an seinem Wams und streifte sein Hemd über die Schultern. Dann zog er Heloise sanft an seine Brust und küsste sie. Die Dame begann allmählich aufzutauen.

»Ich verspreche dir, dass ich anstelliger sein kann als ein Diener«, murmelte er an ihren Lippen und fluchte dann im Stillen, als er versuchte, ihr das Drahtgeflecht ihres Kopfschmucks abzunehmen, um ihr silbernes Haar von der Haube, die sie darüber trug, befreien zu können. Es war Heloise, die die Aufgabe schließlich beendete, was nicht gerade dazu beitrug, ihre Unsicherheit zu beschwichtigen. Miles hatte seine kleine Rebellin noch nicht gezähmt.

»Und wenn ich nun eine Annullierung gewollt hätte, Sir?«, protestierte sie, als seine Hände über die Kurven glitten, die ihn während ihrer Mahlzeit schon verlockt hatten. Er entfernte das Dreieck aus schwarzem Satin, das ihr Dekolletee vom Ansatz ihrer Brüste bis zu ihrer schlanken Taille bedeckte. Sie war so schön, wie er sie aus Bramley in Erinnerung hatte. Der weiche schwarze Kragen ihres Übergewands verdeckte zur Hälfte ihre festen Brüste mit den rosa Spitzen, und er schob den Stoff zurück und labte sich an ihrem Anblick, entzückt über die Gewissheit, dass dieser wundersame Vergnügungspark nur ihm gehörte und er darin herumbummeln konnte, so viel er wollte. »Eine Annullierung?«, entgegnete er zerstreut. »Dazu ist es zu spät, glaubt mir.« Sie war seine Verwandlungskünstlerin, die Ritterin, die gegen ihn gekämpft hatte. Er musste ihr zu Bewusstsein bringen, dass sie ihm gehörte. Sein Finger glitt zu der Stelle, wo Berührungen ihm bisher verweigert worden waren, und beobachtete mit der Genugtuung eines geschickten Lehrers, wie ihre Lippen sich mehr in lustvoller Erregung öffneten statt in Protest. »Du magst das also.«

»Nun ja ...«

»Gib es doch zu, dass es dir gefällt.« O ja, und wie.

Er öffnete ihren silbernen Gürtel und ignorierte die Hände, die schamhaft versuchten, ihn daran zu hindern. Ihr Übergewand wurde ihr geschickt über den Kopf gezogen.

»Sir, ich wünschte, Ihr würdet warten bis zur Dunkelheit und mich nicht in Verlegenheit bringen.« Heloises Stimme war nur gedämpft zu hören unter all dem Taft. Sie tauchte zerzaust und trotzig wieder daraus auf, aber sie hatte es mit einem sehr entschlossenen Bräutigam zu tun, dessen sonst so kühle graue Augen vor sinnlichem Verlangen geradezu zu glühen schienen.

»Und mich meines Vergnügens berauben?« Dieser unverschämte Mann gab ihr das Gefühl, als wäre sie schon nackt. Sie hielt das Kleid vor sich, um sich zu bedecken, und wich vor ihm zurück, bis sie mit ihren Oberschenkeln an das Bett stieß.

»Und was ist mit meinem Vergnügen, Sir?«

Das Kleid wurde ihr aus der Hand genommen und auf einen Stuhl geworfen. »Du wirst feststellen, meine Liebe, dass ich genügend Erfahrung besitze, um uns beide zu erfreuen. Ich dachte, du wolltest es, *cariad*.« Seine eindringlichen grauen Augen bewirkten einen Zauber, dem sie nicht mehr widerstehen konnte. Ja, ich begehre ihn, dachte Heloise. »Dreh dich um, mein gepanzerter Engel.« Sie spürte den Beweis seiner Erregung durch ihr dünnes Unterkleid, als er sie flüchtig an sich presste. Dann befreiten ungeduldige Finger sie von ihrem Hemd und streiften dessen enge Ärmel über ihre Handgelenke.

»Du bist wunderschön, Heloise, ist dir das bewusst? Schöner, als ein Mann sich eine Frau in seinen kühnsten Träumen wünschen könnte.« Seine Worte waren ein sanfter Hauch, der ihre Wange streichelte. Ihr Körper schmiegte sich bereitwillig an seine Schulter, als geschickte Hände bewundernd an ihr hinunterglitten. Ein unersättliches Verlangen durchflutete Heloises Körper zwischen ihrer Brust und ihren Schenkeln.

Miles nahm den Schleier von ihrem Haar und küsste ihre Schulter. Warum war er so ein Narr gewesen und hatte so lange abgewartet, um sie zu verführen? »Gib zu, dass du mich ganz bewusst nach dir hungern ließest, meine Zauberin, seit du mich in deinen Obstgarten gelockt hast.«

»Könnt Ihr nicht verstehen ...« Sie machte eine hilflose Geste und drehte sich in seinen Armen, um ihn anzusehen, »was ich von Euch will? Oh!« Er hatte sanft ihre Beine gespreizt und stand zwischen ihren Schenkeln. Sie brauchte mehr als Bewunderung, mehr als die Verehrung seiner Lippen.

»Du denkst zu viel, mein Liebling.« Rushden hob ihr Gesicht. Seine Augen waren dunkler, als sie sie je zuvor gesehen hatte, und unnachgiebig wie die Augen eines Feindes. Wenn ich die Arme an den Seiten halte, dachte Heloise, die ihre Unerfahrenheit in diesen Dingen jetzt bedauerte, hört er mich vielleicht an. Aber sie kam gar nicht dazu, etwas zu sagen. Fordernd pressten seine Lippen sich auf ihre, während seine Hände prüfend, forschend und besitzergreifend über ihren Körper glitten und tausend kleine Feuer auf ihrer Haut entfachten, die auf jede Faser ihres Körpers übergriffen. »Warum traust du mir nicht zu, dass ich sanft und behutsam mit dir sein kann?«, fragte er und legte seine Hände unter ihre Arme, um sie auf das Bett zu heben.

»Weil ...« Aber er lag jetzt neben ihr, und seine Küsse ließen ihr keinen Atem, um zu antworten. »Oh!« Mit seinen starken Händen ihre Oberarme umfassend, rollte er sich auf den Rücken, und Heloise saß plötzlich rittlings über ihm, seinen erregten Körper unter ihrem dünnen Unterkleid, ihre Hände auf seiner muskulösen Brust mit dem weichen dunklen Haar, wo sein Hemd vorn auseinandergeklafft war.

Ein noch mutwilligerer Ausdruck erschien in seinem gut aussehenden Gesicht, als er sah, wie sie unter seinem anerkennenden Blick errötete. Seine Hände, die stützend unter ihren Ellbogen lagen, schüttelten sie sanft. »Lady Rushden, Ihr wisst, was wir tun müssen, um diese Ehe zu vollziehen?«

Die Frage lenkte sie von ihrem inneren Zwiespalt ab. Plötzlich zuversichtlicher geworden, befeuchtete Heloise ihre Lippen – im Grunde gefiel es ihr sogar, ihn unter sich zu spüren – und sah, wie er die Mundwinkel kräuselte. Er hielt sie wohl für eine Ignorantin? Nun, sie hatte Hengste Stuten decken sehen. Daher wusste sie, dass er sich ihr von hinten nähern musste, und das hieß, dass er im Augenblick keine Gefahr oder Bedrohung darstellte. Im Grunde war es sogar wunderbar, dass er ihr so ausgeliefert war, und sie bewegte ihre Hüften, um sich noch bequemer hinzusetzen, ohne sein leises, lustvolles Aufstöhnen zu beachten. Und einer von ihnen musste schließlich Vernunft bewahren.

»Ich denke ... was auch immer nötig ist, Sir«, erklärte sie, während sie mit einem Finger durch das seidig weiche Haar auf seiner Brust strich, »sollten wir zur Sicherheit gleich zweimal tun. Damit später absolut kein Zweifel entstehen kann.«

»Herr erbarme dich meiner!« Er bäumte sich auf und lachte schallend. Aus dem Gleichgewicht gebracht, fiel Heloise mit den Armen auf seine Brust und erstickte ihn beinahe ihn ihrem langen Haar.

»Glaubst du, du brächtest es über dich, mich Miles zu nennen?«, fragte er mit einem Lächeln, das zärtlich und zugleich verlangend war.

»Hm.« Sie neigte den Kopf, wickelte schelmisch eine Strähne seines schwarzen Haars um ihren Finger und strich dann über seine Lippen, aber die Leidenschaft in seinem Blick strafte seine Ruhe Lügen.

»Heloise«, sagte er rau. »Ich fände es schön, wenn du mich küssen würdest.«

»So, Miles?«

»Sehr viel versprechend«, murmelte er an ihrem Mund und drehte sie mit einer geschickten Bewegung wieder auf den Rücken. Sie öffnete die Lippen und vergrub ihre Finger unter seinem Haar. »Weißt du, was du mit mir machst, Heloise?« Seine Stimme war ein leises, raues Wispern. »All meine rationalen Gedanken, einer nach dem anderen, sind einem süßen, köstlichen Verlangen gewichen, das nur du stillen kannst.« Seine erfahrene Hand war unter ihren Rock geglitten und begann ihr ihre Strümpfe abzustreifen. Heloise atmete schneller, als seine Finger entnervend langsam über die Innenseiten ihrer Schenkel glitten. Miles kostete ihr Erstaunen aus, genoss es, wie ihre Augen sich verdunkelten und ihre Pupillen sich in sinnlicher Verzückung weiteten. *»Die tylwyth teg«*, log er, während er sie geschickt von ihrem Unterkleid befreite, »glauben, einer Braut, die ein Wechselbalg ist, müsse man am Nachmittag beiliegen, wenn man verhindern will, dass sie im Morgengrauen verschwindet. Deshalb können wir nicht bis heute Abend warten.«

»Das kann nicht wahr sein«, protestierte sie.

»Da ich schon in verschiedenen Hexenringen geschlafen habe, kann ich dir versichern, dass das allgemein bekannt in solchen Kreisen ist.«

Lachend schlug Heloise nach ihm und errötete, als ihr bewusst wurde, dass es ihm gelungen war, sie ihrer Kleider vollkommen zu entledigen

Eine jungfräuliche Fee mit Silberhaar. Ihre Sittsamkeit erfreute Miles und beruhigte ihn, dass es keine Hexerei war, was seine Leidenschaft entfachte. Sobald sie die Erfahrung gemacht hatte, dass die körperliche Liebe nichts Sündhaftes war, würde sie auch ihn zu berühren wissen. Er setzte sich auf die Bettkante und löste die Bändchen seines Hemds – was beim nächsten Mal ihre Aufgabe sein würde – und streifte es zusammen mit seiner Strumpfhose und Unterhose ab.

Du liebe Güte, was hatte das denn nun schon wieder zu bedeuten? Als er sich umblickte, sah er, dass Heloise von ihm abgerückt war und auf allen vieren hockte wie eine Katze. Der Anblick ihrer festen Brüste, umspielt von ihrem langen Haar, drohte ihm beinahe den Verstand zu rauben.

»Wie kommt es, dass Ihr eine gewöhnliche Kaufmannstochter wie mich plötzlich akzeptabel findet? Weil ich den Löwenanteil des Vermögens meines Vaters geerbt habe?«

Nur mit Mühe gelang es ihm, sich zu beherrschen. »Nein!«, rief er. »*Dich* finde ich akzeptabel!«

Die Jungfrau in ihr war zu irritiert von seiner plötzlichen Nacktheit, um noch weiter zu widersprechen. Als sie errötete und rasch den Blick abwandte, sprang er auf das Bett und packte sie an ihren Handgelenken.

»Also was ist, Madame? Wollt Ihr nun eine Ehe zwischen uns oder nicht?«

Was machte er falsch? Er war schließlich auch nur ein Mensch, Herrgott noch mal. Er hatte gehofft, ein Feuer der Leidenschaft in ihr zu entfachen, das all ihre Zweifel endgültig beseitigen würde, doch die Fee in ihr war noch immer kampfbereit und bemüht, die Kontrolle zu bewahren. Oder war es möglich, dass sie ihn nur als Freund wollte, aber nicht als Liebhaber? Vielleicht war es ein Fehler von ihm, zu glauben, sie könnte sich zu ihm hingezogen fühlen.

»Heloise ... Ist es mein Aussehen?« Seine Stimme wurde sanfter, und er kniete sich hin und zog sie hoch, damit sie ihn ansehen konnte. »Sieh mich an.« Ihr Blick fiel auf sein pockennarbiges Gesicht. »Heloise Ballaster, willst du mich als deinen Herrn und Gatten akzeptieren und mir Treue schwören?« Langsam nickte sie. Aber er brauchte mehr. »Wirklich, Heloise? Denn falls du mich abstoßend findest, solltest du mir das jetzt um Himmels willen sagen, und dann tun wir einfach so, als wäre nichts von all dem je geschehen.«

»Wie kannst du so etwas denken?« Zärtlich strich sie über seinen Wangenknochen. »Ich schwöre dir bei allem, was mir heilig ist, dass ich dich gar nicht anders haben möchte.«

»Dann möge Gott uns seinen Segen geben.« Er zog ihre rechte Hand an seine Lippen und küsste sie. Dann nahm er den Ring ab, den sie ihm zurückgegeben hatte, und streifte ihn ihr über den Finger. »Denn hiermit nehme ich dich zu meiner Frau, um dich zu schätzen und zu ehren, in guten und in schlechten Zeiten, bis dass der Tod uns scheidet.« Ihr Gesicht entspannte sich. Während sie sich beruhigte, stützte er mit den Händen zärtlich ihre Schultern und dankte Gott, dass er ihm den rechten Weg gewiesen und die richtigen Worte eingegeben hatte, um die Unaufrichtigkeit ihrer ersten Trauung zu bereinigen.

»Amen«, flüsterte sie und legte auch ihre andere Hand an seine Wange.

»Nun, Lady Rushden?« Er wartete.

Ihr leises Lachen wärmte die Atmosphäre und verjagte die Dämonen. »Nun, mein frisch verheirateter Lord, jetzt kannst du pfeifen!«

20

Es war fast so etwas wie Verrat, so unbekleidet auf dem Bett zu liegen, fand Heloise. Die Maisonne erfüllte den Raum mit einschläfernder Wärme, als sie einander ermattet gegenüberlagen, doch draußen vor dem Fenster schlug eine hungrige Drossel eine Schnecke gegen einen Ast. Miles Rushden, die Arme vor der Brust verschränkt, betrachtete sie, als sie ihm so gegenüberlag, das Kinn auf ihren Händen. Mit Rücksichtnahme und Intelligenz, mit unendlicher Geduld und Zärtlichkeit hatte er sie in ein Reich geführt, das ihre Vorstellungskraft überstieg.

»Das ist herrlich sündig.« Sie zeichnete mit ihrem Fingernagel ein unsichtbares Muster auf das Laken und konnte nicht der Versuchung widerstehen, ihn zu necken: »Buckingham läuft bestimmt schon Amok.«

»Das wird er, wenn er das hier hört.« Amüsiert über ihr wachsendes Selbstvertrauen, strich Miles mit dem Finger über ihre von seinen Küssen noch geschwollenen Lippen.

»Ja, ich weiß.« Errötend senkte sie den Kopf, so dass ihr Haar ihr Gesicht verdeckte.

Er schob den seidenen Vorhang beiseite. »Das erste Mal ist das schwierigste. Da ist noch sehr viel unterzubringen.«

Ihre Lippen zitterten, ihr Blick war verschmitzt und reumütig zugleich. »Allerdings.«

»Teufelin!«

»Und was nun? Wirst du mich jetzt am Tor von Baynards abliefern wie ein geliehenes Pferd – zerzaust und wundgeritten?«

»Zerzaust bestimmt. Vielleicht wäre es das Beste, wenn du nicht mit mir und de la Bere ein Bett teilen willst.«

»Für einen Moment dachte ich, du würdest deinen lieben Harry vorschlagen. Vielleicht könnten wir ihn ja auch einladen.« Lachend rollte sie sich auf die Seite, doch als sie seinen begehrlichen Blick bemerkte, drehte sie sich rasch wieder um, um ihre weiblichen Körperteile zu verbergen.

Ob Cleopatra so ausgesehen hatte, als Cäsar sie aus dem Teppich rollte? Miles lachte und zwang sich, rücksichtsvoll zu sein und seinen Blick von den wunderschönen Tälern und Hügeln abzuwenden, die nun ihm gehörten. Es war verlockend, sie erneut zu lieben, doch er erinnerte sich, dass seine erste Frau über die Wundheit geklagt hatte, unter der die meisten frisch gebackenen Bräute litten. Erfahrener heute, beherrschter und verständnisvoller, würde er nicht den gleichen Fehler auch bei Heloise machen.

»Ich möchte Bischof Stillingtons Segen, und wir müssen Ihre Gnaden von York informieren.«

»Ich werde mich darum kümmern.«

»Und würdest du mir jetzt bitte von dem Darlehen erzählen?« Die plötzliche Frage verstimmte ihn, wie Heloise erwartet hatte. Sie beobachtete, wie er sich aufsetzte und ihr den Rücken zukehrte, dessen Steifheit seinen Groll nachdrücklich zum Ausdruck brachte.

Seine Antwort klang vorübergehend gedämpft, als er sein Hemd über den Kopf zog. »In diesen Tagen werden Hunderte von Darlehen in London arrangiert. Von welchem sprechen wir?« Er zog seine schwarze Strumpfhose an und stand auf, um die Beinlinge am Wams zu befestigen.

»Das Darlehen, das mein Vater jemandem in Northampton versprochen hatte.«

Wieder etwas beherrschter, blickte er sich über die Schulter nach ihr um. »Ich habe jedenfalls keins erhalten, das versichere ich dir.«

»Nein, Gloucester, glaube ich. Meine Schwester sprach davon.«

»Deine Schwester ist ein dreistes, sich in alles einmischendes Luder.« Er verschwand unter dem hohen Bettgestell, und ihr arg zerknittertes Gewand, gefolgt von ihrem noch bedauernswerteren Kopfschmuck, flogen auf das Bett. Heloise schnappte verblüfft nach Luft, als Miles sie auf die Matratze zurückdrängte und mit einer Hand ihre beiden Handgelenke über ihrem Kopf festhielt. »Mein Schwert ist nicht verkäuflich, Nachtigall«, sagte er, und seine Lippen streiften flüchtig ihre.

Eine Schönheit weiß wie Fischbein,
eine Perle gefasst in reichlich Gold,
eine Turteltaube die mein Herz begehrt
die Freude von Söld ...

»Vergiss die Vergangenheit.« Er ließ ihre Hände los und zog sie an sich. »Das einzige Darlehen, das für mich heraussprang, schöne Ritterin, wart Ihr.«

Ihr frisch gebackener Ehemann ging mit ihr zum Abendessen und zur Bekanntgabe ihrer Vermählung ins Red Rose. Zu Heloises Erleichterung speiste Buckingham heute bei Lord Howard. Miles, beschwipst vom Bier nach ihrer üppigen Mahlzeit im Speisesaal, führte sie nach oben in das Solarium des Herzogs und öffnete weit die Fenster, um die letzten Sonnenstrahlen einzulassen. Die Turmuhr in der Nähe schlug gerade sieben.

»Du kennst Gloucester besser als ich«, murmelte er, während er ein Stück unbeschriebenes Pergament aus einem der Regale nahm. »Ich würde ihm aus Höflichkeit gern schreiben, um ihm mitzuteilen, dass er ein Mündel weniger hat. Ist das klug? Oder sagt dir dein Instinkt, dass er mich dafür in den Tower stecken wird?«

Heloise strahlte. »Es gibt wichtigere Dinge für ihn als uns.«

»Meinst du?« Er blickte vom Schärfen einer Feder auf und entwaffnete sie mit einem mutwilligen Grinsen. »Und nun, Lady Rushden, benötigst du etwas zur Unterhaltung.« Er setzte sie auf das Sofa, das mit dem Rücken zum Kamin stand, wie es im Sommer üblich war, legte ein vergoldetes Buch auf den kleinen Tisch vor ihr und öffnete die Verschlüsse.

Als sie mit dem Finger über Buckinghams breite Unterschrift unter dem hübsch ausgemalten Titel *De Propietatibus Rerum* strich, spürte Heloise nicht die Freude des Herzogs über eine solche Kostbarkeit, sondern Neid auf den verstorbenen Autor, Bartholomäus. Beunruhigt blätterte sie abwesend die Seiten um und zog es vor, ihren Ehemann zu beobachten, als er sich schließlich vorbeugte und in schnellen, entschiedenen Federstrichen schrieb.

»Da«, sagte er nach einer Weile und drückte eine Rushdensche Schlange in den warmen Siegellack. »Gezeichnet und versiegelt, genau wie wir.«

»Buckingham wird nicht erfreut sein.« Und damit meinte sie nicht ihre Lektüre seines Buchs.

»Und ich auch nicht, falls er irgendetwas sagt, was dir Kummer bereiten könnte.« Miles schlenderte durch den

Raum zum Fenster, wo er es sich bequem machte, den Rücken gegen den Rahmen gelehnt und einen Stiefel auf dem Fensterbrett, und mit leerem Blick auf die mit Stroh gedeckten Dächer blickte, die wie Gold im Schein der untergehenden Sonne schimmerten. »Der heutige Tag könnte den Lauf der Dinge verändert haben«, murmelte er und fragte sich, ob Stillington Gloucester sein Geheimnis offenbart haben mochte. »Und vielleicht trägst du ja schon ein Kind unter dem Herzen, Heloise.«

»Du würdest dich freuen? Wirklich?«

Er grinste. »Warum denn nicht? Ich sehe dich schon als aufgeplusterte kleine Henne mit einem dicken Bauch.« Bevor sie nach ihm schlagen konnte, packte er sie an den Ellbogen und hob sie auf. »Beruhige dich! Du bist noch immer leicht wie eine Feder.« Lachend hinderte er sie daran, ihn gegen seine Schienbeine zu treten. »Hast du denn gar keine Knochen in dir?«

»Ich kann unmöglich eine Unterhaltung mit dir führen, solange du mich in der Luft schweben lässt!«

»Weil meine Macht zwischen den Elementen Erde und Luft größer ist als deine, meine kleine Zauberin. Und natürlich auch zwischen den Laken.«

»Seine Gnaden kann jeden Augenblick erscheinen.« Heloises Nerven waren zum Zerreißen angespannt – dies waren die Gemächer des Herzogs, und sie waren Verräter.

»Na und.« Miles ließ sie langsam an seinem Körper hinuntergleiten, zog ihre Hände hinter ihren Rücken und küsste sie, bevor er sie losließ. »Wir haben noch keinen Hochzeitskelch geteilt, wir beide.« Mit einem Schlüssel von seinem Gürtel öffnete er Harrys Sekretär und ließ die Platte herunter, um ein Regal zu schaffen. »Such dir einen aus.«

Die aus Brecknock mitgebrachte Sammlung von Kelchen, Krügen und Bechern funkelte im verblassenden Licht: blutrotes venezianisches Glas, ein russischer Zinnkrug mit einem Bär als Henkel, ein uraltes Trinkhorn mit zwei goldenen Jagdhunden, eine zierliche persische Silberflöte und noch ein Dutzend andere. Um Miles auf die Probe zu stellen, deutete sie auf einen juwelenbesetzten Krug. Wortlos nahm er den goldenen Deckel ab und holte die Weinkaraffe von dem kleinen Tisch. Wie ein Hohepriester schenkte er ein wenig ein und betrachtete sie feierlich über den Rand des Glases, als hätte er sie – im biblischen Sinne dieses Worts – noch nicht erkannt. Die bernsteinfarbene Flüssigkeit schimmerte und glitzerte, als er seine Hände über ihre legte und ihre Finger zwang, sich unter seinen um den Kelch zu schließen.

»Hegst du noch immer Zweifel, Heloise? Bis dass der Tod uns scheidet?«

»Nein, ich bin mir sicher«, antwortete sie rau und fühlte, wie der prachtvolle Kelch an ihre Lippen gehoben wurde, damit sie trank. Von dem Wein zu trinken, bedeutete, eine Verpflichtung einzugehen, ein Sakrament. Sie schob ihm den Kelch zu. Auch er trank, beobachtete sie dabei eindringlich über den goldenen Rand und stellte schließlich den Kelch wieder zurück auf das Regal und zog sie in die Arme.

»Es wird noch etwas Zeit erfordern«, warnte er, während er einen Finger sanft unter ihr Kinn legte und ihr Gesicht zu sich emporhob.

»Ich weiß.« Lieber mit Miles Rushden soupieren als mit irgendjemand anderem, obwohl Worte der Liebe das Mahl hätten garnieren sollen. Sie sträubte sich diesmal nicht, als seine nach Met schmeckenden Lippen ihre in Besitz nahmen, und fuhr schüchtern mit den Händen über sein samtenes Wams, um sie unter dem weichen Haar in seinem Nacken zu verschränken.

»Aber Heloise.« Ein mutwilliger Blick erschien in seinen Augen. »Wie nachgiebig du auf einmal bist.«

»Ich lasse dir nur deinen Willen«, scherzte sie.

»Bei Gott, was geht hier vor?« Harry, von Kopf bis Fuß mit kostbarem golddurchwirktem Tuch bekleidet, das Gesicht vom Wein gerötet, kam durch die Tür und blieb ein wenig schwankend stehen. Heloise löste sich von Miles und strich verlegen ihre Röcke glatt.

Aber der Herzog sah sie gar nicht an. »Miles?«

Miles' Vernunft ließ ihn im Stich; in dem loyalen Redenschreiber, Trinkkameraden und offiziellen Speichellecker – nein, dieses Amt fiel Nandik zu – rebellierte plötzlich etwas. Der Groll in Harrys Gesicht, der unverhohlene Ärger des Herzogs, ihn mit Heloise in seinen Armen zu sehen, schmerzte. Buckingham mochte zwar für ihn die Sonne sein, um die sich alles drehte, aber er besaß jetzt einen eigenen Mond.

»Kennt Ihr meine Frau schon, Heloise Ballaster?« Es klang spröde, grausam und ganz und gar nicht so, wie er es hatte sagen wollen. Neben ihm verbeugte sich seine frisch gebackene Ehefrau in einem tiefen Knicks.

Kein Muskel regte sich in dem gut aussehenden Gesicht des Herzogs. Es war politisch sicherlich nicht angebracht, den drittmächtigsten Mann in England verblüfft wie einen Fisch außerhalb seines Elements zu sehen, doch das kümmerte Miles im Augenblick nicht im Geringsten. Meine Frau. Es klang richtig, richtiger als je zuvor.

»Wenn Ihr es sagt.« Harry ließ eine Lederflasche auf den Tisch fallen, streifte seine cremefarbenen Handschuhe ab und legte sie neben den Kelch. Auch der entging ihm nicht.

Heloise erhob sich aus ihrer Reverenz, aber er beachtete sie nicht. »Ich bin morgen früh vermutlich wieder nüchtern, Rushden, aber Ihr werdet dann leider immer noch ein verheirateter Mann sein. Hier!« Das Wort klang bitter, als er Miles den Kelch zuschob. »Behaltet ihn als Hochzeitsgeschenk.«

Miles erwiderte seinen Blick, und Tränen drohten ihn plötzlich verzagen zu lassen. So war das nicht geplant gewesen. Harry hatte etwas Besseres von ihm verdient. »Das möchte ich nicht.«

»Nichtsdestoweniger gehört er Euch. Nehmt ihn! Morgen werdet Ihr mir vielleicht erklären, warum Ihr Euch unerlaubt entfernt habt.« Er trat einen Schritt zurück, um ihnen den Weg zur Tür frei zu machen.

Miles verbeugte sich. »Kommt, Madame.«

Aber Heloise zögerte. »Die Demoiselle in Crosby Place«, begann sie. »Ich denke, Ihr solltet wissen, dass ...«

Buckingham streckte sich und gähnte. »Sind sie alle verwirrt im Kopf, wo Eure Frau herkommt, oder liegt es daran, dass sie die Tochter eines Bogenmachers ist?«

»Sie war keine Gärtnerin, sondern ...«, fuhr Heloise hartnäckig fort.

»Das werden wir schon noch klären, falls es nötig ist, Madame«, schnitt Miles ihr das Wort ab. Draußen vor der Tür blieb er stehen, und blickte schweren Herzens in ihr trauriges Gesicht. »Es tut mir Leid.« Es war ehrlich gemeint, ja, aber sie verstand, dass sie ein Eindringling war.

»Er braucht dich. Versöhnt euch.«

»Dann warte im Solarium. Vor der Ausgangssperre bringe ich dich nach Baynards.«

Miles zog die Tür hinter sich zu und lehnte sich dagegen. So hätte es nicht sein sollen.

Harry, der an dem kleinen Tisch vor dem Kamin saß, biss sich in den Daumennagel. »Geht und amüsiert Euch mit ihr!«

»Ich kann es erklären, wenn Ihr mir zuhören wollt.«

»Mir ist nicht danach, Euch zuzuhören.« Mit angewidertem Gesicht stieß er den Kelch und die Lederflasche beiseite, als ginge ein unerträglicher Gestank von beiden aus.

Seine Gefühle unter einem maskenhaft starren Gesichtsausdruck verborgen, hob Miles die Lederflasche auf, brach das Siegel und trank einen Schluck. »Nicht schlecht. Euer Geschmack hat sich überraschend verbessert, seit Ihr Wales dazubekommen habt.« Der Scherz misslang, aber er drückte Harry die Lederflasche in die Hand. Mit einem trotzigen Naserümpfen trank der Herzog und wischte sich mit dem Handgelenk die Lippen ab. »Was macht Euch eigentlich zu schaffen, Euer Gnaden? Ihr habt gesunde Kinder, und Gloucester hat Euch ein Fürstentum gegeben, mit dem Ihr tun könnt, was Ihr wollt – mehr Macht, als Ihr zu nutzen wisst, Herrgott noch mal – was habe ich also falsch gemacht?«

Der Herzog ließ die Mundwinkel hängen wie ein Hund, dem ein Knochen verweigert worden war. »Ihr habt in Brecknock die Wahrheit vor mir verborgen, Herrgott noch mal, und sie auf meinen Sohn losgelassen, und nun habt Ihr mich schon wieder hintergangen.«

»Warum beschwert Ihr Euch? Ned vergöttert sie, und er hat bei ihr wenigstens Bitte und Danke zu sagen gelernt.«

Fingernägel scharrten drohend über die Tischplatte. »Reizt mich nicht, Miles.«

»Warum nicht? Ich wurde unter Zwang mit ihr getraut. Es vereinfacht die Dinge, wenn ich sie behalte, und ich bin sicher, dass Ihr einen anderen Bräutigam für Myfannwy finden werdet.«

»Verdammt noch mal, Miles! Ihr wusstet, wie wichtig dieses Bündnis war.« Harry fegte wutentbrannt den Kelch vom Tisch.

»Dann wünscht Ihr also, dass ich mir einen anderen Lehnsherrn suche?« Eine nur mühsam unterdrückte Heftigkeit klang in jedem seiner Worte mit.

»Also gut, ich entschuldige mich«, schnarrte Harry und starrte verdrießlich zur holzgetäfelten Zimmerdecke auf. »Geht und amüsiert Euch mit der kleinen Ballaster. Aber vergesst nicht, dass sie eine Stute aus Gloucesters Stall ist und ganz andere Loyalitäten in ihrem Innersten verbergen könnte.«

Miles fluchte, schleuderte die Flasche weg und stürmte auf die Tür zu. »Dann sei es so, Mylord.« Verflucht noch mal, warum musste Harry ihn so kränken? Heloise war jetzt Lady Rushden und verdiente etwas Respekt.

»Nein! Miles!«, widersprach der Herzog und rappelte sich mit gefühlsduseliger Miene auf. »Du liebe Güte, Miles, ich hatte mich darauf gefreut, die heutigen Ereignisse mit Euch durchzukauen und dabei ein Glas mit Euch zu trinken. Aber was soll's.« Er ließ sich wieder auf das Sofa sinken. »Ihr hättet mich auf dem Pen-y-Fan sterben lassen sollen, Miles.«

Also hatte er nicht nur zu viel getrunken. Miles nahm die Hand vom Türriegel. »Ich dachte, Ihr hättet jetzt den schmierigen Nandik, um abends Eure Kerzen anzuzünden.«

»Pah!« Harry verzog das Gesicht, und seine Laune schien sich plötzlich etwas zu verbessern. »Warum habt Ihr mir nicht gesagt, dass Ihr es Euch anders überlegt habt in Bezug auf Mistress Ballaster? Zumindest das hätte ich von Euch verdient.«

Es war nicht leicht für Miles, die Wahrheit in Harrys Labyrinth der Logik zu entdecken. »Weil sie meinen Schutz gegen Narren wie Dokett braucht. Und sagt jetzt nicht, sie hätte mich verhext!«

Harry schluckte und zupfte an seinen Handschuhen. »Dann seid Ihr also wahnsinnig vor Lust? Oder geschwächt von Liebe? Ich weiß nicht, wie das ist. Beschreibt es mir!« Harrys Finger umklammerten Miles' Ärmel und wurden unbarmherzig weggeschoben. »Was, Ihr könnt mir also keine Antwort darauf geben? Frauen sind nicht besser als Wein«, höhnte Harry giftig. »Körper, die sich mit Schmuck erkaufen lassen. Ich bin neidisch, könnt Ihr das nicht sehen, verdammt noch mal? Ich wünschte, ich hätte eine Frau, die mir etwas bedeutet.«

Miles hatte heute Abend nicht die nötige Geduld, um Harrys Selbstvertrauen aufzubauen. »Ich wünsche Euch eine gute Nacht. Morgen ...«

»Ich pfeife auf morgen!«

»Also hat Stillington noch nichts verraten?«

»Nein, zum Teufel! Gloucester hat ihn nicht einmal besucht.«

Miles lächelte angespannt. »Und wenn ich den Hof des Prinzen aufsuche, mich dort ein bisschen umhöre und Catesby zum Abendessen einlade?«

»O ja, exzellent«, spottete Harry. »Das würde Hastings maßlos ärgern.«

»Und im Ausgleich dazu ... entschuldigt Ihr Euch bei meiner Frau.«

Der Herzog machte ein verdrießliches Gesicht. »Gott ja, wenn es sein muss.« Er stand auf und streckte die Hände nach Miles aus. »*Pax vobiscum.* Aber versprecht mir, dass Ihr nicht ständig hinter ihr her sein werdet wie ein Hund hinter einer heißen Hündin – nicht jetzt, wo die Dinge endlich in Bewegung kommen.«

»Ich kenne meine Pflichten.«

»Ich hoffe nur, dass Eure Hexe auch die ihren kennt.«

Wie unterhielt man einen Bischof? Heloise gab sich die größte Mühe am nächsten Tag. *Piers Plowman* war nicht nach ihrem Geschmack, aber man konnte einem Bischof schließlich nicht aus einem französischen Roman oder einem Buch mit Kräutermitteln vorlesen.

Dann lief da eine Schar von Ratten,
sozusagen,
und bei ihnen kleine Mäuse,
mehr als eintausend an der Zahl.
Und sie kamen,
um eine Versammlung abzuhalten
zu ihrer aller Nutzen;
denn ein Hofkater kam,
wann immer er wollte,
und stürzte sich unbehelligt auf sie
und packte sie nach Lust und Laune …

Dem Himmel sei Dank, sie hatte Stillington endlich zum Einschlafen gebracht. Seufzend erhob sie sich von ihrem Schemel zu des Bischofs Füßen und breitete eine Pelzdecke über den alten Mann, da sie wusste, dass er zu Schmerzen in seinen Gelenken neigte. Der Juni erwies sich als sehr unbeständig, die frühe Morgensonne hatte das Zimmer schon verlassen, und ein grauer, langweiliger Tag erstreckte sich vor ihnen.

Die Krankenschwester für einen griesgrämigen alten

Bischof zu spielen, entsprach nicht ihrer Vorstellung von einer verheirateten Frau. Sie brauchte ihren eigenen Haushalt, in dem sie sich betätigen konnte, und einen Ehemann, der sich nicht ausbreitete wie Leberpastete, aber wenigstens war sie nun eine rechtmäßige Ehefrau und im Angesicht der Kirche im Stand der Gnade.

Nachdem Bischof Stillington gestern Abend nach Heloises Rückkehr ihre Beichte gehört hatte, hatte er ihr zugestimmt, dass, nachdem die Ehe nun vollzogen war, Miles' Verlobung mit Myfannwy null und nichtig war. Heute Morgen hatte er freundlicherweise seine Entscheidung zu Papier gebracht – unterzeichnet, bezeugt von der Herzogin von York und Pater William und mit rotem Siegellack besiegelt. Sie hatten auch nicht versäumt, sie mit Gebeten um Gehorsam, Fruchtbarkeit und andere eheliche Tugenden zu überschütten. Wenn sie daran dachte, fragte sie sich, ob Miles wohl heute Zeit dazu finden würde, sie in ein weiteres gemietetes Herbergenzimmer zu entführen wie ein Spielzeug, das man mit ins Bett nimmt.

Eine Fanfare erklang unten im Hof. Heloise öffnete das Fenster und duckte sich dann rasch, denn es war Gloucester, der mit seinem Gefolge kam. Der Himmel verhüte, dass er gekommen war, um sie zu bestrafen! Nein, bestimmt besuchte er seine Mutter oder Stillington? Mit hausfraulicher Sorgfalt zog sie rasch die Bettdecke zurecht und ging zu dem Sessel des Bischofs, um ihn sanft zu wecken.

Und dann begann in ihrem Geist ein schreckliches Bild von Gloucester zu erstehen, ausgestreckt auf einem Bett liegend und in seine Ärmel weinend wie ein schutzloses verirrtes Kind. Heloise fuhr erschrocken zusammen und versuchte, das Bild so schnell wie möglich zu verdrängen. Aber es gelang ihr nicht, und sie musste hilflos zusehen, wie der

Herzog den Kopf hob, mit einem Gesichtsausdruck, der der gequälteste war, den sie bei einem Menschen je gesehen hatte.

»Mein Kind, seid Ihr krank?« Der Bischof, der jetzt wach war, drückte ihre Hand.

»Ich ...« Ihre Gedanken überschlugen sich. »Ich glaube, der Lordprotektor kommt, um Ihre Gnaden zu besuchen.«

»Nein.« Stillington war jetzt hellwach und lächelte wie ein Krokodil, das in Gedanken schon bei seinem Abendessen war. »*Ich* habe ihn holen lassen.«

Diese plötzliche Zurschaustellung von Eitelkeit war abschreckend, wie ein Blick auf ein schmuddeliges Hemd unter einem glitzernden Pluviale. Sie hätte sich denken müssen, dass sich unter seinem müden Äußeren noch immer ein gerissener Verstand verbarg – er war schließlich einst der Lordkanzler von England gewesen.

»H-habt Ihr das, Herr Bischof?«

»Ja, um ihm einen Apfel vom Baum des Wissens anzubieten.« Das Lächeln des alten Mannes war verunstaltet von einem ausgeprägten Machtbewusstsein.

»Ich ... damit will ich nichts zu tun haben«, protestierte Heloise, deren Instinkt sie drängte, sich zurückzuziehen. Die Beziehung zu diesem zerbrechlichen Kleriker, die in Northampton begonnen hatte, machte sie zu einem Komplizen.

»Mein kluges Kind, dazu ist es zu spät. Sein Fuß ist bereits auf der Treppe.«

Gloucester lachte, als er seiner schwarz gekleideten Mutter in das Vorzimmer zum Schlafgemach des Bischofs folgte. »Ah, Heloise, einen schönen guten Morgen. Ich habe gehört, dass es ein *Cockatrice* war, der unseren werten Bischof hier entführt hat.«

»Und Greife und Geier«, rief die Herzogin von York und faltete die Hände über dem Kreuz auf ihrer Brust. »Ganz zu schweigen von Lord Rushdens Sohn.«

»Nun, ich warte.« Der Herzog verschränkte seine Arme.

Er wartete? Heloise, der noch immer etwas schwindlig war von dem Kontrast zwischen ihrer Vision und dem realen Gloucester, richtete sich auf aus ihrer Reverenz und warf einen verwirrten Blick auf die Tür des bischöflichen Gemaches, bevor ihr die Erkenntnis dämmerte.

»Oh«, rief sie aus, und das Blut stieg ihr in die Wangen. »Ich ... ich bedaure es ...«

»Ihr bedauert es bereits?« Die pelzbesetzten Ärmel, die sie anstarrte, bewegten sich.

»Nein, ich ...« Warum war Rushden nicht hier, um die Schuld mit ihr zu teilen? »Mein edler Herr«, rief sie und sank wieder auf die Knie. »Es schien das Richtige zu sein.«

»Eine diplomatische Antwort«, warf die Herzogin trocken ein. »Und dieser hartnäckige Dr. Dokett hoffte, eine Nonne aus ihr zu machen.«

»Schweigt, Mutter«, murmelte Gloucester und streckte die Hände aus, um sein unfolgsames Mündel auf die Füße zu ziehen. »Ihr hättet besser daran getan, meine Erlaubnis einzuholen, Heloise. Lasst uns hoffen, dass es nicht nur Euer Vermögen war, dem Sir Miles den Hof machte.«

»Es war meine Entscheidung, Mylord.«

»War es das?« Er wechselte einen viel sagenden Blick mit seiner Mutter. »Das Einzige, was Euch und Rushden entlastet, ist, dass wir damit ein Problem weniger zu lösen haben. Dankt Eurem Gemahl dafür, dass er mich nachträglich davon unterrichtet hat. Wie hat mein Cousin Buckingham die Kunde aufgenommen, oder tappt er noch im Dunkeln?«

»Wie eine bitter schmeckende Medizin, Mylord.«

»Tatsächlich. Also kann Harrys Schatten sich ab und zu doch von ihm lösen. Nun, dann führt mich nun zum Bischof, Lady Rushden. Mutter?«

»Nein, ich warte unten, Liebling. Wirst du zum Abendessen bleiben?«

Er schüttelte den Kopf und stellte fest, dass Heloise ihm stur den Weg blockierte, als er sich umwandte.

»Bitte«, wisperte sie. »Geht nicht hinein, Euer Gnaden.«

»Warum, hat er etwas Ansteckendes?«

»Nein, aber ...« Mit purer Willenskraft versuchte Heloise, Gloucester dazu zu bringen, es sich noch einmal zu überlegen. Das tat er auch, und für einen Augenblick war seine Heiterkeit verflogen, aber Neugier konnte ein ebenso schlimmes Übel sein wie alle anderen Todsünden. Mit seiner behandschuhten Hand drückte er beruhigend ihren Arm. *Was immer es auch sein mag, ich werde damit fertig,* schienen seine hellbraunen Augen ihr zu sagen. *Ich muss es wissen.* Und dann ging er allein hinein.

Aber er sah aus wie ein geschlagener Lakai, als er herauskam, ließ die Schultern hängen und machte ein Gesicht wie – O Gott! Ihre Vision! Was für ein Geheimnis mochte der Bischof ihm verraten haben?

In Crosby Place an jenem Nachmittag schritt Miles ruhelos auf und ab und konnte es kaum erwarten, das Ergebnis seiner Winkelzüge mit Harry zu erfahren. Irgendetwas war geschehen; Gloucester hatte nicht nur auf das Abendessen verzichtet, nachdem er aus Baynards zurückgekehrt war, sondern er hatte auch eine Stunde mit Schwertfechten verbracht und dabei auf Huddleston, seinen Gegner, eingedroschen, als hoffte er auf diese Weise etwas von dem aufgestauten Unglück loszuwerden, das auf seinem Gesicht so mühelos erkennbar war. Und nun, anstatt sich wie jeden Abend mit seinen engsten Vertrauten zu beraten, hatte Seine Gnaden mit knappen Worten alle weggeschickt und sich in sein Schlafgemach zurückgezogen.

Es blieb Huddleston überlassen, der noch ganz verschwitzt war von dem Schwertgefecht, die Fragen der anderen Gefolgsmänner Gloucesters abzuwehren: »Herrgott noch mal, ich weiß doch auch nicht, was für eine Laus ihm über die Leber gelaufen ist«, knurrte er, sich über seine Brauen wischend, und blickte verärgert zu Lord Lovell herab, der eine Trommel aus dem Tisch machte, auf dem die morgendliche Korrespondenz noch ungeöffnet lag. »Schade, dass Ihre Gnaden die Herzogin noch nicht erschienen ist, um herauszufinden, was passiert ist.«

»Du liebe Güte, wozu die ganze Aufregung?«, rief Lord Howard und drückte seine Marinedepeschen an die Brust, als er sich erhob. »Er war doch nur zu einem Krankenbesuch bei einem Bischof.«

Huddleston, der dabei war, seinen Schwertgürtel zu lockern, wandte sich misstrauisch zu Harry. Miles, der neben dem Herzog stand, sah, dass auch seine Augen sich jetzt neugierig verengten. »Ist da irgendetwas mit Stillington, was wir wissen sollten, mein Herr von Buckingham? Ich hörte, dass auch Ihr schon bei ihm zu Besuch wart.«

Sir William Knyvett räusperte sich. »Sagt es ihnen, Euer Gnaden, vielleicht ist es ja wichtig.«

Harry machte seine Sache so gut wie jeder Festtags-Pantomime. »Vielleicht sind es ja bloß die Wahnvorstellungen eines kranken Mannes, meine Herren.« Er zog entschuldigend die Schultern hoch. »Aber Stillington glaubt, die Königin hätte versucht, ihn zu vergiften.«

»Wen? Gloucester?«, bellte Lord Howard.

»Nein, Stillington. Und das ist alles, was ich dazu sagen kann. Der Bischof bat inständig um ein Gespräch mit Gloucester, und ich habe nur den Boten gespielt. Sie sind alte Freunde, sagt der Bischof. Also«, er nahm seine Handschuhe, »überlasse ich es Euch, das Rätsel aufzuklären, und mache mich auf den Weg nach Baynards.«

Gloucesters brave Männer wussten nicht mehr, was sie machen sollten. Sie waren so gut gelaunt auf die Krönungsfeier zugefahren wie Höflinge auf einer königlichen Barke; nun erschien ihnen der Morgen so riskant wie ein Beschuss der Londoner Brücke.

Harry lief die Stufen in den Hof hinunter. »Ich glaube, jetzt hat der Hammer den richtigen Amboss getroffen«, rief er Miles und Knyvett zu, während er verstohlen zwei Finger zum Agincourter Gruß zusammenlegte. »Vielleicht wird Gloucester ja jetzt doch noch unser König. Von wegen die Woodvilles und ihr Prinz! Nun geht zum Tower, alle beide, und redet mit unseren Agenten dort und ladet Catesby zum Abendessen heute Abend ein. Ich habe noch etwas zu erledigen, bevor ich nach Baynards fahre – ich habe eine Rose gesehen, von der ich glaube, dass sie gut nach Thornbury passen würde.«

»Er scheint plötzlich seine Begeisterung für Spaziergänge im Garten entdeckt zu haben«, murmelte Miles, als sie außer Hörweite waren.

»Er hat sich schon immer sehr für Pflanzen interessiert.« Sir William strich sich nachdenklich über ein Ohrläppchen. »Er saß oft in den Gärten von Westminster und zeichnete sie, als er noch jünger war, bis Lord Rivers anfing, ihn deswegen zu verspotten. Hört Ihr mir eigentlich zu, Rushden?«

»Nein. Ich dachte, wir könnten vielleicht Heloise einladen mitzukommen, um sich die Löwen anzusehen.«

»Was, um unserem Besuch einen noch harmloseren Anstrich zu verleihen? Ich wette, Ihr würdet einen Nachmittag im Bett vorziehen, junger Mann. Jetzt habe ich ins Schwarze getroffen, was? Ihr solltet Euer Gesicht sehen, mein Junge. Scharlachrot seid Ihr. Also gut, dann lasst uns zu ihr reiten und sie abholen.«

»Warum bist du so bedrückt, Heloise? Willst du es mir nicht sagen?«, sagte Miles mit leisem Vorwurf, während er mit ihr im Hof von Baynards darauf wartete, dass ihre Stute gesattelt wurde. Heloise war reizbar wie Cloud, wenn ihr Sattelgurt zu straff angezogen war. »Bist du verärgert, weil im Red Rose noch kein Platz für uns ist?«

Sie kam ohne Umschweife zur Sache. »Was ist los mit Seiner Gnaden von Gloucester, Miles? Was hat Stillington ihm anvertraut?« Für einen winzigen Moment flackerte in den Augen ihres Mannes etwas auf, das jedoch gleich wieder erlosch.

»Woher soll ich das wissen?«, entgegnete er mit vorgetäuschter Gleichgültigkeit. »Mach nicht so ein bekümmertes Gesicht. Ich dachte, du würdest dich freuen, die Löwen im Tower heute Nachmittag zu sehen. Ich hatte amourösere Pläne für uns zwei, aber ...« Er blickte sich kurz um, als Knyvett die Stufen hinunterkam, um sich zu ihnen zu gesellen.

»Die armen Löwen. Warum sollte ich mich an ihrer Gefangenschaft ergötzen wollen?«, warf sie zurück.

»Mylady, ich habe etwas mit dem königlichen Rat zu besprechen. Seid froh, dass ich derweil für Eure Unterhaltung sorge.« Bevor sie zurücktreten konnte, umfasste er ihr

Kinn, und sein Kuss – der ihr verriet, dass er seine amourösen Pläne heute noch zu verwirklichen gedachte – raubte ihr den Atem. »So ist es besser«, sagte er und ließ sie widerstrebend los.

Zwei gelangweilte Löwen in ihrem stinkenden Käfig im Tower zu beobachten, die mit Stöcken angestoßen wurden, damit sie knurrten und mit den Pranken nacheinander schlugen, war nicht besonders unterhaltsam, und so setzte Heloise sich von Martin und Miles' Bewaffneten unter dem Vorwand ab, die Latrine aufsuchen zu müssen, und wanderte über den Pfad zu dem prächtigen Bergfried Williams des Eroberers hinauf. Gott, der Tower von London war eine Stadt inmitten einer Stadt, voll geschäftiger Betriebsamkeit, insbesondere vor der unmittelbar bevorstehenden Krönung. Der Hof vor dem Weißen Turm war staubig und übersät mit Spänen, wo Zimmermänner zusätzliche Unterkünfte für die jungen Männer bauten, die am Vorabend der Krönungszeremonie zu Rittern vom Orden vom Bade geschlagen werden sollten; und entlang der inneren Burghofmauer erstreckte sich das gegiebelte, halb mit Holz verkleidete Haus, in dem der Prinz von Wales logierte, wie es vor einer Krönung üblich war, in Gesellschaft von Edelmännern und Prälaten.

Ein Kürschner zwinkerte Heloise zu, als sie ihm beim Ausladen von Zobelfellen und Hermelinen aus seinem Wagen zusah, und ein Schneider und seine Gehilfen schwankten aus einer Seitentür an ihr vorbei, mit großen Ballen scharlachroten Brokats und golddurchwirkten Tuchs beladen. Fasziniert verweilte sie, und dann sah sie Sir William. Er mochte mit den Wachen plaudern, aber seine Aufmerksamkeit war ganz woanders – bei ihrem Ehemann.

Sie erkannte Miles' Begleiter: Catesby, einer von Lord Hastings Leuten. Es war ein Wunder, dass sie bei all dem Gehämmer und Gesäge um sie herum eine Unterhaltung führen konnten, und es war etwas unangenehm Vertrautes an der Stelle, wo sie im Schatten einiger Gerüste und der hölzernen Treppe standen, die in den ersten Stock des Weißen Turms hinaufführte.

»Vorsicht, Frau!«, schrie jemand.

»O Gott!« Sie warf sich gegen die nächste Wand, als Lord Hastings und andere Herren an ihr vorbeigaloppierten, als wäre der Teufel hinter ihren Seelen her. Hastings zügelte sein Pferd vor der Unterkunft des Prinzen, saß zornig ab und erblickte dann Catesby und Rushden. Seine Reitgerte zuckte über seinen Schenkel wie ein nervöser Katzenschwanz, als er auf sie zuging. Catesby verschwand unter der Treppe, und Miles drehte sich um und sah, wer sich ihm näherte. Die Handwerker in der Nähe hielten in ihrer Arbeit inne. Miles verbeugte sich und antwortete etwas. Hastings versteifte sich noch mehr, und einen Moment lang dachte Heloise, er würde vielleicht sein Schwert ziehen, doch stattdessen packte er ihren Mann an den Aufschlägen seiner Kotte. Einer der anderen Edelmänner, Lord Stanley, und Sir William griffen unverzüglich ein. Das Wunder war, dass *y Cysgod* ruhig seine Kleidung in Ordnung brachte und überhaupt nicht eingeschüchtert wirkte. Was in Herrgotts Namen ging hier vor?

»Mylady.« Sie merkte, dass Martin neben sie getreten war.

»Hast du das gesehen?«

»Aye. Pardon, dass ich es sage, aber er ist ein stilles Wasser, Euer Gatte. Kommt besser mit, bevor er sieht, dass Ihr ihn anstarrt.« Sie ließ sich von ihm die Straße hinunter führen.

»Ich wünschte, ich wüsste, was hier vorgeht, Martin.«

»Aye, das möchte der Rest von London auch gern wissen. Buckingham bietet höhere Löhne an für jeden, der in seine Dienste überwechseln möchte. Vielleicht hat Seine Lordschaft dort gerade ein paar Mann verloren.«

Aber es war mehr als das.

»Ich sah Lord Hastings vorhin in höchster Eile vorbeigaloppieren«, bemerkte sie zu Miles, als er sie später am Westwall abholte.

»Du bist eine aufmerksame Beobachterin, Wechselbalg«, entgegnete er kühl und hob sie auf Clouds Rücken. »Ich glaube, Gloucester hat es heute Nachmittag abgelehnt, ihn zu empfangen.«

»Abgelehnt, Lord Hastings zu empfangen? Aber er ist doch der zweitmächtigste Mann im Königreich.«

Miles' Mundwinkel verzogen sich zu einem Lächeln, und er schob verstohlen eine Hand unter ihren Rock. »Jetzt nicht mehr.«

Miles begleitete sie nach Baynards zurück und wunderte sich, dass sie nicht mit ihm im Red Rose zu Abend essen wollte. Aber vielleicht war es einfach nur ihr nahendes monatliches Unwohlsein, was sie so gereizt machte. Nun, falls er ein schlechter Bräutigam sein sollte, würde er das später wieder gutmachen, in einer Welt, die nicht mehr von den Woodvilles und ihren Verbündeten bedroht war. Außerdem hatte Catesby zugestimmt, mit Harry zu dinieren, und es bestanden gute Aussichten, ihn überreden zu können, den Herrn zu wechseln. So gern Miles bei Heloise gewesen wäre, dies war wichtiger. Es war ein Bestandteil seines Plans, Harry so mächtig zu machen, wie Warwick der Königmacher es einst gewesen war, und falls Hastings dagegen opponierte, war das sein Pech. Herrgott, die Anhänger des Hauses York konnten von Glück sagen, dass Harry nicht ihre Feinde gegen sie mobil machte.

Das Red Rose feierte Catesby an jenem Abend. Schmachtend vor Ehrgeiz, schnappte Lord Hastings Freund so gierig nach den Brocken ihrer dahingeworfenen Schmeicheleien wie ein halb verhungerter Hund in einer Dezembernacht.

»Ich vermute, Lord Hastings schläft mit Mistress Shore, und dass sie des Öfteren die Königin in ihrem Exil in Westminster besucht«, bemerkte Miles wie beiläufig und sah, wie Catesby Hand mit dem Weinglas auf halbem Weg zu seinem Mund erstarrte. »Die Dame, scheint mir, ist allgegenwärtig.«

Hätte sie auch nur die kleinste Chance dazu gesehen, hätte die Geliebte des verstorbenen Königs sich auch in Gloucesters Bett hineingeschlängelt wie ein heimkehrender Lachs. Aber dieser plötzliche Dreiecksverkehr war gefährlich; ein Bündnis zwischen der Königin und Hastings lag womöglich in der Luft.

»Mistress Shore ist sehr beschäftigt, ja.« Ihr Gast blickte von einem Mann zum anderen und stellte das Glas vorsichtig wieder hin.

»Ihr habt eine Chance, von Anfang an bei uns dabei zu sein«, murmelte Miles, »aber nicht erst, wenn der ganze Rummel schon vorüber ist. Wollt Ihr den alten Mond oder den neuen?«

Sie wurden durch die Ankunft des Fischgangs unterbrochen.

»So, Catesby«, murmelte Harry, nachdem ein ganzer Barsch auf den Teller ihres Gasts gelegt worden war, »werdet Ihr Lord Hastings nun vor dem Umgang warnen, den er pflegt?«

Catesby starrte auf seinen Teller. Das tote Fischauge starrte blind zurück. »Er weiß, dass es dumm ist, aber ...«, er hob die Hand, und sein Fuchsgesicht wurde hart, »er kann nichts dagegen tun.«

»Schade.« Miles ließ nicht das geringste Mitgefühl erkennen. Nachdem er das Fleisch auf der einen Seite seines Fischs abgeschabt hatte, zog er die Rückengräte heraus; es war erstaunlich, wie viele kleine Gräten mit ihr kamen.

Er pfiff zuversichtlich, als er von der Latrine zurückkam, bevor sie die Feinheiten servierten, als Pershall ihn mit einer anderen Angelegenheit aufhielt.

»Sir, wisst Ihr, dass Master Bannastre die hübsche Witwe geholt hat, mit der Seine Gnaden letzte Woche das Bett geteilt hat?« Miles nickte. Die Frau war wenigstens reinlich und gesund. »Nun, Sir, noch ein anderes Mädchen hat sich nun in seine Gunst geschlichen, und jetzt sind zwei im Haus. Ich habe mir die Freiheit genommen, eine von ihnen in Seiner Gnaden Schlafgemach zu bringen. Würdet Ihr so freundlich sein, meinen Herrn zu fragen, ob er eine nach der anderen will, gar keine oder beide zusammen?«

Froh, dass er verschont blieb von solchen Dilemmas, flüsterte Miles Harry die Neuigkeiten zu und kehrte auf seinen Platz auf dem Podium zurück. Die Gäste, die geschwätzig waren von den guten Weinen, verabschiedeten sich erst eine Stunde später, und Miles, dessen Aufgabe es heute Abend war, Harrys Entkleiden zu überwachen, begleitete ihn die Treppe hinauf.

Eine verschleierte Frau, die unmöglich zu erkennen war im Licht der Kerzen, die ihr während des Wartens Gesellschaft geleistet hatten, erhob sich, als sie das Vorzimmer betraten. Ihr Duft erschien Miles irgendwie vertraut, obwohl er nicht hätte sagen können, wieso.

Pershall, der Miles' Blick sah, deutete mit einer Kopfbewegung auf das Schlafgemach und öffnete die Tür, um ihm einen Blick auf die junge Witwe zu erlauben, eine schwarzhaarige Schönheit, die in den Kissen lehnte und träge ihre Nägel feilte.

»Was tut Ihr hier, Mistress?«, sagte Harry hinter ihm. »Ich kenne nicht einmal Euren Namen. Euer guter Ruf...«

Die Fremde brauchte ihren Schleier nicht erst abzunehmen, denn als Miles sich umdrehte, sah er eine Pflanze in einem Jutesäckchen auf dem kleinen Tisch und wusste, wen er vor sich hatte.

»Ich ... ich kam vor der Ausgangssperre.« Unruhige Atemzüge bewegten den zarten Gazeschleier, bevor Dionysia ihn scheu zurückschlug. »Verzeiht, gnädiger Herr, ich hatte gar nicht vor, zu bleiben, aber Eure Dienstboten ließen mich herein und sagten, Ihr würdet bald zurück sein.«

»Meine Leute werden Euch sicher heimbegleiten... aber möchtet Ihr nicht etwas zu Euch nehmen, bevor Ihr geht? Es sind reichlich... Speisen da.« Harry ignorierte Miles' eisige Feindseligkeit und Pershalls verzweifelte Versuche, seine Aufmerksamkeit zu erregen; er hatte für nichts anderes mehr Augen als für seinen hübschen Gast.

Sie nickte, und ihre Unterlippe zitterte. »Ich habe großen Hunger...« Die schönen Augen bestätigten die Zweideutigkeit. »Aber ich darf Euch nicht aufhalten, Ihr müsst doch...« In bezaubernder Hilflosigkeit schwenkte sie ihre Hand. Hatte sie das Parfüm der anderen Frau gerochen?

Harry wand sich nicht einmal in dem Netz, das Dionysia spann, aber es war ein Spiel, das zwei spielen konnten – die weißen Zähne des Herzogs glitzerten in einem draufgängerischen Lächeln, das irdische Freuden und angenehme Erfahrungen verhieß.

»Das ist eine Iris, nicht?«, murmelte er und hob die Pflanze näher an das Kerzenlicht.

Dionysia trat neben ihn und streichelte die schwertförmigen Blätter. »Eine goldene. Ihre Blüten werden sich bis morgen früh für Euch entfaltet haben.«

Hinter ihrem Rücken verdrehte Pershall ungläubig die Augen, bevor er hüstelte und erneut versuchte, Harrys Aufmerksamkeit zu gewinnen. »Wird das Essen genügen, Euer Gnaden, oder soll ich auch der Blume etwas zur Erfrischung bringen?« Dann verbeugte er sich vor Dionysia. »Darf ich Euch zeigen, wo die Garderobe ist, Mylady?«

»Aye, tut das«, befahl Harry und stieß die Tür auf, so dass es unmöglich für sie war, zu verneinen.

Miles' Zorn explodierte im selben Augenblick, als sie gegangen war. »Diese Frau ist …«

»Schnell, Miles, schafft die andere Hure weg! Bezahlt sie …«

»Aber sie ist …«

»Wenn Euch etwas an mir liegt, dann tut es!« Harry stieß ihn entschieden in Richtung Schlafzimmer und verschwand nach unten. Wütend bezahlte Miles die enttäuschte Witwe und übergab sie Bannastre, damit er sie zu ihrem Haus in der Thames Street brachte.

Pershall saß am Fuß der Treppe bei seiner Rückkehr. »Bestellt schon mal eine Zelle im Irrenhaus, Sir. Seine Gnaden ist von einer tollwütigen Hündin gebissen worden.«

»Ich muss dem ein Ende setzen!«

Pershall rührte sich nicht vom Fleck. »An Eurer Stelle würde ich nicht wieder hinaufgehen, Sir Miles. Er hat großen Appetit auf etwas, und das sind keine Erdbeeren.«

»Sie ist Gloucesters Mündel und – der Teufel hole sie – die Schwester meiner Frau!«

Pershall verzog das Gesicht und schüttelte seine Finger, als hätte er sich verbrannt.

»Genau!«, schnarrte Miles.

Pershall grinste. »Man kann es auch so sehen, Sir – jeder von uns kann sich mal verlieben. Und vielleicht ist das ja auch gar nicht schlecht.«

Liebe! Das stand nicht auf der Tagesordnung. »Er ist verliebt in die Macht, Pershall. Belassen wir es dabei.«

Das perlende Lachen einer Frau war aus dem Stockwerk über ihnen zu vernehmen, und Miles wandte sich fluchend ab. Gottverdammtes Frauenzimmer! Diese Runde hatte Dionysia gewonnen.

Der nächste Morgen strahlte wie ein Juwel, als Heloise nach dem Frühstück zu dem mit Zinnen bewehrten Dach Baynards hinaufstieg. Der Fluss glitzerte wie eine silberne Glasscheibe; der Himmel über ihr war klar und von einem rauchigen Blau, das nur von einem Schwarm Schwäne durchbrochen wurde, die in Richtung Richmond flogen. Im Westen hing ein ins Violette spielender brauner Dunst über den auf Hochglanz polierten Turmspitzen, und St. Pauls hoher Kirchturm deutete wie ein warnender Finger auf den Himmel, doch niemand unten am Boden schien auf die Warnung hören zu wollen. Die Anlegestellen in der Nähe Baynards waren übersät mit Kränen, die Luft vibrierte von den derben Flüchen der Hafenarbeiter und Schiffsbesatzungen, die ihre von weiter flussaufwärts hergebrachten Produkte ausluden: Heuballen für die Stallungen der Gasthöfe der Stadt, Käselaibe, groß wie Fußbälle und mit stoffgeschützten Rinden, und Mehlsäcke, spitzohrig vom Anfassen.

Für Heloise war es eine Erleichterung, die Dächer betrachten zu können wie ein dahinfliegender Hühnerhabicht und nicht gezwungenermaßen ihren Kopf mit den Intrigen zwischen Westminster und dem Tower überladen zu müssen, doch die grauenhaften Pfähle am Londoner Brückentor, die in den Himmel ragten wie monströse Samenschoten, erfüllten sie mit Schrecken. Welche neuen Verzierungen würden dort bald hochgezogen werden? Miles Rushdens Kopf? Trotz der Hitze erschauderte sie und verschloss ihren Geist vor einer beängstigenden Zukunft. Der Kampf um England war noch nicht vorbei.

»Es sieht so aus, als wolltest du nicht gefunden werden, Heloise!« Wie durch ein Wunder hatte er ihr Versteck gefunden. Seine Stimmung, seinen finster zusammengezogenen Brauen nach zu urteilen, entsprach ihrer.

»Gut gemacht, Sir.« Ihr kühler Tonfall strafte ihre lobenden Worte Lügen. »Ich brauchte Ruhe, um nachzudenken«, fügte sie hinzu und versuchte, ihre Freude darüber, ihm zu gehören, zu verbergen. Entzückt glitt ihr Blick über seine kniehohen schwarzen Stulpenstiefel, die weiten, geschlitzten und mit Seide unterlegten Ärmel und die Schnüre seines Hemds, die dazu verlockten, sie zu lösen.

Feuchtes Haar umrahmte Miles' frisch rasiertes Gesicht, und das Moschusparfüm, das er benutzte, drang durch die klare Morgenluft zu ihr. Sie sah, wie ihr Mann die Mundwinkel verzog angesichts dieser verhaltenen Begrüßung. »In Zukunft, Wechselbalg, wirst du jemandem Bescheid sagen, wo ich dich finden kann. Ich habe keine Zeit für diese Spielchen.«

»Das habe ich schon bemerkt.« Sie hielt es für nötig, ihn abblitzen zu lassen und mehr Interesse an einem vorüberfahrenden Kahn zu zeigen.

»Ich dachte, du wärst unpässlich.«

»Nein.«

»Ich weiß nicht, ob ich verstehe.«

»Ich ... ich will ganz ehrlich zu dir sein.«

»Ah.« Er kniff die Lippen zusammen und wartete.

»Was immer es auch sein mag, was Ihr tut, Sir, es gefällt mir nicht.« Sie schaute ihn dabei nicht an.

Ihr frisch gebackener Ehemann fluchte unterdrückt. »Es scheint wohl eher das zu sein, was ich nicht tue, Madame.« Er entfernte sich mit ein paar raschen Schritten von ihr, die seine lange Kotte über den Sporen seiner Stiefel flattern ließ. »Wie kommt es, dass du jetzt, wo ich für immer an dich gebunden bin, so verstockt bist, Heloise? Wie kann ich dich zufrieden stellen?« Ein eisiger Tonfall begleitete jedes seiner Worte.

»Indem du teilst.«

»Mein Bett?«

»Nein, dein Vertrauen.«

»Verstehe.« Er hockte sich zwischen die Zinnen. »Nun, ich bin nicht sicher, ob ich genug weiß, um dir etwas zu sagen, außer dass ich die Würfel klappern lasse, so gut ich kann.« Eine schwarz behandschuhte Hand befingerte nervös den emaillierten Schwertgriff. »Hast du sonst noch Fragen?«

»Oh, einen ganzen Schrank voll. Offen gestanden verstehe ich nicht, warum du so auf Lord Hastings herumhackst.«

»Das tue ich doch gar nicht.« Er machte ein abweisendes Gesicht, aber dann kehrte sein quecksilbriger Blick zu ihr zurück, als amüsierte sie ihn. »Aber du solltest nicht vergessen, dass er mir im Weg steht.«

»Miles«, bat sie. »Ich möchte einen Ehemann, kein abgetrenntes Haupt.«

Seine spöttische Belustigung verflog, und er reichte ihr

freundlich seine Hand. »Du wusstest, dass ich ehrgeizig bin, *cariad*. Ich habe nie ein Geheimnis daraus gemacht.« Heloise ignorierte die Geste, aber sie hätte ihm so gern geglaubt und wünschte sich nichts sehnlicher, als dass er sie in seine Arme nahm, sie hielt und die Dämonen wegküsste. Seine Hand zu nehmen, wäre in etwa so, als wäre sie bereit, die Zukunft zu verzeihen.

Er erhob sich. »Immer noch so schreckhaft«, murmelte er, während er auf sie herabblickte wie ein siegreicher Kapitän. »Ich glaube, du weidest dich an der Gefahr, Wechselbalg. Ein Paar Stiefel, und du würdest dich mit Freuden neben mir hineinstürzen.« In seinen stahlgrauen Augen war ein mutwilliger Blick erschienen. »Gib mir den Friedenskuss.«

»Wenn überhaupt, dann werfe ich dir den Fehdehandschuh zu«, entgegnete Heloise verärgert.

»Dann tu das, mein Herz, aber vorher werde ich deine Geduld noch etwas strapazieren.«

Das Bollwerk war kein Verbündeter, als sie einen Schritt zurücktrat und die unnachgiebige Steinmauer an ihrem Rücken fühlte. Seine Arme wurden ihr Gefängnis.

Der Teufel hole ihn! Sie kämpfte, um sich zu befreien, und versuchte, ihren Zorn zu schüren, doch von ihm gehalten zu werden, war wie eine wundervolle Buße.

»Warum willst du meine Herrschaft nicht anerkennen, Heloise, und meinem Urteil in diesen Dingen vertrauen?« Mit einem langsamen Lächeln zog er sie an seine Brust. »Gib dich zufrieden damit, dass du einen Ehemann hast, der zu schätzen weiß, was du zu bieten hast.« Er legte eine Hand unter ihr Kinn und drehte ihr Gesicht zu sich herum. Die vertraute Erregung, die seine Berührung in ihr auslöste, kämpfte mit ihrer Vernunft. Ihr Verstand protestierte gegen diese selbstherrliche Leidenschaft ohne Liebe. Seine Lippen strichen verführerisch über die empfindsame Haut unter ihrem Ohr und glitten dann aufreizend langsam tiefer, bis sie den Kopf in den Nacken warf und sich ihm in einer stummen Einladung, ihre Brüste zu berühren, entgegendrängte.

Er lachte leise. »Ah, das gefällt dir also! Aber leider haben wir jetzt keine Zeit dazu, meine lüsterne kleine Verführerin. Die Herzogin will ihre Wehrgänge sauber halten. Außerdem haben wir Zuschauer.« Zwei Bootsmänner und ihre Passagiere pfiffen und winkten ihnen zu.

Die Zurückweisung verletzte sie. Empfand er nicht die gleiche Leidenschaft? Wie konnte er so beherrscht sein? Oh, jedes Mal, wenn sie den wahren Mann zu haben glaubte, entzog er sich ihr wieder. Er war der Wechselbalg, nicht sie; er beherrschte das Spiel, und sie bemühte sich verzweifelt, seine Regeln zu verstehen.

»Ich brauche jetzt deine Hilfe, Heloise«, sagte er. »Du würdest mir einen großen Gefallen tun, wenn du deiner lästigen Schwester den Marsch blasen würdest. Denn offenbar hat sie es sich zum Ziel gesetzt, Harrys Mätresse zu werden.«

Wie hatte er das herausgefunden?

»Lieber Gott, Miles, das muss unter allen Umständen vermieden werden!«, rief sie aus, ihren Ärger einstweilen vergessend. »Sie ist unverheiratet und ...«

»Unberührt? Wohl kaum. Wann hat es das letzte Mal geregnet ...« Mit verkniffenen Lippen starrte er in Richtung Southwark. »Sie kam mit einer Lilie bewaffnet gestern Abend ins Red Rose.«

»Was?«

»Sie sprachen über mehr als Gärtnerei, und er ließ Stiefmütterchen holen.«

»Stiefmütterchen!«

»Wie soll man eine Nacht der Leidenschaft denn sonst belohnen? Mit Baldrian für die Nerven? Ich sehe schon, ich hätte dir Blumen schenken sollen. Sprich mit ihr, bitte.«

»Du findest das offenbar sehr amüsant.«

»Nein, ich finde es ärgerlich. Gloucester sollte besser nichts davon erfahren, hm? Deine Schwester hat in Crosby Place erzählt, sie wohnte hier bei dir. Belassen wir es dabei. Gib diesem Strohfeuer ein paar Tage, und mit Gottes Hilfe wird es trotz der Ambitionen deiner Schwester schnell wieder verlöschen. Männer sind sehr launische Geschöpfe.« War er das auch?

»In Gottes Namen, Miles, sie ist erst siebzehn. Kannst du nicht mit dem Herzog reden?«

»Um ihn abzulenken? Diesmal nicht. Unglücklicherweise war das Interesse gegenseitig.«

»Was ist es, was dich an diesen Mann bindet?«, fragte sie und wagte es endlich, ihren Bedenken Worte zu verleihen. »Richard von Gloucester würde dich mit Freuden in seine Dienste nehmen.«

»Mir scheint, dass dein wunderbarer Gloucester bereits viel zu gut bedient ist. Und was Harry angeht – solange ich ihn an einer kurzen Leine halte, ist er ganz in Ordnung.« Ihr Gesichtsausdruck musste ziemlich frostig sein, denn er zog ihre Hand an seine Lippen. »Bist du eifersüchtig, *cariad*?«

»Sir.« Sie benutzte diese Anrede, um förmlicher zu klingen. »Ich möchte Euch eine richtige Ehefrau sein. Nachdem der Bischof wieder auf den Beinen ist, habe ich hier nichts zu tun.«

»Mein Vater hat ein Haus in London, aber ...«

»Dann ... könnte ich dann nicht dort einziehen?«, warf sie ein. »Oh, natürlich kann ich die wohltätigen Zwecke dieser edlen Damen hier unterstützen, aber ich bin es gewöhnt, den Haushalt meines Vaters zu führen oder mich um Ned zu kümmern. Bitte, Miles.«

»Es tut mir Leid, wir können das Haus meines Vaters nicht benutzen. Harry hat deine Schwester dort untergebracht.«

»Großer Gott, du lässt es ihn als Liebesnest benutzen?«

»Friede!« Er schloss die Finger um ihr Handgelenk. »Ich bedaure es, dass ich dir augenblicklich nicht viel Aufmerksamkeit widmen kann. Aber ich schwöre dir, nach der Krönung werden wir London verlassen, und ich bringe dich nach Dorset, damit du meine Familie kennen lernst und ich mich mit deiner aussöhnen kann. Hier.« Er griff in seine Geldbörse und reichte ihr ein Goldstück. »Nimm Martin als Eskorte mit und geh heute Nachmittag etwas einkaufen. Kauf dir einen neuen Kopfschmuck, um den, den ich ruiniert habe, zu ersetzen.«

Heloise hielt stur die Hände an den Seiten. »Glaubst du, du könntest mich mit Tand und Firlefanz besänftigen? Dein Herzog bekreuzigt sich jedes Mal, wenn er mich sieht, und du benutzt mich, als wäre ich eine Puppe, mit der du spielen kannst, wann immer dir danach zu Mute ist.«

Die Gleichgültigkeit, die auf seinem Gesicht erschien, ließ sie verstummen. »Ich versuche nicht, Eure Bereitwilligkeit zu erkaufen, Madame, ich erwarte sie.« Er berührte ihre Wange. »Die Wahrheit ist ein vielseitiges Juwel, Heloise. Es braucht Zeit, all ihre Facetten zu ergründen.«

Und was soll das nun wieder heißen?, fragte sie sich ärgerlich, als er sich auf dem Absatz umdrehte und sie einfach stehen ließ. Die Glocken der Stadt kündigten acht Uhr in der Frühe an, und schon vermisste sie den Wortwechsel zwischen ihnen. Endlos lang und zum Gähnen langweilig erstreckte sich der Tag vor ihr.

»Sattle Cloud«, bat sie Martin und ging, um sich ihrer mitfühlenden Gastgeberin anzuvertrauen, bevor sie packte. Sie würde zu ihrem Vormund fliehen.

Einen Ort zu finden, wo sie in Ruhe ihre Wunden lecken konnte, war nicht leicht. Als sie Bishopsgate erreichte, hatte Crosby Place dummerweise seine Türen gegen die Welt verschlossen. Zusammen mit den Botschaftern des Königs von Frankreich, dreizehn Antragstellern, fünf aufgebrachten Lehnsherren, verwirrten Boten verschiedener Edelmänner – unter anderem auch Lord Hastings', sie erkannte sie an ihren Wappen – und einem Hausierer, der zu schwer von Begriff war, um ein Nein zu akzeptieren, wurde auch Heloise abgewiesen. Anscheinend war Herzogin Anne mit ihren Damen in die Hauptstadt gekommen, um bei ihrem Mann zu sein, und deshalb wurde kein Besuch in Crosby Place empfangen.

Am Hintereingang war es das Gleiche: »Kommt morgen wieder, meine Herren.« Was gut und schön für jene war, die keine Probleme mit ihren Ehemännern hatten und wussten, wo sie die Nacht verbringen konnten. Es war ein heißer Tag, die Straßen stanken, und Heloise spürte, wie Schweiß in ihren Kragen und in die Baumwollpolster unter ihren Armen rann. Schließlich blieb ihr nichts anderes übrig, als den Pförtner an der Hintertür mit Miles' Goldstück zu bestechen, damit er ihre Einhorn-Brosche zu der Frau brachte, die sie Heloise einst gegeben hatte. Die Zeit verging nur quälend langsam; aber schließlich kam Lady Margery Huddleston hinunter und holte Heloise von der übel riechenden Straße.

Margerys freudige Begrüßung und die angenehme Kühle des Hauses verliehen Heloise wieder Kraft, als ob sie einen sicheren Zufluchtsort gefunden hätte.

»Ich hatte gedacht, Ihr wärt inzwischen die Königin im Red Rose – oder hat Eure allgegenwärtige Schwester Euch schon abgesetzt? Lady Percy erzählte mir, Dionysia versuchte, einen Herzog zu umgarnen.«

»Sie kann Buckingham gern haben«, antwortete Heloise und errötete vor Scham über die Sünden ihrer Schwester. »Was mich betrifft, so bin ich wegen einer Auskunft hergekommen, Margery.«

»Na so was – und dabei dachte ich, die könntet *Ihr* uns liefern«, entgegnete Margery ironisch. »Und was ist mit Eurem Schattenmann? Wird *er* Euch nicht vermissen?«

Heloise seufzte. »Deshalb bin ich hier. Gepriesen seien die Unerreichbaren. Ich kann nur hoffen, dass er das begreift.«

21

Crosby Place lag träge in der nachmittäglichen Hitze, und die Herren und Damen saßen faul herum, als empfänden sie die kleinste Bewegung als zu anstrengend.

»So«, sagte Margery, »ich bin schon ganz gespannt darauf, von Euren Abenteuern zu hören.« Sie schickte einen gähnenden Pagen, Limonade für sie zu holen, und nachdem sie Heloise einen ihrer Fächer ausgeliehen hatte, führte sie sie auf den schattigen Säulengang hinaus. »Lasst uns eine Weile hier sitzen, danach werde ich mich dann nach einem Bett für Euch für heute Nacht umsehen.«

Heloise stellte sich ein wenig schuldbewusst die Frage, was Miles wohl gerade tat, als sie sich an eine der Säulen des Kreuzgangs lehnte. Die Luft war einschläfernd vom Summen der Insekten.

Margery, die sich mit einem orientalisch anmutenden Federbusch fächelte, der in einer silbernen Hülse steckte, wartete, bis der Page sie bedient hatte, und zog dann ihre Füße auf die Mauer und drapierte sittsam ihre Röcke um ihre Knie. »Also erzählt mir alles, was sich zugetragen hat.«

Heloise tat ihr Bestes, um sich kurz zu fassen, aber als sie stockend zu einem Ende kam, konnte sie die Diener schon die Tafeln für das Abendessen decken hören.

»Lasst uns einen Spaziergang durch den Garten machen«, murmelte Margery. »Das ist eine faszinierende Geschichte, Heloise. Es überrascht mich nicht, dass Ihr Euch vernachlässigt fühlt, aber im Moment sind alle Männer sehr nervös. Jemand legt Kastanien zum Rösten aus, und sie springen durch ganz London, insbesondere hier.« Sie schwenkte ihren Fächer in Richtung Saal. »Es könnte Margaret Beaufort sein, Tudors Mutter, aber ich glaube eigentlich eher, dass es Euer Ehemann ist.«

»Kastanien?« Die Hitze musste ihren Verstand benebelt haben.

»*Gerüchte*, Heloise: mein Lordprotektor werde die Krone an sich reißen – Hastings habe den Stall gewechselt und schlösse ein Bündnis mit der Königin – König Eduards Ehe sei gesetzeswidrig gewesen, so dass seine Kinder keinen Anspruch auf die Krone hätten.«

»Sicher, Rushden ist ehrgeizig, aber ...«

»Es wird gemunkelt, er bewegte Buckingham wie eine Schachfigur.«

Heloises Benommenheit verschwand. »Er genießt die Gunst des Herzogs, ja. Ihre Freundschaft ist sehr tief greifend, doch diese Gerüchte ... nein, ich glaube nicht ...«

»Er hat Stillington befreit.«

»Ah ja, Stillington.« Begierig, mehr darüber zu erfahren, blickte Heloise auf. »Mein Herr von Gloucester war sehr guter Dinge, als er Stillington besuchte, aber ich sah sein Gesicht, als er wieder ging, und bei meiner Seele, er sah aus wie Atlas, als trüge er die Sorgen des gesamten Christentums auf seinen Schultern! Wenn die Königliche Ratsversammlung seine Handlungen gebilligt hat, wie könnte ihn dann noch etwas ärgern, was dieser Stillington gesagt hat?«

Margery blieb stehen. »O ja, Heloise, all das hat etwas mit Stillington zu tun.«

»Margery, ich komme mir vor wie ein Spieler mit verbundenen Augen. Falls es Rushden betreffen sollte, dann sagt es mir um Himmels willen.«

Margery blickte sich um und senkte dann die Stimme. »Wenn ich es Euch anvertraue, schwört Ihr mir dann, dass Ihr es nicht weitergeben werdet?«

Heloise berührte das kleine goldene Kruzifix an ihrem Hals. »Ich schwöre Euch beim Leib unseres Herrn Christi, dass ich es für mich behalten werde.«

»Es ist eigentlich ganz simpel. Stillington schwört, dass König Eduards Söhne Bastarde sind und die Krone deshalb vielleicht nicht erben werden.«

»Allmächtiger!« Es war, als ob die Erde unter ihr erbebte.

»König Eduard«, ein spöttisches Lächeln erschien um Margerys Lippen, »verliebte sich hoffnungslos in eine schöne Witwe, und da sie sich ihm nicht ohne Ehering hingeben wollte, heiratete er sie heimlich. Kommt Euch das bekannt vor?«

»Ja, Elizabeth Woodville. Aber ... wollt Ihr damit sagen, dass ihre Ehe unrechtmäßig war?«

»Ja, und ich sage Euch auch, warum. Die Sache mit der schönen Witwe, von der ich vorhin sprach, war vorher, bevor König Eduard Elizabeth Woodville überhaupt erst kennen gelernt hatte. Wisst Ihr, der König war nämlich zwei geheime Ehen eingegangen. Als er sich mit Elizabeth in Grafton Regis trauen ließ, geschah es in Gegenwart eines Priesters und etlicher Zeugen, aber die Eheschließung war dennoch gesetzeswidrig, weil seine erste Frau noch lebte. Ihr Name war Eleanor.«

»Und diese Eleanor ist noch am Leben?«

»Nein, möge sie in Frieden ruhen. Sie ging ins Kloster und starb vor etwa fünfzehn Jahren.«

»Aber gab es Zeugen für die erste Heirat?«

»Keine lebenden, bis auf einen, und zwar den Priester, der sie getraut hatte.« Margery zog viel sagend eine Augenbraue hoch.

»Stillington!« Verblüfft hob Heloise eine Hand an ihren Mund. »Oh, aber das wusste die Königin doch bestimmt. Der Prinz ist erst zwölf. Angenommen, der König und die Königin hätten nach Eleanors Tod ein zweites Mal geheiratet – dann wären König Eduards Söhne doch trotz allem legitim.«

Margerys blaue Augen wurden feucht. »König Eduard konnte manchmal sehr leichtsinnig sein und hat sich stets darauf verlassen, dass das Glück ihm hold sein würde. Wie damals, als er meinen Vater unterschätzte und gezwungen war, seinen Thron zu verlassen und nach Burgund zu fliehen. Und ich bin sicher, dass diese geheime Ehe der Grund ist, warum Clarence …« – ein Seufzer begleitete den Namen, denn auch er war ihr Schwager gewesen – »warum Clarence hingerichtet und Stillington in Haft genommen wurde. Weil Clarence es wusste. Wisst Ihr, Heloise, die Königin war sicher, dass er den Thron verlangen würde, falls König Eduard unerwartet starb. Ich glaube nicht, dass der König Elizabeth ein zweites Mal geheiratet hat, aus Angst, der Skandal könnte herauskommen. Vielleicht hat sie deshalb versucht, die Macht zu ergreifen und den Prinzen unverzüglich krönen und salben zu lassen. Gloucester ist der rechtmäßige König.«

»Und nun kennt Gloucester die Wahrheit?«

»Ja, jetzt weiß er es, und das Dilemma bringt ihn beinahe um.«

»Was sollte er denn Eurer Ansicht nach jetzt tun?«

»Viele von uns würden ihn sehr gern als König sehen.«

Margery stand auf und strich glättend über ihre Röcke. »Wir brauchen einen starken Führer, denn sonst werden Schottland und Frankreich bald einen Krieg anzetteln. Ich kenne König Louis persönlich, und glaubt mir, nichts wäre diesem gemeinen Heuchler lieber, als England schwach zu sehen, damit er Burgund erobern kann. Ich habe hart gearbeitet, um das zu verhindern.«

Margery hielt einen Moment inne, um Atem zu schöpfen. »Herrgott noch mal, Heloise, Ihr habt in Gloucesters Haushalt gelebt. Ihr wisst, dass wir keinen besseren Regenten haben könnten. Es gibt so viele wunderbare Gesetzesänderungen, die er liebend gern vorschlagen würde.«

Ja, Heloise wusste, was sie meinte. Gesetzesänderungen, die einem Gefangenen die Möglichkeit verschufen, vor seinem Prozess auf Kaution freigelassen zu werden, falls er Freunde präsentieren konnte, die für ihn bürgten, oder zu verhindern, dass der Besitz eines Verdächtigen vom Augenblick seiner Verhaftung an beschlagnahmt wurde.

»Unsere Gesetze sollten in allgemein verständlichem Englisch geschrieben sein, damit jeder von uns sie verstehen kann«, fuhr Margery fort. Dies war einer von Gloucesters persönlichen Feldzügen, über den er auf Middleham sehr oft gesprochen hatte.

»Ich bezweifle, dass die Anwälte das je erlauben werden«, sagte Heloise trocken, aber sie hatte die Ansichten des Herzogs immer unterstützt. Vor allem seinen Glauben, dass niemand über Land verfügen sollte, bis er einen unanfechtbaren Rechtsanspruch darauf besaß. Als sie an die Fehde dachte, die sie in Miles' Arme geworfen hatte, seufzte sie. Margery mochte Hoffnungen auf eine bessere Welt hegen, aber sie würde sehr schwer zu erringen sein, und man musste praktisch denken. Selbst wenn Gloucesters rechtmäßige

Ansprüche auf den Thron bewiesen wurden und man ihm erlaubte, König zu werden, würde es dennoch reichlich Nörgler geben. Wenn er seine Anhänger im Norden nicht mit Ämtern belohnte, würden sie verärgert sein; um es ihnen recht zu machen, würde er also die gegenwärtigen Amtsinhaber, die fast alle aus dem Süden waren, ihrer Ämter entheben müssen, was gefährliche Unruhen bewirken könnte. Und da waren auch noch die Anhänger des Hauses Lancaster im Ausland und geheime Sympathisanten hier zu Hause, die die Yorkisten hassten und Gloucester im Handumdrehen als Tyrannen geißeln würden. Sie hoffte, dass Miles nicht zu ihnen gehörte.

»Der arme Gloucester«, murmelte Margery, »hin und her gerissen zwischen dem Fels seiner Loyalität den Kindern seines Bruders gegenüber und seiner eigenen Vernunft.« Plötzlich begann alles einen Sinn zu ergeben. Miles und Buckingham wollten Gloucester zum König machen!

»Ich kann mir einen ganz besonders harten Fels vorstellen«, rief Heloise. »Lord Hastings wird wohl kaum dabeistehen und Beifall klatschen, wenn die Kinder seines geliebten Königs beiseite geschoben werden.«

»Beifall klatschen? Nein, das wird er ganz bestimmt nicht tun, und das vergrößert noch Gloucesters Dilemma.«

»Weiß Buckingham von Stillingtons Behauptung?« Wenn der Herzog davon wusste, hatte auch Miles die Angelegenheit geheim gehalten.

Margery schüttelte den Kopf. »Noch nicht. Gloucester wollte zuerst mit meiner Schwester und einigen von uns darüber sprechen. Ich vermute, dass er vorhat, Buckingham davon zu unterrichten, wenn der Herzog morgen Abend zum Abendessen kommt.« Noch eine Information, die Miles anscheinend für sich behalten hatte. »Deshalb hat

Crosby Place für eine Weile seine Tore geschlossen, nicht wegen der Ankunft meiner Schwester, sondern um sich zu beraten. Ah, da läutet die Glocke zum Abendessen! Ihre Gnaden werden heute Abend nicht im großen Saal speisen, so dass Ihr ihnen also nicht vor morgen Eure Aufwartung zu machen braucht.«

Als der Herzog und die Herzogin am nächsten Tag zur Messe kamen, sah Heloise mit Erleichterung, dass Gloucesters Aura schon wieder etwas heller war. Als Heloise vor ihnen niederkniete, spürte sie die Liebe und die Kraft, die die Herzogin ihrem Mann durch pure Willenskraft zu übermitteln suchte, und merkte es auch in der Art, wie sie sich an den Händen hielten. Sie begrüßten sie ein wenig geistesabwesend, aber freundlich, da sie offenbar annahmen, sie sei mit Rushdens Erlaubnis hergekommen, um sich mit den anderen Damen auf das Fest vorzubereiten.

»Ihr braucht ein Gewand für heute Abend.« Margery führte sie in das Frauenschlafgemach, wo sie ein Kleid aus tiefroter Seide für Heloise herauslegte. Die beiden Trauermonate für König Eduard waren vorüber, und Heloise, die noch immer schwarzen Taft trug, kam sich vor wie eine hässliche Motte zwischen den Hofdamen der Herzogin in ihren farbenfrohen Kleidern.

»Aber ich trauere noch um meinen Vater«, protestierte sie.

»Dann werde ich beim Abendessen meinen Teller auf Euer Trauerkleid verschütten, und wenn Ihr diesen Schleier aus hauchdünnem Gewebe darüber tragt, kann dem Kleid darunter nichts passieren. Probiert ihn an.«

Heloise wurde ein wenig neidisch, als sie von dem blauen, mit blutrotem Satin abgesetzten Samt hörte, den die Damen während der Prozession vom Tower tragen würden, und den roten Samt- und weißen Damastgewändern, die für die Krönung angefertigt wurden, aber es war amüsant, den Klatsch zu hören. Einiges davon wurde aus Rücksichtnahme auf sie abgeschwächt, vermutete sie. Obwohl die Damen Parr, Tempest und Percy viel zu diskret waren, um schlecht von Dionysia zu sprechen, konnte Heloise sich doch mühelos vorstellen, was sie dachten; ihre Schwester hatte sich noch nie den Regeln des höfischen Anstandes gebeugt. Dionysia sei einer Unpässlichkeit wegen in Baynards geblieben, sagte sie den Damen, obwohl Lügen ihr verhasst waren.

Gegen vier Uhr nachmittags schimmerte, glitzerte und funkelte Crosby Place, als hätte die alltägliche Eintönigkeit sich in eine überwältigende Farbenpracht verwandelt. Gloucester, in maulbeerfarbenem Samt mit aufgestickten goldenen Hirschen zu beiden Seiten der glänzenden Knöpfe seines Wamses, hatte auf schwarze Trauerkleidung verzichtet und war schon nicht mehr ganz so blass, aber der Teint der Herzogin war ungewöhnlich fahl, fand Heloise, obwohl das malvenfarbene Gewand mit den aufgestickten goldenen Margeriten ihr eigentlich hätte schmeicheln müssen. Heloise, die sich an ihre Vision in Middleham erinnerte, spürte, wie es ihr eiskalt über den Rücken lief.

Margery, die ihren Ausdruck missverstand, drückte beruhigend ihren Arm. »Rushden kann Euch nicht von hier fortschleifen.«

»Das Problem ist, dass er das vielleicht auch gar nicht will.«

Die Stunden schleppten sich im Schneckentempo dahin, während rotgesichtige Grafen, denen der Schweiß aus allen Poren lief und ihre kostbaren Brokatwämser befeuchtete, Gloucesters Hand schüttelten. Die Mitglieder seines Haushalts flankierten ihn wie eine Bruderschaft. Oben auf der Galerie ermüdeten die Arme der Pagen, die große Leinentischtücher schwenkten, um die Luft im Saal zu kühlen. Die schwüle Hitze versprach allen den Appetit zu rauben, und die Nervosität des Gastgebers bewirkte, dass die Zungen seiner Gäste buchstäblich an ihren Gaumen klebten. Die köstlichen Saucen würden verschwendet sein an die Fasane und die mit Fenchel gefüllten Störe; das würde ein Festessen geben für die Bettler heute Abend.

Endlich kündigten die Fanfaren die Ankunft des Staffordschen Gefolges an.

»Das ist Absicht«, sinnierte Margery, als Buckingham eintrat. »Er könnte die Rolle der Frau des Potiphars spielen, wenn er sich bemühte. Was meint Ihr, ob er seine walisischen Schafherden wohl schon verkauft hat?« Sie war nicht die Einzige, die über Buckinghams prunkvolle Erscheinung staunte. Der Herzog, der in Brecknock über Armut geklagt hatte, musste säckeweise Geld geliehen haben, um sich zu bekleiden. Extravagant war nicht das richtige Wort, und protzig war es auch nicht, aber beides kam der Sache doch schon ziemlich nahe. Sein Wams war tief gegürtet, mit Hermelin besetzt und gerade lang genug, um sein Gesäß so eben noch zu verdecken. Streifen eines goldenen Seidenkamisols lugten aus den cremefarbenen Schlitzen in seinen Oberärmeln und schimmerten unter der Spitze, die vorn wie ein Gitterwerk sein Wams bedeckte. Den Biberhut mit dem breiten aufgeschlagenen Rand schmückte eine faustgroße Brosche aus Perlen und Saphiren. Wären Engel in Menschengestalt zum Souper erschienen, hätten sie ihn nicht übertrumpfen können ... Bis auf die Tatsache, dachte Heloise ein bisschen boshaft, dass er mächtig zuzunehmen schien.

Nicht so ihr Ehemann. An der Seite des Herzogs mochte Miles' festliche Gewandung eher gedämpft erscheinen, oder zumindest nicht so aufwändig, aber sein Geschmack war untadelig im Vergleich zu Harrys. Das gefältelte silberne Wams und die graue Seidenschärpe wurden an der Taille von einem Scharniergürtel gehalten, und der glänzende Schalkragen, eins der Zeichen seines Standes, lag stolz um seine Schultern. Das dunkle Haar, das sie sich jetzt gut unter ihren Fingerspitzen vorstellen konnte, war frisch geschnitten und straff zurückgenommen unter seinem tief sitzenden Hut, so dass nichts von seinem pockennarbigen Gesicht verborgen blieb, als er sich umsah, um festzustellen, wer zu dem festlichen Souper erschienen war. Mit Ausnahme von Lord Hastings und den Herren aus dem Gefolge des Prinzen, die heute Abend die französischen Botschafter im Tower bewirteten, waren die meisten Adligen erschienen.

»*Y Cysgod*«, bemerkte Margery neben ihr versonnen. »Dem Namen nach ein Schatten, aber vom Wesen her …?«

»Ihr seid gut informiert, Mylady«, entgegnete Heloise scharf.

»Ich habe Euch doch schon einmal gesagt, dass Gloucester Freunde hat – sogar in Wales.«

Sich unsichtbar zu machen, gehörte leider nicht zu Heloises magischen Fähigkeiten, aber es gab genug korpulente Herren im Saal, um sich vor ihrem Ehemann zu verbergen. Sie hätte sich jedoch nicht zu sorgen brauchen; Miles Rushden war beschäftigt. Er bewegte sich mit Buckingham durch die Menge, begrüßte Edelleute, tauschte hier und da einen festen Händedruck mit jemandem aus und redete und redete und redete. Erst nach dem Abendessen, als die Edelfrauen, deren Schleier inzwischen so zerrupft aussahen wie Blüten nach einem starken Wind, in einer Reihe auf der linken Seite des Saales saßen, suchte Miles Rushden über die Platten mit eingelegten Lerchen und Hirschrouladen Heloises Blick. Aber er lächelte jetzt nicht mehr und ließ sich auch nicht herab, zu ihr zu kommen, nachdem die Akrobaten den Saal verlassen hatten, die Tische unter die Wandbehänge zurückgestellt worden waren und die beiden Herzöge sich allein in den großen Raum hinter dem Podium zurückgezogen hatten.

Als die Schalmeien und Bratschen zum Tanz aufspielten, versuchte Heloise, die außer ein paar Erdbeeren nichts gegessen hatte, sich den Anschein der Unbekümmertheit und Unabhängigkeit zu geben. Sie wollte Miles vor Augen führen, wer ihr den Hof machte und wohin die Blicke ihrer Bewunderer fielen. Verschleiert durfte sie am Tanz teilnehmen, obwohl sie sich an dem ausgelassenen Florentiner Tanz mit seinen unzähligen Improvisationen nicht zu versuchen wagte, da das Mieder ihres geborgten Kleids gefährlich straff über ihren Brüsten war. Die Reihen formierten sich, und Sir Richard Huddleston führte Margery zu seiner Rechten und Heloise zu seiner Linken. Sie tanzte, bis sie vollkommen außer Atem war und beinahe direkt vor dem Mann zu stehen kam, dem sie den herrschenden Gesetzen nach Gehorsam schuldete. Für heute Abend war sie eine Prinzessin, leichtsinnig und tollkühn vor Verlangen nach dem, was sie nicht hatte.

»Sir Miles, wie überaus freundlich von Euch, uns Lady Rushden auszuborgen«, murmelte Margery mit einem strengen Blick zu ihrem eigenen Mann, als sie Heloises Hände hob, um einen Bogen mit ihnen zu formen.

»Mein Pferd ist auch verfügbar«, entgegnete Miles vernichtend, als seine Schulter Heloises Arm streifte. Aber die

Tanzenden zogen ihn schon wieder in die andere Richtung mit.

»Ich bin schon freundlicheren Wölfen begegnet«, zischte Margery. »Sind alle Männer Buckinghams so knurrig?«

»Nur wenn sie hungrig sind«, spöttelte Huddleston. »Wird er sich mit Land zufrieden geben, Heloise, oder will er die Krone?«

»W-wer?«

Margerys grüne Augen schienen an ihrer Naivität zu zweifeln. »Rushden.«

»Ich ... ich verstehe nicht.«

»Aber wir würden es gern tun.« Huddleston verbeugte sich vor jeder seiner beiden Partnerinnen, als der Tanz beendet war. »Freund Buckingham trägt seine königliche Herkunft auf seinem Schild – trägt er auch den Lancasterschen Mantel? Oder ist der zum Waschen zu Henry Tudor geschickt worden? Ihr werdet noch einiges dazulernen müssen, meine liebe Heloise, wenn Ihr in Westminster tanzen wollt.«

Heloise blinzelte ihn an. Waren ihr tatsächlich die Untertöne dieses ganz speziellen Lieds entgangen? Dann dämmerte ihr die Erkenntnis, dass sie Angst hatten. Angst, dass dieser brave Hund Buckingham umschwenken und ihren Herrn anfallen könnte – auf Geheiß ihres Ehemannes.

Betroffen blickte sie sich um, um Miles zu suchen, und wünschte, er möge sie in seine Arme nehmen und ihr bestätigen, dass sie keinen Teufel geheiratet hatte, aber ein Kreis aus Gloucesters Rittern hielt sie von ihm ab. Glaubten die Huddlestons wirklich, Buckingham sei nichts weiter als ein Handschuh an Miles Rushdens Hand?

»Ihr glaubt also, in Westminster zu tanzen wird der Höhepunkt meines gesellschaftlichen Aufstiegs sein, Sir Richard?«, entgegnete sie bissig.

»Das ist besser, Lady Rushden, als die Fluten eines Mühlbachs. Wir könnten alle ertrinken. Entschuldigt mich, meine Damen.« Er ging zu Herzogin Anne hinüber. »Streiten sich die Herzöge noch immer da drinnen?«, hörte Heloise ihn fragen.

Und im selben Augenblick kam Buckingham heraus, mit hochrotem Gesicht und schweißbedeckter Stirn. Miles entfernte sich sofort von den anderen und ging zu seinem Herrn, und Heloise, die die blitzartige Verständigung zwischen ihnen sah, erkannte voller Trauer, dass sie immer noch eine Außenseiterin war.

Harrys Augen glänzten wie die eines Mannes, der die Stimme Gottes vernommen hatte, als er die Menge unbeachtet ließ und Miles beiseite zog, um ihm von Stillingtons Geheimnis zu berichten.

»Allmächtiger, der Prinz ein Bastard!« Miles' starrte den Herzog in unverhohlenem Entzücken an. »Das ist das, wovon wir stets geträumt haben! Ihr könntet innerhalb einer Woche Lordprotektor werden!« Aber die nächsten Nachrichten waren schlecht: Gloucester – dessen Sternzeichen Waage war – hatte nach Stunden sorgfältigen Abwägens beschlossen, seinen Neffen doch zu krönen.

»Herrgott noch mal, Miles«, murmelte Harry wütend, »die Krone ist da, er braucht sie sich nur noch zu nehmen! ›Was wird Hastings dazu sagen?‹, stöhnt er, und plötzlich hat er Angst, sein Bruder könnte aus dem Grab zurückkehren und ihn heimsuchen. Dieser Tölpel war in Tränen aufgelöst und schrie mich an, zu gehen. Gut, dass ich's getan habe, denn ich war nahe dran, diesen Narren einmal kräftig durchzuschütteln!« Nur noch einen Schritt vom Topf mit Gold entfernt zu sein!

»Aber es ist ein gutes Zeichen, Mylord, dass Ihr ihn so ausgelaugt habt. Habt Ihr ihn gewarnt, dass es nicht nur sein Kopf sein wird, der unter der Axt der Woodvilles fallen wird, sondern auch der seines Sohnes?«

»Oh, natürlich habe ich ihm das gesagt, Miles, und auch, dass er am Vorabend der Krönung seine Freunde besser bewaffnet und gerüstet in der Nähe haben sollte. Ich habe jedes verdammte Argument benutzt. Ihr könnt mir für meinen Namenstag eine gestreifte Kapuze kaufen. Ich könnte Anwalt werden, falls die Woodvilles meinen Kopf in Ruhe lassen.«

»Ihr müsst ihm weiter die Hölle heiß machen, Mylord. Die Herzogin ist gerade zu ihm hineingegangen, aber vielleicht ist sie ja auf Eurer Seite.« Es war nur eine Vermutung, aber keine sehr weit hergeholte, dass die Tochter Warwicks des Königmachers den Traum ihres Vaters teilte.

»Aber ich habe keine Argumente mehr, Miles.«

»Erinnere ihn daran, dass Königin Margaret Gift benutzte, um den Braven Herzog Humphrey loszuwerden. Eine andere Königin, aber ein weiterer Onkel Gloucester.« Miles sah, wie Harry verstehend nickte.

»Ha! Ein wunderbarer Präzedenzfall!« Wie ein Athlet, der sich zu einem neuen Wettkampf bereitmachte, straffte der Herzog seine Schultern. Ein Wunder, dass er nicht in die Hände spuckte. »Betet, Miles, denn sonst werden wir alle in den Kerkern des Towers landen nach der Krönungszeremonie.«

Frustriert, weil er ihr zerbrechliches Boot nur lenken, aber noch nicht rudern konnte, beobachtete Miles, wie Harry zu Gloucesters privaten Gemächern zurückkehrte. Seine gesamte Zukunft hing von Harrys Überredungskünsten ab!

»Miles.«

Seine Dame stand vor ihm – exquisit, schöner noch, als er sie je zuvor gesehen hatte, als lüftete sie Geheimnisse, indem sie sich bedeckte. Mit altrosa Taft unterlegte Brokatärmel glitten zurück von schlanken Armen, die in dunkelroter, mit schimmernden Perlen bestickter Seide steckten, als sie ihm die Hand zum Kuss bot. Ihre Augen waren wie die eines scheuen Rehs. Nein, sie waren erfüllt von einem hellseherischen Glanz – oder war auch das nur eine Illusion? Oh, Heloise! Er fühlte sich hin- und hergerissen zwischen der Glut seines Verlangens und dem Bedürfnis, sich gegen ihre Zauberei immun zu machen.

»Ihr habt mir keine Wachhunde nachgeschickt?«, fragte sie mit hochgezogener Augenbraue.

»Du gehört mir, Wechselbalg.« Galant drehte er ihre Hand um, aber mit diesem Kuss auf die Innenseite ihrer Hand bezweckte er, an den Wachen vorbeizukommen und neue Feuer im Inneren ihrer Zitadelle zu entfachen. »Ich werde schon pfeifen, wenn ich dich brauche«, spöttelte er. Die rosa Seide zitterte, ihre kleinen festen Brüste hoben sich in einem aufgebrachten Atemzug.

»Und ich werde dich nicht hören.«

»Natürlich wirst du das, aber da wir verschiedene Planeten umkreisen, wird es sein, wann ich will, und nicht, wenn du es willst!« Seine Stimme war streng, herausfordernd; sie musste seine Maßstäbe noch lernen.

»Lady Rushden!«, unterbrach Knyvett sie diplomatisch, und Miles wandte sich auf dem Absatz um und ließ seine Frau hungrig und belagert stehen – oder hoffte es zumindest.

Heloise hätte Rushden am liebsten aus dem Saal gezogen, um ihre Auseinandersetzung fortzusetzen, aber es gab

Wichtigeres im Augenblick; wie ein Haushalt, der auf den ersten Schrei eines neugeborenen Erben wartete, wandten sich sämtliche Gäste im Saal gespannt Gloucesters Privatgemächern zu. Als Buckingham endlich herauskam wie ein erfolgreicher Schmetterling, der sich aus seinem Kokon befreite, wurden überall im Saal die wildesten Spekulationen angestellt.

»Das ist der Stoff, aus dem die Chroniken gemacht werden.« Margery trat zu Heloise. »Buckingham hat unseren Herzog also umgestimmt. Wie beredt von ihm. Ich möchte ihren Hoffnungen wirklich keinen Dämpfer aufsetzen, aber –« Sie betrachtete die Männer prüfend über ihre Schulter. »Was ist, wenn *er* aufhört, auf einen gut gemeinten Rat zu hören oder, was noch schlimmer wäre, einer anderen Stimme lauscht?«

»Wer, Gloucester, Margery?«

»Nein, Heloise, Buckingham.«

Die Luft im Schlafgemach der Frauen in Crosby Place war dick wie eines reichen Mannes Decke. Wäre Heloise in dem riesigen Bett allein gewesen, dann hätte sie vielleicht geweint, aber sie lag zusammengepackt mit den anderen Damen wie gesalzener Stockfisch – wie heißer, in eine Kiste gequetschter Stockfisch – und Ängste, die wie schlaflose Dämonen waren, quälten sie. Wieso begriff Miles nicht, dass sie sich nichts sehnlicher wünschte, als dass er sie ins Red Rose zurückholte, sie in sein Bett mitnahm und sie mit Entschuldigungen und zärtlichen Berührungen verführte? Hatte sie die Schlacht bereits verloren? Gab es nichts mehr zu gewinnen außer einem leeren Herz, und auch das nur zu dem hohen Preis, ihr eigenes zu brechen?

Als die Londoner Hähne ihren morgendlichen Aufgaben

nachkamen und ihre Hennen zur Ordnung riefen, schlief Heloise endlich ein, aber nur, um wieder von Lord Hastings zu träumen, wie er von Soldaten eine Treppe hinaufgeschleift wurde. Und diesmal erkannte sie die hölzernen Stufen der mächtigen Burg; diesmal nahm der Kommandeur der Bewaffneten seinen Helm ab und lachte. Es war Miles.

Aus Wut blieb Heloise mehrere Tage in Crosby Place, und Miles Rushden ließ sie schmoren. Die Edelmänner aus dem Norden machten verkniffene Gesichter, ihr Herr wirkte nervös und angespannt. Etwas Unheilvolles braute sich zusammen wie ein Sturm. Am Freitag, dem dreizehnten Juni, nahm der Haushalt des Herzogs an der Messe in St. Paul teil, und der Dechant hielt ihnen eine bittere Predigt über Petrus' Verleugnung und Judas' gemeinen Verrat, bevor Gloucester mit seinen Gefolgsmännern aufbrach, um dem Prinz seine Aufwartung zu machen und sich mit seinem Rat im Tower zu versammeln.

Freitag der dreizehnte! Das ungute Gefühl in Heloise nahm zu, bis es ihr unmöglich wurde, still zu sitzen und mit den Damen der Herzogin zu sticken. Sie flüchtete sich in den Garten, setzte sich auf die Bank unter dem Dach aus wilden Rosen und starrte in den traurigen Nieselregen. Sie hörte schon von weitem das Geschrei, den Hufschlag und das Schwertgeklirre der zurückkehrenden Bewaffneten.

»Heloise.« Sie hatte gewusst, dass Miles kommen und ihr für einen kurzen Augenblick lang seine Seele offenbaren würde.

»Was wollt Ihr, Sir?« Aber auch das wusste sie schon. Er suchte Absolution, diesen unschätzbaren, ungreifbaren Trost, der Prinzen nachts gut schlafen ließ.

Er war in halber Rüstung – über einem metallenen Brustharnisch trug er ein mit Nieten beschlagenes Übergewand aus schwarzem und rotem Leder, das mit einem Gürtel an der Taille zusammengehalten wurde. Sein Haar war nass vom Regen, aber seine Wangen waren von einer solch ungesunden Blässe, als hätte er die Hölle gesehen.

»Ihr habt Lord Hastings also aus dem White Tower fortgeschleppt?«

Miles bekreuzigte sich entsetzt. »Woher wisst Ihr das?«

»Ich habe es geträumt.« Eine Wahrheit, die ganz bewusst darauf abzielte, ihn zu verletzen. »Freust du dich, Miles? Bist du jetzt zufrieden?«

Er fluchte, wischte sich mit einer Hand über den Mund und wandte das Gesicht ab. »Ich möchte, dass du ins Red Rose mit mir zurückkehrst.« Der selbstherrliche Ton war wieder da; er versuchte nicht einmal, ihn ihr zuliebe abzuschwächen.

»Warum? Damit du Zuflucht suchen kannst?«

»In deinen Armen, Heloise? Ja, verflucht noch mal!« Er ließ sich neben ihr auf die Bank fallen, beugte sich vor und legte seine Finger an die Schläfen, als schmerzte ihn sein Kopf. »Wir hatten Beweise.«

»Sicher hattet ihr die. Denn wenn nicht, dann hättet ihr sie schon besorgt, du und dein Herr.«

»Nein!« Die Qual in seiner Stimme dämpfte ihre Rachsucht etwas. »So war es nicht. Ich ... ich dachte, nach ein paar Monaten im Tower würde Hastings sich beruhigen und zur Vernunft kommen. Nein, wende dich nicht ab! Catesby gab uns Beweise gegen Hastings, Stanley und Bischof Morton. Gloucester glaubte es zuerst nicht, und dann beschuldigte er Hastings, mit der Königin konspiriert und Mistress Shore, seine Geliebte, als Botin benutzt zu haben. Hastings wurde so wütend, dass er seinen Dolch nach ihm schleuderte. Es war im Sitzungssaal des oberen Stocks des White Tower, und ich war draußen vor der Tür mit Lord Howards Sohn und einigen der Wachen, als wir krachend eine Bank umstürzen hörten. Als wir den Saal betraten, versuchten Harry, Howard und Suffolk, Hastings zu überwältigen, und Lord Stanley hockte auf allen vieren unter einem der Tische. Wir schleppten Hastings hinaus.«

»Ihr wart da und habt darauf gewartet, dass das geschehen würde.«

»Ich war da, falls etwas schief ging, Heloise. Hastings wusste, dass wir etwas gegen ihn in der Hand hatten. Herrgott noch mal, Heloise, er war schuldig wie die Sünde! Und die anderen beiden auch.«

»*War*?« Aus dem White Tower herausgeschleppt?

»Ja. War! Es waren genügend Lords anwesend, um ihnen den Prozess zu machen! Es gab Beweise. Man brauchte nur Stanley anzusehen, er zitterte am ganzen Leib und war kurz davor, sich zu beschmutzen, so verängstigt war er.

Harry befahl den Wachen, Hastings in den Hof zu bringen. Jemand holte den Priester aus St. John, um ihm die Beichte abzunehmen, und dann«, er schluckte, »holte einer der Sergeanten einen Holzblock. Er war aber zu schwer, um ihn aufzuheben, und so stieß der Mann ihn mit dem Fuß vorwärts ...« Er verzog das Gesicht. »Oh, Heloise, die Oberfläche war schmutzig und zerschnitten wie ein Küchenbrett, aber Harry gab den Befehl und wollte es erledigt haben, bevor Gloucester herunterkam. Gott möge mir verzeihen! Sag ihm, dass ich keine andere Wahl hatte.« Miles schlang die Arme um sie und legte sein Gesicht in ihren Schoß wie ein kleiner Junge. »Da war so viel Blut, so viel Blut. Ich hatte noch nie ... O Gott, verzeih mir, ich hatte keine Ahnung, dass ein Mensch so bluten kann.«

Obwohl sie sein weiches schwarzes Haar streichelte, war sie entsetzt über die Macht in ihm. War es Blutgier in diesen Männern, die sie dazu veranlasste, diesen kostbaren Frieden zu beschmutzen? War es Miles, der seine Schachfiguren bewegt hatte, um dieses Ergebnis zu erzielen?

»Dann seid doch froh, Sir«, sagte sie bissig. »Steht Euch Euer Weg denn jetzt nicht offen, wie Ihr es geplant hattet?«

»Es wundert mich nicht, dass Ihr mich scheltet, Heloise.« Seine grauen Augen, die dunkel waren vor Qual und rot gerändert, flehten um Verzeihung. »Kommt zu mir zurück, bitte, noch heute Abend.«

»Was ist mit Lord Stanley und Bischof Morton? Sind sie auch tot?«

»Nein, Madame«, erwiderte er, verärgert über ihr Verhalten. »Wir sind keine Metzger. Ein Toter war genug. Morton und Stanley sind im Gefängnis.«

»Und ich nehme an, ihr alle werdet euch jetzt wie Geier auf Hastings Ländereien und Burgen stürzen.«

»Nein! Kein Verlust von Recht und Besitz. Seine Familie trägt keine Schuld.«

Das überrascht mich aber, dachte Heloise spöttisch. Solch reiche Ausbeute hätte für fabelhafte Belohnungen für die landhungrigen Gefolgsleute der zwei Herzöge gesorgt.

»Nun, ich denke, dass Henry Tudor sehr erfreut sein wird über die heutigen Nachrichten, wenn sie irgendwann Britannien erreichen, denn mir scheint, ihr habt gerade einen der Eckpfeiler, die das Haus York stützten, zerschlagen.«

Miles starrte sie verärgert an, aber sie konnte sehen, dass er litt. »Ihr tätet gut daran, diese Bemerkung für Euch zu behalten. Ich werde eine Eskorte für Euch schicken, Madame, da ich leider immer noch die Verantwortung für Euch trage.«

Während er seine Handschuhe überstreifte, fügte er in eisigem Ton hinzu: »Ihr werdet mir verzeihen, wenn ich meine unannehmbare Person aus Eurer Gegenwart entferne. Ich habe zu tun. Harry hat allen Männern Hastings angeboten, sie in seine Dienste aufzunehmen, falls sie das wünschen.«

Heloises feuchte Röcke klebten an ihren Beinen, als sie sich erhob. »Und er wird zwei seiner Wämser an einem Cornhiller Markstand verkaufen, um sie zu bezahlen? Oder werdet Ihr zum Heiden und ein halbes Dutzend reiche Kaufmannstöchter heiraten, um ihn zu finanzieren?« Hätte er die Zauberkräfte eines Hexers besessen, würde er sie für ihre Impertinenz in Stein verwandelt haben, aber eine neue Stimme räusperte sich in der frostigen Atmosphäre zwischen ihnen.

»Sir Miles. Seine Gnaden von Gloucester wünscht Euch zu sehen. Und auch Seine Gnaden von Buckingham.«

Miles nickte dem Ritter kurz zu und wandte sich wieder zu Heloise um. »Ihr habt auf meinen Pfiff gewartet. Habt Ihr ihn gehört, Mylady? Haltet Euch bereit!«

»Auf einen Pfiff? Nein, tut mir Leid. Es war ein Streicheln, was ich wollte.« Mit dem Kopf deutete sie auf die Halle. »Ihr seid derjenige, der herbeigepfiffen wird, scheint mir.«

So schwer es ihr auch fiel, zu sehen, wie sein Gesicht bei ihren Worten erstarrte und sich verschloss, es war noch nicht der richtige Moment, ihm zu vergeben.

»Ein Streicheln, ich verstehe.« In bitterer Belustigung verzog er seinen Mund.

»Ich will Euch, Miles, mehr als ich mit Worten sagen kann, aber nicht auf diese Weise.«

»Und wer hat die Lektion zu lernen? Ihr oder ich?«

»Der Weisere von uns, Sir.«

»Dann habt Ihr also nicht vor, mir zu gehorchen, Madame?«

Sie nickte schweigend. Er fluchte mit zusammengebissenen Zähnen und ließ sie, traurig und durchnässt, zwischen den Rosen sitzen.

Aber Miles verließ Crosby Place nicht. In einer trotzigen Demonstration der Geschlossenheit, die den Londonern vor Augen führen sollte, dass kein Aufstand nötig war, blieben Buckingham, sein Gefolge und der Bürgermeister noch zum Abendessen. Heloise schützte Unwohlsein vor und hielt sich außer Sichtweite im Schlafgemach der Damen. Nicht einmal Margery konnte sie zu neuem Mut anspornen.

Es war Herzogin Anne, die Heloise am nächsten Morgen nach dem Gottesdienst beiseite nahm.

»Meine liebe Heloise, ich finde, Ihr solltet wissen, dass der Herzog von Buckingham und sein Gefolge gestern Nacht angegriffen wurden, als sie auf dem Rückweg nach Dowgate waren. Der Herzog blieb unverletzt, aber mehrere seiner Gefolgsmänner wurden getötet.«

»Mein Mann?«

22

»Ich bin froh, dass Ihr zurück seid, Mylady. Miles wird sich freuen. Es war eine scheußliche Geschichte gestern Nacht.« De la Bere, der einen Verband um seine Stirn trug, beeilte sich, mit Heloise Schritt zu halten, die die Wendeltreppe des Red Rose hinaufstürzte. »Der arme alte Brian ist tot.« Er stieß fast mit Heloise zusammen, als sie sich umdrehte.

»Brian, der Bogenschütze? Tot?« Sie bekreuzigte sich, und ihre Augen wurden feucht. O Gott, es war ein tödliches Spiel, was diese Männer da jetzt spielten.

»Aye, und noch mehrere andere brave Männer, die uns vom Ende des Zugs zu Hilfe eilten. Wir bekamen vorn das meiste ab, oder vielmehr Miles tat es.«

»Um den Herzog zu verteidigen?«

»Ja und Nein.« De la Bere rang nach Atem. »Es geschah alles sehr schnell, aber es war, als ... als versuchten sie, Miles von uns anderen abzuschneiden. Drei von ihnen versuchten, ihn aus dem Sattel zu reißen, und einer der Kerle durchschnitt Travellers Sattelgurt. Miles' Fuß blieb ihm Steigbügel hängen, und er stürzte schwer. Das hätte nicht geschehen dürfen, Mylady. Und zudem kam diese lausige Wache uns auch noch viel zu spät zu Hilfe. Ich hätte schwören können, dass diese verdammten Idioten das Scharmützel bis St. Paul hätten hören müssen. Aber sie waren taub wie Schlangen. Ha! Und zweifellos auch um einiges reicher heute Morgen. Wir brauchen mehr Männer, um diese Stadt zu bewachen, Lady Rushden, daran besteht nicht der geringste Zweifel. Ich bin froh, dass mein Herr Lordprotektor einen Boten nach York geschickt hat, um Verstärkung anzufordern. Hier entlang, bitte.« Sie betrat ein Zimmer, das leer war bis auf einen Klappstuhl und einen kleinen Tisch mit fertig zurechtgeschnittenen Pergamenten, Kerzenstümpfen, Federkielen und zwei Tintenfässchen. De la Bere trat an ihr vorbei und entriegelte die Tür dahinter. »Verzeiht die Unordnung«, murmelte er und entfernte eine Satteltasche aus dem Weg.

»O mein Gott!« Heloise schlug die Hände vor den Mund, als sie den Raum betrat. Es war die Schüssel mit dem blutigen Wasser neben den Bettstufen, worüber sie erschrak.

»Tut mir Leid!«, wisperte de la Bere und leerte sie aus dem Fenster. Dann legte er einen Finger an die Lippen und zog vorsichtig den Bettvorhang ein wenig auf.

Zuerst dachte sie, jemand habe Miles eine Perücke aufgesetzt, aber als ihre Augen sich an das schwache Licht gewöhnten, sah sie, dass es ein Kopfverband war, der mit einem breiten Streifen Stoff unter seinem Kinn befestigt war. Sein ganzes Gesicht war mit Prellungen übersät, und ein Fausthieb musste ihn am Kinn getroffen haben, denn seine Oberlippe war geplatzt und stark geschwollen. Warum hatte es keine Vorzeichen gegeben? Gerade sie hätte doch in der Lage sein müssen, ihn zu warnen. Sanft nahm sie seine Hand in ihre. Wenigstens sein Puls war regelmäßig. Und er hatte Gott sei Dank auch noch kein Fieber.

»Es ist ein heilsamer Schlaf«, murmelte de la Bere.

»Woher ist das Blut?« Nur mühsam beherrschte sie ihre Verzweiflung.

»Er muss sich in dem Getümmel den Kopf an einem der eisernen Kandelaber angeschlagen haben, die für den Vorabend der Krönung aufgestellt worden waren. Er hat eine Platzwunde dort, seht Ihr. Der Arzt des Herzogs hat sie gereinigt und genäht. Er schwört, Miles würde wieder so gut wie neu, und nicht einmal seine Mutter würde die Stickerei erkennen. Dem Himmel sei Dank, dass diese Hurensöhne seine Lungen nicht erwischt haben. Dr. Argentine kam sofort aus dem Tower herüber, als der Herzog ihn gerufen hat. Es heißt, er sei ein wahrer Zauberer im Knochenrichten. Er sagte, ich solle Euch ausrichten, es sei ein sauberer Bruch.« De la Bere demonstrierte es ihr an seinem eigenen Bein. »Hier, direkt über dem rechten Knöchel. Ich schätze, Ihr braucht Euch nicht zu sorgen, solange Ihr Miles dazu bringt, im Bett zu bleiben. Das brauche ich *Euch* ja sicher nicht zu sagen.« Aber er zog sie rasch ins Vorzimmer zurück und schloss die Tür. »Ich weiß nicht, was zwischen Euch beiden nicht in Ordnung ist, aber Ihr werdet doch sicher bleiben? Miles ist der Einzige von uns, der Harry zügeln kann. War das ein Nicken? Gut, das ist die richtige Einstellung. Ich werde ein Bett für Euch hier aufstellen lassen und meine Sachen wegbringen.«

Er folgte ihr ins Schlafzimmer zurück und öffnete die oberen Fensterläden. »Darf ich es Euch dann überlassen, die Besucher anzublaffen?«

»Ja, das werde ich tun, und wie.« Die Hausfrau in ihr blickte erstaunt auf die überall im Raum verstreuten Kleidungsstücke. Eine Auswahl schlammbespritzter Männerstiefel in verschiedenen Größen erschwerte den Zugang zum Bett, während eine andere Ecke des Raums, in der Brustharnische, Helme und anderes Rüstzeug kunterbunt durcheinanderlagen, wie der zusammengebrochene Stand eines Rüstungsverkäufers aussah. Schwertgürtel hingen an verschiedenen Wandhaken, und ein Wäschekorb, bis obenhin voll mit Schmutzwäsche, stand auf der Treppe am Fußende des Betts.

»Hauptsächlich meine Sachen, tut mir Leid. Ich wollte ihn nicht stören.«

Er überließ es ihr, Miles' blutdurchtränkte Kleider aufzusammeln. Versonnen strich sie mit dem Finger über einen schlimmen Riss, bevor sie das Wams beiseite legte und sich bückte, um seine Amtskette aufzuheben. Ein Haufen anderer Sachen waren unter das Bett geschoben worden, und ein Stapel Papiere hing aus einer Ledermappe, als versuchte er, ihr zu entkommen. Sie schob ihn wieder hinein und band den Lederriemen zu. Ein zusammengeknülltes Dokument hatte sich weiter vorgewagt als die anderen, und vorsichtig strich Heloise es glatt und ging damit zum Fenster.

Im Lichtspalt sah sie lateinisch nummerierte Sätze. Es waren so etwas wie Notizen – nein, Argumente! Argumente, um Gloucester zum König zu machen, geschrieben in der Handschrift ihres Mannes! *Hier solltet Ihr eine Pause machen. Versucht einzuschätzen, wie dies aufgenommen wurde. Wenn nicht, lasst VIII weg und geht zu IX.* Du meine Güte, das waren ja Anweisungen für eine Rede! Sie biss sich auf die Lippe und starrte ihren schlafenden Ehemann aufs Neue an. Sie versuchten, Miles von uns anderen abzuschneiden, hatte de la Bere gesagt.

Barmherziger Gott! Margery hatte Recht. Miles Rushden spielte den Königmacher. War der Angriff gestern Nacht ein Vergeltungsschlag von Hastings Freunden? Oder hatte jemand versucht, Buckinghams Männern zu demonstrieren, was sie zu erwarten hatten, wenn sie Gloucester weiter unterstützten? Jesus! Falls die Königin je wieder Macht erlangte, waren diese Aufzeichnungen eindeutige Beweise für Verrat. Müde steckte Heloise das Papier in ihre Tasche.

Später würde sie es verbrennen. Es war erschreckend, wie wenig sie den Mann kannte, der dort in solch seltenem Schweigen lag. Traurig hob sie Miles' Hand an ihre Wange.

»Wechselbalg?« Seine Stimme war noch schwach, aber er schien erfreut, sie zu sehen, oder zumindest doch eins seiner Augen und die Hälfte seines Munds. »Ich habe noch nicht die Kraft, um ... dich zu streicheln.«

»O Miles.« Sie spürte, wie ihr die Tränen kamen, aber sie musste jetzt praktisch sein. »Möchtest du, dass ich mir ansehe, was sie dir angetan haben?«

Das hereinflutende Morgenlicht war nicht sehr schmeichelhaft, als Heloise behutsam Miles' Verband hochschob. Die Wundränder waren sauber, aber bald würde er einen frischen Verband benötigen. Frisches Mondkraut oder Schlangenwurzel würden nicht mehr zu bekommen sein, sie waren in der Sommerhitze sicher längst verwelkt, aber pulverisierte Drachenkrautwurzel oder eine Salbe aus Hirtentäschelkraut aus der Apotheke würden vielleicht genauso hilfreich sein. Und eine tägliche Dosis zerstoßenen Salomonsiegels, eingeflößt mit etwas Wein, würde die Heilung beschleunigen und die Prellungen rasch zurückgehen lassen. Sie musste sich einen Schmelztiegel und einen Dreifuß bringen lassen. »Du bist dem Teufel gestern Abend also noch einmal entkommen.«

»Ich möchte mich noch nicht im Spiegel ansehen müssen.« Er hob die Finger, um den Rand der Wunde zu berühren, aber sie schob seine Hand rasch wieder zurück. »Es war wirklich nett von Argentine, so spät noch zu mir herauszukommen, und Harrys Arzt – Gott sei Dank war er stocknüchtern.«

»Die Narben werden nicht zu sehen sein, sagen sie. Leg dich hin. Weißt du, wer euch angegriffen hat?«

Er hustete und deutete auf die Lederflasche. Sie half ihm, einen Schluck zu trinken. »Wir haben viele – Herrgott, hör auf damit! – Feinde jetzt.«

»Aber Lord Stanley ist gefangen im Tower.«

»Aber seine Männer nicht. Und Tudors Mutter leider auch nicht. Wir haben zu viele Feinde jetzt. Au!«

»Halt still. Lass mich die anderen Wunden sehen.«

»Bring mich nicht in Verlegenheit! Auuu!«

Ihre Stirn glättete sich, denn sie hatte genug Sensibilität in ihren Fingerspitzen, um zu erkennen, dass es ein sauberer Bruch an seinem Knöchel war und dass er exzellent gerichtet und geschient war. Miles ergriff ihr Handgelenk, als sie sich aufrichtete. »Musste ich das erst durchmachen, Wechselbalg, damit du wieder zur Vernunft kommst?«

»Natürlich.« Sie küsste seine bläulich rote Stirn. Vielleicht war dies trotz allem die Antwort auf ihre Gebete – Gottes Art, Miles am Leben zu erhalten.

»Du bist so ... so schön, Heloise. Lauf nicht mehr weg.« Er hob eine Hand, um mit den Fingerknöcheln über ihre Wange zu streichen, und sie nahm sie zärtlich zwischen ihre Finger und spürte, wie ihr die Tränen kamen aus purer Freude, dass er noch am Leben war. »Deine Visionen, meine kleine Fee ...« Er schluckte und starrte auf den grauen Morgenhimmel. »Ich vergaß, dass ich nur ein Mensch bin, Heloise. Ich habe versucht, Gott zu spielen, und das mag Er nicht. Aber ich hatte es nur gut gemeint. Ich schwöre dir, dass ich nichts Ungesetzliches getan habe. Ich ...«

»Wir reden ein andermal darüber, wenn du stark genug bist, um mit mir zu streiten.«

»Nein, wir reden jetzt. *Warum*, Wechselbalg? Warum bist du vor mir davongelaufen?«

Sie ließ seine Hand los. »Weil du ein Mann voller

Geheimnisse bist. Weil ich wie eine Närrin glaubte, du hättest mich aus anderen Gründen geheiratet.«

»So ist es. Du hast wundervolle Brüste.« Das Lachen schmerzte. Das geschah ihm recht!

»Für dein Gesicht?« Sie sah sich die Salbe an, die der Arzt hinterlassen hatte, und roch fachmännisch daran. »Ich glaube, ich kann dir etwas Besseres besorgen. Gibt es eine Apotheke in der Nähe?«

»Ein paar Straßen weiter. Pershall kennt sie. Er wird für dich hingehen, wenn du ihn anlächelst.«

»Nein, nein, ich gehe lieber selbst. Sie haben vielleicht nicht, was ich benötige. Ich werde mich zuerst mit deinem Arzt beraten.«

»Wenn du irgendeinen Brei aus fermentierten Krötenzungen und getrockneter Molchscheiße auf meine Wunden schmierst, kann ich für meine Reaktion nicht garantieren, Wechselbalg.«

»Für dich gibt es eine Infusion aus Arsen und Brennnesseln.« Aber es war ein schlechter Scherz. »Ich schicke deinen Diener zu dir herauf, um deine Tugend zu bewachen.«

»Dann geh, wenn es sein muss. Nimm Martin als Beschützer mit, aber komm bald wieder zurück und sei *vorsichtig*.«

Sie hätte einen Polarstern brauchen können, um ihren Stallburschen zu finden; die Dienerschaft des Red Rose war praktisch unauffindbar, und das Labyrinth der Gänge und Türen hätte selbst den Minotaurus begeistert.

Mit dem geborgten Korb an ihrem Arm kam Heloise sich nützlich und wie eine richtige Hausfrau vor, als sie schließlich die gepflasterte Durchgangsstraße hinunterging, in der Hoffnung, das Flämische Viertel zu umgehen. Nicht, weil sie Ausländern misstraute, sondern mehr, weil sie ihr sowieso keine große Hilfe sein würden, falls sie sich verlief. Martin trottete vertrauensvoll hinter ihr her, aber wie alle Frauen vom Land war seine Herrin bald so verwirrt von den nicht vorhandenen Hinweisschildern, dass sie dem Eingeständnis nahe war, die allgemeine Ansicht, Frauen besäßen wenig Orientierungssinn, träfe womöglich sogar zu. Gerade war da noch das Haus eines Edelmanns gewesen, mit einem wachsamen Pförtner draußen vor der Tür, und hinter der nächsten Ecke stand sie plötzlich in einer erbärmlichen schmalen Gasse, umgeben von anderen ähnlich dunklen Sträßchen und fest verschlossenen Fensterläden. Die Rinnsteine, die ihren ekelhaften Inhalt über den Weg ergossen, um die Sohlen der Passanten zu erfreuen, verstärkten noch ihr Unbehagen.

Sie gingen bis zum Red Rose zurück und wandten sich verlegen nach Osten, aber die hanseatischen Ladenbesitzer nickten ihnen freundlich zu. Es war Heloise unangenehm, nach dem Weg zu fragen, und die ihr unverständlichen Wortströme verwirrten sie, aber schließlich erreichten sie, dass ein flachsblonder Junge für ein kleines Trinkgeld ihren Führer spielte.

Er plauderte unbekümmert und bestand darauf, dass sie sich den berühmten ›Londoner Stein‹ ansahen, als sie an der Walbrook Street vorbeikamen. Selbst die Tatsache, dass der Stein schon seit den Tagen von König Ethelstane da war (wie der Junge erklärte), beeindruckte Heloise nicht. Bis auf seine eiserne Fassung erschien er ihr wie die ›pay on the nail‹-Steine, die auf den meisten Marktplätzen zu finden waren, und er war auch ausgesprochen ungeschickt platziert – neben dem Rinnstein, wo er eine Gefahr darstellte für vorüberfahrende Wagen. Man konnte die Holzsplitter und die Kratzspuren sehen.

Ihr junger Begleiter führte sie zu einem heruntergekommenen Gebäude in der Nähe von Oxford Place, und als sie Widerwillen erkennen ließen, die Hauptstraße zu verlassen, deutete er auf das Schild mit dem Stößel und Mörser eines Apothekers, das über dem Eingang hing.

Das Innere des Ladens strafte seine ärmliche, verwitterte Fassade Lügen, und Heloises Herz hüpfte vor Freude über die pulvrigen Gerüche und die Bündel getrockneter Kräuter, die von den Deckenbalken hingen und ihren Kopfputz kitzelten. Kein Staub bedeckte die Regale, und die ordentlich aufgereihten bemalten Tongefäße, die in krakeligem Latein beschriftet waren, sahen so sauber und so strahlend aus wie eine Schar Mönche am Ostersonntag.

Der Lehrling plapperte unaufhörlich, als er die Zutaten abwog: War es nicht seltsam, dass die Krönung nun schon zum zweiten Mal verschoben worden war? Und warum?, fragte er und tippte sich an seine Nase. Weil Gloucester die Krone seines Neffen wollte. Und außerdem waren diese Streitigkeiten zwischen den Anhängern der großen Herren schlecht für das Geschäft; die anständigen Kunden blieben zu Hause.

Heloise verbarg ihre Besorgnis, als sie die kleinen Päckchen in ihren Korb legte. London, schien es, war so unruhig wie ein Hund mit Flöhen. Martin war es auch, und er bestand darauf, auf einem anderen Weg zur Suffolk Lane zurückzukehren – über die breitere Candlewick Street. Doch selbst hier warfen die Passanten den Bewaffneten misstrauische Blicke zu.

Würde Miles im Londoner Stadthaus seines Vaters sicherer sein? War es wie eins von diesen?, fragte Heloise sich, als sie zu den reich geschnitzten Deckenbalken des Hauses eines wohlhabenden Textilkaufmanns aufsah. Und dann zupfte Martin ganz plötzlich an ihrem Ärmel.

Auf der anderen Straßenseite sprach ihre verschleierte Schwester mit Sir Richard Huddleston. Die beiden standen vor einem Schaufenster, zeigten aber keinerlei Interesse an dem scharlachroten Flanell oder den italienischen Baumwollbeinkleidern. War es eine zufällige Begegnung?

Heloise warnte Martin und ging langsamer. Huddlestons Stallknecht, der einige Schritte entfernt mit dem Pferd seines Herrn wartete, begaffte die vorübergehenden Passantinnen. Es war ein Leichtes für Heloise, einen pickeligen Verkäufer auf sich aufmerksam zu machen und sich die besten Waren seines Stands vorführen zu lassen. Dionysias Unterhaltung schien ernst zu sein, von ihrer gewohnten Koketterie war jedenfalls nichts zu spüren, aber das Gespräch endete bereits. Huddleston verbeugte sich und schwang sich in den Sattel. Sobald er außer Sicht war, beeilte Heloise sich, ihre Schwester einzuholen.

»Das ist doch nicht zu fassen!«, fuhr Dionysia auf und beruhigte sich dann wieder. »Na ja, wahrscheinlich sind selbst Schleier nutzlos gegen die eigene Familie. Schau nicht so entrüstet! Wir sprachen über das Scharmützel gestern Nacht, und nein, ich habe nicht mit ihm geflirtet, ich würde es gar nicht wagen, ihn zu begehren, und er war auf dem Weg nach Cold Harbrough. Vielleicht sollte ich zum Red Rose mit dir zurückkehren.« Sie hakte sich bei ihrer Schwester unter. »Du wirst mir zumindest etwas Ehrbarkeit verleihen, denn jetzt, wo du dort bist, kann ich auch dorthin gehen. Herrgott, ich bin es Leid, mich bei Harry herein- und herauszuschleichen wie eine Straßenkatze, bloß um dem alten Gloucester ein Erröten zu ersparen.« Heloise war versucht, ihr Vorwürfe zu machen, aber es war besser, eine Krücke zu sein als eine Peitsche. »Und du, Schwesterherz, sollst die Erste sein, die erfährt, dass Herzog Harry mir gestanden hat, dass er sich in mich verliebt hat. Das hatte ich nicht beabsichtigt, aber ich habe ihn wirklich ziemlich lieb gewonnen. Siehst du das?« Sie spreizte ihre Finger, um Heloise einen üppigen Saphir zu zeigen.

»Didie! Wir werden sämtliche Diebe Londons auf den Fersen haben!«

»Wenn du da bist, um uns zu beschützen? Harry hat mir von deinen Heldentaten in Brecknock erzählt. Wie du irgendeinem gemeinen Fußsoldaten Mehl ins Gesicht geschüttet und ihm die Knie gebrochen hast. Sehr beeindruckend. Ich wusste gar nicht, dass du so mutig bist.« Also hatte Miles dem Herzog doch von ihren Abenteuern jener Nacht erzählt. Das freute sie. »Und apropos Kniescheiben – wie geht es eigentlich deinem griesgrämigen Ehemann?«

»Nicht besonders gut.«

»Ha! Dann warte ich lieber noch etwas, bevor ich ihm pflichtbewusst einen Besuch abstatte. Heloise, sag mir, wie es ist, verliebt zu sein? Ist es normal, dass es so wechselhaft ist wie Aprilwetter?«

»Woher soll ich das wissen?«

»Weil ich sehen kann, wo Amors Pfeile dich getroffen haben. Du bist verliebt, Heloise, und das kann selbst der dümmste Esel sehen.«

Außer Miles, der alles andere als ein Esel war. Er war mehr wie ein Schiff auf dem Trockendock zum Überholen, was Heloise mehr als genug Gelegenheit hätte geben müssen, seine gesamte Zeit für sich zu beanspruchen, und eine Chance, ihn besser zu verstehen. Aber weit gefehlt: Sein Schlafzimmer war so verkehrsreich wie der Süßwasserkanal in Westcheap, mit Schlangen von Besuchern, die alles Mögliche von ihm wissen wollten.

Gelegentlich wurde sie strapaziert wie ein windgepeitschtes Spinnennetz, war Krankenschwester, Alchimistin, Sekretärin und Jongleurin in den darauf folgenden Tagen, aber nicht Geliebte (er war noch nicht ausreichend genesen, obwohl seine Augen das Gegenteil behaupteten). Oft war sie aber auch entbehrlich; wann immer Buckinghams Rat sich an Miles' Bettkante versammelte, scheuchte der Herzog sie aus dem Raum wie ein in Ungnade gefallenes Schoßhündchen. Dann war ihr Patient auf die Idee gekommen, sie wie eine Arbeitsbiene an seiner Stelle loszuschicken, um Klatsch und Tratsch in Crosby Place und andererorts zu sammeln. Insbesondere interessierte ihn, was in Westminster erzählt wurde.

Mit Martin und ihrer Dienerin als Begleitung, nahm Heloise ein Boot flussaufwärts. Im großen Saal in Westminster Hall wurden gerade Gerichtsverhandlungen geführt, und so schloss sie sich der Schlange von Pilgern vor St. Peter an und zündete an der marmornen Gedenkstätte des heiligen Eduards eine Kerze an. Wie das andere gemeine Volk, das sich um das Grab Heinrichs V, des Siegers von Agincourt, scharte, hätte auch sie gern seine goldene Rüstung berührt, als könnte etwas von seinem Ruhm durch ihre Fingerspitzen auf sie abfärben, aber ein Priester mit einer Ledergerte hielt Wache, falls jemand dreist genug sein sollte, es zu versuchen. Doch zumindest durfte man das bescheidene Grab des Poeten Chaucer im Kreuzgang der Abtei berühren und ein Gebet für seine immer frohgemute Seele sprechen.

Es war jedoch eine neue Kuriosität in Westminster, was die meisten Neugierigen anlockte. Hinter einem Kordon behelmter Wachen, die das Wappen des Weißen Keilers trugen, befand sich im Sanktuarium der Abtei die belagerte

Königin. Eine bescheidene Unterkunft für eine große Dame, die an einen Palast gewöhnt war! Sich auf die Zehenspitzen stellend, schaute Heloise zu den strengen Schießscharten auf und hoffte, einen Blick auf König Eduards jüngsten Sohn oder eine der Prinzessinnen werfen zu können. Die armen Kinder, umgeben von einer Barrikade aus Bewaffneten, wie mussten sie sich nach Freiheit sehen, um herumtollen zu können!

Der Kapitän der Wache prüfte Anträge. Ein Mann, der die Kleidung eines Arztes trug, wurde durchgelassen und auch zwei kräftige Wäscherinnen mit Stapeln frisch gewaschener Laken. Waren diese lockeren Sicherheitsmaßnahmen Absicht, um Leichtsinn und Komplotte zu ermutigen? Gott, sie schalt sich selbst für ihre misstrauischen Gedanken.

»Lady Rushden! Was für eine Überraschung.« Thomas Nandik, der Cambridger Gelehrte, erschien an Heloises Ellbogen, als sie ihre Diener zur King's Bridge Wharf hinunterführte. Glatt rasiert, aber nicht weniger schleimig, und mit scharlachroten Seidenbändern, die vorn senkrecht über sein schwarzes Wams aus grobem Stoff verliefen, hatte der Gelehrte immer noch das Aussehen eines hungrigen Hundes, der auf ein paar Abfälle vom Tisch wartete. »Vielleicht darf ich Euch nach Dowgate zurückbegleiten?«

»Danke, aber … ich habe noch etwas anderes zu erledigen, Meister Nandik.«

»Das macht nichts.« Mit seinen langen dürren Beinen hatte er keine Mühe, Schritt mit ihr zu halten.

Schließlich blieb sie stehen. »Nein, wirklich, Meister Nandik, ich glaube kaum, dass Euch Stoffe aus Rennes und Pariser Garne interessieren werden.«

»Im Gegenteil, Mylady.« Seine scharfen Augen durchschauten die Ausrede und wussten, dass sie ihn nicht mochte, aber der verflixte Kerl bestand darauf, ein Boot für sie heranzuwinken und ihr an Bord zu helfen. »Ich finde, wir sollten einander besser kennen lernen, Mylady. Ich würde eine Menge tun, um Eure Gunst zu erlangen.«

»Ich verstehe nicht, warum.« Sie rückte zur Seite, um nicht seine Schenkel zu berühren.

»Könnt Ihr nicht meine Gedanken lesen?« Was er meinte, war offensichtlich. Der Teufel hole diese scheinheilige Kreatur! Wenn doch nur Martin und ihre Dienerin nicht mit dem Rücken zu ihr säßen!

»Unterschätzt nicht die Macht, die Ihr über andere besitzt«, murmelte der Gelehrte und legte seine Hand dreist auf ihr Knie.

»Lasst mich in Ruhe!« Als sie seine Hand wegschob, versuchte er, ihre Brüste zu berühren. Wütend presste sie die Lippen zusammen und wehrte ihn ab, doch diese widerwärtige Kreatur bückte sich nun, so dass sein Atem ihren Nacken streifte.

»Ich muss sofort zum Kernpunkt kommen, obgleich ich mich ihm wirklich lieber etwas schonender genähert hätte. Ich weiß, dass Ihr eine besondere Gabe besitzt, Mylady, und ich beneide Euch darum. Trotz all meiner Diagramme und Texte, ja selbst wenn ich den Rest meines Lebens Magie studiere, werde ich nie die Kräfte beherrschen, die Euch bereits zur Verfügung stehen. Oh, Madame, wenn Rushden Euch Eure Jungfernschaft noch nicht genommen hat, könnten wir beide in der Mittsommernacht eine Kraft entfesseln, die uns reicher machen wird, als wir uns je erträumen könnten.«

»Habt Ihr den Verstand verloren?« Eine körperliche Vereinigung mit dieser Kreatur in irgendeiner schäbigen

Behausung? Sein lüsterner Blick ließ sie noch heftiger erröten. »Ich habe keine Ahnung, wovon Ihr redet, Meister Nandik. Und nun lasst mich in Ruhe, und obwohl es Euch nichts angeht – ich bin eine Ehefrau in jedem Sinne dieses Wortes und glücklich, es zu sein.«

»Das ist aber wirklich schade. Ich hätte Euch früher warnen sollen, unberührt zu bleiben.« Der lüsterne Blick wich einem grantigen. »So wie das Töten eines Menschen, kann auch das Zerreißen eines Jungfernhäutchens eine Macht freisetzen, die man gegen seine Feinde verwenden kann.«

Miles, dem sie später unter vier Augen davon erzählte, wusste nicht, ob er brüllen sollte vor Gelächter oder sein Bein riskieren und hinunterhumpeln sollte, um den Schuft zur Rechenschaft zu ziehen.

»Das ist nicht lustig«, wiederholte Heloise schaudernd, worauf er sie tröstend zu sich heraufzog und einen Arm um ihre Schultern legte.

»Nein, das ist es nicht«, stimmte er ihr zu. »Fühlst du dich jetzt sicherer?«

»Mit dir an ein Stück Holz gefesselt? O ja, sicher wie ... wie ein Lamm, das einen ausgewachsenen Wolf anblökt.« Sie hatte sagen wollen, so sicher wie der Kronschatz in Lord Hastings Händen, aber es war besser, dieses Thema zu vermeiden.

Miles lachte. »Wenn ich mir vorstelle, dass ich möglicherweise verborgene Mächte freigesetzt habe, als ich dich ... Gnade! Du kannst einen kranken Mann nicht schlagen.«

»Das werden wir ja sehen!«

»Hm, was für ein dreister Narr dieser Kerl doch ist! Kannst du nicht deine Gabe nutzen, um unserem Nekromanten ein bisschen Angst zu machen, damit er nach Cambridge zurücktippelt?«

»Auf keinen Fall.« Etwas hatte die Begegnung mit Nandik sie gelehrt: Sie durfte ihre Gabe niemals nutzen, um andere zu beherrschen.

»Vielleicht solltest du deine Macht mal auf die Probe stellen. Könntest du mich beispielsweise ... zum Niesen bringen? Versuch es mal!«

»Niesen?« Sie kicherte, wurde aber sogleich darauf wieder ernst. Nein, ihre Gabe durfte nicht vergeudet werden, aber sie war bereit, ihm zuliebe so zu tun, als versuchte sie es. »Wirkt es?«

»Nein«, erwiderte er schmunzelnd und blickte ihr direkt in die Augen. »Ich habe eine völlig andere Reaktion an einer anderen Stelle. Leg den Riegel vor die Tür, bitte!«

Heloises Augen wurden groß. »Du kannst unmöglich ...«

»Hm, es wird ein bisschen schwierig sein, das gebe ich zu, aber nicht unmöglich. Nichts anderes ist gebrochen. Es könnte allerdings ein bisschen Einfallsreichtum deinerseits erfordern.«

Nachdenklich schob sie den Riegel vor und drehte sich wieder zu ihm um. »Ich weiß nicht, ob ich in der Stimmung dazu bin«, murmelte sie, um ihn zu quälen, aber sein träges Lächeln führte sie bereits zu ihm. »Aber vielleicht ... ja, ich glaube, das könnte mir gefallen.«

»Mir auch.« Seine Stimme war wie ein leises maskulines Schnurren. »Entkleide dich, mein Herz!«

Trotz seiner gebieterischen Art war sie es, der er vollkommen ausgeliefert war. Sie stieg aus ihren zierlichen Lederhalbschuhen, setzte ihren rechten Fuß auf die Bettstufen und zog in träger Anmut ihre Röcke hoch, um ihr Strumpfband zu entblößen, das sie nur zögernd abstreifte und ihm dann zuwarf, bevor sie mit entnervender Langsamkeit ihren wollenen Strumpf hinunterrollte.

»Ist es der Schmerz in deinem Bein, der dich so stöhnen lässt?«, fragte sie boshaft und entfernte mit einem koketten Blick auf ihn das andere Strumpfband.

»Du Hexe!« Es klang fast wie Schluchzen jetzt. Behutsam nahm sie ihren Kopfputz ab und schüttelte ihr silbernes Haar, so dass es wie ein seidener Schleier bis auf ihre Taille fiel. Dann streifte sie ihre inneren Ärmel ab, löste den Knoten in ihrem Gürtel und ließ ihn mit einer leichten Bewegung ihrer Hüften über ihr Kleid auf den Boden hinunterrutschen, und schließlich zog sie Zentimeter für Zentimeter ihre Röcke hoch.

»Ha! Ich kann das besser«, spöttelte er lachend, als sie gezwungen war, seine Hilfe in Anspruch zu nehmen.

»Ich gebe auf«, rief sie, als eins ihrer Ohren fast von einer silbernen Haarnadel durchbohrt wurde.

»Nein, meine schöne Sirene, tu das nie.« Starke Hände streiften ihr das Kleid ab. »Es verdirbt dein Spiel, aber ich kann nicht länger warten, ich muss dich haben.«

»Ich könnte dir wehtun.«

»Hm, das wäre exquisite Qual, versichere ich dir«, rief er mit heiserer Stimme, während er ihr das Kamisol auszog. »Warte – was tust du da? *Heloise*!«

»Was du bei mir getan hast. Magst du das nicht … oder das?«

Das Paradies hätte nicht schöner sein können, dachte er und schloss in lustvollem Entzücken seine Augen. Vor einigen Monaten hätte er keinen Pfifferling mehr gegeben für sein Leben – doch nun, mit dieser ungemein verlockenden Verführerin an seiner Seite, die mit ihren Fingerspitzen sein Blut in Wallung brachte, lernte er seine Wertvorstellungen zu ändern. »Ich glaube, du hast auf einen solchen Augenblick gewartet, um mich zu quälen, nicht?«

»O ja«, murmelte sie und strich mit ihren Lippen über seinen Mund, während ihre Finger woanders ihre fiebrige Magie bewirkten.

»Du bringst mich um, Heloise! Hab Mitleid, ich ergebe mich! Heloise, ich schwöre, ich erwürge ich, wenn du dich jetzt nicht sofort auf mich setzt!« Starke Hände packten ihre Arme, als er sie rittlings über seine Schenkel zog und mit einem solch lustvollen Aufschrei in sie eindrang, dass selbst der alte Pan ihn beneidet hätte.

Für einen Moment spiegelten ihre Rehaugen Erstaunen wider, und dann weiteten sich ihre Pupillen und wurden dunkler, und sie begann sich zu bewegen und versetzte ihn in solch ungeahnte Höhen der Ekstase, dass er sie zwang, sich still zu verhalten, und nun seinerseits den Zauberer spielte, seine eigene Magie bei ihr bewirkte und sie mitnahm auf den Gipfel der Lust, wo die Welt um sie herum in tausend schillernde Scherben zu zerbrechen schien.

Heloise sank ermattet auf ihn, ihr langes Haar bedeckte seine Brust und seinen Nacken. Liebevoll umarmte er sie, während er leise sang:

Wie Mondschein auf den Wellen der See,
so wunderschön ist meine Fee;
wie Tau auf morgendlichen Gräsern
schimmern die Augen meiner Herrin
wie Sternenlicht.
Welch Glück für mich,
ihr silbernes Haar
wie einen schützenden Handschuh
um meine Finger wickeln zu können.

»Das ist sehr schön«, wisperte sie und schmiegte sich an seine Brust, und ihre Tränen fühlten sich für ihn an wie warmer Regen. »Eindeutig nicht Lewis Glyn Cothi.«

»Nein, es ist von einem Engländer.« Er war etwas außer Übung im Gedichteschmieden, aber für einen eingerosteten Liebhaber war es gar nicht so schlecht. »Aber das hast du gut erraten. Die Waliser haben mehr über die Liebe zu ihrem Bier geschrieben, als Klagegesänge um ihre schönen, tyrannischen Stammesführer.« Warum weinte sie?

Würde er ihr je sein Herz schenken?, fragte Heloise sich. Wie schön es wäre, ein zerknittertes Blatt mit Strategien der Liebe unter seinem Kissen zu finden: *Anmerkung IV: Wenn du sie damit nicht gewinnst, lass VI und VII aus und mach mit VIII weiter, sag ihr, dass du sie liebst und halte hier einen Moment inne, um einen Kuss zwischen ihre Brüste zu hauchen. Und vergiss nicht, laut zu seufzen*.

»Was ist so amüsant, meine süße kleine Frau?« Ein schelmischer Ausdruck umspielte ihre Lippen. »Geheimnisse? Dann erzähl mir, was du heute beobachtet hast, während mein geschwächter Körper sich von deinen Verführungskünsten erholt.«

Wie sie schon vermutet hatte, interessierte das Sanktuarium ihn am meisten, insbesondere die Wäscherinnen. »Hm, also gibt es genügend Möglichkeiten für Komplotte.«

»Du glaubst also noch immer, dass die Königin eine Kraft ist, mit der man rechnen muss?«

»Ich weiß es. Aber solange sie den anderen kleinen Prinzen hat, kann der Lordprotektor nicht den Thron besteigen.«

»Aber wenn die Prinzen Bastarde sind?«

»Egal. Wir haben den Beweis, dass sie mit Hastings verhandelte, und ich möchte wetten, dass sie versuchen wird, ihren jüngeren Sohn so schnell wie möglich hinauszuschmuggeln, um ihn irgendwo zu verstecken, als Sammelpunkt für ihre Anhänger. Heute Morgen findet eine königliche Ratsversammlung statt, und es ist wichtig, dass sich alle einstimmig gegen sie wenden und die Herausgabe des Jungen fordern, denn sonst wirst du mich im Tower besuchen. Warum musste ich auch ausgerechnet jetzt verwundet werden!«

»Hat die Königin nicht schon genug gelitten?«

»Was?« Seine Augen glitzerten. »Willst du denn nicht Gräfin werden?«

»Miles, das ist kein Spiel.« Vielleicht war dies der richtige Moment, mit schonungsloser Offenheit zu sprechen. »Ich fand die Rede, die du für Harry geschrieben hast.« Sein rätselhafter Blick verließ ihr Gesicht. »Du hattest das alles geplant. Wir sind wie Schachfiguren für dich.« Sie sah, wie er versuchte, ihrem anklagenden Blick auszuweichen, wie er auf die Kissen und die Polster hieb, als müssten sie als Sündenböcke für die Beschränkungen seiner hochfliegenden Ambitionen herhalten, während er Worte suchte, um sie zufrieden zu stellen:

»Nein, Heloise, es war nicht geplant. Ich ergreife nur jede Gelegenheit. Ich habe dich gewarnt, dass ich die Ehre meiner Familie wieder herzustellen gedenke. Man kann das Spiel nicht gewinnen, wenn man nichts riskiert, und glaub mir, wenn man um hohe Einsätze spielt, kann man sich nicht erlauben, zu verlieren.«

»Aber du riskierst den Verlust von Recht und Besitz und den Tod eines Verräters, wenn irgendetwas schief geht. Angenommen, das Parlament würde sich weigern, Stillingtons Aussage zu akzeptieren – dann würden sich die Woodvilles rächen. Deine Familie würde leiden.« *Und ich auch. Was soll nur aus uns werden, Miles?*

»Nimm meine Hand und wag den Aufstieg. Du hast den nötigen Mut dazu.«

»Ich? Jesus, ich kann sehen, dass du Buckingham wie eine Schachfigur herumschiebst, und wenn er ein Herzog ist, was in Gottes Namen bin dann ich für dich – wie entbehrlich bin ich?«

Eine Frage, die schmerzte. Er schluckte und streckte dann die Hand aus, um ihr silbernes Haar um seine Finger zu wickeln – ja, wie einen Panzerhandschuh. »Anfangs warst du eine Unannehmlichkeit. Herrgott, als die Rohlinge deines Vaters mich zum Altar schleiften, war es geradezu lächerlich. Da stand ich mit meinen ehrgeizigen Plänen, gegen meinen Willen gebunden an eine Kaufmannstochter ... aber jetzt, *cariad* ...«

»Jetzt bin ich für dich Geld wert, nicht nur Bramley.«

»Du bist mein Spiegel, liebstes Herz. Du zeigst mir meine Seele.« Zärtlich strich er mit dem Zeigefinger über die sanfte Rundung ihrer Brüste. »Was ist es, was du von mir willst, Heloise?«

»Ich weiß nicht, wie viel du zu geben bereit bist.«

»Du meinst, all meine Geheimnisse, Heloise? Da muss ich dich enttäuschen. Es wird nichts geben, woran du dich wie ein Geizkragen am Ende des Tags im Schlafgemach ergötzen kannst.«

»Miles!«

»Ja, Heloise, ich spiele mit Menschen wie mit Schachfiguren. Deshalb will ich einen Narren wie Nandik vom Brett weghaben. Aber dich, meine liebe Hexe, bewahre ich in meiner Tasche auf wie einen Glücksbringer, um ihn jederzeit berühren zu können. Denk daran und sei zufrieden.«

Zufrieden? Wenn sie seine gefährliche Machtgier hasste? Er beobachtete sie jetzt, und seine grauen Augen blickten misstrauisch, als fürchtete er, sie werde ihn verdammen. Der intelligente Mund, den sie zu lieben begonnen hatte, verzog sich zerknirscht unter ihrer strengen Musterung. Sein Blick flehte um Anerkennung und Vertrauen. Die Skepsis und der Widerwille ihrer erzwungenen Hochzeitsnacht war ein für alle Mal bezwungen.

»O Miles.« Heloise streckte eine Hand aus, um seine Wange zu berühren, und er wandte den Kopf und küsste ihre Handfläche. Sie war Miles Rushdens Glücksbringer geworden, trotz ihrer Andersartigkeit? Die Freude, von ihm akzeptiert zu werden, durchflutete sie mit Dankbarkeit und Wärme. Wenn er sie in seiner Zukunft willkommen heißen konnte, dann verdiente er von ihr das Gleiche. Sie musste ihre Ängste beiseite schieben und sich über diese unerwartete Versöhnung freuen. Loyalität war nichts, was man leichtfertig versprechen sollte, doch sie schwor ihm diese Treue nun mit ihrem Herz – und ihrem Körper. Ihre Augen und Lippen waren ein Spiegel der Leidenschaft und des Verlangens in seinen. »Mein Gebieter.«

Ein Klopfen an der Tür ließ Heloise zusammenfahren und die Unterbrechung verwünschen, aber ihr Mann ergriff ihre Hände, und sie lachte glücklich, als er sie auf sich herabzog und sie zu einem Versöhnungskuss in seine Arme schloss.

Zerzaust und guter Dinge, obwohl sie immer noch nicht über alles im Bilde war, ließ Heloise am Montagmorgen ihre Schwester ein.

»Ich besuche den Invaliden«, erklärte Dionysia provozierend und ließ ihre Röcke rascheln, als sie um den eichenen Bettpfosten herumging. »Wusstet Ihr, dass ich hier eingezogen bin, Sir Miles?« Ihre Fingerspitzen glitten über das polierte Holz. »Ich meine, dass meine liebe ältere Schwester unter diesem Dach schläft, macht es doch schicklich für mich, ebenfalls in diesem Haus zu leben.«

»Schicklich.« Leiser Spott klang in der Stimme ihres Mannes mit. »Glaubst du, dass sie in der Lage ist, diskret zu sein?«, wandte er sich an Heloise. »Ich, der ich unangenehmerweise hier an dieses Bett gefesselt bin, erfülle natürlich Gloucesters Maßstäbe für einen treuen Ehemann. Aber falls Seine Gnaden entdeckt, dass Harry damit beschäftigt ist, sein Ehegelübde zu brechen und in seiner Freizeit Jungfrauen zu belästigen, könnte er ihn auch anderen Verrats für fähig halten. Nicht dass Ihr etwa noch Jungfrau gewesen wärt, Denise«, schloss er bissig.

»Miles!« Heloise dachte genauso darüber, aber ihre Schwester für ihre Koketterie zu tadeln war doch wohl eher ihre Aufgabe?

»Ihr Armer. Eure Wunden müssen wirklich schmerzhaft sein.« Dionysia warf ihrer Schwester einen mitleidigen Blick zu, bevor sie noch näher an das Bett herantrat. »Es passt wohl nicht in Eure Pläne, dass Harry sich verliebt hat, Schwager?«

Miles antwortete nicht sofort. Nichts Humorvolles milderte die Botschaft jetzt. »Ist Euch der Prophet Jeremia bekannt und seine Worte über die ›*Abscheulichkeit der Verlassenheit*‹, Dionysia?«, fragte er sie müde. Könnte dieses oberflächliche Mädchen mit dem goldenen Haar Harry in einen sicheren Hafen steuern, wenn der Himmel sich verfinsterte? »Nein? Dann lasst mich Euch sagen, dass ich an diese Worte denke, wann immer tiefe Schwermut Seine Gnaden überfällt. Liebkosungen und Umarmungen werden sie nicht eindämmen können, Mistress. In solchen Augenblicken hasst er sich und die gesamte Christenheit.«

»Pah, es ist Zuneigung, was er braucht. Er sagte mir, in seiner Kindheit habe es niemanden gegeben, der ihn liebte, all seine Verwandten seien auf dem Schlachtfeld umgekommen, und seine Großmutter habe die Vormundschaft für ihn verkauft.«

»Das ist wahr.« Harrys Bruder war gestorben, als er noch ein Page war. Und seine Mutter, die in dritter Ehe aus Liebe einen Ritter geheiratet hatte dessen Ländereien noch geringer waren als seine Fähigkeiten, hatte Harry kaum gesehen.

»Dann lasst mich helfen, Schwager. Ich kann Harry Liebe geben.«

Miles richtete sich auf einen Ellbogen auf, von dem bittenden Blick in Dionysias Katzenaugen scheinbar ungerührt. »Wenn Ihr die Wahrheit sprecht, dann tut es, aber ich warne Euch, Dionysia, falls er Euch jemals wiegen und zu leicht befinden sollte, wird er Euch dafür bezahlen lassen.«

»Puh, ein schöner Freund seid Ihr, wenn Ihr nichts anderes tut, als Harry schlecht zu machen!«

»Geht«, murmelte er. »Ihr ermüdet mich.«

Heloise schloss die Tür hinter ihr. »Ist das der Grund, warum du den Herzog nie verlassen wirst? Weil du Angst vor seiner Rache hast, falls du es tust?«

»Ich habe ihm das Leben gerettet, Heloise, hoch oben auf dem Pen-y-Fan, und dafür schenkte er mir seine Freundschaft, und seither habe ich ihn geleitet. Ich werde dieses Vertrauen nicht missbrauchen.«

»Nicht einmal dann, wenn es dein Leben in Gefahr bringt?«

»Auch dann nicht. Mit Harrys Unterstützung wird Gloucester Englands Geschicke besser lenken als die Woodvilles. Und nun schweig, Wechselbalg, wir bekommen Besuch.«

Ein freudig erregter Buckingham stürmte herein, gefolgt von einem keuchenden Sir William. Der ältere Mann schloss die Tür und lehnte sich dagegen. »Wir haben es geschafft, Miles. Es ist erledigt!«

»Dann wundert es mich nicht, dass Ihr so strahlt, Euer Gnaden.«

Harry, sehr zufrieden mit sich und farbenprächtig wie ein Pfau, runzelte die Stirn über Heloises Anwesenheit, aber Miles schloss seinen Arm noch etwas fester um ihre Taille. »Also erzählt schon, gnädiger Herr.«

»Die Königin hat uns den anderen Jungen ausgeliefert. Wir hatten einen königlichen Befehl von Prinz Eduard erlangt, sein kleiner Bruder sei zu ihm zu bringen, und so begab sich der gesamte königliche Rat per Boot nach Westminster. Gloucester und ich warteten im Volksgerichtshof im Palast, während Canterbury und Howard mit dem Abt zum Sanktuarium hinübergingen und die Herausgabe des Jungen forderten. Es erforderte eine zweistündige Debatte, aber schließlich gab sie nach, und wir gaben dem Kleinen einen geradezu königlichen Empfang im Palast – und das, obwohl es dort kaum Sitzgelegenheiten gibt, von Tischen, um zu speisen, ganz zu schweigen – und danach begleitete der Erzbischof das Kind zu den königlichen Quartieren im Tower.«

»Ausgezeichnet. Und alles ohne Gewaltanwendung, hoffe ich?«

»Nun, wir hatten das Sanktuarium umstellt.«

»*Harry!*« Miles hatte diese vertraute Anrede nicht benutzen wollen. Der Herzog sah für einen Moment lang überrascht aus, fing sich aber rasch wieder.

»Das war es, was die Königin letztendlich überzeugte, nicht das Gesülze des alten Bourchier. Sie wusste, wir hätten jederzeit die Tür einschlagen und uns den Jungen schnappen können.«

»Wenigstens geschah es mit der Zustimmung des Prinzen und der Ratsversammlung.«

»Es klingt vielleicht unbescheiden, aber das kann ich für mich verbuchen. ›Ich habe von Männern gehört, die Asyl in einer Kirche suchten – aber nicht von Kindern‹, verspottete ich sie. ›Diesem Kind droht keine Gefahr durch das Gesetz, und ich glaube, wenn der Kleine vor die Wahl gestellt würde, würde er Euch sagen, dass er es vorziehen würde, nicht eingepfercht zu sein wie ein Huhn. Und falls Prinz Richard nicht um Asyl gebeten hat, ist es nicht gegen das Gesetz, ihn mitzunehmen.‹ Sie alle stimmten zu. Es war ungemein befriedigend.«

Als Heloise die beiden Männer zusammen lachen sah, fragte sie sich erneut, wieso ein kluger Mann wie Miles seine Zeit mit Buckingham verschwendete, wenn er für Gloucester arbeiten könnte. Aber eins begann sie endlich zu verstehen: Miles war der Stahl in Buckinghams Rückgrat. Er manipulierte seinen Herzog, um England die so dringend benötigte Stabilität zu geben. Tatsächlich leistete er Gloucester erheblich größere Dienste als irgendeiner der Männer, die das Wappen des Weißen Keilers trugen. Ob dem Lordprotektor klar war, wie viel er Miles' besonnenen Ratschlägen zu verdanken hatte?

Später an jenem Abend kam der Herzog mit Knyvett und de la Bere zu einem weiteren Besuch bei Miles hereingeschneit, bewaffnet mit Lederflaschen und spanischen Äpfeln, herumalbernd wie ein frisch Verliebter und berauscht von Machtgelüsten. Schon ziemlich angeheitert von dem Wein, den sie in der Stadt getrunken hatten, brüstete sich Harry schadenfroh damit, es sei ihm gelungen, Ralph Shaa, den Bruder des Bürgermeisters, der ein berühmter Geistlicher war, zu überreden, seine sonntägliche Predigt in Paul's Cross zu ändern und anzudeuten, König Eduards Kinder seien Bastarde. Solche Selbstherrlichkeit störte Miles. Und er war auch alles andere als erfreut, als der Herzog Heloise auf den Mund küsste und sie vor die Tür setzte wie einen Wäschekorb zur Abholung am nächsten Morgen.

Nandik, von einem Strohlager im Saal herbeigerufen, erschien, um trübes Bier in seinen dürren Hals zu gießen, und als Harry mit den Zähnen eine Flasche öffnete und den Spund quer über das Bett spuckte, wusste Miles, dass es eine lange Nacht werden würde.

»Jetzt ist der richtige Moment, Nandik.« Die herzögliche Arroganz war durch das übermäßige Trinken etwas ins Wanken geraten. »Ich möchte, dass Ihr für den Lordprotektor ein Horoskop erstellt. Nur zum Vegnügen, Junge.« Beringte Hände hoben sich, um der schwachen Ausrede, nichts Böses sei gemeint, mehr Überzeugungskraft zu verleihen.

»Um Himmels willen, Mylord«, protestierte Miles und wünschte, sie würden alle gehen.

»Nein, Euer Gnaden«, erwiderte Nandik entschieden. »Das käme Hexerei gleich, ganz zu schweigen von Verrat. Da könntet Ihr genauso gut von mir verlangen, das Horoskop des jungen Königs zu erstellen und meinen Kopf ganz in die Schlinge hineinzustecken.«

»Aye, das auch.«

»Harry, Junge!« Diesmal war es Knyvett, der schlagartig ernüchterte.

»Nein, Mylord.« Dieser Hurensohn Nandik schüttelte unnachgiebig seinen ungepflegten Kopf. »Mir würden sie die Gedärme herausreißen und mich entmannen, während Ihr höchstens ein paar lausige Wochen im Tower und Bußübungen aufgebrummt bekämt, Euer Gnaden. Nein, vielen Dank!«

Harry ließ nicht locker. »Nur unter uns, Mann, und danach könnt Ihr alles wieder vernichten. Ich werde Euch gut bezahlen.«

»Mein gütiger Herr, Ihr wart schon großzügig genug, aber ...«

»Ihr versucht, den Preis in die Höhe zu treiben?« Miles nahm sich einen Apfel von dem Zinnteller auf dem Bett und drückte seinen Daumennagel in die gelbe Schale.

Nandik ignorierte ihn. »Ich kann wenig Genauigkeit versprechen und schon gar nicht, dass es zutrifft.«

Harry hatte sein Ziel erreicht. »Ich will etwas über Gloucesters Zukunft wissen, Nandik. Erstellt sein Horoskop, noch vor dem Morgen.«

Nandik senkte für einen Moment den Kopf unter Miles missbilligendem Blick, doch dann hob er ihn beinahe trotzig wieder, und auf seinem Gesicht erschien der gleiche verschlagene Ausdruck wie damals bei der Verkündung seiner Nachrichten in Brecknock. »Ich habe es bereits getan. Er wird König sein, Mylord.«

23

»Was hat dich so lange aufgehalten, Wechselbalg?«, rief Miles, einen Ausdruck der Erleichterung auf seinen angespannten Zügen. »Du hast einen Platz auf der Tribüne gekauft, nicht wahr?« Erfreut, dass er besorgt um sie gewesen war, beugte Heloise sich vor und wartete geduldig, als er mit den Knöpfen ihres nassen Festtagsumhangs kämpfte. »Bah! Ich dachte, Hexen hassten Wasser.«

»Ihr hättet eine Ohrfeige verdient, Sir! Euer Bein mag auf dem Weg der Besserung sein, aber Eure Manieren sind es nicht. Es gibt Grenzen für die Pflichten einer Ehefrau.« Sie hatte gerade zwei Stunden in St. Paul's Cross verbracht. »Ich habe Predigten noch nie gemocht, und meine Meinung hat sich nicht geändert.«

»Es war also nicht interessant?« Enttäuschung klang in seiner Stimme mit.

»Etwa so anregend wie wässrige Haferschleimsuppe. ›Diese Bastardschösslinge werden keine Wurzeln schlagen‹.«

»Oh.« Rushden rümpfte angewidert seine Nase.

»Ja. Das war keine gute Idee von deinem noblen Freund.«

»Erzähl mir das Schlimmste.«

»Bruder Shaa sollte scheinbar offenkundig machen, dass die Prinzen Bastarde sind und Gloucester der englischste aller Yorkisten ist.«

»Er ist in Fotheringay geboren«, warf ihr Ehemann pedantisch ein.

»Ja, im Gegensatz zu Dublin und Rouen wie seine Brüder. Auf jeden Fall kam unser Lordprotektor so spät, dass die Stelle, an der Shaa mit großer Geste auf den Herzog zeigen und erklären sollte, er sei Engländer und seinem Plantagenetschen Vater wie aus dem Gesicht geschnitten, nicht den geringsten Eindruck machte. Und was tut der Priester? Er bricht mitten im Satz ab, wartet, bis Gloucester und sein Gefolge ihre Plätze einnehmen, und wiederholt dann im Eiltempo ein Viertel seiner Predigt, um seine große Geste noch einmal wiederholen zu können. Glaub mir, die Argumentation fiel so flach aus wie ein aus der Pfanne gerutschter Pfannkuchen. Die Intelligenten waren nicht beeindruckt, die Dummen sogar noch verwirrter als zuvor, und Gloucester lief rot an vor Verlegenheit.« Sie grinste schelmisch. »Möchtest du etwas zum Zerschlagen?«

»Ja, am liebsten Harrys Kinn.« Miles zog ihre Hand an seine Lippen. »Danke, dass du das – und mich – erduldet hast.«

Ihre vom Regen feuchten Schuhe fielen klappernd auf den Boden, als sie sich auf die Bettkante setzte und stirnrunzelnd auf ihre Füße starrte. »Etwas Finsteres geht hier vor. Diese Geschichte mit dem ›englisch sein‹ schürt das beschämende Gerücht, dass Ihre Gnaden von York mit einem flämischen Bogenschützen geschlafen haben soll, um König Eduard zu zeugen, und ich kann dir versichern, Miles – nachdem ich in ihrem Haushalt gelebt habe –, dass es ein Wunder ist, dass sie überhaupt mit irgendetwas anderem geschlafen hat als mit ihren Rosenkränzen und Gebetbüchern. Oder dass sie all diese anderen Kinder zur Welt gebracht hat.

Miles nickte, während sich in seinem Kopf wie wild die Rädchen drehten. »Und wo ist Gloucester jetzt?«

»Heimgegangen zu seiner Mutter, um seine Wunde zu lecken, und sie wird wohl auch beruhigt werden müssen, schätze ich. Beide Herzöge hätten Ohrfeigen verdient, wenn du mich fragst.« Buckinghams Gesicht hatte Genugtuung verraten, als habe er die Verlegenheit seines Cousins genossen.

»Nun, am Dienstag im Rathaus wird Harry seine Sache besser machen, das verspreche ich dir, Heloise, denn ich habe oft genug mit ihm geprobt, und am Mittwoch hält er eine Rede vor dem Parlament. Mit etwas Glück haben wir Donnerstagabend schon einen neuen König.«

Aber was war morgen, wenn die Londoner sich zum Sonnenwendefest um ihre Freudenfeuer versammelten? Planten die Anhänger der Woodvilles einen Aufstand? Heloise hatte keine Zukunftsvisionen mehr gehabt, doch sie war froh über die beruhigende Wärme von Miles' Hand.

»Was, wenn Buckingham Geschmack daran findet, Miles?«

»Am Königmachen, *cariad*?«

»An Macht und Ruhm. Es ist eine berauschende Mischung.«

»Für einen Jungen aus Brecknock? Keine Angst, ich werde schon dafür sorgen, dass er mit den Füßen auf dem Boden bleibt.«

Heloise unterdrückte eine unziemliche Antwort. Das Schiff lief jetzt unter vollen Segeln. Sie konnte nur hoffen, dass Gloucester diese Reise überleben würde.

Am nächsten Abend war London erhellt von Freudenfeuern, als ein Zug von Bewaffneten sich klirrend einen Weg durch die belebten Straßen bahnte. Gloucester und Herzogin Anne standen auf dem Balkon von Tamersilde, einem königlichen Pavillon neben St. Mary Bow in West Cheape, und beobachteten den Fackelzug mit Bürgermeister Shaa und seiner Frau Juliana. Heloise, die ebenfalls eingeladen und nervös bis in die Fingerspitzen war, trug einen scharfen Dolch in ihrem Ärmel und betete, dass es keinen Aufstand geben möge. Sie hatte schreckliche Angst, sie könne Visionen haben von Miles, wie er gefesselt auf einem Schafott auf seinen Henker wartete.

Um sich herum konnte sie die Furcht der anderen spüren. Gloucesters Anhänger schwitzten in ihren Brustharnischen, die verborgen waren unter hochgeschlossenen Wämsern, die eigentlich für winterliche Feste angefertigt waren. Nur Buckingham trug sein Hemd vorn offen, und das Glitzern in seinen Augen stellte sogar noch das Funkeln der prunkvollen goldenen Schulterstücke und venezianischen Knöpfe seines Wamses in den Schatten.

»Es ist nichts Ungewöhnliches zu sehen«, murmelte Huddleston, der über die Hintertreppe hereingekommen war, um sich zu seiner Frau und Heloise zu stellen. »Vielleicht solltest du Anne den Rat geben, zu lächeln, Margery. Von der Straße aus sieht sie mehr wie eine Frau in den Wehen aus, als wie eine glückliche Herzogin.«

Margery nickte und ging zu ihrer Schwester, aber Heloise blieb.

»Auf ein Wort, Sir Richard, bitte. Habt Ihr Dionysia beauftragt, Buckingham nachzuspionieren?« Ihr Lächeln war aufrichtig genug, um die Verzweiflung zu verbergen, die sie zu der Frage bewogen hatte.

Sir Richard Huddleston zog eine Augenbraue hoch. »Sie war es, die mir den Vorschlag machte. Stört es Euch?«

»Ihr wisst, dass ich Seiner Gnaden von Gloucester treu ergeben bin, aber Buckingham, so sagte mir mein Gatte, teilt die Plantagenetsche Abneigung gegen Verrat. Könntet Ihr sie nicht unverzüglich aus Eurem Dienst entlassen? Denn falls es herauskäme, würde der Herzog ... unversöhnlich sein.«

»Ich danke Euch für die Warnung, Heloise. Ich habe ihr das gesagt, aber Eure Schwester wählte diesen Weg, und ihre Dienste sind nicht billig. Ah, da sind ja auch Margery und mein Lord und meine Lady.« Lächelnd verbeugte er sich vor dem Herzog und der Herzogin.

»Es ist so gar nicht wie im Norden«, murmelte Herzogin Anne. »Wie froh ich sein werde, wenn der heutige Abend überstanden ist.«

»Ah, aber das«, rief Buckingham, indem er sich zwischen die Gloucesters drängte und beiden einen Arm um ihre schmalen Schulern legte, »ist erst der Anfang!«

»Nicht einmal zum Atemholen hielt er inne«, sagte Sir William, als er Miles am nächsten Abend Buckinghams ›Königmacher‹-Rede im Rathaus schilderte. Dankbar nahm er den Krug Bier, den Heloise ihm reichte. »Exzellenter Auftritt, obwohl ich ein Mitglied der Zünfte murmeln hörte: ›Was glaubt er, wer er ist, der Erzengel Gabriel?‹, und ein paar andere ihn offenen Mundes anstarrten. Gut gemacht!« Er klopfte Miles auf die Schulter und reichte ihm einen Krug, um mit ihm anzustoßen. »Ihr wärt stolz auf ihn gewesen, Junge. Was für ein verdammtes Pech, dass Ihr nicht selbst dabei sein konntet.«

»Der entscheidende Tag ist morgen«, warnte Miles, als sie miteinander anstießen. »Wenn Harry das Parlament dazu überreden kann, Gloucester zu ersuchen, die Krone anzunehmen, ist alles legitim.«

»Aye, das wird es aber auch sein müssen.« Knyvett zupfte nachdenklich an seinem Ohrläppchen. »Jemand streut Gerüchte aus, und wir sind's nicht. Alte Loyalitäten kriechen offenbar unter den Steinen hervor.«

Es war kaum noch etwas zu spüren von dem einst eher unbeholfenen Buckingham, dachte Heloise; all seine Sätze begannen wie geprobt und gründlich einstudiert zu klingen. Er erschien nach dem Abendessen, um Miles zu besuchen und die Rede des nächsten Tages mit ihm abzusprechen, aber als Heloise endlich wieder hineindurfte, war das Kinn ihres Mannes noch härter, seine Lippen noch verkniffener und sein Groll über seine Unbeweglichkeit noch offensichtlicher. Falls es ihn beunruhigte, dass er kein wachsames Auge auf seinen Herrn haben konnte, empfand Heloise in Bezug auf Dionysia ganz ähnlich.

Sie spürte sie am nächsten Morgen im herzöglichen Schlafgemach auf, nachdem Seine Gnaden aufgebrochen war, um seine Rede im Parlament zu halten.

»Ich muss mit dir reden«, erklärte sie, schickte die Zofe ihrer Schwester fort und überzeugte sich, dass auch das Vorzimmer frei von Dienern war.

»Möchtest du nicht auch in den Truhen und Schränken nachsehen?«, entgegnete ihre Schwester bissig und ergriff die Haarbürste, die ihre Zofe liegen gelassen hatte. »Ich habe einen verliebten Goldschmied unter der Matratze versteckt, und das da in dem Käfig dort ist keine Nachtigall, sondern ein Agent meines Herrn von Gloucester. Hat der Invalide dich hinausgeschickt zum Lüften?«

Heloise zählte bis sechs, um ihren Ärger zu beherrschen, und fuhr dann etwas ruhiger fort: »Agent . . . Komisch, dass du das sagst. Ich dachte mehr an eine blonde Spionin, die über alles berichtet, was sie hört.« Dionysia enthielt sich eines Kommentars, und seufzend fügte Heloise hinzu: »Sei Buckinghams Geliebte, wenn es sein muss, aber um deiner eigenen Sicherheit willen sei loyal zu ihm.«

Dionysia schien sich mehr für ihr Haar als für Heloises Worte zu interessieren. »Du hast es also herausbekommen«, entgegnete sie nur achselzuckend.

»Didie, hör mir zu!« Heloise legte ihre Hand auf Dionysias Haar. »Falls Buckingham dich verdächtigt, ihm im Bett Geheimnisse zu entlocken ...«

»Falls, falls. Was kann er mir schon tun?« Sie hob den Handspiegel etwas höher und verzog schmollend ihre roten Lippen. Ein langer, perfekt manikürter Fingernagel glitt prüfend über einen winzig kleinen Mitesser. »Nur bis zur Krönung, Heloise, das ist die Abmachung.« Sie drehte den Spiegel ein wenig, bis das Gesicht ihrer Schwester darin zu sehen war.

»Ich bestehe darauf, dass du nach Crosby Place zurückkehrst. Dein Spioniererei bringt uns beide in Gefahr.«

Dionysia legte den Spiegel weg und schob einen Finger unter das Smaragdkollier, das ihren Ausschnitt schmückte. »Siehst du? Harry vertraut mir. Er *braucht* mich. Tief in seinem Innersten ist er verunsichert und ungeliebt. Ich möchte ihm beweisen, dass er sich unterschätzt.«

»Pah! Buckingham hat sich nicht mehr unterschätzt, seit Gloucester ihn vor Monaten zum Regenten von Wales gemacht hat. Wahrscheinlich küsst er seinen Rasierspiegel, wenn sein Kammerdiener ihn ihm morgens hinhält.«

»Ich möchte ein Kind von ihm, Heloise.«

»Werd erwachsen, Didie. Du redest solchen Unsinn.«

»Tue ich das? Ich möchte vom mächtigsten Mann in England geliebt werden, und da Gloucester ein jämmerlicher

Langweiler ist, muss es Buckingham sein, und das ist mir auch ganz recht so.«

»Nun, mir nicht. Ich habe wirklich Angst um dich.«

»Ach, Heloise!« Sie nahm die Pose eines Pantomimen ein und legte ihre Hand zu einem Fragezeichen an die Braue. »O weh, o weh, ich sehe die Schwingen einer großen schwarzen Krähe über dir, Dionysia, o ja, und es wird Heuschreckenplagen in den Cotswolds geben.«

»Das kann gut sein«, versetzte Heloise, »und ich hoffe nur, sie alle stürzen sich auf dich. Angenommen, ich erhielte eine Warnung? Was würdest du dann sagen?«

»Liebste Kassandra, ich liebe dich, aber ich glaube nicht an deine Voraussagen. Tut das überhaupt jemand? ›Wechselbalg‹«, ahmte sie Miles' liebevollen Tonfall nach. »Frag ihn, ob er auch nur ein Wort glaubt. Bitte, sieh mich nicht so böse an, Heloise, ich sage ja nicht, dass du ein Scharlatan wie Nandik bist – Harry hält ihn sich zur Unterhaltung wie ein Äffchen – aber ich glaube nicht an deine Feen. Es ist Reichtum, was unsere Träume wahr werden lässt.«

Heloise zog die Tür des Schlafzimmers hinter sich zu und lehnte sich mit geschlossenen Augen dagegen. Ein amüsiertes Hüsteln warnte sie; Pershall, der Diener des Herzogs, saß auf der Fensterbank.

»Ich ... ich hatte Streit mit meiner Schwester.«

»So, Mylady?« Seine braunen Augen lächelten sie an. »Ich schwöre Euch, ich lausche nicht. In diesem Haus lernt man, diskret zu sein wie eine Katze, die vor einer Vogelfutterstelle lauert.«

»Ihr müsst ihn beschützen, Pershall.«

»Wen, Mylady?«

»Seine Gnaden, Pershall. Wenn er stürzt, reißt er uns alle mit.«

Ein besorgter Ausdruck erschien in Pershalls faltigem Gesicht. »Aye, ich weiß.«

Am Donnerstag Abend war es vollbracht. In Baynard's Castle hatte Harry auf den Knien seinem Cousin mit beredten Worten die Krone angeboten. Gloucester, flankiert von seiner Frau und seiner Mutter auf dem Torvorwerk, hatte mit misstrauischem Gesicht herabgeschaut auf die Scharen von Edelmännern und Würdenträgern, die sich im Burghof drängten, aber er hatte Ja gesagt. Zumindest war der Staatsstreich unblutig verlaufen, beglückwünschte sich Miles, wenn man Hastings Tod und die fernen Exekutionen der Geiseln Rivers und Grey nicht mitrechnete.

Als die Stadtglocken die Regentschaft König Richards III einläuteten, war es Harry, der eine Wiederholung der letzten Momente des Siegs für den frustrierten Verfasser seiner Reden anordnete.

An dicke Federkissen gelehnt, thronte Miles auf seinem Bett, Heloise wie schmückendes Beiwerk in seinem rechten Arm, während auf der anderen Seite Dionysia saß, unbeteiligt und distanziert wie eine Katze und ihre gesamte Aufmerksamkeit auf ihren Geliebten konzentrierend.

Harry nahm kniend seine Stellung unterhalb von Knyvett ein, der streng und bewegungslos wie eine römische Statue auf der Eichentruhe stand, während de la Bere und Latimer sich als Publikum zur Verfügung stellten.

»Meine Herren und Freunde«, erklärte Knyvett und versuchte, Gloucesters Stimme nachzuahmen, »Ihr habt mir eine größere Ehre erwiesen, als ein Mann sich je erträumen könnte, aber die Aufgabe, die Ihr mir zu übertragen wünscht . . .«

»Ist schwer«, warf de la Bere ein.

»... ist schwer. Bitte verlangt das nicht von mir, denn selbst wenn Prinz Eduard nicht berechtigt sein sollte, England zu regieren, ist er dennoch meines Bruders Kind. Ich kann mich nicht dazu bereit erklären, meinem Neffen die Krone abzunehmen – *oder zu irgendetwas anderem in diesem Sinne*«, fügte Knyvett hinzu. »Kann ich jetzt herunterkommen?«

»Nein, William, wir sind noch nicht fertig.« Harry wandte sich an Miles. »Grundsätzlich habe ich gesagt, falls er die Krone nicht annähme, müssten wir jemand anderen holen lassen, und da wäre schon jemand auf dem Kontinent, der mehr als willig wäre, sich krönen zu lassen.«

»Tudor!«, rief Miles aus. Das war in der von ihm geschriebenen Rede nicht vorgesehen gewesen.

»Aye, das hat den Funken gezündet. Oh, Ihr hättet sehen sollen, wie er sich versteifte!«

»Und was hat er darauf gesagt?«

Latimer warf ein Kissen nach Knyvett, worauf dieser seine Hände vor dem Bauch verschränkte und erklärte: »Wenn es Euer aufrichtiger Wunsch ist, werde ich die Krone annehmen, aber seid Euch alle sicher, dass Ihr mich zum König wollt, denn ohne Eure Liebe würde ein solches Königtum, wie ich es Euch vielleicht bieten kann, auf zerbrechlichen Füßen stehen. Ich hege nicht den Wunsch, König zu sein.« Knyvett unterbrach sich. »Und darauf folgte ein höhnisches Johlen ... Na los, ich will ein Johlen hören!« Latimer gehorchte.

Heloise bewegte sich nervös in Miles' Arm. Die geheime Missbilligung seiner Frau spiegelte seine eigenen Bedenken über die Gloucester erwiesene Respektlosigkeit wider. England brauchte einen Mann wie ihn, einen Mann, der sich für Gerechtigkeit einsetzte und sich beraten ließ. Wieso also der Spott? *In vino veritas*?

»Dann muss ich Gottes Willen und Eurem gehorchen«, erklärte Sir William feierlich. »Ich schwöre vor Gott dem Allmächtigen, dass ich mein Bestes tun werde, um Frieden und Gerechtigkeit in dieses von Unruhen gequälte Land zu bringen.« Es wurde still im Zimmer. Irgendwo auf der Straße bellte ein Hund.

»Gott behüte König Richard.« Harrys sanfte Worte streichelten die unerwartete Stille. Er warf Miles ein ironisches Lächeln zu, bevor er sich abwandte, um Knyvett von der Truhe herabzuhelfen. »Ich glaube, das Hüte-in-die-Luft-werfen und den Applaus an dieser Stelle können wir überspringen.«

»Ich habe schon verstanden, worauf Ihr hinauswollt.«

Heloise spürte, wie der Arm um ihre Schultern sich versteifte, und hob fragend ihren Kopf. Das Schafott wird mir vorerst noch erspart bleiben, verriet ihr sein Gesichtsausdruck, aber seine Augen glitzerten, als er prüfend Buckingham ansah. Einen Moment lang starrten sich die beiden Männer an, dann reichte Miles dem Herzog feierlich die Hand, wie es von ihm erwartet wurde.

Buckingham umarmte ihn und klopfte ihm auf die Schulter. »Uns kann nichts mehr geschehen, Miles! Wir haben es geschafft! Du schlauer Hurensohn, das war dein Verdienst!«

Miles war den Tränen nahe.

Seine eigene Gefühlsbewegung unterdrückend, trat Buckingham zurück, um auch alle anderen in sein Lächeln einzuschließen. »Wir haben es verdammt noch mal geschafft!«

»Ihr habt einen unerwarteten Besucher«, kündigte Heloise am Tag darauf an und schob rasch mit dem Fuß einen vergessenen Strumpf unter das Bett, bevor Sir Richard Huddleston eintrat.

»Hat jemand Namenstag?«, entgegnete Miles trocken.

»Sir!«, tadelte ihn seine Frau.

»Nein, es sei denn, Ihr wärt ein kulinarischer Bewunderer der heiligen Martha.« Der Blick seines Gasts glitt über den Dreifuß, das Tablett mit Medizinfläschchen und Kräutern und das angefangene Schachspiel. »Wir könnten Euch unter Gebeten und Gesang ein Omelette braten, falls Lady Rushden ein paar Eier auftreiben kann.« Er setzte sich uneingeladen auf das Bett und legte seine Reitgerte und seine Handschuhe beiseite.

»Ich hörte, Eure Nordstaatler seien eingetroffen«, warf Miles glattzüngig ein, während er eine von ihm gekaperte Schachfigur befingerte. »Und Mylord Northumberland. Wie peinlich, jetzt wo der ganze Rummel schon vorüber ist.«

»Ja«, stimmte Huddleston zu, dem Miles' spöttischer Tonfall nicht entgangen war. »Sie sollen als Sonderschutztruppe für den Krönungstag vereidigt werden. Wir haben Abzeichen für ihre Hüte bestellt, damit sie noch etwas anderes mit nach Hause nehmen können als die Verwünschungen der Londoner. Ich soll Euch übrigens den Dank unseres neuen Königs aussprechen, Meister Redenschreiber. Ein Dutzend neuer Federn wäre ein passendes Geschenk gewesen, aber lasst uns hoffen, dass das nicht nötig sein wird. Etwas Dauerhafteres könnte mit der Zeit vereinbart werden – *wenn der ganze Rummel erst vorüber ist.*« Hier bedachte er Heloise mit einem schwachen Lächeln, worauf sie der Versuchung widerstehen musste, die Köpfe der beiden Männer gegeneinander zu schlagen.

»Seine Majestät der König wünscht Eure Anwesenheit

am Sonntag in einer Woche in der Abteikirche von Westminster«, fügte er, Heloise in seine Einladung mit einschließend, hinzu. »Ich fürchte, selbst wenn wir Euch in Farben kleiden, die zu allen anderen passen, Rushden, wird Eure Sänfte die Prozession in Unordnung bringen. Wenn wir noch einen anderen liegenden Ritter hätten, wäre das natürlich etwas anderes, aber ...« Er beendete den Satz mit einem Achselzucken.

Miles nahm die Herausforderung an. »Wir könnten den Marquis von Dorset erstechen, falls wir ihn finden, ihn auf einer Sänfte mit hineintragen, um die Ausgewogenheit der Prozession zu wahren, und das Begräbnis zur gleichen Zeit abhalten wie die Krö ...«

»Wir danken Seiner Hoheit für die Einladung«, warf Heloise rasch ein, »aber ich weiß nicht, ob ...«

»Vielleicht auf einem Wagen in der Nacht zuvor«, schlug Miles grinsend vor. »Wir können die Bettpfannen ja wegräumen, bevor die Leute in Hermelin eintreffen.«

»Ich werde die Angelegenheit mit Seiner Gnaden von Buckingham besprechen.« Ihr Besucher nahm seine Reitgerte und seine Handschuhe und erhob sich. »Noch etwas. Stammen die Gerüchte, die man in den Tavernen hört, von Euch?«

»Nein.«

»Das dachte ich mir schon, aber ...« Huddleston hatte nicht vor, den Satz zu beenden, bevor er ging.

»Also wirklich!«, rief Heloise, als sie ihren Besucher hinunterbegleitet hatte und zurückkam. »Entweder habe ich die Hälfte verpasst, oder ihr habt Euch auf einem Niveau angeknurrt, das einer Frau schlicht unverständlich ist.«

Miles' Stirn war runzlig wie ein frisch gepflügtes Feld. »Hier hat sich niemand angeknurrt.«

»Ich sage es dir nur ungern, aber diese Idee, in die Abteikirche zu gehen, halte ich für äußerst töricht. Du könntest deine Genesung damit sehr verzögern.«

»Glaubst du, sie wollen, dass ich ein Krüppel bleibe? Das wäre eine Idee.«

Ihr eisiger Blick verfehlte seine Wirkung. Miles sah aus, als unterdrückte er nur mühsam einen Fluch. »Ich hoffe, du bist dir im Klaren darüber, wo deine Interessen liegen«, murmelte er.

»Und was soll das nun wieder heißen?« Sie ballte die Fäuste an den Seiten. Aber leider konnte man einen kranken Ehemann nicht schlagen.

»Ich dachte, du könntest Gedanken lesen?«

»Nicht, wenn sie so einfältig wie deine sind!«

»Miles!«, rief eine ungeduldige Stimme von der Treppe. »Verflucht noch mal, Junge! Musst du dein Schlafzimmer auf halbem Weg zum ... Himmel haben!« Ein hoch gewachsener Mann erschien in der Tür und blockierte sie für einen Moment, keuchend und mit hochrotem Gesicht, bis er ziemlich unsanft vorgeschoben wurde. »Was muss ich da hören – du bist hingegangen und hast eine Ballaster-Göre geheiratet?« Es bestand nicht der geringste Zweifel, wem ihr Mann sein schwarzes Haar und seine aristokratische Nase zu verdanken hatte.

»Würdest du bitte knicksen, Heloise«, schlug Miles leise vor. »Es hilft vielleicht.«

Nachdem sie vom Bett aufgestanden war, schaute Heloise zu dem einschüchternden Mann auf, mit dem sie sich beinahe einen Kampf in Potters Field geliefert hätte. »Lord Rushden.« Die plötzliche Heiserkeit ihrer Stimme verlor sich im Rascheln ihrer Röcke, als sie gehorsam vor ihrem Schwiegervater knickste.

»Du musst zugeben, dass es die Angelegenheit mit Bramley regelt, Phillip.« Die Dame, die sprach, trat hinter Lord Rushden hervor, und Heloise blickte in die seegrünen Augen von Miles' Mutter. Sie umarmte Heloise und küsste sie auf beide Wangen. »Es ist die Richtige«, murmelte sie, aber eine solch kryptische Bemerkung verwirrte Lord Rushden nur. Er starrte Heloise verwundert an, doch dann begann er offensichtlich zu verstehen und kniff sie freundlich in die Wange.

»Ihr tragt Eure Rüstung auch im Bett?«

»Nicht mehr«, antwortete Heloise fröhlich. »Die Lanzenstütze war nur eine Leh ...« Sie wurde über und über rot, als Miles mit der Faust aufs Bett schlug und sich lachend auf die Seite wälzte. Das war nicht das, was sie gemeint hatte.

»Schon gut.« Eine große Hand legte sich auf ihre Schulter. »Sie ist schon richtig, Junge. Sie ist in Ordnung!«

Miles verzichtete auf die Teilnahme an der Krönung. Nichts anderes als verschwitzte Knöchel von seiner Matratze aus zu sehen, wäre viel zu unappetitlich. In Dowgate war er sehr viel besser aufgehoben, beschloss Heloise, als sie eingezwängt zwischen der stark parfümierten Menge in Westminster neben ihrer Schwiegermutter saß. Die Julisonne brachte die Luft in der Abtei zum Kochen; die Hitze war schier unerträglich. Die gestärkten Schleier verloren den Halt auf ihren Drahtgestellen, und Hermelin- und andere Pelzbesätze begannen die Gemüter ihrer Träger zu erhitzen, lange bevor die Fanfaren in der heiligen parfümierten Luft erklangen. Miles' Mutter mit sich ziehend, bahnte Heloise sich einen Weg zum Seitenschiff. Wenn sie sich auf die Zehenspitzen stellte, konnte sie gerade noch das scharlachrote Podium unter einem reich bestickten Baldachin und den mit prachtvoller Seide gepolsterten Stuhl des heiligen Eduards sehen.

Die beginnende Prozession und die Hymne *Ecco milto angelum meum* ließen die Versammelten verstummen. Die geistlichen Herren aus Kathedralen und Kirchen des ganzen Königreichs, schritten feierlich vorbei; ihre schweren Brokatgewänder verströmten einen starken Weihrauchgeruch. In Zweiergruppen folgten die jungen Ritter des Ordens vom Bade, alle in der Nacht zuvor zum Ritter geschlagen und gesalbt und nur zögernd angeführt von Clarences Sohn. Heloise war neugierig auf den Jungen, der wegen des Verrats seines verstorbenen Vaters von der Thronfolge ausgeschlossen war. Kein Wunder, dass er in Vergessenheit geraten war, denn das Gesicht des Jungen war flach und stumpf wie das des armen Benet.

Zum Gesang des Zwanzigsten Psalms *Domine in virtute* kamen die ranghöchsten Adeligen Englands mit ihren zeremoniellen Waffen und juwelenbesetzten Insignien. Howard, der frisch ernannte Herzog von Norfolk, trug das Kreuz des heiligen Eduard in seinen Händen, dessen goldene Streben aufleuchteten, als es unter einem Streifen Sonnenlicht vorbeigetragen wurde. Die großen Herren verhielten nicht in ihren Schritten, aber die zeremoniellen Kissen schwankten etwas. Nur Lord Stanley, der aus dem Tower entlassen worden war, um die gegnerischen Parteien zur Versöhnung zu ermutigen, hatte Schwierigkeiten, seine Schritte denen der anderen anzupassen.

Richard von Gloucester sah sehr prunkvoll aus in Scharlachrot und Gold, aber sein Gesicht erinnerte Heloise an einen frommen Priester, der im Begriff war, ordiniert zu werden, als wäre es nicht die Krönung selbst, sondern mehr die Salbung mit dem heiligen Öl, was ihm so viel bedeutete. Vier Barone trugen den mit Quasten versehenen Baldachin über seinem Kopf, und zwei Bischöfe flankierten ihn: der höchste Vertreter der Diözese Durham und, wie es Brauch war, auch der von Bath und Wells. Stillington, der sehr imposant aussah mit seiner Mitra und seinem Gewand aus feinster Wolle, begegnete dem Blick seiner einstigen Krankenschwester. Die von Krähenfüßen umgebenen alten Augen schenkten ihr einen verschwörerischen Segen, die trockenen Lippen ein verstohlenes Lächeln. Heloise wischte sich mit dem Handrücken die verräterischen Tränen ab. Sie war stolz auf Gloucester, ihren Herzog, und freute sich für England.

Vorsichtig, auch wenn er vielleicht versucht war, auf die lange purpurrote Schleppe des Königs zu treten, folgte Buckingham, in kostspieligem blauem, mit Goldfäden und Perlen durchwirktem Tuch und mit dem weißen Amtszepter. Er hatte darauf bestanden, für diesen Anlass zum Obersten Kastellan ernannt zu werden. Der schwarze Samtbesatz an seiner maulbeerfarbenen Schleppe fegte die Kacheln vor den Grafen, die das Zepter und die Krone der Königin trugen.

Königin Anne ging ebenfalls unter einem Baldachin, dessen vier Ecken goldene Glöckchen schmückten. Sie wirkte sehr zerbrechlich unter ihren schweren Gewändern, und ihre milchig weiße Haut erschien noch fahler durch das Rosenrot, das ihr noch nie gestanden hatte. Ihr weizenblondes Haar, das sie nur selten in der Öffentlichkeit zeigte, reichte bis zu den Schenkeln. Sie wandte den Kopf, als Heloise durch pure Willenskraft ihre Aufmerksamkeit erzwang. Das Lächeln der neuen Königin kam von Herzen, aber ein jäher Schmerz, der wie das Eisen eines Folterknechtes war, schnürte Heloises Brust zusammen. *Oh, Euer Gnaden, Gott behüte Euch!*

Jesus! Heloise fuhr zurück, weil sie der Fremden, die Königin Annes Schleppe trug, ganz instinktiv misstraute. Hinter einem rätselhaften Lächeln erstellten die schwerlidrigen Augen dieser Frau eine Bestandsliste all jener, die da waren oder nicht. Ihr scharfsinniger Blick verweilte auf Miles' Mutter, und der juwelengeschmückte Kopf verneigte sich zu einem Gruß.

»Wer ist sie?«, fragte Heloise verblüfft, während ihr Geist geschüttelt wurde von einer Willenskraft, die stärker war als alles, was ihr in dieser Hinsicht je begegnet war.

»Margaret Beaufort, Gräfin von Richmond.« Henry Tudors Mutter! Als spürte sie, dass Heloises Loyalität der ihrer Meinung nach verkehrten Seite galt, schlossen sich die behandschuhten Hände der Gräfin noch fester um den roten Samt, und ihr Blick glitt weiter. Aber unter Aufbietung all ihrer magischen Kräfte gelang es Heloise, wie ein Chirurg das Gehirn hinter der hohen Stirn der Gräfin aufzuschlitzen und freizulegen. Was sie entdeckte, war ein schwärender Neid von kolossalen Ausmaßen; in Margaret Beauforts Gedanken war es das Gesicht ihres Sohnes unter der Krone.

Heloise bemerkte kaum die anderen Edelfrauen, die vorbeischritten, bis Lady Margery Huddleston ihr ein strahlendes Lächeln schenkte und die Welt wieder in Ordnung kam. Und da war auch Miles' Vater unter den rangniedrigeren Baronen, der ihr vor aller Augen zuzwinkerte, als er vorüberschritt.

Die lateinischen Chorgesänge übertönten sogar noch das Spiel der Orgel, denn König Richards Liebe zur Musik war wirklich groß. Nur jene, die sich um den Thron scharten, konnten sehen, wie er zum König gesalbt wurde und den Treueeid an England leistete, der zum ersten Mal in Englisch gesprochen wurde; Sie konnten das Aufsetzen der Krone und Buckinghams Gesichtsausdruck beobachten, als die Jubelrufe erklangen:

Verus rex, Rex Ricardus!
Rectus rex, Rex Ricardus!
Iustus, juridicus et legitimus rex, rex Ricardus!
Cui omnes nos subjicio volumus.
Suaeque humillime iugem, admittere guernationis!

Gottes Wille war geschehen, doch Heloise fühlte sich dennoch unbehaglich, als sie den Herzog von Buckingham seinem neuen Herrscher das Mittelschiff hinunterfolgen sah. Sie waren jetzt nicht mehr Cousins oder Verwandte, sondern König und Untertan. Und wie mochte Harry das empfinden?

Donner grollte und erschütterte die Stadt, als Heloise, deren Kleider immer noch nach Weihrauch rochen, Miles mit ihrem aufgeregten Bericht erfreute, noch bevor die anderen, berauscht von Met und Wein, aus der Stadt zurückkehrten. Sie hatte Miles ein wenig gebratenen Pfau, Karpfen in Blätterteig und Pastete mitgebracht, und er dankte ihr auch dafür, lag dann aber bis in die frühen Morgenstunden wach an ihrer Seite und sehnte sich nach Bewegungsfreiheit wie ein eingesperrter Adler, traurig, dass er die Reise zwar gemacht hatte, aber bei der Ankunft nicht dabei gewesen war.

Seine Frau, als hätten die Rufe seiner Seele sie geweckt, strich zärtlich mit den Händen über das dunkle Haar auf seiner Brust und schmiegte fragend ihren Körper an ihn.

Durch seine Reaktion ermutigt, nutzte sie ihre neuen Erfahrungen, um ihn zu erfreuen, und spürte, wie sein Verlangen nach ihr wuchs.

»Herrgott, ich hätte das ohne dich nicht ausgehalten, Wechselbalg.«

»Harry hätte dir ein Trio Winchester-Gänse mieten können, um dein Problem zu lösen.«

»Du«, hauchten seine Lippen an ihrem Haar, »solltest nichts von solchen Geschöpfen wissen. Weder von Hereforder Huren noch . . .«

Der Schrei einer Frau zerriss die Stille wie ein Blitzschlag, und ein gequältes Heulen folgte.

»Um Himmels willen!«

Seine Frau hätte ihren Morgenrock ergriffen, um dem Geräusch zu folgen, aber Miles' Finger schlossen sich fest um ihre Taille. »Nein! Überlass das Knyvett!«

»Es ist . . .«

»Deine Schwester. Ja, ich weiß. Warte! Warte!« Eine Wildkatze in Zaum zu halten, wäre einfacher gewesen, aber er hielt Heloise grimmig fest, als Dionysias Stimme sich aufgebracht erhob. Sie hörten das Geräusch schwerer Schritte auf der Treppe und Sir Williams ärgerliche Stimme, dann einen Schlag und das schrille Weinen einer Frau, traurig und verlassen.

»Nein!«, murmelte Miles durch zusammengebissene Zähne. »Bleib hier! Es ist nicht dein Streit!«

»Sie ist meine Schwester!«

»Heloise, nein!« Sanft, aber entschieden drückte er sie in die Kissen zurück, und seine Finger schlossen sich um ihre Handgelenke wie Eisenschellen. »Lass sie lernen, mit den dunklen Seiten in ihm fertig zu werden.«

»Sie liebt ihn.«

»Liebe!«, höhnte er. »Dionysia? Brauchst du Augengläser, *cariad*?« Es war ein Risiko, sie in einem solchen Zustand loszulassen. Silbernes Haar verbarg ihr Gesicht vor ihm, während sie schmollend ihre Handgelenke rieb.

»Du wüsstest nicht einmal, was Liebe ist, wenn sie dich wie ein Pfeil zwischen die Augen träfe«, zischte sie. »Du hast dein Herz vor zwei Jahren drei Meter tief unter der Erde begraben.«

Erstaunt über ihre höhnischen Worte, blickte er sie an und sagte ruhig: »Gib mir eine Krücke und einen Spaten, und ich gehe es suchen.«

»Du musst erst danach graben?« In ihrer Entrüstung schleuderte sie die Worte nach ihm wie feindliche Bolzen, als sie vom Bett sprang. Zum Glück fehlten ihr heute die Bienen.

Er schluckte, bestürzt, dass er einen solchen Wutanfall verursacht hatte. »Ich habe dir den Schutz meines Namens gegeben, Heloise, die Treue meines Körpers und …«

Sie warf einen vernichtenden Blick auf sein verletztes Bein. »Ha, das bleibt noch abzuwarten.«

»Du Beißzange!«, rief er. »Ich habe dich geheiratet, weil …«

»Weil es dich amüsiert hat, beide Herzöge zu verärgern, und weil ich plötzlich reich war und mein Vater nicht mehr da war, um Schande über dich zu bringen. Genauso war es doch, nicht wahr?«

»Ja.«

»Ohhh!« Sie ergriff den Kerzenleuchter. Miles duckte sich. Herrgott, er wurde langsam richtig gut im Ducken.

»Vielleicht solltet Ihr bedenken, Madame«, entgegnete er so herablassend, wie es aus der Horizontalen möglich war, »dass ich Euch vor Verfolgung geschützt habe.«

»Aus eigenem Interesse, und das wisst Ihr – das waren nur betrunkene walisische Poe ...«

»Nein, ich meine Dokett.«

»Dokett! Gloucester hätte niemals zugelassen ...«

»Da irrt Ihr aber. Dokett hatte es sich schon in den Kopf gesetzt, mit Canterbury zu sprechen. Er wollte Euch auf die Folterbank bringen, Madame.« Ah, das brachte sie nun endlich doch zum Schweigen. Der Sarkasmus wich aus seiner Stimme. »Dafür verlange ich Eure Dankbarkeit, Madame, und Ihr werdet Eure Kritik in Zukunft für Euch behalten. Mir scheint, es gibt noch viel, was Ihr zu lernen habt.«

»Ich! Nun, vielen Dank, Sir, für Eure Großzügigkeit und Euer herablassendes Gebaren. Eine Ehe bedeutet für mich mehr, als Eure Konkubine und Euer Dienstmädchen zu sein, aber ich bezweifle, dass Ihr fähig seid, etwas so Einfaches zu lernen, Ihr arroganter Tor!«

»Tor!« Niemand hatte je gewagt ...

»Ich ... ich gehe zurück nach Bramley, bis Ihr ...«

»Heloise.«

Er stürzte fast vor Schmerz, als er ihr nachhumpelte, aber sie fing ihn im letzten Augenblick noch auf und schleppte ihn zum Bett zurück. Ohne Worte, auf die er sich noch hätte stützen können, ließ er sich von ihr in das Gefängnis seiner Kissen und Laken zurückhelfen.

»Bleib hier, Heloise, bitte.« Beschwörend streckte er die Hände nach ihr aus. »Ich habe dich geheiratet, weil ich wollte, dass du lebst. An meiner Seite.«

Sie verließ den Raum. Er hörte sie im Vorraum herumhantieren und schloss ganz fest die Augen, um sich nicht vorstellen zu müssen, wie leer die Welt sein würde ohne sie.

»Hier.« Metall berührte seine Hand. »Das wird den Schmerz ein wenig lindern.« Erleichtert richtete er sich ein wenig auf und nahm den Becher.

»Danke«, sagte er und dankte auch Gott, als seine schlanke Frau wieder neben ihm zwischen die Laken glitt.

Dionysia war verschwunden, als Heloise sie am nächsten Morgen sprechen wollte. Die Diener zuckten mit den Schultern und behaupteten, nichts zu wissen, und Buckingham und sein Gefolge waren mit dem König in Westminster in der Messe.

Miles teilte ihre schwesterliche Sorge nicht. »Ich habe dich gewarnt, dass sie zu viel erwartet. Ich wette, sie ist nach Crosby Place zurückgegangen. Wahrscheinlich rupft sie dort vor Wut jetzt alle Iris aus.«

»Es wird Euch nicht gefallen, was ich zu sagen habe, Sir.«

Miles unterdrückte ein leidgeprüftes Stöhnen. Er erinnerte sich nicht, dass Sioned je so schwierig gewesen war.

»Ich glaube, Dionysia war gestern Abend nur der Prügelknabe. Ihr wehzutun, war der einzige Weg für deinen Freund Harry, seiner Wut und Eifersucht Luft zu machen.«

»Was in Herrgotts Namen sagst du da?«

»Ich sage, dass er die Krone will.« Die Worte fielen zwischen sie wie übel riechende Tropfen, die die Luft verpesteten.

Das Gesicht ihres Mannes war kalt wie Purbeck-Marmor. »Allmächtiger! Wenn dir dein Leben lieb ist, halt den Mund!« Das hierauf folgende Schweigen war bitter, obwohl sie spürte, wie der Ärger ihres Manns langsam verblasste. »Komm her.« Er streckte seine Hände nach ihr aus.

»Es ist wahr ...« Aber sein Mund bedeckte ihre Lippen, um sie zum Schweigen zu bringen. »Es ist wahr«, wiederholte sie und wandte ihr Gesicht ab. »Er kann nicht mit sich leben. Er muss beweisen, dass er besser ist als alle anderen, und nun wird es König Richard sein, dem er diese Lektion erteilen muss.«

Miles wandte sich schwer atmend ab. Heloise sprang auf und flüchtete sich ans Fenster, wo sie die Hände schützend vor der Brust verschränkte.

Bitte helft meiner Schwester, rief ihr Herz, aber kein glitzernder Feenflügel fing das kalte Mondlicht auf. Stattdessen erschien im Geist Nandiks Gesicht vor ihr wie eine Spiegelung auf trübem Wasser. War er es, der Buckingham diese unsinnige Idee in den Kopf gesetzt hatte, bis sie sich wie ein Pilz verbreitete? Sie konnte spüren, wie sich das Böse in ihn einschlich wie ein grauenhafter Nebel.

In ihrer Verzweiflung begab sich Heloise nach Crosby Place, aber der ganze Haushalt war nach Westminster Palace umgezogen, und es war schon nach Mittag, als es ihr endlich gelang, Margery für einen Moment aus den Gemächern der neuen Königin zu entführen und ihre Hilfe zu erbitten.

»Du liebe Güte, Heloise, Eure Schwester könnte überall sein! Vielleicht ist sie heimgefahren zu Eurer Familie?«

»Nein, das glaube ich nicht. Buckingham hat herausgefunden, dass sie Informationen über ihn gesammelt hat. Ich bin mir sicher. Bittet Sir Richard, sie zu finden, *bitte*, Margery. Ich weiß, dass sie in Gefahr ist.«

»Natürlich, Heloise. Wir können mit Buckinghams nächstliegenden Häusern beginnen, aber das wird viele Tage erfordern. Da Euer Mann von dem Streit weiß, könnte er das Thema doch direkt bei seinem Herzog anschneiden?«

Wenn Miles mit ihr spräche! Er spielte Schach mit Knyvett, als sie zurückkehrte. Beide Männer sahen sehr ernst aus.

»Gibt es Neuigkeiten? Könnt Ihr mir sagen, wo meine Schwester ist, Sir William?«, bat sie, als sie ihre Handschuhe abstreifte. »Was ist gestern Nacht geschehen?«

»Eine schlimme Geschichte.« Knyvett schüttelte seinen grauen Kopf. »Ich habe Harry geschlagen, weil ich glaubte, er sei im Unrecht, aber es scheint, dass Eure Schwester eine bezahlte Informantin war.« O Gott!

»Wer behauptet das?«, fragte sie entsetzt.

»Nandik.«

»*Nandik*!«

»Aye, offenbar hatte Harry ihn beauftragt, sie heimlich zu beobachten. Um dafür zu sorgen, dass ihr nichts geschah. Nandik sah, dass sie sich jeden Tag mit einem Anhänger des Königs traf.«

»Aber natürlich kennt sie die Männer des Königs, Sir William. Sie war in Middleham. Ach, mein Gott, wenn jemand einem Menschen Böses antun will, dann wird er auch ein Mittel finden. Ich bitte Euch beide, Seine Gnaden zu fragen, was aus ihr geworden ist!«

Der ältere Ritter sah Miles an und verzog das Gesicht. »Harry wird für den Rest des Tages nicht mehr mit mir sprechen. Wenn Ihr meinen Rat hören wollt, Mylady, dann haltet Ihr Euch von ihm fern. Ich werde es jedenfalls tun.« Dann setzte er eine kühle Miene auf. »Ich hoffe, Ihr habt von der Falschheit Eurer Schwester nichts gewusst, Madame.«

»Natürlich wusste meine Frau nichts davon«, antwortete Miles an ihrer Stelle. »Wo ist Dionysia also?«

Knyvett schob die Unterlippe vor. »Villeicht ist sie beleidigt weggelaufen? Wenn Harry sich beruhigt hat, werden wir sicher mehr erfahren. Ich komme später wieder, Miles.«

»Herrgott noch mal!« Aufgebracht fuhr Heloise zu ihrem Mann herum. »Könntest du den Herzog nicht einfach fragen?«

»Lass es gut sein! Seine Gnaden wird es mir schon sagen, wenn er bereit dazu ist.«

»Dionysia hat Angst, Miles. Ich spüre es.« Ihre Schläfen pochten. »Aber das kümmert dich nicht, oder?«

»Wenn ich ehrlich sein soll, nein. Deine Schwester war mir vom ersten Augenblick an unsympathisch, und heute mag ich sie sogar noch weniger.«

»Dann kann ich also nicht mit deiner Hilfe rechnen?«

»Sir.« Miles' Diener unterbrach sie. »Unten wartet eine Dame von Stand, die Euch zu sprechen wünscht. Sie wollte mir ihren Namen nicht nennen.«

Heloise betete, dass es Dionysia war.

»Bring sie hinauf«, murmelte Miles grimmig. »Und keine Angst, ich verspreche dir, dass ich dir helfen werde, *cariad*.«

Schwarzer Tüll bedeckte das Gesicht der Besucherin. Eine Witwe möglicherweise, mit einer Petition, nur dass sie weder Schriftrollen noch andere Papiere bei sich trug. Sie sah auf jeden Fall sehr tugendhaft aus in ihrem blauschwarzen, mit schwarzen Margeriten bestickten Gewand, das sie fast bis zum Kinn bedeckte, und als sie das Zimmer betrat, hob sie ihre Hände, die in Handschuhen aus kostspieligem weichem Leder steckten, und faltete sie vor der Taille mit der Forschheit einer Nonne.

»Danke«, sagte die Frau brüsk, als wäre Heloise nur ein Dienstmädchen. »Und nun seid bitte so gut und geht. Ich wünsche Sir Miles allein zu sprechen.«

Erst nachdem die Tür geschlossen war, schlug sie den Schleier zurück, um ein zartknochiges Gesicht, das eher intelligent als schön war, zu enthüllen. Ihre Nase entsprach nicht seinem Geschmack, und ihre Oberlippe war viel zu zerfurcht. Die eingefallenen Wangen ließen auf eine asketische Lebensweise schließen, aber die runden kleinen Augen der Frau betrachteten ihn mit einer irritierenden Weltlichkeit. Etwa vierzig Jahre und kinderlos, schätzte er, als er ihre schmalen Hüften und den flachen Bauch bemerkte.

»*Y Cysgod.*« Ihre Aussprache war korrekt, als sei sie mit dem Walisischen vertraut, und natürlich war sie das auch. Schlagartig kam Miles die Erkenntnis – diese Frau war Margaret Beaufort, Henry Tudors Mutter! Buckinghams Onkel Harry, ihr erster Ehemann, war seit etwa zehn Jahren unter der Erde gewesen, als sie Lord Stanley zum Mann genommen hatte.

»Kein sehr nützlicher *cysgod* im Moment, Mylady«, entgegnete er mit einem schiefen Lächeln und einem viel sagenden Blick auf seine Zehen, die sich unter der Tagesdecke abmalten.

»Darf ich Euch zu Harrys Rede in Baynards Castle gratulieren, Sir Miles?«

Nein, das dürft Ihr nicht, dachte er und fragte sich, wie zum Teufel sie das wohl herausgefunden hatte. Irritiert und hilflos sah er zu, wie Tudors Mutter sein Schlafgemach erkundete und einen Blick auf seine Papiere warf. »Warum seid Ihr hier, Mylady?« Falls König Richard erfuhr, dass Tudors *maman* ihn im Red Rose besucht hatte, würden die Männer des Weißen Keilers ihn beobachten wie hungrige Habichte – falls sie das nicht sowieso schon taten.

Margaret Beaufort hielt in ihrem Streifzug inne. »Wisst Ihr, ich habe mich immer gefragt, was für Fähigkeiten mein

Neffe – nun ja, mein *angeheirateter* Neffe – eigentlich hat. Jetzt weiß ich es.« Wollte sie ihm damit schmeicheln? »Es ist eine Schande, dass Ihr ans Bett gefesselt seid, Sir Miles, und nicht mehr Eure Hand auf Harrys Zügel habt.« Knochige Finger tippten an die Platte mit den Resten seines Abendessens und hoben den Krug auf, um an seinem Inhalt zu schnuppern. »Wie Fett, können Reichtum und Ruhm einen Menschen ruinieren, wenn er nicht genügend Rückgrat hat.«

Als sie ihm den Rücken zuwandte, runzelte er genervt die Stirn und wünschte, er könnte sie hinausbegleiten.

»Eine Schande, ja«, fuhr sein Quälgeist fort, »und gerade jetzt, wo Ihr den Gipfel erreicht habt – oder doch zumindest beinahe.« Miles konnte seinen Zorn kaum noch beherrschen. Durch seine Verletzungen zur Unbeweglichkeit verdammt, fühlte er sich wie eine hilflose kleine Maus vor einer Katze. »Man sagte mir, der Pen-y-Fan sei gewöhnlich eingehüllt von Nebel, und an den meisten Tagen könne man von oben überhaupt nichts sehen – genau wie Harry. Will er nur die Woodvilles in den Schmutz ziehen? Was war es doch noch, was dieser Ketzer Wycliffe über ›je höher ein Affe klettert‹ schrieb?«

... umso besser kann man den Dreck an seinen Hinterbeinen sehen. Es zuckte Miles in den Fingern, die Glocke zu ergreifen, die hinter seinem Kissen lag, aber man konnte eine Gräfin mit dem Blut von John von Gaunt in ihren Adern und einem Anspruch auf den Thron nicht mit Dingen bewerfen, als gehörte sie zum gemeinen Volk. Sie kam zurück, um ihn vom Fußende des Betts aus zu betrachten, und ihre knochigen Finger krümmten sich um einen Bettpfosten. »Ich kenne die Geschichte von Euch und Harry. Er verdankt Euch sein Leben, nicht?«

»Und ich ihm meinen Lebensunterhalt, Madame.«

»Wovor habt Ihr ihn eigentlich auf dem Pen-y-Fan gerettet – vor der Kälte?« Jesus, die Frau konnte einen Akt der Geistesgegenwart, der anderen Leuten Respekt einflößte, in etwas verdrehen, worüber man nur grinsen konnte. »Das mit Eurem Bein, das tut mir wirklich Leid.« Es war die Art, wie sie es sagte. Alles, was diese Kreatur sagte, war auf irgendeine Weise doppeldeutig.

Und er verstand jetzt, was sie ihm zu verstehen geben wollte. Gott schütze ihn! Es waren also nicht Hastings Leute gewesen, sondern ihre Handlanger, die ihn, als Hastings Anhänger verkleidet, angegriffen hatten! Was in Gottes Namen wollte sie? Plötzlich hatte er Angst, mit ihr allein zu sein, aber ... Um Himmels willen, was war nur los mit ihm? Er konnte mit jeder Frau fertig werden, wenn er es musste.

»Armer Hastings«, sinnierte sie, als habe sie erraten, was er dachte. »Wie unbequem er für uns alle war.« Lange dürre Finger streichelten das mit Perlen besetzte goldene Kreuz auf ihrer flachen Brust.

Miles hatte genug. »Wollt Ihr eine Amnestie für Euren Sohn, Mylady? Ich kann das Thema bei Seiner Gnaden zur Sprache bringen.«

»Oh, das ist bereits geschehen. Harry und ich sind uns ganz zufällig im Red Pale begegnet – Ihr wisst schon, wo Caxton seine Drucke ausstellt.« Sie stand jetzt vor dem Fenster.

»Ja, ich weiß«, murmelte er. Sie glaubte wohl, er sei ein Bauerntölpel?

Als hielte sie den richtigen Zeitpunkt endlich für gekommen, fuhr sie herum und lehnte sich an den Fensterrahmen. »Es war sehr geschickt von Euch, Stillington auszuhorchen, und Ihr habt hervorragende Argumente in Euren Reden präsentiert, Sir Miles. Schade, dass es keine Arbeit mehr für Königmacher gibt, aber falls Ihr je verarmen solltet, lasst es mich doch bitte wissen.« Dann fügte sie hinzu: »Wisst Ihr, ich glaube nicht, dass Gloucesters Freunde Harrys Einmischungen wünschen, und deshalb würde ich an Eurer Stelle in Zukunft etwas vorsichtiger sein.« Ihr Blick glitt von seinem Gesicht viel sagend über die Konturen seines Körpers.

Was sollte das nun wieder heißen? Dass es Gloucesters Leute gewesen waren, die versucht hatten, ihn umzubringen? Miles hatte das Gefühl, als würde sein Verstand gezwungen, geistige Purzelbäume zu schlagen. Wer zum Teufel hatte versucht, Harry von seinem Schatten zu befreien, und warum?

»Eines Tages, Sir Miles, werdet Ihr meine Denkweise vielleicht übernehmen. Es gehen so viele unschöne Gerüchte um. Wie unfair ihm gegenüber. König Richard der Dritte ist ein guter Mann – seine Rede über Gerechtigkeit war wirklich sehr bemerkenswert. Tatsächlich bezweifle ich, dass wir einen besseren König haben könnten, aber etwas von dem Schmutz wird natürlich unweigerlich an ihm hängen bleiben. Diese Gerüchte sind ungeheuerlich, nicht wahr? Als ob unser neuer, edler Souverän diese armen kleinen Jungen ermordet hätte!«

Miles zwang sich, nicht die Fäuste zu ballen.

»Und dieser hässliche Klatsch, dass er versucht hätte, seine Gemahlin zu vergiften! Aber genau das ist es, was die Leute sich in den Bierhäusern erzählen. ›*Calumniare fortites, et aliquid adhaerebit*.‹ Ah, Ihr könnt von Glück sagen, dass Ihr Zeit habt nachzudenken. Nutzt sie, Sir. Vielleicht solltet Ihr ja Eure Frau fragen, wem Ihr diese Verletzungen zu verdanken haben könntet. Sie ist mit Gloucesters Anhängern doch so dick befreundet. Ich nehme an, Ihr wisst, dass es Lady Huddleston war, die Eure Frau überredete, nach Brecknock zu gehen, und die blonde Schwester, sich einen Platz in Harrys Bett zu erobern.« Wie viel mehr Bosheiten würde diese Frau noch von sich geben?

Es erforderte all seine Willenskraft, sie ruhig zu fragen: »Woher wollt Ihr das wissen?«

»Weil ich mich für die Aktivitäten Margery Huddlestons und ihres grünäugigen Ehemannes interessiere. Fragt Eure Frau, ja? Adieu.« Eine kalte Hand berührte seine. Er verschwendete keine Galanterie darauf. »Ich hoffe, dass Ihr kein weiteres Missgeschick erleiden werdet, Sir Miles.« An der Tür blieb sie noch einmal stehen. »Entweder seid Ihr nicht raffiniert genug, oder Ihr habt das falsche Pferd gesattelt. Ich vermute, beides. Einen schönen Tag noch.«

Miles barg sein Gesicht im Kissen und stieß eine Serie von Flüchen aus, die einen Stallburschen hätten erröten lassen.

»Wie konnte sie es wagen, mich wie einen Domestiken zu behandeln!« Heloise stürmte herein, der Inbegriff empörter Tugend. »Was wollte diese Frau von dir? Herrgott, du siehst aus wie ein ausgewrungener Putzlappen!«

»Wir müssen miteinander reden, Madame.« Sein schroffer Tonfall reizte sie noch mehr.

»Lieber Gott, gibt es denn überhaupt noch was, was es wert wäre, gesagt zu werden?« Er sah, dass sie sich ärgerlich ein bisschen Met einschenkte und ihn in einem Zug hinunterstürzte.

»Um Gottes willen!« Er sprang aus dem Bett, packte ihr Kinn, steckte seine Finger in ihren Hals und drückte ihren Kopf nach unten. »Erbrich es! In Gottes Namen, erbrich es, Heloise!«

Minuten später zog er sie an seine Brust und wischte sanft die Feuchtigkeit von ihren Augen und Lippen. »Es war für mich bestimmt, Wechselbalg.«

Augen, die flackerten vor Angst, starrten aus ihrem aschfahlen Gesicht zu ihm auf. Wortlos schnupperte sie an dem Zinnkelch, bevor sie seinen Inhalt auf das Tablett ausgoss. Kein pulvriger Rückstand bedeckte den Boden des Kelchs oder zeigte sich in der goldenen Flüssigkeit.

Sie befeuchtete ihren Zeigefinger und leckte die Flüssigkeit vorsichtig ab. »Der Met ist vollkommen in Ordnung, Miles.« Sie schenkte aus dem Krug ein wenig nach und trug den Kelch zum Fenster. »Er riecht auch ganz normal.«

Um weitere Belastungen seines verletzten Beins zu vermeiden, humpelte Miles zu seinem verhassten Bett zurück und verwünschte sich dafür, seine Genesung in Gefahr gebracht zu haben. »Hol mir bitte die Karte der südöstlichen Grafschaften, Heloise.«

Es war offensichtlich, dass sie immer noch verstimmt war, aber sie brachte ihm das gefaltete Pergament aus der Truhe im Vorzimmer, und er lehnte sich zurück und breitete die Karte auf der Tagesdecke aus. Sie zeigte die Lage von Harrys Besitztümern und Ländereien.

»Was ist das?«

Heloise ließ etwas Flauschiges durch ihre Hände gleiten. »Dionysias Kaninchenpfote. Pershall fand sie auf der Treppe. Sie war ihr Glücksbringer, Miles. Sie trug sie immer an ihrem Gürtel.« Ein nicht zu überhörender Vorwurf klang in ihrer Stimme mit.

Miles richtete den Blick wieder auf die Karte. »Tonbridge, Bletchingley.«

»Bletch ... Lass mal sehen, Miles.« Dieser Besitz des Herzogs lag östlich von Reigate, hinter Redhill, an der Pilgerroute, die von Osten her nach Maidstone führte.

Mit geschlossenen Augen ließ Heloise ihren Zeigefinger langsam von Reigate zurück in Richtung Themse gleiten. »Hier!« Sie öffnete die Augen. »Str ...« Die Kaninchenpfote in ihrer anderen Hand ließ ihre Fingerspitzen prickeln.

»Streatham.« Miles starrte sie verwundert an.

»Gemeindeland«, wisperte sie und schloss die Augen, »ein weites Feld neben der Hauptstraße und dahinter ein steil aufragender Hügel, dessen Kuppe in einem Wald verschwindet.«

»Das ist doch nur Einbildung. Das Gleiche könnte man von vielen Weilern sagen.«

Sie riss die Augen auf und rieb sich mit der Hand über die Kehle, als schmerzte sie. »Nein. Ich muss dorthin. Ich muss.«

»Du wirst nirgendwohin gehen. Nicht ohne mich, Heloise. Bist du verrückt?«

»Dann schick jemanden hin, Miles, bitte!« Sie presste auch ihre andere Hand an ihre Kehle, schluckte qualvoll und sank mit kummervollem Gesicht aufs Bett.

»Den ganzen weiten Weg?« Sein Seelenfrieden war für heute schon genug erschüttert, fand er.

»Miles.« Ihre Stimme klang rau. »Bitte, *bitte*.«

Ihre Verzweiflung sandte einen kalten Schauder über seinen Rücken. »Also gut, schick deinen Stallknecht, Martin.«

»Es würde mich sehr beruhigen. Danke, Miles.«

Er faltete die Karte. Auch seine Kehle war wie ausgedörrt. Er kannte die Straße. Es gab tatsächlich ein Gemeindeland im Tal, südlich des an einem Hang liegenden Weilers mit zahlreichen Gasthöfen und einer normannischen Kirche, die dem Schutzpatron der Gefangenen geweiht war. Aye, er und Harry hatten dort einmal Halt gemacht und an einem Gottesdienst teilgenommen; er erinnerte sich, dass sie dort die Grabstätte eines Kreuzritters und eine sehr schöne Gedenktafel gesehen hatten. Und ja, er erinnerte sich auch schwach an dichte Wälder, die einen hohen Hügel östlich des Gemeindelandes säumten, und an das Geschrei, als ein Ochsenkarren seine Mehlsäcke auf dem schmalen, steil ansteigenden Pfad verlor, der diese Felder säumte.

Zwei Tage später kam Martin mit bösen Nachrichten zurück: Köhler hatten im Wald zwischen den Weilern Streatham und Norwood eine an einem Baum erhängte Frau gefunden, die von großer Schönheit war. Der Priester von St. Leonard's hatte sie außerhalb des Friedhofs in ungeweihter Erde bestattet. Sie hatte keinen Schmuck getragen, doch unter ihrem seidenen Gewand hatten sie eine mit Kohle gekritzelte Notiz gefunden: »Harry, ich liebe dich und werde es immer tun.«

»Ist das ihre Handschrift, Mylady?«

Heloise nickte, und Tränen rannen über ihre Wangen und tropften auf ihr Mieder, als sie die entsetzliche Qual in diesem Stückchen Pergament spürte.

»Ich habe sie nach Bletchingley geschickt.« Seine Gnaden von Buckingham, Oberster Kastellan von England, Vorsteher des königlichen Hofstaates, Justiziar von Nord- und Südwales und endlich Empfänger des enormen Bohun-Erbes, schlenderte in den Raum. Das charmante Raffinement der letzten Wochen hatte er abgelegt, oder war auch das nur Tarnung? »Ich habe sie geliebt, Madame.«

Heloise konnte ihn nur mit leerem Blick ansehen. Die Wahrheit fiel nach und nach von seinen Worten ab wie welke Blütenblätter von einer Rose.

»Habt Ihr gehört, was ich gesagt habe, Madame?« Buckinghams bleigraues Gesicht schien vor ihren Augen zu verschwimmen. »Ich sagte, obwohl Eure Schwester des Nachts in meinen Armen lag, würgte sie morgens alles, was ich gesagt hatte, heraus, als wäre es Erbrochenes.« Der Herzog ging zum Fenster und drehte sich um. Seine Nasenlöcher blähten sich, die Plantagenetschen Lippen verzogen sich zu einem Fauchen. »Wie konnte sie! Ich hätte ihr die Welt zu Füßen gelegt, wenn sie es von mir verlangt hätte. Ich *brauchte* sie. Ich dachte, in Bletchingley …« Das herzögliche Kinn hob sich in einer perfekt einstudierten Bewegung. »Ihre Eskorte sagte, sie hätte sich heimlich weggeschlichen, als sie zum Abendessen anhielten. *Sie hätte mir vertrauen sollen.«*

Das Schweigen, das darauf folgte, war kein tröstliches. Heloises eisiger Blick sprach ihn nicht frei, und der Herzog revanchierte sich dafür. »Woher wusste der Stallbursche, wo er sie finden würde?«, fuhr er Miles an. »Ich weiß, dass Dionysias Einfluss Euch nicht passte und Ihr sie für eine schlechte Angewohnheit von mir hieltet, aber … aber der Mann sagt, Ihr hättet ihm *gesagt*, wo er suchen sollte.« Der Vorwurf hing in der Luft wie ein anklagender Finger.

»Herrgott noch mal!«, stieß Miles empört hervor. Heloise sah, wie seine Nackenhaare sich sträubten und wieder legten. Wie konnte ihr Mann sich gegen diese Anschuldigung verteidigen, ohne ihre geheimnisvollen Gaben zu bestätigen?

»In ungeweihter Erde!«, protestierte Heloise und warf sich zwischen die beiden Männer. »Ohne letzte Ölung! Ich … ich flehe Euch an, Mylord, lasst wenigstens eine Messe für ihren Seelenfrieden lesen!«

Das Ablenkungsmanöver funktionierte. Buckingham neigte zustimmend den Kopf. »Gewiss, Mylady.« Und dann ging er.

Heloise atmete auf und wandte sich zu Miles um.

Reglos lag er da und sah sie an. »Hattest du Angst, ich könnte eine Wahl treffen?«

Ihr Atem hätte kaum eine Feder bewegt. »Ja.«

24

Als der Herbst näher rückte und mit ihm die Möglichkeit von Seuchen, verließ der Adel die Stadt. König Richard, Königin Anne und ihr beschämendes Übermaß an Nordstaatlern ritten in einer prachtvollen Prozession in Richtung Heimat, um der Ernennung ihres Sohns zum Prinz von Wales beizuwohnen. Buckingham verweilte noch in London, bevor er widerstrebend nach Wales zurückkehrte. Ein Gefangener, der zu gefährlich war, um in London gelassen zu werden, war zur sicheren Aufbewahrung seinem Gefolge übergeben worden. Es war Hastings Mitverschwörer, Bischof Morton. Wem sonst wohl würde Richard III einen seiner größten Feinde anvertrauen, wenn nicht seinem besten Freund?

Heloises Schwiegereltern waren unter den ersten, die die gärenden Pfützen Londons verließen und ihren ältesten Sohn mit einem Wagen in das südlichere Dorset brachten. Sie hatten schon eine Schwiegertochter und einen Enkel durch die Pest verloren und wollten nicht auch noch Miles' zweite Frau und das Kind, das sie vielleicht schon unter dem Herzen trug, verlieren, selbst wenn sie eine Ballaster war.

Sie benahm sich, wie es sich gehörte. Miles nicht. Als er seinen Machtbereich auf einen Sessel und ein Fußbänkchen im Hause seines Vaters reduziert sah, wurde er widerspenstig wie Luzifer vor dem Sündenfall. Nicht nur seine Verletzungen machten ihn so nervös, sondern offenbar auch die

Vorstellung, Buckinghams Wagen könne von der Straße abkommen, wenn nicht er selbst auf dem Bock saß und ihn steuerte. Wann immer Heloise herauszufinden versuchte, was ihn beunruhigte, oder das heikle Thema des Todes ihrer Schwester anschnitt, verschloss sich Miles wie eine Auster. Kaum war er wieder ausreichend genesen, um Traveller zu reiten, ordnete er eine ausgedehnte Reise durch Heloises Ländereien nach Brecknock an, und alle waren darüber sehr erleichtert, außer Heloise, die nicht in der Nähe des Herzogs von Buckingham sein wollte.

In Hay-on-Wye, nur eine Tagesreise von Brecknock entfernt, falls das Wetter hielt, schüttelte Miles vorübergehend seine düstere Haltung ab. Seine heitere, verspielte Stimmung entlockte seiner nachdenklichen Frau ein Lächeln.

»Bei meiner Treu, ich weiß nicht, wie du mich erduldet hast, *cariad.*« Er beugte sich aus Travellers Sattel zu ihr vor, und als er sie küsste, wurde ihr ein wenig leichter ums Herz. Sie hatten das Gefolge und die Dienerschaft in ihrem Gasthof Martins Obhut überlassen und befanden sich nun allein auf einer mysteriösen Exkursion, deren Route Miles bestimmte.

Heloises Antwort war etwas frivol. »Ich habe schon sehr *viel* von Euch erduldet, Sir, wenn ich mich recht entsinne.«

»Ein heiliger Tag, Wechselbalg.« Er zügelte sein Pferd, als ein Schaf sich widerstrebend von seinem Lager auf dem schmalen Pfad erhob. »Eine Wallfahrt.«

Da der August in einen ungewöhnlich milden September übergegangen war, war die Vorstellung verlockend, dass noch mehr solch schöner Tage folgen könnten. Aber die Weidenröschen verloren langsam ihre Blüten und ihren süßen Duft, und im Schutze wild wuchernder Efeuranken reiften scharlachrote Giftbeeren an saftigen Stängeln.

Als der von Kaninchenkügelchen und Schafskot übersäte Pfad sich verbreiterte, entdeckten sie darauf auch frischen Pferdedung, und drei wilde Ponys hoben ihre kleinen Köpfe hinter den Stechginsterbüschen am Rand des Weges. Nach Westen hin fiel das Weideland sanft ab, und ein von den Schwarzen Bergen gesäumtes Gelände breitete sich vor ihren Augen aus. Zu ihrer Linken erstreckte sich eine steil ansteigende, mit saftigem Gras bewachsene Wiese, durch die ein schmaler Ziegenpfad zum Hügel hinaufführte.

Miles saß ab und pfiff, und Heloise erfuhr nun endlich, dass er vorhatte, mit ihr den Hay Bluff zu besteigen. Ein antwortender Ruf kam von einem kraushaarigen jungen Schäfer, der vom unteren Teil der Weide hinaufgeeilt kam, um sich um ihre Pferde zu kümmern. Nun, falls dies eine heimliche Herausforderung sein sollte, die Geschicklichkeit des Arzts zu testen, der sein Bein gerichtet hatte, konnte Heloise nur hoffen, dass Miles gewann, denn sonst würden die Dorfbewohner von Hay große Unannehmlichkeiten bekommen. Nachdem sie das Seidenband ihres breitrandigen Strohhuts fest unter dem Kinn verknotet hatte, folgte sie ihm den schmalen Ziegenpfad hinauf. Sie hatten bei jedem Schritt gegen den Wind zu kämpfen, aber schließlich blieb Heloise triumphierend auf dem Torf der abgetragenen Hügelkuppe stehen.

»Offa's Dyke«, murmelte ihr Mann, als sie Seite an Seite in Richtung Osten blickten. Er musste es ihr zeigen. »Es verläuft von See zu See, wenn man Assers Buch über das Leben König Alfreds glauben will. Wenn wir auf dieser Seite den Hügel hinuntergehen, kann ich dich in England stehen lassen und von Wales aus küssen.« Sein Grinsen war listig wie das eines Banditen, der sich anschickte, den Wagen eines erfolgreichen Steuereintreibers zu überfallen. Wäre das

Moorland trockener oder nicht ganz so windgepeitscht gewesen, wären Heloises Röcke vermutlich sehr schnell gestürmt worden.

»Ich kann sehen, dass du dich auf diesen Hängen schon getummelt hast«, scherzte sie und stellte sich auf die Zehenspitzen und küsste ihn.

»Getummelt, hm.« Starke Finger zogen sie an seine Brust. »Heloise, mein Herz, wenn ich gewusst hätte, wie du bist, hätte ich damals schon in Bramley zugestimmt und uns eine Menge Leid erspart.«

»Wer kann einem Pferd Wasser geben, wenn es nicht aus eigenem Antrieb trinken will.«

»Beeindruckend. So, wenn du deine Flügel wieder angelegt und deine trockenen Sprüche weggepackt hast, könnten wir, rein hypothetisch, doch einmal besprechen, was ein Sterblicher zum Dank anbieten kann. Es war zu schwierig, eine Schüssel Sahne mitzubringen.«

Sie lachte und strich mit der Zungenspitze verführerisch über ihre Lippen. »Kann man Amors Pfeile hier oben finden?« Sie musste sich abwenden, während sie es sagte, denn die Frage war riskant. Die Wahrheit konnte raue Kanten haben.

Feste Hände drehten sie zu ihm herum. »Du brauchst Bestätigung? Ich schwöre vor Gott, dass du meine Kerze in der Dunkelheit und mein Weg nach Hause sein wirst.«

Schöne Worte, aber was war *zu Hause*? Brecknock? Und die arme Sioned, die in der mitleidlosen Erde lag? War auch sie für ihn nur eine Kerze gewesen, die auf diesem Hügel angezündet worden war?

»Was, eine solch strenge Herrin?« Er zog seine Hände zurück, und seine Augen funkelten, als hätte er erraten, was sie dachte. »Ihr seid unzufrieden, sehe ich.«

»Ich liebe dich.«

Als ertrüge er die Wahrheit nicht, erhob er einen Schild aus Worten zwischen ihnen. »Tust du das? Obwohl ich wie durch eine Nabelschnur mit Harry verbunden bin, ein *cysgod*, der an den Sohlen der Buckinghamschen Stiefel klebt?«

»Miles!«

Er senkte den Schild ein wenig. »Ich dachte, du wüsstest das, *cariad*.«

»Verliert es an Bedeutung, wenn es ausgesprochen wird? Verstehst du nicht – ich liebe dich, Miles. Hörst du!« Sie warf die Arme in den Himmel und schrie in Richtung England: »Ich liebe ihn!« Und dann begann sie zu laufen, weg von ihm, und die Tränen strömten immer heftiger über ihre Wangen. Sie rannte über die Hügelkuppe, bis sie keine Luft mehr bekam. Dann blieb sie mit schmerzenden Seiten stehen und versuchte, ihn zu hassen. Vielleicht brauchte sie ein bisschen Alleinsein und Ruhe, aber ihr Herz war schwer, als hätte ein böses Unwetter seinen unheilvollen Kurs begonnen.

Miles war seiner Frau gefolgt. Sie stand reglos wie ein Monument, die Hände verteidigend über der Brust gekreuzt, und starrte nach Westen, während der Wind an ihren Röcken zerrte.

»Wechselbalg!« Er drehte sie zu sich um, hob ihr Kinn und küsste ihre zitternden Lippen. »Ich habe Sioned geliebt, aber du, mein Liebling, hast den Vorteil, von einem *Mann* geliebt zu werden, und nicht von einem grünen Jungen.«

»Musste sie dich auch mit Harry teilen?«

»Du bist ein bisschen unvernünftig, glaube ich.« Seine Hände hielten sie fest, sanft strich er mit dem Daumen über ihre feuchten Wangen.

»Ja, und es beschämt mich. Ich weiß nicht, was mit mir los ist. Hilf mir!«

»Heloise, die Dinge regeln sich im Lauf der Zeit von selbst.«

»Ha!« Sein verständnisvolles Lächeln wärmte ihr Herz, doch auch die in seinem Blick aufblitzenden Selbstzweifel waren ihr nicht entgangen. »Versuch es«, wisperte sie und schlang die Arme um ihn, damit er sich nicht in Luft auflösen konnte. »Einen Schatten kann ich nicht festhalten, aber einen Mann kann ich lieben.«

»Hab Geduld.« Miles wusste noch nicht, was er darauf erwidern sollte, aber er begann zumindest schon die Frage zu verstehen. »Ich weiß nicht, was ich in Brecknock vorfinden werde. Bleib bei mir, mein Herz, und sorg dafür, dass ich mit den Füßen auf der Erde bleibe.« Er hob sie auf die Arme, wandte sich dann langsam mit ihr um und hielt sie wie eine Art Signalfeuer nach Osten und nach Westen. »Ich liebe dich, Heloise, und wenn es Gottes Wille ist, werde ich dich mit meiner ganzen Kraft beschützen. Gib mir den Kuss des Friedens, Liebling.« Langsam, und ohne sie aus seinen Armen zu entlassen, ließ er sie herab. Er wollte sie mit seinen Ängsten nicht belasten, aber unten im Gasthof würde er ihr all die Verehrung zuteil werden lassen, die sein Körper ihr zu bieten hatte.

»Ned!« Heloise hob Lord Stafford auf und schaffte es sogar, seinem inzwischen ausgewachsenen Hund über den Kopf zu streichen.

»Ich wusste ja, dass Ihr zurückkommen würdet! Ich wusste, Ihr würdet Euer Versprechen nicht vergessen. Danke für Eure Briefe.« Als sie ihn wieder absetzte, verbeugte er sich vor ihr und reichte dann dem Freund seines Vaters mit ernster Miene seine Hand. Heloise umarmte Bess und blickte sich um.

Die Garnison hatte sich vergrößert, und es waren auch mehr Dienstboten und Bewaffnete zu sehen. Falls Miles es bemerkt haben sollte, gab er keinen Kommentar dazu. Sein Blick war auf das schwarzweiße Fellbündel gerichtet, das herbeihuschte, um sich am staubigen Saum des Reitkleids seiner Frau zu reiben. Sie bückte sich, um Dafydds schnurrenden Kopf zu streicheln, bemerkte aber den beunruhigten Blick ihres Gatten und zog die Hand rasch wieder zurück. Er war es, der den Kater aufhob – froh über seine Lederhandschuhe, falls das Tier etwas dagegen haben sollte –, und ihn seiner Frau in die Arme legte.

»Er hat Euch vermisst«, plapperte Ned, »aber er hat die Mäuse aus Eurem Zimmer fern gehalten. Ihr schlaft jetzt wieder im Kinderzimmer, so wie früher, ja?«

»Ich … ich …«

»Ich glaube nicht, dass die neue Gouvernante gern ihr Bett mit jemandem teilen würde«, antwortete Miles für Heloise. »Und von verheirateten Frauen wird erwartet, dass sie ihren Mann warm halten, und es wird bald Herbst, nicht wahr? Wo ist Euer Vater?«

Der Herzog war auf Jagd. Es war Cat, die den Vorsitz an der Tafel führte, besser gekleidet nun und nach der neuesten Londoner Mode – Buckingham hatte offenbar vor seiner Abreise aus der Hauptstadt eingekauft. Cat schien belustigt über Heloises neuen Stand. Ihre Damen beobachteten *y Cysgods* Gattin misstrauisch, aber Gott sei Dank war wenigstens Myfannwy zu ihren gekränkten Landsleuten zurückgebracht worden.

»Es ist Euch sicherlich bekannt, dass wir Bischof Morton

bei uns haben«, sagte die Herzogin zu Miles. »Er ist im Turm.«

»Das ist eine große Verantwortung, Euer Gnaden.«

»Er ist sehr charmant, Sir Miles. Obwohl er ein Gefangener ist, mangelt es ihm nicht an Büchern und Musik. Das ist das Mindeste, was ich für seine Freundlichkeit zu meinem unglückseligen Neffen, *König* Eduard, tun kann.« Was sie sagte, war Verrat, selbst wenn es nur sehr leise gesagt wurde.

Miles räusperte sich. »Ich versichere Euch, Madame, Euren Neffen ging es gut, als ich das letzte Mal in London war. Die königlichen Unterkünfte im Tower sind sehr viel luxuriöser als die in Westminster Palace.«

Vor allem, seit die Schwester der Herzogin praktisch alles aus Westminster weggeschleppt hatte, was einen guten Preis erbringen könnte, dachte Heloise. Aber sie sagte nur: »Prinz Eduard hatte Zahnweh.« Und die Unterhaltung wandte sich ungefährlicheren Themen wie Krankheiten der Zähne und der Knochen zu.

»Erstaunlich«, murmelte Miles später in ihrem Schlafgemach, nachdem er Heloises Kammerzofe die Haarbürste abgenommen und das Mädchen fortgeschickt hatte. »Ich habe die Garnison vorhin inspiziert. Die Bewachung des Bischofs ist sehr oberflächlich, finde ich.« Er hielt inne, als er die Bürste sanft durch ihre Haare zog. »Ein schlauer Bursche, dieser Morton, und er ist bekannt für seine Fluchtversuche. Man könnte ihn in die Hölle stecken, und selbst dort würde er noch einen Fluchtweg finden.«

Heloise, die ihre Ringe abgelegt hatte, schloss die kleine Schmuckschatulle. »Und warum flieht er nicht?«

»Vielleicht, weil er nicht fliehen *will*. Und *warum* will er das nicht?«

»Weil Britannien vielleicht nicht nach seinem Geschmack

ist, jetzt, wo der Winter vor der Tür steht. Ein Fluchtversuch wäre ein weiterer Verrat, und vielleicht genießt er ja die Serenaden der Musiker der Herzogin.«

»Oder er bringt ihr selbst ein Ständchen. Harry müsste jeden Augenblick zurückkehren.« Er beugte sich über ihre Schulter und legte die Bürste auf ihren Schoß. »Ich werde ihm entgegengehen und ihn erwarten wie Dafydd der Mäusefänger.«

»Um dich schnurrend an seinen Stiefeln zu reiben?«

»So ähnlich.« Mit den Fingerspitzen strich er zärtlich über ihren Nacken. »Aber ich habe das Gefühl, als sollten wir zunächst einmal sehr vorsichtig sein. Kennst du das Sprichwort ›Felder haben Augen und Wälder haben Ohren‹? Beherzige es, bis ich diese Burg vom Keller bis zu ihren Zinnen unter die Lupe genommen habe, Mylord von Buckingham mit eingeschlossen.«

»Ich dachte, er ist dein Freund.«

»Natürlich ist er das. Also erlaube mir, sein Freund zu bleiben, *cariad*, und gehorch mir, ja?« Nach einem Kuss auf ihre Schulter verließ er das Gemach.

Der Kreis schließt sich, dachte Miles, nachdem er fast eine Stunde damit verbracht hatte, sich über die neuesten Geschehnisse zu informieren. Wie Latimer und Limerick ihm erzählt hatten, behandelten die einheimischen Edelmänner, die nicht bei der Krönung anwesend gewesen waren, den mächtigsten Lehnsherrn Englands, als wäre das Königmachen nichts weiter als eine Art Schluckauf gewesen, ein kleines Schlagloch auf dem Weg zum königlichen Schloss. Und der sensible neue oberste Konstabler Englands; Buckingham, empfand seine bescheidene Burg neuerdings als viel zu eng.

»Was ist mit Bischof Morton, Euer Gnaden? Hat er noch keinen Tunnel gegraben?«, scherzte Miles und lenkte Traveller etwas näher an Harrys Pferd heran, als sie am nächsten Morgen von einem Gottesdienst in St. Mary's zurückkehrten.

»Ich habe Euch vermisst, Miles.« Grinsend zügelte der Herzog sein Pferd und bedeutete dem Rest seines Gefolges, weiterzureiten. »Lasst uns zum Usk hinunterreiten und reden.«

Mit zwei Wachen zur Eskorte bogen sie am Water Gate ab und durchwateten die flache Stelle, wo der Honddu in den Usk mündete. Dann saßen sie ab und folgten dem schmalen Pfad am Flussufer zu Fuß. Die Septembersonne war angenehm und so warm, dass Miles sein Wams ablegte und es über seine Schulter hängte. Aber einigen konnte man es nie recht machen; zwischen den Sandsteinfelsen, die das gegenüberliegende Ufer säumten, erhob sich ein aufgescheuchter Reiher in die Luft und streckte seine langen Beine, und zwei gekränkte Moorhühner verzogen sich ins Schilf wie aufgebrachte Witwen.

Harry setzte sich auf einen umgestürzten Baum, der ihre politischen Debatten bereits kannte, beschattete seine Augen mit der Hand und starrte zu den Schafen hinüber, die, ohne sich im geringsten von ihnen gestört zu fühlen, seelenruhig weiterfraßen. Es war der letzte glorreiche Atemzug des Sommers, die Blätter waren noch grün und hatten noch nicht die goldenen Farben des Herbstes angenommen.

»Ihr hinkt nicht einmal mehr? Habt Ihr noch Schmerzen in dem Bein?«

»Manchmal.« Miles lächelte und veränderte seine Haltung, um seinen langen Beinen mehr Bequemlichkeit zu verschaffen.

»Gott, Miles, ich bin ja so froh, dass Ihr zurück seid.« Harry kämpfte mit seinen Armen, die er nicht aus seinem Wams befreien konnte, und Miles sah sich gezwungen, ihm zu helfen. »Abgesehen von einer Hand voll scheint hier niemand zu begreifen, dass ich den Lauf der Geschichte verändert habe. Ihr sagtet, Ihr wolltet etwas über Morton wissen. Ihr solltet zu ihm gehen und ihn besuchen – sofern Ihr bereit seid, mehrere Stunden dafür zu erübrigen. Der Mann ist imstande, einen zu einem frühen Grab zu überreden.«

»Dann gehe ich wohl besser nicht zu ihm. Und – wie ist er?«

»Ein verdammt guter Unterhalter.«

»Das ist der Teufel auch, Mylord.«

»Aye, vielleicht sind sie ja Brüder. Offen gestanden, Miles, haben mich die Gespräche mit Morton in den letzten beiden Wochen davor bewahrt, verrückt zu werden. Wenn ich mit ihm rede, ist es, als wäre ich wieder mittendrin in den Geschehnissen. Zumindest weiß er zu schätzen, was ich erreicht habe.« Also hatte Morton Harry mit Schmeicheleien gewonnen.

»Ist er im Grunde seines Herzens ein Anhänger des Hauses Lancaster oder nur jemand, der seine Zeit absitzt? Habt Ihr herausgefunden, warum er gegen Gloucester ist?«

»Aye, so taktvoll, wie ich konnte, und er fragte mich, ob ich mich an die Fabel von Aesop erinnerte, in der der Löwe verkündete, kein gehörntes Tier dürfe sich in seinem Wald aufhalten, wenn es nicht sterben wolle.«

Miles grinste. »Was ist damit?«

»Nun, in dieser Fabel gibt es ein Wesen mit einem merkwürdig fleischigen Höcker auf der Stirn, das wegzulaufen beginnt, worauf ein Fuchs ihm nachruft: ›Wo willst du denn so eilig hin?‹«

Das Tier sagt: ›Ich weiß es nicht, und es ist mir auch egal, solange ich nur aus diesem Wald herauskomme.‹

›Ach, sei doch nicht so dumm!‹, ruft der Fuchs. ›Der Löwe hat nicht dich gemeint. Du hast doch keine Hörner.‹

›Das weiß ich auch‹, erwiderte das Tier. ›Aber was ist, wenn er den Höcker als Horn bezeichnet? Wo stehe ich dann?‹«

»Was heißen soll, dass Gloucester sich zum Tyrann entwickeln wird«, entgegnete Miles müde. Du liebe Güte, was würde wohl als Nächstes kommen? Zu viele Winde blähten Harrys Segel.

»Miles, Margaret Beaufort war erstaunlich freundlich zu mir, bevor ich London verließ, und Morton glaubt, er könne sie überreden, mich zu unterstützen.«

»Worin?«, stieß Miles hervor, obwohl er die Antwort schon zu wissen glaubte.

»Er sagte ... er meint, ich würde einen besseren König abgeben.«

»Das ist ja verrückt. Verzeiht, ich wollte Euch nicht beleidigen.«

»Verrückt, meint Ihr?« Der Herzog schob trotzig seine Unterlippe vor. »Es hat nie einen besseren Moment gegeben. Der König entlässt Leute aus ihren Ämtern, damit er seine Nordstaatler belohnen kann, die Woodvilles sind führerlos, und ich habe einen Anspruch auf den Thron. Wenn ich all die Unzufriedenen vereinen könnte ...«

»Euer Gnaden ...« Es war der helle Wahnsinn.

»Hört mich an, Miles. Seit April haben wir beide bewiesen, dass wir alles erreichen können, was wir uns vornehmen – in nur einem Sommer –, und nun wird es sogar noch leichter sein, da ich über die gesamte Arbeitskraft von Wales verfüge und unendlich viele Grafschaften regiere.«

»Mylord, denkt noch einmal sehr gut nach, bevor Ihr diesen Schritt tut. Ihr seid der größte Mann in England und der Eckpfeiler von Richards Königreich. Zusammen könntet Ihr und er dieses Land zum Neid der gesamten Christenheit machen. Ich würde Euch von Eurem Plan abraten.«

»Miles«, Harry legte eine Hand auf seine Schulter, »wir sind weiter gekommen, als wir es uns je erträumt hätten. Es gibt nichts, was wir nicht erreichen können. Die meisten Leute in England halten König Richard schon für einen Tyrannen. Seid Ihr auf meiner Seite, Miles?«

25

Brecknock brummte wie ein sommerlicher Bienenstock, aber wie Dafydd, dessen Mäusevernichtungsquote stark gesunken war, nahm Heloise keinen Anteil an all dieser emsigen Geschäftigkeit. Und auch nicht an der Liebe, außer zwischen ihren Bettvorhängen, und selbst dort trübten Miles' gerunzelte Stirn und seine Schweigsamkeit ihre Freude und ihr Vergnügen.

Irgendetwas stimmte nicht; die Mitglieder der Burgverwaltung wirkten angespannt, standen flüsternd in den Ecken und brachen ihre Gespräche ab, wenn sie sie sahen. Hielten sie sie für eine Hexe? Hatte Buckingham Gerüchte in die Welt gesetzt, um ihr zu schaden? Einbildung kann ein mächtiger Feind sein. Selbst als Sir William Knyvett von seinem neuen Posten als Kastellan auf Castle Rising zurückkam und eine unverhältnismäßig große Anzahl berittener Bewaffneter aus Norfolk mitbrachte, erriet Heloise die Wahrheit nicht. Es war schließlich ein Gespräch – unter vier Augen und stellenweise ziemlich unverständlich für sie, bis sie es später noch einmal durchdachte – zwischen Sir William und ihrem Ehemann, was einen Bolzen in die Scheiben ihres Glasturms trieb. Sie hatte gar nicht vorgehabt, zu lauschen, aber die beiden Männer, die auf dem Korridor vor ihrem und Miles' Schlafgemach stehen blieben, schienen anzunehmen, sie wären allein.

»... auf dem Papier, ja. Thomas Stanleys Erbe, Lord

Strange, hat zehntausend Mann aus Cheshire versprochen.«

»Zehntausend!« Respekt klang in der Stimme ihres erstaunten Mannes mit. »Das sind mehr, als wir je aufbringen könnten!«

»Aye, Junge, aber freut euch nicht zu früh! Im Moment befindet Stanley sich noch am Hof des Königs, so dass wir uns des Engagements seines Sohnes also noch nicht ganz sicher sein können, nicht wahr? Es ist riskant, Miles. Es könnte Gerede über den Aufstand durchgesickert sein ... Vor meiner Rückkehr hörte ich, dass Lord Norfolk ein stehendes Heer von Gefolgsleuten vor den Stadttoren Londons hat, und zu welchem Zweck, kann ich nur raten. Die Männer aus Kent sind sehr redselig, wenn sie genug getrunken haben, und falls König Richard Harry rufen ließ ...«

»Das Problem ist«, sagte Miles, »dass mit so vielen Beteiligten, die zudem auch noch alle weit verstreut sind, die Möglichkeit einer Überraschung genauso unwahrscheinlich ist wie Harrys Ernennung zum Papst.« Es musste seine Faust sein, die auf einen Tisch knallte, denn er fügte aufgebracht hinzu: »Ich mache kein Geheimnis aus meinen Bedenken, Will. Dieser gottverfluchte Morton! Das ist sein Werk. Und die arme, dumme Cat lässt sich von beiden an der Nase herumführen. Ist Euch das nicht auch schon aufgefallen? Bei meiner Treu, ich wünschte, ich wäre nicht so lange in Dorset geblieben. Herrgott noch mal, ich hätte Harry ja vielleicht noch zur Vernunft bringen können!«

»Das bezweifle ich. Er hält sich für unfehlbarer als der Papst! Ihr hättet ihn in Oxford hören sollen.«

»Wieso Oxford? Was machte er denn in Oxford?«

»Er wollte seine älteste Tochter mit König Richards Sohn verloben. Der König sagte Nein, was ich ihm nicht verübeln kann. Jeder Narr kann sehen, dass eine ausländische Prinzessin das Beste wäre, aber Harry ist natürlich darauf aus, eine Dynastie zu gründen. Und ich dachte: Gloucester, mein Junge, da hast du aber gerade einen mächtigen Bock geschossen. Wenn du wenigstens ›vielleicht‹ oder ›ich werde es mir überlegen‹ gesagt hättest ...«

»... würden wir jetzt vielleicht nicht unsere Schwerter schärfen.«

Beide Männer schwiegen, dann fragte Sir William: »Habt Ihr es Lady Rushden gesagt? Oder soll ich in ihrer Gegenwart besser meine Zunge hüten?«

»Ja, das wäre besser. Sie weiß noch nichts, und die meisten anderen hier auch nicht. Da Harry als Justiziar nun beschäftigter ist als je zuvor, ist es uns bisher gelungen, bei niemandem Verdacht zu erregen.«

»Aye, wahrscheinlich habt Ihr Recht. Trotzdem könnten wir einige von Gloucesters Spionen in unserer Mitte haben, nicht? Ich dachte immer, der alte Brian wäre einer, und was war mit dieser anderen jungen Ballaster? Hat Harry noch irgendetwas über sie gesagt?«

»Oh, er glaubt, dass Nandik die Wahrheit gesagt hat, aber er schwört, es sei bei dem Streit darum gegangen, dass sie ein Kind von einem Lehnsherrn aus dem Norden erwartete. Deshalb habe er sie nach Bletchingley geschickt – damit sie das Baby dort zur Welt brachte und ein Skandal vermieden wurde.«

»*Putain*! Und er hat sich eingebildet, in dieses habgierige Weib verliebt zu sein. Kein Wunder, dass es ihn so fertig gemacht hat. Ihr habt die bessere Wahl getroffen, Junge. Es ist doch alles in Ordnung mit Euch beiden, oder?«

Das unerwartete Schweigen, das auf die Frage folgte, beängstigte Heloise noch mehr und schien auch Sir William zu verunsichern, denn mit unverkennbarer Verlegenheit in der Stimme fügte er hinzu: »Nun, wir sollten Harry nicht länger warten lassen. Er sitzt bestimmt schon auf glühenden Kohlen, so wie ich ihn kenne.«

Heloise lehnte sich an die Wand und schlug die Hände vor den Mund. Die Burg interessierte sich gar nicht für *sie* – sie plante eine Rebellion. Wie der blinde Bettler, dem Jesus das Augenlicht zurückgegeben hatte, sah sie plötzlich – Buckingham war ein Judas in feinstem Hermelin. All dieses Stahlwetzen war für den Kampf mit König Richard. *Dieser gottverfluchte Morton*! Miles hatte die Oberhand verloren. Es war Mortons böse Zunge, die den Neid des Herzogs schürte und diesen Wahnsinn vorantrieb. Und ihre Schwester – warum hatte Miles ihr nicht erzählt, was er erfahren hatte?

Gott verzeihe ihr, aber da diese Falschheit sich wie eine immer größer werdende Pfütze in Wales ausbreitete, würde auch sie darin waten müssen; sie steckte ihre Brosche mit dem Einhorn an, offerierte sich der Herzogin als Sekretärin und fragte, wie die Dinge standen.

Das Briefeschreiben sei beendet, erklärte Catherine Woodville, doch was sie dann sagte, war beunruhigend naiv: »Ich bin so froh, dass Harry endlich eingesehen hat, wie sehr er die Königin in Verruf gebracht hat. Ich bin sicher, dass es Bischof Mortons Rat war – und natürlich auch der Eures Gatten – was ihn zur Vernunft gebracht hat. Und Lady Margaret Beaufort war so freundlich, sich bei ihr für Harry einzusetzen. Meine Schwester ist noch immer misstrauisch – wärt Ihr das unter diesen Umständen nicht? –, aber Dr. Lewis, Margarets Leibarzt, hat sie regelmäßig im Sanktuarium in Westminster besucht und ihr Nachrichten von Lady Beaufort überbracht.«

Und die arme, dumme Cat lässt sich von beiden an der Nase herumführen! Buckingham hatte genauso wenig die Absicht, die Woodviller Königin wieder an die Macht zu bringen, wie mit seinem Pferd das Mittelschiff von St. Paul's hinaufzugaloppieren.

»Ihr glaubt also, dass es Seiner Gnaden gelingen könnte, Eure Schwester zu befreien, Mylady?«, tastete Heloise sich behutsam vor. Auch wenn die Oberflächlichkeit der Herzogin sie ziemlich leicht durchschaubar machte, musste man vorsichtig sein.

»Das hat er jedenfalls versprochen, sobald meine Neffen aus dem Tower gerettet sind.«

Versprechungen!, dachte Heloise später. Versprechungen! Von dem Fuchs, der auf den Knien Prinz Eduard Lehnstreue geschworen hatte und dann während der Krönungshuldigung die Wange seines Nachfolgers geküsst hatte? König Richard würde vermutlich einer der verdienstvollsten Könige sein, die England je gehabt hatte – Heloise konnte den Respekt bezeugen, den der Norden Englands ihm entgegenbrachte – und dennoch waren diese machthungrigen Narren darauf aus, den Mann zu stürzen. Wann fand der Aufstand statt? Niemand außer ihr trug hier in Brecknock eine Einhornbrosche, was sollte sie also tun? Versuchen, eine Möglichkeit zu finden, den König zu warnen – oder waren seine Spione bereits im Bilde über die Verschwörung? Und falls es so war …

O Gott, Miles! Sie konnte nicht den Mann verraten, den sie liebte, und ihn zu einem grauenhaften, öffentlichen Tod verdammen. Sie musste die Wahrheit aus ihm herauszwingen und ihn zur Vernunft bringen, selbst wenn das dünne Eis ihrer Ehe darunter zerbrach – aber Privatsphäre war nicht leicht zu finden in dieser engen, überbelegten Burg.

Selbst in ihrem Schlafgemach schliefen ihre Dienstboten in Hörweite.

Am nächsten Morgen jedoch, als sie wegen einer Besorgung für die Herzogin ihr Schlafzimmer betrat, war Miles gerade dabei, eine geschnitzte Truhe aufzuschließen.

Er richtete sich auf, als er sie sah. Sein Lächeln, das sie nur noch so selten zu Gesicht bekam, ließ sie beinahe dahinschmelzen. »Was tust du hier, Wechselbalg?«

»Ich kam, um das zu holen.« Sie nahm Christian de Pisans *Der Schatz der Stadt der Damen* von dem hölzernen Lesepult auf dem Nachttisch.

Miles nahm ihr das Buch ab und schlug es auf. »›*Wie bringt eine Prinzessin ihren Damen Manieren bei*.‹ Was ist das denn? ›*Sie sollten nicht mit erhobenen Köpfen herumgehen wie wilde Rehe*.‹ Bei meiner Treu', Heloise, meinst du, ich sollte deine Stirn nach samtenen Höckern untersuchen?«

»Das scheint der einzige Teil von mir zu sein, den Ihr *nicht* untersucht, Sir.« Sie drückte das Buch wie einen Schild an ihre Rippen. »Aber solange ich Eure nächtlichen Bedürfnisse erfülle ...«

Das mutwillige Lächeln, das sie seit Tagen schon nicht mehr bei ihm gesehen hatte, umspielte nun wieder seine Lippen. »Oh, was sind wir heute kratzbürstig! Was hast du denn, mein Liebling?«

Sie hielt den Kopf gesenkt und starrte auf die Kacheln unter ihren Lederschuhen. »Ich bin mir beinahe sicher, dass du das lieber gar nicht wissen möchtest.«

Mitfühlend legte er eine Hand unter ihr Kinn. »Seit Tagen bist du nun schon so gereizt. Du bist doch nicht etwa in anderen Umständen?«

Sie spürte, wie das Blut ihr in die Wangen stieg. »Nein, Gott sei Da ...«

»Dank? Wieso?« Ein harter Blick erschien in seinen grauen Augen. »Haben die Damen der Herzogin dir Angst gemacht mit dummen Geschichten über das Gebären? Hör nicht auf sie. Du bist zu klug dazu. Ich kann es kaum erwarten, dich in anderen Umständen zu sehen, *cariad.*«

»Und ich würde gern mehr von *Euch* sehen, Sir, falls Ihr die Zeit aufbringen könntet, ein Kind zu zeugen. Oder soll ich auch nach Bletchingley verfrachtet und ermordet werden?« Einmal ausgesprochen, lag die Wahrheit wie ein Pesthauch zwischen ihnen.

»Um Himmels willen, Heloise!«

»Noch etwas, was du mir nicht gesagt hast, Miles: War die Ermordung meiner Schwester auch nur eine Unannehmlichkeit, die du ebenso reibungslos über die Bühne gebracht hast wie Hastings Hinrichtung?«

Er hielt unverwandt den Blick auf sie gerichtet. »Ich wollte es dir ersparen, eine noch schlechtere Meinung von deiner Schwester zu entwickeln. Was alles andere angeht, geht es nicht anders, und es wird noch schlimmer werden.« Er ging zu der Truhe zurück, hob den schweren Deckel und lehnte ihn an die Wand. »Ich bin dir eine Erklärung schuldig, Heloise. Ich wollte es dir heute Abend sagen, aber ich kann es auch jetzt gleich tun.« Ein verteidigender Unterton schlich sich in seine Stimme. »Der König hat Harry nach Nottingham gerufen, und das bedeutet, dass ich in ein paar Tagen abreisen werde. Es tut mir Leid, dass ich dich dieses Mal nicht mitnehmen kann. Aber die Herzogin erwartet, dass du mit den anderen Damen bei ihr bleibst und ihr Gesellschaft leistest.« So brüsk, so kalt. Eine schlaue Halbwahrheit.

»Glaubst du, du kommst zurück?«

Als hätte sie ihm einen Peitschenhieb versetzt, fuhr er

zusammen und versteifte sich. »Das ist eine äußerst merkwürdige Frage«, antwortete er, ohne sich umzusehen.

»Wir leben ja auch in äußerst merkwürdigen Zeiten«, erklärte Heloise und trat neben ihn. »Drei Könige in einem Jahr, und Narren, die auf einen vierten hoffen, glaube ich.«

Miles' Blick erhob sich von den Rüstungsteilen in der Truhe, und langsam wandte er sich zu ihr um und betrachtete ihre trotzig vor der Brust verschränkten Arme. »Der Eimer ist also ins Wasser gefallen«, entgegnete er flach.

»Du musst ja froh sein, dass es ein so tiefer Brunnen war. Wie dumm von mir, es nicht schon früher erkannt zu haben. Wirst du nun versuchen, mich mit Worten zu beschwichtigen, oder sparst du dir die Mühe? Ich nehme an, du wolltest mich wahrscheinlich nicht beunruhigen?« Lüg mich nicht an, sagten ihre Augen, und als er nicht antwortete, fragte sie: »Oder spioniere ich jetzt angeblich für den König, so wie meine Schwester?«

»Tust du es?« Das schmerzte.

»Ich bin versucht dazu, das kannst du mir glauben, aber es gibt zu viele Bäume im Tal, die als Galgen dienen könnten, und ich möchte nicht riskieren, dass der Herzog dir die Schuld an allem gibt.«

Er lächelte, aber es erreichte seine Augen nicht. »Nein, das willst du sicherlich nicht.«

»Miles, bitte.« Es brach ihr fast das Herz, als er sich wieder seiner Arbeit zuwandte. Sie liebte ihn so sehr. Könnte sie ihm mit ihren Fäusten nicht etwas Vernunft einbläuen? Würde ein Wutanfall ihr etwas nützen? »Habt Ihr neun Leben, Sir, so dass Ihr dieses eine verschwenden könnt? Ihr könnt den Herzog nicht bei einem solchen … *Wahnsinn* unterstützen! Warum klopft Ihr nicht gleich an die Tore des Londoner Towers und erbittet dort Quartier? Ich bin sicher, sie würden Euch hängen, vierteilen und verbrennen, wenn Ihr überzeugend genug seid!«

»Buckingham trägt die Verantwortung für den Londoner Tower«, parierte Miles pedantisch, während er die Metallteile sortierte – gerillte, geprägte und glatte – die den Zweck besaßen, wertvolle Aspekte seiner männlichen Anatomie zu schützen. »Ich könnte schwören, dass dieser Schlingel de la Bere sich vor unserem letzten Scharmützel mit den Vaughans meinen Panzerschurz geliehen hat!«

Heloise kümmerte es nicht, was seine intimsten Körperteile schützte. Sie war versucht, ihn in sein ungeschütztes Hinterteil zu treten, ihn kopfüber in die Truhe zu stürzen und den Schlüssel in den Usk zu werfen. Wie konnte ein intelligenter Mann wie er so blind sein? »Der Herrgott gebe mir Geduld, Sir! König Richard hat Euren Freund sogar noch mächtiger gemacht, als Warwick der Königmacher es einst war. Aber er ist noch immer nicht zufrieden.«

Angriffslustig wie eine aufgebrachte Seemöwe trat seine Frau vor ihn. Miles bezwang den Impuls, sie zu küssen, bis sie wieder Ruhe gab. »Beruhige dich, Heloise! Du hast schon Recht, ich glaube auch, dass er die Krone will. Aber das hast du doch vor Wochen schon gesagt.«

»Sei nicht so gönnerhaft!«, fauchte sie. »Und angenommen, er stürzt tatsächlich König Richard? Wer wird der Nächste sein? Wird er dann Gott entthronen?«

Die bittere Wahrheit ließ Miles fast verzagen. Er schwankte, weil er wusste, dass sie Recht hatte, und wünschte, er könne sich in ihre Arme flüchten und die Wand einreißen, die sich zwischen ihnen erhob. Hin- und hergerissen zwischen seiner Liebe zu ihr und seiner Verpflichtung Harry gegenüber, konnte er sie nur mit leerem Blick anstarren, außerstande, ihr zu antworten, und hoffen, dass sie seinem Urteil vertraute.

»Miles!« Seine wunderbare, kämpferische Heloise legte all ihre Liebe in diese letzte verzweifelte Bitte.

Er zuckte zusammen. Sie hatte es nicht gehört, aber dem erfahrenen Jäger in ihm war das leise Geräusch nicht entgangen: das unmissverständliche Rascheln kostspieliger Seide, und er wusste auch schon, wer sie belauschte. Mit einem Schritt war er bei Heloise und legte einen Finger an ihre Lippen, während er mit der anderen Hand auf die schmale Tür zeigte, die das Treppenhaus verschloss. Der eiserne Türknauf hatte sich noch nicht bewegt.

»Aber es ist keine Rebellion, die kleinen Prinzen zu retten«, flüsterte sie, seine Warnung ignorierend. Mit den Büchern, die sie noch immer vor die Brust gedrückt hielt, stieß sie ärgerlich sein Handgelenk beiseite. »Margaret Beaufort will Henry Tudor aus Britannien herüberbringen.«

»Sie will das Haus York bezwingen«, erwiderte er rau, und bezwang seinen Ärger zugunsten einer raffinierten Antwort, während er beobachtete, wie der Eisenknauf sich drehte. »Danach werden wir weitersehen.«

Endlich verstand Mylady, aber sie war in größerer Gefahr gewesen, als sie wahrscheinlich glaubte. »Und Ihr und Seine Gnaden wollt also nach England reiten und Menschen vertrauen, die vor zwei Monaten noch Eure Feinde waren.« Nach dieser höhnischen Bemerkung schien ihre Wut endlich verraucht, und auch sie sah sich nun nach dem Türknauf um.

Rasch zog er sie von dieser todbringenden inneren Tür fort. »Meine Liebste, wenn du aufhörst, mir zu vertrauen, sind wir verloren«, wisperte er und höhnte laut: »Ihr vergesst, Madame, dass meine Familie dem Haus Lancaster schon vor Agincourt diente. Wir verkaufen unsere Armbrüste nicht gleichzeitig an beide Seiten. *Reagier endlich, Heloise!*«

»Ohh!« Heloise nahm die Bücher in eine Hand, raffte mit der anderen ihre Röcke und stürmte in den großen Saal hinaus.

»Gut gemacht!«, applaudierte Harry, der auftauchte wie eine Wespe auf der Jagd nach Süßigkeiten. »War diese Vorstellung für mich bestimmt?«

Miles schenkte ihm ein schwaches Lächeln. »Natürlich, wenn Ihr glaubt, wie ein perfider Holzwurm im Gebälk herumschleichen zu müssen.«

»Lasst das.« Der Herzog deutete mit einer abschätzigen Bewegung auf die verstreuten Rüstungsteile. »Ich habe in meiner Waffenkammer bestimmt noch eine Rüstung, die Euch passen wird. Kommt!«

Miles wäre lieber seiner verwirrten Frau nachgegangen, aber er folgte dem Herzog in den Burghof.

»Cat ist leicht hinters Licht zu führen«, bemerkte Harry, als sie auf die Waffenkammer zugingen, »aber bei Heloise Ballaster ist das anders. Schade, dass Ihr ihr noch kein Kind gemacht habt. Dann hätte sie etwas, um sich anderweitig zu beschäftigen.« War das ein indirekter Hinweis?

»Es ist nicht so, als hätte ich es nicht versucht.«

Sein Herr blieb stehen, legte eine Hand an Miles' Brust und kam zur Sache. »Falls sie uns hintergeht …«

»Würde sie *mich* hintergehen.« Kalt wurde die herzögliche Hand beiseite geschoben. »Ich glaube, in dieser Hinsicht braucht Ihr keine Angst zu haben.«

»Wartet, Mann!«

Mit trotzig erhobenem Kinn blieb Miles widerstrebend

stehen. Harry packte ihn an der Schulter und trat hinter ihn.

»Ihr solltet fröhlicher sein, Miles. Die Krone ist uns sicher. Die Londoner glauben, die Prinzen seien ermordet worden, und Richard sei ihr Mörder. Dieser Aufstand wird leichter sein als einem Baby eine Zuckerstange abzunehmen.«

Nicht zum ersten Mal brachte Miles wohl durchdachte Argumente gegen diese unverdrossene Borniertheit vor. »Einem Baby! Jesus, König Richard hat noch nie eine Schlacht verloren, und Ihr, Euer Gnaden, habt noch nie eine geführt. Wenn Ihr verliert …« Er blickte sich um und sah, dass Harry unbeeindruckt blieb. Konnte denn gar nichts seine Unverwüstlichkeit erschüttern? »Es ist noch nicht zu spät, zum König zu gehen und ihm zu sagen, die Gerüchte über Euch seien Lügen.«

»Nein!« Harry drehte ihn an den Schultern herum, bis sie sich gegenüber standen. »Wie oft muss ich Euch das noch in Euren sturen Kopf einbläuen? Entweder gewinnen wir alles, oder wir verlieren alles! Ich bin der letzte rechtmäßige Erbe des Hauses Lancaster. Die Yorkisten sind Usurpatoren. Sie haben die Krone vom gesalbten Haupt Heinrichs des Sechsten gestohlen und ihn im Tower ermordet.« O Gott, die Antworten kamen jetzt so mühelos, als hätte Harry sie bei Morton auswendig gelernt. »Verdammt noch mal, Miles, wollt Ihr jetzt etwa noch einen feigen Rückzieher machen, wo es nur noch eine Woche ist bis zu der Rebellion?«

Um nicht antworten zu müssen, blickte Miles stirnrunzelnd auf die Speichelflecken auf dem Brustteil seines Wamses. Harry, der sein Schweigen als Demut missverstand, ließ es gut sein und beruhigte sich. »Gott ist auf unserer Seite, Miles. Er muss es sein, denn sonst wären wir nicht so weit gekommen. Es ist nur gerecht, dass ich endlich die Krone übernehme und die Dinge richtig stelle.« Seine Lippen wurden schmal vor Trotz. »Ich werde es mir nicht mehr anders überlegen.«

Und wenn ich es tue, dachte Miles, zum Preis unserer Freundschaft? »Wie Ihr wünscht, Mylord«, antwortete er mit Würde und hasste Harrys selbstgefälligen Triumph.

»Wir sind so, Ihr und ich.« Mit gekreuzten Zeigefingern verstellte Harry Miles den Weg. »Ist es die Wahrsagerin in Eurem Bett, die Zweifel an mir in Euch weckt?«

Den Blick stur auf die Wand über Harrys Kopf gerichtet, erwiderte Miles hochmütig: »Die Angelegenheit mit ihrer Schwester ist immer noch ein wunder Punkt, aber ...« Prüfend senkte er den Blick auf das Gesicht des Herzogs. »Vielleicht würde es ja helfen, wenn Euer Gnaden so freundlich wäre, sie dahingehend zu beruhigen?«

»Oh, aber sie wird *Eurem* Urteil doch gewiss vertrauen.« Spielerisch klopfte der Herzog mit den Fingerknöcheln gegen die Knöpfe an Miles' Wams. »Freund, wenn Ihr Eure frisch gebackene Gattin nicht in Zaum halten könnt, werdet Ihr nie einen ruhigen Haushalt haben. Ich hörte übrigens, Ihr wärt nicht der Einzige, dem sie ihre Gunst erweist.«

Miles hatte schon mit Harry gerungen, aber nie im Zorn. Kalt und reglos wie eine Alabasterstatue ließ er langsam seinen Atem aus. »Wie darf ich das verstehen, Mylord?«

»Oh, ich scherze nur. Ich hörte, dass sie einen Verwandten bei sich hat.« Die Krallen in diesem glattzüngigen Gerede zogen diesmal Blut. Es war so unverdient – so *krank*, die unschuldige Gattin eines treuen Freundes zu bedrohen! Verdammt, Harry würde besser daran tun, sich vor weiteren Anspielungen zu Heloises Andersartigkeit zu hüten!

Indem er einen Wutanfall unterdrückte, der Todesangst in Dienstboten geweckt hätte, gelang es ihm, zu antworten. »Solange wir Mäuse in unserem Schlafzimmer haben, finde ich das sehr klug von ihr. Oder wolltet Ihr etwas damit andeuten, was mir entgangen ist?«

»Nein, Euch entgeht nichts, und deshalb schätze ich Euch ja so.« Harry ging einen Schritt weiter und drehte sich dann wieder zu ihm um. »Lasst sie Nandik befragen.«

»Nandik? Diesen Wüstling will ich nicht in der Nähe meiner Gemahlin sehen!« Weder ihn noch seine Planetenkarten der seine himmlischen Vorherbestimmungen!

Der Herzog hob das schlichte goldene Kreuz, das er neuerdings trug, hauchte auf das Gold und polierte es an seinem Ärmel. »Ah, aber es war Nandik, der mir den Beweis erbrachte, dass die Hure, die ich liebte, mich ausspionierte, und es war Nandik, dem ich befahl, die Arrangements für ihre Eskorte nach Bletchingley zu treffen.«

»Warum er?« stieß Miles hervor. »Ich hätte das für Euch erledigen können.«

»Mit einem gebrochenen Bein und verheiratet mit der Schwester des Mädchens? Ihr glaubt, ich hätte ihren Tod befohlen? Ja, wahrscheinlich habe ich sie umgebracht, denn ich hatte Nandik einen Brief für ihre Eskorte mitgegeben, den sie ihr erst aushändigen sollten, wenn sie weit genug von London entfernt war, um nicht mühelos wieder zurückzukehren. Ich erinnere mich nicht, was ich geschrieben habe, aber es war ein Wunder, dass die Worte keine Blasen auf dem Pergament erzeugten. Ich habe sie geliebt, Miles. Vielleicht hat meine Verbitterung sie dazu getrieben, sich das Leben zu nehmen.«

War das die ganze Wahrheit? »Und wo ist der Brief jetzt?«

»Ho, der Anwalt in Euch will also Beweise? Verbrannt, fürchte ich. Er wurde mir zurückgegeben, und ich hielt ihn an die nächste Kerze. Sie hatte ein Stückchen davon abgerissen und ihre Botschaft darauf geschrieben.« Die von roten Wimpern gerahmten Augen beobachteten ihn mit katzenhafter Unergründlichkeit. »Und nun beantwortet mir eine Frage: Woher wusstet Ihr, wo ihre Leiche war? Was ist, Miles – hat es Euch die Sprache verschlagen?« Der Ton des Herzogs war gefährlich sanft geworden: »Um Himmels willen, Miles, sagt jetzt nur nicht, Ihr hättet von Dionysias Verrat gewusst, und *Ihr* wärt es gewesen, der die Angelegenheit geregelt hat!«

Darauf hatte Miles nur eine Antwort. »*Ich* hätte es richtig gemacht.« Und dann verbeugte er sich vor dem Herzog und entfernte sich.

»Sprichst du nicht mit mir?«, fragte Miles und schüttelte die langen Ärmel seines Hemds aus, um seine Ellbogen aufstützen zu können. Sein Diener hatte ihm Stiefel und Obergewänder ausgezogen und sich, nachdem er diskret die Bettvorhänge zugezogen hatte, auf sein ächzendes Rollbett in einer Ecke des Raums zurückgezogen. Miles war noch nicht bereit, sich hinzulegen oder die Kerze in der Lampe, die über ihnen hing, auszublasen. Innerhalb des honigfarbenen Stoffkäfigs, der sie vor den Dienstboten verbarg, saß Heloise in Kamisol und holländischen Unterröcken auf der Tagesdecke.

»Lohnt es sich überhaupt noch, was zu sagen?«, flüsterte sie. »Eine Kohlrübe zu heiraten, wäre sinnvoller gewesen. Wenn ich daran denke, dass ich mir gewünscht hatte, von Euch anerkannt zu werden ...!«

»Nicht jetzt, Heloise.« Eine ernste Warnung klang in seiner Stimme mit, und sie gehorchte traurig und beobachtete ihn mit der Sehnsucht eines herrenlosen Tiers, die seinem eigenen leidenschaftlichen Begehren nach ihr um nichts nachstand. Wie Protagonisten in verschiedenen Ecken, fochten sie einen Kampf mit Blicken aus. Er wusste, dass seine Dame ihren Blick über sein offenes Hemd und dann in gespielter Schüchternheit noch tiefer gleiten ließ, um das Ausmaß seines Verlangens nach ihr einzuschätzen. Und er begehrte sie, brannte vor Begierde nach ihr. Während er sie mit seinen Augen entkleidete, versuchte er sie durch pure Willenskraft dazu zu bringen, über das breite Bett zu ihm hinüberzukommen, und als sie sich in verführerischem Widerstand zurücklehnte, griff er nach ihr und erfreute sich an seiner maskulinen Kraft, die sie in den sicheren Hafen seiner Arme entführen würde.

Er konnte es kaum erwarten, ihr das zerzauste Elfenhaar zurückzustreichen, ihre süßen, weichen Lippen in Besitz zu nehmen und sie zu lieben, bis sie alles andere außer ihm vergaß. Seine Zärtlichkeiten, seine Küsse waren jetzt ihr Königreich. Mit einem lustvollen Erschauern überließ sich seine schöne Heloise der Leidenschaft, die er, wann immer es ihn danach verlangte, in ihr entfachen konnte. Ihre Finger verschränkten sich in seinem Haar und glitten tiefer, um ihn zu erobern und zu einer vorübergehenden Sklaverei zu überreden, in deren Verlauf er sie auf unübertroffene Höhen sinnlichen Vergnügens trieb. Er hatte das Gefühl, zu verbrennen, und wünschte sich nichts sehnlicher, als sich in ihrer köstlichen Sanftheit zu verlieren, um so vielleicht die Ängste zu vergessen, die ihn quälten, und die mit jeder Stunde, die verging, noch größer wurden. In liebevoller Zärtlichkeit ergriff er Besitz von ihr und brachte sie mit jeder seiner kraftvollen Bewegungen dem Tor des Paradieses näher, bis sie sich schließlich auf dem Gipfel der Ekstase zufrieden und ermattet in die Arme sanken.

Und als er einschlief, die Arme schützend um sie gelegt, tropften Heloises Tränen lautlos auf das Federkissen. Seinem Urteil zu vertrauen, verlangte einen hohen Preis. Wenn er es sich nicht doch noch anders überlegte, würde er mit Buckingham der Rebellion und einem schrecklichen Tod entgegenreiten.

26

Hasserfüllt blickte Miles Bischof Morton an, als dieser seinen massigen Körper die Stufen des Brecknocker Turms hinunterhievte. Verräterischerweise gegen König Richards ausdrücklichen Befehl freigelassen, hielt Harrys neuester Berater im Burghof inne und blickte sich befriedigt um. Harrys Armee war im Begriff, Brecknock zu verlassen.

Fünfzig berittene Soldaten bestiegen ihre Pferde, und hinter den Burgmauern, die Prioratsfelder beschmutzend, warteten mürrisch vierhundert Fußsoldaten, die meisten von ihnen Waliser, in ihren verschwitzten Hemden und gesteppten Jacken. Elf Karren, unter ihren Segeltuchplanen voll gestopft mit Hinterladern, Kochtöpfen, Pfannen, Zelten und Hafermehl, warteten hinter stämmigen Zugpferden, während ihre Deichseln und Räder noch einmal auf schadhafte Stellen untersucht wurden. Schlachtrösser in schweren Rüstungen bewegten unsicher ihre buschigen Hufe neben den Schabracken tragenden Zeltern, deren Flanken schon feucht waren von Schweiß und Nieselregen.

Oh, auf dem Papier sah die Rebellion natürlich gut aus: zweihundert englische Soldaten, weggeholt von der Apfel- und der Weizenernte, hatten Befehl erhalten, den Herzog in Hereford zu treffen. Bretonische Söldner und aus Lancashire stammende Exilierte waren – falls das Wetter über dem Kanal es erlaubte – unterwegs mit Henry Tudor. Ihr stark überbewertetes Können war mit dem gestohlenen Kronschatz erkauft worden, mit freundlicher Genehmigung Sir Eduard Woodvilles. Und es stand zu hoffen, dass König Richard, wenn er Verrat brüllend aus dem Landesinneren kam, von Margaret Beauforts und Lord Stanleys Gefolgsleuten aus Cheshire umzingelt werden würde. Mit Gottes Hilfe, so hofften die Rebellen, würde der König an der Ostküste zwischen die Klauen der beiden Armeen geraten und entweder gleich ins Jenseits oder in irgendein ärmliches Exil befördert werden. Das heißt, falls die südöstlichen Rebellen siegreich gegen den neuen Herzog von Norfolk kämpften, der London und die Themseufer bewachte.

Schweren Herzens eilte Miles die Stufen zu den Zinnen hinauf und warf einen besorgten Blick nach Süden. Glühende Lichtstreifen sprenkelten die nahen Hügel grünlichgold, aber über dem Pen-y-Fan waren die Wolken purpurrot, und die Schwarzen Berge im Osten waren wie ein unheilvoller Brecher, steif gefroren vor einem aufgewühlten Himmel. Es stand zu befürchten, dass es noch vor Sonnenuntergang zu regnen beginnen würde, und dann würde die Straße nach Hereford ein einziges großes Schlammloch sein.

»Miles.«

Seine verzweifelte Dame wartete, ihre blassen Wangen nass von Tränen. *Wenn er doch nur* … Oh, er hatte einen ganzen Schrank voll solcher Gedanken!

»Meine Liebste.«

Die arme Heloise. Sie hatte ihre ganze Überzeugungskraft benutzt und alles versucht – bis auf die Zerstörung seiner Kniescheiben –, um einen Verräter aus ihm zu machen, und sein Pflichtbewusstsein und sein fehlgeleitetes Ehrgefühl verflucht. Aber sie hatte auch Stunden liebevoller

Arbeit darauf verwendet, ihm ein prachtvolles Übergewand für die Schlacht zu nähen. »Um dich besser vor den Pfeilen zu schützen.« Hatte sie Glücksbringer und anderen Hokuspokus zwischen den seidenen Lagen eingenäht? Miles blickte auf die sich windenden schwarzen Schlangen mit ihren spitzen goldenen Zungen herab, die seine Brust schmückten, und schenkte seiner Näherin ein Lächeln.

Was gab man seiner Frau zum Abschied? Er nahm das gefaltete Pergament aus seiner Ledertasche und reichte es ihr. Sie musste die Magie darin gespürt haben, denn sie öffnete es, als enthielte es zerbrechliches Kristall, und ihre Freude erfüllte ihn mit einem durch nichts zu überbietenden Entzücken.

»Meiner Treu, oh, Miles!«

Ein vierblättriges Kleeblatt, das er seit seiner Kindheit aufbewahrte. »Drei Blätter stehen für die Dreieinigkeit. Und das vierte, Wechselbalg?«

Heloises bittersüßes Lächeln raubte ihm beinahe den Mut. »Für Unsere Jungfrau Maria oder ...« Sie sah, wie ihr Mann nachsichtig lächelte.

»Oder deine *tylwyth teg*? Wer weiß? Aber das ist etwas ganz Besonderes, ich habe mir damit noch nie etwas gewünscht, seit ich es vor vierzehn Jahren gefunden habe.«

»Wenn du es gefunden hast, ist es dein Recht, einen Wunsch zu äußern.«

»Das ich der Herrin meines Herzens überlasse.«

»Oh«, rief Heloise, und ihre Augen funkelten vor Liebe. »Dann wünsche ich ...«

»Nein«, unterbrach er sie mit einem Kuss, »es bringt Unglück, es auszusprechen. Schließ die Augen.« Seine rechte Hand in ihrer, wandte sie ihr herzförmiges Gesicht ehrfürchtig den fernen Bergen zu, atmete tief ein und hielt den

Atem an. Es war das Bild, das er mitnehmen würde, der Talisman, der ihm helfen würde, dem Feuer des Henkers und den heißen Eisen standzuhalten. Einbildung, der Druck ihrer Finger mochten der Grund sein für die leise Zuversicht, die Hoffnung – er wusste nicht, wie er es anders hätte beschreiben sollen –, die seine Adern durchflutete, bis sie seinen Geist erreichte. War es das, was man nach einer Segnung fühlte?

»Ich liebe dich«, wisperte er und legte seine linke Hand zärtlich an ihre Wange. »Ich liebe dich mehr, als ich dir jemals zeigen könnte, und was immer auch geschehen mag, vergiss das nie.« Dann trat er zurück und nahm eine Kette von seinem Nacken. »Das ist der Schlüssel zu der Truhe in unserem Schlafgemach. Darin befinden sich mein Letzer Wille und genügend Geld, um dich durch den Winter zu bringen. Verkauf die anderen Sachen, falls es nötig ist.« Seine Ringe trug er noch. Sie mochten ihm eine Schiffspassage nach Britannien oder Irland erkaufen, oder zumindest eine Chance, mit Heloise zu sprechen, bevor sie ihn zum Galgen schleppten.

Als erreichte sie dieses Bild aus seinen Gedanken, wurde Heloises geliebtes Gesicht plötzlich grau wie Asche. Jemand pfiff aufgeregt auf dem Hof nach ihm, und plötzlich lösten ihre Finger eine Brosche von ihrem Kragen. Er hatte sie noch nie gesehen. Sie stellte ein kleines Einhorn dar.

»Würdest du sie mir zuliebe immer tragen, egal, was auch geschieht?«

»Über meinem Herzen, hm?« Die Brosche gefiel ihm nicht. Aber wie hätte er es ihr verweigern können? Es kostete ihn einige Mühe, die Nadel an seinem Hemd unter seinem Brustpanzer zu befestigen. Seine Finger zitterten, sein Blick trübte sich, und schließlich war es Heloise, die die

Aufgabe beendete. Als sie aufschaute, hatte er sich wieder unter Kontrolle, aber seine Stimme war ganz rau vor Schmerz. »Ich muss jetzt gehen.« Er legte einen behandschuhten Finger unter ihr Kinn.

Ihre Augen funkelten jetzt aufsässig, als versuchte sie noch ein letztes Mal, ihn umzustimmen. »König Richard spricht von Gerechtigkeit. Wovon spricht Harry Buckingham, wenn nicht von Harry Buckingham?«

Sie hatte Recht, aber die Trompeten schrien, und sein Knappe kam schon die Treppe hinauf, um ihn zu holen. »Heloise, ich bitte dich«, protestierte er und zog sie an die frisch gestickten Schlangen an seiner Brust. »Sing mir ein Liebeslied, meine Nachtigall. Möchtest du, dass ich mit deinem Zorn in den Ohren in einen Krieg reite?«

Sie legte den Kopf zurück, ihre schönen Augen schimmerten wie Sonnenlicht auf Wasser. »Versprich mir, dass du zu mir zurückkehren wirst, Miles, selbst wenn es hundert Jahre dauert oder auch die ganze Ewigkeit. Denn selbst dann werde ich noch immer auf dich warten, und all meine Liebe gehört dir und nur dir allein.«

Mit dem ungekünstelten Charme, der ein solch wesentlicher Bestandteil von ihm war, zog er ihre Hand an seine Lippen. »Und wenn auch nur in deinen Träumen, meine Liebste. Was immer in meiner Macht steht, ich verspreche es dir«, sagte er feierlich, und damit war er auch schon fort. Geblendet von ihren Tränen, konnte sie nur hilflos dem Klirren seiner Sporen auf den Stufen lauschen.

»Miles!« Ihr starker, wundervoller Mann drehte sich um. »Lass die Räder des dritten Wagens noch einmal überprüfen.«

Die schwarzen Brauen hoben sich. »Eine Vorahnung?«

»Nein.« Sie lächelte unter Tränen. »Ich sah gestern Abend einen Mann um den Wagen herumschleichen.«

Sie sah die Lachfältchen um seine Augen. So würde sie ihn in Erinnerung bewahren. Selbst wenn sie sich nie wiedersähen, würde sie mit dem Bewusstsein weiterleben, dass er an sie geglaubt hatte und sie geliebt hatte, wie sie war. Weder der Strick noch das Feuer konnten ihr das nehmen.

Er wird nicht zurückkehren, nicht? Den Ärger der *tylwyth teg* riskierend, öffnete sie ihren Geist und bat die Feen verzweifelt, einen Blick in die Zukunft tun zu dürfen, um sich dagegen wappnen zu können. Mit dem Rücken an die Zinnen gelehnt, schloss sie die Augen und wartete auf eine Vision. Aber es tat sich nichts.

Nichts als der sich verdunkelnde Himmel blickte auf sie herab. Sie hatte die Regeln der *tylwyth teg* und ihre eigenen gebrochen. Schuldbewusst und erschüttert löste sie sich von der Wand. Der Burghof war noch immer voller Soldaten, und Miles saß schon auf Traveller. Er hob grüßend eine Hand und zeigte auf den dritten Wagen: Er war zur Seite gezogen worden, seine Ladung wurde auf die anderen verteilt. Ja, hier musste sie jetzt sein, hier, wo er sie sehen konnte, statt zu versuchen, ihre Gabe für eigene selbstsüchtige Zwecke zu missbrauchen. Sie biss sich auf die Lippe und blieb stoisch stehen, prägte sich sein Bild ein und umarmte ihn im Geist, gab ihm mir ihren Blicken zu verstehen, sie verstünde ihn und sie sei stolz auf ihn.

Buckinghams Rede war nur kurz; nicht anders auch der lauwarme Applaus, der darauf folgte, bevor die Wimpel und die befransten Banner mit den verschlungenen goldenen Kordeln, den leuchtenden Feuerrädern und den Schwänen mit den goldenen Halskronen sich schließlich wie Lanzen unter den ausgezackten Zähnen des Fallgitters senkten und im Nichts verschwanden. Der Hof leerte seinen menschlichen Inhalt langsam in die gefahrvolle Welt dort draußen aus. Die Frauen, die wie bunte Flecken vor den dunklen Eingängen waren, zogen sich zurück, aber Heloise blieb auf den Zinnen, eine ermattete Fahne, die nichts mehr hatte, um sie zu bewegen, bis eine kleine, klebrige Hand sich in die ihre stahl.

»Weint nicht, Mylady«, sagte Ned verantwortungsbewusst, um dann in einer perfekten Imitation Sir Williams hinzuzufügen: »Das gibt ein schlechtes Beispiel, wisst Ihr.«

Erst viel später an jenem Abend, als Heloise unglücklich zwischen die Laken kroch, entdeckte sie einen Liebesbrief von Miles unter ihrem Kissen. Aber bevor sie Muße hatte, ihn ein zweites Mal zu lesen, öffnete sich ihre Schlafzimmertür, und ein verdrossener Dafydd landete auf allen vieren auf ihrem Bett. Die Tür schloss sich abrupt wieder, und der Kater warf ihr finstere Blick zu, als er versuchte, seinen pelzigen Kopf aus dem störenden Band um seinen Nacken zu befreien. Obwohl er offensichtlich ihr die Schuld daran gab, ließ er sich von ihr helfen, und schließlich ging sie mit dem Seidenband zu der Kerze auf dem Tisch. Das winzige Päckchen, das an dem Band befestigt war, enthielt einen Stofffetzen mit einer in Tinte geschriebenen Botschaft, die unterzeichnet war mit ›E‹. Emrys?

»Verlasst Wales, arianlais, *wenn Euch Eure Tugend und Euer Leben lieb ist. Euer ergebener Diener ›E‹.«*

Am nächsten Morgen ließ sie Martin holen, gab ihm für alle Fälle etwas von dem Geld aus der Truhe und befahl ihm, Cloud und sein eigenes Pferd unauffällig in die Stallungen des Priorats zu bringen und dann zu sehen, ob er Emrys finden konnte. Die Neuigkeiten, die Martin später aus der

Stadt zurückbrachte, waren sehr beunruhigend. Die diensttauglichen Männer, die sich verborgen hatten, um einer Rekrutierung zu entgehen, waren noch nicht zurückgekehrt. Warum?

Es regnete bereits heftig, als der Trupp des Herzogs Bronllys erreichte, und es hatte auch schon verschiedene verdächtige Zwischenfälle gegeben. Jemand versuchte ganz bewusst, ihr Vorankommen zu verzögern, und heute war Montag, und sie mussten vor Samstag, dem achtzehnten Oktober, den Severn überquert haben, denn dies war der Tag, der für den allgemeinen Aufstand vereinbart worden war.

Als Harrys Zelter stolperte und der Sohn des Schmieds von Llandew murmelte, dies sei ein böses Omen, befahl der Herzog, den armen Jungen an der nächsten Eiche aufzuhängen. Miles protestierte, aber das zweifache Unheil war bereits geschehen. Die Waliser fingen nämlich jetzt alle mit der gleichen Leier an, verfluchten ihre Herren und plapperten von Unglück. Einer der Männer schwor bei seiner Seele, er habe einen hässlichen *gwyllian* in einer Astgabelung gesehen. Kein Anlass, um erhängt zu werden, Gott sei Dank, aber die Männer begannen die Straßenränder nach Johanniskraut abzusuchen, um die Zwerge fern zu halten, und beteten zu den Heiligen Alud, Brychan und Cynog. Dann bekreuzigte sich ein Hellebardenträger vor Nandik, um sich vor dem bösen Blick zu schützen, und der Gelehrte lenkte sein Pferd noch näher an das des Herzogs. Miles wünschte, sie würden den Kerl von seinem Pferd ziehen und ihn stillschweigend hinter einer Hecke beseitigen, denn gestern, um Harry zu erfreuen, hatte Nandik den Tod eines Königs in seinen Astralkarten vorausgesehen.

Es könnte nicht mehr schlimmer kommen, dachte Miles. Der Regen rann unaufhaltsam den geschwungenen Nacken seines Helms hinunter und sickerte über seinen Rücken. Grauer Nebel hüllte die Berge ein, die Bäume an der Straße waren nur geisterhafte Schatten, und der Himmel über ihnen war trüb und düster. Die Straßengräben flossen über, Pferde stolperten in den verborgenen Schlaglöchern; Karrenräder blieben in den schlammigen Furchen stecken, und die jammernden Fuhrknechte mussten nasses Strauchwerk schneiden, um die Spurrillen auszupolstern, damit die Pferde die Karren auf festen Boden ziehen konnten. Wagenstreben brachen: Eine Deichsel verklemmte sich. Die ersten der Proviantwagen stürzten unerklärlicherweise um und blockierten die Straße, und das Hafermehl verwandelte sich nur allzu bald in Brei. Ein Rad löste sich von einem der Waffenkarren.

Miles, dessen Soldaten vor der Abreise aus Brecon jeden Wagen gründlich untersucht hatten, ritt mit seinen Zimmermännern die Kolonne ab, um die Inspektion zu wiederholen. Als Glasbury schon hinter ihnen lag, hatte der Wagen mit dem reparierten Rad sie immer noch nicht eingeholt.

Und die sich dahinschleppende Kolonne wurde zusehends dünner.

Es war nicht der dumpfe Schlag einer steinernen Kanonenkugel gegen Brecknocks Burgmauer, was die Wache beim ersten Licht des nächsten Tages weckte, sondern die Explosion der unvollkommenen Waffe, als sie ihre Kanoniers erschlug.

Heloise, von der Alarmglocke geweckt, hielt ein großes Stück gewachstes Leder über die fassungslose Herzogin, um den Regen von ihr abzuhalten, als sie über dem Torhaus standen und den Baum beobachteten, der die Straße zur

Burg hinaufgeschleppt wurde. Ein Berittener brüllte den feindlichen Bogenschützen Befehle zu, und mit Hellebarden bewaffnete Männer versammelten sich an der Uferbank des Honddu.

»Sollten wir nicht auf sie schießen oder kochendes Pech auf ihre Köpfe gießen oder irgendwas?«, fragte Catherine hilflos, als der amtierende Kastellan mit hochrotem Gesicht zu ihnen hinüberhastete.

»Ja, ich denke schon«, keuchte er. »Es sind die Vaughans, Madame. Sie haben gerade eine Botschaft abgegeben, in der sie verlangen, dass wir ihnen Euch und Eure Kinder ausliefern, sonst bombardieren sie die Burg. Auch Euch verlangen sie, Lady Rushden.«

»Jesus!«, murmelte Catherine und floh die Treppe hinunter, um sich außer Reichweite der Pfeile zu bringen. Dann berief sie die wenigen Offiziere, die ihr geblieben waren, in den großen Saal. Nach einer Zählung mussten sie feststellen, dass sie mehr Musiker und Kinder hatten als Soldaten.

»Meine Herren, wie viele von Euch können mit einem Bogen umgehen?«, fragte Heloise, und als alle Musiker eifrig die Hände hoben, musste sie ihnen erst erklären, dass sie von Langbogen und nicht von Fiedeln sprach.

»Ich glaube kaum, dass ein paar Schalmeienspieler und Lautenisten uns viel nützen werden«, sagte sie grimmig zu dem verzweifelten Kastellan. »Wir könnten alle mit den zurückgelassenen Uniformen und Rüstungen verkleiden. Dann denken sie vielleicht, wir hätten noch eine angemessene Garnison.«

Der Bote des Garnisonskommandanten, der losgeschickt worden war, um den Herzog über ihre Notlage zu informieren, war bereits gefangen genommen und als zappelndes Bündel über dem Burggraben zur Schau gestellt worden.

Und Buckinghams Armee entfernte sich mit jeder Stunde weiter von ihnen.

»Mylady«, murmelte der Kastellan, als er Heloise eine halbe Stunde später beiseite zog, »Ihre Gnaden redet schon von Kapitulation. Es ist von größter Wichtigkeit, dass Lord Stafford nicht in ihre Hände fällt. König Richard, wie Ihr wisst, ist ein Mann, der Geiseln nimmt. Wir müssen so lange ausharren, wie wir können.«

»Er würde dem Kind nichts zuleide tun.«

»Nein, *er* nicht, aber die Vaughans hegen einen bitteren Hass auf unseren Herzog, und das Kind könnte darunter leiden.« Sie versuchte, an solch grauenhafte Möglichkeiten nicht einmal zu denken. »Es gefällt mir auch nicht, dass ihre Forderung auch Euch einschließt, Mylady.«

»Ich denke, Ihr solltet besser diese Nachricht sehen. Jemand schickte sie mir gestern Nacht als Warnung.« Heloise sah die zunehmende Beunruhigung des Kastellans.

»Um Himmels willen, der Schreiber spricht von *Tugend*! Sie werden Euch Gewalt antun, Madame.« Als Racheakt gegen *y Cysgod*.

»Wie lange könnten wir denn noch standhalten?« Sie versuchte, sich ihre Furcht nicht anmerken zu lassen; sie musste jetzt pragmatisch sein.

»Einen Tag oder so, mit Gottes Hilfe vielleicht noch etwas länger. Eine Woche, falls die Bombardierung fruchtlos ist, und vorausgesetzt natürlich, dass uns niemand innerhalb der Burg verrät.«

»Aber … wenn wir nun ein großes Feuer auf dem Pen-y-Fan anzünden, würde Seine Gnaden das nicht sehen?«

»Falls unsere Truppen noch im Tal sind, wäre es schon möglich, aber der Nebel ist zu dicht.« Er schenkte ihr ein müdes Lächeln. »Aber für wie wahrscheinlich haltet Ihr es,

Mylady, dass ein Mann lebend aus dieser Burg herauskommt, ganz zu schweigen davon, Brennholz auf den Berg zu schleppen und es bei dieser Sintflut trocken zu halten? Oder dass der Herzog genügend Männer zurückschicken würde, um zu sehen, was passiert ist? Er wird es schon schwer genug haben, Hereford zu erreichen, ganz zu schweigen davon, hierher zurückzukehren.«

»Also müssen wir eine Möglichkeit finden, Lord Stafford in Sicherheit zu bringen, bevor die Burg eingenommen wird. Wie wäre es denn, wenn wir einem der anderen Kinder seine Kleider anziehen würden und Ihre Gnaden sich mit ihm dort oben auf den Zinnen sehen lässt, während wir ihn in der Zwischenzeit zu seinem Vater schmuggeln? Ich habe Pferde in den Stallungen des Priorats.«

»Ja.« Nachdenklich strich er über seine Oberlippe. »Die Idee ist gar nicht schlecht. Ich werde darüber nachdenken.«

Miles suchte Schutz im Portal von St. Andrew's in Bredwardine und fühlte sich so elend wie noch nie zuvor. Die Gesichter seiner Männer, die hinter ihm in der Kirche ihre nassen Füße hochlegten, verrieten, dass sie sich genauso fühlten. An Courage mochte es ihnen noch nicht fehlen, aber auch sie würde mit der Zeit verdampfen wie das Wasser aus ihren feuchten Kleidern. War es nur Harry, über den Gott seinen Zorn ausschüttete? Schien die Sonne auf Tudors Segel im Kanal oder auf die Woodviller Schwerter, die in Ightham oder Maidstone von den Wänden genommen wurden? Man *konnte* sich auf solch verschlammten Wegen nicht beeilen. Und wenn die Flotte nun in einer Flaute trieb? Was, wenn . . .

»Auf ein Wort, Miles.« Knyvett legte eine Hand auf seine

Schulter und zog ihn durch das Kirchhoftor. »Ich habe schlechte Nachrichten. Der Prior in Brecknock schickte einen Boten. Die Vaughans haben im Namen des Königs die Burg geplündert und Ihre Gnaden und die Kinder gefangen genommen.«

»O mein Gott!« Miles erschauderte vor Entsetzen. »Ist meine Frau ...«

»Der Mann wusste es nicht, Miles. Aber seid unbesorgt, die Herzogin wird nicht zulassen, dass sie ihr etwas zuleide tun.«

»Cat wäre nicht einmal imstande, eine Sandburg zu verteidigen!« Miles schlug mit der rechten Faust in seine linke Hand. »Heloise ist ... verwundbar.« Verwundbar genug, um auf den Scheiterhaufen gezerrt zu werden. »Sie wissen, wie sie ihr schaden können.« Ärgerlich schüttelte er die Hand des alten Mannes ab. »Ich muss zurückreiten.«

»O nein, das werdet Ihr nicht tun!« Knyvett drehte ihn zu sich herum. »Herrgott noch mal, Mann, wenn *Ihr* jetzt geht, wird die gesamte Truppe desertieren!«

»Vielleicht sollte sie das auch!«

»Miles, *Miles*!« Knyvett schüttelte ihn. »Wartet, bis Ihr mehr erfahrt. Ihr hattet immer einen kühlen Kopf. Verliert ihn jetzt nicht. Das wäre nicht gut. Und hört mir zu! Es scheint, als hätten die Vaughans schon mit der Belagerung der Burg begonnen, als wir noch keine zwei Tagesmärsche entfernt waren. Beim Heiligen Georg, wir stecken bis zum Hals in Schwierigkeiten! Denn wenn König Richard von unseren Plänen wusste, muss er auch von dem Aufstand im Süden gewusst haben. Und nun kommt und hört Euch selbst an, was der Bote zu sagen hat.«

Gott stehe ihnen bei! *Schwierigkeiten* war gar kein Wort für ihre Situation. Einer der Späher des Herzogs hatte sie bereits darüber informiert, dass Sir Humphrey Stafford, ein Verbündeter des Königs, entlang der Straße nach Hereford Bäume fällen ließ und Bogenschützen aufstellte, um die Brücken zu verteidigen. Ein zweiter Späher berichtete, die Hereforder Stadttore seien bereits geschlossen und der König habe durch einen Erlass allen Deserteuren Straffreiheit zugesichert und eine Belohnung von eintausend Pfund für Harrys Gefangennahme ausgesetzt.

Harry verhörte den Boten aus Brecknock immer noch.

»Wir sitzen in der Falle!«, knurrte der Herzog. »Humphrey Staffords Männer haben uns verfolgt und die langsameren unserer Leute abgeknallt. Herrgott, wenn sich diese Nachrichten aus Brecknock herumsprechen, werden wir auch noch den Rest verlieren!« Wütend hieb er mit seiner gepanzerten Faust gegen einen Baum. »Sie wussten es! Die Vaughans wussten es! War es das Werk Eurer Gemahlin?«

Miles schluckte angesichts dieser unerwarteten Beschuldigung. Heloise konnte in diesem Augenblick von irgendeinem skrupellosen Hurensohn geschändet werden oder tot zwischen den rauchenden Trümmern liegen, und Harry besaß die Frechheit ...

»Nein!« Miles kehrte ihm den Rücken zu und ballte seine Fäuste. Seine Dienstbereitschaft drohte langsam zu zerbrechen.

»Nein?«, höhnte der Herzog. »Wenn sie *mir* einen Blutegel unterschieben können, warum dann nicht auch Euch?«

»Habt Ihr den Verstand verloren, Mylord?« Miles fuhr herum, und nur Jahre der Übung ließen ihn noch seinen kalten Zorn verbergen. »König Richard brauchte nur die Boten Margaret Beauforts beobachten zu lassen, um zu wissen, dass etwas im Gange war. Ein Aufstand von Wales bis

Kent?« Sein Ton wurde schneidend. »Herrgott noch mal, dieser Plan hatte mehr Löcher als die Socke eines Bettlers!«

»Sogar Ihr könntet es gewesen sein!«

Miles stieß mit den Fäusten gegen Harrys Brust und schleuderte ihn rückwärts gegen einen Baum. Die herzögliche Rüstung prallte klirrend gegen den moosbewachsenen Stamm, und Seine Gnaden von Buckingham taumelte, stürzte und landete rittlings auf den Wurzeln. Der Kern des alten Harrys zeigte sich in einem kurzen Grinsen, als Miles ihm auf die Beine half.

»Vielleicht solltet Ihr mich lieber aufhängen«, schlug Miles spöttisch vor, als er das Laub von Harrys Brustharnisch entfernte. »Es wäre womöglich angenehmer, als in Smithfield in Stücke gerissen zu werden. Habt Ihr eine Karte zur Hand, Freunde?«, wandte er sich an de la Bere und Sir Nicholas Latimer, die sofort herbeigeeilt waren, um einzugreifen. Ein anerkennender Ausdruck prägte das Gesicht des jüngeren Mannes.

»Natürlich, Miles.« De la Bere zog ein Lederpäckchen aus der Brusttasche. »Sollen wir in den Schutz des Portals zurückkehren, Euer Gnaden?«

Seine Gnaden, der sich an einem Ort gefangen sah, wo Satan ihm einen Schwanz verpassen würde, schmollte und war ausnahmsweise einmal still.

»Was die Männer brauchen, ist Bewegung, etwas zu essen und einen Ort, wo sie sich aufwärmen können, wenn auch nicht unbedingt in dieser Reihenfolge«, bemerkte Miles.

»Oder Geld«, bemerkte Bischof Morton, der hinter ihnen erschienen war, ironisch. »Ich habe gerade eine Zählung durchgeführt. Buckingham, die Männer verschwinden wie Ratten, die ein sinkendes Schiff verlassen.«

Am Freitag Abend, mit Ned, der als Mädchen verkleidet war und sich an ihren Rücken klammerte wie ein Äffchen an das Fell der Mutter, klopfte Heloise mit ihrer Reitgerte an eine breite Eingangstür und hoffte, dass sie das Dorf Weobley erreicht hatten. Es lohnte sich nicht, abzusitzen, um unter dem Überdach vor dem Regen Schutz zu suchen; die gesamte Straße vor der Vorderfront des Hauses war bedeckt mit Wasser, das Clouds Hufe überspülte. Bess ließ ihr Pferd zurücktreten und starrte zu dem reich geschnitzten Giebel auf. »Ich habe dort oben am Fenster eine Bewegung gesehen. Klopft noch einmal!« Aber es war Benet, der hinter Bess von ihrem Pferd hinunterglitt und wacker durch das Wasser zu dem Haus hinüberwatete und an die Fensterläden pochte.

»Wir suchen die Burg«, sagte Heloise der finster dreinblickenden Frau, die schließlich öffnete. Durch den schmalen Spalt der Tür konnte sie Pfannkuchen und die dampfende Wärme einer Küche riechen.

»Dort oben, nach der Begrüßung«, murmelte die Frau kryptisch und schlug abrupt die Tür zu.

Hinter der nächsten Biegung fanden sie ein wohlhabendes Dorf aus Fachwerkhäusern, aber außer dem Rauch, der sich aus den Schornsteinen kräuselte, bewegte sich nichts im Nieselregen. Am Ende der Straße lag eine Taverne mit einem scharlachroten Löwen über der Tür, und hinter der nächsten Ecke flackerten Kerzen hinter den geschlossenen Fenstern eines Apfelweinherstellers mit dem Zeichen eines Einhorns, aber es waren nirgendwo Armeewagen auf der Straße zu sehen.

In ihren Männerkleidern brachte Heloise nicht den Mut auf, an eine der Türen zu klopfen, und wagte auch nicht, den schwerfälligen Benet vorzuschicken. Sie übergab Ned Bess, saß ab und betrat einen der kleinen Gärten. Die gleichgültigen Dörfler beschrieben ihnen den Weg; die Burg läge gleich hinter dem Bierhaus, sagten sie. Ihr Instinkt sagte Heloise, dass dies nicht die Antwort war, aber sie wagte nicht, Bess zu gestehen, dass es nicht nur die von einer Armee zertrampelte Straße oder der Rat irgendwelcher Dörfler war, was sie nach Weobley geführt hatte, sondern ihre eigenen besonderen Gaben, die sie in Miles' Richtung führten.

Der Weg stellte sich als kaum benutzter Reitweg heraus, aber sie gingen dennoch etwa hundert Schritte weiter, um schließlich nichts anderes als einen Haufen Trümmer vorzufinden. Nur Brennnesseln und Weißdorn regierten jetzt noch hier.

»Gott erbarme«, rief Bess, den Tränen nahe. »Es wird bald dunkel werden.«

Heloise stieg den grasbewachsenen Hügel hinauf. Vielleicht konnte sie einige Lagerfeuer von dort oben sehen; aber ein Wetter wie dieses konnte eine ganze Armee verschlucken.

»Lass uns zu der Kirche gehen, wie wir mit Martin vereinbart hatten, und sehen, ob er Neuigkeiten für uns hat.«

Wenigstens würden sie dort eine Zeit lang vor dem Regen sicher sein. Heloise seufzte, als sie ihre Pferde an dem Pilgerkreuz vorbei und in den Schutz eines Kreuzganges der Kirche führten. Bess setzte Ned ab, damit er sich die Beine vertreten konnte, während Heloise hineinging. Die Tür knarrte laut im Halbdunkel. Ein Licht links von der Kanzel warf seinen fahlen Schein auf etwas, was wie die Grabstätte eines Ritters aussah.

»Martin?«, rief sie, während sie sich bekreuzigte und geistesabwesend das Knie beugte. Ihre Stimme klang zaghaft in der unheimlichen Dunkelheit zwischen den Säulen.

Die Stimme, die ihr antwortete, kam von oben, und Heloise wurde fast ohnmächtig vor Schreck. Eine Kerze wurde angezündet, und ein hagerer Priester erschien auf dem Podium unter dem großen hölzernen Kreuz. Heloise nahm sich zusammen und begann von der Verwüstung Brecknocks und der umliegenden Farmen zu sprechen und der Notwendigkeit, den Vater des Kindes zu finden, der mit dem Gefolge des Herzogs unterwegs war.

Es sah so aus, als ob sie Hilfe gefunden hätten. St. Miles, der Schutzpatron verlorener Armeen und anderer beweglicher Dinge, hatte ihre Gebete erhört. Der Priester, der jetzt sehen konnte, dass sie kein plündernder Soldat war, kam aus seinem Versteck heraus. Ja, berichtete er ihnen, eine Armee sei durch das Dorf gekommen und dann nach Osten weitergezogen, um das leer stehende Herrenhaus Lord Ferrers' zu besetzen, eines Anhängers des Hauses York. Wünschten sie vielleicht, dass er sie noch vor Einbruch der Nacht dorthin begleitete? Hungrig und zitternd vor Kälte in ihren nassen Kleidern, nach einem ganzen Tag der Suche und beständigen Sorge um Neds Gesundheit und Freiheit, waren die beiden jungen Frauen am Ende ihrer Kräfte angelangt; aber was machte eine halbe Meile mehr schon aus? An einem Seitenaltar zündete Heloise alle Kerzen an, damit Ned seine kleinen Hände wärmen konnte, während sie darauf warteten, dass der Priester sein Maultier sattelte.

Vielleicht waren die Heiligen auch durch den Mut des Kindes gnädig gestimmt worden, denn kurz darauf kehrte Martin, schlammbedeckt und durchnässt bis auf die Haut, von seinem Erkundungsritt zurück. Er brachte jedoch schlechte Neuigkeiten mit: Die Hauptstraße nach Hereford war von König Richards Männern besetzt.

»Aber seid unbesorgt, Mylady. Sie haben noch nicht genug Leute für eine Schlacht.«

Woonton Devereux war alles andere als das Juwel der Besitztümer Lord Ferrers'. Es war ein schmuckloses Gebäude an einem sanft abfallenden Hang, flankiert von Stallungen und Scheunen. Dem Lärm und den flackernden Lichtern nach zu urteilen, war es von mehr als Ochsen, Pferden oder Kühen bewohnt. Sie hatten eine Armee gefunden.

»Wer seid Ihr?« Wachen hielten sie auf.

Es war Ned, der sich ungünstigerweise einmischte: »Ich bin hier, um meinen Vater zu sprechen, Seine Gnaden von Buckingham«, verkündete er und riss sich die beschämende Haube und den Schleier ab, bevor Heloise ihn daran hindern konnte. »Geht und kündigt mich an, Sir. Unverzüglich!« Es war eine so gelungene Parodie seines Vaters, dass eine der Wachen salutierte.

Grünes Holz verräucherte Ferrers' Burgsaal. Heloise rieb sich ihre brennenden Augen und riss sie dann verwundert auf. Es war, als stünde man vor einem Jagdpicknick in der Hölle. Dutzende halbbekleideter Männer lagen dicht gedrängt wie Pflastersteine zwischen einem Durcheinander trocknender Jacken und abgelegter Waffen. Der Gestank der verschwitzten und durchnässten Kleider war beinahe unerträglich, und der Dunst der Atemzüge aus etwa hundert Männerkehlen lief an den fleckigen kahlen Wänden hinunter. Einige Burschen pfiffen, und die arme, müde Bess fand sich von allen Seiten umringt von gelangweilten Händen, die nach ihrem Rocksaum griffen. Das Durcheinander wuchs, und die beiden Frauen stolperten beinahe durch die Tür, die Sir William Knyvett aufriss, um zu sehen, was den

Tumult verursacht hatte. Der Lärm erstarb fast augenblicklich.

»Die Vaughans haben Brecknock eingenommen, Mylord«, rief Ned seinem Vater zu und wurde von ihm hineingezogen wie ein Jungvogel ins sichere Nest.

»Musstet Ihr ihm erlauben, vor allen anderen damit herauszuplatzen?«, rief Buckingham und schob seinen Sohn ans Feuer, damit er sich aufwärmen konnte, bevor er merkte, wer noch hinter dem großen, etwas gebeugten Priester stand.

Unter anderen Umständen wäre Heloise vielleicht in schallendes Gelächter ausgebrochen, denn vor einem Schirm aus glitzernden Haubitzen und dampfenden wattierten Jacken stand der Herzog, mit nichts anderem bekleidet als einem rostbefleckten Hemd, und starrte sie mit großen Augen an. Er erkannte sie nicht. Ein bisschen töricht ihren Mann anlächelnd, stand Heloise da, in schlammbespritzten Hosen und Miles' Hemd, in dem sie heftig schwitzte in dem warmen Raum, und mit ihrem gefärbten, abgeschnittenen Haar, das dunkle Flecken auf ihren Schulterpolstern hinterließ. Es hätte wenig Sinn gehabt, ihre nassen Kleider gegen das schlichte Gewand auszutauschen, das sie mitgebracht hatte.

»O mein Gott!«, rief eine geliebte Stimme, die den Gleichmut des braven Pfarrers störte, und Miles hob sie hoch, als hätte sie ein Turnier gewonnen. Lachend warf er sein dunkles Haar zurück, und seine Augen funkelten vor Entzücken.

Bess hingegen betrachtete die leeren Teller. »Wäre es möglich, Lord Stafford etwas zu essen zu geben?«, fragte sie, pflichtbewusst bis in die Fingerspitzen, aber auch mit einem kleinen bisschen Eigeninteresse.

»Ja.« Buckinghams Stimme klang wie ein ersticktes Quieken; inzwischen hatte er bemerkt, dass das einst so lockige Haar seines Sohnes kurz geschnitten war und dass er Röcke trug. »Ja, ja, Pershall, kümmert Euch darum.«

»Kommt ans Feuer, Elizabeth.« De la Bere führte die schmutzige und zerzauste junge Frau ans Feuer, als wäre er ein Höfling in Westminster, der eine ausländische Prinzessin eskortierte.

»Ich liebe Familienzusammenkünfte«, bemerkte der Bischof von Ely, dessen kultivierte Stimme unangenehm beißend klang. »Schade nur, dass diese bald schon wieder vorbei sein wird.«

27

»Ist das nicht typisch, dass Harrys Aufstand in der schlimmsten Überschwemmung der Mark endet, seit ich mich zurückentsinnen kann?«, bemerkte Miles müde zu de la Bere, als sie Seite an Seite auf der Veranda standen und in den unaufhörlichen Regen starrten. Selbst Noah hätte Mitleid mit ihnen gehabt; eingestürzte Brücken, zerstörte Dörfer, von der Flut davongerissene Tiere, und ein Fuhrmann schwor, er hätte eine hölzerne Krippe auf dem Servern dahintreiben sehen und das jämmerliche Weinen des Säuglings darin gehört.

Seit fast einer Woche hatte Harrys schrumpfende Armee Würfel gespielt, fast den gesamten Viehbestand Lord Ferrers verzehrt und dann selbstherrlich Nahrungsmittel von den umliegenden Farmen verlangt, so dass ihre Anwesenheit in etwa so verhasst geworden war wie der morgendliche Geruch eines Fuchses in einem Hühnerstall. Nachdem Brecknock nun zerstört war und er selbst abgeschnitten von den anderen Rebellenführern, überließ Harry es Miles, sich um die Beschwerden zu kümmern und zog sich wie ein unterdrückter Krebs in seinen Panzer aus Selbsthass zurück.

»Aye, es könnte gar nicht schlimmer sein«, erwiderte de la Bere.

Sobald die Flüsse wieder überquerbar waren, würden die Anhänger des Königs eine Streitmacht schicken, um sie zu ergreifen, und jeder Mann in Herefordshire und Powys würde sich auf Herzog-Jagd begeben, ganz zu schweigen von ihren eigenen Männern. Die Soldaten wussten noch nichts von den hundert Pfund Land oder tausend Pfund in bar, die auf Harrys Ergreifung ausgesetzt waren.

Und die verdrießliche, rastlose Truppe war kein Platz für Frauen. Miles hätte Heloise gern bei sich behalten, aber es war klüger, sie mit Bess und Ned im nächstbesten frommen Haushalt einzuquartieren und ihnen eine Abordnung zuverlässiger Soldaten mitzugeben, die in diskreter Entfernung von ihnen lagern würde. Aber wie lange konnte er ihre Sicherheit gewährleisten?

Am Dienstag, als die Glocken von St. Peter über die abgeernteten Kornfelder läuteten, drehte sich der Wind von Süd nach West; Gott zog die Wolken wie einen Vorhang zurück nach Osten, und es hörte auf zu regnen. Harry musste jetzt, so beschloss Miles, aus seiner depressiven Stimmung herausgerissen werden, um ein paar unangenehme Entscheidungen zu treffen. Er übernahm es selbst, früh am nächsten Morgen Ned und die beiden Frauen von der Farm abzuholen. Sie verdienten ein Mitspracherecht hinsichtlich ihrer Zukunft, und es blieb nicht mehr viel Zeit.

Mit dem Kind vor ihm im Sattel kehrte er zu der Farm zurück und stellte fest, dass Harry durch die Ankunft eines weiteren Flüchtlings aus Brecknock bereits geweckt worden war. Sir Thomas Limerick war als tonsurierter Kleriker, komplett mit Esel, auf ihrer Schwelle erschienen. Er hatte sich während der Plünderung der Burg in das Priorat geflüchtet.

Miles lauschte seinem Bericht mit schwerem Herzen. Aber wenigstens war Morton nicht im Raum, um seine jammervolle Geschichte zu hören. Die Vaughans und die rachsüchtigen Waliser waren wie Drachen über Brecknock hergefallen. Sie hatten die Archive und das Kontor der Burg in Brand gesetzt. Die Pachtrollen, Bücher, Register, Verfügungen, Beschlüsse und alles andere waren verbrannt zu Asche, und es würde Jahre erfordern, die Buchführung wiederherzustellen, ganz zu schweigen davon, die Erhebung irgendeiner Pacht zu rechtfertigen.

»Die Waliser haben also doch gewonnen.« Sir William schob Ned wie ein müder Großvater von seinem Schoß. Das Kind, das den Worten Limericks aufmerksam gelauscht hatte, starrte in die glanzlosen Augen seines Vaters, während seine Finger mit dem kleinen Dolch an seinem Gürtel spielten.

»Hör auf damit!«, schnarrte Harry gereizt, und der einfältige Benet huschte hinter Bess' Röcken hervor. »I-ihr dürft nicht m-mit Messern spielen, Mylord.« Der Dolch wurde ihm abgenommen und verschwand in Benets weitem Ärmel.

»Für Euch ist es vorbei, Harry.« Knyvett, der sich auf sein Alter stützte wie auf einen Stock, sprach für die anderen. »Aber der Junge hier ist etwas anderes. Wenn das Haus York fällt, sind dieses Kind und Henry Tudor die einzigen Überlebenden der alten Dynastie, und obwohl Ihr Lady Margaret und diesen schmierigen Bischof da draußen mit Samthandschuhen angefasst habt, würde ich Euch raten, keinem dieser beiden zu vertrauen.« Er stand auf; seine Entscheidung war gefallen. »Ob Ihr wollt oder nicht, ich bringe Ned so weit wie möglich von hier weg, bis Ihr die Sache mit dem König geregelt habt.«

Der Herzog begann zu protestieren, ließ aber dann, als er die Gesichter der anderen sah, resigniert die Schultern sinken. »Tut, was Ihr für richtig haltet«, murmelte er, lehnte sich an die Wand neben dem Feuer und kaute an seinen Fingerknöcheln.

»Da sind noch meine Ländereien in Kynnardsley«, bot de la Bere an. »Euer Gnaden?« Der Herzog zuckte mit den Schultern.

»Dann reitet mit ihnen, Dick«, rief Miles, das Kommando wieder übernehmend. Gott wusste, dass sie nicht länger hier bleiben und Ausflüchte suchen konnten. »Keine Widerrede! Nur Ihr könnt Eure Leute dazu bringen, ihnen den Schutz zu geben, den sie brauchen. Bess sollte auch mitkommen, aber es ist natürlich ihre Entscheidung. Nehmt William ap Symon mit. Er ist ein guter Mann in Gefahr und geistesgegenwärtig.« Als de la Bere nickte, wandte er sich zu seiner Frau um.

»Mylady?« Heloise blickte vom Herd auf, wo sie Ingwerpulver in einen Topf mit heißem Apfelwein streute. Nachdenklich verrührte sie die Mischung und erhob dann erst den Blick zu Miles.

»Ich bleibe bei Euch«, erwiderte sie rau und streckte dann traurig ihre Hand nach Ned aus.

Miles biss sich auf die Lippe; die bittere Erkenntnis, dass er nun vielleicht niemals Kinder mit ihr haben würde, ließ ihn mit brüsker Stimme nach der Karte greifen: »Euer Aufbruch muss heimlich vonstatten gehen, Dick, denn wenn die Soldaten erfahren, dass Seine Gnaden seinen Sohn verkleidet fortschickt, werden wir den Rest der Truppe auch noch verlieren.« Er entrollte das tintenverschmierte Pergament und runzelte die Stirn über die Unzulänglichkeiten der Landkarte; mit Stöcken und mit Schlamm wären sie nicht schlechter drangewesen.

»Was empfehlt Ihr?« De la Bere kam zu ihm, und zusammen traten sie ans Fenster und überlegten, wo sie den River Lugg am besten überqueren sollten.

»Morgen also.« Harry blickte sich nach seinem Erben um, als wünschte er geradezu verzweifelt, ihn zu halten, aber da er nie sehr liebevoll gewesen war, genügte sein sehnsüchtiger Blick nicht, um das Kind zu ihm zu bringen.

»Nein«, widersprach Sir William. »Heute Abend noch!«

»Also gut«, beschloss de la Bere, den Blick auf Bess gerichtet. »Seid Ihr einverstanden, Miss Elizabeth?« Das junge Mädchen nickte nachdenklich.

»Ich möchte unter vier Augen mit Seiner Gnaden sprechen. Ich bitte Euch alle, uns allein zu lassen.« Miles blickte sich Gehorsam fordernd nach den anderen um, aber als er seine Frau ansah, waren seine Augen feucht.

Er brauchte zwei Stunden, um Harry zur Vernunft zu bringen, bevor er endlich zu Heloise hinausgehen konnte. Er fand sie in einem Feld hinter den zertrampelten Weiden, wo sie auf einer Steinmauer saß und ihr Gesicht in die Sonne hielt wie eine Hohepriesterin. Schafgarbe und Brennnesseln, Kräuter, die zur Wundbehandlung dienten, lagen neben ihr. Hinter ihr schimmerte golden der geschnittene Weizen.

Miles seufzte schwer, weil er wusste, dass er die nächste Ernte vielleicht nicht mehr erleben würde. »Das ist dumm, mein Liebling«, murmelte er, während er seine Arme auf die Mauer rechts und links von ihr legte. »Ich hätte dich gern in meiner Nähe, wo ich dich beschützen kann.«

»Was habt ihr also beschlossen?«

»Nun, ich habe Harry überredet, Benets abgetragene alte Kleider anzuziehen und sich mit Ralph Bannastre und Pershall nach Norden durchzuschlagen.«

»Ach du liebe Güte«, wisperte Heloise, aber mit einem Lachen, das Erleichterung verriet. »Das hätte er zur Krönung tragen und mit dem Ersparten eine Kirche bauen sollen.«

Miles lächelte über die Ironie. »Aye, es war nicht leicht, ihn zu überreden. So Gott will, werden diese schäbigen Kleider ihn vielleicht retten. Ralph hat eine Farm in der Nähe von Wem, und da werden sie hingehen. Wir werden die Hufe ihrer Pferde heute Nacht mit Stoff umwickeln und versuchen, sie hier hinauszuführen. Vielleicht kann Harry ein Schiff nach Britannien nehmen, wenn sich das Geschrei gelegt hat, und zu Henry Tudor fahren.«

Heloise biss sich auf die Lippen. »Und was ist mit uns?«

»Ich werde so lange hier die Stellung halten, wie ich kann.«

»Die Stellung halten!« Verärgert glitt sie von der Mauer. »Und wie, bitte schön, gedenkst du das zu tun, wenn ihr eigener Kommandeur die Männer im Stich lässt?«

»Sieh mich nicht so böse an, Heloise. Wenn Mylady Huddleston oder Königin Anne sich in solcher Gefahr befänden, würdest du das Gleiche tun wie ich.«

Freudenschreie erreichten sie von den Soldaten auf der anderen Seite der Wiese, die mit einem Würfelspiel beschäftigt waren. »Du riskierst nicht nur dein Leben, sondern auch das dieser armen Teufel, Miles«, murmelte sie. »Warum erlaubst du ihnen nicht, zu fliehen und sich zu retten?«

»Das werde ich auch tun, aber erst, wenn Harry aus Herefordshire heraus ist.«

»Harry dies, Harry das. Ich habe genug von Harry. Was ist mit uns, Miles? Wir sollten zum Bürgermeister von Hereford gehen und um König Richards Gnade bitten.«

»Bist du sicher, dass es das ist, was du willst? Und angenommen, dein so gerechter König lehnt es ab? Lord Hastings hatte auch keine Gerichtsverhandlung.«

»Nein, dafür habt ihr ja gesorgt, du und dein Harry.«

Das schmerzte. »Ach, Liebling, ich weiß die Antwort nicht. Ich tue, was ich für das Richtige halte.« Er zog ihre Hand an seine Lippen. »Verzeih mir, ich habe dir nichts als Unglück gebracht.« Sanfte Hände zogen ihn auf ihren Schoß, und er dankte Gott, dass sie bereit war, ihm zu vergeben. »Ich will nicht, dass wir wie Bettler in irgendeinem verfluchten fremden Land leben müssen.« Er schmeckte das bittere Salz ihrer Tränen auf seinen Lippen. »Was ist Tudor schon für mich? Lancaster, York – was für einen Unterschied macht das, wenn nur irgendein König mich in Frieden mit dir leben lässt? Gott verzeihe mir, aber dies alles ist ausschließlich meine Schuld. Ich war es, der Harrys Ehrgeiz weckte.«

»Bist du so wichtig?«, entgegnete Heloise. »Dann werde ich Hand in Hand mit dir in die Hölle gehen. O Miles, mein Liebster, Harry ist ein schlechter Mensch. Ein habgieriger Mann, der an nichts anderes als sich selbst denkt.« Zärtlich streichelte sie sein schwarzes Haar, das jetzt kurz geschnitten war für seinen Helm. »Wo sind die Ehren, die du verdienst?«

»Sie wären gekommen, wenn er nicht so dumm gewesen wäre. Aber er ist trotz all seiner Fehler mein Freund. Ich werde ihm diesen letzten Dienst erweisen, und dann soll Gottes Wille sich erfüllen.« Er zog ihre Hand an seine Lippen. »Komm, ich bringe dich zu deiner Unterkunft zurück.«

Oh, lass uns noch etwas verweilen, flehte sie im Stillen und erhob das Gesicht zu den Wolken, die sich zerstreuten wie das goldene Laub der Bäume. Über ihr versprach die raschelnde Schönheit der Hecke Frieden nach allen irdischen Prüfungen, aber es gab grausame Wege für einen Mann, zu sterben, und für eine Frau mindestens genauso schlimme. Der Schmerz ist nur vorübergehend, dachte sie, aber diese Antwort bot ihr wenig Trost.

Heloise blinzelte durch ihre Tränen, stolz auf Miles Rushdens edelmütige Natur. Sein Mut und Pflichtbewusstsein brachen ihr das Herz, aber sie bewunderte ihn dafür nur umso mehr.

»Oh, mein Liebling«, wisperte sie, als sie seine Hand ergriff.

Auf Buckinghams Geheiß wurde Heloise am nächsten Morgen von Martin nach Woonton Devereux gebracht und von Latimer gebeten, Seine Gnaden im Arbeitszimmer aufzusuchen. Der wankelmütige Herzog hatte es sich also wieder anders überlegt. Nicht ohne Bedenken trat sie ein, um festzustellen, dass Buckingham allein war, eine düstere, bewaffnete Präsenz in dem schwachen Licht. Die Fensterläden waren geschlossen, aber die Oberlichter ließen einen Streifen Sonne herein, und der Helm des Herzogs – kostspieliger deutscher Stahl, der noch nie eine Schlacht gesehen hatte – hatte einen bläulichen Schimmer, wenn er sich bewegte. Das Visier war hochgeschoben, aber er kehrte ihr den Rücken zu und beugte sich über die Karte.

»Euer Gnaden?« Falls ihre Stimme ihre Verärgerung zum Ausdruck brachte, war es ihr egal. Ihr stand nicht mehr der Sinn nach Höflichkeiten. Es wäre lächerlich, vor ihm zu knicksen.

Was jetzt? Sie bezweifelte, dass Verstärkung auf dem Weg zu ihnen war. Rhys ap Thomas mit einer Stange Lauch an seinem Helm und einem Haufen Ausreden? Sollte sie jetzt auf ein Pferd gesetzt und irgendwohin geschickt werden, in Begleitung Benets, um ihre Tugend zu bewachen, während er und Miles Rücken an Rücken kämpfend abgeschlachtet wurden?

»Lady Rushden. Verzeiht das gedämpfte Licht, aber ich habe Migräne.« Buckinghams Stimme war verzerrt von der Halsberge, die in einem Stück in seinen Brustharnisch überging. »Was soll ich mit Euch tun?«

»Das könnte ich Euch nach einer Besprechung mit meinem Gatten sagen, falls ich ihn finde.«

Der Mann, der Buckingham zu sein vorgab, ignorierte ihren gereizten Ton. »Ich habe Euch holen lassen, Madame, weil Sir Miles und ich uns einig waren, dass Ihr unverzüglich zu den Nonnen nach Hereford begleitet werden solltet.«

»Einfach so? O ja, ich bin sicher, dass die Nonnen mich aufnehmen werden. Hat Euer Gnaden noch andere gute Ideen, wie mich zum Beispiel an Euer metallenes Herz zu drücken, Eure übliche Strategie, wenn wir allein zusammen im Bett sind?«

Das veranlasste ihn, sich umzudrehen. »Woran hast du es gemerkt?« Enttäuschung klang in seiner Stimme mit. »Ich dachte, wenn ich dich täuschen könnte ...«

»... könntest du die anderen da draußen auch täuschen«, vollendete sie den Satz für ihn. »Aber wenn Pershall weg ist, werden sie dann das Komplott nicht riechen?«

»Nicht, wenn sie ihn in Limericks Priestergewand nach Hereford haben reiten sehen.«

»Wie einfallsrei ...« Die Tür sprang auf, bevor sie ihren Satz beenden konnte, und Miles fuhr herum und lehnte sich an den Kaminsims.

»Ich hoffe, ich störe nicht?« Bischof Morton zwängte seinen massigen Körper durch die Tür. »Ich schätze, es kamen noch keine Neuigkeiten von unseren Verbündeten, während ich ein Schläfchen hielt?« Er ließ sich mit seinem ganzen Gewicht auf einer zierlichen Truhe nieder, die ächzend protestierte.

»Wie, Ihr seid noch hier, Morton?«, höhnte Miles, Buckinghams Stimme imitierend. »Es wundert mich, dass Ihr nicht schon aus unserer Sicht verschwunden seid wie Salz in Wasser.«

»Ich war versucht. Ich fürchte, Gott ist gegen Euch, mein Sohn, und Seine Meinung sollte man wirklich nicht außer Acht lassen.«

Heloise warf einen finsteren Blick auf das feiste Gesicht. Nicht die Spur von Mitleid sah sie dort. Morton schien so ungerührt von dieser ganzen Geschichte wie ein Fels in einer aufgewühlten See.

Ärgerlich legte Miles eine Hand an seine Augen und wandte sich halb um. »Solltet Ihr nicht sagen, ›gegen uns‹? Euer Gott ist auch Euch nicht gerade wohlgesonnen, Bischof.«

Morton zuckte mit philosophischer Gelassenheit die Schultern. »Was sind schon Widrigkeiten? Ich habe ein dickes Fell, aber jüngere Haut ist leichter zu durchstechen. Wo ist Euer Junge, Buckingham?«

»Wo sind die Prinzen?«, konterte Miles mit einem Achselzucken.

Er hatte gar nichts damit sagen wollen, aber die Antwort erschütterte ihn – die gleichgültige, abscheuliche Antwort: »Nun, das solltet Ihr doch selbst am besten wissen als Oberster Konstab ...«

Miles fuhr aufgebracht herum, und der Bischof sah schwarze Wimpern um Augen, die nicht blau waren wie Staffords, sondern grau. Morton schluckte und wäre aufgesprungen, wenn kräftige Hände ihn nicht am Kragen seiner Soutane gepackt hätten. »Das ist es, was Ihr wolltet, Ihr Verräter, nicht?«, höhnte Miles erbost. »Ihr und Margaret Beaufort. Ihr habt uns einen nach dem anderen ausgeschaltet. Dann sind die Prinzen also wohl tot? Ist es so? Bei Gott, wenn ich Richard von Gloucester gewesen wäre, hätte ich Euch den Kopf abgehackt, auf demselben Holzblock, auf dem Hastings starb.« Hart presste Miles die Daumen an die Luftröhre des Bischofs, denn am liebsten hätte er den Mann erwürgt. »Ihr lügt, Ihr stinkender Kaiphas, Ihr hättet Euren Herrgott nicht einmal erkannt, wenn Ihr Ihm begegnet wärt. Ihr hättet Ihn gekreuzigt und Ihn ausgelacht.«

»Meine Herren, bitte!« Latimer kam besorgt herein und lehnte sich an die geschlossene Tür. Miles, der die Warnung des Kastellans verstanden hatte, ließ den Bischof auf die Truhe zurücksinken und beobachtete mit Abscheu, wie der Bischof mit einer dick beringten Hand über die Fettwülste an seiner Kehle strich, an der noch die Abdrücke von Miles' Fingern zu erkennen waren.

Mortons Augen, die kalt waren wie Steine, veränderten sich jedoch nicht. »O weh, Rushden, wie schade, dass Ihr nicht von fürstlicher Geburt seid. Euch hätten die Leute vielleicht gekrönt, denn Ihr seid nicht wie der nimmersatte Harry, der meinen Köder so leicht geschluckt hat. Lasst mich Euch einen guten Rat geben, lieber Junge. War es nicht Euer geschätzter Freund Caxton, der schrieb: ›Besser ein guter Rückzug als ein törichtes Verweilen‹?«

»Schafft Euren fetten Wanst aus meinen Augen!«, fauchte Miles. »Verflucht sein sollt Ihr für das Unheil, das Ihr mit Eurer giftigen Zunge angerichtet habt!«

»Ihr wart eifersüchtig auf meinen Einfluss, was, Ihr junger Heuchler? Buckingham als König? Du liebe Güte, Ihr seid ja so naiv in Wales. Euer mittelmäßiger Freund, der glaubte mir sogar.«

»Sir Nicholas, im Namen meines ›mittelmäßigen Freundes‹, sperrt diesen Priester ein, bevor ich einen Mord begehe, und lasst niemand mit ihm sprechen.«

Heloise atmete auf, als sich die Tür schloss; ihre Augen waren glasig. »Was meinte er damit?«

»Jesus, Heloise, ich versuche auch gerade, schlau daraus zu werden.« Miles schwieg eine Weile und starrte in die verlöschende Glut des Feuers. Und dann fluchte er.

»Sag es mir, Miles«, wisperte sie.

»Harry sagte mir gestern Nacht, er habe der Königin vor einer Woche eine Vollmacht geschickt, um die Prinzen während des Aufstands aus dem Tower wegzubringen. Er konnte das als Oberster Konstabler. Es sollte der Beweis für seinen Gesinnungswechsel sein. Nein, verurteile mich nicht. Ich habe es gerade erst erfahren. Cat wusste es anscheinend.«

Heloise ließ sich in einem jähen Anfall von Schwäche auf die Eichentruhe sinken. Ihr war, als sei sie vollkommen ausgelaugt. »Wer...« Ihre Stimme war heiser. »Wer hat die Vollmacht überbracht?«

»Margarets Kreatur, Bray, einer der vielen Besucher Mortons.« Als Heloise schwieg, setzte er nachdenklich hinzu: »Harry wollte die Woodvilles dazu bringen, sich mit ihm zu erheben, um den Jungen zu krönen, und dann, wenn sich herausstellte, dass die Prinzen nicht mehr im Tower waren, hoffte er stattdessen alle Feinde König Richards hinter sich zu vereinen.«

»Einschließlich Henry Tudor?«

»Tudor sollte an der Küste von Dorset landen, und Harry wollte so tun, als ob er ihn als Anwärter des Hauses Lancaster auf die Krone unterstützte.«

»So tun?«

»Ja, in der Hoffnung, dass König Richard Tudor vernichten würde. Dann wollte Harry Richard zu Fall bringen. Ich konnte es nicht mehr aufhalten. Ich habe ihm immer wieder davon abgeraten, aber es war schon alles im Gange, bevor wir nach Brecknock zurückkehrten. Glaub mir, ich habe bis heute nichts von der Vollmacht gewusst. *Heloise*!«

Sie verfluchte Buckingham in alle Ewigkeit. Hatte er den Tod der Jungen selbst befohlen, oder hatte Margaret Beaufort die Vollmacht benutzt, um sie durch ihre Agenten umbringen zu lassen?

»Dein guter Freund Harry, dessen hohler Kopf so leicht durch Schmeicheleien zu verdrehen ist!«, sagte sie verächtlich. »Er hat es ihnen so leicht gemacht. Begreifst du das nicht? Dieser niederträchtige Bischof und Tudors intrigante Mutter haben König Richard gerade den wichtigsten Stützpfeiler seines Throns genommen.«

»Ja, aber ...«

»Der Himmel erbarme sich unser! Diese schrecklichen Gerüchte, König Richard wolle den Tod der Prinzen. Ich hoffe nur, dass der König vernünftig genug war, diese Kinder nach Norden zu schicken, während er außerhalb von London war.« Wütend hieb sie ihre Faust in ihre Handfläche. »Ich hoffe, dein Harry verreckt wie ein Hund im Straßengraben und fährt auf direktem Weg zur Hölle. Er hat dich als Prügelknaben zurückgelassen, begreifst du das denn nicht? Wir haben keine Zukunft, nichts mehr, Miles. O Gott, ich hoffe, König Richard kann den Schaden wieder gutmachen, den dieser arglistige Narr verursacht hat!«

»Es ist meine Schuld.«

»Noch immer das alte Lied, Sir?« Sie sprang auf. »Herrgott noch mal! Willst du ihm nun auch noch deine Schuldgefühle zum Geschenk machen? Er ist es nicht wert, Miles. Er war es nie ...«

Das Klopfen an der Tür brachte sie zum Schweigen, und Miles ging zur Feuerstelle und verschränkte mürrisch seine Arme vor der Brust. Latimer trat ein und verbeugte sich, gefolgt von Nandik, der hinter ihm hereinschlich.

»Es ist der Nekromant, Euer Gnaden.« Auf eine zustimmende Handbewegung von Miles hin winkte er Nandik herein.

Von seinem großspurigen Gehabe war nichts übrig geblieben. Sich duckend wie ein Hund aus Angst vor einem Tritt, fiel der Bursche jammernd auf die Knie: »Euer Gnaden, ich bitte um Erlaubnis, meinen Abschied zu nehmen. Ich fürchte um mein Leben bei Euren Soldaten.«

»Du hattest dich also geirrt, Mann.« Miles schaffte eine gewisperte Imitation von Harrys Stimme.

»Euer Gnaden, das Wetter, ich ...«

»Du glaubst doch nicht, ich hätte mich auf dein Wort verlassen, du Idiot«, sagte Miles verächtlich und erhob den Blick zu Lord Ferrers' Wappen über dem Kamin. »Ich habe dich hier behalten, weil du mir mit deinen Lobliedern geschmeichelt hast.«

»Ein Mann muss sich seinen Lebensunterhalt verdienen, wie er kann, Mylord. Ich hatte keine andere Möglichkeit, aufzusteigen, als ...«

»... durch Geheimnistuerei und Schmeicheleien«, beendete Miles den Satz für ihn. »Mach, dass du hinauskommst, du Idiot! Du kannst von Glück reden, wenn sie dich nicht verbrennen.«

Latimer trat vor, als Nandik jammernd die Arme um die Beinröhren schlang, die Miles' Schienbeine schützten. »Mylord, kehrt zurück nach Brecknock! Sagt, Ihr hättet von dem Aufstand gehört und wärt losgezogen, um ihn zu ersticken. Euer Gnaden, es war nicht alles nur gelogen. Ich schwöre, dass der König sterben wird. Die Sterne lügen nicht. Eine andere Hand wird ihn vielleicht töten, und Eure Sache wird gedeihen!«

»Ich pfeife auf deine verdammten Prophezeiungen!«, höhnte Miles und schlug mit der flachen Hand gegen die Wand. »Geh!«

»Du alter Narr.« Latimer packte Nandik am Kragen und schleifte ihn hinaus.

»Was in ...« Miles' starke Hände stützten Heloise, als sie sichtlich schwankte, und zogen sie an seine Brust. »Was hast du, Wechselbalg?«

»O Gott, ich bin sicher, dass er die Wahrheit gesagt hat, Miles. Dieses Mal hat er die Wahrheit gesagt!«

Es erforderte Courage, auch weiterhin so zu tun, als sei der Herzog anwesend. Am zweiten Tag schickte Miles alle weg, und die wenigen Getreuen flohen bei Anbruch der Abenddämmerung, einige, um Gnade zu erbitten, andere, um im Schutz der Straßengräben und Hecken nach Brecknock zurückzuschleichen. Heloise schickte Martin mit Abschiedsbriefen zu ihrer Familie zurück, und bei Tagesanbruch machte sich als Letzter auch Latimer auf den Weg. Bischof Morton war es durch Bestechung schon am Tag zuvor gelungen, seinen Kerker zu verlassen. Nur Miles, Heloise und der arme herrenlose Benet blieben noch.

Der Priester aus Weobley besuchte sie tapfer, und sie gaben Traveller und Cloud in seine Obhut. Miles wünschte, er könnte auch Heloise und Benet dem Schutz des braven Mannes überlassen, aber genauso gut hätte er versuchen können, eine Festung wegzuschieben – zwei Festungen!

Die Männer des Sheriffs erschienen bei Anbruch der Dunkelheit, betraten erstaunt die unverschlossene Halle und fanden Buckinghams unverbeulte, mit Kissen und alten Wandteppichen ausgestopfte Rüstung im Arbeitszimmer und drei Menschen, die unruhig am Feuer schliefen. Ein halbes Dutzend Bewaffnete umschlossen sie in einem Kreis aus nacktem Stahl, während ein weiteres Dutzend zuschaute. Mit einer Schwertspitze an ihrer Kehle wurde Heloise zum Aufstehen gezwungen. Der schwerfällige Benet kauerte sich verängstigt zusammen, als ein weiteres Schwert auf ihn gerichtet wurde. Miles zog seine Waffe und überreichte sie, den Griff voran, dem Anführer der Männer.

Ein Visier wurde zurückgeklappt, und sein hochroter, schwitzender Träger sagte barsch: »Ich bin der Stellvertreter des Sheriffs dieser Grafschaft und verhafte Euch hiermit wegen Verrats an seiner Majestät, dem König. Rushden ist Euer Name, nicht?« Er konsultierte eine Liste und blickte kritisch auf die Schlangen auf Miles' Gewand. »Wir könnten vierzig Pfund oder sogar noch mehr für Euch bekommen, Sir.«

»A-allen Deserteuren w-wurde eine Begnadigung versprochen«, protestierte Heloise, als ihre Hände gefesselt wurden.

»Ihr seid aber nicht desertiert, nicht wahr«, höhnte der Mann, der sie festhielt. »Ihr seid nicht zu uns gekommen.«

»Eine Frau«, lachte ein anderer und zwickte ihr in die Brust, als er ihr den Dolch abnahm. »Die Hure dieses Verräters. Da werden wir noch ein bisschen Spaß haben vor dem Frühstück.«

»Das ist Lady Heloise«, knurrte Miles mit einer Autorität, die die Männer zusammenfahren ließ. »König Richards Mündel. Legt Hand an sie, und ich verspreche euch, er wird euch hängen lassen.«

Sie malträtierten Miles und Benet mit Fäusten und Tritten, bevor sie sie zum Sheriff in Hereford brachten – denn eigentlich war es Buckingham und die höhere Belohnung, die sie wollten. Aber erst als sie drohten, Heloise auf die Knie zu zwingen und sie, einer nach dem anderen, zu vergewaltigen, sagte ihnen Miles, dessen Lippen bluteten und geschwollen waren, dass der Herzog nach Ross geflohen war und von dort zur Severnmündung. Der Sheriff brachte sie gefesselt nach Gloucester und von dort aus wurde die Reise ein Albtraum galoppierender Straßen. Heloise verlor den Überblick über die verschwommenen Dörfer, die sie durchquerten, die Städte, in denen sie angespuckt wurden oder die Keller, in denen man sie nachts gefangen hielt. Sie wurde von Miles getrennt gehalten. Keine irdischen Ketten vermochten jedoch ihren Geist zu lähmen, und unter Aufbietung all ihrer Willenskraft versuchte sie, ihm Mut und Liebe zu vermitteln.

Schließlich wurden sie nach Dorchester gebracht, einer kalten, an einem Hang liegenden Stadt, wo sich die Straßen nach Dorset und nach Salisbury und Bridport kreuzten. Der kalte Ostwind peitschte Heloises Glieder, als die Hereforder Männer vor einer Kirche am Ende der High Street ihre Pferde zügelten, um sich nach dem Weg zu erkundigen.

Miles hätte es ihnen sagen können. Er ahnte schon, wohin sie wollten, als sie nach Stinsford weiterritten und dann über die Blandford Road und durch Yellowham Wood auf Pydeletown zuritten. Athelhampton? Aye, da lag Will Martyns neu gebautes Torhaus mit seinem Erkerfenster, aber er hatte gedacht, er würde hier vielleicht noch einmal speisen, aber sicherlich nicht sterben, wo seine Familie so oft zu Gast gewesen war! Würden die Soldaten, die an den Stadtmauern zelteten, ihn hier morgen früh erhängen? Tränen der

Scham brannten in seinen Augen, und er konnte sie nicht einmal wegwischen, da seine Hände gefesselt waren.

Heloise, der befohlen wurde, vor diesem unbefestigten Herrenhaus abzusitzen, hatte gar nicht vor, aufzubegehren. Aber sie mussten sie aus dem Sattel ziehen und sie auf die Beine stellen wie eine Holzpuppe, denn ihre Knöchel, die steif waren von dem langen, kalten Ritt, hatten keine Kraft mehr, sie zu tragen, und gaben unter ihr nach, so dass sie hinfiel wie ein nasser Sack.

»Helft ihr, ihr Hurensöhne!«, brüllte Miles und zerrte an seinen Fesseln, um seine Hände vom Sattelknauf freizubekommen, damit er absteigen konnte. »Habt Ihr denn kein Mitgefühl!« Eine Hand voll Dreck traf seine Wange, und dann begannen die Soldaten und die Kinder ihn mit Steinen zu bewerfen wie einen Mörder. Miles antwortete mit höhnischen Worten in einem einheimischen Dialekt, den Heloise nicht verstehen konnte.

»Jesus, nicht noch mehr Mäuler zu füttern«, murmelte eine Stimme mit Dorseter Akzent. »Wer ist das? Ach du liebe Güte! Rushden?« Ein Herr, der die Farben des Hauses York an seinem Kragen trug, kam in den schlammigen Innenhof hinunter und zog entsetzt die Augenbrauen hoch, als er Miles' bedauerndswerten Zustand sah.

»Bringt die Frau hinein!«, befahl der Sheriff, bevor Heloise noch mehr hören konnte. Die drohend erhobenen Hellebarden der Soldaten ließen ihr keine andere Wahl, als zu gehorchen. Durch ein mit Bögen versehenes Portal hinkte sie in eine warme Welt, die von Kerzenlicht erhellt war und nach solch maskulinen Düften wie Ambra, Moschus und Pferden roch. Von hinter einer spanischen Wand wehten die köstlichen Aromen gebratenen Fleisches zu ihr hinüber, und ihr leerer Magen knurrte. Von allen Seiten starrten Männergesichter sie an. Benommen und verwundert, blinzelte sie, als sie all die juwelenbesetzten Hüte und Amtsketten sah, und als der Mann, der sie hereingebracht hatte, seine Absicht kundtat, teilte sich die Menge vor ihr und gab sie frei.

Vor ihr, rechts von einem Erkerfenster, dessen Embleme zinnoberrote Schatten auf seine Hände warfen, saß ein Mann allein auf dem gepolsterten Amtsstuhl neben dem Kamin: der neue König. Ganz in Schwarz gekleidete Sekretäre saßen vor ihm auf Hockern und beugten sich über ihre Schreibpulte. Stille herrschte in der Halle, das einzige Geräusch war das Kratzen auf dem Pergament, als sie ihre Sätze beendeten und die leeren Federn in die Tintenfässchen zurücksteckten. Richard III sah sich um, und sein Gesicht erstarrte zu dem gramgebeugten Ausdruck eines Mannes, der geglaubt hatte, Menschen vertrauen zu können. Dann löste sich die Starre etwas, als er unter dem Reitumhang die Ehrendame seiner Frau entdeckte, die sehr unpassend gekleidet war mit ihrem groben Wollsurkot und der schlammbespritzten Strumpfhose.

»Heloise«, sagte er mitfühlend, als sein Blick von ihren gefesselten Händen zu ihrem unbedeckten silbernen Haar hinaufglitt.

Ihren Mangel an Anmut im Stillen verfluchend, humpelte sie vor zu der Stelle, wo der Sheriff vor dem König kauerte, und ließ sich auf die Knie fallen. »Hoheit«, antwortete sie rau.

»Nehmt ihr die Fesseln ab«, befahl der König, aber jemand sagte: »Durchsucht zuerst ihre Ärmel.«

Von den grausamen Lederfesseln befreit, begannen ihre Hände zu prickeln wie von tausend Nadeln gestochen, als das Blut wieder ungehindert fließen konnte. Lieber Gott, warum hatten sie Miles nicht hereingebracht? Jesus! Hastings war wenig Zeit gegeben worden, bevor sie ihn getötet hatten!

»Euer Hoheit«, flehte sie. »Habt Erbarmen mit meinem Mann.« Prüfend blickte sie dem König ins Gesicht und setzte ihre ganze Willenskraft ein, um ihn dazu zu bewegen, zu verzeihen. »Er schrieb die Worte, die Euch zum König machten.«

»Und ein weiterer Verräter sprach sie«, antwortete König Richard. »Ist Rushden hier?«

Der Sheriff erhob sich. Ein Rasseln ertönte bei der Tür, und dann wurde ihr gefesselter Ehemann hereingeschleppt. Am liebsten wäre Heloise zu ihm gelaufen, um ihn voller Stolz und Liebe zu umarmen, aber vielleicht erwies sie Miles den besten Dienst, wenn sie sich still und würdevoll verhielt. Sein Blick suchte sie und verweilte auf ihr mit einer solchen Liebe, wie sie sie sich nicht einmal zu erträumen gewagt hätte.

»Der Verräter, Sir Miles Rushden, Eure Königliche Hoheit.«

Verräter? Das war kein hochmütiger, trotziger Rebell, sondern ein Mann, der seinen eigenen Wert kannte und seine Fehler eingestand. Aber da war nicht ein Fünkchen Vergebung unter den Männern des Königs zu erkennen. Feindselig starrten sie einen Gefangenen an, der mehr einem Waliser ähnelte als einem Engländer: sein schwarzes Haar wild zerzaust, ein dunkler, Tage alte Bart an seinem Kinn, Schlammspritzer auf seinem Surkot und den sich windenden, perfiden schwarzen Schlangen. Miles erhielt keine Gelegenheit zu einer Reverenz, sondern wurde auf die Knie gestoßen.

Heloise, die noch immer verzweifelt vor dem König kniete, bat Gott demütig und inständig um Erbarmen, als sie spürte, wie der Hass sich verschärfte und sich zwischen den Männern des Weißen Keilers einschlich wie ein hässliches Gespenst. Ihre Gebete, sowohl heidnische wie christliche, suchten verzweifelt nach einem Ohr, das sie erhörte.

»Hängt und vierteilt diesen Schurken, Herr!« Es war Sir Thomas Stanley, der Gatte der heimtückischen Gräfin von Richmond, der geifernd und mit drohend erhobener Faust von Loyalität zu reden wagte.

»Statuiert ein Exempel an ihm.« Der tödliche Vorschlag kam von Lord Lovell, und aus dem Raum wurde ein Turm von Babel, als jeder der Männer sich mit seiner Loyalität großtat. Heloise, die König Richard durch intensive Gedankenübertragung dazu zu zwingen versuchte, ihrem Gatten zu verzeihen, fühlte die kalte Novemberluft durch die offene Tür. Sie wandte den Kopf, und das Stimmengewirr brach ab. Es war Sir Richard Huddleston, der in einer mit Nieten verzierten ledernen Rüstung in den Mittelpunkt der Halle schlenderte und stehen blieb, als er die Gefangenen vor dem König sah. Sein Blick wurde ironisch, bevor er das Knie vor seinem königlichen Schwager beugte. Helft uns, flehte Heloise ihn lautlos an.

»Und? Habt Ihr auch etwas dazu zu sagen, Sir Richard?« Neugier linderte jetzt ein wenig die Härte in Richards Gesicht.

»Es würde Euch überraschen, wenn ich nichts dazu zu sagen hätte, Hoheit. Aber braucht Ihr meine unwürdige Meinung? Es wurde doch schon reichlich Schmutz geworfen, scheint mir.« Huddleston musterte Miles spöttisch, doch dann, als könne er gar nicht anders, glitt sein Blick zu Heloise, die zu König Richards Füßen kauerte, und ein überraschter Ausdruck huschte über sein Gesicht.

Ihr schuldet mir etwas für Dionysias Leben!, gab sie ihm mit ihrem Geist und ihren Augen zu verstehen. Und Euer König auch! Ihr müsst Miles retten! In Gottes Namen, Ihr müsst es tun!

Still und ernst jetzt, ging Huddleston zu König Richard, trat hinter den königlichen Stuhl und beugte sich vor. Während er leise mit dem König sprach, brach sich das Licht in der weißen Emaillebrosche an seinem spitzen Hut. Ein Pferd? Nein, ein Einhorn! Margerys Brosche war ein Einhorn gewesen!

Es bedeutete etwas, sie musste etwas tun! Heloise strengte sich an, zu hören, was er sagte, während ihre Gedanken durch dieses tödliche Zwielicht stolperten und nach einer Antwort suchten. Auf einem Wandteppich zwischen bunten Wiesenblumen schimmerte ein weiteres kleines Einhorn weiß und golden im dahinschwindenden Licht. Die Feen waren bei ihr; die Antwort war zum Greifen nahe.

»Lasst uns ihm jetzt gleich den Prozess machen!« Stanley, der wie ein wohl genährter Heiliger hinter der anderen Schulter des Königs stand, nutzte die Stille in der Halle, um die Meinungen zu einem Urteilsspruch zusammenzufassen. »Was meint Ihr, Rushden? Wir könnten Euch auf dem Markt in Dorchester aufhängen, Euch die Eingeweide herausreißen und Euren Körper vierteilen und in den vier Ecken des Reichs verteilen lassen, als Warnung an alle Verräter. Sollen wir Euren alten Vater einladen, damit er zusehen kann? Hat es Euch die Sprache verschlagen? Antwortet!«

»Ein Prozess ist nicht nötig, Stanley. Ja, ich bin schuldig.« Miles' Stimme war unerschütterlich, trotz der Wellen des Hasses, die ihm entgegenschlugen. »Ich habe getan, was ich für richtig hielt, und ich bin dafür verantwortlich, aber *loyaulté me lie*.« Es war gefährlich, einem König sein persönliches Motto entgegenzuhalten. Die Furchen in Sir Richards Stirn vertieften sich.

Stanley trat vor. »Der Gehorsam für den König übersteigt die Lehnstreue zu Rebellen.« Wütend packte er den Gefangenen am Haar und zwang ihn, aufzuschauen, und Miles' Qual schnitt Heloise ins Herz. »Ihr stinkt nach Verrat, Rushden!«

»Heiliger Paul! Lasst andere sprechen!« Sein Lehnsherr zügelte ihn mit ruhiger Autorität, aber der Graf löste seinen Griff so ruckartig, dass Miles fast vornüber gegen den Herd gestürzt wäre. »Rushden«, sagte der König, »Ihr könnt von Glück sagen, dass jemand Eure Partei ergriffen hat.« Ungläubiges Gemurmel wurde unter den Zuhörern laut, aber König Richard hob die Hand, um sie zum Schweigen zu bringen. »Wir wurden darüber aufgeklärt, dass der Gefangene alles getan hat, um den Verräter Harry Stafford von seinem unheilvollen Vorhaben abzubringen.«

»Jesus möge verhüten, dass wir einen solchen Schurken freisprechen!«, protestierte Lovell. »Bin ich taub, Hoheit? Er hat seine Schuld gerade eingestanden! Lasst ihn aufhängen!«

König Richards Blick glitt durch den dicht besetzten Raum. »Werdet Ihr für ihn sprechen?«

Heloise, die fieberhaft nach einem barmherzigen Gesicht suchte, riss verblüfft die Augen auf, als de la Bere aus dem Hintergrund des Raums nach vorne kam. Er errötete vor Verlegenheit, und nach einem raschen, beschämten Blick auf Miles verbeugte er sich vor dem König. »Ja, Eure Königliche Hoheit, ich verbürge mich für ihn.«

Irgendjemand stöhnte. Miles war zusammengezuckt, als hätte ihn eine grausame Hand geschlagen, und de la Bere errötete noch heftiger. Der junge Mann biss sich auf die

Unterlippe und erklärte: »Seit seiner Rückkehr nach Brecknock im September hat Rushden nicht mehr aufgehört, Buckingham vor diesem Kurs zu warnen. Aber der Herzog war bereits fest entschlossen.«

De la Bere – der Informant, der den König gewarnt hatte? Dick de la Bere? Heloises Gedanken überschlugen sich. Das konnte doch nicht sein! Der aufrichtige Charme, die jungenhafte Ritterlichkeit und die ganze Zeit ... O Gott, es war Dick, der sich um den kleinen Ned gekümmert hatte ... und sie hatten das Kind und die anderen sorglos mit ihm mitgeschickt – mit ihm in die Falle! Heloise war wie gelähmt vor Entsetzen, und sie hatte das Gefühl, dass der Boden unter ihren Füßen schwankte. War auch Sir William verhaftet worden? Und wo war Ned?

Sie konnte Miles' Beschämung spüren, getäuscht worden zu sein. Wenn seine Fäuste frei gewesen wären, hätte er den jüngeren Mann in seinem Zorn und seiner Qual jetzt sicherlich geschlagen. Flüche lagen ihm auf der Zunge. *Sag jetzt nichts*, versuchte Heloise ihm durch ihre Blicke zu übermitteln, *Dick versucht, die Sache in Ordnung zu bringen und dich zu retten*. Um zu verhindern, dass er sprach, stieß sie hervor:

»Lord Stafford? Was habt Ihr mit ihm ...«

»Er ist bei Mistress Bess. Es geht ihm gut, Mylady.« War Bess auch bestochen worden? War etwa der ganze Haushalt von Verrat und Korruption durchzogen gewesen?

»Aber der Verräter hat trotzdem das Schwert gegen Euch gezogen, Hoheit.« Der Sheriff von Herefordshire sprach aus Eigeninteresse, er dachte an den Ruhm und an die vierzig Pfund.

»Und die Frau ist eine Nekromantin. Buckingham hat sich mit ihnen umgeben.«

Heloise erhob schockiert den Blick. Unglaublicherweise war es Piers Harrington, der sprach, der Ritter, den sie in Middleham verschmäht hatte.

»Nein!«, rief Miles heiser aus. »Hängt mich, wenn Ihr müsst, aber sprecht meine Dame frei.«

»Sie freisprechen?«, höhnte Harrington. »Ich nehme an, es war Gott, der ihr Haar grau färbte.«

Der Sheriff nickte. »Wir haben jemanden, der bezeugen wird, dass sie ... Vertraute hat.«

»Und wer soll das sein?«, höhnte Miles.

»Benet.«

»Aber er ist ein Einfaltspinsel«, rief de la Bere, und Miles wurde aschfahl, als er Heloises entsetzte Miene sah.

»Dann hat er ja keinen Grund, zu lügen!«, bellte Lord Stanley.

»Hört auf, bitte!« rief Heloise und blickte flehend König Richard an: »Gnädiger Herr, wenn sie ein Opfer brauchen, dann lasst mich es sein. Gott weiß, dass ich mein Leben lang mit Furcht und Misstrauen leben musste.«

»Ach du liebe Güte«, sagte Huddleston laut und vernehmlich. »Dieser Eifer nach Richtblock und nach Scheiterhaufen spricht von wahrer Liebe zwischen diesen beiden.«

»Dann verbrennt doch beide«, schnaubte jemand.

»Darf ich etwas sagen, Hoheit?« Heloise hob bittend ihre Hände. »Ich kann die Unschuld meines Herrn beweisen.«

»Dann tut es, Lady Rushden.« Die Augen des Königs blickten ermutigend.

»Sir.« Sie wandte sich an Huddleston. »Mein Ehemann trägt das Einhorn.« Sie hörte, wie er zischend den Atem einsog, und erwiderte energisch seinen Blick. »Auf seinem Hemd an seinem Herzen.«

Stanley stand ihm am nächsten. Hämisch grinsend zog er eine Hand voll Stoff unter Miles' Brustpanzer hervor. »Du liebe Güte, ja, er trägt es, seht Ihr! Aber was hat das schon zu sagen?«

Die Luft kochte zwischen dem König und seinen engsten Freunden. Stanley, der nicht zu diesen Privilegierten gehörte, blickte von einem zum anderen, aber es war der König, der verstand: »Sir Richard Huddleston?«

Heloise richtete das volle Ausmaß ihrer Qual auf Huddleston, aber sie wusste, dass sein starker Geist sie kaum zur Kenntnis nahm. Seine Überraschung hatte er sehr schnell wieder verborgen. Alle anderen Getreuen des Königs blickten ihn an, und er wiederum betrachtete prüfend Miles.

»Ihr meint, ich soll für Euch entscheiden, meine Herren?«, fragte er und breitete die Hände aus.

»Ich denke, das solltet Ihr.« Heloises Stimme war rau. »Aber lasst es mich ein wenig einfacher für Euch machen. Zieht Euren Dolch, Sir.«

Mit schmalen Lippen, aber unübersehbarer Neugierde in seinen grünen Augen zog Huddleston seinen Dolch. »Und nun?«

»Würdet Ihr bitte die Schlangen wegschneiden, Sir?«

Er wechselte den Dolch in die andere Hand und näherte sich Miles. De la Bere streckte eine Hand aus, um zu helfen, aber es waren die Wachen, die auf ein Nicken Huddlestons ihren Gefangenen auf die Füße rissen. Für einen langen Moment starrten sich die beiden Männer an. Dann packte Huddleston mit einer Hand Miles' Surkot, stieß den Dolch in den bestickten Stoff und zertrennte ihn mit einer einzigen Bewegung.

»Nein, tiefer«, befahl Heloise, und der verdutzte Miles nahm sich zusammen und verstand. Sein Lächeln verriet

Dankbarkeit und Liebe, glühende, selbstlose Liebe, die er ihr mit seinem Blick zu Füßen legte.

Unter der schwarzen Seide und ihrem Buckramfutter schimmerte etwas Weißes. Vorsichtig, als häutete er ein wildes Tier, entfernte Huddleston die äußeren Schichten Stoff. Ein weißer Keiler mit buschigen Köten und sanft geschwungenen Hauern blickte finster unter dem zerfetzten Stoff hervor. Der Raum selbst schien den Atem anzuhalten. König Richards frostige Miene ließ ein jähes Interesse erkennen. Es war sein Wappen.

Bitte!, rief Heloise Huddleston lautlos zu. Ich liebe diesen Mann. Gebt ihn mir zurück. Könnt Ihr nicht sehen, wie furchtlos und wie unverzagt er ist? Er war seinem König treu bis zum Schluss.

Die grauen und die grünen Augen blickten einander lange schweigend an. Heloises Herz raste, der Verzweiflung nahe. War Huddleston intelligent genug, um zu erkennen, dass Miles von einer Strömung mitgerissen worden war, die zu stark war als dass er sie hatte bremsen können? War da auch nur ein Fünkchen Mitgefühl oder Fantasie in diesem wachen Geist? Die Zeit schleppte sich dahin, bevor Huddleston endlich sagte: »Ich glaube, Hoheit, Ihr solltet diesen Mann begnadigen.«

»*Glaubt* Ihr? Oder wisst Ihr?«, fragte König Richard kalt und erhob sich, um dem Gefangenen selber prüfend ins Gesicht zu sehen.

»*Glaube* ich, Hoheit. Ich hoffe, das genügt. Wie könnte irgendjemand von uns wissen, welche Wahrheiten in der Seele eines anderen verborgen liegen?«

Als atmete der Raum wieder und jeder Mann mit ihm, warteten sie darauf, dass der König von England widersprechen würde. Richard Plantagenets Kopf war gebeugt, als wäre eine schwere Kette von irgendeinem grausamen Folterknecht um seine Stirn gezogen worden. Als er endlich das Gesicht hob, war sein Schmerz über den Verrat seines größten Verbündeten klar und deutlich in der Leere seines Blickes zu erkennen. Aber auch ein Anflug von Trotz lag um das starke Kinn. Bittere Worte zerrissen die Luft wie Axthiebe.

»Diese untreue Kreatur ist tot. Lasst das genügen!«

Buckingham tot! Heloise spürte den lautlosen, verzweifelten Aufschrei aus Miles' Seele. Dunkle Wimpern beschatteten den Schmerz ihres Mannes, bevor er das Gesicht zu seinem gnädigen Richter erhob: »Gott vergebe ihm. Er war sich selbst sein größter Feind.«

König Richard blickte auf die rettende Einhornbrosche und erhob seinen traurigen, wissenden Blick zu Miles' Gesicht. »Werdet Ihr um ihn trauern? Ich fürchte nämlich, niemand sonst wird es tun.«

»Ihr könnt froh sein, mit einer Geldstrafe davonzukommen«, rief Huddleston, als er das Schlafzimmer im Wirtshaus in Dorchester betrat, wo Miles gerade sein Bad beendet hatte. Der Bannerträger des Königs befahl seinem Kammerdiener, die schmutzigen Tücher und Krüge hinauszubringen. »Was braucht Ihr noch zu wissen, Rushden? Könnt Ihr die Toten nicht begraben? Nach dieser Zurschaustellung weiblicher Hingabe verdient Heloise einen Ehemann, nicht einen Trauernden!«

»Ich möchte die Tür ein für alle Mal schließen und verriegeln«, murmelte Miles, rieb sein wundes Handgelenk mit einer schmerzlindernden Salbe ein und wartete.

»Nichts als Gerüchte«, entgegnete Huddleston achselzuckend und reichte ihm das saubere Hemd, das er sich vom Besitzer Athelhamptons ausgeliehen hatte.

»Ich würde es auch gern hören.« Heloise, frisch gebadet und in einem geborgten Kleid aus blauem Fustian, glitt vom Bett, um hinter Miles zu treten, und legte ihre Hände wie eine Priesterstola um Miles Schlüsselbein.

»Ein Mann namens Ralph Bannastre hat Euren Herzog verraten.«

Dem sonst so redegewandten Miles fehlten die Worte. Er legte den Kopf zurück und schluckte; seine Finger glitten streichelnd über Heloises.

»Mytton, der Sheriff von Shrewsbury, verhaftete Buckingham im Obstgarten von Bannastres Farm in Wem und schickte ihn nach Salisbury zum König, um ihn vor Gericht zu stellen. Er legte freiwillig ein Geständnis ab und nannte die Namen aller Mitverschwörer – außer Eurem, Rushden. Euren Namen wollte er nicht nennen.«

Miles drehte sich in den Armen seiner Dame und zog sie trostsuchend an sich. Tränen rannen über seine Wangen und sickerten in seinen Kragen.

»Und König Richard sprach mit ihm?«, fragte Heloise leise, während sie liebevoll die Wange ihres Herrn an ihre drückte.

»Nein. Der König war so großzügig, ihm eine Audienz zu gewähren, doch unsere Wachen fanden einen Dolch in Buckinghams Ärmel.«

»Was!« Miles fuhr ungläubig herum.

»Um Himmels willen!«, rief Heloise und packte seinen Arm. »Miles, das war Neds Dolch! Erinnerst du dich? Benet nahm ihn und steckte ihn in seinen Ärmel, und dann verkleidete der Herzog sich mit Benets Sachen.«

Er schloss gequält die Augen, seine Hand tastete nach ihrer und verschränkte sich mit ihr.

»Ich bezweifle, dass es einen großen Unterschied gemacht hätte«, sagte Huddleston mitfühlend. »Er wurde am nächsten Tag an Allerseelen enthauptet.«

Miles versuchte, nicht an die Axt zu denken, an Harrys Lebenssaft, der aus der grauenhaften Wunde strömte. »Und … erhielt Ralph Bannastre seine drei Silberlinge?« Verbitterung färbte seine Stimme.

»Der König überließ dem Schuft eine der Besitzungen Buckinghams in Kent, wenn auch wirklich nur sehr ungern, muss ich sagen. Der Mann ist ein verdammter Judas.« Huddlestons Ton war schneidend. »Loyalität ist etwas Seltenes.«

»Ja, das ist es.« Miles blickte seine Dame an und strich mit den Fingerknöcheln zärtlich über ihre Wange. »Wartet, Huddleston.« Sir Richard war schon an der Tür. »Welcher Besitz in Kent war es, der Bannastre übertragen wurde?«

»Yalding. Ist das wichtig?« Und ohne eine Antwort abzuwarten, ließ er sie allein.

Heloise setzte sich auf Miles' Schoß, als die Tür sich schloss. »*Ist* es wichtig?«

»Jetzt nicht mehr«, seufzte er müde. *Du sturer Narr, Harry, wenn du bloß Ralph Bannastre Yalding gegeben hättest.*

»Miles?«

»Oh, Heloise, es wird nicht leicht sein, eine Hand voll Erde auf Harrys Erinnerung zu werfen und sich umzudrehen und wegzugehen.« Aber es musste getan werden. »Wechselbalg«, flüsterte er, zog ihren Kopf an seine Schulter und küsste ihre Nasenspitze, »nur dir habe ich es zu verdanken, dass ich begnadigt wurde.«

»Unsinn«, murmelte sie, als sie sich an ihn schmiegte. »König Richard und Huddleston erkannten, was für eine Courage es erforderte, zu tun, was dein Gewissen dir befahl.

Ich fürchte, wenn Buckingham heute in des Königs Haut gesteckt hätte, wärst du nicht begnadigt worden.«

»Nein.« Er rieb seine Wange an ihrem silbernen Haar, froh, dass ihre heitere Seele sein Rettungsanker in der Dunkelheit geworden war. »Möge der Herrgott mir vergeben«, flüsterte er und beschattete seine Augen, als könnte Gott seine Scham sehen. »Ich habe mich einer solchen Arroganz schuldig gemacht, Heloise, und glaubte, ich könnte einen anständigen Menschen aus Harry machen. Was für eine Verschwendung. Er hätte helfen können, Richards Reich Regentschaft zu einem goldenen Zeitalter zu machen.« Aber sanfte Hände strichen glättend über seine Brauen und schoben seine Finger fort. »O Gott, ich kann nur hoffen, dass Knyvett und Latimer sich auch der Gnade des Königs anvertrauen werden.«

»Ich bin sicher, dass ihnen verziehen werden wird, und du musst de la Bere verzeihen. Er hat getan, was er für richtig hielt, und er schützte Ned. Pflichtbewusstsein und Ehre sind strenge Herren.«

Sie ließ die Stille heilen, und nebeneinander saßen sie da und starrten in die Flammen, das einzige Geräusch im Raum das Prasseln des Kaminfeuers.

Irgendwann regte sie sich und lehnte sich zurück, um den Schein des Kerzenlichts auf seinem Gesicht zu sehen. »Miles, ich hatte einen Traum gestern Nacht, aber ich weiß nicht, was er zu bedeuten hat.«

»Erzähl mir davon, *cariad*.« Seine bereitwillige Akzeptanz ihrer Andersartigkeit wärmte sie mehr als die Hitze des Feuers vor ihnen.

»Ich stand auf dem Markt in Brecknock und schaute zu St. Mary auf, aber es war irgendwie ganz anders. Die Kirche hatte einen Turm. Und jemand, den ich kannte, stand neben mir. Er sah aus wie Buckingham, und dennoch war er es nicht. Warum sollte ich so etwas träumen?«

»Ich weiß es nicht, mein Liebling.« Es war dennoch tröstlich. Er führte ihre Finger an seine Lippen. »Danke für dein nicht enden wollendes Verständnis, Heloise. Es erforderte enormen Mut und Vertrauen, um in den letzten Wochen zu mir zu stehen.«

»Ja, Mut, nicht wahr? Du sagtest einmal, ich sei glücklicher, wenn ich mich hinter einer Maske verstecken kann. Nun, das ist vorbei. Ich fürchte mich nicht mehr. Dich dort so tapfer stehen und dem Tod ins Auge blicken zu sehen, hat mir sehr viel Kraft gegeben, Miles. Kraft, an mich selbst zu glauben.«

Zärtlich strich er eine Locke ihres feuchten Haars zurück, um ihr Gesicht sehen zu können. »Sie war schon immer in dir, Heloise.«

Ihre Stirnen berührten sich.

»Ach was«, protestierte sie lachend. »Ich werde dir ein Monument erbauen, wenn du mir eins erbaust.«

»Du kannst auch zwei haben, Wechselbalg.«

Braune Augen sahen ihn strafend an, und dann erschien ein mutwilliger Ausdruck in ihnen. »Soll ich dir ein Geheimnis verraten? De la Bere wird Bess heiraten. Und willst du noch ein anderes Geheimnis hören, *y Cysgod*? Es gibt noch immer einen Platz für dich in dieser unberechenbaren Welt. Zünde eine Kerze für Harrys Seelenfrieden an und wende dich der Sonne zu.« Einladend streckte sie ihre Hände nach ihm aus. »Willst du Hand in Hand mit mir in die Zukunft schreiten?«

»Ja, *cariad*.« Er schloss sie in die Arme. »Von ganzem Herzen!«

[ENDE]

Historische Anmerkungen und Danksagungen

Da die meisten Menschen in dieser Geschichte wirklich gelebt haben, kann ich Ihnen sagen, dass de la Bere tatsächlich Bess heiratete und Sir William Knyvett begnadigt wurde, eine von Buckinghams Tanten ehelichte und später Verwalter des Haushalts der Gräfin von Richmond wurde. Nandik wurde wegen Hochverrats und Zauberei verhaftet, aber 1485 begnadigt. Thomas Vaughn wurde Verwalter von Brecknock. Catherine Woodville heiratete noch zweimal nach Harrys Tod.

Buckinghams Verrat hatte immense Auswirkungen. Ohne seinen mächtigsten Anhänger regierte König Richard nur noch zwei Jahre länger. Wegen des geheimnisvollen Verschwindens der Prinzen aus dem Tower wurde Richard zum umstrittensten Regenten der britischen Geschichte. Immerhin gibt es die Richard-III-Society, um die Allgemeinheit daran zu erinnern, dass Shakespeares Version reinster Hollywood-Tudorstil ist: großartiges Theater, aber nicht ganz wahrheitsgetreu. Es gibt auch keine zeitgenössischen Beweise für einen Buckel, ein Hinken oder einen verkrüppelten Arm. Das Bürgschaftssystem und das Heroldamt, beides eingeführt von Richard, existieren heute noch bei uns.

Die Gräfin von Richmond, eine erfolgreiche Organisatorin, erreichte, dass ihr Sohn zu König Heinrich VII gekrönt wurde und entwickelte sich zur einflussreichsten Frau in England. Bischof Stillington nahm an der Krönung Heinrichs VII teil. Morton, obwohl später Kardinal und Erzbischof von Canterbury, blieb in erster Linie in Erinnerung durch seine Steuerpolitik, die wenig schmeichelhaft als ›Morton's Fork‹ bezeichnet wurde.

Ned, Dritter Herzog von Buckingham, wurde von König Heinrich VIII 1521 hingerichtet – im Jahr nach der Fertigstellung seines Turms der St. Mary's Church in Brecknock. Er pflegte immer Abschriften sämtlicher Rechnungen bei sich zu tragen – ein emotionales Vermächtnis der Plünderung von Brecknock?

Sir Huddleston wurde Vogt auf Beaumaris Castle und Oberförster von Snowdownia. Richards und Margerys Sohn wurde von seiner zukünftigen Schwiegermutter entführt, so dass Miles' Entführung nicht nur reine Erfindung ist. Die Geschichte von Richard und Margery Huddlestons Romanze wird in *Krieg der Herzen* erzählt.

Ich muss mich bei dem verstorbenen John Dogett, Gloucesters Kaplan, entschuldigen, dass ich ihn als fanatischen Kirchenmann dargestellt habe, statt als den stillen Gelehrten, der er vermutlich war, und muss zugeben, dass der Bau von Athelhampton sich 1483 möglicherweise noch im Anfangsstadium befand.

Die Northamptonshirer Geschichte vom »Krankfeiernden Dudley«, dessen Tochter eine Rüstung anlegte, um die Ehre ihres Vaters zu verteidigen, inspirierte mich zu Heloise.

Traveller, obwohl erfunden, wurde bekannt durch sein schneeweißes Fell und war ungemein gefragt für seine erzeugerischen Fähigkeiten. Dafydd zog nach Bramley um, wo er Generationen von Mäusen in Angst und Schrecken versetzte, bis er im Alter von dreizehn Jahren friedlich unter einem Rosenbusch entschlief.

Brecknock (Brecon) Castle ist heute eine Ruine, aber man kann am Fuß der Wand des großen Wohnsaals stehen und auf Brecon hinausschauen. Eine Mauer und ein Turm auf dem Gelände des Schlosshotels sind der Öffentlichkeit zugänglich, und es gibt ein Gemälde in dem Hotel, das etwas von der einstigen Pracht der Festung zeigt. Der große Wohnsaal von Crosby Place wurde Stein für Stein nach Chelsea transportiert und befindet sich heute in Privatbesitz. Athelhampton Hall ist an bestimmten Tagen für das Publikum geöffnet.

Meinen Dank an die Folgenden: meine Autorengruppe, vor allem meine guten Freunde und Kollegen Elizabeth Lhuede und Chris Stinson für ihre klugen und nützlichen Kommentare, und Delamere Usher, die auf der Suche nach einem Pferd wie Traveller mit mir zu den Rennen kam und mir beim endgültigen Konzept behilflich war; Joan Kollins, die mich zu Heloises hellseherischen Fähigkeiten beriet; Michael Spencer für seine Hilfe bei der Wappenkunde; Dr. Peter Davies, der Stillingtons und Miles' medizinische Probleme diagnostizierte; John Sidebotham für seine Auskünfte zu Straßen und Flüssen des Waliser Grenzlandes; und Geraint Rees von der *Y Gronfa*, der Welsh Cultural Foundation of Australia, der mein Walisisch prüfte, *diolch, Geraint*!

Dank auch all jenen, die mich während meiner Nachforschungen in Wales berieten, insbesondere den freundlichen Angestellten des Museums in Brecknock und Geraint Hughes, Dechant der Kathedrale von St. John the Evangelist in Brecon. Und ich danke auch Elwyn John, Erzdiakon von Brecon, für die Information über St. Mary's.

In England, meinen herzlichsten Dank an: Felicity und

Don Head aus Milton Keynes für ihre Recherchen über Stony Stratford; meine ehrenamtliche Tante Denise Lyon-Williams für nützliche Informationen über die Waliser; Ralph Dean und Mr. und Mrs. R.W. A. Langton aus Lacon Hall, Wem, für Informationen über Ralph Bannastre; und meinen Vater, weil er Athelhampton vorgeschlagen hatte.

Meinen ganz besonderen Dank auch an die Organisationen der Autoren romantischer Novellen in Amerika und Australien für ihre immer währende Unterstützung und Ermutigung.

Und nicht zu vergessen: Stefan (Perth und Nizza) und Sasha (Zürich), die im richtigen Alter waren, um mir eine Inspiration für Ned zu sein; und ein dankbares Schnurren an Cagney Coe, eine Katze aus San Rafael in Kalifornien, die darauf bestand, in der Geschichte als Dafydd vorzukommen.

Eine bessere englische Übersetzung von Lewis Glyn Cothis Gedicht *The Sword* ist zu finden in *Medieval Welsh Lyrics*, herausgegeben von Joseph P. Clancy (Macmillan, New York, 1965). Die von Heloise gesungenen walisischen Lieder stammen aus *Elegy for Gruffudd ab Adda* von Dafydd ap Gwilym. Genauere Übersetzungen sowohl dieses Gedichts wie Dafydd ap Gwilyms Gedicht *May and January* sind zu finden in *Medieval Welsh Poems*, übersetzt und kommentiert von Richard Loomis und Dafydd Johnston, (Pegas Paperbacks, New York, 1992).

Isolde Martyn Sydney, Australien

»Eine der besten Romance-Autorinnen!«
Romantic Times

Als die Waise Juliette Broussard von ihrem Paten Max aus dem Kloster geholt wird, ist sie überglücklich. Doch als sie mit dessen Plänen konfrontiert wird, seinen langweiligen Sohn Tylor zu heiraten, keimt in ihr der Widerstand. Heiraten kommt für sie sowieso nicht infrage – bis Max' Stiefsohn Chantz Boudreaux sie aus den Fluten des Mississippi rettet. Ein wahres Feuer verbotener Leidenschaft droht die beiden zu verzehren ...

3-404-18648-6

BASTEI
LÜBBE

Für alle Fans von *Sinnliche Verführung* kommt hier ein weiterer Texas-Liebesschmöker von Constance O'Banyon!

Als junges Mädchen verlässt Lauren McBride ihr Zuhause. Vier Jahre später, bei ihrer Rückkehr, ist sie eine Lady: schön, selbstbewusst und mit eigenem Kopf. Das Letzte, was sie will, ist eine von ihrem Vater arrangierte Ehe, um eine alte Familienfehde zu kitten. Und schon gar nicht will sie Garret Lassiter heiraten, der ihr schon einmal das Herz gebrochen hat, den sie aber insgeheim noch liebt. Doch auch Garret hegt schon seit Jahren leidenschaftliche Gefühle für sie ...

3-404-18647-8

BASTEI LÜBBE